U0043141

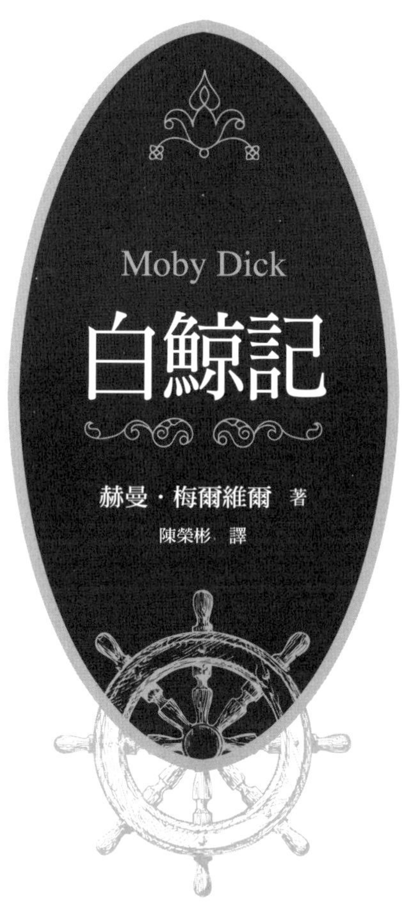

HERMAN MELVILLE

目次

導讀

一部鼓舞人類探索海洋的文學經典

廖鴻基（海洋文學作家）

《白鯨記》這部著作的一般認知，大概是「人與鯨搏鬥的海上冒險故事」，或者，認為它是一部「海洋文學」經典作品。

若細讀《白鯨記》將會發現，這是一部深遠影響人類勇於向海發展的文學作品，也是一部重要的捕鯨史，更是一部關於海洋及鯨豚生態的自然書寫。

《白鯨記》作者梅爾維爾，以他兩年多職業水手及捕鯨船水手經驗，加上美國捕鯨船在南太平洋獵捕抹香鯨的種種傳說為基礎，於一八五一年寫成《白鯨記》。

海洋、陸地截然不同的兩片世界，若是缺乏航海經驗，很難單憑想像來描述甲板生活。這部著作證實，海洋文學果然是一種「走出去、航出去的文學」。

「海洋精神」是海洋文學必要的元素之一，這樣的精神，將鼓勵陸地生活的我們，願意突圍陸域限制，到海上尋求有別於陸地的發展契機。若以「海洋精神價值」來看待《白鯨記》這部作品，它的確是鼓舞了美國社會向海探索的動能，也讓美國長期掌握絕大部分的海洋資源而成為如今全球超級強國。

《白鯨記》中的主角船，皮廓號，來自南塔克特島。這座位於美國東北方麻薩諸塞州南部、面積不到三百平方公里、人口也不過數千人的蕞爾小島，竟然曾經是世界中心。（美國捕鯨船最多時高達七百艘，大約有一萬八千名水手，每年帶回極為可觀的鯨油產值，對全球鯨油市場形成重大影響。）

南塔克特島，是上百艘美國捕鯨船的母港，藉由這些捕鯨船，這座島嶼連接了占地球表面積十分之七的海洋，提供全球純淨芳香的抹香鯨油和極為珍貴的抹香鯨鯨蠟（鯨腦油）。《白鯨記》記述了陸地資源有限的島嶼，如何往四面八方去探索、去征戰這開闊深邃的水世界。美國捕鯨船航跡遍布大西洋、印度洋與太平洋，如書中所形容的，「氣勢足以媲美亞歷山大大帝」。

美國國土遼闊，資源豐富，加上兩百多年前他們的捕鯨船已航遍全球海域，並以《白鯨記》這樣的海洋文學作品，將海洋精神內化為美國社會積極向海探索的針尖，掌握陸地資源的同時也及早掌握了大洋，奠定了強國龍頭地位。書中如此描述：當時的世界，有三分之二是屬於南塔克特島居民的。海洋歸他們所有，兩世紀前，他們就以自己特有的方式在海上來回耕耘。

想想當年的情景，一趟捕鯨航程甚至長達三、四年，航途中往往有好幾年沒機會看見陸地，而且船上是重勞力的單性社會，當時的船隻藉風帆航行，船上並沒有冷凍、冷藏設備來保持食物的新鮮，船上沒有精密航儀或準確的氣象資訊來確保航行安全，除了天候海況的嚴厲考驗，還得面對海盜船的威脅。

當他們發現抹香鯨噴氣時，捕鯨船放出手划的小艇，以臂力拋擲魚叉來鏢獵體型龐大的抹香鯨。著鏢後，小艇常被獵物拉著跑，甚至整艘被拉沉，獵捕過程中他們時時得面對巨鯨的困獸之鬥。一趟捕鯨航程中，斷手殘腿不講，死掉幾個也算平常。這是個工時長且危險度極高的作業，為何還有人願意出航從事捕鯨工作？

我們也許會輕易地以「有錢能使鬼推磨」來作推想，但無論如何，捕鯨船是一艘艘海洋探索的尖兵，他們航行到天涯海角，航行到最偏遠、最不為人知的全球海域角落，捕鯨船甚至探勘了許多當年尚未被畫在地圖上的蠻荒小島。

書中寫道：「歐美多位知名的航海家，若沒有捕鯨船幫忙開拓航道，是不可能成為探險英雄被歌頌」、「真正偉大的航海家，是那沒沒無聞的南塔克特島捕鯨船船長」、「那些知名航海英雄的南太平洋冒險事蹟，不過是靠著船堅炮利去征服捕鯨船早已航遍的海域，這些英雄事蹟，若以捕鯨船標準來看，根本不值得寫進捕鯨船的航海日誌裡」。

雖是平民捕鯨事業，但這本書如實記述了他們如何開疆闢海，如何締造了人類歷史中偉大的航海精神。

《白鯨記》是史上第一本以鯨魚這種巨大生命為題材寫成的文學作品，可說是現代鯨豚自然寫作的濫觴。

作者是捕鯨漁人並非生物學者，但因為親臨現場，以其觀察及感想，按照鯨類體型大小，將這種海洋哺乳動物區分為大型鯨魚、中型鯨魚、小型鯨魚三大類。書中對於分類的描寫，細膩到以抹香鯨、虎鯨與鼠海豚作為這三類鯨魚的代表。

作者在鯨種名稱或鯨類生態的認知，也許與現代生物辨識及分類上有所差異，但這可是超過一個半世紀前的紀錄。當時，絕大部分人類生活腳跡還固封在陸地上，能做到這樣的鯨類觀察紀錄，生態成就已非同小可。

但作者在書中謙虛地說：「這一整章鯨類學，只是一份草稿而已。」對鯨類這種龐大神祕生命的描寫，或許是不難發揮的好題材，但若是無法親臨現場，只是憑藉想像，恐怕連具象描繪都會有很大問題。

個人多年與鯨豚接觸，了解牠們完全不會惡意攻擊船隻或攻擊人類，反而是相當友善船隻、親近人類的海洋動物。但若是受到攻擊，特別是攻擊母子對中的仔鯨，牠們往往會不惜一切代價保護子女，這是所有哺乳動物的天性，母鯨通常會因而與人類拚死一搏。看過一篇報導提及《白鯨記》背後的真實故事，是捕鯨船獵殺了抹香鯨的仔鯨，導致母鯨撞擊捕鯨船的意外事件。

《白鯨記》也是人類第一部以捕鯨歷史和捕鯨文化撰寫成的作品。

本書不僅對當年捕鯨船的空間配置做了翔實的描寫，也對獵鯨工具、獵鯨過程、如何提煉鯨油等等，一一都做了極其細膩的介紹。

任何一項產業，自然而然都會累積形成與這領域相關的特殊文化，本書雖屬小說作品，但書中如實留下了珍貴的「島與海，人與鯨」的捕鯨文化資產。

由於生態保育及尊重生命觀念的普及，捕鯨產業將快速式微。捕鯨儘管不是現代人能普遍接受的產業，但在人類歷史上因為這產業所開創的事蹟，這本書留下了可貴的資料與線索。

閱讀這本書時，或可攤一張世界地圖，一路追索捕鯨船皮廓號的航跡。

書中寫道，皮廓號經過巽他海峽後，進入南中國海，再經由巴士海峽看見福爾摩沙，然後到達日本海這段航程。這段讀來特別有感，因個人常在花蓮海域賞鯨船上遇見太平洋抹香鯨群。

這群抹香鯨經過比對證實，有好幾頭像老朋友一樣，已好幾年好幾次來到花蓮海域。當牠們友善來到賞鯨船邊噴氣、浮窺、甩尾及舉尾深潛等水面行為，比照這本書中描寫獵殺牠們的種種慘烈畫面，我想，牠們兩百年前的祖先應該曾經與《白鯨記》所描述的來自美國南塔克特島的捕鯨船交過手吧。

聽過一位鏢船老船長的敘述：他曾經在墾丁海域刺殺大翅鯨母子對中的仔鯨，在拉拔這頭仔鯨時，發現整艘船從船底被扛起來，險些翻覆，原來是母鯨憤怒地想扛翻這艘鏢船。

幸好這些都已經過去，如今我們與太平洋鯨豚的關係，日愈親善友好。

《白鯨記》是一部以鯨類為主題的海洋小說。作者梅爾維爾除了旁徵博引善用典故，閱讀本書時也能同步感受文學修辭之美以及作者如何布局這部小說最後的悲劇高潮。

篇幅達六百多頁的長篇敘述中，對於捕鯨船皮廓號，一開始就有了這樣的形容：「這是一艘高貴的船，但不知為何充滿著濃濃的憂愁。所有高貴的事物都會給人這種感覺。」

書中形容亞哈船長：「這樣的人物就算骨子裡帶有幾分故意的病態……也絲毫不會貶損他的價值。只因病態就是任何偉大的悲劇人物不可或缺的元素。」當他們第一次遇到白鯨莫比敵時，對尋鯨報仇者的形容是：「這個人的血已經沸騰了！他的脈搏跳得讓甲板都跳動著。」

作者有計畫地帶引讀者的心，一波一浪痕地一起航行，一起搜尋莫比敵這頭白鯨。

海這樣寬，這樣深，要找到特定的一頭鯨，恐怕比大海撈針還要不容易。也許不少人因而質疑，書中故事的真實性？

個人在海上尋鯨多年，認識許多位長年在海上工作的船長，他們真的如書中所形容的：「就是知道應該在什麼時候，前往什麼地方。」好幾次類似的經驗，船長時常毫無道理的讓船隻轉彎或掉頭離開，然後，船邊就出現難得一見的鯨種。

《白鯨記》值得用多元視角來仔細閱讀，關於遼闊的大海、神祕的巨鯨和深沉的人性。

1 海市蜃樓

叫我伊什梅爾[1]吧。多年前，姑且別管到底是幾年前，我的包包裡沒有多少錢，也可說是身無分文，而且陸地上也沒有特別讓我感興趣的人事物，於是我想自己該登船雲遊四海一番。這是我排憂解悶、疏通氣血的一種方式。每當我的嘴型變得猙獰了起來；每當我的靈魂好像置身陰雨潮溼的十一月天；每當我發現自己在棺材店前會不自覺地停下腳步，且遇到送葬隊伍就會從後面跟上前去；尤其是每當我的憂鬱症犯得格外嚴重，必須憑藉強烈道德感才能壓抑內心衝動，讓自己不要刻意上街去把行人的帽子給一頂頂打落——每當這些狀況出現時，我就知道自己該儘快出海了。這是我避免讓自己吞子彈的替代方案。加圖[2]以刀劍自殺前，暢讀哲學經典，而我沒自殺，只是悄悄登船出海。這沒什麼好大驚小怪的。只要能了解這種狀況：幾乎所有人遲早都會跟我一樣珍惜自己對大海懷抱的那種情感，只是珍惜的程度各自不同。

我們這島城曾是曼哈托人[3]的居住地，四周被碼頭環繞，就像印地安群島[4]被珊瑚礁環繞一樣，如今環繞包圍著它的，則是商業的浪潮。不論往右或往左，每一條街道都通向海邊。下城的盡頭就是

---

1 Ishmael，舊譯名為以實瑪利，來自《舊約聖經》的人名，含有「被社會唾棄的人」之寓意。
2 Marcus Porcius Cato Uticensis，西元前一世紀的羅馬政治家。
3 Manhattoes，紐約曼哈頓島的原住民。
4 Indian Isles，俄亥俄州印地安湖裡的島群。

砲臺[5]，那裡的防波堤被海浪沖刷著，涼爽微風吹過，幾個小時前在陸地上都還看不見風與浪。看看現在，那裡已有一群群欣賞海景的人。

在這如夢似幻的安息日下午，到城裡去繞一趟吧。從柯里爾海岬走到康恩提街，然後在白廳街往北走。你會看到什麼？成千上萬的人站著呆望大海，他們遍布城中，好像沉默的站崗哨兵。有人倚著樁子；有人坐在碼頭前端；有人遠眺著那些中國船隻的舷牆；也有人高高地站在索具上，好像站得越高就能看到越好的海景一樣。但這些都是生活在陸地上的人，平日被禁錮在泥糊的木屋裡，離不開櫃檯邊，不得不坐在板凳上，或是鎮日案牘勞形。那麼，這是什麼情況呢？沒有綠色的田野可以看了嗎？他們在這裡幹麼？

看哪！人越來越多了，一直往海邊走去，像是要跳進海裡一樣。怪了！只有走到陸地盡頭，他們才會心滿意足，光是到那些倉庫的背蔭處閒逛一番，是不夠的。當然不夠。只要不掉進海裡，他們就會想盡辦法靠近大海。他們站成一列長達數哩的隊伍，全都是內陸居民，住在大街小巷中，來自四面八方。但他們全都群聚在此。您說，會是船上羅盤指針的磁力把他們吸引過來的嗎？

再舉個例子。比方說，你人在鄉間某個湖區的高地。隨便選一條路，十之八九都會帶你走向某個溪谷，眼前出現溪邊的一個小水潭。這真的很神奇。隨便挑一個心不在焉、正在沉思冥想的人，只要他雙腳一站，跨出腳步，肯定都可以把你帶往水邊，如果那一帶的確有水的話。若是行經美國這個大沙漠時，你覺得口渴了，車隊裡又剛好有一位鑽研形上學的教授同行，就可以做這個實驗。沒錯，沉思冥想與世上的水總是結合在一起的，這是眾所皆知之事。

假設有個藝術家打算為你作畫，把浪漫的薩科河谷[6]景致畫成最夢幻、最隱蔽、最安靜、最誘人的作品。他使用的主要元素會是什麼？畫裡會有一棵棵空心的樹，像是裡頭有隱士和耶穌被釘在十字架上的受難聖像，這邊畫了一片草原，那邊有一群牲口，遠方的小屋有一縷炊煙升起。遙遠的林地裡，一條錯綜複雜的小徑往深處蜿蜒，通往層層交疊的一片山脊，山坡如此青翠。但是，儘管這畫面讓人看了出神，儘管松樹發出沙沙聲響，像落葉掉在牧人頭頂的聲音一樣，除非牧人的眼睛緊盯著眼前的奇幻小河，否則一切都是枉然。六月時去一趟大草原，你會有幾十哩的路程都在及膝的虎皮百合叢中跋涉，但唯一欠缺的是哪種吸引人的事物呢？是水——那裡沒有任何一滴水！如果從尼加拉瀑布奔流而下的是滾滾黃沙，你還會不遠千里到那裡去欣賞嗎？那可憐的田納西州詩人，在突然拿到兩把銀幣時，為什麼還需要考慮到底該買一件大衣（這是他迫切需要的），或該把錢當成旅費，徒步前往洛克威海灘[7]？為什麼幾乎每一個身心健全茁壯的青年遲早都會想去看海，想到發瘋？為什麼當你初次以旅客的身分搭船出海，聽說船已駛遠、看不到陸地時，內心會感到一陣莫名的激動？為什麼古波斯人認為大海是神聖的？為什麼希臘人認為海裡有海神，就像天上也有天神那樣？這一切當然都不是沒有意義的。而更加具有深意的，是美少年納西瑟斯的故事：他因為愛上了自己在水中的柔美倒影而飽受折磨，最終投水溺斃。我們一樣也會在河面與海面上看到自己的倒影。那是一種無法掌握的生命幻影。而這就是一切的關鍵。

每當我的眼睛開始變得迷濛，我的肺部開始太過敏感時，習慣上我就會出海去，不過我的意思不是說我曾以旅客的身分出海。因為，旅客必須有行囊，如果行囊中空無一物，它不過就是一條破布罷了。此外，旅客會暈船、會吵架、晚上不睡覺，一般而言他們在海上無法自得其樂——不，我不曾以旅客的身分出海；但是，儘管我還算是個有經驗的水手，我也沒當過船隊司令、船長或者廚師。我把

5 建於十七世紀的砲臺，後來改建成公園。

6 Valley of Saco，位於新罕布夏州。

7 Rockaway Beach，位於紐約市長島地區南岸的海灘。

殊榮與聲譽都讓給了喜歡那些職務的人。我討厭一切崇高可敬的苦工、考驗與磨難。最多我也只能把自己照顧好，要我去照顧那些大船、三桅帆船、雙桅帆船或者雙桅縱帆船什麼的，我可辦不到。至於廚師，我承認那是個很體面的差事，也算是船上的幹部，但不知道為什麼，我就是不曾想過自己會去烤雞燒鴨——不過，任何雞鴨要是能抹上適量奶油，食鹽與黑胡椒也都撒得恰到好處，就算不能說佩服得五體投地，我可是會比任何人都更敬重那些雞鴨的。古埃及人對於燒烤朱鷺與河馬不也是滿懷崇敬與喜愛嗎？你看，金字塔不就等於是朱鷺與河馬木乃伊的巨大烤箱？

不，每次出海時，我只是個普通的水手而已，站在船桅前方，鑽進艏艛，高高地爬到頂桅的頂端。沒錯，總是有人命令我做這做那，從這根圓杆跳往另一根，簡直像是五月草原上的蚱蜢。一開始，這種事讓人深感不悅。這種事挺傷人自尊，特別是對於那些世家子弟而言，像是來自范・倫塞勒、蘭道夫或者哈德克努特[8]等家族的人。最糟糕的是，假使你曾當過意氣風發的鄉村教師[9]，就連最高的男生站在你面前都還要戰戰兢兢的，如今卻要幹那種把手伸進柏油鍋的粗活。我敢說，從小學老師到水手的角色轉變肯定是非常難熬，如果欠缺塞內卡[10]與斯多噶學派哲學家的堅毅秉性，是不可能咬牙苦撐過去的。不過，再怎麼難熬，只要時間一久，那種感覺也會變淡。

假設有船長手下的粗暴老頭命令我拿掃把清理甲板，那又怎樣呢？我是說，如果我把這種丟臉的事拿來與《新約聖經》裡的種種事蹟相較，根本算不了什麼。即便我很快就乖乖服從粗暴老頭的命令，難道大天使加百列就會看不起我嗎？這世上有誰不是奴隸？你倒是說說看。那麼，無論粗暴老頭對我下達什麼命令，無論他們對我如何拳打手捶，我總是感到心滿意足，因為我覺得這沒什麼，因為我知道，不管是從形而上或形而下的觀點看來，其他人差不多也都是這樣被對待的。所以，這種被捶打的情況在船上司空見慣，所有船員都該相濡以沫，為此感到滿意。

再說了，我之所以總是出海當水手，是因為我幹活就有錢拿，至於旅客，我可從沒聽說過他們可以領到半毛錢。相反地，他們必須自己付錢。在這世界上，付錢與拿錢可說是截然不同的兩件事。在那兩個偷摘果子的賊[11]遺留給我們的苦難裡頭，付錢這件事或許是最令人感到不舒適的。但若是拿錢，還有什麼事能與其相提並論？儘管我們衷心相信「錢財乃萬惡淵藪」的說法，也認為有錢人絕對進不了天堂，但收錢實際上卻是一種高雅而美妙的人類活動。啊！為了錢，我們就算下地獄也心甘情願！

最後，我之所以總是出海當水手，是因為活動筋骨有益健康，而且艏艛甲板上的空氣是如此純淨。因為，海上的風大多是往船首吹來的頂風，從船尾吹來的較為少見（不過，如果你違反畢達哥拉斯的格言[12]，那風就會都跑到肚子裡了！），所以船上空氣都會先經過艏樓的水手，船長在船尾甲板上呼吸到的都是二手空氣。船長以為空氣是自己先呼吸到的，實則不然。同樣的道理，老百姓在其他許多事務上也都領導著他們的領袖，領袖卻幾乎不自知。但既然我已經屢屢嘗過大海的滋味，多次身為商船水手，為什麼還會想要踏上捕鯨之旅？最能回答此一問題的，莫過於命運之神，因為祂們總是像個看不見的警官那樣監視我，偷偷跟蹤我，以某種莫名其妙的方式影響我。而且，毫無疑問地，我會踏上這趟捕鯨之旅，也是出於早已注定的偉大天意。在其他一齣齣彷彿重頭戲的要事之中，此趟旅程只能算是某種簡短插曲與獨角戲。如果把這種狀況寫成一張節目單，肯定會是如此的模樣：

8 分別為 Van Rensselaer（紐約的世家）、Randolph（維吉尼亞的世家）與 Hardicanute（十八世紀丹麥與英格蘭的世家）等家族。
9 作者曾經數度當過教師。
10 Lucius Annaeus Seneca，政治家，也是斯多噶學派的哲學家。
11 指偷食禁果的人類祖先，亞當與夏娃。
12 希臘哲學家畢達哥拉斯曾說，吃豆子會讓人脹氣，所以勸人別吃。

美國總統大選，戰況激烈

伊什梅爾出海捕鯨

阿富汗血腥戰役

如果說命運之神是劇場經理，我還真不明白祂們為何要安排我擔綱這齣捕鯨戲碼裡的三流角色？而其他人又為什麼能當崇高悲劇裡的主角、風雅喜劇裡的輕鬆配角，或是滑稽劇的丑角——我還搞不懂確切的緣由為何。不過，既然我還想得起種種情況，我應該多少可以看出這是怎麼一回事：儘管這件事背後有許多動機與目的，但它們卻被巧妙地掩藏了起來，除了誘使我去扮演那個角色，還哄騙了我，讓我誤以為自己是憑藉著毫無偏見的自由意志與精湛判斷力而做出選擇。

其中最主要的目的是想去看看那讓我難以抗拒的大鯨魚。那種可怕又神祕的怪物讓我好奇不已。其次則是牠那海島般龐大身軀翻滾於其中的狂野遠洋，還有牠為人帶來的種種凶險狀況，全都難以言傳與名狀，以及伴隨著捕鯨之旅而來的千百種巴塔哥尼亞高原神奇景觀與聲音，這一切促使我去完成自己的心願。如果是別人，也許不會因為這樣就被打動，但對我來講，那發生在世外天地的一切總是讓我心癢難耐。我喜歡航行在禁海上，在只有野蠻人的海邊登岸。我不會錯過美好的一切，也很想見識一下那鯨魚有多可怕，而且只要牠們願意，我仍然可以和牠好好相處——因為，無論身在何方，我們最好都要與同伴好好相處。

基於以上種種理由，我才會欣然踏上這趟捕鯨之旅。在那個奇妙的世界向我敞開之後，就像一個龐大水閘被打開似的，在狂想中，我任由一對對鯨魚漂進我的靈魂深處，彷彿無止盡的鯨魚隊伍，其中有個戴著頭巾的龐大幽靈，像是高聳空中的雪丘。

2 毛毯袋

我在毛毯袋[1]裡塞了一兩件襯衫，把袋子夾在腋下，啟程前往合恩角[2]與太平洋。離開美好的古城曼哈托，我準時抵達新貝德福[3]。那是十二月的某個週六晚間。讓我失望不已的是，前往南塔克特島[4]的小型郵船已經離開，直到下週一前，我都沒有其他方式可以到那裡去。

大多數打算到捕鯨船上受苦受難的年輕人都會先到新貝德福這個地方，然後踏上捕鯨之旅，但我也許最好在此申明，我自己卻不是那樣打算的。因為我已經打定主意，非到南塔克特島去搭捕鯨船出海不可，理由在於那知名古島的一切全都如此美妙與熱鬧，讓我感到驚喜。此外，儘管新貝德福近來已經漸漸成為捕鯨產業的大本營，可憐的古島南塔克特如今已經大幅落後，但南塔克特畢竟是偉大的發源地，是美國第一個有鯨魚被沖刷或是被人拖上岸的地方，就像古城提爾[5]是迦太基的發源地。那些被稱為「紅人」的印地安捕鯨人初次搭乘獨木舟出海追捕巨鯨的地方，除了南塔克特，還會是哪裡？此外，那初次有人搭乘單桅小帆船（據說船上載著一些進口的鵝卵石，其功能是用來對著鯨魚投

---

1 carpet-bag，毛毯材質的旅行袋，有時在旅行時可以充當毛毯使用，又可稱為「railway rug」。
2 Cape Horn，智利火地群島南端的陸岬。
3 New Bedford，美國麻薩諸塞州南部大城。
4 Nantucket，麻薩諸塞州南部的一個島嶼。
5 Tyre，位於黎巴嫩境內的古城。

擲，藉此判斷距離是否夠近，才知道是否該冒險一試，站上船首斜桅投擲魚叉）冒險出海捕鯨的地方，除了南塔克特，還會是哪裡？

我必須在新貝德福等待一個晚上外加一個整天，才能出發前往我要去的港口，所以在那當下，我得搞定自己的用餐與寄宿地點。那是個氣氛詭譎的夜晚，不對，應該說那天晚上夜色昏暗陰鬱，寒風刺骨且淒涼冷清。我不認識任何當地人。焦慮的我把「爪子」[6]伸進口袋，只撈到幾枚銀幣——當我背著毛毯袋，站在往北看去一片陰鬱、往南看則完全烏漆麻黑的冷清街道上，我對自己說，我親愛的伊什梅爾，聰明的你無論最後決定到哪裡去過夜，切記要先詢價，而且別太挑剔。

我在街上走走停停，經過了一個寫著「十字魚叉」的招牌，但那家店看起來太昂貴也太熱鬧快活。繼續往下走，經過「劍魚客棧」的鮮紅窗戶，熾熱的光線從裡面投射出來，彷彿把客棧前堆積的冰雪給融化似的，在那堅硬的柏油人行道上已經有十吋厚的冰霜——因為長途跋涉，我靴底的狀況已經非常糟糕，現在踩著路面上突起的冰霜，更是讓我覺得疲累。我站在街上，看到裡面燈火通明，不斷傳出酒杯互碰的叮噹聲響，心想這客棧仍是太昂貴太熱鬧了。最後我對自己說，還是往下走吧，伊什梅爾，你聽到沒？離開這門口。你這雙補過的破靴怎麼停了下來？所以我又繼續往下走。此刻我憑著本能，走上那些可以通往海邊的街道，因為毫無疑問地，海邊的客棧就算不是最討喜的，應該也會最便宜。

街道如此冷清！不是房舍一間間烏漆麻黑，而是兩邊的整排街道都這樣，偶爾有些屋裡會出現燭光，彷彿在墓園裡移動的燭火。在週末的深夜裡，小鎮的這個地區杳無人煙。但過不久我就看到一縷朦朧的光芒，光源來自一棟寬大的矮屋，屋門敞開著，像要邀我入內。矮屋看來很不起眼，像是用於公共用途，所以我就進去了，結果立刻在門廊被垃圾箱絆倒。就在掀起的微塵幾乎把我嗆死之際，我心想，哈！哈！難道這是蛾摩拉[7]被焚毀後的灰燼？剛才那兩家叫做「十字魚叉」與「劍魚客棧」，那這一家肯定該叫做「陷阱」。不過，我還是站了起來，聽到裡面有人大聲講話，我繼續往下走，推開了第二扇內門。

這簡直就像在地獄裡召開「黑暗議會」[8]。上百個黑人排排坐，全都轉頭盯著我看，更遠處有個黑人在講壇上拍打一本書，彷彿毀滅天使。這是一家黑人的教堂，牧師正在講述黑暗的地獄有多險惡可怕，裡面還有哭叫聲與咬牙切齒的聲音。我一邊退出來，一邊喃喃自語，哈！伊什梅爾，「陷阱客棧」用這種方式來招待人，未免太過惡劣！

我繼續往下走，終於在碼頭區不遠處看見微光，聽到空中傳來一陣淒涼的吱嘎聲響，抬頭一看，看見一塊招牌在門的上方搖晃著，隱約看得出招牌上一道白漆象徵著迷濛水柱，下面寫著「捕鯨船客棧——彼得．柯芬」。

柯芬？捕鯨船？我心想，把這兩個名字擺在一起實在是太不吉利。[9]但他們說柯芬是南塔克特島的大姓，我想彼得就是從那島上移民到這裡來的。因為燈光如此昏暗，而且此時似乎又靜悄悄的，這家破爛小木屋充當的客棧看起來像是從某個被燒毀的地區直接運過來的廢墟，招牌搖晃時發出的吱嘎聲響又給人一種窮酸的感覺，我想這應該就是價格便宜的旅店，而且有最棒的鷹嘴豆咖啡可以喝。

這是個古怪的地方，是一間有山形牆的老屋子，有一側像是癱瘓似的，可悲地歪斜著。可憐的保

---

6 grapnel，原指船上的鈎具，在此伊什梅爾用來謔稱自己的手。

7 Gomorrah，《舊約聖經》中因為居民罪孽深重而被焚毀的城市。

8 Black Parliament，一三二〇年於蘇格蘭召開的議會，集會的目的是為了審判謀反者。原文的「地獄」為「Tophet」，是《聖經》中燒死小孩獻祭的邪惡城市。

9 客棧老闆的姓氏是「Coffin」，也有棺材的意思。

羅乘船，船被地中海的東北風吹得東倒西歪，這客棧坐落在陰冷角落，暴風也從東北方颳來，呼嘯聲比地中海的風還要凶險。不過，任何人只要待在室內，雙腳擱在壁爐架上烘烤，準備上床睡覺，再強的風也只是和煦的微風而已。「人們對於地中海東北暴風的看法往往截然不同，有人隔著窗戶看玻璃另一頭的霜雪，是一種看法；有人透過沒有窗框的窗戶看著室內外都有的霜雪，又是另一種看法。而死神是唯一的玻璃安裝工人。」這句話源自於一位古代作家，他僅存的一本作品集就在我手上。這句話掠過我的腦海時，我心想，真的是這樣啊，這可是來自於古書的智慧。是的，如此看來，只能說我的身體就是房子，雙眼就是窗戶。可惜他們沒能設法修補屋子的大大小小破洞，把小小的棉布塞在那些破洞裡。但是，現在要改善這狀況已經太晚了。宇宙已經完工，牆頂石已經鋪了上去，木工碎屑也早在百萬年前就被運走了。可憐的拉撒路[10]只能躺在路邊，以街邊石充當枕頭，他發著抖，抖得兩排牙齒嘎嘎作響，一身破爛衣服快被抖掉了，而他能做的就是用破布塞住自己的耳朵，拿一根玉米梗往嘴裡塞，但這還是抵擋不了東北暴風。至於那身穿紅色絲袍的老財主則是不屑地說，東北暴風啊，我呸呸呸！（後來他下地獄了，會換上一件更為鮮紅的袍子——也就是像袍子般裹住他的地獄之火。）在我看來，這霜雪滿天的夜是如此美好，獵戶座星光閃爍，北極星明亮不已！財主說，東方有些地區四季如夏，天氣總是像溫室一樣。至於我，要是讓我有燒炭的特權，我也能把冬天變夏天。

但拉撒路是怎麼想的？難道他可以舉起他那雙被凍到發紫的手，以明亮的北極星星光取暖？難道他不會覺得自己寧願待在蘇門答臘，而不是留在這裡？難道他不是更想去赤道地區，躺在赤道線上？沒錯，我的天哪，乾脆直接跳進火坑裡好了，以免飽受這霜雪折磨。

此刻，在財主開門以前，拉撒路都必須躺在門前的街邊石上，而這可是比冰山漂流到摩鹿加群島[11]去更為奇妙的事。不過，財主自己則是像個沙皇般，住在一個嘆氣嘆出來的冰宮，而且因為他是禁酒運動協會的會長，所以他只喝孤兒的溫熱淚水。

不過，現在不用再哭訴抱怨了。我們現在要去捕鯨，到時候要哭訴抱怨的事可多著呢！讓我們刮掉凍結在腳上的霜雪，看看這「捕鯨船客棧」是個什麼樣的地方。

10 Lazarus，《新約聖經》裡的乞丐，死後由耶穌行神蹟而得以復活。

11 Moluccas，位於印尼的群島。

3 捕鯨船客棧

進入那屋頂有山形牆的捕鯨船客棧後，出現在眼前的，是一個寬闊低矮的雜亂入口，牆面上鋪著一片片老式護牆板，看起來很像某艘不祥舊船的舷牆。一邊牆上掛著大幅油畫，畫面被嚴重煙薰，四處都有汙損的痕跡，在強弱不均的交叉光線下，只有費心端詳，有計畫地多看幾次，並仔細請教鄰居，才能看得懂上面畫的是什麼。一開始，你會以為那一團團令人費解的陰影是某位大膽年輕畫家的作品，在新英格蘭女巫審判案期間完成，那畫家力圖把當時許多人都像中邪一樣的混亂情形畫出來。但是，經過一番審慎的思考後，再加上屢屢斟酌，特別是還要把入口後方的那扇小窗戶打開，最後才會做出結論：這樣的想法無論有多古怪，但也許不完全是無稽之談。

但是，最令人感到困惑不解的是圖畫中央有一團難以名狀的泡沫，漂浮其上的，是三條淡淡的垂直藍線，藍線上方又有一團長長軟軟黑黑的東西，看來令人害怕。這幅畫看起來真是溼軟骯髒，足以讓緊張兮兮的人分神。然而，隱隱約約之間，它還是給人一種不是那麼明確而且難以想像的莊嚴感，讓人想要緊盯著它，到最後還不禁對自己立誓，肯定要把這幅奇妙畫作的含意給搞清楚。偶爾，你的腦海會靈光乍現，可惜都是一些錯誤的想法。那是午夜時颳起強風的黑海——那是風水地火等四大元素之間的奇異衝突——那是一片被戰火蹂躪過的荒原[1]——那是美妙極地的冬日景致——那是「時間之流」在冰封之後解凍了。但最後這一切幻想都化為烏有，只剩圖畫中央那團可怕的東西。這點一旦確立之後，其他一切都變得簡單明瞭。不過，等一下。它看起來不是隱約有點像條大魚嗎？甚或就是《聖經》裡的大海怪[2]？

事實上，畫家畫的似乎就是這樣：根據我自己最後的臆想，同時我也和許多老人聊過這件事，參酌綜合了他們的意見，我認為那幅畫畫的是一艘來自合恩角的船，正遭到強烈颶風侵襲，它在海面上載浮載沉，只看得見三根已經卸下船帆的桅杆，一頭暴怒的鯨魚打算騰空飛越那艘船，正大動作朝著三根船桅的桅頂撲過去。

入口的另一邊牆面則掛著各種各樣異教徒使用的怪異棍棒與長矛。有些上面密密麻麻地鑲著亮晶晶的牙齒，看來像象牙鋸；其他則是把一簇簇人類毛髮當作裝飾；其中有一把是鐮刀狀的，巨大把手彎彎的，把手形狀像是草地上剛用長柄割草機割出來的一塊區域。這些可怕的武器令人望而生畏，因為難免會想到當年那些駭人聽聞的食人族與野人就是用它們來屠殺生靈。混雜其中的，還有一些生鏽的老舊魚槍與帶鈎魚叉，全都破爛變形了。有幾把還是傳奇性的武器。其中一把長長的魚槍如今已經彎得很厲害，主人是五十年前的納森．史溫[3]，他日出而作，日落而息，曾用那魚槍殺過十五條鯨魚。至於那把帶鈎魚叉——現在看起來就像拔塞鑽——曾經在爪哇海被拿來往鯨魚身上丟，那鯨魚帶叉逃亡，多年後才在白角[4]外海遭人殺害。那魚叉原本從靠近魚尾的地方進入鯨魚體內，就像一根在人體體內跑來跑去、半刻不得閒的細針，最後在鯨背被發現，足足移動了四十呎。

穿越這昏暗的入口，又走過那低矮的拱形通道（這通道過去肯定曾是一根巨大煙囪的一部分，通道裡到處都有壁爐），就來到了客棧的交誼廳。這交誼廳比入口處更昏暗，一根根粗重大梁低懸著，

---

1 即「blasted heath」，在莎翁名劇《馬克白》裡面，三位女巫就是在「blasted heath」上會面。

2 即「利維坦」（leviathan），有可能是海蛇、鯨魚或者鱷魚等巨大的海中生物。

3 Nathaniel Swain，十八世紀知名的南塔克特島捕鯨人。

4 White Cape，位於美國西岸奧勒岡州。

鋪在地上的老舊木板都已經浮現皺紋，幾乎給人一種走進老舊船隻駕駛艙的感覺，尤其在這暴風呼嘯的夜裡，讓人感覺更為強烈，客棧被吹得搖搖晃晃，好像一艘被固定在地面上的老舊方舟。交誼廳的一側擺著一張看似架子的桌子，上面擺了許多已經有裂縫的玻璃盒，盒裡裝滿了各種從天涯海角搜集來的珍稀物品，全都沾上了灰塵。交誼廳遠處的角落裡有一個看起來黑漆漆的小房間，那是個酒吧，大致看得出是要設計成露脊鯨鯨頭的造型。姑且不管是否像鯨頭，酒吧旁擺著一具拱型的巨大鯨魚顎骨，顎骨寬到幾乎足以讓馬車開過去。酒吧裡有許多破爛的架子，架上擺滿了老舊的醒酒壺、酒瓶與長頸酒瓶。而在那看來馬上能致人於死的顎骨裡，有個憔悴的小老頭正在幹活，他簡直像被詛咒的約拿[5]再世（大家的確也都叫他那個名字），水手們花大錢向他買酒，他賣給他們的，則是醉生夢死。

最可惡的是那些他用來倒酒給人喝的平底酒杯。外表看來的確像是圓筒狀，但那些討人厭的綠色玻璃酒杯卻有鬼：杯內空間逐漸縮小，到杯底則已成圓錐狀，是用來耍詐的。用這種酒杯賣酒簡直就像攔路搶劫，杯子的四周都有刻度。酒倒到某個刻度只收一便士，到另一個刻度多收一便士，依此類推，直到滿杯——根據合恩角的這種計費方式，任誰都可能一口喝掉一先令。

一進入這個地方，我就發現有幾個年輕船員聚集在一張桌子邊，他們在黯淡的燈光下仔細端詳各種以鯨魚骨精雕而成的工藝品。我找上店主，跟他要一個房間，他說已經客滿，每張床都有人睡了。「等一下，」他輕拍額頭，又補了一句，「你應該不反對跟某個魚叉手睡同一張床，對吧？我想你是要去捕鯨的，所以最好能先習慣這種事。」

我跟他說，我從來就不喜歡兩人睡一張床這種事，如果真的非那樣不可，我還得看看那個魚叉手是什麼樣的人，但話說回來，要是店主真的沒有其他地方可以提供給我，那魚叉手又不是真的非常討人厭，在如此嚴寒的夜裡，與其繼續在這奇怪的小鎮繼續晃蕩下去，不如就跟那還算過得去的傢伙湊合一夜吧。

「我剛剛就是這麼想的。好啊，坐吧。晚餐呢？你想吃晚餐吧？很快就準備好了。」

我在一張高背木椅上坐了下來，那椅子四周都有雕花，就像砲臺公園裡的板凳。椅子的另一邊，一個若有所思的水手正彎著身子，用一把折疊刀認真地幫兩腿之間的椅面雕刻花紋。他試著刻出一艘揚帆航行的大船，但我認為不太成功。

最後，連我一共有四、五個人被叫到隔壁房間去用餐。那沒有爐火的房間跟冰島一樣冷，店主說他如果生火就會虧本。他只點了兩根黯淡的牛油燭，許多牛油都往下流淌凝結了。我們不得不把水手外套的鈕子扣上，用快凍僵的十指捧起滾燙的茶杯湊到嘴邊喝。不過菜色倒是非常好，除了肉跟馬鈴薯，還有湯糰——天哪！晚餐居然吃得到湯糰！一個身穿披肩厚外套的小夥子專心吃著湯糰，吃相可怕極了。

「天哪，」店主說，「你晚上肯定會做惡夢。」

「老闆，」我低聲問道，「他就是那個魚叉手嗎？」

「喔，不是，」他說，臉上露出非常滑稽的表情，「那魚叉手是個膚色黝黑的傢伙。他不吃湯糰的，從來都不吃——他只吃牛排，而且喜歡三分熟。」

「是喔！」我說，「那個魚叉手在哪裡？在客棧裡嗎？」

他的回答是：「很快就會來了。」

我不禁開始覺得這「膚色黝黑」的魚叉手很可疑。總之，我打定主意，如果我們真的非一起睡不可，我一定會要他先脫衣上床，然後我才上床。

晚餐過後，我們四、五個人又回到酒吧，我知道自己沒別的事可做，於是決定接下來整個晚上都當旁觀者就好。

5 Jonah，《舊約聖經》中曾因違抗上帝而被吞進魚腹的人物。

過沒多久，外面傳來一陣喧鬧聲。店主一驚，跳起來大聲說：「殺人鯨號的船員來了。今早我看到它在外海報到，經過三年航程後，可以說是滿載而歸啊。好啊，等一下大夥兒就能聽到關於斐濟島的最新消息了。」

入口處傳來一陣陣水手靴的踏步聲，大門被甩開，一群粗魯的水手衝進來。他們都身穿毛茸茸的水手守更大衣，頭戴羊毛圍巾，每個人的衣服都有修補痕跡，破破爛爛的，絡腮鬍上全都結了冰，看來就像突然闖進來的拉布拉多熊群。他們都是剛剛搭乘小艇上岸的，這是他們上岸後踏進的第一間屋子。難怪他們全都直接前往那鯨嘴狀的酒吧，那皺巴巴的小老頭約拿負責倒酒，很快就幫大家把酒杯給斟滿了。其中一人抱怨自己重感冒，約拿一聽，馬上用杜松子酒與糖漿幫他調了一杯像瀝青似的飲料，還發誓說那是可以治癒任何感冒與黏膜炎的妙藥，無論拖了多久，或者是在拉布拉多海岸甚或在某個結冰島嶼迎風面罹患的，都沒問題。

很快地，烈酒衝腦後他們就開始蹦跳吵鬧，這種情況可說是司空見慣了，即便這幾個爛酒鬼才剛剛上岸，也是這副德性。

不過，我發現其中一人的神態不太一樣：儘管他似乎不想板著一張臉，毀了其他船伴的興致，但整體來講，他刻意避免自己跟其他人一樣喧鬧。這傢伙立刻就引起我的興趣。而且，既然在海神的安排下，他很快就會成為我的船伴（不過，故事發展到這裡，他還只是個沒有出聲現形的角色），我打算在此描繪一下他的模樣。他身高六呎，虎背熊腰。我很少看到有誰的肌肉如此發達。他黝黑的臉上有嚴重的晒傷，黑白的強烈對比讓他的牙齒白得發亮。從他那深邃陰暗的雙眼看來，他心裡似乎是浮現了一些不太痛快的回憶。他的聲音立刻就洩了底，讓人知道他是個南方人，而從他那精壯的身材看來，我想他肯定是來自維吉尼亞州艾利格尼山脈的高大山民。到了他的夥伴們酒酣耳熱、興高采烈之際，這傢伙就偷偷溜走了，直到我們倆成為船伴，我才再度看到他。不過，才幾分鐘的光景大夥兒就想起了他，而且不知為何他似乎很受歡迎，於是他們都叫了起來：「巴金頓！巴金頓！巴金頓在哪？」然後就衝出客棧去追他了。

現在大約已經九點了，經過一陣狂歡暢飲後，客棧裡簡直是寂靜無聲，我很慶幸自己在那些水手進來之前不久，就已經稍稍盤算，做了一個決定。

任誰都不喜歡與別人同睡一張床。事實上，我想所有人都非常不情願跟自己的兄弟睡在一起。我不知道為什麼，但大家都是喜歡獨自睡覺的。更何況，如果是在某個陌生小鎮的陌生客棧裡，要與一個不認識的陌生人同床，而且那陌生人又是個魚叉手，我想任誰對此都會極度反感。難道因為我是個水手，我就與其他人不一樣，有理由該跟另一個人同床？水手在海上也不會睡同一張床啊？這一點我們跟那些單身的國王沒兩樣。事實上，我們都是睡在同一個住艙裡，但每個人有自己的吊床，蓋自己的毛毯，這樣才睡得自在。

我越是去想那個魚叉手，就越討厭跟他一起睡。身為一個魚叉手，我想他身上的亞麻衫或毛衣應該不會太乾淨，布料當然也不會是最好的。想到這裡我打了個冷顫。此外，時間已經不早了，我那好魚叉手想必已經回來，並且上床了。也不知道他剛剛去過哪些鬼地方，假使他睡到半夜時滾到我身上，該怎麼辦？

「老闆！我改變主意，不打算跟那魚叉手一起睡了。我還是在這板凳上湊合一夜就好。」

「只要你願意，我無所謂。抱歉，我沒有多餘的桌布可以給你當墊子，這該死的板凳可是粗糙得要命。」他伸手摸摸凹凸不平的板凳表面。「不過，等一下，我的好水手。[6]我在酒吧裡還有一把刨子，只要一會兒工夫就能讓你睡得很舒服。」說完他拿出刨子，先用他那條老舊的絲質手帕撢了撢板

6「skrimshander」一詞源自於「scrimshaw」（水手在船上用來打發時間的手工作品），是指製作手工作品的人。

凳上的灰塵，然後使勁幫我把「床板」刨平，齜牙咧嘴得像是隻猴子。木屑四處亂飛，最後刨子碰上了一個刨不平的突起處。老闆幾乎扭傷手腕，我跟他說，看在老天分上，請他停手吧——對我來講，那「床板」本來就夠軟了，難道這樣刨一刨就能把松木板變成羽絨被？所以他對我咧嘴一笑，把四散的木屑收拾乾淨，全都丟進交誼廳中間的大火爐裡，接著就自顧去忙了，獨留我在那裡沉思。

此刻我打量一下那板凳，發現它的長度短了一呎，不過只要拉一把椅子過來就能解決問題。但是，板凳表面寬度也窄了一呎，而且大廳裡另一把板凳比這表面被刨過的板凳高了大概四吋，所以不能將兩者並排。接著我便把刨過的板凳沿著牆邊僅剩的空間擺好，在牆壁與板凳之間留下一點點空隙，讓我的背可以卡在那空隙裡。但我很快就發現窗臺底下有冷風灌進來，吹到我身上，而且又有另一道氣流從那扇搖搖晃晃的門進來，兩者屢屢在我本來打算湊合一晚的地方附近匯聚起來，形成一波又一波的小旋風。

我心裡暗咒，叫那魚叉手見鬼去吧，但接著又轉念一想，難道我不能先發制人，從房間裡把門閂上，跳上床睡大頭覺，任外面怎麼猛敲門也叫不醒我？這主意似乎不賴，但再仔細想想就放棄了。因為，如果真是這樣，難保隔天早上那魚叉手不會在房間門口堵我，等著撂倒我！

我又四下張望，這才明白，除非我能跟別人共睡一張床，否則我恐怕連隨便湊合一晚都辦不到，所以我開始思考：說到底，也許我對那陌生魚叉手所抱持的偏見真是毫無根據的。我心想，我就等一下，他肯定很快就會睡著了。到時候我再好好端詳他，或許我們有可能成為處得來的好床伴。這種事誰也說不準。

不過，儘管其他房客持續獨自或三三兩兩而來，然後去睡覺了，還是沒有那個魚叉手的蹤影。

「老闆！」我說，「那傢伙是個什麼樣的人？他總是那麼晚回來嗎？」此刻已經快要十二點了。

老闆又小聲地咯咯笑，我實在不懂，但好像有什麼事打中他的笑點。「不，」他答道，「通常他都是個早鳥，早睡早起，是啊，他就是那種有蟲吃的早鳥。但今晚他是出去當小販的，你懂吧？我實在不知道他為何搞到這麼晚。我想可能是他的頭賣不掉吧？」

「他的頭賣不掉？你說的是什麼蠢話？」我怒道。「真的假的？老闆，你是說在這神聖的禮拜六夜裡，或者說禮拜天早上，那魚叉手居然在鎮上四處兜售他的頭？」

「千真萬確，」老闆說，「而且我也跟他說過他賣不掉的，市場已經飽和了。」

「什麼已經飽和了？」我大聲說。

「人頭市場啊，難道這世界上的人還不夠多嗎？」

「老闆，我說啊，」我平靜地說，「你最好別再跟我胡扯了，我可不是個菜鳥。」

「或許不是吧，」他拿出一根柴枝，把它削成牙籤，「不過，如果那魚叉手聽到你在數落他的頭，我猜你恐怕會變成烤小鳥哦。」

「那我就把他的頭砸爛。」經過這老闆莫名其妙的一派胡言之後，我的火氣又上來了。

「已經爛啦。」他說。

「爛了，」我說，「你是說，已經爛了？」

「見鬼了，我想就是因為爛了，他的頭才賣不出去。」

「老闆，」我走過去對他說，像暴風雪中的海克拉山[7]，語氣冰冷，但怒火中燒，「老闆，別再削了。你一定要跟我把事情講清楚，不得延誤。我來到你的客棧投宿，你說我可以跟那個魚叉手同睡一張床。我還沒見過那魚叉手，但你不斷說些莫名其妙的故事來惹我，想讓我對你安排的床伴感到不安，而老闆，在我看來床伴之間的關係可說是這世上最親近也最私密的關係。現在我要求你說清楚，

7 Mt. Hecla，冰島的一座火山。

告訴我那魚叉手叫什麼，是什麼樣的人，還有如果我跟他一起過夜到底安不安全。首先，請你行行好，把他在賣頭的故事收回去。那件事如果是真的，就證明了這魚叉手根本是個瘋子，而我可不打算跟瘋子一起睡。而閣下你，這位老闆，如果還故意企圖把他介紹給我，那我們就法院見吧。」

「唉，」老闆嘆了一大口氣，「你這傢伙不是都不吭氣嗎，哪來的這些長篇大論？不過，放心，放心，我跟你說的那個魚叉手剛剛去過南太平洋，從紐西蘭帶回很多顆經過防腐處理的人頭，你知道那可是奇珍異物。他已經賣到只剩下一顆了，他打算今晚把那最後一顆賣掉，因為明天是禮拜天，大家都要上教堂去，他可不能在街上賣人頭。上禮拜天他本來要這麼幹，手提四顆人頭，好像串在一起的洋蔥，結果出門時被我攔了下來。」

如此一來，就把剛剛那些莫名其妙的話都澄清了，也說明那老闆畢竟沒打算唬我——但在此同時也讓我犯起了嘀咕：從禮拜六晚上到神聖安息日凌晨都在兜售南海異教徒的死人頭，我到底該如何看待這野蠻的魚叉手？

「老闆，那魚叉手肯定是個危險人物。」

「他付錢倒是挺規律的，」他答道，「不過，夜已深，我看你最好還是去睡覺吧——床鋪挺不錯的。莎兒和我的新婚之夜就是睡在那張床上。床夠大，就算兩個人睡覺時踢來踢去也不礙事。那床真的很大。我說啊，在我們換床之前，莎兒也曾把我們的兒子山姆與小強尼都擺在床尾。不過，某天晚上我做了夢，一腳把山姆給踹下床，差點害他摔斷手臂。之後莎兒才說不能繼續睡那張床。跟我來，我帶你去看一眼。」說罷他點燃一根蠟燭，把蠟燭往我的方向舉過來，說他要帶路。但我站著猶豫不決，他看看角落的時鐘，大聲對我說：「已經禮拜天了，我敢說今晚你看不到那魚叉手啦，我想他去別處投宿了。來吧，跟我來，好嗎？」

我考慮了一下，我們就一起上樓，他帶我走到一個冷颼颼的小房間，可以肯定的是，房裡的那張床大到足以容納四個並排睡覺的魚叉手。

「那就這樣吧，」老闆說，然後把蠟燭擺在一個同時充當臉盆架與茶几的老舊古怪水手儲物箱上面，「那你就好好休息吧，晚安。」正在打量床鋪的我轉身看他，但他已經不見了。

我彎著腰，把被子往後折。儘管不算太雅緻講究，細看之下，這張床還算過得去。接著我四下張望，除了床架與那充當茶几的水手儲物箱，看不到房裡還有太多家具，只剩一個簡陋的架子，再來除了四面牆壁，就是一片壁爐遮板，上面畫著漁人捕鯨的景象。有些東西一看就知道本來不是在這房裡的，包括一張綁起來沒有張開的吊床，被擺在某個角落的地板上，還有一個水手用的大包包，裡面有那位魚叉手的衣服，那包包肯定是大行李箱的代用品。除此之外，壁爐上方的架子上還有一包古怪的骨製魚鈎，以及一根豎立在床頭的高大魚叉。

不過，水手儲物箱上面的東西是什麼？我拿起來，放到燭光下端詳，摸一摸，聞一聞，用盡各種手段，試著找出滿意的結論。我唯一想得到的答案是：那是一大塊門口的墊子，邊緣有一些叮叮噹噹的小墜飾，看似印地安鹿皮靴四周那種上過色的豪豬刺。墊子中間有一個洞或是裂縫，就像南美披風上面都會開個孔那樣。要是這魚叉手沒有瘋的話，有可能把門墊似的東西穿戴在身上，以這種打扮在信奉基督教的城鎮裡逛大街嗎？我自己穿起來，感覺就像枷鎖那樣沉重，而且非常粗糙厚實，有點潮溼，好像這神祕魚叉手曾在下雨天穿過。我穿著站起來，走到牆上的一面小鏡子前，生平第一次看到自己居然是那副模樣。因為急著把那東西脫下來，害我扭了一下脖子。

我坐在床邊，開始想著這個賣人頭的魚叉手和他的門墊。在床邊想了一會兒之後，我起身脫掉水手外套，站在房間正中央思考。脫掉大衣後，只穿著襯衫的我繼續思考了一會兒。但是，因為此刻我衣衫單薄，開始覺得很冷，又想起客棧老闆說魚叉手今晚不會回來，而且夜已深，我也就不再胡思亂想，把長褲與靴子脫掉之後就吹熄蠟燭，滾到床上，睡起了大頭覺。

我無法辨別那床墊裡裝的是玉米梗或是破瓦片，總之我翻來覆去，好久都無法入眠。最後我終於開始迷迷糊糊入睡，就在幾乎進入夢鄉之際，聽見走廊上傳來一陣沉重的腳步聲，一縷微光從門板底下的縫隙流瀉進來。

我心想，天哪，肯定是那個魚叉手，那個可怕的人頭販子。但我躺著沒動，下定決心，要等他跟我講話才開口。那陌生的魚叉手一手拿蠟燭，另一手拿著那顆紐西蘭人頭，走進房間，他沒有看床，把蠟燭放在離我很遠的角落地板上，開始伸手去解開我剛剛提及的大包包。我很想看看他的長相，但他在解開袋口之際是暫時背對我的。然而，把包包打開後他就轉過身來，天哪，眼前的景象真是嚇人！瞧他那長相！他的膚色黯淡，紫中帶黃，身上四處貼著黑色的大片方塊。我心想，果然被我料中了，他真是個糟糕的床伴。他跟人家打架，臉上有幾處嚴重刀傷，剛剛做完手術回來。但在那當下他剛好把臉轉過去，面對燭光，我才清楚看出那些臉頰上的黑色方塊不可能是膏藥貼布。我想應該是被上色了。一開始我感到納悶，但很快就約略搞清楚那是怎麼回事。我想起一個捕鯨白人的故事，他落入食人族手裡，結果被他們紋上許多刺青。這魚叉手曾經屢屢遠航，我斷定他也曾有過相似的冒險經歷。而我心想，這又怎樣呢？這只是他的外貌而已。任何膚色的人種裡都有誠實的人。但話說回來，就算完全不管那些方塊狀刺青，他身上的奇怪膚色又是怎麼一回事呢？事實上，我想他應該只是在熱帶地區被晒成那樣而已，但我可沒聽過太陽能夠把白人晒成紫中帶黃的膚色。然而，我並未見識過南海，也許那裡的太陽會對皮膚造成如此奇異的效果。此刻，就在這些念頭一個個從我的腦海閃過之際，那魚叉手始終沒有注意到我。但是，費了一番工夫之後，他還是把包包打開了，在裡面翻找，很快就掏出一把像菸斗戰斧的東西，以及一個海豹皮夾，海豹皮上面的毛還在。他把東西都擺在房間中央的那個水手儲物箱上，然後拿起那可怕的紐西蘭人頭塞進包包裡。此時他摘掉頭上那頂新的海狸皮帽，眼前情景又讓我吃了一驚，幾乎叫了出來。他頭上連半根頭髮都沒有，只有一小撮糾結在前額的頭髮。任誰都會覺得他那紫色的禿頭看起來就像發霉的骷髏頭。要不是這陌生的魚叉手擋在我和門中間，我肯定會奪門而出，速度比衝去吃飯還快。

即便如此，當時我還想過要跳窗，但這房間位於二樓後方。我不是膽小鬼，可是我壓根兒無法理解這個全身發紫的兇惡人頭販子。無知使人心生恐懼，而這陌生人已經把我嚇得茫然失措，坦白講，此刻我實在怕他怕得要死，彷彿他是半夜闖進我房裡的惡魔。事實上，因為太害怕，我也沒有勇氣開口要他說明關於他的種種費解之處，好讓我得到滿意的解答。

在此同時，他持續脫衣服，最後終於露出他的胸膛與手臂。千真萬確的是，他身上那些原本被遮蔽的部位也布滿了跟臉上一樣的方塊，背部也有許多一樣的黑色方塊。他似乎剛剛打完像三十年戰爭[8]一樣慘烈的戰爭，貼著許多膏藥，逃離戰場。而且他的兩腿也都有圖紋，簡直像一群深綠色青蛙沿著兩棵小棕櫚樹往上爬。到此刻，情況已經夠明白了：他要不是個討人厭的野人，就是遠從南海搭船來到這基督教國家的異國捕鯨人。想到這裡，我的身體抖了起來。他還是個人頭販子，也許那都是他自家兄弟的頭。也許他連我的頭都想要，天哪！看看那菸斗戰斧！

但我可沒時間打哆嗦，因為此刻這野蠻人正在幹一件讓我看得目不轉睛的事，更讓我確信他就是個異教徒。他走向先前他掛在椅子上的那件沉重連帽外套或是水手外套，抑或是厚呢外衣，在口袋裡翻找，最後拿出一個駝背的畸形小人像，顏色看起來就像個剛出生三天的剛果嬰孩。我想起了那些經過防腐處理的人頭，一開始我幾乎把那黑色小人當成同樣經過防腐處理的嬰屍。但我發現它硬邦邦的，而且亮得發光，像是打磨過的黑檀木，因此確認那肯定是木雕，事實證明就是如此。此刻那野人正往那空蕩蕩的壁爐走去，把擺在那裡的遮板移開，將那小小的駝背木人像保齡球球瓶一樣擺好，放

8 Thirty Years' War，十七世紀發生於日爾曼各公國之間的宗教戰爭。

在木柴架上。壁爐裡的煙囪側壁與磚頭都被熏黑了，用來充當小小的神龕或祭壇非常恰當，因為他那剛果神像也是黑漆漆的。

此時我使勁瞇著雙眼，想把那被遮住一大半的神像看清楚，同時也急著想知道接下來會怎樣。首先，他從外套口袋裡拿出兩把木屑，小心地撒在神像前面，然後在神像頭頂擺一片船用口糧，用燭火燃燒木屑，點起了祭祀之火。他的十指很快地往火裡伸進去，接著用更快的速度抽回來（這舉動似乎讓他的手指嚴重灼傷），不久後，他總算成功地把乾糧從火裡拿出來。然後他稍稍把乾糧吹涼，也把上面的灰燼吹掉，接著恭敬地把乾糧獻給黑色小神像。但那邪惡的小神像似乎一點也不喜歡這乾巴巴的祭品，連嘴唇都沒動。除了這些古怪的舉動，祭拜神像的他還發出更古怪的喉音，像是用祭歌在禱告，或是在吟唱某種異教聖歌之類的，一邊唱著，他的臉以看來極其不自然的方式抽搐著。最後，他把火熄掉，隨手把神像拿起來，擺進外套口袋裡，一點也不慎重，彷彿他是個把山鷸擺進口袋裡的獵人。

這些奇怪的舉動讓我感到更加不安，而且從種種跡象都看得出他正要結束手邊的儀式，跳到我的床上，我想該是打破沉默的時刻了：我必須趁燭火熄滅前結束這好像被施咒的狀態，否則就沒機會了。

我頓了一會兒，正在思考該說些什麼，卻出現對我極其不利的情況。他從桌上拿起菸斗戰斧，看一看菸斗的部位，然後用燭光點燃，嘴巴對準把手，開始吞雲吐霧。下一刻燭火就被弄熄了，這野人也就叼著菸斗，跳到我的床上。我不禁大叫，他也吃驚不已，發出一陣咕噥聲，開始伸手摸我。

我吞吞吐吐地，也不知道自己說了些什麼，從他身旁滾到牆邊，然後念咒似地對他說，不管他是誰，是幹什麼的，都先讓我起來把燭火點燃。但從他用喉音答覆我的那些話聽來，我立刻發現他完全搞錯了我的意思。

「你這傢伙哪來的？」最後他說，「你不開口，該死的，我殺了你。」說畢他舉起點燃的菸斗戰斧，開始在黑暗中朝我揮舞。

「老闆，救命啊，彼得．柯芬！」我大聲呼救。「老闆！來人哪！柯芬！天使下凡來救我啊！」

「你說啊！跟我說你是誰！不然我就宰了你！」那野人再度咆哮，戰斧還是在我身邊猛揮，熾熱的菸草灰燼不斷散落在我身上，最後我想到我身上的亞麻布料衣服會燒起來。但是，謝天謝地，老闆就在這一刻手拿蠟燭進房，我才從床鋪跳下來，逃到他身邊。

「現在別害怕啦，」他又咧嘴笑道，「魁魁不會傷你任何一根寒毛的。」

「別嬉皮笑臉的，」我對他大吼，「你怎麼不跟我說這可怕的魚叉手是個野人？」

「我以為你知道啊？我不是跟你說他在鎮上賣人頭？上床睡覺吧。魁魁，聽我說。我懂你，你也懂我，這個人跟你睡，你知道嗎？」

「我都知道啦！」魁魁咕噥道，坐在床上吞雲吐霧。

「你上床吧。」他又補上一句，用菸斗戰斧對我比了比，把衣服丟到一旁。他的神態不只有禮，而且客客氣氣，和藹可親。我站著看了他一會兒。儘管他身上有那麼多刺青，但整體而言他是個乾淨而且俊秀的野人。我心想，我幹麼這樣大驚小怪？說到底這傢伙不跟我一樣是人嗎？我怕他，他也怕我啊。叫我挑床伴的話，我寧可挑一個清醒的野人，也不挑喝醉的基督徒。

「老闆，」我說，「不管他那一根是戰斧或菸斗，或隨便你叫它什麼，都叫他先收起來。總而言之，叫他別抽菸了，那我就上床睡覺。不過我不喜歡跟抽菸的人一起睡。太危險了。而且，我可沒有保險啊。」

這番話被轉達給魁魁後，他立即同意了，而且再次客客氣氣地對我比了比，要我回床上，他還滾到床的側邊，好像在對我說：我連你的腿都不會碰到。

「晚安，老闆，」我說，「你可以走了。」

我就此上床睡覺，這輩子還沒睡得如此香甜過。

4 被子

隔天一早大約在黎明時分起床，我發現魁魁的手臂親暱地擱在我身上。任誰看了都會把我當成是他老婆。那被子由許多破布拼湊而成，上面有各色方形與三角形色塊。至於遍布他手上的刺青，則是一個個看似希臘克里特島迷宮的圖案，如此複雜難解，而且色澤深淺都不一樣——我想這是因為在海上時他不會刻意晒太陽或躲太陽，而且也會不定時捲起襯衫袖子。在我看來，他的手臂看起來真的很像那破布被。事實上，剛醒時我幾乎無法分辨手臂和被子，因為兩者的色彩已經混在一起。我是感受到手臂的重量才發現魁魁摟著我。

我的感覺很怪。容我解釋一下。我還記得很清楚，小時候我也曾遇過類似情況，不過那到底是真有其事，或者只是一場夢，我未曾能夠完全確定。情況是這樣的：當時我正在嬉鬧，因為幾天前曾看過某個清掃煙囪的童工鑽進煙囪裡往上爬，於是我打算依樣畫葫蘆。而我那不知為何老是鞭打我、不給我吃飯就叫我去睡覺的繼母抓住我的雙腿，把我拖出來，叫我上床去，儘管當時才下午兩點，而且又是六月二十一日，也就是北半球白晝最長的一天。我覺得很害怕，但無可奈何，只能乖乖上樓，回到我在三樓的小房間，儘可能放慢脫衣服的動作，才能多殺點時間，蓋好被子後唉聲嘆氣。

憂鬱的我躺在床上，估算出要到十六個小時後才能起床。光是想到自己要在床上待十六個小時，我就覺得頭痛！天色如此明亮，陽光灑在窗戶上，街上的馬車聲喀噠喀噠作響，家裡四處洋溢著歡笑聲。我越來越難過，最後我起床穿衣，穿上長襪後躡手躡腳地下樓去，找到繼母，突然跪在她腳邊認錯，要她饒了我，用拖鞋好好打我一頓就是了，怎麼處罰都好，但可別讓我在床上待那麼久，我實在難以忍受。但她可說是世上最稱職也最謹慎的繼母，我只能回房去。有好幾個小時我都躺在床上，卻清醒無比，覺得自己一輩子未曾那麼煎熬過，就算後來屢屢遭遇不幸，感覺也沒當時糟糕。最後我一定是迷迷糊糊睡著了，做起了惡夢，逐漸甦醒後我在半夢半醒之間睜開雙眼，先前陽光充盈的房間此刻已被黑暗的天色吞噬。我立刻感到全身一陣震驚，儘管我看不見也聽不到，但似乎有一隻超自然的手放在我的手上。我的手臂垂在被子上，那隻手的主人是個無以名狀也難以想像的無聲人形或幽靈，好像就緊挨著我，坐在床邊。彷彿過了好久好久，我都只能躺在那裡，因為驚恐不已而無法動彈，不敢把手拿開。不過，我心裡一直想著，如果能稍稍移動一下我的手，就能把這可怕的魔咒打破。我不知道這種可怕的感覺最後是怎樣消失無蹤的，但早上醒來時我還是記得一清二楚，想到就戰慄不已，後來幾天、幾週甚至幾個月過去了，我仍舊非常困惑，想要試著解謎。但我做不到，時至今日，我仍常為此感到大惑不解。

醒來時看到異教徒魁魁的手臂摟著我，我有一種奇怪的感覺，跟當初感應到那隻超自然的手時很像，唯一的差異是此刻我並不害怕。不過，清醒後，昨晚那些事逐一浮現在我的腦海，而且真實感很強烈，接著我才躺在那裡，覺得自己的尷尬處境很好笑。理由是，我試著挪動他的手臂，想要掙脫他那彷彿摟著新娘的手臂，但卻辦不到，睡夢中的他仍緊抱著我，簡直像人們在婚禮上說的那樣，「只有死亡能把我們分開」。此刻我試著叫醒他，「魁魁！」但他卻只以鼾聲回應我。接著我翻身，脖子好像被套著馬軛似的，突然間感到身體被刮了一下。我把被子往旁邊翻開，看見那把菸斗戰斧就躺在野人魁魁的身邊，彷彿是個長著斧頭臉的嬰孩。我心想，真是尷尬：大白天的，我居然在這奇怪的客棧裡跟一個野人和一把戰斧躺在床上！「魁魁！天哪，魁魁！醒一醒！」我倆都是男的，他這樣彷彿抱新娘似地緊摟著我，實在太不像話，於是我扭來扭去，不斷大聲抗議，終於讓他對我咕噥了一聲，很快地，他把手臂收回去，全身抖來抖去，像一隻剛剛從水裡走出來的紐芬蘭大狗，他坐了起來，全身像矛杆一樣僵直，看看我又揉揉眼睛，好像完全不記得我怎麼會在那裡，不過慢慢地也似乎隱約想起我是誰。在此同時，我一直靜靜躺著看他，心裡的疑慮大多已經退去，決心要好好打量這個奇怪的傢伙。最後，他似乎終於確定我是他的床伴，這才接受了事實，跳到地板上比手出聲，讓我了解他的意思：如果我願意的話，就讓他先著裝，然後獨留我在房裡，也把衣服穿起來。我心想，在這狀況下，魁魁的提議可說非常有禮。但事實上，不管你的看法如何，他們那種野人本來就是天生懂得體諒他人，而且禮數周到，令人感到訝異。這方面我要對魁魁大表敬意，因為他對待我的方式是如此客氣體貼，而我則因為自己的魯莽而感到有罪惡感。我在床上盯著他梳洗時的動作，說來有點不禮貌，但我實在太好奇了。不過，像魁魁這種人可不常見，所以非常值得特別注意他的樣貌與舉動。

剛開始，他先把那頂高高的海狸皮帽戴上，然後，還沒穿長褲就先找靴子。我搞不清楚他為什麼要這樣，但只見他頭戴皮帽，手裡拿著靴子，下一步就是把自己擠進床底下。從他各種氣喘噓噓與費勁的聲音來推斷，我想他應該是正努力地穿靴子，不過我可沒聽過應該像他這樣躲起來穿鞋才符合禮節。不過，要知道魁魁是那種處於過渡階段的生物，他既非毛毛蟲，也不是蝴蝶。他的文明程度還不夠高，因此只能以最奇怪的方式來展現他的奇怪禮節。他的教育尚未完成。他就像個大學生。如果他不是稍有文明的概念，很可能連穿鞋這種麻煩事都懶得做。但話說回來，如果他已經不是個野人的話，恐怕連作夢也想不到鑽進床底穿鞋這種事。最後，他鑽出來時帽子都已經凹了，而且蓋住了雙眼，接著就開始吱吱嘎嘎地在房裡跛腳踱步，好像還不是很習慣穿靴子，而且那雙牛皮靴又溼又皺，可能也不是訂做的，在這冷颼颼的清晨，剛開始走起路來讓他相當刺痛難受。

因為沒有窗簾，街道又甚是狹窄，對面房子裡的人可以把房間裡的動靜看得一清二楚，再加上魁魁的一舉一動又越來越不雅觀，除了戴帽穿靴，身上幾乎沒穿什麼衣服就在房裡走來走去，我便好聲好氣地請他趕快梳洗，尤其是儘快把長褲穿上。他答應我，接著就去梳洗一番。當時，任何基督徒在早上都會洗臉，但讓我訝異的是，魁魁居然只洗胸膛與雙臂雙手。然後他就穿起背心，從房間中央那充當臉盆架的茶几拿起一塊硬肥皂，浸水後開始在臉上抹泡泡。我正等著看他把剃刀擺在哪裡，結果，天哪！他居然拿起了擺在床腳的魚叉，將長長的木柄抽出來，拿掉叉頭的護套，在靴子上抹了一下，跨步走向牆壁上的小小鏡子前面，開始卯起來刮鬍子，更精確地說，是用魚叉刮臉。我心想，魁魁的魚叉簡直是比羅傑斯公司[1]的上好刀器還厲害啊。事後我才知道魚叉的叉頭都是使用上好鋼材，而且又長又直的叉刃必須永保銳利，他的舉動也就不再讓我感到納悶不已了。

他很快就梳洗完畢，穿上他的大件水手外套，手執魚叉，像是個拿著指揮棒的大元帥，神氣地跨步走出房間。

1 應該是指 Joseph Rodgers & Sons，英格蘭的知名製刀公司。

5 早餐

我很快地梳洗著裝，到樓下酒吧去，非常愉快地跟那笑嘻嘻的老闆打招呼。雖然他耍了我，把那種床伴介紹給我，但我並不因此怨他。

不過，能開懷大笑真是很棒，只是這種機會實在太少。令人惋惜。所以說啊，如果有任何人肯讓自己變成別人的笑柄，那我只希望他別退卻，能夠高高興興地卯起來去被人利用。而且，任誰的身上如果有很多笑料可供利用，也許你會看輕他，但他肯定比你以為的還要了不起。

酒吧裡已經擠滿前一晚來客棧投宿的房客，先前我都還沒能好好看一下他們的長相。他們幾乎都是捕鯨船船員，有大副、二副與三副，也有木匠、桶匠、鐵匠、魚叉手與看守員，都是一些皮膚黝黑的壯漢，留著濃密絡腮鬍，個個不修邊幅、頭髮蓬亂，把水手外套當睡袍穿。

任誰都可一眼看出他們分別在岸上待了多久。這小夥子健健康康的，臉頰色澤像是一顆被太陽烤過的梨子，聞起來幾乎像是有股麝香的味道。他肯定剛從印度回來，而且上岸時間頂多才三天。他隔壁那傢伙看起來膚色稍淺，身上味道與緞木有幾分相似。另一個人的膚色還帶有熱帶居民特有的棕黃色，不過已經稍稍變白了。他肯定已經在岸上混吃等死好幾個禮拜了。但是，有誰的臉頰可以像魁魁那樣，上面布滿一條條顏色濃淡不一的條紋？簡直就像安地斯山的西坡，一眼望過去，看得到各個迥然不同的氣候區。

「開飯啦！」老闆大聲高呼，嘎一聲打開門，我們全都進去吃早餐。

有人說，只要見過世面，任誰都會變成雍容大度的人，與他人相處時總能有沉著冷靜的表現。但這句話可不是在誰的身上都適用：例如來自新英格蘭的大探險家雷雅德[1]，還有蘇格蘭探險家蒙戈·帕克[2]，每當他們待在客廳時，總是最沒自信的。儘管雷雅德曾經駕著雪橇犬拉的雪橇橫越西伯利亞，帕克則是餓著肚子獨自徒步走過黑暗大陸非洲的核心地帶（可憐的蒙哥，這是他唯一的成就），不過，這些探險之旅也許都不是磨練社交技巧的最好方式。只是，大致上來講，像雷雅德與帕克那種狀況，很會探險但不擅社交，在任何人身上都是可以看到的。

之所以會有這些想法，是因為大家都坐下了，之後的狀況讓我有感而發：本來我已打算洗耳恭聽一些關於捕鯨的精采故事，但讓我驚訝不已的是，幾乎每個人都沉默不語。不只如此，大家看起來都很不自在。沒錯，這些人都是老水手，其中許多位都曾在大海中跳到巨鯨身上與牠們拚命（他們與那些鯨魚都是素昧平生的），未曾感到一絲不安，是一些「殺鯨不眨眼」的傢伙。不過，一旦跟許多臭味相投的同行坐下來吃社交早餐，卻都害羞地彼此看來看去，簡直像一群未曾離開羊欄的綠山山脈[3]綿羊。這些捕鯨戰士長得虎背熊腰，卻偏偏如此侷促不安而膽怯，真是奇景啊！

至於坐在桌首的魁魁——這還用問，魁魁當然是跟他們坐在一起。想不到他也是一副冷冰冰的模樣。應該說，他的教養讓我感到很無言。就算是最崇拜他的人挺身為他辯護，恐怕也會覺得自己在睜眼說瞎話：他居然帶著魚叉來吃早餐，直接用魚叉把牛排叉到自己面前，險些戳到好幾個人的頭。不過，從頭到尾他的確都是如此冷靜，而任誰都知道，如果能夠冷靜行事，在大多數人眼中，就等於是舉止文雅。

1 John Ledyard，十八世紀的美國探險家，來自康乃狄克州。

2 Mungo Park，蘇格蘭人，非洲探險家。

3 Green Mountains，美國佛蒙特州的山脈。

在此我們就不詳述魁魁的種種古怪行徑了，包括他不喝咖啡也不吃熱麵包捲，只顧著專心吃那些三分熟的牛肉。吃夠了，等早餐時間結束後，他就跟其他人一樣回到交誼廳裡，點燃他的菸斗戰斧，靜靜坐在那裡，一邊等食物消化一邊抽菸，頭戴他那頂始終不離身的帽子，而我則是離開客棧，到外面去蹓躂蹓躂。

6 街道

在這人人有禮貌的文明城鎮裡怎會看到魁魁這種怪人？但是，就算我剛看到他時曾因此感到詫異，等到我第一次有機會於光天化日下在新貝德福的大街上閒晃，那種詫異的感覺很快就退去了。

無論是哪個重要海港，只要走在碼頭附近的大道上，常常都會看到一些來自異國的奇人異物，令人覺得難以形容。即便是在紐約港附近的百老匯與費城港附近的栗樹街，有時也會有一些來自地中海的水手在街上橫衝直撞，把女士們嚇得魂不守舍。在倫敦的攝政街上，東印度水手與馬來人也算是常客。至於在印度孟買的阿波羅綠地廣場上，許多當地人也常常因為看到活生生的美國佬而被嚇到。但就算是利物浦的水街與倫敦的瓦平區，也比不上新貝德福。在水街與瓦平，人們只看得到水手。但在新貝德福，則會看到一些貨真價實的食人族在街角聊天，他們是澈澈底底的野人，當中有許多人裸露著可怕的肉體。真是讓陌生人看得目瞪口呆。

但是，除了斐濟人、東加塔布島人[1]、埃羅芒阿島人[2]、檳城人以及布里吉安人[3]，除了那些在街上轉來轉去、沒人會多看一眼的捕鯨野人，你還會看到其他更奇怪、當然也更好笑的人事物。每週都會有幾十個來自佛蒙特州與新罕布夏州的菜鳥在鎮上出現，他們都渴望透過捕鯨這個行業獲利出名。

1 Tongatobooarr，指東加國東加塔布島的居民。
2 Erromanggoan，南太平洋萬那杜埃羅芒阿島的居民。
3 Brighggian，來源不詳。

這些人大多是一些身強體壯的小夥子，都幹過樵夫，現在希望能放下斧頭，改行捕鯨。其中許多人都跟他們的故鄉綠山一樣青嫩。在某些地方你甚至會覺得他們跟三歲小孩沒兩樣。你看，街角有個走路有風的小子。他戴著一頂河狸皮帽，身穿燕尾外套，綁著一條水手皮帶，皮帶上掛著一把帶鞘的刀。這邊來了另一個，頭戴防水帽，披著邦巴辛毛葛[4]材質的斗篷。

城鎮裡的花花公子沒半個比得上這些鄉下來的「型男」：這些傢伙可是百分百的鄉巴佬，但又很有型。每逢酷暑在大片田地裡除草時，他們也會戴上鹿皮手套，唯恐雙手晒黑。現在這些鄉下型男決心闖出名號，因此加入蓬勃發展的捕鯨業，你真該看看他們到這漁港時做了哪些好笑的事。訂製水手服的時候，他們指定背心上面要縫鐘型鈕扣，帆布長褲上面要有吊帶。可憐的鄉巴佬啊！只要一有強風吹過來，你們就會被吹得東倒西歪，不但吊帶被吹斷了，鈕扣什麼的也都會飛到暴風雨中。

但可別以為來這裡只看得到魚叉手、食人族與鄉巴佬。完全不是那麼一回事。儘管如此，新貝德福還是一個奇怪的地方。要不是有我們這些捕鯨人，這一小片土地搞不好早就跟拉布拉多海岸一樣荒涼了。事實上，這小鎮的某些偏僻地區真夠嚇人的，看起來是如此貧瘠荒涼。但小鎮本身也許是整個新英格蘭地區最適合居住的地方。它的的確確是一片充滿油水的土地，雖然沒有盛產橄欖油的迦南[5]那麼油，不過也出產玉米與葡萄酒。你看不到牛奶橫流的街景，春天時人們也不會用新鮮雞蛋來鋪路。儘管如此，全美國你找不到另一個地方像新貝德福這樣有那麼多豪華宅邸，而且公園與花園都是如此華麗繁盛。那些貴人是哪時來的呢？怎麼會在這個曾經跟火山岩渣一樣貧瘠的鄉下地方定居？

如果想要解答這個問題，那就到某間高大豪宅去瞧一瞧，豪宅四周那些具有象徵意義的鐵魚叉就是答案了。沒錯，這些華廈花園可以說都是從大西洋、太平洋與印度洋撈回來的。全都是華廈的主人用魚叉從海底拉起來的。亞歷山大先生[6]能夠變出這種神奇把戲嗎？

新貝德福的老爸們送給女兒的嫁妝，都是鯨魚，姪女結婚時的禮物，則是每人一條鼠海豚。你一定要到新貝德福去見識一下當地的盛大婚禮。因為，有人說當地家家戶戶都有一個油槽，每天晚上都會用掉許多鯨魚油蠟燭，一點也不心疼。

每逢夏季，小鎮風貌是如此甜美，到處是美麗的楓樹，長長的大街上被點綴得翠綠金黃。到了八月秋高氣爽之際，一棵棵歐洲七葉樹是如此完美豐饒，彷彿一座座樹枝狀燭臺，向路人獻花，一簇簇挺直的花叢都是圓錐狀的。在新貝德福，到處都有打從創世紀最後一天就被棄置不用的荒涼巨岩，如今人們在上面布置了鮮豔的花壇，那景象真是巧奪天工。

至於新貝德福的女人，真可說是人比花嬌。但是玫瑰花只在夏天盛開，而她們的淡紅色臉頰卻像七重天裡的太陽一樣，永遠如此燦爛。能媲美她們的，只有塞勒姆[7]的年輕女孩，因為有人跟我說，那些女孩舉手投足間都散發著麝香的氣息，她們的水手男友在離岸幾哩的海面上就能聞到那種香味，讓他們以為自己要登陸的是摩鹿加群島，而不是塞勒姆這個清教徒小鎮的沙灘。

4 bombazine，一種絲綢或是絲綢混羊毛的布料。
5 Canaan，《聖經》中的富饒之地。
6 Herr Alexander，指 Alexander Heimbürger，世界知名的十九世紀德國魔術師，曾在紐約巡迴演出。
7 Salem，美國麻州東北部的小鎮，在美國歷史上曾是清教徒的拓荒聚落。

7 小教堂

就在新貝德福這個地方，還有一個捕鯨人的小教堂。當漁民鬱鬱寡歡，或每逢即將前往印度洋或太平洋時，很少人不去做個禮拜的。我當然不是那種不去做禮拜的人。

初次於晨間散步回來後，為了做禮拜，我又特地出去一趟。天空原本是如此清澈，寒冷但晴朗，此刻下起了帶雪的大雨，漫天迷霧。我穿上我的毛茸茸外套，它的材質是那種被稱為熊皮的羊毛布料，在強風大雪中勉強前行。進入小教堂後，我發現有一小群水手、水手的妻子與遺孀散坐在各處。眾人壓抑不語，只有偶爾的風雪呼嘯聲會打破沉寂。沉默的信眾似乎都刻意不坐在一起，好像每個人的沉默哀思都該彼此隔絕，也無法向別人傳達。牧師還沒到，這些沉默的男男女女彷彿一座座孤島，坐在那不動，只是盯著幾面鑲嵌在講道壇兩邊牆上的黑邊大理石碑。儘管我無法逐字引用，但其中三面上頭大概刻了以下這些字：

約翰・塔伯特紀念碑

一八三六年十一月一日，在巴塔哥尼亞外海的孤絕島附近落海身亡，享年十八歲。其姊特以此碑紀念他。

羅伯・隆恩、威利斯・艾勒里、納森・柯曼、華德・坎尼、塞斯・梅西、薩謬爾・葛萊格紀念碑

一八三九年十二月三十一日，以上諸位艾利薩號船員連同該船所屬捕鯨小艇，在太平洋某漁場遭鯨魚拖走後消失無蹤。倖存船伴特以此石碑紀念他們。

已故伊茲基爾．哈迪船長紀念碑

一八三三年八月三日，船行至日本海岸，他在船艏遭某隻抹香鯨殺害。未亡人特以此碑紀念他。

我抖掉帽子與外套上的亮晶晶雨雪，在靠近大門的地方坐下來，轉身一看，驚訝地發現魁魁也在附近。受到教堂裡肅穆氣氛的影響，他的臉流露出不敢置信的好奇表情，疑惑的雙眼呆望著。在場所有人似乎只有這個野人注意到我進來了，因為也只有他不識字，沒有讀著牆上那些嚴肅的碑文。此刻在場的信眾裡面是否有碑文上那些遇難船員的親戚？我不知道。但是，捕魚這一行實在有太多意外並未留下紀錄，所以我能肯定的是，顯然在場的這幾個女人若非本來就總是愁容滿面，不然便是心裡的悲戚創傷未癒，一看見這些冷冰冰的石碑就心有所感，舊傷又開始淌血。

噢！因為你們死去的親屬都埋骨綠草中，因為你們都可以站在花叢裡說：「這裡，我愛的人就在此長眠」，所以你們當然不能了解這種滿懷鬱悶的心情。沒有任何東西比這些下面沒有骨灰的黑邊石碑更令人感到悽苦與空虛！這些無情的碑文深藏著多麼強烈的絕望心情啊！字裡行間流露出陣陣死寂與絕望，似乎就要讓一切信念遭到吞噬，也讓那些死無葬身之地的人永無復活的機會。這些石碑立在這裡，簡直就跟立在象島石窟[1]裡沒兩樣。

1 Cave of Elephanta，位於印度孟買外海。

為什麼會有一句俗諺說，「死人無法訴說故事，但暗藏他們身上的祕密卻比古溫沙洲[2]的祕密還多」？果真如此，難道人口普查也該把死人包括其中？為什麼昨天才出發前往另一個世界的人，就會被我們冠上一個如此意味深長且充滿疑慮的「死」字？難道那些要去東印度群島最偏遠處的人不該也被人這樣稱呼？既然有些人在死後靈魂仍能永垂不朽，那壽險公司為什麼還要支付死亡賠償金呢？為什麼遠古的亞當在整整六千年前就已經死了，但到現在卻仍始終躺著不動，像癱瘓一樣，死氣沉沉而毫無希望地昏睡著？對於那些我們認為已經住在極樂世界裡的人，為什麼我們還是拒絕為他們感到欣慰安心？為什麼所有活人總是想要設法堵住死人的嘴，因此只要有謠言說墳墓裡傳出一陣敲打聲，就搞得全城都受到驚嚇？這一切都不是毫無意義的。

但是，信念就像一隻在墳堆間覓食的豺狼，就算它吃到的是那些完全無望的疑慮，也能匯聚成滿滿的希望。[3]

這一天的天色如此昏暗陰鬱，在前往南塔克特島的前夕，居然讓我在微光中透過一片片石碑看到那些捕鯨前輩的命運，此刻我有什麼感覺，當然是不言而喻。沒錯，伊什梅爾，你也可能遭逢相同的命運。但不知為何我還是高興了起來。沒錯，儘管我們的小艇會被鯨魚撞爛，但看來我卻將因此功成名就，永垂不朽——我為此壯志滿懷，歡欣雀躍，準備好要出海去迎接自我提升的大好機會。然而，捕鯨這一行實在是處處殺機，隨時可能有混亂的狀況出現，轉瞬間便讓人跌進永恆深淵，連開口說話的機會都沒有。但是，那又怎樣？在我看來，世人對於生死之事的看法實在是大錯特錯。儘管有些人只看重具體存在，所謂精神只不過是陰影而已，但我卻認為精神才是我的真實本質。用他們那種方式看待精神，就好像牡蠣從水裡觀看太陽，誤把混濁的水當成最稀薄的空氣。我認為，真正的自我是更美好的，身體只是那美好自我的殘渣。說真的，誰想要我的身體就拿走吧，那不是真的我。所以我要在這裡為南塔克特島歡呼三聲，就算小艇和我的身體被砸爛也無所謂，因為即便是戰神朱威[4]也砸不爛我的靈魂。

---

2 Goodwin Sands，英吉利海峽的一處沙洲，附近的海象凶險，常常發生船難。

3 這句話應該是用來嘲諷那種盲目的希望與信仰，是對於宗教的批判。

4 Jove，羅馬神話裡的戰神。

8 布道壇

我坐下沒多久，就有個令人敬畏的大漢走進來。他一進來，那扇被暴風吹開的門又甩了回去，很快地所有信眾都用充滿敬意的眼神注視著他，光憑這點就可以看出這高尚的老者便是牧師。沒錯，他就是深受捕鯨人喜愛，他們口中大名鼎鼎的麥普牧師[1]。他年輕時也曾當過水手與魚叉手，但已獻身傳道多年。當我走筆至此，麥普神父已經邁入暮年，但仍精神矍鑠。年紀雖然很大，但他人生的第二春似乎已經到來，理由是，儘管他滿臉皺紋，卻因為近來精神變好而顯得容光煥發，他的臉彷彿被二月霜雪覆蓋著，但仍有春天的青翠草木探出頭來。如果不了解麥普牧師的來歷，任誰在初次見到他時，肯定都會感到好奇無比，只因他過去曾在海上冒險過，渾身散發著一種與其他牧師不同的氣質。我發現他進門時並未帶著雨傘，當然也不是乘馬車來的，因為他油布帽上的雨雪融化後不斷往下滴水，身上的大件水手外套吸了許多水，沉重得像是要把他拖到地板上。不過，他把衣帽與套鞋一一脫掉，掛在旁邊某個角落的狹小空間裡，等到穿上體面的衣服後，就靜靜地走上講道壇。

跟大多數舊式講道壇一樣，這個講道壇也很高，它並沒有階梯，而是在旁邊裝了一道垂直的梯子來替代，就像那種從海上小艇登船時會使用的繩梯，看來是麥普牧師授意建築師這麼做的，否則就必須蓋一段長長的階梯，如此一來，本來已經夠小的教堂就會變得更小。這繩梯是一位捕鯨船船長夫人送給小教堂的，它本來是兩條漂亮的紅色精紡絨線扶手繩，繩頭很精美，繩子本身染成赤褐色。就這樣一個小教堂而言，這樣的繩梯似乎已經算是挺有品味的。麥普牧師在繩梯底部暫停片刻，雙手緊緊抓住扶手繩上的裝飾性繩結，往上看了一眼，然後兩手輪流往上攀爬，動作看來不失牧師的體面，但身手仍像個貨真價實的水手一樣矯健，彷彿正要爬上船隻的大桅樓[2]。

一般繩梯搖搖晃晃的，通常兩側的材質都是用布料包起來的繩子，只有踩踏的地方是圓木棍，所以每一個踏階上都有接頭，這道邊梯也一樣。看了那講道壇第一眼之後，我腦海裡馬上閃過的念頭是：無論這邊梯對於船隻來講有多方便，梯上的一個個接頭似乎都沒有必要。因為我並未料到麥普牧師登高後會慢慢轉身，在壇上彎腰，從容不迫地把繩梯一階一階往上拉，直到把整個繩梯都收了起來，讓他自己獨自待在上面，好像駐守著固若金湯的魁北克要塞[3]。

這舉動讓我思考了一會兒，但還是無法完全了解理由何在。麥普神父的虔誠與威嚴聞名遐邇，所以我不能懷疑他是那種靠小把戲浪得虛名的人。我心想，不對，他會這麼做肯定是有某種嚴肅的理由，而且此一舉動肯定具有象徵性，與我們看不見的事物有關。難道，透過把自己孤立在那講壇之上，他覺得自己的精神就可以暫時脫離塵世，斷開一切連繫與關聯？沒錯，我明白了，對於真誠信仰上帝的人來說，上帝的真言彷彿酒肉，這讓講壇成為一個自給自足的要塞——就像位居高處的艾倫布萊斯坦要塞[4]，高牆內有一口永不枯竭的水井。

但這一道與牧師往日討海生涯有關的邊梯並非講壇唯一的奇怪特色。講壇兩邊那些亡者紀念碑之間有一堵位於講壇後方的牆壁，牆上掛著一大幅油畫，描繪的是一片背風的海岸，只見岸上黑岩處處，雪白的碎浪拍岸，外海有一艘頂著可怕暴風雨前進的大船。高高的天際只見雨水飄飛，烏雲滾

1 Father是對於德高望重牧師的尊稱，並非指他是神父。這是部分新教教會的特殊用法。
2 main-top，即船隻主桅頂端的平臺。
3 魁北克於殖民地時期曾是個軍事要塞。
4 位於萊因河畔的知名德國要塞。

滾，但也有一朵小島似的雲飄浮著，陽光從雲裡灑出來，也露出一位天使的臉龐。大船在風浪中顛簸搖晃，但天使臉上的光輝四射，從遠處投射了一點光芒到甲板上，那光芒狀若銀牌，好像現在鑲嵌在勝利號上面，用來標示納爾遜將軍殉難地點的那一塊牌匾。[5]「啊，宏偉的大船哪，」那天使似乎是在說，「前進吧，前進吧，你這宏偉的大船，勉力使舵吧！因為啊，太陽已經破雲而出，烏雲漸漸散開，最晴朗的藍天即將出現。」

除了邊梯與油畫，講壇本身一樣也有流露出海洋情調的跡象。講壇前頭裝有木板，狀似陡峭寬大的船艏，《聖經》擺在一片突出的雕花斜板上，斜板的造型是比照那種提琴頭狀船艏鐵嘴[6]而設計的。還有什麼比這更加意義深遠的嗎？由於講道壇是整個塵世的前端，這世界的其餘部分都跟在後面，它具有領導整個世界的地位。透過講道壇，我們才初次得知上帝的激憤彷彿風暴，而講道壇就是最早承受風暴撞擊的船艏。透過講道壇，我們才初次了解到上帝的和風無論是順風或逆風，都是對我們有利的風。沒錯，這世界是一艘出航的大船，但沒有一趟航程是完整的，而這講道壇便是船頭。

5 納爾遜將軍（Horatio Nelson）是帶領英軍打敗拿破崙的名將，後來在特拉法加海戰（Battle of Trafalgar）中遇難，地點在他指揮的英國皇家海軍勝利號（*HMS Victory*）上面。其實那是一面銅匾，而非銀匾。

6 鐵嘴（beak）也可以譯成「破浪艏材」或「衝撞角材」（簡稱「撞角」）。

9 布道會

麥普牧師站了起來，用和緩的語氣命令四散的信眾聚攏，他的聲音不怒而威。「喂，右舷走道上的往左舷靠——左舷走道上的往右舷靠！靠到船的中間來！到中間來！」

一排排長凳之間發出沉重水手靴踏地的低沉隆隆聲響，女人的腳步聲就更小了，接著教堂裡又恢復沉靜，所有人都看著牧師。

他頓了一下，然後跪在講壇前頭，把兩隻黝黑的大手交叉，擺在胸口，把他那雙緊閉的眼睛往上抬，跪地禱告的神情是如此虔敬，就像在海底禱告似的。

禱告完後，他開始以刻意拖長的嚴肅語調朗誦下面這一首聖詩，那語調彷彿迷霧中進水後即將沉沒的船隻，不斷搖鈴。但念到最後幾段詩句時，他的語調改變，迸發出狂喜愉悅的洪亮朗誦聲：

在鯨肋之間我體驗到種種恐懼，
陰鬱幽暗將我籠罩，
上帝的陽光灑在滾滾而過的波浪上，
把我捲起後又甩進毀滅深淵。
我看見地獄的大門敞開，
裡面有無邊無盡的痛苦憂傷；
只有感覺到的人才能了解——

噢，我掉進了無底的絕望裡。
在幽暗悲痛中，我呼求我的主，
就在我幾乎失去信仰之際，
祂低頭傾聽我的抱怨——
我就此不再受困於鯨魚體內。
祂火速趕來救我，
彷彿乘著光芒四射的海豚而來；
上帝是我的救星，
祂臉上的光芒驚人，宛如閃電發亮。
那一刻如此可怕但又歡愉，
將會永遠被記錄在我的歌裡；
所有榮耀盡歸我的主，
祂是慈悲的全能上帝。

幾乎所有人都跟著他一起唱這首聖詩，激昂的歌聲蓋過了風雪的呼嘯聲。接著他們暫停片刻，牧師緩緩翻閱著《聖經》，最後終於把手壓在他要用來布道的那一頁，接著他說：「親愛的船伴們，請聽《約拿書》[1]第一章的最後一節，『主安排一條大魚吞了約拿』。」

「船伴們，《約拿書》只有四章，四個故事，在這本彷彿巨大纜索的《聖經》裡，是篇幅最少的幾書之一。但約拿彷彿一根長長的測深索，幫我們測出了靈魂有多麼深！他身為一位先知，實在是幫我們上了意味深長的一課！他在魚腹裡的禱詞是多麼崇高！簡直像怒濤一樣壯闊洶湧！我們彷彿可以感受到自己深陷水中，跟他一起沉入處處巨藻的海底，被海草與海底的軟泥包圍！但《約拿書》給了我們什麼教誨？船伴們，它的教誨可以分成兩部分，首先是對我們這些罪人而言的教誨，而我身為永生上帝的舵手，也有另一個教誨。之所以說我們這些罪人能從中獲得教誨，是因為它的故事元素包括約拿的罪孽、冷酷無情、突然出現的恐懼、迅速遭到報應、悔罪，但在禱告後終於獲救，因而歡欣喜悅。亞米太之子約拿跟我們這些罪人沒兩樣，他頑抗主的旨意，現在姑且不論那旨意為何，還有旨意是怎樣傳達給他的，總之他感到很為難。但別忘了，主要我們做的所有事都是讓我們為難的，所以祂常常會對我們降下旨意，而不是試著說服我們。而且，如果我們遵從旨意，就一定會違背自己的意願。而遵循上帝的旨意之所以讓我們為難，就是因為我們必須違背己願。

「約拿犯了抗旨之罪，而且還想逃，因此犯了蔑視上帝之罪。他以為人造的船隻可以把他帶往上帝並未統治，而是由人間領袖治理的國度。他躲在約帕[2]的碼頭，等待一艘前往他施[3]的船隻。也許這裡潛藏著一個沒有人注意到的深意。據說，他施其實就是我們現代所說的加的斯[4]。那是學者的意見。船伴們，加的斯在哪呢？加的斯在西班牙。在約拿那個遠古時代，人們幾乎不知道有大西洋的存在，因此從約帕搭船出航後能夠抵達的最遠處，就是那裡了。船伴們，約帕就是現在的雅法[5]，它位於地中海地區最東邊的海岸上，也就是敘利亞。而他施或者我們現在所說的加的斯，則是在雅法西方

1 Book of Jonah，《舊約聖經》的一部分。

2 Joppa，猶太古城，現在已經與特拉維夫合併成特拉維夫—雅法市（Tel Aviv-Yafo）。

3 Tarshish，根據《聖經》，是位於地中海海岸的城市。

4 Cadiz，西班牙西南部安達魯西亞地區的一座濱海城市。

5 Jaffa，就是現代的約帕。

的兩千多哩處，位於直布羅陀海峽外面不遠處。船伴們，你們看出來了嗎？約拿想要躲到世界的另一頭，逃離上帝。可悲的人哪！噢，他令人極度鄙視，再怎樣輕蔑他也不為過。他戴著垂邊軟帽，眼神流露著罪惡感，躲開了上帝。他在船隻之間鬼鬼祟祟，像個想要趕快偷渡出海的惡賊。他看起來狼狽不堪，自責不已，如果當年有警察的話，約拿可能早就因為形跡可疑而被逮捕了，連上甲板的機會都沒有。他看起來就是逃犯的樣子啊！沒帶行李或帽盒，也沒有手提箱或毛毯袋。沒有朋友陪他到碼頭邊送行道別。經過一番躲躲藏藏，最後他找到一艘前往他施的船，那船剛好在接收最後一批貨物。登船後他到船艙裡去見船長，在那當下所有水手都停下手邊的吊貨工作，盯著陌生人約拿的邪惡眼睛。約拿也意識到了，試著裝出輕鬆自信的模樣，但沒有用。擠出一絲苦笑也沒用。憑藉著強烈的直覺，那些水手看出他肯定不是好人。他們用開玩笑但仍舊嚴肅的口吻低聲交談：『傑克，那傢伙搶了一個寡婦。』或是：『喬伊，你看得出他犯了重婚罪嗎？』也有人說：『哈利老弟，我想他是被關在古城蛾摩拉的通姦犯，後來逃獄了，也可能是從所多瑪[6]逃走的殺人犯。』另一個人跑到船隻停泊的碼頭上，看著貼在木樁上的懸賞告示，只要抓到告示上描述的弒親犯，就可以拿到五百金幣。他讀著告示，看看約拿，然後再回頭看告示。船伴們跟他很有默契，此刻已經將約拿包圍起來，打算伸手抓他。約拿怕得發抖，鼓起勇氣，臉上露出誰也不怕的表情，但卻只讓他看來更像膽小鬼。他並沒承認自己就是那嫌疑犯，但這就更令人懷疑了。所以他極力裝模作樣，等到水手發現他不是懸賞告示上的那個人，就放過他，讓他到甲板下的船艙去。

「『誰在那啊？』正在書桌前忙著要把報關文件寫完的船長說：『誰在那啊？』喔，這問題對別人來講不痛不癢，卻問得約拿心驚膽跳。在那一刻，他幾乎轉身逃走。但他還是鼓起勇氣答道：『我想搭船到他施，船還有多久才開，船長先生？』到這一刻為止，儘管約拿就站在前面，但船長忙個不停，還沒抬頭看他。不過，船長一聽到他那虛偽的聲音，就對他投以打量的眼光。最後船長慢條斯理地回答：『下次漲潮我們就開船。』眼睛還是盯著他。『船長先生，不能更快一點嗎？』——『如果乘客是好人的話，已經夠快啦！』哈！這句話又讓約拿心頭一驚。但他很快就把話岔開，不讓船長嗅到異樣。『我要跟你們出海，』他說，『船資多少？我現在就付。』船伴們，因為《聖經》裡特別寫道，開船前『他就給錢上船了』，好像是這故事中不該被遺漏的細節。從上下文看來，這一點是意味深長的。

「船伴們，大家看看，這船長本來還算是有能力辨認罪犯，但從這貪財的模樣看來，只有身上沒錢的罪犯他才辨認得出來。船伴們，在這世界上，有錢的罪人可以暢行五湖四海，連護照都不需要。反之，窮人就算是德行高尚，也會在各個邊關被攔下來。所以，船長打算試探一下約拿的口袋有多深。他向約拿索求三倍的船資，約拿也同意了。此時船長就知道約拿正在逃亡，同時他也決心要幫助這樣一個身懷重金的人逃走。然而，當約拿大方掏出錢包時，謹慎的船長還是滿懷狐疑與憂心。他把每個硬幣都敲得叮噹作響，以免裡面有偽幣。他咕噥低聲說，總之這傢伙不是製造偽幣的。約拿就此被登記為乘客了。『告訴我住艙在哪裡，船長先生，』約拿說，『旅途勞頓的我需要睡覺了。』船長說：『你看來真的累了。你的住艙在那裡。』約拿入艙後打算鎖門，但有鎖頭卻沒鑰匙。船長聽見他笨手笨腳地翻找鑰匙，低聲喃喃對自己笑道，沒有任何一間牢房是可以從裡面上鎖的。約拿風塵僕僕，沒脫衣服就倒在床上，發現自己的額頭幾乎可以碰到小小住艙的天花板。船艙不透氣，約拿氣喘吁吁。在那位於船隻吃水線下方的狹窄洞穴裡，約拿已經預感到自己會被困在鯨魚魚腹的最小空間裡，跟現在一樣窒悶。

6 Sodom，跟蛾摩拉一樣，都是《聖經》裡的罪惡之城。

「約拿的住艙燈上有個固定在艙壁的軸心，那燈正順著軸心微微搖晃著[7]。最後一批貨物上船後，重量讓船隻往碼頭傾斜，壁燈與燈火雖然稍稍動了一下，但始終跟住艙維持一樣的傾斜角度。不過，因為那盞燈本身顯然總是保持直挺挺的，這也讓它四周的艙壁與其他東西看來更為傾斜了。這盞燈讓約拿感到驚嚇害怕。他那雙眼睛覺得很痛苦，四處看來看去，而儘管這次逃亡到目前為止都很順利，他卻不知道該讓眼睛注視著哪個地方。那盞並未隨著四周環境傾斜的燈讓他越來越害怕。他覺得地板、天花板與艙壁都是傾斜的。『噢，我的良心就像這盞燈！』他呻吟道，『我的良心正直，燒個不停，但我的靈魂卻像這房間一樣，全都歪斜了！』

「他就像經過一整夜飲酒作樂的醉漢，仍感到天旋地轉，想要趕緊倒頭大睡，但良心讓他感到陣陣刺痛；他彷彿一匹持續往前衝刺的羅馬賽馬，衝得越快，馬具就越往身上的肉裡面陷進去。他也像一個受苦受難的可憐人，暈眩疼痛，輾轉反側，在痛感消失以前持續祈求上帝讓他解脫。最後，在那悲痛的感覺頻頻湧現之際，他漸漸感覺到精神恍惚，就像快要流血過多而亡的人一樣，只因良心就是他的傷口，而且無法止血。就這樣，約拿在床鋪上歷經一番痛苦掙扎，他有一種大禍臨頭的預感，就在那種感覺中沉沉睡去。

「漲潮了，水手把纜繩解開，碼頭上空無一人，船在沒有人歡送的情況下啟程前往他施，船身搖搖晃晃，滑進大海。我的朋友們，這船隻是有史以來的第一艘走私船，它走私的禁貨就是約拿。但大海翻臉了，彷彿不願承受這邪惡的負擔。可怕的暴風雨降臨，像是要把船撕裂。水手長下令，要大家減輕負重，許多箱子、貨物與瓶罐全都被嘩啦嘩啦丟下海，風聲呼嘯，所有人大吼大叫，約拿頭頂的甲板因為人們走來走去而砰砰作響，儘管情況如此嘈雜混亂，約拿還是熟睡著。他沒看到天黑海怒，感覺不到船隻搖搖晃晃，也不太聽得到或注意到遠方有一隻巨鯨來勢洶洶，所到之處，海面都被牠的大嘴一分為二。是啊，船伴們，就像我剛剛說的，約拿已經到甲板下的住艙去熟睡了。但驚恐的船長來找沉睡中的他，在他耳邊尖聲大叫：『你這是什麼意思？喔，居然還睡得著！起來啦！』在睡夢中被這可怕的尖叫聲嚇醒，約拿掙扎起身，踉踉蹌蹌地走到甲板上，抓住一條桅牽索，遠眺海上。但此刻一陣大浪彷彿美洲豹似地越過舷牆，撲到他身上。一陣陣海浪打上船，因為並未立刻找到排出去的管道，所以便在船頭與船尾咆哮著，儘管船還浮在海面上，但水手們都快被淹死了。天際一片漆黑，月亮彷彿從深壑中探出她那被嚇白的臉，約拿也驚呆了，他看見船首斜桅高高地指向天上，但很快又往下掉入痛苦深淵。

「一陣陣恐懼在他的靈魂深處叫囂。他的態度畏畏縮縮，因此現在大家顯然都已經可以看出他想要躲避上帝。水手們盯上了他，對他的疑心也越來越確定，最後為了釐清真相，讓天意來決斷這整件事，他們打算用抽籤的方式找出那個引來這次暴風雨的人。結果揭曉了，約拿抽到籤，憤怒的眾人把他團團圍住，質問他：『你是幹哪一行的？打哪來？來自哪個國家？哪一族人？』但是，我的船伴們，你們看看約拿的反應有多可憐。水手們急著想知道他的身分與來歷，但約拿回答的不只是他們問的問題，連他們沒問的某個問題也答了，這都是因為上帝用祂嚴厲的手去壓迫約拿，逼他回答。

「『我是個希伯來人，』他大聲說，接著又道，『我敬畏那創造出海洋與大地的天主！』敬畏祂，是嗎，約拿？是啊，現在你有足夠理由敬畏天主啦！接著，他立刻把一切都坦白道出，水手們一聽更是感到越來越害怕，但也可憐他。他們可憐約拿，是因為此時他還沒懇求上帝饒恕，但他很清楚自己罪不可赦，知道他們是因為他才會遭逢這場暴風雨，於是大聲對他們說，把他丟進海裡吧，但他們都慈悲地轉身離開他，打算找其他辦法來救船。但全都沒有用，憤怒的強風咆哮得更大聲，他們這才舉起一隻手乞求上帝，另一隻手不情願地抓住約拿。

7 船艙裡的燈之所以要加裝一個軸心，是為了讓燈在船隻搖晃時仍能保持平整。

「大家看看，他們把約拿抓起來，像拋錨似地丟進海裡，暴風雨就從東邊開始慢慢停歇了，大海也恢復風平浪靜，他一入海，強風也跟著停了，海面平滑如鏡。他落入一個停不下來的混亂漩渦中心，因此幾乎沒有注意到自己在翻騰之間掉進了一張在那裡等待他的大嘴裡，鯨魚把牠那象牙似的牙齒合起來，彷彿一根根牢欄，將他囚禁起來。約拿這才開始向主禱告，祈求離開魚腹。但如果細究他的禱詞，我就能學到一個寶貴的教誨。儘管約拿罪孽深重，他卻沒有嚎啕痛哭，希望能立刻獲得解脫。他感覺到這可怕的懲罰是公平的。他把解脫之事完全託付給上帝，儘管飽受痛苦折磨，還是覺得心滿意足，而且他還是會仰望上帝的聖殿。船伴們，這才是真正的誠心悔過，不是吵吵鬧鬧地請求原諒，而是身受懲罰也感激涕零。主對約拿的表現肯定是欣喜無限，因為他終於從海裡被救起，離開魚腹。船伴們，我提到約拿並不是希望你們跟他犯一樣的罪，而是把他當成悔悟的典範。可別犯下罪孽啊，但如果真的犯了，就一定要像約拿那樣悔悟。」

牧師講這些話時，風聲還在外面呼嘯尖叫，斜吹的暴風似乎讓牧師的氣勢又更強大了，當他在描述約拿遭逢的暴風雨時，自己似乎也被強風吹得搖搖晃晃。他那厚實的胸膛像海面大浪一樣起伏不定。他揮舞著手臂，彷彿在描繪風與水兩大元素交戰的情況。他那黝黑的眉毛好像可以放出雷電，眼睛迸射出光芒，這一切都讓那些單純的信眾體驗到一種前所未有的恐懼。

此時他默默地再度翻動《聖經》，表情也和緩了起來。最後他站著不動，閉上雙眼，在那當下似乎直接與上帝交流著。

但他再度向著信眾彎腰，把頭低下來，用最謙卑但又最有男子氣概的語氣說了這些話：

「船伴們，主只把一隻手放在你們身上，但我身上卻壓著祂的兩隻手。依照我的粗淺理解，我已經告訴你們約拿的故事對所有罪人的教誨。因此這教誨不但是給你們，更是給我的，因為我的罪孽比你們深重。現在，如果我能從這桅頂下去，跟你們一樣坐在艙口，我會很高興，因為身為永生上帝的舵手，我可以聽聽你們之中某人講述約拿的種種嚴厲教誨。領受過塗油禮的約拿原為上帝舵工一般的先知，是真理的代言人，主吩咐他把那些不受歡迎的真理傳播給邪惡的尼尼微人[8]，但他卻害怕招來眾人的敵意，因此臨陣脫逃，才會到約帕去搭船，打算避開自己的義務與上帝。但上帝無所不在，約拿並未抵達他施。如我們所見，主透過那鯨魚降臨在他身上，把他吞進活生生的厄運深淵裡，用一陣陣歪斜的疾風把他拖到『汪洋大海中』，深深的漩渦將他吸進萬噚[9]深海裡，『讓他被海藻覆頭』，充滿災厄的水世界在他頭頂滾滾流動。即便當時他已經到了任何測錘都到不了的深處，那鯨魚已經落入海洋最深的底部，但是就像《聖經》所說，這位困在魚腹中的先知懊悔哭求的聲音彷彿『從地獄的深淵傳來』，上帝還是聽見了。上帝吩咐那大魚，要牠離開讓人冷到發抖的暗黑大海，往上游到溫暖怡人的陽光底下，還有令人歡欣的空氣與大地。鯨魚『把約拿吐到乾燥的土地上』，主的旨意再度降臨，此時約拿遍體瘀傷，狼狽不堪，他的兩個耳朵彷彿貝殼，海洋的千萬種聲音還在他耳中嗡嗡作響，但他還是遵從了全能上帝的命令。而那旨意是什麼，船伴們？在這虛偽的世上宣講真理！這就是旨意！

「船伴們，這就是另一個教誨；永生上帝的舵工如果看輕它，就會蒙難。如果有人因為受到世界誘惑而忘了傳遞福音的義務，就會蒙難！當上帝在海上興起風浪，如果有人還心存僥倖，就會蒙難！任誰若是只想討好別人，而不敢說驚世駭俗的話，就會蒙難！那些不想遵循德性的沽名釣譽之輩，有難了！在這世界上完全不想承受羞辱的人，有難了！那些為了獲得拯救而虛偽不實、不願保持真誠的人，有難了！是啊，就像偉大的上帝舵手保羅所說，那些向別人傳播福音，但自己卻遭到棄絕的人，

8 Nineveh，古代亞述帝國的大城。

9 一噚為六呎。

也有難了[10]！」

片刻間，他暫時低下了頭，沉澱心情，然後又抬頭看著他們，流露出歡欣雀躍的眼神，用美好而熱忱的聲音大聲說：「但是，噢，船伴們！苦難的另一面肯定都有喜樂存在。你以為苦難有如深淵，但喜樂卻比天還高。你以為內龍骨夠低了，但實際上主桅頂端的平臺不是更高嗎？任誰如果能堅持做自己，挺身對抗世間那些驕傲的偶像與將帥，不為所動，內心深處肯定能夠獲得無限喜樂。這卑劣凶險的世界就像一艘即將沉沒的船，若有人能以堅實雙臂把它撐起來，就能獲得喜樂。任誰只要能堅守真理，絕不讓步，把所有罪孽予以斬除、焚盡、毀滅，哪怕那些罪孽是從參議員與法官的袍子底下掀出來的，就能獲得喜樂。如果有人唯上帝旨意是從，只效忠天界，不把人間的律法或王公當一回事，那就能獲得跟上桅一樣高遠的喜樂。當這世上的暴民喧鬧作亂，好像海上怒濤從四面八方襲捲而來之際，若有人能把這打自遠古以來始終屹立不搖的龍骨給穩住，就能獲得喜樂。有些人在躺下嚥氣之際這麼說：『噢，天父啊！長久以來我都藉由祢的懲罰來認識祢，而在此我將死去，無論是否能永垂不朽。我向來努力讓自己歸屬於祢，不屬於這世界，也不屬於我自己。但死亡沒什麼了不起：我把永恆獻給祢，因為如果有人活得比上帝還久，那像話嗎？』這種人也能獲得喜樂。」

他不再言語，只是緩緩揮手禱告，賜福信眾，用雙手摀臉，持續跪在那裡，直到所有人離開，獨留他一人在教堂。

10 見《聖經．歌林多前書》第九章第二十七節。

10 一個貼心的朋友

從小教堂回到捕鯨船客棧，我發現客棧裡差不多只有魁魁一個人。在牧師祈禱賜福之前他就已經離開小教堂了。他坐在火爐前的長板凳上，雙腳擱在爐邊，一手拿著他那小小的黑色神像，湊在面前不遠處，緊盯著神像的臉，用一把折疊刀輕刮它的鼻子，同時用一種異教徒的風格哼歌自娛。

但是在被我打擾之後，他就把那神像擺好，隨即到桌上拿了一大本書，放在大腿上，開始刻意用很規律的方式數頁數。我猜想，他大概是每數到五十頁就暫時停下來，茫然四顧，發出拖長的咯咯聲響，表示驚嘆。然後再繼續數五十頁，似乎每次都是從一數起，彷彿他懂的數字只有一到五十，而且因為他數了那麼多次五十頁，他才意識到那本書的頁數居然這麼多，為此驚嘆不已。

我坐著看他，看得興味盎然。儘管他是個野人，臉上到處是可怕圖紋，但至少就我自己的感覺而言，他的相貌還是有絕對不會討人厭的地方。任誰都掩飾不了自己的靈魂。我想我是把他臉上那些可怕刺青給看透了，而且從一些跡象得知他的心性單純誠摯。至於他那雙大大的深邃黑眼則是目光如炬，大膽的眼神似乎代表他的精神足以與千百個惡魔對抗。此外，他雖然是個粗野笨拙的異教徒，但這也無法全然抹煞他的體態的確散發著某種高尚風度。他看來就像那種未曾卑躬屈膝，也沒有過債主的人。至於他的頭會看起來如此突出，顯得無拘無束而光亮動人，並且似乎很大，會不會是因為他把頭髮都剃光了？這個問題我就不深究了。但我可以確定的是，從骨相學的角度看來，他的頭是很棒的。說來有點荒謬，但我覺得他的頭與華盛頓將軍的頭居然有幾分相似，只要與常見的華盛頓半身雕像加以比較就能看出來。他們倆的頭一樣都是從眉毛以上就規律地往後縮，形成一片長長的斜坡，而且眉毛也一樣都往外側伸出去，就像眼睛上方有兩道樹木濃密的長長海岬。魁魁可說是野人版的喬治．華盛頓。

我有意無意地假裝自己正看著窗外的暴風雪，實則是緊盯著他，但他始終並未注意我的存在，根本懶得瞥我一眼，看來非常專注地數著那本奇書的頁數。有鑑於我們倆在前一晚曾是床伴，特別是今早我醒來時還發現他的一隻手臂如此親暱地擺在我身上，我覺得他那對我置之不理的態度很是奇怪。但野人本來就都是怪人，偶爾他們就是會有出人意表的時刻。乍看之下他們都是令人印象深刻的，平靜、鎮定而純樸，似乎充滿蘇格拉底的智慧。先前我就曾注意到魁魁根本不與客棧裡的其他水手來往，或者說不怎麼來往。他不曾與人攀談，看來根本無意與別人混熟。本來我認為他就只是個獨來獨往的人，但三思過後，總覺得這幾乎可說是一種崇高的習性。他離家兩千哩，繞過合恩角才來到這兒，因為那是他的唯一途徑，在此地遇上了一群陌生人，而那些人也好像都把他當成是遠從木星來的，但他似乎是如此安適，仍能保有全然的沉靜姿態，怡然自得，總是不需要別人相伴。這當然帶有某種美好的哲學意味，但他肯定不曾聽過哲學是什麼東西。但如果想成為真正的哲學家，我們凡人也許就不該刻意用哲學家的方式去過活，或為此努力掙扎。如果我聽到有人以哲學家的身分自居，我總會當下做出結論：老女人的消化不良問題出在腸胃，這傢伙也是「消化不良」，但問題在腦袋。

我坐在此刻是如此寂寥的交誼廳裡。爐火剛剛升起時燒得猛烈，讓整個交誼廳都暖了起來，但火勢已經變溫和了，紅通通的一片只是好看而已。傍晚的鬼怪與幽魂好像都聚在窗邊盯著形單影隻的我們倆，沉默不語。室外的暴風轟隆隆呼嘯，風勢越見強大。我開始有一種奇怪的感覺，心裡面好像快融化似的。我破碎的心與瘋狂的手再也不想對抗這豺狼般的世界。因為這令人感到安心的野人已經救贖了這世界。他漠然地坐在那裡，流露出的本性不帶半點文明人的偽善，也不會以和善的外表耍詐。他的確是野人，是個罕見的奇人，但我開始覺得自己莫名地被他吸引。同樣的狀況可能會讓人覺得厭惡，但對我卻充滿吸引力。我心想，我試著來交個異教徒朋友好了，因為我已經看出基督徒的和藹只是空洞的客套。我把板凳拉到他附近去坐，然後對他打了一些友善的手勢，設法向他示意，儘可能與他聊一聊。一開始他幾乎沒有理會我的攀談，但等到我提起他昨晚好意收留我，他馬上就懂了，並且問我是否想再跟他當床伴。我對他說好，當下我覺得他馬上露出愉悅的臉色，甚或有點覺得受到了恭維。

接著我們一起翻閱那本書，我試著向他解釋那印刷物的功用，還有書裡僅有的幾幅畫的含意。此舉很快就引起了他的興趣，之後我們繼續儘可能閒聊，聊起了這知名城鎮的各種景致。過沒多久我就提議我們該一起抽菸，他拿出菸袋與菸斗戰斧，不發一語，只是示意我抽一口。然後我們就坐在那裡共享他的野人菸斗，常常把菸斗傳來傳去。

如果這異教徒內心還潛藏著些許冷漠的冰塊，像這樣快樂友好地共享菸斗之後，也很快就融化消失，讓我們變成好友了。我們似乎很自然而且心甘情願地接受了彼此，等抽完菸斗後，他就用額頭頂著我的額頭，抱住我的腰，說我們倆從此以後算是「結了婚」，而這句話在他的祖國就是意指我們已經成為貼心好友。如果有必要，他會樂於為我而死。如果是和某位我國同胞突然擦出這種友誼的火花，似乎可說是言之過早，不值得相信，但因為他是個單純的野人，那些關於友誼的老舊規矩並不適用。

晚餐後，我們倆又藉由聊天與抽菸交流了一會兒，然後就一起回我們的房間。他把那顆經過防腐處理的頭送給我當禮物，然後拿出他的大菸袋，在袋裡的菸草底下摸索，拿出差不多三十銀元，散開擺在桌上，毫不猶豫地把銀元分成相等的兩份，把其中一份推向我，說那是我的。我本來打算拒絕，但他為了讓我閉嘴，直接把銀元倒進我的長褲口袋裡。我沒拿出來還他。接著，他開始晚禱，拿出他的神像，把那片遮住壁爐的紙板移開。從某些手勢與徵兆看來，我想他似乎非常希望我加入他的晚禱，但我知道接下來會怎樣，於是仔細考慮了一下：若他邀請我，我該接受或拒絕呢？

我是個虔誠的基督徒，出生成長的家庭信仰著代表基督教正統的長老教會。那我怎能跟這崇拜偶像的野人一起對著他的木頭雕像禱告呢？但我心想，崇拜是怎麼一回事？我告訴自己：伊什梅爾，上帝主宰著天地之間的一切，也包括異教徒與其他各種人，難道你以為寬宏大量的祂會忌妒這麼一塊無足輕重的黑色木頭嗎？不可能！但何謂崇拜？遵行上帝的旨意，就是崇拜。那上帝的旨意為何？如果我希望同伴怎樣對待我，我就該怎樣對待同伴。這就是上帝的旨意。此刻魁魁就是我的同伴。我希望魁魁怎樣對待我呢？不消說，當然就是跟我一起用長老會的方式禱告啊。因此，我就必須與他一起禱告。所以我就必須成為一個偶像崇拜者。為此，我把那些木屑點燃，幫魁魁把那無辜的小小木像立起來，跟他一起把燒過的船用口糧獻給木像，對著它敬拜兩三回，親親它的鼻子。拜完後，我們就脫衣就寢，內心平靜無比，覺得與世無爭。但我們還是小聊了一會兒才睡覺。

雖不知道為什麼，但我很清楚，朋友之間若要促膝密談，沒有別的地方比床鋪更適合。有人說，夫妻上床後會對彼此敞開自己的靈魂，有些老夫老妻常常躺著聊天敘舊，直到天明。所以，我和魁魁就像一對愜意的蜜月愛侶，躺著進行心靈的交流。

11 睡袍

我們躺在床上聊天，睡睡醒醒，魁魁偶爾親暱地把他那兩條布滿刺青的腿放在我的腿上，然後又收回去，我們倆是如此友好而自在。到最後，因為聊個不停，就連僅存的一點睡意也已經完全消失無蹤。儘管還要過一會兒才日出，我們已經打算起床了。

是啊，我們已經完全清醒，醒到越來越覺得躺在床上很累人，於是我們發現自己漸漸坐了起來，把衣服緊緊裹在身上，背靠著床頭板，把大小腿收攏合併，鼻子靠在膝蓋上，彷彿膝蓋骨就是暖床用的炭火盆。我們覺得如此舒適溫暖，而且因為戶外的天氣冷冽，我們的感覺更形強烈。事實上，光是離開被子就會覺得冷了，因為房裡沒有生火。在我看來，更重要的理由在於，如果真要讓身體感到溫暖，身上就必須有一小部分是冷的，因為這世界上所有事物的特質都是透過對比才得以彰顯出來。如果沒有透過對比，什麼東西都不存在。如果你很滿意，覺得自己渾身舒暢，久而久之就不再有舒暢這回事。但如果以待在床上的魁魁跟我為例，覺得自己的鼻尖或頭頂有點發冷，那麼事實上你就會明確地意識到自己有多愉悅溫暖。正因如此，寢室裡絕對不該生火，那是有錢人會做的奢侈事之一，但事實上那並不舒服。在冷冷的房間裡，最怡人的做法是只蓋一條毯子，這樣就能睡得舒舒服服。如此一來，你躺在床上時就會彷彿冰晶般北極圈中心的溫暖火花。

我們用這種蜷伏的姿勢坐了一會兒，突然間我想到要睜開雙眼——因為每當我躺在床上，無論白天或晚上，也無論是睡是醒，我總會閉上眼睛，只為更專注地享受那舒適的感覺。因為，除非把雙眼閉上，否則任誰都無法好好體會自己身處的狀態，彷彿我們的靈魂就該待在黑暗的環境裡，而光明本來就和我們的身體[1]更為協調。一張開眼睛，我就離開了自己創造出來的那個舒適的黑暗世界，被迫去面對粗糙黑暗的外在世界。當時是午夜十二點，那沒有點燈的房間讓我覺得反感。魁魁建議我們也許最好點個燈，既然我們倆都已經完全醒了，我一點也不反對。此外，他也很想要用菸斗戰斧靜靜地抽幾口菸。如前所述，前一晚魁魁在床上抽菸曾讓我產生強烈的反感，然而我們倆一旦親近了起來，也就盡釋前嫌了。此刻我最喜歡的一件事就是魁魁在我身邊抽菸，即便在床上也無所謂，因為抽菸時他似乎總能享受到某種閑靜的居家樂趣。我不再為客棧老闆的火災保單過度擔憂。對於能與一個真正的好友共享菸斗與毛毯，我只有濃厚的親暱與舒適感，也為此雀躍不已。我們把毛茸茸的外套披在肩頭，他那把菸斗戰斧在我們之間遞來遞去，一縷藍煙緩緩地聚積在我們頭頂，彷彿床幔被剛剛點燃的燈火照亮著。

我不知道是不是這起伏不定的煙幔把野人魁魁送往他記憶中的遠方場景，但此刻他聊起了自己的故土。我很想聽聽他的身世，於是求他繼續講下去。他也欣然同意了。儘管當時他有很多話我都還聽不太懂，但是等到我已經較為熟悉他的混亂語法後，從後來他陸續透露的內容看來，現在我已經能夠把故事全貌呈現出來，以下我所提供的只是其中的梗概而已。

1 clayey part，係指身體，《聖經．創世紀》裡提及人類是上帝用泥土根據自身形象打造的。

12 身世

魁魁的故鄉是科科沃科[1]，一座位於西南方的遙遠島嶼。任何地圖上都看不到那座島。真實的地方絕對不會在地圖上。

年少時，魁魁在故鄉的林地裡活蹦亂跳，因為他身穿青草編織而成的腰布，所以身後跟著一堆吃草的山羊，牠們彷彿把他當成一顆青綠樹苗似的。想當年，即便年紀還小，魁魁的靈魂早就充滿企圖心，他非常想多多見識整個基督教世界，光是一兩個捕鯨人並無法滿足他。他的父親是大酋長，就是國王，而他叔叔則是大祭司。他的母系家庭也讓他自豪，幾位姨丈都是英勇無敵的戰士。他擁有貴族的優秀血統，不幸的是，因為小時候並未接受教育，那血統恐怕已遭食人族的秉性給玷汙了。

一艘來自薩格港[2]的船隻造訪他父親統治的海灣，魁魁想搭船前往基督教的國度。但那艘船的水手名額已滿，因此拒絕了他的請求，這事就連他父王的影響力也無法搞定。但魁魁誓不罷休。他知道船隻離開陸地後必經的路線，於是自己乘著獨木舟前往遠方某個海峽。海峽的一側是珊瑚礁，另一側則是一片舌狀低地，海邊長滿了紅樹林。他把獨木舟划到紅樹林之間的水面上，船頭朝外，坐在船尾，把手中船槳拿得低低的。等到那艘船滑過時，他像閃電般划船衝出來，抓住船舷，用腳往後一蹬，獨木舟就沉了。他沿著鐵鍊往上爬，跳下去後躺在甲板上，隨手緊抓旁邊的一根帶環螺栓，發誓

1 Kokovoko，一個虛構的島嶼。
2 Sag Harbor，紐約長島地區的一個捕鯨港。

自己就算被大卸八塊也不會放手。

船長威脅要把他丟下船，還拿一把短彎刀架在他那赤裸的手腕上；但魁魁是個王子，他生性不會退縮。這種大無畏的精神，還有無論如何都要造訪基督教世界的企圖心讓船長印象深刻，最後船長讓步了，並跟他說儘管以船為家吧。但魁魁這個優秀的少年野人，這個海洋版的威爾斯王子，始終進不了船長的船艙[3]。他們安排他跟水手一起生活，把他訓練成捕鯨人。但是就像沙皇彼得大帝[4]曾在幾個外國大城的造船廠做過苦工，並不以此為忤，魁魁一樣也不討厭那些看來不體面的工作，因為藉此他才有可能提升自己的能力，開化他那些未曾接受教育的同胞們。他告訴我，激勵他的是他內心那一股想要向基督教徒學習的強烈欲望，他希望學到一些能讓同胞們更快樂的技藝，尤其是可以讓他們變得更好。不過，唉呀！捕鯨人的生活很快就讓他深信，即便是基督徒也可能過得很悲慘，而且其中也有惡人。遠比他父王統治的異教徒還要悲慘與邪惡。最後他抵達歷史悠久的薩格港，在那裡見識了水手是怎樣過日子的，接著又去了南塔克特島，又看見他們用什麼方式在那裡揮霍工資，這在在都讓可憐的魁魁茫然失望。他心想，此一世界到處都是如此邪惡，那我就一輩子都當個異教徒吧。

因此，儘管他與基督徒一起過活，穿他們的衣服，也嘰哩呱拉地說起了他們的語言，但他內心總是把自己當成往日那個偶像崇拜者。所以，雖然離家已經有一段時日，他還是用過去那些奇怪的方式生活。

據他最後所說，他的父王已經年邁體虛，也許此刻已經駕崩。因此我迂迴地問他是否打算回家繼承王位。他說還沒那打算，還說他已經深受基督教世界，或者受基督徒的影響，因此並不適任，唯恐自己玷汙了前面三十位異教徒國王流傳下來的純正王位。但他也說，只要他感覺到自己的精神已經回到過去的純淨狀態，很快他就會回去的。然而，目前他只打算趁年輕航行四海，好好放蕩一番。他已經被訓練成魚叉手，因此現在他不拿國王的權杖，先以那帶有倒鉤的鐵叉代替。

我問他接下來打算做什麼，談起了他的未來動向。他答道，再度出海去幹老本行。一聽他這樣說，我就說我自己也打算幹那一行，還說我打算出海前往南塔克特島，理由是，如果有捕鯨人想出海冒險，那裡是機會最多的地方。他立刻就決定要陪我到那島上，跟我登上同一艘船，與我一起守夜，和我搭乘同一艘捕鯨小艇，也一起吃飯，簡言之就是要和我休戚與共，我們倆攜手出生入死，大膽品嘗各種深刻體驗。我欣然同意，一方面是因為現在我與魁魁已有深厚情誼，另外也是因為他這個老經驗的魚叉手肯定對我大有用處——雖說我也熟悉大海，但畢竟只當過商船船員，完全不懂捕鯨這一行的各種奧祕。

菸斗快抽完時，魁魁的故事也剛好結束，此時他抱抱我，又用他的額頭頂住我的，把燭火吹熄，我們倆分別滾向床的兩側，很快就睡著了。

3 意思是沒能當上船隻的幹部。

4 十七世紀末到十八世紀初的帝俄君主，是力推俄國西化的關鍵人物。

13 單輪手推車

隔天是週一，我一早便將那顆經過防腐處理的人頭賣給理髮匠充當陳列用的假頭，把我和船伴的帳單都結清，不過我用的就是他的錢。看到我和魁魁突然結為好友，客棧老闆與房客似乎都感到驚訝好笑，特別是因為老闆彼得·柯芬編的那些狗屁故事先前讓我對我的同伴有過戒心。

我們借了一臺單輪手推車，把我們的所有家當都弄上車，包括我那破爛的毛毯袋、魁魁的帆布袋與吊床，接著就前往碼頭搭乘從南塔克特島開來的小貨船「摩斯號」。沿途有很多人盯著我們——不是盯著魁魁，因為他們已經習慣在大街上看到食人族——應該說是我們倆的密切關係引人側目。但我們不以為意，沿途輪流推著手推車走路，魁魁偶爾停下來調整魚叉上的套子。我問他為何要把那麼麻煩的東西帶上岸，難道捕鯨船上沒有魚叉嗎？對此他的答覆大致上是這樣的：儘管我的話很有道理，但他對於自己的魚叉情有獨鍾，因為它是以上好材料製成，曾在多次生死決鬥中派上用場，屢屢命中鯨魚體內深處的心臟。即便完全沒有必要自備工具，魁魁還是喜歡用自己的魚叉，而這自有他的道理。簡言之，就像很多人幫農夫收割除草時都會帶著自己的鐮刀到田裡去。

輪到他推車時，他跟我說了他初次看到單輪手推車時的趣事。當時他在薩格港。似乎是船東借了一臺手推車給他裝運沉重的行李箱到旅店去。儘管魁魁看起來應該了解手推車怎麼用，但事實上他壓根就不懂正確的用法：魁魁把行李箱擺上推車，綁緊後把整臺推車扛在肩上，沿著碼頭往下走。「那還用說嗎？」我說，「魁魁，大家應該都認為你怎麼連推車都不知道如何使用？他們有沒有笑你？」

說到這裡，他又告訴我另一個故事。舉行婚宴時，科科沃科的島民似乎都會為大大的葫蘆上色，將鮮嫩椰子的香甜椰子水倒進去，就像拿葫蘆來充當酒缽裝潘趣酒，而且在婚宴會場的手編墊子上，那彩色葫蘆也是主要飾品。此時有某艘大商船停靠在科科沃科島，而根據各方說法，至少就一位船長而言，這艘商船的指揮官可說是個有威嚴而拘謹的紳士。商船指揮官受邀參加婚宴，新娘是魁魁的妹妹，一個剛滿十歲的漂亮小公主。好吧，等到所有賓客都聚集在新娘的竹子小屋時，船長走了進去，因為是以主客的身分受邀，所以就在那潘趣酒缽前面坐了下來，大祭司與魁魁的父王分別坐在兩側。當地人跟我們一樣也會在餐前禱告（不過，魁魁說他們跟我們不同：我們在餐前禱告時都是低頭看盤子，相反地，他們則像在模仿鴨子，仰望著賜與所有大餐的天主），禱告過後，大祭司以島上歷史悠久的特有儀式開席，他把他那用來祭祀的神聖手指伸進酒缽，接著大家才把他賜福過的飲料分送下去。因為坐在大祭司身邊，也注意到這儀式，指揮官心想，自己身為船長，地位顯然高過一個小小的島國之王，而且又是在國王家裡做客，於是便冷靜地把手伸進潘趣酒缽清洗——因為他把酒缽當成洗手盆了。「所以呢？」魁魁說，「你怎麼想？難道我的同胞不會笑嗎？」

最後，我們把船資付了，安頓好行李後，就上了小貨船。揚帆後小船沿著阿庫許納河[1]航行。一邊河岸上是像臺階般上升的新貝德福街道，被冰雪覆蓋的路樹在清澈嚴寒的空氣中閃閃發亮。裝滿鯨油的桶子像高丘大山似的在碼頭後方層層疊疊，一艘艘曾環遊世界的捕鯨船終於沉靜而安穩地停泊在碼頭邊。至於其他地方則有木匠與桶匠幹活的聲音傳來，用來熔化瀝青的火爐與熔爐發出交雜的擾攘聲，這一切都代表著又有船隻要重新出航了。最險惡漫長的航程結束後，只意味著另一段航程又要開始，而另一段結束後，又會有下一段，依此類推，永遠都會繼續下去。是啊，就是這樣永無止盡，這塵世間的所有俗事都是如此令人難以忍受。

1 Acushnet river，一條流經美國麻州的河流。

進入較為寬闊的海域後，冷冽的微風漸漸變得清新，小船「摩斯號」的船頭有許多白色泡沫噴了起來，好像小駿馬從鼻孔噴出白沫。我多麼厭惡陸地上的韃靼人氣息！到處都要收通行稅，讓人唾棄，公路上到處是奴隸的足印，這一切都讓我景仰那寬宏大量而不會留下任何紀錄的大海。

魁魁似乎跟我一樣沉醉在相同的泡沫噴泉裡。他把黑黑的鼻孔撐開，露出一口整齊的尖牙。我們持續飛馳，海面越來越寬闊，摩斯號並未辜負海上的疾風。船頭不斷在海面上低俯，好像蘇丹面前的奴隸。船往旁邊傾，我們也朝旁邊衝過去，每一根繩線都像電線一樣劈啪作響。兩根高高的船桅像是遇到龍捲風的甘蔗似的，不斷彎曲扭動。我們站在不斷往下沉的船首斜桅旁，眼前充滿動感的情景讓我們看得目不轉睛，暫時沒有注意到同船乘客的嘲笑眼神。他們個個像是菜鳥水手，因為看到我們倆如此交好而大驚小怪，在他們眼裡，好像白人就該比白人化的黑人還要尊貴。但那些人裡面也不乏蠢蛋與鄉巴佬，而且從他們稚嫩的臉色看來，肯定是來自窮鄉僻壤。那些小夥子裡面有一個在魁魁背後模仿戲弄他，結果被他逮個正著。我想那個鄉巴佬肯定完蛋了。黝黑的野人魁魁丟掉手裡的魚叉，抓住那鄉巴佬的雙臂，憑藉著幾近奇蹟似的靈巧手法與力道，把他往空中一丟，筋斗翻到一半時，魁魁在他後面輕拍一下，他落下時就雙腳站立著，彷彿心肺俱裂，而魁魁則是轉過身，點燃菸斗戰斧，遞給我抽。

「船長！船長！」那鄉巴佬一邊大喊大叫，一邊衝過去找船長，「船長！船長！這裡有個惡魔。」

「嘿！這位先生，」彷彿瘦排骨一樣憔悴的船長昂首闊步地走過去對魁魁說，「你幹麼做這種莫名其妙的事？你不知道自己有可能殺了那小夥子？」

「他說什麼？」魁魁緩緩轉過來對我說。

「他說，」我說，「你差一點殺死那傢伙。」同時我也用手指著那個還在發抖的菜鳥。

「殺死！」魁魁大聲說，他那一張滿是刺青的臉龐扭曲了起來，露出詭異的不屑神情。「啊！他只是一條很小的魚。魁魁不殺小魚。魁魁殺大鯨魚。」

「看你這德性！」船長咆哮道：「你這野人！如果你繼續在這船上耍花樣，我就殺了你！照子放亮一點！」

但是，就在此刻，真正該把照子放亮一點的是船長。在強風的重壓下，主帆與主帆索被吹到分開了，而且巨大的縱帆下桁這時飛來飛去，橫掃著整個後甲板。剛剛那可憐的小夥子才被魁魁惡整，現在又被掃下船，所有水手都慌了，全都試著要把縱帆下桁抓住固定好，大家似乎都要發狂。縱帆下桁左右亂飛，幾乎每一秒都會往左或往右飛，而且時時刻刻似乎都有碎裂的可能。大家都沒有採取任何行動，而且似乎也無計可施。甲板上的人都往船頭衝，站著緊盯著縱帆下桁，彷彿它是憤怒巨鯨的下顎。在這驚慌失措的時刻裡，魁魁俐落地跪下，從縱帆下桁移動的路徑下方爬過去，一把抓住某條繩索，把繩索的一頭綁在舷牆上，把另一頭當作套索使用，趁縱帆下桁經過他頭頂時把它套住，接著再用力一拉，把圓杆狀的桁木給控制住，甲板上也就安全無虞了。小船順風而下，就在水手要把船尾小艇放下去時，魁魁脫掉上衣，從船邊往下一跳，劃出一道有力的長長弧線。接下來至少有三分鐘我們都看得見他用狗爬式在游泳，頻頻把他的一雙長臂往前方直直伸出，他的黝黑肩膀屢屢從冰凍的泡沫裡冒出來。我看著我那豪勇健壯的好友，但沒見到他把人救起來。那小夥子已經沉下去了。魁魁直挺挺地從水中彈出來，他很快地環顧四周，似乎是要查看此刻狀況如何，接著便潛入水裡，不見蹤影。幾分鐘後，他又浮出水面，一隻手臂仍在划水，另一隻拖著一具毫無生氣的軀體。小艇很快就把他們拖了上去。那可憐的鄉巴佬被救起來了。所有水手異口同聲，都說魁魁是個了不起的漢子。船長也向他致歉。從那一刻起，我就像藤壺[2]似的無法離開魁魁這一塊巨石。是啊，直到可憐的魁魁最後潛入

2 一種攀附在海邊岩石上的節肢動物。

海裡，不再上來。

這世上曾有誰跟他一樣沒概念的嗎？他壓根沒想到自己的作為值得獲頒一枚人道救濟協會的獎章。他只要了一點淡水，用來把身上的海水洗掉。洗完後，他換上乾衣服，點燃菸斗，把身體靠在舷牆上，用溫和的眼光看看身邊的人，就像在對自己說：「這是個人人互助、同舟共濟的世界，無論到哪裡都一樣。我們食人族也得幫助基督徒。」

14 南塔克特島

那趟航程再也沒有發生值得一提的事。就這樣，我們一帆風順，安全抵達南塔克特島。

南塔克特島！拿起你的地圖來看看它。看看它位居海角一隅，矗立在海岸外面，比愛迪斯敦岩礁群[1]的燈塔還要孤寂。看看它，島上只有一個小丘，是個肘狀的沙島，全都是沙灘，沒有內陸可言。如果把那裡的沙子拿來當作吸墨紙，肯定二十年都用不完。有些愛說笑的傢伙會說，他們必須在那裡種植野草，因為那裡並沒有天然的野草，所以要從加拿大進口薊草，他們也說必須派人帶著木栓越洋而來，塞住魚油桶的漏洞，說什麼南塔克特島居民把木頭扛來扛去，好像羅馬人逼迫耶穌扛的十字架，還說當地居民在屋前種植毒蕈，這樣夏天才有乘涼的地方，說這裡看得到一片青草的地方就可以稱之為綠洲，如果在一天之內看到三片青草，那就算是草原了。他們說，當地人都穿「流沙鞋」，有點像拉普蘭人[2]穿的那種雪靴。他們說他們在島上被汪洋大海給封阻包圍，整個島都被圈起來，四面八方都是海，是個貨真價實的海上孤島。他們還說，有時候會在桌椅上發現小蛤蜊，就像附著在海龜背上那樣。但透過這種種誇大之詞，他們只是想說：南塔克特島不是伊利諾州。

現在我們來聽聽紅人移居這個島上的絕妙傳說。故事是這樣的。很久很久以前，一隻老鷹用爪子抓著一個印地安嬰兒，俯衝降落在新英格蘭地區的海岸上。嬰兒的爸媽眼睜睜看著自己的孩子被帶往

1 Eddystone Rocks，位於英國西南方的海面上。

2 拉普蘭（Lapland）位於北極圈內，是芬蘭的一個地區。

外海，成天唉聲嘆氣。他們決心朝同樣的方向追去。搭上獨木舟後，他們歷經許多危難才發現一個小島，在島上發現一個看似象牙盒的東西，結果是那可憐印地安嬰兒的骸骨。

這樣說來，難怪那些出生在海灘上的島民會以討海為生啊！剛開始他們只是在沙灘上抓蟹掏蛤，膽量漸生之後便涉水撒網，捕捉鯖魚，接著更有經驗了，才泛舟出海捕鱈魚。最後他們組成龐大的船隊到這水世界中探險，持續環遊四海，到白令海峽去一探究竟，無論哪一個季節，也不管在哪一片海洋，時時與那些逃過遠古洪荒的強壯巨鯨宣戰，牠們是像大山一般的可怕怪獸！牠們是海洋版的喜瑪拉雅山遠古乳齒象，渾身蘊藏著凶險的巨大力量，人們該害怕的不是牠們無所畏懼的惡意攻擊，而是牠們驚慌失措時的拚死一搏。

因此這些赤裸的島民彷彿一個個海洋隱士，像蟻群似地往四面八方出征，侵襲征服這個水世界的氣勢足以媲美亞歷山大大帝。他們瓜分大西洋、太平洋與印度洋，就像三個海盜一般的國家[3]瓜分波蘭那樣。就讓美國把墨西哥的領土納入德州吧，也把古巴分給加拿大。讓英國蠶食全印度，把他們的日不落國大旗插在那片土地上。這個由陸地與海洋構成的世界有三分之二是屬於島民的。因為海洋是他們的，歸他們所有，就像皇帝擁有帝國，其他水手只有借用航道的權利。商船只不過是橋梁的延伸，軍艦也只是漂浮的碉堡，即便是用海盜船航行的海盜，也只不過是海洋版的攔路盜匪。海盜船不是靠無底深淵似的海洋謀生，而它們所劫掠的其他船隻跟它們自己一樣，都可說是從陸地分離出來的殘片。這些島民是獨來獨往的大海居民，在海上掀起動亂。他們就是《聖經．詩篇》中所謂「坐船出海的人」。他們以自己特有的方式在海上來回耕耘。他們以大海為家，靠海營生，就算諾亞那個時代的遠古洪荒再現，億萬中國人都葬生水底，也不會對他們有任何影響。他們在海上過活，就像草原榛雞在草原上那樣自在。他們隱身於海浪之間，乘風破浪，彷彿岩羚羊的獵人在阿爾卑斯山裡那般來去自如。他們往往會有好幾年的時間都沒機會看到陸地，等到最後終於登陸了，總會覺得自己體驗到的是另一個世界，那種感覺比地球人登月時的感覺還奇怪。沒有陸地可以棲息的海鷗總在黃昏後收起翅膀，在波浪間漂漂蕩蕩，直到入眠。那些看不到陸地的南塔克特島人也一樣，入夜後將風帆捲起，躺下休息，任由海象與鯨魚在船底下竄來竄去。

3 指歷史上曾經瓜分過波蘭國土的俄羅斯、普魯士與奧地利。

15 巧達濃湯

那艘叫做摩斯號的小船緩緩靠岸停泊時，已經接近晚間了，因此魁魁與我上岸後做不了什麼事，最多也只能吃晚餐和找地方睡覺。先前捕鯨船客棧的老闆已經跟我們推薦住處，就是他表兄弟霍西．胡塞開的「鯨油鍋客棧」，他說那是整個南塔克特島最棒的客棧之一，此外他也向我們保證，他口中那一位霍西表親很會煮巧達濃湯。簡而言之，他跟我們講得很白：沒有任何地方的伙食比那裡還棒。但他所說的方向曲曲折折，一開始讓我們困惑不已：他要我們沿著一條路走，有一間黃色的倉庫始終在我們右邊，走到左邊出現一間白色教堂的地方，接著還是繼續往下走，讓教堂持續位於左邊，直到某個角度為三點[1]的轉角處往右轉，然後見到人就可以問問那客棧在哪裡。可是，魁魁剛開始就堅稱，那間黃色倉庫，也就是我們的第一個出發點，應該始終在我們左手邊才對，但根據我的理解，彼得．柯芬應該是說那倉庫在右邊才對。不過，我們在黑暗中摸索片刻，幾度敲門問路，住戶也都好心回答，眼前景象終於讓我們確定自己沒走錯路。

那是一個老舊的門道，前面矗立著一根老舊中桅，桅頂橫桁上吊著兩個被漆成黑色的巨大木鍋，是從鍋耳的地方被吊起來的。內側那根桅頂橫桁的尾端都被鋸掉了，因此整根老舊中桅看起來很像絞刑臺。也許是當時我對這個印象太過敏感，但我盯著那絞刑臺時，內心不禁浮現隱憂。我的脖子感到一陣抽痛，彷彿那兩段沒被鋸掉的橫桁尾端是為我們預留的，一邊給魁魁，一邊給我。我心想，這是個惡兆。初次到捕鯨港時，我那客棧老闆的名字聽來像棺材，去捕鯨人小教堂時，一片片墓碑盯著我看，現在我眼前又出現了絞刑臺！還有那兩個黑色大鍋！難道這隱約暗示著陀斐特城[2]的那種事嗎？

直到看見一個滿臉雀斑的金髮女人，胡思亂想的我才被驚醒。身穿黃袍的她站在客棧門廊裡，一盞昏暗紅燈在她頭頂晃蕩著，看起來就像一隻受傷未癒的眼睛，而她正狠狠痛罵著一個身穿紫色羊毛衫的男人。

「滾吧！」她對那男人說，「不然我就要修理你囉！」

「來吧，魁魁，」我說，「沒錯。那就是胡塞太太。」

果真沒錯。霍西·胡塞先生不在家，把大小事都交給胡塞太太打理。當胡塞太太知道我們要吃晚餐與投宿後，就暫時放過那個傢伙，帶我們走進一個小房間，要我們在一張桌子旁坐下，從杯盤狼藉的桌面看得出有人剛吃完飯，隨後她轉身問我們：「蛤蜊還是鱈魚？」

「鱈魚是怎樣的，胡塞太太？」我很客氣地問道。

她又問一遍：「蛤蜊還是鱈魚？」

「拿蛤蜊當晚餐？妳是要我們吃生冷的蛤蜊嗎，胡塞太太？」我說，「冬天用那種東西來招待人，不會太過生冷黏滑嗎，胡塞太太？」

因為那個身穿紫色羊毛衫的男人還在入口處等待，她趕著回去繼續罵人，而且似乎只有聽到「蛤蜊」兩字，所以她急忙穿越一扇敞開的門，走進廚房，大聲喊了一句：「兩人份的蛤蜊。」然後就消失了。

「魁魁，」我說，「你覺得一顆蛤蜊給我們倆當晚餐吃，夠嗎？」

我們的前景顯然堪慮，不過卻有一陣溫暖芬芳的蒸氣從廚房傳出來，又讓我們改觀了。等到那熱

---

1 點（point）為羅盤上標示角度的單位，一點為十一點二五度，因此三點為三十三點七五度。

2 Tophet，曾出現在《聖經》裡的古城，居民會把孩童當成祭品，丟進鍋裡烹煮。

氣蒸騰的巧達濃湯端上桌時，謎底也就欣喜地解開了。噢，親愛的朋友！請聽我說。濃湯的材料是一顆顆鮮美多汁的小蛤蜊，比榛果大不了多少，湯裡加了乾糧碎片，還有切成薄片的醃豬肉！牛油讓濃湯的口感更為濃郁，還加了許多黑胡椒與鹽來調味。經過一段冰冷的航程後，我們的胃口大開，尤其海鮮又是魁魁的最愛，而且巧達湯鮮美無比，很快就被我們喝個精光：等到我們往後靠休息片刻時，我便想起了胡塞太太曾問我們：「蛤蜊還是鱈魚？」因此想做個小實驗。我走到廚房門口，用強調的語氣說了一聲：「鱈魚！」然後回到座位上。稍待片刻後，芬芳的熱氣再現，但香味不同，很快地，一碗鮮美的鱈魚巧達濃湯就擺在我們面前。

我們又吃了起來，舀湯時我心想：難道喝完湯就會變笨嗎？不是有一句傻話叫做「滿腦子巧達濃湯」，意思就是笨蛋嗎？「喂，魁魁啊，你的碗裡不是有一條活生生的鰻魚嗎？你的魚叉在哪？」

這鯨油鍋客棧可以說名符其實，是這世上魚味最濃厚的地方，因為鍋子裡總是在煮巧達濃湯。早餐是巧達濃湯，午餐是巧達濃湯，晚餐是巧達濃湯，喝到衣服都要開始冒出魚骨了。客棧前有塊空地鋪滿了蛤蜊殼。胡塞太太身上那條項鍊的材質是磨到光滑無比的鱈魚脊骨；霍西．胡塞的帳本封面與封底則是老舊的上好鯊魚皮。就連牛奶也有魚味，本來我也不明所以，直到某天早上我到停了幾艘漁船的海灘去散步，才發現霍西都是以殘餘的魚肉魚骨餵養乳牛，乳牛在沙灘上走路時每一步也都踩踏著被丟棄的鱈魚頭，我敢說啊，那隻乳牛走路的樣子還真像是腳踩著拖鞋。

吃完晚餐後，我們從胡塞太太那裡領了一盞燈，她也告訴我們前往床鋪的近路，但就在魁魁走在我前面正要上樓時，胡塞太太伸出手來，要他交出魚叉。她說房間裡不准擺魚叉。「為什麼不行？」我說，「貨真價實的捕鯨人都會帶著魚叉睡覺，為什麼不行？」她說：「因為很危險。曾經有個叫做史帝格斯的小夥子結束了一趟四年半的倒楣航程，回來後只分到三桶鯨魚油，後來被發現陳屍在我家客棧一樓的後面，身體側邊插著他自己的魚叉。從此以後我就不准房客帶著那種凶器到房裡過夜了。

所以，魁魁先生（她已經得知他的名字了），你的鐵叉就交給我保管到早上吧。話說那巧達濃湯，明早你們要喝蛤蜊還是鱈魚口味，兩位先生？」

「兩種都要，」我說，「而且還要兩條煙燻鯡魚，換換口味。」

16 捕鯨船

我們在床上盤算明天的事。但讓我驚訝又擔心的是，魁魁現在才讓我知道他先前曾經勤加詢問他那尊叫做尤佐的黑色小神像，尤佐則跟他說了兩三遍，用各種方式強烈堅持我們不該一起到港邊挑選捕鯨船。尤佐殷殷叮囑，挑船的事應該由我全權做主，而祂有意幫助我們，已經幫我們挑好一艘船，如果由我伊什梅爾出面，肯定會相中那條船，但看來卻又會像是偶然相中的。而且我必須立刻上船去當水手，暫時不要管魁魁。

我忘了提起，在許多方面魁魁都深信尤佐料事神準，準得令人驚訝，而且非常敬重祂，認為祂是很善良的神明，在各方面也許都心存善念，只是種種善行不見得都能奏效。

這挑船的方式與其說是魁魁的計畫，不如說是出自尤佐的神意，但我一點也不喜歡。本來我想依靠魁魁的才智，由他來挑最適合的捕鯨船，確保我們安全無虞，也能發大財。但我再怎麼勸告，魁魁仍不為所動，我不得不同意，因此我下定決心，打起精神，準備好要去挑船，相信很快就能把這件小事搞定。隔天一早，我就獨留魁魁與尤佐待在我們那間小小的客房裡，因為那天對魁魁與尤佐而言，似乎是某種齋節或齋月，還是某個必須禁食、心存謙卑與禱告的日子。不過，那究竟是怎麼一回事，我從來沒有搞清楚過，雖然我曾經好好研究過幾次，但總是無法熟稔他的禮拜儀式與三十九條信綱[1]。於是我留下禁食而只能咬著菸斗戰斧的魁魁——尤佐則是暖暖地待在那用來祭拜祂的木屑火堆前面——獨自前往碼頭邊挑船。閒逛了好一會兒，也隨意問了幾次，我發現有三條船準備要出海捕魚三年，分別是魔孄號、珍饈號與皮廓號。「魔孄」這個名字的由來我不知道；「珍饈」一詞則是再明顯不過；而「皮廓」嘛，無疑地，任誰都會記得麻州印地安人裡面有一個知名的皮廓族，如今已經跟古代的米底人[2]一樣全都滅絕了。我在魔壩號上面窺探打聽了一番，然後跳到珍饈號上面，最後才上了皮廓號，在上頭四處看看，最後決定就是這艘了。

我不知道，也許你們過去已經看過很多奇怪的船隻，例如船頭方方正正的四角縱帆船、像小山一樣高大的戎克船、奶油盒狀的槳式戰艦等等。但請相信我，你肯定沒看過像皮廓號這種稀奇古怪的老船。它是那種舊式船隻，如果有什麼與眾不同之處，那就是它小了一點，而且是那種爪狀的舊式船隻。因為歷經汪洋大海的颱風與平靜風浪，免不了承受過許多風吹、日晒和雨淋，老舊的船殼看來黝黑無比，簡直像曾經在埃及與西伯利亞打過仗的法國步兵一樣黑不溜丟。它那令人肅然起敬的船頭看似長了鬍鬚。它原本的幾根桅杆早已在日本海岸遭遇強風而被吹斷墜海，新桅杆直挺挺矗立著，彷彿安葬在科隆大教堂裡的東方三王的脊骨。皮廓號的老舊甲板破破爛爛，到處是皺紋，就像朝聖客絡繹不絕的坎特伯里大教堂裡的地板石紋（那教堂也是貝克特大主教[3]遇刺殉難的地方）。除了一堆老東西，因為在海上冒險犯難已經超過半個世紀的光景，船上難免也陸續增添了一些新奇的行頭。老船長佩雷格曾當過多年皮廓號大副，後來才到另一艘船升任船長，如今已經退休，而且是皮廓號的船東之一。擔任大副期間，把這艘原來就奇形怪狀的船整艘重新整修，增添了許多奇怪的材料與裝備，能夠與之比擬的，只有索基爾．黑克[4]的雕花圓盾或床架。它的外觀彷彿衣索比亞的蠻族酋長，脖子上戴

1 XXXIX Articles：英格蘭國教會於一五六三年公布的教義文獻。

2 Medes，古代中亞地區的一個民族。

3 Thomas Becket，因為與英王亨利二世不和而遇刺身亡。

4 Thorkill-Hake，應該是影射古代有名的維京戰士大個子索基爾（Thorkill the High）。相傳索基爾會把自己的戰功與冒險事蹟雕刻在家具上。

著許多沉重光亮的象牙掛飾。它的船身到處都是戰利品。敵人被它追殺屠宰後，骨頭還被拿來當裝飾品，這行徑跟食人族沒什麼兩樣。船身的舷牆有一部分沒裝上板子，是有開口的，看來就像一整片顎骨，上面裝著又長又尖的抹香鯨利齒，用來充當栓子，掛在栓子上的一條條老舊麻繩看來彷彿鯨魚的筋肉與肌腱。那些麻繩穿過的滑輪不是用陸地上的樹木木塊製成，而是以鯨魚牙齒為材質，拉起來非常順手。一般的舵輪看來就像旋轉柵門，好像令它感到不屑，因此它是用舵柄來控制船舵，而且那舵柄是一整根狹長的鯨魚下顎骨，來自於它過去的一個世仇。在暴風雨中操舵的舵工必須把那顎骨緊緊往後抓牢，覺得自己就像韃靼人，徒手緊抓著暴怒駿馬的下顎。這是一艘高貴的船，但不知為何充滿著濃濃的憂愁。所有高貴的事物都會給人這種感覺。

此刻我來到後甲板區四處張望，想要找到某個可以做主的人毛遂自薦，請他考慮聘我為水手。一開始四下無人，但我不得不注意到一個奇怪的帳棚，應該說是一間小棚屋，矗立在主桅後方不遠處。它看來像是入港後臨時搭建起來的。形狀是圓錐狀，大約有十呎高，取材自露脊鯨顎骨中間與最高的部分，是又長又大又厚的片狀柔軟黑骨。這些厚片黑骨的寬大尾端立在甲板上，排成一個圓圈，用繩子綁起來，兩兩往內靠，黑骨聚集的最高處形成一個簇狀頂端，稀疏的毛髮狀纖維在那上面前後飄動，像是波特瓦特米族[5]年老酋長頭頂的髮髻。棚屋的三角狀開口朝向船頭，讓待在屋裡的人可以看清楚前方全景。

最後我發現有個人在這奇怪的棚屋裡若隱若現，從外貌看來，是個可以做主的人。此時是船上的午休時間，所有差事都暫停了，那人也暫時卸下發號施令的重責大任，正在休息。他坐在一張舊式橡木椅上，那椅子被各種奇怪的雕紋纏繞著，厚實椅座的材質跟棚屋一樣，也是以充滿彈性的軟骨編織而成。

我眼前這位老人的相貌也許沒多特別，他就跟一般老水手一樣黝黑精壯，身穿厚重的藍色水手服，剪裁是貴格會服飾的簡樸粗獷風格，唯一的特色是眼睛四周有許多交織在一起的細紋，幾乎要用顯微鏡才看得清楚，而之所以會冒出那些細紋，肯定是因為長期在許多強風中航行，而且總是必須迎風往前方瞭望，因為這會導致眼睛周圍的肌肉縮攏在一起。如果要繃著臉表達怒意，這種眼睛周圍的細紋是很有用的。

「請問您是皮廓號的船長嗎？」我走到帳棚的門口問道。

「是又怎樣？」他問我。

「我在考慮要上船幹活。」

「你在考慮，是嗎？我看你不是南塔克特島的人哪——搭過被鯨魚砸爛的捕鯨小艇嗎？」

「先生，沒有，我不曾搭過。」

「我看，你大概對捕鯨這一行完全不了解吧？」

「不了解，先生。不過，我敢說我一定學得很快。我曾經跑過幾趟商船，我想那……」

「商船你個頭。別再跟我說那種屁話。看到我這條腿了嗎？如果你再提商船，我就用它踹你屁股。還商船咧！你以為自己跑過商船就很了不起嗎？不過，那都只是僥倖而已！老弟啊，你為什麼要去捕鯨呢？看來有點可疑喔，不是嗎？你當了海盜，是吧？你搶了上一艘船的船長後逃走，是吧？你妄想著出海後殺光我們這艘船的幹部嗎？」

我向他抗議喊冤。我想幽默的酸言酸語只是這位老水手的面具，實際上他是個與世隔絕的南塔克特島貴格會教徒，腦子裡充滿島民的偏見，總是非常不信任外地人，除非是那些從鱈魚角或者瑪莎葡

5 Pottowotamie，美國的印地安部族。

葡園島[6]來的人。

「不過，是什麼風把你給吹來的？在考慮錄用你之前，我想先了解一下。」

「好吧，先生，我只是想要了解捕鯨是怎麼一回事。我想見見世面。」

「想了解捕鯨是怎麼一回事嗎？見過亞哈船長了嗎？」

「先生，誰是亞哈船長？」

「唉呀，我還以為你見過了咧。亞哈船長就是這艘船的船長。」

「那我搞錯了。我還以為你就是船長。」

「我是佩雷格船長，小夥子——跟你講話的人是佩雷格船長。我跟比爾達船長負責皮廓號這趟航程的補給工作，滿足船上的所有需求，包括招募船員。我們既是船東，也是代理商。不過，就像我本來想告訴你的，我有個辦法可以讓你了解捕鯨這一行，但又不用被這行業給綁住，無法退出。小夥子，去看看亞哈船長吧，你會發現他只有一條腿。」

「先生，此話怎講？你是說他因為捕鯨而失去一條腿？」

「失去一條腿！小夥子，你靠過來。把他的腿咬掉，嘎吱嘎吱嚼爛的，是一條最可怕的抹香鯨，牠還曾經把整條捕鯨小艇給打爛！唉呀呀！」

他的精力讓我感到有點詫異，也許還有一點感動，因為他最後的哀嘆聲聽來是如此誠摯。不過，我還是儘可能以最平靜的語氣說：「先生，你說的話的確沒錯，光憑這個讓他斷腿的意外，也許我就能推想出很多事，但我要怎樣才能了解這條鯨魚是否特別凶猛呢？」

「小夥子，你看看自己，你看你講話的聲音多弱啊！你的口氣一點都不像水手。你的確出海過嗎？你確定嗎？」

「先生，」我說，「我想我剛剛已經跟你說過了，我曾經跑過四趟商……」

「不要講了！別忘了我剛剛叫你別再提到商船。別惹我，我聽不下去了。不過，讓我們把話說清楚吧。我已經提點過你捕鯨這行是怎麼一回事！你還是想入行嗎？」

「先生，我想。」

「很好。那我問你，你敢朝著活鯨魚的喉嚨丟魚叉，然後撲上去嗎？快回答！」

「先生，我敢。如果非得那樣幹的話。不過我認為那不是事實。」

「很好。你不只是想要出海捕鯨，親身體驗那是怎麼一回事，也想去見見世面？你剛剛是這麼說的吧？我想是這樣。如果是那樣，請你往前走，走到船頭的迎風面往下看，然後告訴我，你看到什麼。」

這奇怪的要求讓我有點困惑，站在那裡不知道他是什麼意思，到底是說笑的還是認真的呢？但佩雷格船長面露惱色，眼角皺紋都擠在一起，逼我照辦。

我走向前，從船頭的迎風面往下看，感受到船隻雖被船錨固定著，但因為漲潮的潮水而搖晃著，此刻船的方向斜斜地指著大海。眼前景色一望無際，但非常單調而可怕，我看不出有任何變化可言。

「怎樣，報告一下吧？」我往回走後，佩雷格船長說，「你看到了什麼？」

「沒什麼，」我答道，「只有海水，不過地平線倒是很寬。還有，我想有一陣暴風快要颳來了。」

「好吧，那麼你還想去見見世面嗎？你想要繞過鱈魚角去看這個世界，是嗎？難道你在這裡看不到世界嗎？」

雖然有點退縮，但我非出海捕鯨不可，那是一定要的。皮廓號跟其他船隻相較一點也不差，而且我覺得它是最棒的，我也把這番話告訴佩雷格。他看我如此堅決，也說願意僱用我。

6 Martha's Vineyard，位於鱈魚角南邊。

「不如你現在就簽約吧。」他補了一句：「跟我來。」話說完後便領著我走到甲板下方的船艙裡。

坐在船尾橫板上的人看來相貌非凡而驚人。他就是比爾達船長，是除了佩雷格船長之外的另一位皮廓號大船東。其他的小股東則是一大群領養老金的老人、寡婦、無父孩童與由衡平法院監護的未成年人，這是此類海港偶爾可見的慣例，他們每個人的持分都相當於船上一塊木頭、一片木板或者一兩根釘子的價值。南塔克特人總是把錢投資在捕鯨船上，就像你拿錢投資州政府核准上市的績優股一樣。

話說，因為這座島的最早一批住民都是貴格會教友，所以比爾達與佩雷格，還有許多其他島民一樣，都是信奉貴格會。時至今日，一般島民還是大致保有貴格教友的特性，只在某些方面受到外來的異質事物影響。有些人雖然是貴格會教友，但也是最兇殘的水手與捕鯨人。他們是好鬥的貴格會教友，也是最特別的貴格會教友。[7]

島民非常普遍地以《聖經》上的名字命名，其中有些人從小耳濡目染，吸納了貴格會那種非常戲劇性的莊嚴用語，以「汝」代替「你」[8]。不過，因為他們後來總是在冒險犯難，過著無拘無束的生活，這種生活與那些不因長大就有所改變的貴格會特色相互交融，因而產生出一種橫衝直撞的大膽性格，一點也不輸在海上稱王的北歐人，或是充滿詩人氣息的羅馬時代異教徒。如果上述各種條件出現在某個天賦異稟的人身上，這個人的腦子圓圓的，心臟特別大顆，也曾在最偏遠的水域裡守夜，在這裡看不到的北方群星底下度過許多漫長靜謐而與世隔絕的夜晚，因此養成了跳脫傳統的獨立思考習慣，而且也曾被自然之母主動擁抱在她那純潔而全然信任的胸懷中，獲得各種甜美而原始的印象，在某些偶然優勢的幫助下，學會了某種大膽亢奮的崇高語言，這種人在整個民族中只會有一個，他是充滿力量的壯麗人物，是為了高尚的悲劇而誕生。從戲劇觀點看來，無論是與生俱來或者因為其他狀況而導致，這樣的人物就算骨子裡帶有幾分故意的病態，有些許的控制癖，也絲毫不會貶損他的價值。

只因病態就是任何偉大的悲劇人物不可或缺的元素。志向遠大的年輕人啊，把我這番話給記牢，所有凡人的偉大特色都是一種病態。只是，到目前為止那種人尚未出現在我這故事裡，我們只看到另一種不太相同的人。不過，這另一種人如果真的很特別的話，肯定也是因為他展現出貴格會的另一個面向，一個被個別情況修正過的面相。

比爾達船長跟佩雷格船長一樣，也是個富有的退休捕鯨人。但佩雷格船長對那些所謂的正事毫不在乎，甚至覺得那些正事都是雞毛蒜皮的小事，比爾達船長則跟他不同，本來就成長於南塔克特島一個最嚴格的貴格會家庭，儘管在隨後討海的生涯中，繞過合恩角後他曾見過許多沒穿衣服的可愛海島原住民，但對他這個生下來就加入貴格會的教友未曾產生過一點一滴影響，就連衣著也沒有絲毫改變。不過，儘管大致上沒有什麼改變，但這可敬的比爾達船長的作為還是有前後不一之嫌。在陸地上生活時，儘管他秉持著良心的顧慮而不拿武器對付入侵者，但他自己卻侵犯過大西洋與太平洋的許多地方，不受任何約束。儘管他與殺人者勢不兩立，但穿上水手的緊身外套後，他卻曾讓許許多多巨鯨血染大海。如今虔誠的貴格會教徒比爾達已經步入喜好沉思的暮年，想起往事時他到底要怎樣才能讓自己不會感到良心不安呢？這我不知道，但他似乎並不為此困擾，而且他很可能早就想出了一個充滿智慧而且合理的結論：人的宗教信仰是一回事，在塵世間的種種作為卻又是另一回事。這是個講求利潤的世界。他本來只是一個住在小木屋，身穿單調褐布短衣的小男孩，當上魚叉手後改穿寬肩窄腰背

7 貴格會的教義反對任何形式的戰爭與暴力，因此這些殘暴的人可說是貴格會中的特例。

8 貴格會教友不使用「先生」、「女士」與「夫人」等頭銜，直呼人名或稱對方為「汝」。剛剛佩雷格就是一直以「汝」來稱呼伊什梅爾。

心，接著又一步步晉升為捕鯨小艇領班[9]、大副、船長，最後變成船東。如同我在前面已經提過的，比爾達在六十歲的高齡結束冒險的捕鯨生涯，退休後把餘生都用來度過平靜的日子，靠他那些辛苦賺來的收入過活。

很遺憾的是，比爾達從以前就是個眾所皆知而且無可救藥的老守財奴，過去當水手時也是個嚴厲苛刻的工頭。儘管聽起來似乎是個奇怪的故事，但在南塔克特島就有人告訴我，過去他在老舊捕鯨船凱特古號上面工作時，返航上岸後幾乎所有船員都直接被送到醫院去，人人渾身疼痛，筋疲力盡。就一個虔誠的教徒而言，尤其他又是貴格會的，至少可以說他的確是個鐵石心腸的傢伙。不過，大家都說他未曾辱罵下屬，只是不知為何他用特別殘酷的方式對待他們，要他們做苦工，絲毫不得放鬆。當上大副後，比爾達用他那褐色眼睛死盯著手下，讓人緊張兮兮，因此不得不拿起榔頭或穿索錐，發瘋似地幹活，無論幹什麼都好。任誰再怎麼懶惰懈怠，在他面前都不敢表現出來。從外表就可以看出他那種務實功利的處世風格。他長得又高又瘦，身上沒有任何一處贅肉，也沒有不必要的鬍子，只在下巴長著一小撮軟軟的短鬚，簡直就像他那頂寬邊帽上殘餘的軟毛。

跟著佩雷格船長走進甲板下的船艙後，我看到坐在船尾橫板上的就是這樣一個人。各層甲板之間的空間狹小。老比爾達跟往常一樣筆直坐著，從來不往後靠，以免壓到外套後襬。他把寬邊帽擺在身邊，兩條腿僵硬地交叉著，褐色衣服的鈕扣扣到領口，鼻子上掛著眼鏡，似乎正專心讀著一本厚重的書。

「比爾達！」佩雷格船長大聲說，「比爾達，你又來了，是吧？就我所知，過去三十年來你都在讀《聖經》。比爾達，你到底讀多少了？」

比爾達似乎早已習慣船伴這樣出言冒犯他，完全不理會這番不敬的言論，只是靜靜抬頭看我，然後用詢問的眼神瞥了佩雷格一眼。

「他說他是我們的人，比爾達，」佩雷格說，「他想上船當水手。」
「你想嗎？」比爾達轉頭面對我，用沉悶的語氣說。
「我想。」我不假思索就回答了。他真是個嚴格的貴格會教徒。
「你覺得他怎樣？」佩雷格說。
「他可以的。」比爾達看著我說，然後就繼續咕咕噥噥地朗誦他的書，聲音聽得挺清楚的。
在我見過的貴格會老教友中，我覺得他是最奇怪的一個，而相較之下，他的朋友兼舊日船伴佩雷格更顯得是喜歡大放厥詞的傢伙。但我不發一語，只是機靈地四處張望。此刻佩雷格把某個櫃子打開，拿出船隻的契約，把筆墨擺在面前的小桌子上，坐了下來。我開始覺得該思考一下自己願意接受哪些出海工作的條件。我已經知道捕鯨人是沒有薪水可領的。所有水手，包括船長在內，都是領取他們所謂的「分紅」，而能夠拿多少分紅則取決於每個人在船上職責的重要程度。我也知道，因為自己是個捕鯨業生手，我的分紅肯定不多。但有鑑於我已經是個討海人，也會掌舵接繩等各種差事，從我先前所了解的情況看來，毫無疑問我至少應該領取兩百七十五分之一的分紅——也就是說，不管這一趟最後的淨利是多少，我都可以分得其中的兩百七十五分之一。儘管兩百七十五分之一的分紅在這一行是相當微薄的，但還是聊勝於無。而且，如果這趟航程的運氣夠好，那些分紅已經足以支付我所耗損的衣服，更別說我可以免費獲得三年的牛肉與住處。
也許有人會認為，靠這差勁的方法哪有可能發大財？而這方法也的確不好。但這世上就是有人不想發大財，而我是其中之一，更何況世道險峻，這世界彷彿一間掛著雨雲招牌的旅店，只要有地方願意收留我，我就很滿意了。整體而言，我認為兩百七十五分之一的分紅算是合理，但有鑑於我天生就

9 boat-header，沒有固定譯名。是捕鯨船派出小艇後負責指揮小艇的水手。

是足堪重任的人才，如果他們提出的條件是兩百分之一，我也不會意外。

只不過，有一件事讓我不太相信自己能夠獲得優渥分紅：我在岸上就曾聽說，佩雷格船長與他這奇怪的老友比爾達是皮廓號的主要船東，其他船東的持分不多，較為分散，因此這艘船的大小事務都是他們倆說了算。我不是很確定，比爾達這吝嗇的老傢伙也許手握招聘水手的大權，尤其是此刻我看到他在皮廓號上，大剌剌地坐在船艙裡閱讀《聖經》，彷彿把這裡當成自家火爐旁那樣舒適自在。佩雷格拿出他的折疊刀來削筆，但削不動，讓我非常訝異的是，儘管比爾達與這些手續密切相關，他卻完全不注意我們，只顧著咕咕噥噥地朗讀他的書：「不可為自己在地上積聚財寶，因為地上有蟲[10]……」

「好吧，比爾達船長，」佩雷格打斷他，「你說吧，我們該給這個小夥子多少分紅？」

「你最了解了，」他用陰沉的語調答道，「七百七十七分之一，應該不算太多，是吧？」他又接著念道：「有蟲蛀與鏽蝕，而是要積聚在……」

我心想，積聚你個頭！這分紅也太爛了。居然是七百七十七分之一！好啊，老比爾達，看來你是決心不讓我在這塵世間積聚財寶，以免財寶遭到蟲蛀與鏽蝕。這分紅條件也太差了。儘管這麼大的數字一開始也許能騙得過菜鳥水手，但只要稍微思考一下，把這數字當成分母來看，就會知道一法尋[11]的七百七十七分之一實在是少之又少，完全不能與七百七十七個金幣相提並論。我當時就是這麼想的。

「比爾達？你說那什麼鬼話？」佩雷格大聲說：「難道你想要誆騙這個小夥子？不能讓他拿這麼少。」

「七百七十七分之一。」比爾達又說了一遍，連眼睛都沒往上看一下，接著就繼續念道：「因為你們的財寶在哪裡，你們的心也在哪裡。」

「我打算在契約上注明給他三百分之一，」佩雷格說，「你給我聽好了，比爾達！我說，分紅是三百分之一。」

比爾達把書放下，轉頭以嚴肅的口吻對他說：「佩雷格船長，我知道你性情慷慨，但別忘了你必須對這艘船的其他船東負責，他們有很多都是孤兒與寡婦。如果我們給這個小夥子的酬勞太多，就等於搶走那些孤兒及寡婦手裡的麵包。分紅是七百七十七分之一，佩雷格船長。」

「你這個比爾達！」佩雷格咆哮，同時也站了起來，在船艙裡喀噠喀噠地走來走去。「那是什麼鬼話，比爾達船長？如果我在這方面聽從你的意見，那我的良心肯定會變得沉重無比，重得可以把繞行合恩角的大船給壓翻。」

「佩雷格船長，」比爾達沉穩地說，「你的良心也許可吃水達十吋或十噚，我不知道。但佩雷格船長你還真是個不知悔改的人，我很怕你的良心有漏洞，最後會害你沉沒，把你給拖進火坑裡，佩雷格船長。」

「火坑！火坑！老傢伙，你汙辱我是吧？真是讓人無法忍受。詛咒人下地獄是最不道德的行徑。你自己去給地獄之火焚燒吧！比爾達，你如果再那樣對我說一遍，把我惹火了，我就，我就，對了，我就把一隻山羊活活吞下去，連羊毛與羊角也一起吞。滾出船艙吧，你這偽善的龜兒子，直接給我滾出去！」

他一邊大發雷霆，一邊衝往比爾達身邊，神奇的是，比爾達手腳敏捷，滑向一旁，及時避開了他。

兩個能夠做主的大船東就這樣吵了起來，場面十分難看，驚慌失措的我幾乎想要放棄皮廓號，因

10《聖經．馬太福音》第六章第十九節。

11 Farthing，一法尋等於四分之一便士。

為它的所有權大有問題，指揮權也不是那麼明確。我滿心以為比爾達應該想要趕快避開怒氣陡生的佩雷格，於是閃到一邊，把門口的路讓給他，沒想到令我訝異的是，他居然又靜靜地坐回船尾橫板，似乎沒有要離開的意思。看來他早已習慣佩雷格的固執與行事風格。至於佩雷格，把怒氣發洩出來後，好像一點都不生氣了，於是也像隻羔羊似地坐了下來，儘管他的身體有點抽搐，彷彿仍然緊張激動。「呼！」最後他吹了一口氣，然後說：「我想暴風已經颳到背風處了。比爾達，把魚叉磨利是你以前擅長的工作，拜託你把筆削尖好嗎？我的折疊刀該磨一磨了。就是他了，比爾達，謝啦。小夥子，伊什梅爾是你的名字，剛剛你是這麼說的吧？很好，伊什梅爾，現在我就就幫你注明，分紅是三百分之一。」

「佩雷格船長，」我說，「我還有個朋友想跟我一起跑船——明天我可以帶他來嗎？」

「當然可以，」佩雷格說，「把他帶來，讓我們瞧一瞧。」

再度埋首閱讀《聖經》的比爾達抬頭瞥望過來，他哼一聲說道：「他想要多少分紅？」

「喔！這你就別操心了，比爾達。」佩雷格轉頭問我：「他在捕鯨這行待過嗎？」

「他殺過的鯨魚連我都數不清，佩雷格船長。」

「好吧，那就把他帶過來。」

把文件簽好後，我就離開了，絲毫不懷疑自己在早上幹了一件大事，而且也認為皮廓號就是尤佐幫我們挑選的船，它會帶著魁魁和我繞過合恩角。

但我沒走多遠就想到，還沒見到那位要與我一起出海的船長。不過，的確常有捕鯨船在裝備完全準備好，人員也都上船後，船長才會現身，接下指揮權。因為有時候出海捕鯨的時間實在太長了，上岸後待在家裡的時間過短，如果船長還有家人或者有必須費心的私事之類的，自然就不會過問停在港口的船隻，而是把大小事務都交給船東打理，直到一切就緒可以出海以前。不過，在把自己完全託付給船長，沒有挽回的餘地之前，如果能夠看看船長，總是一件好事。於是我回頭去找佩雷格船長，問他哪裡可以找到亞哈船長。

「你找亞哈船長要幹麼？已經沒有任何問題了，你也已經被聘為船員了。」

「我知道，但我還是想看看他。」

「但我想你現在應該還看不到他。我也不確定他怎麼了，總之他足不出戶。似乎是生了病，不過看來又不像。事實上他沒病，但也可以說身體不適。總之，小夥子，有時候他連我也不見，所以我想他應該不會想見你。亞哈船長是個怪人，有些人這麼認為，但他是個好人。喔，你會很喜歡他的，別怕，別怕。亞哈船長會讓人看了肅然起敬，他不信上帝，但自己就像個神明。他不多話，但說話時大家都會傾聽。別忘了，我先提醒你，亞哈船長不是一般人。亞哈船長讀過大學，也曾跟食人族一起生活，他見識過比海浪更深奧的奇觀，也曾用一把厲害的魚叉對付過比鯨魚更加凶猛奇怪的敵手。他的魚叉，嘿！是我們這整個島上最猛、最準的。喔，他跟比爾達船長不一樣。不，他也不像佩雷格船長。小夥子，他就是亞哈，而你也知道古代的亞哈是個國王[12]！」

「而且是個昏君。背德的他遭弒後不是連血都被野狗給舔光了？」

「來我這裡——這裡，這裡。」佩雷格的眼神隱含深意，幾乎讓我嚇了一跳，他說：「小夥子，當心哪。別在皮廓號上說這種話。在任何地方都別說。亞哈這個名字可不是他自己取的。是他那瘋瘋癲癲的寡母一時興起，才會做這種愚蠢無知的事，後來她在他週歲時就去世了。不過，豔麗海岬[13]那個印地安老寡婦提絲提葛曾說，等著看吧，這名字肯定預言了他的下場。也許某些跟她一樣的笨蛋也會

12 Ahab，古國以色列的第八位國王，生於西元前第九世紀。

13 Gayhead，瑪莎葡萄園島上的一個小鎮。

這樣跟你說。我要警告你。那是唬人的。我很了解亞哈船長。多年前我曾跟他一起出海，在他手下當大副。我知道他是個好人，雖然不像比爾達那樣是個虔誠的好人，但他跟我很像，是個喜歡罵人的好人，而且罵人的話比我還多。是呀，是呀，我知道他從來就不討人喜歡，也知道回程時有一陣子他總是精神恍惚。但任誰都看得出來，那是因為他的斷腿傷口在流血，劇烈疼痛。我也知道，自從他在上一趟航程因為那隻該死的鯨魚而失去一條腿之後，他就總是落落寡歡——應該說情緒很低落，有時候會亂發脾氣。不過，那一切都會過去的。小夥子，我就只跟你說這麼一次，而且也敢跟你打包票：與其跟一個笑嘻嘻的糟糕船長出航，不如跟隨一個落落寡歡的好船長。再見了，別因為亞哈船長被取錯了名字就誤解他。此外，小夥子，他還有妻子，他們倆結婚到現在還不滿三次航程的時間。她是個聽話的甜美女孩。想一想：亞哈老船長跟那甜美女孩生了一個小孩，這樣你還能說他會帶來令人絕望的嚴重傷害？不會，不會的，小夥子。就算亞哈受了傷，被打垮了，但還是會有人性的啊！」

離開時，一路上許多思緒湧上心頭。無意間得知亞哈船長的身世，這讓我隱隱約約為他感到痛苦難受。不知為何，當時我為他深感同情與悲傷，只是我也莫名所以，唯一知道的是他的斷腿意外讓我感到悲慘不已。然而，奇怪的是我也對他感到敬畏，不過那是一種莫名的敬畏，但也不是真正的敬畏，連我也不知道那究竟是什麼。但我可以感覺得到，而且我也沒有為此厭惡他。只是，因為當時我對他不太了解，他身上那種彷彿神神祕祕的感覺令我無法忍受。然而，最後我的思緒還是轉往了其他方向，隱晦不明的亞哈暫時從我的腦海溜走了。

17 齋戒

因為白天時魁魁必須持續齋戒，或者說禁食與心存謙卑，所以在入夜前我刻意不去打擾他，因為我對每個人的宗教義務都抱持著最大敬意，再怎麼好笑的事我都不介意。而且，就算是看到蟻群膜拜一株毒菇，就算是看到地球上其他地方的某些生物充滿這宇宙間僅見的奴性，或者只因為某個死去的地主名下仍有龐大物業在出租，就對他的屍體鞠躬，我心裡也不會浮現輕視的念頭。

我認為，身為一個虔誠的長老會基督徒對這類事情應該採取寬容的態度，別以為其他凡人在這方面幾近瘋狂偏執，我們自己就遠比他們優越。以魁魁為例，他對於尤佐與齋戒的看法當然是荒謬不已的，但那又怎樣？我想，魁魁應該很清楚自己在做什麼。而且他似乎很滿意，也覺得心安理得。我們再怎樣跟他爭辯也沒用，我覺得那就由他去吧。無論是長老會教徒或異教徒，上天都會眷顧我們，因為每個人都會在某方面精神完全失常，急需修正。

黃昏時，在我確定他的所有舉措與儀式都已經結束後，才上樓回房敲門，但沒人應門。我想開門，但門被反鎖著。「魁魁。」我透過鑰匙孔輕聲喊，不過都沒有回應。「我說魁魁啊！你怎麼不說話咧？是我，伊什梅爾啊。」但裡面仍然寂靜無聲。我開始驚慌失措。我離開他已經這麼久了，我想他有可能是中風了。我從鑰匙孔往裡面看，但那扇門所面對的是房間靠邊的角落，而且透過孔洞看到的景象是如此扭曲歪斜。我只看得到床尾豎板與牆壁的一小部分，其餘什麼都看不見。我驚訝地看到魁魁的魚叉木柄靠在牆邊，但他的魚叉不是在我們昨晚進房睡覺以前就被客棧老闆娘拿去保管了嗎？我心想，真是奇怪。不過，總而言之，既然魚叉靠牆站著，而他的魚叉又幾乎不會離身，那麼他肯定就在房裡，不會錯的。

「魁魁！魁魁！」還是寂靜無聲。一定是出了什麼事。難道他真的中風了？我企圖要把門撞開，但就是撞不動。我衝下樓，一碰到人就趕緊說出我的疑慮，那個人是打掃客棧房間的女僕。「唉呀！唉呀！」她叫道，「我想一定是出事了。早餐後我本來要進去鋪床，但房門鎖著。連一隻老鼠的聲音都沒有，後來也都靜悄悄的。不過，當時我以為你們倆都出去了，所以把行李鎖在房間裡，以免被偷。唉呀！唉呀！夫人！老闆娘，有人死啦！胡塞太太，有人中風了！」她一邊叫一邊奔向廚房，我跟在後面。

胡塞太太很快就現身了，一手拿著芥茉罐，另一手拿著醋瓶，因為她剛剛一邊在補充調味料，一邊責罵著店裡的黑人男孩，兩件事都被叫聲給打斷了。

「去柴房啊！」我大聲叫道，「往哪個方向？拜託用跑的啊！找東西來把門撬開！斧頭！斧頭！他中風了，肯定是的！」我一邊說，一邊慌慌張張地衝回樓上，兩手空空，而胡塞太太的臉色則跟那些瓶罐一樣五味雜陳，舉手把我攔住。

「你怎麼啦，小夥子？」

「去拿斧頭！拜託，趁我把門撬開時，趕快去把醫生叫來，找人來幫忙！」

「你說什麼？」老闆娘趕快把醋瓶放下，如此才能騰出一隻手來，她說：「你說什麼？你說要把我的門撬開？」她抓住我的手臂。「你有什麼問題嗎？這位水手，你有什麼問題？」

我以最平靜的語氣儘快把原委告訴她。她沉思片刻，無意間用醋瓶敲了一下鼻翼，接著大聲說：「糟了！我把魚叉擺好後就再也沒看到它了。」她衝往階梯下方的一個小櫥櫃，往裡面一看，回來告訴我，魁魁的魚叉不見了。「他自殺了！」她大聲說，「史帝格斯的悲劇重演，又有一條床單毀了！上帝憐憫他那可憐的母親！我的客棧也毀了！那可憐的傢伙有姊妹嗎？那女孩在哪？貝蒂，去找漆匠史納勒斯，要他幫我做一個牌子，上面寫著：『此地不許自殺，客廳禁菸』——或許可以一舉兩得。自殺？希望上帝寬恕他的靈魂！幹麼大呼小叫的？小夥子，你等等！」

她從後面追過來，就在我再度試著把門撞開時，阻止了我。

「我不准。我不准任何人破壞我的財物。去找鎖匠，一哩外有一個。等一下！」她把手伸進側邊的口袋，然後說，「我想這支鑰匙應該開得起來。我們來開開看。」說完她把鑰匙插進鑰匙孔，但是，唉呀！魁魁把門裡那道用來加強安全的門閂給閂上了。

我說：「非得把門撞開不可！」然後我為了助跑而跑開幾步，老闆娘把我抓住，再度囑咐我不該破壞她的財物。但我把她甩開，突然全速朝目標衝過去。

那門砰一聲被我撞開了，門把砸在牆壁上，牆壁的灰泥噴向天花板。天哪！魁魁居然在房間正中央席地而坐，一副全然冷靜鎮定的模樣，頭上頂著尤佐。他並未往兩邊看，而是像一尊雕像端坐著，幾乎沒有活動的跡象。

「魁魁。」我走過去對他說，「魁魁，你怎麼了？」

「難道他已經這樣坐了一整天，不會吧？」老闆娘說。

我們你一言、我一語的，但就是沒辦法讓他吐出隻字片語。我很想將他推倒，好改變他那幾乎讓我無法忍受的坐姿，那模樣看起來好痛苦，而且勉強又不自然。最重要的是，他很可能已經這樣坐了八或十個小時都沒有進食。

「胡塞太太，」我說，「他總算還活著，如果妳不介意，就別管我們了。我自己會把這件怪事給處理好。」

老闆娘出去後，我把門關上，苦勸魁魁坐到椅子上，但沒有用。他還是席地而坐，不管我再怎樣好言相勸，他就是一動也不動，不說話也不看我，好像把我當空氣一樣。

我心想，難道這是他那齋戒儀式的一部分？他家鄉的島民都是這樣端坐齋戒的嗎？是啊，我想肯定是這樣，這是他宗教信仰的一部分。好吧，那就任由他這樣坐著，遲早他會起來的，這一點毫無疑問。他不會一直這樣下去。謝天謝地，他一年就只齋戒一次，而且我也不認為他總會在固定時間齋戒。

我下樓吃晚餐。我坐在那裡聆聽幾個水手述說一些冗長的故事，那些人都剛結束他們所謂的「葡萄乾布丁航程」——也就是那種僅限於赤道以北的大西洋捕鯨航程，因為航程較短，因此捕鯨船都是雙桅縱帆或橫帆帆船。我聽那些短程捕鯨水手講故事聽到將近十一點才上樓就寢，心想魁魁的齋戒儀式肯定已經結束了。但是並沒有，他還是在原地沒有動，姿勢也絲毫未改。我開始生他的氣，心想他幹麼整個白天和大半夜都坐在那個冷冷的房間裡，把一塊木頭擺在頭上？實在是毫無意義的瘋狂之舉。

「魁魁，看在老天分上，你就起來動一動吧。再不起來吃點晚餐。你會餓死的，你會害死自己的，魁魁。」但他完全沒有回話。

因為對他已經絕望，我決定就寢，而且我相信過沒多久他應該就會跟我一樣上床睡覺了。但是，因為到了晚上一定很冷，他身上又只有他常穿的那件圓領外套，於是在上床前，我拿出自己的毛絨絨厚重外套披在他身上。有一小段時間，雖然我想盡辦法，但我就是連打個盹都辦不到。睡前我就已經吹熄蠟燭，但一想到魁魁就讓我覺得他很可憐：他與我相隔不到四呎，用那種不自在的僵直姿勢獨自坐在寒冷黑暗的房裡。你們倒是想一想，在我睡覺的房間裡居然有個異教徒始終坐著不睡，只因為他那可怕而莫名其妙的齋戒儀式！

但我最後總算睡著了，而且一覺到天亮。當我往床邊一看，發現魁魁還是端坐著，好像被螺絲釘固定在地板上似的。但是，等到第一道陽光從窗外灑進來，他就站了起來，全身的僵硬關節嘎嘎作響，但神情愉悅。他蹣跚地走向我躺著的地方，用額頭頂住我的額頭，跟我說他的齋戒儀式結束了。

如前所述，我並未反對任何人的宗教信仰，無論是什麼宗教，只要別因為其他人不信教就要殺生或汙辱他人，都沒關係。但如果信教信得太過狂熱，如果因為信教而備受折磨，總之就是因此而讓我們這個世界變成一個無法安心居住的地方，我認為就該把那個教徒拉到旁邊去理論一番。

於是我就跟魁魁理論了起來。「魁魁，」我說，「上床來躺一下，我有話要跟你說。」接著我就開始跟他說起了原始宗教的興起與發展，接著論及現存的幾種宗教形式，過程中我竭力向魁魁證明，那些齋節、齋戒儀式，還有長時間端坐在寒冷陰暗的房間裡，實在是毫無意義。不但有礙健康，對靈魂也沒有任何用處。簡單來講，那些做法違背了種種淺顯的衛生法則與常識。我也跟他說，在其他很多方面他都是個講理睿智的野人，現在看到他的齋戒儀式如此可悲、愚蠢而荒謬，讓我感到難過，痛苦不已。此外，我也跟他說，禁食會讓身體垮掉，精神也隨之委靡不振，禁食也必然讓人思想貧乏。正因如此，大多數消化不良的宗教家才會如此珍惜那些憂鬱的來世概念。說到最後我根本就離題了，我告訴魁魁：一言以蔽之，之所以會有地獄的概念誕生，就是因為某個宗教家吃了蘋果餡餅之後消化不良，之後又持續透過齋戒的儀式把大家都搞得消化不良，藉此將這個概念世世代代傳遞下去，直到永遠。

接著我問魁魁，他自己是否有消化不良的問題？而且我用非常直白的方式傳達我的觀念，好讓他能聽懂。他說沒有，但他曾有過一次難忘的消化不良經驗。某天他們打贏一場大戰，下午兩點殺了五十個敵人，他的父王一聲令下，當晚讓大家享用了一頓人肉大餐，餐後他就消化不良了。

「別再說了，魁魁，」我邊說邊發抖，「夠了。」因為，就算他並未進一步暗示，我也知道他想說些什麼。我遇過某位曾經造訪那個島嶼的水手，他說島民每逢大獲全勝就會在院子或花園裡把敵人的死屍烤來吃，這是當地的習俗。他們把烤好的屍體一具具擺上大木盤，周圍擺上麵包樹的果實與椰子，裝飾得像是肉飯。一具具口含荷蘭芹的屍體彷彿都是耶誕節的火雞，被戰勝者拿來招待朋友。

不過，我終究認為自己那一番關於宗教的言論對魁魁並未產生太大影響。第一個理由是，除非與他自己的宗教觀相符，否則所有關於宗教的言論他似乎都是聽得模模糊糊，但我也不知為何如此。其次，雖然我已經儘可能簡單地表達自己的想法，他能聽懂的最多不超過三分之一。最後一個理由是，他顯然認為自己比我更懂宗教的真諦。他用一種帶有優越感的神情看著我，對我充滿關切與同情，好像他認為我這小夥子既然如此講理，但為什麼會根本無法掌握異教的虔誠福音？實在是太可惜了。

最後我們起床著裝，魁魁好好吃了頓豐盛的早餐，喝了各種巧達濃湯，如此一來他才不會因為齋戒而被老闆娘占了便宜。餐後我們出發前往皮廓號，沿路悠閒漫步，用比目魚的魚刺剔牙。

18 魁魁的畫押

我們沿著碼頭盡頭往皮廓號走去，魁魁帶著他的魚叉，人在小棚屋裡的佩雷格船長用粗啞的聲音大聲對我們打招呼，說他看得出我的朋友毫無疑問是個野人，還進一步宣稱他絕不允許野人登船，除非他們能預先出示證件。

「這話是什麼意思，佩雷格船長？」我跳上舷牆對他說，獨留我的夥伴在碼頭上。

「我是說，」他答道，「他必須出示證件。」

比爾達船長也在棚屋裡，他從佩雷格的頭後面探出他的頭，用他那沉悶的聲音說：「對。他必須證明他已經改信基督教。惡魔之子，」他把頭轉向魁魁，接著說，「目前你是否隸屬於任何一個基督教教派？」

「唉呀，」我說，「他目前是第一公理會的教友。」在此要說明的是，許多身上有刺青的野人在南塔克特島登船捕魚後，最後都皈依各個基督教教會。

「第一公理會！」比爾達大聲說，「什麼！他會到迪特拉諾米．柯爾曼執事的聚會所去做禮拜？」話一說完，比爾達拿出眼鏡，用他那條黃色的印花大手帕擦了擦，仔細戴上後從棚屋裡走出來，僵硬地靠在舷牆上，俯身仔細端詳魁魁，看了許久。

「他當教友多久了？」接著他轉頭對我說，「小夥子，我猜應該沒多久吧？」

「不久，」佩雷格說，「而且他也還沒受洗，否則他臉上的惡魔煞氣就不會那麼重了。」

「從實招來吧，」比爾達大聲說，「這個庸俗之輩真的會定期去參加迪特拉諾米執事的禮拜儀式？

我每個禮拜天都會過去，但不曾見看過他。」

「我不認識什麼迪特拉諾米執事，對他的禮拜儀式也一無所知，」我說，「我只知道魁魁天生就是第一公理會的教友。魁魁自己就是一名執事。」

「小夥子，」比爾達用嚴厲的口吻說，「你在跟我打馬虎眼——說清楚吧，你這個小癟三。你說的是哪個教會？回答我。」

我發現自己被逼得必須把話講清楚，於是答道：「船長先生，我的意思是，魁魁跟你我，跟佩雷格船長都一樣，無論是誰，我們的身體與靈魂全都隸屬於自古以來的天主教教會。這整個敬拜上帝的世界就是所謂的第一公理會，這偉大的教會永遠存在，我們都是教友，只有某些人的想法稀奇古怪，才無法領略那讓我們所有人攜手合一的偉大信仰。」

「偕手，你是說偕手合一吧？」佩雷格靠過來，大聲說，「小夥子，我看你去當傳教士算了，別當水手了。我沒聽過有人比你還會講道。別說是迪特拉諾米執事，就連麥普牧師本人也沒有你厲害，而他向來都被當成了不起的人物呢。上船吧，先上船，別管什麼文件了。我說啊，你叫他什麼？廓霍嗎？叫站在船錨旁的廓霍一起上船。他那一根魚叉可真了不起啊！看來材質不錯，而且他應該是個使叉的高手。我說廓霍啊，還是什麼名字來著？你曾經站在捕鯨小艇的前頭用魚叉射鯨魚嗎？」

魁魁不發一語，以他一貫的粗獷風格跳上舷牆，然後跳進掛在船邊的捕鯨小艇，接著他左膝跪地，高舉魚叉，高喊以下這一番話：

「船長，你看到那邊的海面上有一小滴柏油嗎？看到沒？好，那就當它是鯨魚的眼睛好了。看仔細了！」

他用魚叉瞄準那滴柏油，鐵叉飛出，掠過比爾達老船長的寬闊帽邊，越過船的甲板，把那滴閃閃發亮的柏油打得消失無蹤。

「現在，」魁魁一邊把綁著魚叉的繩子拉回來，一邊靜靜地說，「如果那是鯨魚的眼睛，唉呀，那一條大鯨魚應該已經死翹翹了。」

「趕快，比爾達，」因為魚叉掠過時把比爾達嚇得退到艙門門口，佩雷格對他的合夥人說，「我說啊，你趕快把合約拿來。我們一定要趕快把這個叫做赫霍的傢伙，呃，我是指廓霍，把這傢伙簽下來。我們會發九十分之一的分紅給你，從來沒有任何一個南塔克特島的魚叉手能分到那麼多的。」

於是我們走進甲板下的船艙，我很高興魁魁馬上就能跟我一樣變成這艘船的船員了。

一切準備就緒後，佩雷格把簽約所需的東西都備妥，轉過頭來對我說：「我猜廓霍不會寫字，對吧？喂，廓霍，該死的！你要簽名還是要畫押？」

面對這個問題，因為魁魁曾歷經兩三次類似的簽約儀式，他看來一點也不尷尬，只是拿起對方遞過來的筆，依照他刺在手臂上的奇怪圓形圖案，把圖案畫在合約上該簽名的地方。因為佩雷格一直搞錯他的名字，所以那個地方看起來就像這樣：

廓霍。
他的✠畫押。

與此同時，比爾達船長始終端坐緊盯著魁魁，最後他神情嚴肅地起身，從他那件下襬寬闊的黃褐色大衣的幾個巨大口袋裡掏出一疊小冊子，挑了一本《末時降臨，切勿延宕》放到魁魁手裡，雙手緊握魁魁的手與那本冊子，以熱切的眼神盯著魁魁說：「惡魔之子，因為你要上船了，我有義務把話說清楚。身為船東之一，我為所有船員的靈魂擔心。你恐怕還是會按照異教徒的方式行事，不過我還是要懇求你，別再當惡魔的奴隸了。把偶像彼勒與惡龍[1]都一腳踹開，躲避即將降臨的天譴，我說啊，你的照子放亮點。噢，我的天哪！可別掉進地獄的火坑裡！」

老比爾達的話裡面有很多水手的用語，同時也夾雜著許多《聖經》的話與俗語。

「別說了，別說了，比爾達，可別毀了我們的魚叉手，」佩雷格大聲說，「虔誠的魚叉手都沒他那麼厲害——他們會失去膽量。沒有膽量的魚叉手根本就一文不值。你看，奈特·史溫年輕時曾經是南塔克特島與瑪莎葡萄園島最勇敢的捕鯨小艇魚叉手，可是後來他開始參加教會聚會，身手就再也沒有恢復了。他害怕自己的靈魂生病，因此一看到鯨魚就躲躲閃閃，唯恐發生意外，以免船破後葬身海底。」

「佩雷格！佩雷格！」比爾達的眼睛往上看，舉起雙手，他說，「你自己跟我一樣，都曾經屢屢遇難。佩雷格，你也很清楚怕死的感覺，那你怎麼可以假裝不怕死，在這裡胡說八道？你矇蔽了自己的良心，佩雷格。你說，想當年皮廓號在日本遇到颱風，三根桅杆都被吹斷落海，就是你跟亞哈船長一起出海的，難道那時你完全沒有想到死亡與末日審判嗎？」

「聽他說，聽他說！」佩雷格走到船艙另一頭，把雙手插進口袋裡，大聲說，「你們都聽聽看他說什麼。好好想一想！當時我們只顧著想船要沉了！會想到死亡與末日審判嗎？什麼嘛？三根桅杆不斷撞擊船邊，持續發出轟隆隆的聲響，船頭船尾一直有大浪打下來。我們會想到死亡與末日審判嗎？不會！沒時間想到死亡。亞哈船長和我只想著要怎樣活下去，想著要怎樣拯救所有船員，把應急桅杆裝起來，並且把船開到最近的海港。這是我當時在想的事。」

比爾達不再言語，只是把大衣的鈕扣扣上，昂首闊步走上甲板，我們跟在後頭。他站在甲板上靜靜看著幾個縫帆工人在船腰修補一張中桅船帆。偶爾他會彎腰撿起一塊破布，或是把一段上了柏油的麻繩拿回來，如果不這樣的話，那些東西恐怕都會被浪費掉了。

1 彼勒（Bel）與惡龍是《舊約聖經·但以理書》裡面巴比倫人崇拜的對象，這兩個迷信先後遭到但以理破除。

19 先知

「船伴們，你們跟那艘船簽約了嗎？」

魁魁與我剛離開皮廓號，正緩步離開海邊，一時之間各有心事，卻有個陌生人對我們丟出上面那句話。他在我們面前停下腳步，用粗大的食指指著他所說的那艘船。他的穿著很不體面，身上只有一件褪色的夾克與補過的長褲，脖子上繫著一條破布般的黑色手帕。他長了一張麻子臉，臉頰上布滿複雜的細紋，看起來就像湍急河水已經乾涸的河床。

「你們跟那艘船簽約了嗎？」他又問了一遍。

「我想你是說皮廓號吧？」我一邊說，一邊設法拖延時間，好讓我能仔細打量他一番。

「是啊，皮廓號——停在那邊的那艘。」他說話時先把整隻手臂收回，然後又很快地用力伸出去，手指像是槍口的刺刀，瞄準著目標。

「是的，」我說，「我們剛剛簽約了。」

「合約裡有提到你們的靈魂嗎？」

「提到什麼？」

「喔，或許你們都沒有靈魂。」很快地他又說：「沒關係，我知道很多人都是沒有靈魂的——祝他們好運，反正這樣對他們比較好。靈魂就好比馬車的第五個輪子[1]。」

1 意思是很多餘，很礙事。

「這位船伴，你在胡說八道什麼？」我說。

「不過，他已經找到足夠人手，可以把船員缺額給補齊了。」那陌生人突然這麼說，而且特別強調「他」這個字。

「魁魁，」我說，「我們走，這傢伙肯定是從某個地方逃出來的，專門講一些我們不懂的人和事。」

「等一下！」那陌生人大聲說，「你說得對——你們還沒見到那個老雷神，對吧？」

「什麼老雷神？」我說，同時他那發瘋似的認真態度再次吸引了我。

「亞哈船長。」

「啊？皮廓號的船長？」

「對，有些跟我一樣的老水手都這樣叫他。你們還沒見到他，對吧？」

「對，還沒。他們說他病了，但正在復原中，而且很快就會痊癒了。」

「很快就會痊癒了！」那陌生人笑道，笑聲聽來充滿嘲諷的意味，「瞧你說那什麼話？如果亞哈船長能痊癒，那我的左臂也會跟著好起來。」

「你對他有多少了解？」

「他們對你說了些什麼？告訴我吧！」

「他們沒說多少關於他的事，不過我聽說他是個很厲害的捕鯨人，也是個善待船員的船長。」

「沒錯，沒錯——這兩點都沒錯。但等到他下令時，一定會讓你跳腳。向前走，咆哮一聲。咆哮之後離開——人們都是這樣說亞哈船長的。不過，沒有人告訴你，很久以前他在合恩角外海發生的事，當時他像死人一樣躺了三天三夜。沒人告訴你，他曾在聖塔的聖壇前與某個西班牙佬決一死戰？——這你沒聽說過吧？沒人說他曾在銀葫蘆裡吐口水？也沒人說他在上一次航程失去他的腿，而且這早就有人預言了。你們都沒聽過關於這些事的隻字片語，或是更多消息，對嗎？不，我想你們都不知道。你們怎麼會知道？我想這些事在南塔克特島並非人盡皆知。不過，也許你們曾聽說他的腿斷了，還有斷腿的經過，我敢說你們一定聽說過。喔，沒錯，這是幾乎人盡皆知的——我是說，大家都知道他只有一條腿，某隻抹香鯨奪走了他的另一條腿。」

「這位朋友，」我說，「我完全不知道你在胡扯什麼，也不怎麼在乎，因為我覺得你肯定是腦袋有點問題。但如果你說的是皮廓號的亞哈船長，那我就告訴你吧，他斷腿的經過我是一清二楚的。」

「一清二楚——你確定？全部？」

「相當確認。」

這乞丐般的陌生人手指著皮廓號，眼睛也盯著它，站在那裡好像困惑沉思了起來，片刻過後才稍稍動了一下，轉身對我說：「你們簽了約，對吧？唉呀呀，簽了就是簽了，該怎樣就會怎樣。不過，話說回來，或許最後也不會怎樣。總之，已經成了定局，一切都安排好了，我想有些水手必須跟他一起出海。無論是那些水手或者任何人，希望上帝悲憐他們！早安哪，船伴們，早安。希望深不可測的上天保佑你們。很抱歉，我打擾了你們。」

「嘿，這位朋友，」我說，「如果你有什麼重要的事非說不可，就告訴我們吧。但如果你只是想要唬弄我們，那你就搞錯對象了。我唯一要對你說的就只有這些。」

「你說得很好，很高興聽見有人能這樣講話。你跟他很搭——你這一類人。早安哪，船伴們，早安。喔！等你們上船時，請轉告他們，我決定不當他們的船員了。」

「啊，這位朋友，你可愚弄不了我們——你辦不到的。這世界上最容易的一件事，就是假裝自己有個天大的祕密。」

「早安哪，船伴們，早安。」

「早安就早安。」我說，「走吧，魁魁，別理這瘋子。不過，等一下。可以報上名來嗎？」

「以利亞。」

我心想，以利亞！然後我們就走開了，兩人分別根據自己的方式評論那個衣服破爛的老水手，最後我們都覺得那傢伙只是個想要嚇唬人的騙子。不過，我們走了可能還不到一百碼，恰巧就遇到了轉彎處，回頭一望，我居然看到以利亞儘管離我們有一段距離，但始終跟在後面。不知為何，看到他讓我心頭一驚，不過我並未告訴魁魁這件事，只是繼續與他結伴前行，很想知道這陌生人是否會跟我們一樣轉彎。他真的轉彎了，因此我覺得他就是在跟蹤我們，只是我壓根兒猜不出他有何意圖。因為這件事，再加上他那一番似乎意有所指、但又遮遮掩掩的曖昧談話，此刻我可以說被他搞得好奇不已，其中還夾雜著幾分疑懼，而且這種種情緒都與皮廓號有關；也是關於亞哈船長，關於他的斷腿，他在合恩角外海生病的事，關於那個銀葫蘆，關於前一天我離船時佩雷格船長那席提及他的話，關於印地安老寡婦提絲提葛的預言；還有我們簽約後不得不踏上的航程；以及其他上百件模糊朦朧的事。

我決心要搞清楚這衣衫襤褸的以利亞是否真的在跟蹤我們，因此抱著這個念頭，我跟著魁魁穿越某條路，在路邊往回走。但以利亞只是繼續往下走，似乎沒注意到我們。我鬆了口氣，於是我再一次，似乎也是最後一次在我心裡認定他就是個騙子。

20 全員忙碌

一兩天就這樣過去了，大家在皮廓號上忙碌不已。不只舊的船帆都在補修中，新船帆也被送上船，還有一捲捲帆布與一圈圈帆索。總之，從一切跡象看來，航程的準備工作很快就要結束了。佩雷格船長幾乎沒有上岸去，他總是坐在他的小棚屋裡緊盯著所有水手。到店裡採購必需品的工作都由比爾達負責，獲聘在船艙裡與帆索上工作的人，入夜後還繼續工作了很久。

魁魁簽約的隔天，有話傳到皮廓號所屬水手投宿的各家客棧：大夥兒必須在入夜前把行李箱弄上船，因為船隻隨時可能啟程。所以魁魁和我先把行李弄上船，不過還是打定主意，真正出航前都要在岸上睡覺。但他們似乎總是早早就發出通知，幾天過後皮廓號還是沒有出海。但這也難怪，因為還有很多活要幹，而且在皮廓號的裝備完全備妥以前，任誰也搞不清楚還有多少事情是必須考慮到的。

大家都很清楚，要備妥的東西種類實在太多：床鋪、湯鍋、刀叉、鐵鍬、鉗子、餐巾、胡桃鉗等等，都是不可或缺的日用品。對於捕鯨航程也一樣，因為有三年時間都在大海上，要去哪裡找雜貨商、小販、醫生、烘焙師與銀行家？所以必須準備好足夠的日用品。儘管這道理也適用於商船，但絕對無法與捕鯨船的情況相提並論。除了捕鯨航程耗時甚久，捕鯨時需要各種各樣的用品，儘管捕鯨船常會停泊在一些偏遠的海港，但那裡不可能買得到捕鯨用品，而且也別忘了，在各類船隻裡，捕鯨船最容易發生各類意外，尤其是那些捕鯨時不可或缺的物品常會毀損與遺失。因此船上該有備用的小艇、圓杆、繩索與魚叉，除了船長與捕鯨船無法有備用的，其他一切幾乎都要。

在我們抵達南塔克特島時，皮廓號的所有輜重物品幾乎都已經完成補給工作，牛肉、麵包、淡水、燃料、鐵箍與桶板都已備妥。不過，如前所述，還是有許多大大小小的雜物在採購之後陸續送上船。

負責採購與運送工作的，主要是比爾達船長的姊妹：這位精瘦的老太太充滿毅力與無窮精力，但同時也很仁慈，她似乎打定主意，只要在她能力範圍之內，絕對不讓皮廓號開到汪洋大海上才發現缺東缺西。某次她還親自上船，只為了帶一罐醃菜給服務員擺在食物儲藏室裡；另一次她之所以登船，是因為大副的書桌少了一枝用來撰寫航海日誌的鵝毛筆；還有一次則是送了一捲法蘭絨上船，要給某個風溼病患者用來纏在下背部的。她姓查洛蒂[1]，沒有任何一個女人比她更配得上這個姓氏，大家都叫她查洛蒂姑媽。這慈悲為懷的查洛蒂姑媽彷彿慈善機構的修女，她忙東忙西的，只要是她親愛的兄弟比爾達的皮廓號需要，任何可以保障安全以及讓人舒適、寬慰的東西，她總是全心全力付出準備，而且她也把自己苦心積攢下來的幾十塊錢都投資在這艘船上。

令我感到驚詫的是，最後一天我看到這位貴格會女教友上船時，她一手拿著長柄油杓，另一手拿的則是更長的捕鯨魚槍。比爾達船長自己或佩雷格船長也沒閒著。比爾達隨身攜帶一份長長的必需品清冊，只要有新品運達，他就會在清冊上的相應項目做記號。佩雷格則是偶爾蹣跚地走出他的鯨骨小棚屋，朝著艙口往下大吼大叫，或是對桅頂的帆索工大聲咆哮，最後又一路不斷狂吼著走回棚屋裡。

在補充裝備的那些日子裡，魁魁和我常常登船，我也常常打聽亞哈船長的消息，詢問他的近況、他何時上船？被我詢問的人總是答道，他的狀況越來越好，隨時都有可能上船，在此同時，捕鯨航程所需的一切只要有佩雷格、比爾達兩位船長就能搞定了。說真的，我非常清楚自己心底的真正想法：在船隻即將出海之際，我居然還沒親眼見到航程中將扮演獨裁者角色的人，就要讓自己踏上如此漫長的航程，實在是我始料未及的。不過，當一個人懷疑有任何不對勁的地方時，有時候就是會極其不合理地努力忽視那些疑慮的存在，只因自身已經牽涉其中。當時我的狀況就是這樣。我什麼都沒說，也設法什麼都不去想。

最後，命令已經下達，皮廓號肯定會在隔天的某個時刻啟程。所以，隔天早上我跟魁魁一大早就動身上船了。

1 Charity，即「慈善」之意。

21 登船

當時快六點了，但天色仍是迷濛的一片灰撲撲，我們已經快要走到碼頭邊了。

「如果我沒看錯的話，好像有幾個水手往那裡跑，」我對魁魁說，「肯定不是陰影，我猜日出時皮廓號就要啟程了。走吧！」

「且慢！」有個人出聲的同時從我們後面靠過來，他把手搭在我們倆的肩膀上，然後擋在我們之間。他站在朦朧的晨光中，身體微微往前傾，用一種奇怪的神情盯著魁魁，接著又凝視我。那個人是以利亞。

「要上船了？」

「把手拿開好嗎？」我說。

「喂！」魁魁晃了晃身體，對他說，「走開！」

「不是要上船了嗎？」

「是，我們要上船，」我說，「但這與你何干？你知道嗎？以利亞先生，我覺得你有點無禮。」

「不，不，不，我倒不覺得。」以利亞說道，他疑惑地看著我，又慢慢看向魁魁，那眼神讓人不明所以。「以利亞，」我說，「如果你能退開，我和我的朋友都會很感激的。我們要到印度洋和太平洋去，希望你別阻攔。」

「你們要去是嗎？早餐前就回來？」

「他瘋了，魁魁，」我說，「走吧。」

「喂！」我們不過才走幾步路，站著不動的以利亞就想把我們叫住。

「別理他，」我說，「走吧，魁魁。」

但他又偷偷朝我們走過來，突然用手拍我的肩膀，並且說：「剛剛你有沒有看到什麼往那艘船走過去，像是一些人？」

這個就事論事的直白問題打動了我，於是我答道：「有，我想我的確看到了四、五個人，但天色太暗，無法確定。」

「很暗，很暗。」以利亞說，「祝你們早安。」

我們再度離開他，他還是悄悄地跟過來，又用手碰我的肩膀，他說：「看看你現在能否找到他們，好嗎？」

「找到誰？」

「祝你們早安！祝你們早安！」他這樣答覆我後，又一邊走開一邊說：「喔！本來我想警告你們——但是，算了，算了，反正都一樣。大家都是一家人。今早冷得很，對吧？再見了。我猜我們不會很快就見面，除非末世審判日來臨。」說完這些顛三倒四的話後，他終於離開了，那番瘋狂冒失的言行舉止在那當下讓我納悶極了。

最後，我們上了皮廓號，發現四下靜悄悄，連個人影都沒有。船艙入口是從裡面反鎖的，艙門都關了起來，上面堆滿帆索和索具。我們朝著艏樓往前走，發現舷窗的滑門開著。我們看到下面有燈，下去後發現只有一個身穿破爛厚呢短大衣的年邁帆索工。他直挺挺地趴在兩個行李箱上，一張臉埋在交叉的雙臂裡，睡得跟死豬一樣。

「魁魁，剛剛我們看到的那些水手到哪裡去了？」我說著，同時疑惑地看著那沉睡的老人。但是，剛剛在碼頭上魁魁似乎沒注意到我說的那些人。因此，要不是以利亞提出那莫名其妙的問題，我還真會以為自己看走眼了。但我暫且不管這件事，用開玩笑的口吻對魁魁提議，也許我們最好就坐在那老人身邊等待，叫他照我說的去做。他用手摸摸那老人的屁股，好像在測試是否夠軟似的，接著毫不囉嗦就靜靜坐了下去。

「天哪！魁魁，別坐在那上面。」我說。

「喔，很好的座位啊。」魁魁說，「我們在家鄉都是這樣，不會傷了他的臉。」

「臉！」我說，「你說那是他的臉？這臉也太親切了吧？可是你看他呼吸多麼困難，他都已經喘了起來。下來吧，魁魁，你太重了。你在折磨這可憐傢伙的臉。下來，魁魁！小心，他的身體馬上就會抽動，讓你跌下來。奇怪，他怎麼還沒醒來呢？」

魁魁把身子移到那老人的頭旁，點燃他的菸斗戰斧。我坐在老人腳邊。我們倆隔著那老人把菸斗傳來傳去。在此同時，魁魁一聽我用他那種粗陋的句法提出疑問，就設法解釋給我聽：在他的祖國，因為沒有各種座椅沙發，所以根據當地習俗，一般國王、酋長與大人物都會把一批庶民養得肥肥胖胖的來充當椅墊。在房子裡要過得舒舒服服，不需要家具，只要買下八個或十個懶漢，叫他們趴在牆邊或者壁龕裡即可。此外，出遠門時也很方便，遠比那種可以變成拐杖的花園椅還方便。想坐下時，酋長只需把隨從叫來，叫他在大樹下充當一張沙發即可，哪怕是潮溼的沼地也一樣。

在說這些話時，每次魁魁從我手裡接過菸斗戰斧，他都會用戰斧那頭在老人的頭部上方比劃兩下。

「你在幹麼，魁魁？」

「非常容易，殺他。喔！非常容易！」

看來，這把同時可以用來殺敵與自娛的戰斧讓他產生了一些奇怪的聯想，但那熟睡的帆索工很快引起了我們的注意。這狹小的艙室裡如今已是煙霧瀰漫，開始影響到他。他的呼吸聲聽來悶悶的，鼻子似乎不太順暢，接著他把身子翻了一兩次，然後就坐了起來，揉揉雙眼。

「喂！」最後他終於開口低聲說，「誰在這裡抽菸啊？」

「我們是水手。」我答道。「這船何時出航？」

「是啊，是啊，你們要搭它出海，是吧？今天就要出航了。船長昨晚上船了。」

「哪一位船長？——亞哈？」

「除了他還有誰？」

本來我打算追問關於亞哈的問題，但我們聽見甲板上傳來一陣聲響。

「嘿！星巴克起床了。」那帆索工說，「他是個精力充沛的大副，是個虔誠的好人。既然大家都醒了，我也得開始幹活啦。」說完他就走上甲板，我們跟在他後面。

此時天色已經完全明亮了起來。很快地船員便開始三三兩兩地登船。帆索工全都忙得不可開交，幾位船副也開始忙著幹活。有幾個來自岸上的人忙著把最後的物資送上船來。在此同時，亞哈船長仍是待在他的船艙裡，沒有現身。

22 聖誕快樂

最後，接近中午時船上的帆索工終於離去，皮廓號被拖離碼頭，體貼無比的查洛蒂姑媽在送完最後的禮物之後（她為自己的姻親[1]——也就是史塔布二副——帶來一頂睡帽，並為服務員多帶一本《聖經》到船上備用），也搭乘捕鯨小艇離去了。接著，比爾達與佩雷格兩位船長才走出船艙，由佩雷格對大副說：「星巴克先生，一切都備妥了嗎？亞哈船長已經準備好了——我才剛跟他談過，你確定不用再從岸上弄任何東西過來了？好吧，那就召集所有船員。把那些該死的傢伙都叫到後甲板[2]來！」

「佩雷格，就算再匆忙也沒必要口出惡言。」比爾達說，「老朋友，星巴克，你就去吧，照我們吩咐的做。」

嘿喲！就在即將啟航的這個節骨眼上，佩雷格與比爾達兩位船長還在後甲板發號施令，彷彿他們倆會在出海後分攤指揮官職權，就像皮廓號仍停泊在海港裡的時候一樣。至於亞哈船長，迄今仍未現身，只聽說他在船艙裡。不過，話說回來，如果只是要起錨出海，也不會有人覺得他一定要出現。事實上，這根本不是他的職責，而是引水人該做的事。而且，因為亞哈船長尚未完全康復，所以聽說他就一直待在甲板下的船艙裡。這一切似乎也是順理成章，就像商船那樣，很多船長在船隻起錨後很久都還沒現身，一直待在船艙書桌前，與岸上的友人欣然話別，直到他們與引水人一同搭乘小船離去。

不過，此刻沒有太多機會可以思考這件事，因為佩雷格船長在船上活躍無比。發號施令的人似乎大多是他，而非比爾達。

「到船尾來，你們這些龜兒子。」他看到水手們都在主桅附近晃來晃去，便大聲叫道：「星巴克先生，把他們都趕到船尾來。」

「把棚屋收起來！」——這是下一道命令。如前所述，這鯨骨帳棚只有在皮廓號進港後才會搭建起來，過去三十年來在這船上人盡皆知的事，起錨後的下一道命令就是把棚屋收起來。

下一道指令則是：「啟動絞盤！快快快！跳過去！」船員都跳過去抓絞盤手桿。

起錨出港時，船上一般都會有個引水人站在船頭。在此特別要說明的是，跟佩雷格一樣，身兼多職的比爾達其實也是這海港的領照引水人——但他不曾幫自己沒有股份的船隻引水，所以有人懷疑他只是為了節省南塔克特島收取的引水費。如我所說，此刻我們可以見到比爾達正站在船頭往下眺望，看著越來越近的船錨，每隔一段時間還會吟唱起宛如悲歌的讚美詩，藉此幫絞盤旁的水手打氣，而他們則是大聲合唱一首關於花街姑娘的歌曲，唱得熱情無比。不過，才不到三天前，比爾達本來是告誡大家，絕對不能在皮廓號上吟唱那種不三不四的歌曲，尤其是在船要起錨出海時，而且他姊妹查洛蒂姑媽還特地在每個水手的床鋪擺了一小本瓦茲[3]的聖歌精選集。

這個時候，在船上其他地方監工的，則是佩雷格船長，他在船尾破口大罵的模樣實在可怕無比。我幾乎認定船錨還沒被拉起來，船就會被他弄沉了。一想到我跟魁魁如此多災多難，居然會在這種魔王的領航之下開啟航程，我就不由自主地停手，不再繼續轉動絞盤，也叫魁魁照做。不過，讓我稍感寬慰的是，儘管比爾達只願意給我七百七十七分之一的分紅，但至少虔誠的他能夠讓我們獲得些許救

1 史塔布是查洛蒂姑媽的「brother-in-law」，因此他有可能是她的妹夫、姊夫、大伯或小叔，但在小說中這關係並不明確。不過這也意味著比爾達船長與史塔布二副之間也是「brother-in-law」的關係，因為查洛蒂是比爾達的姊姊或妹妹。

2 aft在此應該是指位於船尾的後甲板（quarterdeck），因為那是船長船艙的位置。

3 Isaac Watts，十七、八世紀的英國聖歌作者，是英國聖歌之父。

牘。突然間我覺得屁股被人用力踹了一下，轉身後駭然發現鬼魂般的佩雷格船長在我身邊把一隻腳收回去的模樣。這是我第一次在皮廓號上被踹。

「商船上的人都是這樣起錨的嗎？」他咆哮道，「使勁哪，你這豬頭！給我使出吃奶的力氣！我說啊，你們幹麼不使勁？所有人都給我使勁！廓霍，你這留著紅鬍鬚的傢伙，給我使勁！使勁哪，你們這些戴蘇格蘭無邊帽的傢伙！使勁哪，你們這些穿綠褲子的！我叫你們全都使勁，使到眼珠子都掉出來！」他一邊咆哮，一邊在絞盤四周移動，想到就用腳踹人，沉著冷靜的比爾達則是持續帶頭吟唱讚美詩。我心想，佩雷格船長今天肯定喝了酒。

最後，水手把船錨拖了上來，我們就此揚帆，滑行出海。這一天是寒冷的耶誕節，白晝很短。北方的短促白晝結束，入夜時我們發現自己幾乎可說置身一片無垠的冰天寒洋中，結凍的水花像是亮晶晶的鎧甲，將我們包圍起來。月光下，鋸齒狀的舷牆頂端彷彿一長排牙齒，閃閃發亮，船頭還有一根根彎曲的巨大冰柱往下垂掛著，宛如白色象牙。

充當引水人的蘭克．比爾達負責監督第一班守夜人員，老舊的皮廓號一次次深深陷入碧綠海面，整艘船布滿了令人顫抖的冷霜，強風呼嘯，繩索啪啪作響，他的歌聲依舊穩健：

滾滾洪流的另一邊是豐饒田地，
到處充滿了盎然綠意。
猶太人的情況也一樣，
迦南古城佇立在洶湧約旦河的另一邊。

那些甜美的歌詞不曾如此悅耳動聽。字裡行間充滿希望與享受。儘管那個酷寒冬夜的大西洋如此洶湧狂暴，儘管我的雙腳潮溼，外套更溼，當時在我心中仍覺得自己置身避風港裡。牧草林地永遠充滿著濃濃春意，春天時長出來的草地還沒被人踐踏，也沒有枯萎，總是處於盛夏之際。

最後我們終於來到外海，再也不需要那兩位船長兼引水人。那艘始終陪伴在我們身邊的堅實帆船開始往皮廓號的舷側靠過來。

令人感到奇怪甚至有點愉悅的是，在這當下，就連佩雷格與比爾達都被感動了，尤其是比爾達船長。他們非常不情願離去，非常不想就這樣離開即將踏上凶險漫長航程、即將在暴風中越過那兩個海角[4]的皮廓號——畢竟他們把辛苦賺來的幾千元都投資在這艘船上，而且船長還是他們的老船伴，年紀幾乎跟比爾達一樣大，那船長即將再次勇敢挑戰那可怕而無情的巨鯨之口。他實在很不想告別這樣一個在各方面都與他息息相關的東西。可憐的老比爾達依依不捨了很久，焦慮的他在甲板上來回踱步，跑到甲板下的船艙去再度話別，回到甲板上之後往迎風面眺望，望向寬闊無垠的大海，海的邊際在千里之外的東方大陸邊緣，他當然無法看見。他朝桅頂看了看，也看看左舷右舷，把整艘船都看遍了，看到不知道要看哪裡，最後他用生硬的動作把一條繩索盤繞在繩栓上，彷彿抽筋似地一把捉住矮壯老船長佩雷格的手，舉起一盞燈，片刻間站在那裡用充滿英雄氣概的臉凝視著佩雷格，那表情好像在說：「佩雷格，我的老朋友，無論如何我都還是能忍受這種日子的。是啊，我能忍受。」

至於佩雷格他自己，看起來則比較像是一位哲學家。不過，就算渾身哲學味，當那盞燈靠得太近時，還是可以看見他此刻淚光閃閃。他也是在船艙與甲板之間跑了好幾趟，一下子到下面去找船長說話，一下子又對大副星巴克耳提面命。

但是，最後他終於轉身面對老搭檔，用一種篤定的神情對他說：「比爾達船長，我的老船伴，走

---

4 指位於南美尾端的合恩角與非洲尾端的好望角。

吧，我們該走了。喂，把主桅的下帆桁打橫啊！[5]那艘小艇啊！準備好靠過來，現在！小心！小心！來啊，比爾達你這老小子，告別吧！祝你好運，星巴克——祝你好運，史塔布先生——祝你好運，福拉斯克先生——再見並且祝你們好運了。三年後的這一天，我會在我們的故鄉南塔克特備妥熱騰騰的晚餐等大家。好了，走吧！」

「上帝保佑大家，願祂的聖恩守護著你們，各位，」老比爾達喃喃說道，幾乎語無倫次，「希望你們會馬上遇到好天氣，如此一來亞哈船長也許很快就能上來到處走動了——只要有溫暖的陽光，他就會沒事的，等船到了熱帶區域，陽光普照的日子多的是。船副們，捕鯨時要千萬小心。魚叉手們，如果沒有必要，可別把捕鯨小艇給撞爛了。一年之內，上好的白色杉木板價格漲了百分之三呢！也別忘了要禱告。星巴克先生，管好桶匠，別讓他把備用的桶板給浪費掉了。喔！縫補船帆的針在綠色櫃子裡。弟兄們，可別把禮拜天都用來捕鯨了，但如果有好的機會，也不要錯過，否則就是拒絕了天賜的禮物。史塔布先生，盯緊那個裝糖漿的桶子，它有點漏。福拉斯克先生，如果靠岸登島的話，可別讓水手到處亂搞男女關係。再見，再見了！星巴克先生，別把乳酪擺在貨艙裡太久，會壞掉的。還有，小心那些一磅要價二十分的牛油，你也要小心，如果……」

「走吧，走吧，比爾達船長。別再婆婆媽媽的，走啦！」說完後，佩雷格從身旁趕他下船，他們倆都登上了下方的小艇裡。

小艇駛離皮廓號。溼冷的夜風從大船與小船之間吹過，一隻海鷗凌空飛過，發出尖叫聲。兩艘船的船身劇烈晃動，我們懷著悲傷的心情呼喊三聲道別，盲目地把船駛進孤寂的大西洋，彷彿是命運的安排。

---

5 Back the mainyard，把帆桁打橫，讓船速減緩。

23 背風的海岸

幾章前，我曾提及高大的水手巴金頓，當時他剛剛上岸，我是在新貝德福的客棧裡遇見他的。

那個冷到令人發抖的冬夜裡，皮廓號像是出海尋仇似地在冰冷的惡浪中前進，結果我發現掌舵的人居然就是巴金頓！我懷抱著同情心看那傢伙，心裡對他敬畏有加，因為他在隆冬之際才剛剛結束了四年的凶險航程，竟能這樣生龍活虎地立刻投身另一段航程，繼續面對許多暴風雨。難不成陸地對他的雙腳而言太過熾熱？驚人的事總是如此令人難以啟齒。關於那些事的記憶再怎麼深刻，也無法讓人寫出墓誌銘。這短短的篇章就是巴金頓的無碑之墓。我就這麼說吧，他的命運跟這艘在暴風雨中翻騰的船一樣，都是沿著背風的陸地悽苦地往前推進。海港樂於給予幫助，海港充滿同情心。海港是安全舒適的，上岸後就有壁爐、晚餐、溫暖的毛毯與朋友，凡人都可以過得如此安逸。但是在強風中，海港與陸地卻是船隻的最大威脅，船隻必須避開所有的好意。只要碰到陸地，哪怕只是龍骨輕輕掠過，整個船身都會震顫起來。船隻全力揚帆離岸，藉此抵抗那些想要把它吹回家的海風，再次闖進波濤洶湧的無垠大海裡。想要避難，卻絕望地自討苦吃。海洋是船隻唯一的朋友，也是它最殘酷的敵人！

現在你知道了嗎，巴金頓？你似乎已經看透這令人極度無法忍受的真理，而你是打從心底想要竭盡心力，讓船隻在大海中保持完全的獨立性，但那些從天涯海角吹來的狂風卻不懷好意，想要把船吹回那毫不牢靠而且會讓人淪為奴隸的海岸，是吧？

但是，因為那無垠海岸，像上帝一樣含糊難解的大海，蘊藏著最高真理，所以寧願在咆哮的無邊大海裡衰亡死去，也不要丟臉地順著背風衝回海岸，即便那是個安全的地方！因為，噢！只有那些可憐蟲才會渴望著爬回陸地！那些可悲的人實在是害怕到了極點！難道這一切痛苦都是徒勞的？加油啊，加油，噢，巴金頓！彷彿神人的你，就艱苦地撐下去！就是因為從那危險無比的海洋浪花中破浪而出，你才會被如此崇拜！

24 辯詞

因為此刻我已經跟著魁魁一起投身捕鯨業，同時也因為捕鯨向來被外人當成一點也不詩情畫意，而且不怎麼名譽的行業，所以說，陸地上的人們哪！在此我想澄清長期以來捕鯨人遭到冤枉的一些事。

首先，幾乎無庸贅述的一個事實是，一般人並不會把捕鯨人當成某種專技人員[1]。在大都市的任一種五花八門的社團裡，如果有某個新成員被介紹給大夥兒認識時，其身分是個魚叉手的話，這對於他的評價並不會有太大的加分作用。假設這位新成員有心仿效海軍軍官，把S. W. F.（抹香鯨捕鯨業）這個簡稱當作自己的行業印在名片上，此舉肯定也會被當成相當冒昧而且荒謬不已。

世人為何不願肯定吾等捕鯨人？無疑地，主要理由之一就是：大家都認為我們這一行最多就是與屠宰之類的行業沒什麼兩樣，而且我們在一個充滿各種汙穢事物的環境裡工作。我們的確就是屠夫。但真正殺人如麻的屠夫其實都是那些部隊將帥，可是世人卻往往樂於表彰他們的功績。至於那些說我們這一行有多髒的傳聞，很快地你們就會透過我的引介，發現某些到目前為止都沒有外人知曉的事實，抹香鯨捕鯨船也可藉此以勝利者的姿態成為我們這乾淨地球上最乾淨的東西之一。即便那些對於捕鯨船的責難沒有錯，而我們的甲板的確有凌亂溼滑的缺點，但甲板有辦法與那屍臭薰天的戰場相提

1 梅爾維爾在此的用詞是「Liberal profession」，看似中文所謂的「自由業」，但具體來講是指律師、會計師、公證人等專門職業技術人員。

並論嗎？為什麼許多士兵還能夠返鄉飲酒作樂，享受女士們的掌聲？而且，如果一般人因為士兵冒險犯難而對他們讚譽有加的話，那麼我可以非常肯定地告訴各位：即便是那些膽敢向大砲陣地挺進的老兵，只要上了捕鯨船，難免也會很快就被嚇到魂飛魄散，因為他們會見識到抹香鯨的魚尾有多巨大，魚尾一搧就能在人的頭頂颳起一陣旋風。上帝創造的巨鯨是恐怖與驚奇的綜合體，與之相較，人類所造成的恐怖景象不難理解，根本是小巫見大巫。

但是，儘管世人蔑視我們這些捕鯨人，卻也往往對我們寄予最深切的敬意而不自覺。是啊，而且還崇拜不已呢！因為這世上的許多廟宇聖堂之所以能有大大小小的蠟燭與油燈可以使用，都要歸功於我們！

不過，我們姑且從其他角度來看這個問題，用各種標準來衡量，看看我們捕鯨人的真實面貌為何、做了哪些事。

為什麼德．維特[2]時代的荷蘭設有捕鯨船隊上將的職務？為什麼法王路易十六會自掏腰包，在敦克爾克[3]建立捕鯨船隊，並且禮聘我國南塔克特島的幾十戶捕鯨人家到那裡去？為什麼從一七五〇年到一七八八年之間，英國政府付給該國捕鯨人的賞金最多可高達百萬英鎊？最後，為何我們美國的捕鯨人數量會更勝於這世界上其餘國家所有捕鯨人的數量？美國捕鯨船最多時高達七百艘，就像一支海軍艦隊，有一萬八千名水手，每年消耗四百萬美元。航行時，船隻的價值是兩百萬美元，每年帶回我國海港的漁獲量價值高達七百萬美元。要不是因為捕鯨業蓬勃發展，哪來這麼多驚人成就？

但這些還不到我想說的一半。請再聽我說。

這件事我可看得比任何通曉世事的哲學家都來得更為透澈，他們就算一輩子苦思也沒辦法像我這樣直率斷言：如果把那些以武力服人的勢力排除在外，過去六十年來沒有任何一股勢力比整個強盛的捕鯨業更能對全世界造成重大影響。捕鯨業已經造就許多了不起的功績，而且這些功績也一直不斷帶來許多後續的重大影響，因此我們可以說捕鯨業無遠弗屆的力量，直追那位在母親子宮裡就已經懷孕，而且有「埃及之母」稱號的女神[4]。想要把這些事一一列舉出來，絕無可能，怎麼說也說不完。在此只要舉幾個例子就夠了。過去多年來，捕鯨船儼然已成為一支支探險隊，到過這世上許多最偏遠、最不為人知的地方。捕鯨船探勘了那些尚未被畫在地圖上的海域與群島，那些就連庫克或溫哥華[5]兩位船長都未曾航行過的地方。歐美各國軍艦如今能夠平安無事地開進那些當地居民都是野人的海港，它們真的應該發射禮炮，向捕鯨船致敬，因為如果沒有捕鯨船幫忙開拓航道，並居間充當翻譯的角色，這是不可能的。如果你們想把庫克與克魯森施滕[6]之類的人物當成探險英雄來歌頌，那就請便吧，但我卻覺得真正偉大，而且可以說更為偉大的，是那幾十個沒沒無聞的南塔克特島船長。因為這些船長曾經在孤立無援而且赤手空拳的情況下，前往一片片鯊魚出沒的蠻荒海域，前往那些無名小島的海灘，與那令人同時感到驚奇與恐怖的原始世界搏鬥，而這是庫克船長不願也不敢做的，即便他手下有大批配備滑膛槍的海軍陸戰隊士兵。世人也許覺得古代人於南海[7]航行是了不起的事蹟，但在我們那些南塔克特島的英雄看來，卻只是一些生平常見的小事。通常來講，溫哥華在書裡花了三章篇幅來詳述的那些冒險事蹟，在捕鯨船長看來，根本不值得寫進航海日誌裡。啊，這是個什麼樣的世

2 即約翰．德．維特（Johan de Witt），十七世紀荷蘭的統治者。

3 法國北部的海港。

4 指埃及神艾西絲（Isis）。艾西絲的雙胞胎兄弟歐西里斯（Osiris）在他們都還在母親子宮裡時，就讓她受孕了。

5 指James Cook與George Vancouver，兩位都是功績彪炳的十八世紀探險家，這世界上有很多地方都是以他們倆的名字來命名，包括南太平洋的庫克群島與溫哥華市（美加兩國各有一個）。

6 克魯森施滕（Johann Adam von Krusenstern），愛沙尼亞探險家。

7 此處的南海是指南太平洋。

界！噢，這是個什麼樣的世界啊！

太平洋海岸沿岸有許多豐饒的西班牙殖民地，但他們不曾與歐洲之間進行商務活動，也幾乎沒有各種交流，直到歐洲的捕鯨船繞過合恩角，抵達那些地方後，情況才有所改變。西班牙王室向來把那些殖民地視為禁臠，首次打破此一局面的，是捕鯨人。要不是篇幅有限，我還真想把話講清楚，道出那些捕鯨人最終如何促成祕魯、智利與玻利維亞的解放，擺脫古國西班牙加諸在他們身上的桎梏，建立了永恆的民主政權。

跟美國一樣，澳洲堪稱東半球的「新大陸」，而它能夠開化，也該歸功於捕鯨人。在某個荷蘭人誤打誤撞發現澳洲後[8]，因為大家都認為那是個蠻荒瘴癘之地，長期以來所有船隻都不敢靠岸，只有捕鯨船例外。促成澳洲這個殖民地如今變得如此強大的，就是捕鯨船。此外，在澳洲一開始有人前往建立殖民地時，要不是幾次都幸運地有捕鯨船在當地海岸停泊，慷慨提供乾糧餅乾，當地居民早就餓死了。整個玻里尼西亞地區也有無數島嶼的島民道出同樣的事蹟，他們在感激之餘開始與捕鯨船進行交易，也為傳教士與商人打開交流之門，在許多案例中我們還可以看到，一些剛剛成立的傳教團藉此才有機會初次到海外傳教。日本向來閉關自守，之所以開始接納外人，也完全是因為捕鯨船立的功，因為是捕鯨船開啟了與日本的交流。

在聽了那麼多事蹟之後，如果你仍然宣稱捕鯨業與那些事情之間沒什麼太了不起的關聯，那我隨時都可以持長槍蹬馬，來個五十回合大決鬥，每次都把你戳下馬，讓你的頭盔碎裂。

也許你會說，沒有什麼知名作家為鯨魚寫書，也沒有知名史家為捕鯨業撰寫編年史。真的沒有什麼知名作家為鯨魚寫書，也沒有知名史家為捕鯨業撰寫編年史？史上第一個為鯨魚這種大海怪寫書的人是誰？除了偉大的約伯，還有別人嗎？[9]寫下第一個捕鯨故事的又是誰？除了阿爾弗雷德大帝[10]這位君王還有誰？他曾提起御筆，親自把當時挪威捕鯨人奧德[11]說的話寫下來！而又是誰曾在國會殿堂上熱烈地朗誦一篇獻給捕鯨人的頌詞呢？除了艾德蒙・柏克[12]還有誰？

以上所說都是千真萬確，但難道捕鯨人都是一些可憐蟲，也沒有好血統嗎？

沒有好血統？他們的血統可是比皇族更為優越啊！班傑明・富蘭克林[13]的外祖母是瑪莉・莫洛，後來她嫁給了一位久居南塔克特島的拓荒者，改姓福爾格，之後福爾格家成為一個魚叉手世家，那些魚叉手都是偉人富蘭克林的親戚，如今仍在世界各地以帶有倒鉤的鐵叉與鯨魚搏鬥。

你還是會說這很了不起，但仍然認為捕鯨不是個可敬的行業。

不是可敬的行業？捕鯨業是個欽定的行業！根據古代的英格蘭律法，鯨魚是明文規定的「御用魚」！[14]

你說，喔！那也只是個名號而已！世人向來不覺得鯨魚有什麼了不起的。

鯨魚沒什麼了不起？在羅馬帝國統治這世界的古代，只要有將軍回到國都參加盛大的凱旋儀式，往往有敲鑼打鼓的歡迎隊伍，隊中最為醒目的物品，就是大老遠從敘利亞海岸帶回來要獻給將軍的鯨骨。[15]

---

8 指在一六〇六年發現澳洲的 Willem Janszoon 船長。

9 參閱《舊約聖經・約伯傳》第四十一章。

10 Alfred the Great，第九世紀的英格蘭地區威塞克斯王國（Wessex）國王。

11 原文是寫 Other，即 Ohthere of Hålogaland，他是效力於阿爾弗雷德大帝的古代維京人航海家。

12 十八世紀英國國會議員兼史學家。

13 Benjamin Franklin，美國開國元勛。

14〔原注〕關於這一點，詳情請參閱後面的幾章。（譯注：即本書八十二至九十章。）

15 同上注。

你也許會說，既然我引了那麼多例證，就當我說的沒錯。但無論我說了什麼，你就是覺得捕鯨業並不體面。

捕鯨業不體面？我們這一行有多體面，只要仰望星空就知道了。南方不是有個鯨魚座嗎？光是這點就夠了！如果謁見沙皇時你要脫帽，那在魁魁面前也脫帽吧！這樣就夠了！我認識某個捕鯨人，畢生曾經捕獲過三百五十隻鯨魚。在我看來，如果與曾經奪下三百五十座城池的古代將領相較，我還是覺得那位捕鯨人更了不起。

至於我自己，如果我身上還可能有任何尚未被發現的優點，如果我真的可以妄想進入那個寂靜的小小天界[16]，並且真的享有一點美名；如果往後我真的可以去做任何大家都想做的事；如果在我死後我的遺囑執行人——或者更確切地說，我的債權人——會在我的書桌裡發現任何珍貴的遺稿，那我都得預先在這裡把所有名譽與榮耀都歸功給捕鯨業，只因捕鯨船就是我的耶魯大學、我的哈佛大學。

16 也就是「天堂」。

25 附言

為了保住捕鯨業的面子，我很樂於在此進一步提出一些具體事證。但是，在拿出事實來佐證之後，任何辯護者也許就可以為自己的理念進行有力的說明，並且應能完全駁倒那種聽來頗為合理的臆測之詞——這樣一位辯護者，應該可以不用被責備吧？

大家都知道，即便是到了現代，國王與女王的加冕典禮中都會有一道手續是為他們獻上調味料。人們為國王與女王獻上所謂「國之鹽罐」，而且也許會有「國之調味瓶架」。鹽在典禮上到底有何用處，誰知道？不過，我非常肯定的是國王的頭頂會被塗抹聖油，甚至會油得像沙拉一樣。不過，難道不能像是幫機器抹油那樣，抹過聖油之後就讓國王的腦袋能順利運作嗎？還有，加冕典禮中的這一道手續為什麼能保持其莊重嚴肅？這倒是一個頗堪玩味的問題。理由在於，在日常生活中我們總是認為那種抹了髮油，而且散發濃濃髮油味的傢伙是卑賤可鄙的。事實上，除非是出於醫療上的需要，成年男子如果塗抹髮油，可能是身心狀況出了問題。一般來講，這種人都不怎麼優秀。

但是，在此我們該考慮的唯一問題是：加冕典禮上使用的聖油到底是什麼油？肯定不會是橄欖油、望加錫髮油[1]、蓖麻油、熊油，也不會是一般的鯨魚油和魚肝油。除了抹香鯨的油，還會是什麼呢？因為它是完全天然純淨，而且最為芳香的一種油。

請好好想一想啊，忠誠的英王子民們！貴國國王與女王在加冕典禮上使用的聖油，可是我們提供的呢！

1 macassar oil，以依蘭（ylang-ylang）這種植物為主要材質之一的髮油。

26 騎士與扈從

皮廓號的星巴克大副是土生土長的南塔克特島人，而且來自一個貴格教派世家。身體修長的他做人認真，儘管誕生在冷如冰霜的海岸地區，但似乎很能適應熱帶氣候，而且他的肉比烤得硬邦邦的餅乾還要硬。就算把他的鮮血運送到東印度群島，那些血也不會像瓶裝麥芽啤酒那樣變質壞掉。他出生時，肯定剛好遇上了全面性的乾旱與饑荒，或是他所居住的州正值那眾所皆知的齋戒日期間。[1]儘管他才三十歲上下，但每一年的酷暑好像已經把他身上的多餘體力都耗盡了。不過，他那削瘦的身形似乎既不代表他因為焦慮操煩而損耗體力，也不是反映出他的身體枯萎了。只是他整個人像濃縮了起來。他看來絕無病容，而且完全相反，他那潔淨緊實的肌膚看來恰到好處，好像把他整個人緊緊包住，全身散發著健壯的氣息，像是個復活的埃及人，這位星巴克先生似乎已經做好長生不老的準備，永遠維持現在的樣貌。因為不管是在極地的霜雪中，或是在灼熱的太陽下，身體的內在活力都確保他能在各種氣候環境發揮最高效能，就像一具精準的經線儀。盯著他的眼睛，你似乎可以看見他這輩子曾冷靜面對過的千百個難關。他沉著穩重，他的人生到目前為止大致上就像一齣極具說服力的啞劇，沒有任何令人乏味的聲音。然而，儘管他是如此嚴肅、沉著與堅毅，有時候他的某些特質還是能夠在其他人身上發揮作用，而且就某些例子來講，幾乎造成了決定性的影響。就一個水手而言，他非常講求以良知律己，而且天生懷抱著虔誠之心，因此蠻荒海域的孤寂生活讓他產生一種強烈的迷信傾向。不過，他那種迷信的某些成分似乎是源自於智慧，而不是因為盲昧無知。他可以觀察出凶兆，對於不祥之事也有預感。他的靈魂像鋼鐵一般堅強，但有時還是會跟某些坦率真誠的人一樣受到潛在影響，在面對漁業這一行常見的種種危險時，他會刻意壓抑冒險犯難的衝動，而他之所以會這樣，與其說是因為想起遠在國內的嬌妻幼子（其妻為鱈魚角人），不如說是上述的預感力影響了他。「那種不怕鯨魚的人，」星巴克說，「不准上我的船來工作。」這句話的意思似乎不僅是指真正的勇氣應該是「有勇有謀」，在面對危難時應該審時度勢，也是指那種毫無畏懼的工作夥伴遠比膽小鬼還要危險。

「是啊，是啊。」史塔布二副說，「在我們這一行，星巴克算是比較謹慎的。」但很快我們就會看到，無論史塔布或絕大部分其他捕鯨人，在使用「謹慎」一詞時，意思跟一般人是不同的。

星巴克不是那種喜歡冒險犯難的人。對他來講，勇氣不是可貴的情操，只是一種對他有用的東西而已，而且每當碰到生死交關的時刻，他總是不乏勇氣。此外，也許他還認為，在捕鯨這一行裡面，勇氣就像是船上不可或缺的必需品之一，跟牛肉與麵包沒兩樣，因此不能愚蠢地隨意浪費。所以他才總是不願在入夜後把小艇放到海上去捕鯨，而且遇到那種跟他纏鬥太久的鯨魚，他也不會死命糾纏。因為星巴克認為，他到那危險的海上是為了捕鯨謀生，不該讓自己變成鯨魚的謀生食物。星巴克很清楚過去已經有千百個人葬身魚腹。他的父親不就是這麼死的嗎？在那深淵般的海底，他還能找到自家兄弟的殘肢嗎？

儘管星巴克先生腦海裡充滿這些記憶，儘管他有前述的迷信特性，但他還是非常勇敢，只不過這勇氣肯定已經快要耗盡了。但這種情況實在是不太合理，因為他是一個如此井井有條的人，而且曾有過那麼多恐怖經驗與回憶，難道那些經驗與回憶不會在他內心潛移默化，變成一種秉性，在適當的時機被激發出來，讓他把所有的勇氣發揮到極致嗎？而且，他那種勇氣跟一般勇敢堅毅的人一樣，儘管

1 即麻州歷史上曾經立法規定的禁食日，在一六七〇到一八九四年之間實施過。

足以對抗惡浪、強風或巨鯨，或用來面對這世上一般恐怖的不合理事物，但如果是更為恐怖的東西，因為會造成內心的強烈恐懼，那種勇氣就不夠用了，有時候甚至不敢直視憤怒的壯漢。

但是，如果接下來的故事只是為了說明可憐的星巴克不夠堅忍剛毅，那麼我也就無心浪費筆墨了。因為這世上最令人感到悲傷與震驚的事，莫過於把人類靈魂失去勇氣的過程揭露出來。有時候，人類跟股份有限公司與國家一樣令人討厭，而且還有不少人是惡棍、笨蛋與殺人凶手，人類也有卑鄙粗劣的面貌，但理想中的人類應該是高尚且才氣縱橫的，是一種容光煥發的偉大動物，因此任何人只要出現不名譽的汙點，即便他們的同胞身上穿著最昂貴的袍子，也會脫下來丟他。到目前為止，勇氣這種人性似乎已經無法從我們的外表看出來，不過在我們的內心仍能感受到它依舊完整無缺，因此每當有人勇氣盡失，我們心裡就像淌血似的，為他感到痛苦不已。看到這種可恥的景象，就算是再怎樣虔誠的人，也無法完全忍住，因而開始斥責那些容許這種慘事發生的星辰。但是，我在這裡討論的尊嚴，並非國王與皇袍的威嚴，而是那種不需皇袍加身也能擁有的無上尊嚴。在做工幹活的人身上你就可以看到那種尊嚴閃耀著，那種源自於上帝，在所有人手上散發無限光芒的庶民尊嚴。源自於上帝祂自己！至高無上的上帝！在群眾中無所不在的上帝！因為祂無所不在，所以我們才會擁有神聖的平等權力！

接下來，如果我用種種陰鬱但崇高的特質來描寫那些最粗鄙的水手、背教者與邊緣人，把他們塑造成高雅的悲劇人物形象；如果其中那些最可悲、最低賤的人在我筆下偶爾能夠獲得崇高的地位；如果我讓工人的手臂閃耀著些許靈光；如果我在他們那禍不單行的太陽邊添加了一道彩虹，那麼我懇請公正的「平等之神」能夠保佑我，讓我免於所有人間的批評，只因就是祢為全人類披上了「人性」這件神聖披風！保佑我吧，偉大的庶民之神！即便班揚被判刑入獄，祢不是也讓他寫出了那本珍珠般潔淨的詩作？[2]祢還幫手臂傷殘的老人塞萬提斯披上一件上好的金縷衣；[3]也發掘了安德魯．傑克遜[4]這塊璞玉，讓他登上戰馬，爬上比王位還高的位子！既然祢能動用自己的全部力量，從凡人中挑選出最高貴者，把他們拔擢成出類拔萃的人物，那就該保佑我！噢，上帝啊！

2 指約翰・班揚（John Bunyan），他因為無照傳教而被判刑入獄，在獄中寫出敘事詩《天路歷程》（*The Pilgrim's Progress*）。

3 指米蓋爾・塞萬提斯（Miguel Cervantes），即小說《堂吉訶德》（*Don Quixote*）的作者。他因為從軍而導致左手殘廢，無法活動。

4 Andrew Jackson，知名美軍將領，後來成為美國第七任總統。他出身貧寒，十四歲就變成孤兒。

27 騎士與扈從（續）

史塔布是二副。他在鱈魚角土生土長，因此根據當地用語，他就是個「鱈魚角人」。這個無憂無慮的傢伙既不膽小，也不勇敢，面對危難時總是一副不在乎的模樣。儘管在追捕鯨魚時遭遇最為迫切的危機，他也只是賣力幹活，平靜鎮定的神態彷彿是個一年一聘的細木工[1]。他脾氣好而隨和，總是粗率隨興，在自己帶領的捕鯨小艇上，就算遇到生死交關之事，也被他當成吃大餐一樣輕鬆，把小艇上的水手當成受邀賓客。他特別在意自己在小艇上待的位子是否舒服，就像老馬車司機也希望自己的駕駛座能夠舒適整潔。每當接近鯨魚時，到了要拚個你死我活之際，他總是能夠冷靜而毫不猶豫地丟出手上的無情魚槍，像一邊吹口哨、一邊使槌子的鍋匠那樣輕鬆。到了與憤怒不已的巨獸近距離搏鬥時，他還是會哼著自己常哼的利戈頓舞曲[2]。因為長年捕鯨，史塔布早已把要人命的可怕魚嘴看成像一把椅子那樣稀鬆平常。任誰也不知道他對死亡有何看法。就連他是否曾經想過自己會死掉，也是個大問號。不過，在他輕輕鬆鬆地吃完「大餐」後，如果說他的腦海真的曾經閃過那個問題，無疑地，他也會覺得那只是分內之事，就像任何好水手輪到自己該去桅頂值班時，肯定會連忙爬上去，把自己該發現的東西找出來，完全聽命行事。

在這個充滿沉重負擔的世界裡，大家彷彿都是挑著許多包袱的小販，走路時都抬不起頭，但史塔布這個不慌不忙而且什麼也不怕的傢伙，為什麼還是能夠快活地緩步前行？為什麼他總是能夠保有一種幾乎對上帝不敬的好心情？除了其他一些原因，最主要肯定是因為他的菸斗。理由是，就像他的鼻子總是在臉上，他那又短又黑的小菸斗也已經成為他臉部的固定特徵之一。就像他下床時你一定會看到他的鼻子在臉上，你幾乎也都會看到他叼著菸斗。他總是把一整排菸斗裝好備用，全都塞在一個伸手可及的架子上。上床後，他總是把一根根菸斗都拿起來抽完，然後又把它們都填好菸草，再度擺著備用。因為，當史塔布著裝時，他做的第一件事並非穿長褲，而是叼起菸斗。

我認為，他之所以會有這種特別的性格，持續抽菸的習慣至少是原因之一。因為，眾所皆知的是，無論是在岸上或船上，這世間的空氣總是受到嚴重汙染，我們吸進體內的空氣難免有很多是那些死得不明不白的慘死者所吐出來的氣息。而且，就像霍亂流行時，某些人不管到哪裡總是會用一條以樟腦消毒的手帕摀住嘴巴。同樣的道理，史塔布的菸斗煙霧也許可以發揮消毒功能，避開所有致命的磨難。

三副福拉斯克是瑪莎葡萄園島的人，來自島上的提斯伯瑞。他是個氣色紅潤的矮壯小夥子，生性喜歡與鯨魚搏鬥，似乎認為那些巨大海獸與他有私怨世仇，因此如果能夠見一隻殺一隻，他才不會丟臉。所以，對於鯨魚的雄偉身軀與許多神祕行為，他一點也不覺得是值得尊敬的奇蹟，對於遇上鯨魚時可能發生的危險他也完全不害怕，因此根據他的錯誤觀念，神奇的巨鯨只不過是超級大老鼠，或至少只是某種水鼠而已，只需略施小計，花點時間與精力就能將牠們殺害取油。連他都沒有意識到自己這種無知而造成的無懼心態，因此任何與鯨魚有關的事，他都是抱著有點詼諧的態度來面對。他把追捕鯨魚當成樂趣，對他來講，繞過合恩角的三年航程只不過是一則時間拖很久的有趣笑話而已。如同木匠的釘子有手工與機器打造之分，人也有許多不同種類。福拉斯克這小夥子就像手工釘子，可以釘得較緊，撐得較久。皮廓號的水手都戲稱他為「主柱」，只因他的身形很像北極捕鯨船上的主柱，又

1 joiner，專門負責建築物中較為精細部分（例如門窗等部分）的木工。

2 rigadoon，一種輕快的舞曲。

短又方。為了承受海面冰塊的撞擊，那種捕鯨船都裝有一根主柱，四周插著許多木材，有強化船身的功能。

這三位船副都是舉足輕重的人物。根據一般的規定，他們就是皮廓號所屬的三位捕鯨小艇指揮官。只要亞哈船長對鯨魚下達開戰的命令，這三位指揮官就好像是他麾下部隊的三個連長一樣。或者說，配備銳利捕鯨長槍的他們彷彿三人一組的持矛騎兵，就像魚叉手也是投擲標槍的高手那樣。

在這家喻戶曉的捕魚業中，每一個船副兼小艇指揮官都像古代的哥德騎士那樣，總是有一個掌舵手或者魚叉手隨侍在側，由這些副手在緊要關頭為指揮官提供新的捕鯨槍，因為在攻擊行動中魚槍總是會嚴重彎曲損壞，甚或被折成肘狀。指揮官與副手之間的關係一般而言都是親密友好的，所以，在此我將要介紹一下皮廓號上各自隸屬於三位船副的三位魚叉手。

首先是魁魁，他是大副星巴克挑選的隨從。但我們已經介紹過他了。

下一位是純種印地安人塔許特哥，他的故鄉是瑪莎葡萄園島西端的豔麗海岬，那裡還有一個僅存的印地安人村莊，該村長期以來持續為鄰近的南塔克特島提供最英勇的魚叉手。在漁業這一行裡，一般都稱他們為豔麗海岬人。塔許特哥的一頭黑髮又細又長，顴骨很高，生就一雙大大黑眼：就一個印地安人來講，因為太大而顯得東方味太濃，但那眼睛又跟南極大陸一樣亮晶晶。這一切都足以印證他繼承了那些驕傲戰士的血統，過去他們的足跡曾經踏遍這片大陸上的一片片原始森林，手持弓箭，追獵新英格蘭的雄偉麋鹿。不過，如今塔許特哥已經不用靠嗅覺來追蹤林中野獸足跡，而是在海上追獵巨鯨。他不再像自己的父祖那樣都是神射手，而是適時變成百發百中的魚叉手。光是看到他那皮膚黝黑黃褐，彷彿蟒蛇一樣靈動的四肢，任誰都會幾乎要相信早期清教徒的迷信，認為這野蠻的印地安人是惡魔的子嗣。塔許特哥是二副史塔布的隨從。

第三個魚叉手大狗是個體型雄偉、膚色彷彿黑炭的黑蠻子，走路時踏著雄獅般的步伐，看似充滿威嚴的亞哈隨魯王[3]。他的耳垂掛著兩個黃金耳環，耳環大到被水手戲稱為帶環螺栓，可以把中桅船帆的吊索固定在那上面。想當年，年輕的大狗躺在家鄉一個偏僻海灣的海岸上，看到捕鯨船就自願登船。這世間他只去過非洲、南塔克特島與捕鯨人常去的那些異教港口，未曾踏足其他地方。如今他在這捕鯨業已度過多年的艱困日子，儘管這一行的船東對於水手的言行舉止總是嚴加要求，但大狗還是保有所有蠻子的特色，站起來時彷彿一隻穿著襪子的長頸鹿，六呎五吋的雄偉身軀在甲板上四處走動。任誰抬頭看他，都會對自己的身體感到自卑，白人站在他面前更像是向雄偉碉堡乞和的白旗。奇怪的是，這個像亞哈隨魯王一樣有威嚴的黑蠻子，服侍的對象居然是在他身邊簡直像棋子一樣迷你的小個子福拉斯克。至於其餘皮廓號的現役船員，我只需拿出一個數字你就能明白：在美國捕鯨業的幾千個水手裡面，只有不到二分之一是土生土長的美國人。不過，船上所有幹部則幾乎都是美國人。美國陸軍、海軍和商船的情況與捕鯨業沒兩樣，就連那些被聘來幫美國建造運河、鐵路的工兵也都是外國人。我認為，這是因為那些行業主要都是靠美國人提供腦力，其餘世界各國的人則是以大量體力襄助。其中有不少水手來自於亞速群島[4]，因為常有南塔克特島的捕鯨船前往那裡的沿岸地區，從吃苦耐勞的農夫之間招募生力軍。同樣地，從赫爾[5]或倫敦要前往格陵蘭捕鯨的船隻也是在途經昔德蘭群島[6]時才把船上人力給補齊。返航途中他們才把那些船員載回去。來自島嶼的居民似乎天生就是最棒的捕鯨人，但其中緣由無人知曉。皮廓號上的水手也幾乎都是島民，也都是一些「世外之民」，而我

3 Ahasuerus，《舊約聖經》中曾提及的波斯國王。
4 Azores，隸屬於葡萄牙的大西洋群島。
5 Hull，英國東岸海港。
6 Shetland Islands，蘇格蘭的群島。

會這樣稱呼他們，理由在於他們並非住在一般人的大陸上，而是每個世外之民都有自己的一片陸地。如今，他們就在這艘船上一字排開，真是一群了不起的世外之民啊！來自天涯海角各個小島的他們簡直就像阿納卡西斯・克魯茲[7]麾下的各國雜牌軍，他們陪著皮廓號的老船長亞哈，想出海去控訴這世間許多令人不滿的事，但獲得回應的沒幾樁。黑人少年皮普未曾出海過，喔，不！他曾出海過。可憐的阿拉巴馬州少年。再過不久，你就會看到他在悲慘的皮廓號艏樓演奏手鼓，接著他被派往高高在上的後甲板，奏出永恆時間的序曲，他們吩咐他與天使一起表演，奏出天國榮光。一會兒罵人懦夫，一會兒又歌頌英雄！

---

7 Anacharsis Clootz，十八世紀的普魯士貴族，曾帶各國代表去參加法國國民議會，以表達對於法國大革命的支持。

28 亞哈船長

離開南塔克特島數日後，還是沒看到亞哈船長到甲板上來。船副們輪流帶人值班，從一切跡象看來，他們反而好像是船上的指揮官。只不過，有時候他們會突然從船艙出來，斷然下達命令，因此他們顯然只是代行指揮權而已。沒錯，船艙裡那個人才是唯一的老大與獨裁者，儘管目前為止誰也看不到他，也沒人獲准往那聖殿般的船艙裡看一眼。

每當我結束休息時間，回到甲板上，總是馬上往船尾凝視，確認是否有任何生面孔出現。我之所以會這樣，是因為我始終無緣接觸船長，原本只是隱約感到不安，但如今來到這與世隔絕的大海上，情緒幾乎開始煩躁了起來。奇怪的是，每當我偶爾想起衣衫襤褸、惡魔般的以利亞，還有他那些毫無條理的言行，內心總是感到有股我未曾想像過的細微力量在騷動著，這就讓我更加煩躁了。如果我的情緒不是像現在這樣，那麼我對於碼頭上那位先知看似嚴肅的胡言亂語，應該只會一笑置之，但現在我實在是快受不了了。姑且將我感受到的情緒稱為焦慮或不安，無論它是什麼，每當我在船上環顧四周時，卻總覺得自己似乎沒理由把那情緒當一回事。雖然根據先前我與商船上那些溫馴船員的相處經驗，儘管捕鯨船的魚叉手遠比那些船員還要野蠻且未開化，並且成員龍蛇混雜，但我認為理由很簡單：這源自於北歐，而且我已經全力投入的捕鯨業，本來就是如此特別。尤其是船上的三位高級幹部，也就是船副們，都非常可靠，足以幫忙舒緩我的隱憂，讓我對航程途中的種種表現充滿信心，興高采烈。這三個人都是比較優秀而能幹的船上幹部與水手，各有長處，是難得一見的人才，而且三個都是美國人，分別來自南塔克特島、瑪莎葡萄園島與鱈魚角。此刻正值耶誕節，我們離開港口不久，儘管持續往溫暖的南方前進，但仍有一段航程必須忍受極地的氣候。隨著緯度持續減少，我們也漸漸脫離酷寒難忍的冬天。在氣候由寒轉暖的過程中，某日清晨的天色比較沒有那麼漆黑，但還是灰暗陰沉，皮廓號在海面上乘風破浪，像是要趕著去復仇似地匆匆跳躍著，整艘船籠罩在陰鬱的氛圍裡。我到甲板上，要去值午前的班，一把目光投往船尾欄杆，彷彿看見什麼惡兆似的，我就渾身打起了寒顫。只見亞哈船長就站在後甲板上，我心中浮現一陣難以理解的現實感。

從外觀似乎看不出他身體有恙，也沒有大病初癒的跡象。他看起來彷彿剛剛被人從火刑柱子上解下來，儘管四肢慘遭火吻，但並未被火吞噬，而且經此劫難之後，他的身體還是老當益壯，絲毫沒有損耗。他看來就像又高又壯的結實銅像，出自於一具堅不可摧的模具，就像大雕刻家切里尼塑造出來的希臘神話勇士帕修斯[1]。他的灰髮之間有一道跟柳枝一樣細的灰白痕跡往下延伸，經過他那被晒傷的臉龐與脖子，隱沒在衣服裡。那痕跡看來就像一株直挺挺的高大樹幹慘遭天打雷劈，但連任何一根嫩枝都沒有損傷，只在樹幹上出現一道從樹梢往地上延伸的細細溝痕，儘管整棵樹仍然綠意盎然，卻被做了記號。那痕跡到底是胎記，還是重傷後留下的疤痕？答案無人知曉。不過，在航程中大家倒是很有默契，都不怎麼提起這件事，尤其是那三位船副。但有個來自豔麗海岬的老印地安水手，是塔許特哥族裡的長輩，迷信的他堅稱，亞哈是在滿四十歲之後身上才出現那疤痕，而且並非與人激烈打鬥後留下的，那是與大海拚命過後的印記。但這番沒有根據的隱晦之詞，似乎已遭人以推論與影射的方式給否定，這出言反駁的人來自曼島[2]，是個陰沉的灰髮老水手，先前他未曾搭乘南塔克特島的船隻出海，也沒有看過古怪的亞哈。儘管如此，因為自古以來大家就很容易輕信那些行之有年的航海傳統[3]，所以船員普遍認為這曼島老人具有超自然的判斷力。因為這樣，當他說如果某天亞哈船長平靜地去世了（但他卻又喃喃說道，這應該是不太可能的事），幫亞哈料理屍首的人肯定會發現他身上有一條從頭頂往腳底延伸的胎記，白人水手才會都沒有提出質疑。

亞哈的嚴肅神情與那條蒼白痕跡讓我深感震驚，以至於剛開始的片刻之間我幾乎沒注意到，他的神情之所以顯得如此威風肅穆，很大程度上是因為他的腿上裝了一根粗野的白色義肢。先前我就已經知道，這根象牙色義肢是他們在船上用抹香鯨的顎骨打磨出來的。「是啊，他的腿在日本外海被弄斷了，[4]」那位來自豔麗海岬的老印地安水手曾說，「但就像他的船桅斷了還有備用的，所以不用專程回家，他的船上就有備用的腿。他可是有好幾條呢。」

他那特別的站姿讓我留下深刻印象。在後桅支索附近，皮廓號後甲板兩邊舷側的板子上各被鑿出一個洞，大概都是半吋。他把鯨骨義肢固定在那小洞上，舉起一隻手臂，抓著一片支索。亞哈船長站得直挺挺，朝著不斷顛簸的船頭那個方向往前方眺望。他的目光專注地往前投射，看來是如此堅定堅毅，蘊含著決心與不屈不撓的意志，不會動搖也無所畏懼。他不發一語，船副們也都沒跟他說話。不過，從最細微的姿勢與表情看來，他們就算並未感到痛苦，顯然應該也很不安，因為他們意識到自己正被一雙充滿憂慮的眼睛監控著。不只如此，亞哈站在他們面前，那臉色除了落落寡歡，也充滿痛苦。在那莫名的莊嚴肅穆與威風凜凜中，含藏著極其強烈的悲痛。

初次出來透氣後，不久他又回到船艙裡。但在那天早上後，船員每天都能看到他：若非把義肢插在那小洞裡站著，就是坐在他的那張象牙板凳上，或是拖著沉重腳步行走在甲板上。隨著天色逐漸沒

1 切里尼即 Benvenuto Cellini，文藝復興時代的義大利雕刻家；帕修斯即 Perseus，天帝宙斯之子。

2 Isle of Man，位於英國與愛爾蘭之間的島嶼。

3 根據水手們的傳統迷信，北歐某些地方的人具有預言的特異功能。到了後面第九十九章，我們會發現這位來自曼島的老水手在二十年前曾經跟隨一位年邁的哥本哈根女巫習藝。

4 這說法是錯誤的，到了一三〇章，我們會發現亞哈船長的腿被鯨魚弄斷的地方是在赤道附近。

有那麼陰暗了，甚至天氣也開始稍稍和煦了起來，他躲在船艙裡的時間也變得越來越少。彷彿皮廓號離港後，他之所以始終隱居船艙裡，只是因為海上正值嚴冬的酷寒天候。於是，他慢慢開始幾乎都待在室外。只不過，儘管他有說話，我們也感覺到他有做一些事，但在那終於放晴的甲板上，他似乎就像一根多餘的無用船桅。但是，此刻皮廓號只能儘量在海上航行，偶爾才有辦法緩速前進。而且，各種需要有人監督的捕鯨準備工作大多都可由船副勝任，目前可以說完全或幾乎沒有需要亞哈親自出馬或勞煩的事。正因如此，在這段時間裡，那些原本層層堆疊在他眉宇之間的烏雲也就漸漸散開了——不過，烏雲會聚在那裡也是理所當然，因為它們總會積聚在最高的山峰上。

然而，不久後，那種溫暖、和煦又怡人的佳節天氣似乎也漸漸改變了他的壞情緒。因為，此時四、五月就像兩個臉頰紅潤的舞孃，回到了那片被嚴冬籠罩的孤僻樹林，就算亞哈是一株光禿禿、皺巴巴、被雷電劈出裂痕的老橡樹，也會冒出幾根綠色嫩枝，歡迎那兩位滿心歡愉的訪客。所以，在那充滿春意的氣候不斷挑逗之下，亞哈終於有了一點回應。他不止一次隱約露出開心的表情，換作是別人，露出那表情後肯定會綻放出一抹微笑。

29 亞哈登場，史塔布跟著來

幾天過去了，我們甩開了所有浮冰與冰山，如今皮廓號在基多[1]附近的海面航行，那一帶永遠是春光明媚，再往南前進就到了熱帶，氣候總是維持在八月天。白晝的時間太多了，讓日子顯得如此冗長，氣候溫暖涼爽，空氣清新，各種聲音清脆響亮，香氣逼人，這種日子彷彿堆積起來的一球球波斯雪酪般晶瑩剔透，上面覆蓋著帶有玫瑰香水氣味的白雪。星夜如此莊嚴，宛如身穿絲絨衣衫，戴著珠寶的高傲仕女，在家養兒育女，孤芳自賞，心裡想著離家四處征戰的伯爵，那彷彿穿著黃金盔甲的太陽！白晝如此可愛迷人，黑夜又充滿誘惑，這讓人很難選擇要在白天或夜裡睡覺。這種天氣的魅力無限而且永不衰退，但並不是只讓外在世界獲得新的吸引力與潛能而已。人的內心深處也會受到影響，尤其是柔美的夜剛剛降臨時，暮光無聲無息，彷彿清澈冰晶，記憶也投射出水晶。這一切細微作用對亞哈的身心都產生了越來越多的影響。

老人總是睡不著覺，彷彿活得越久，就越不想跟看來與死亡相似的事情扯上關係——睡著不就是像死掉一樣？鬍鬚灰白的船長往往會離開床鋪，在黑夜裡造訪甲板。亞哈就是這樣，只是近來他似乎總是待在室外，所以說真的，與其說他去造訪甲板，不如說他去造訪船艙還來得比較正確。「每次下去，都有一種走進墳墓的感覺，」他總是這樣喃喃自語，「我這老船長從狹窄的艙門下去，到床鋪去睡覺，簡直就像走進自己的墓穴。」

1 Quito，厄瓜多的首都。

所以，差不多每隔二十四小時，夜班人員要開始守夜時，甲板上的人總是小心翼翼，以免吵醒甲板下那些熟睡的人。每當值夜班的水手要把繩索搬運到艄樓上，他們不會像白天時那樣粗魯地往下扔，而是謹慎地把繩索放在該擺的位置，唯恐驚擾熟睡中的船伴。每當這種慎重而靜悄悄的工作要在船上展開時，沉默寡言的舵手總會習慣性地往艙門看過去，不久後，老船長就會走出來，一手緊抓鐵欄杆，藉此輔助他那蹣跚的步伐。他還是有點體恤下屬的人情味，因為像這種時候他通常會避免到後甲板去踱步，因為在甲板下相隔一層薄薄木板的地方，三位疲憊的船副正酣睡著，他那鯨骨義肢如果持續喀嗟喀嗟，肯定會害他們夢到鯊魚的利牙嘎吱嘎吱作響。但曾有一次，他心情糟到無暇跟平常一樣顧及他人，於是便拖著木樁似的沉重腳步，從船尾欄杆走到主桅。上了年紀的二副史塔布從甲板下上來，用不確定又輕蔑的幽默語氣暗示亞哈船長，說如果他想在甲板上散步，沒有人可以說聲不，但也許他可以設法把腳步聲變小。史塔布還語帶含糊而且猶豫地暗示，船長可以把義肢的腳跟插進一坨拖繩裡，減少走路的聲音。啊！史塔布，你實在是太不了解亞哈了！

「史塔布，你當我是一顆砲彈嗎？」亞哈說，「不然你幹麼叫我把填料往自己身上裝？去你的，我不跟你計較。到你夜裡的墳墓去睡吧，穿上你的壽衣，把你自己往壽衣裡填吧！下去吧，狗東西，到狗窩裡去！」

史塔布沒料到這老人會突然對他咆哮，說出這麼輕蔑的話，一時之間被嚇得瞠目結舌，接著他才激動地說：「長官，我可聽不慣這種話。我一點也不喜歡這樣，長官。」

「閉嘴！」亞哈咬牙切齒地說，然後就惡狠狠地走開，好像是要避免自己的脾氣發作起來似的。

「長官，不能這樣，我們還沒說完，」史塔布斗膽追問，「有人叫我狗，我可不能這樣就算了，長官。」

「那我就叫你笨驢、呆騾，叫你笨蛋，給我滾吧！不然我就叫你消失在這世界上！」

亞哈一邊說，一邊往史塔布靠過去，那模樣恐怖極了，史塔布被嚇得猛然往後退。

「像這樣被人糟蹋卻沒辦法狠狠還擊，還是第一次發生在我身上，」史塔布從艙門往下走，一邊說道，「真是奇怪了。等一下，史塔布。現在我也不知道自己到底是該回去揍他，或者——怎樣？或者到下面去跪著，幫他禱告？是啊，我的確有這想法。不過，那會是我生平頭一遭禱告。奇怪了，真是奇怪，而且他也很怪。是啊，在與我史塔布共事過的水手和船副裡，他大概是最奇怪的老傢伙了。看他對我咆哮的模樣！他的眼睛簡直像是裝了火藥！他瘋了！總之，他的腦袋肯定不太對勁，就像甲板如果發出聲響，肯定也有什麼不對勁。還有，現在他一整天下來在床上待不到三小時，然後就睡不著了。那個綽號『麵糰小子』的服務員某天早上不是跟我說了嗎？他總是看到那老傢伙吊床上的被子被弄得亂七八糟，床單在床腳縮成一團，床罩幾乎被打了好幾個結，枕頭則是火燙燙的，好像剛剛裝過一塊烤過的磚頭。這老傢伙在發燒！我猜，他應該是得了岸上居民說的那種神經疾病，他們說那是一種臉部抽搐的病，比牙痛還要人命。唉呀，唉呀，我也不知道那是什麼，只是求主別讓我得那種病。他真是神祕兮兮的，麵糰小子還懷疑他每晚都到後貨艙去，讓人納悶。真想知道他要幹麼？誰跟他在後貨艙有約嗎？那不是很怪嗎？但誰也搞不清楚，這是老把戲了——還是去睡一下吧。該死的，我們降生到這世上，難道只是為了睡覺？仔細想想，小嬰兒出生後做的第一件事就是睡覺，那也有點怪。該死的，不過如果再想一想，這世間的所有事物好像都很怪。但這可違反了我的原則。我的第十一誡就是，汝不可胡思亂想。第十二誡則是，能睡就睡——所以我要去睡了。但那件事呢？他居然敢叫我狗？去他的！他叫我驢子，還有騾子跟笨蛋！他還不如踢我一腳來得省事。也許他真的踢了我，只是我沒有察覺。剛剛我實在是被他的表情給嚇到了。看來就像一張骷髏的白臉，閃閃發亮。我在搞什麼鬼？居然被嚇得兩腿站不直。跟那老傢伙糾纏了一陣子，把我弄得魂不守舍。天哪，我肯定是在作夢吧？是怎樣？是怎樣？是怎樣？不過，我也只能躲起來而已，所以就先回吊床上吧。明天早上我再好好思考一下，想想該怎樣看待這件討厭的事。」

30 菸斗

史塔布離開後，亞哈把身子往前靠在舷牆上，站了一會兒。接著，依照他近來的習慣，派某個值班水手下去拿他的象牙板凳，還有菸斗。他在羅盤櫃的燈下點菸，把板凳擺在甲板上的迎風處，坐著抽起菸來。

傳說中，在古代的北歐，歷任丹麥國王都深愛海洋，他們的王冠都是以獨角鯨的牙齒為材質。如此一來，任誰看到亞哈坐在那張鯨牙材質的三腳板凳上，怎麼可能不會因那鯨牙而將他與國王聯想在一起？因為亞哈是捕鯨船的大汗，海洋帝國之王，捕殺海上巨獸的偉大君主。

他快速而持續地吞雲吐霧，那些煙霧往回吹到他的臉上，一會兒過後他終於把菸斗拿開，喃喃自語起來：「是怎樣？這菸抽起來怎麼不像以前那樣痛快了？噢，我的菸斗啊！如果你失去了魅力，我還抽你幹麼？不知不覺間，我只顧著卯起來抽菸，一點樂趣也沒有——是啊，我居然沒發現自己一直對著風吐煙。對著風吐煙，而且緊張兮兮的，好像快死掉的鯨魚一樣，剛剛我使勁吐出最後幾口煙而痛苦不已。我還要這菸斗幹麼？這東西是抽來怡情養性的，給慢條斯理的白髮老人吐白煙用的，跟我這一頭鐵灰亂髮的傢伙不搭啊！我再也不抽了——」

他沒把菸斗弄熄就丟進海裡。菸火在海浪中嘶嘶作響，在此同時，船身也略過菸斗掉進海裡前所造成的泡泡。亞哈戴著一頂往下垂的帽子，在甲板上蹣跚地踱起步來。

31 怪夢一場

「主柱[1]啊，我還真沒作過那種怪夢。我夢到自己被老船長用他的鯨骨義肢踹了一腳，等到我試圖踢回去時，天哪！我的小兄弟喂，我還真的馬上就踢了回去！結果呢，亞哈突然變成一座金字塔，我則像個大笨蛋，不斷朝他踢過去。但更詭異的是，福拉斯克啊，你也知道夢境都是很古怪的，儘管我怒踢個不停，不知怎麼的，我居然還有閒工夫想，亞哈那一腳對我來講並不算是天大的侮辱。『怎樣？』我心想，『還用說嗎？那根本不是真的腿，是義肢啊。』被人手打腳踹與被人拿東西打，差別很大。福拉斯克，所以說啊，我寧願被拐杖抽五十下，也不想被手打一下，那實在太慘了。我的小兄弟，被人用手打和用腳踹，可是奇恥大辱啊！而且我那愚蠢的腳趾頭一邊踢到那該死的金字塔上，我一邊心想——我的想法充滿矛盾，我對自己說：『他那條腿又怎樣，跟拐杖沒兩樣，是一根鯨骨拐杖。是啊，』我想著，『那只是一根可笑的棍棒，所以他是用鯨骨打我，那跟惡劣的腳踹不同。此外，』我又心想，『再仔細看一次，他那義肢的腳部好小，相反地，如果我是被農夫的寬大腳板踹到，那就是天大的侮辱了。所以他對我的侮辱就這樣被我削減到最低程度了。』現在我要說的，才是這場夢裡面最好笑的地方，福拉斯克。就在我對著金字塔亂踹時，來了一個長了濃密獾毛的老傢伙，是個駝背的人魚，他抓住我的肩膀，把我的身體轉過去。『你在幹麼？』他說。天殺的！我居然害怕了起來。他的臉可真醜！不過，我馬上就不怕了。『我在幹麼？』最後，我說：『我倒是想問你這駝

1 三副福拉斯克的綽號。

背先生[2]，關你什麼事？你想被踹嗎？』天哪，福拉斯克，我這句話一脫口，他就轉身背對我，彎下腰，拿起一堆他用來當破布的海藻，結果你知道我看到什麼？真是見鬼了，他的屁股上插滿了穿索錐，錐尖全都朝外。『我想我還是不要踹你好了，老傢伙。』我想了一下又說。『聽明的史塔布，』他說，『聽明的史塔布。』而且他一直喃喃自語，看來就像打掃煙囪的沒牙老太婆，不斷用牙齦嚼啊嚼的。我看他沒打算閉嘴，心想還是繼續來踢那金字塔好了。但我才剛剛抬起腳，他就對我咆哮：『別踢啦！』我說：『唉呀，現在又怎樣了，老傢伙？』他說：『你聽我說，我們來聊一聊你被汙辱的事。亞哈船長踢你，不是嗎？』我說：『對啊，他踢我這裡。』他說：『很好，他是用他的鯨骨義肢踢你，對吧？』我說：『沒錯。』他說：『那就對了。聽明的史塔布啊，你有什麼好抱怨的呢？他不是懷著好意踢你的嗎？他不是用一般的松木義肢踢你，對吧？而且，踢你的是一個大人物，還用那麼漂亮的鯨骨義肢踢你，史塔布。這是給你面子啊，我覺得這很有面子。聽好了，聽明的史塔布。古代的英格蘭公侯認為被王后掌嘴，被封為最高階的騎士，可是最風光的事蹟。史塔布，現在你被亞哈老船長踹了，變成聽明人，也很風光啊。記得我說的，被他踹要當成風光的事，而且千萬不能踹回去。聽明的史塔布，你就是忍不住，對吧？你沒看到那金字塔嗎？』奇怪的是，說到這裡他突然就往空中游走了。我發出鼾聲，翻個身，結果發現自己在吊床上！福拉斯克，你對這個夢有什麼看法？」

「我不知道欸，不過我覺得有點荒謬。」

「也許吧，也許吧。但我就這樣變成聽明人了，福拉斯克。你沒看到亞哈站在那裡，往船尾的側邊眺望嗎？福拉斯克，我想我們最好別去煩那老船長，不管他說什麼，都別回嘴。嘿！他在那裡鬼叫什麼？你聽聽！」

「桅頂的人，你們看那裡！所有人的照子都給我放亮一點！那裡有幾隻鯨魚啊！如果看到一條白鯨，就給我扯開喉嚨大叫啊！」

「福拉斯克，你覺得怎樣？這難道一點都不奇怪嗎？你注意到他說什麼嗎？一條白鯨。走著瞧吧，有特別的事要發生了。做好準備吧，福拉斯克。亞哈心裡想著那該死的東西。不過，先別做聲，他朝這裡走過來了。」

2「駝背」（humpback）也可以指「座頭鯨」，所以這年邁人魚可能是鯨魚的化身。

32 鯨類學

我們已經來到無底深淵般的大海上，很快就會迷失在沒有邊界且永無止境的海面上。趁我們迷失以前，趁皮廓號的細細船身還沒跟海上巨獸那布滿藤壺[1]的身體一起在海上比肩翻騰以前，在這航程剛剛展開之際，我們最好先來關切一件幾乎不能忽略的大事，如此一來才能澈底欣賞與了解各類海上巨獸較為特別的種種面貌與事蹟。

鯨目生物的品種繁多，在此我想用某種有系統的方式來介紹牠們。不過這並非易事。在此，我企圖將各種混亂的品種予以分類，這是我最起碼能做到的。我們先來看看那些最厲害的權威人士有什麼最新的說法。

史柯斯比船長[2]曾於西元一八二〇年表示：「在動物學的領域裡，最複雜的分科非鯨類學莫屬。」外科醫生畢爾[3]曾於西元一八三九年說：「即便我有能力，我也不打算著手研究把鯨目動物分門別類的正確方法……對於〔抹香鯨〕這種動物，史家觀點向來就是眾說紛紜。」

「我們並不適合在深不可測的海域進行研究。」

「我們對於鯨目動物的知識，好像籠罩著一層無法穿透的面紗。」

「這是一個布滿荊棘的領域。」

「各種說法都不完整，只會讓我輩博物學家備感苦惱而已。」

上述幾句關於鯨魚的話，分別出自於動物學與解剖學的權威，包括大居維耶[4]、約翰．杭特[5]以及列松[6]之口。儘管這世上真正的知識很有限，人們寫出來的書倒是很多，而就某種程度而言，鯨類學，亦即鯨魚的科學，便是有這種情況。關於鯨魚的書籍很多，有的鉅細靡遺，有的篇幅不大，至於作者則是有小人物也有偉人，有老有少，有水手也有一般人。在此舉出少數幾個例子：《聖經》的作者群、亞里斯多德、老普林尼[7]、阿爾德羅萬迪[8]、湯瑪斯・布朗爵士[9]、蓋斯納[10]、雷伊[11]、林奈[12]、朗德勒提烏斯[13]、威羅比[14]、格林[15]、亞特迪[16]、席伯德[17]、布里松[18]、馬登[19]、拉瑟佩

1 一種寄居在鯨魚身上的甲殼類動物。

2 William Scoresby，十九世紀英國探險家。

3 Thomas Beale，《抹香鯨博物學》（*The Natural History of the Sperm Whale*）一書的作者。他是一位捕鯨船的船醫。

4 即法國博物學家Georges Cuvier，其弟Frédéric Cuvier也是博物學家。

5 John Hunter，英國解剖學家。

6 René Lesson，法國博物學家。

7 Pliny the Elder，《博物志》（*Naturalis Historia*）的作者。

8 Ulisse Aldrovandi，文藝復興時期博物學家。

9 Sir Thomas Browne，十七世紀英國作家。

10 Conrad Gessner，十六世紀瑞士博物學家。

11 John Ray，十七世紀英國博物學家。

12 Carl Linnaeus，十八世紀瑞典動物學家兼醫生。

13 Guillaume Rondelet，姓氏也可拼為Rondeletius，十六世紀法國生物學家、動物學家。

14 Hugh Willoughby，十六世紀英國的北極探險家。

15 Green，身分不詳。

16 Peter Artedi，十八世紀瑞典博物學家。

17 Sir Robert Sibbald，十七、八世紀蘇格蘭醫生。

18 Mathurin Jacques Brisson，十八世紀法國動物學家。

19 Friderich Martens，十七世紀德國醫生兼海洋探險家。

德[20]、波納戴爾[21]、迪瑪雷斯特[22]、居維耶男爵、佛列德里克．居維耶、約翰．杭特、歐文[23]、史柯斯比船長、畢爾醫生、班奈特醫生[24]、約翰．羅斯．布朗[25]、小說《蜜莉安．柯芬》的作者[26]、歐姆斯德[27]，還有亨利．區佛牧師[28]。想了解這些人寫書的一般宗旨，只要看看上述三句引文就能知道。

在這份曾以鯨魚主題著書的作者清單裡，只有歐文以後的諸位才曾親眼看過活生生的鯨魚，但其中僅有一位是專業的魚叉手兼捕鯨人，而我說的就是史柯斯比船長。光就格陵蘭鯨——也就是露脊鯨——這個主題而言，迄今沒有任何人比他更具權威性。史柯斯比完全不了解也沒論及的，是巨大的抹香鯨，而且若與抹香鯨相較，他筆下的格陵蘭鯨[29]幾乎不值得一提。格陵蘭鯨篡奪了海上霸主的王位，但其實牠的體型在各類鯨魚中甚至排不進前幾名。由於格陵蘭鯨自立為王，並且有很長一段時間人們承認了牠的優先地位，因此直到大約七十年前，抹香鯨仍只是傳說中的生物，大家對牠幾乎一無所知[30]，而且這種缺乏了解的狀況仍然持續到現在，只有少數幾個科學研究機構與捕鯨港例外。只要查閱一下過去曾經提及鯨魚的偉大文學作品，我們就會確信，那些作家都認為格陵蘭鯨是無可匹敵的海上霸主。但是，終於又有另一種鯨魚稱霸了。所有的善良百姓們，都到查令十字路口[31]來吧！格陵蘭鯨的王位被罷黜了，如今君臨天下的是巨大無比的抹香鯨。

目前只有兩本書妄稱它們打算以栩栩如生的方式向讀者介紹抹香鯨，但效果卻微乎其微。兩本書的作者分別是畢爾與班奈特兩位醫生，而且撰寫時他們倆都是在前往南海的捕鯨船上擔任船醫，兩位都是精確而可靠的。儘管他倆書中關於抹香鯨的篇幅必然不多，但文字品質極佳，只是大多侷限於科學描述。然而，無論是科學文獻或文學作品，都無法以完整風貌來呈現抹香鯨。牠不為人知的面貌遠遠多過其他一樣遭人獵殺的鯨魚。

現在，各類鯨魚需要某種通俗的全面性分類，就算暫時只是個簡單的綱要也無所謂，接著各個部分就由後繼者將其填入完整的資料即可。因為沒有更好的人選著手進行這件事，在此只好任由我獻醜一番。我不能保證結果是完美的，只因任何人為之事只要一開始就設定完美的目標，肯定就會因此而容易出錯。我不敢妄稱自己打算將各類鯨魚詳細剖析一番，也不敢聲稱在這有限的篇幅裡能夠進行多少描述。在此，我的目標只是要把鯨類學的草圖有系統地勾勒出來。我就像建築師，而非造屋者。

但這可是個浩大的工程，不像郵局裡信件分類工作那樣稀鬆平常。要做好這差事，就得潛入海底追尋鯨魚蹤跡，在那無可名狀的世界深淵中摸黑探索，實在可怕。我是誰啊，怎敢妄想去勾住海中巨鯨的鼻子？《約伯記》中只見上帝極盡嘲諷之能事，令我感到驚駭。「豈能指望那海中巨鯨與汝訂約？一切都是枉然！」[32]但我已經流連過許多圖書館，也遊遍五湖四海，還曾經不得不用我這雙手處

---

20 Bernard Germain de Lacépède，十八、九世紀法國博物學家。

21 Bonneterre，身分不詳。

22 Nicolas Desmarest，十八世紀法國地質學家。

23 Richard Owen，十九世紀英國生物學家。

24 Frederick Debell Bennett，十九世紀英國外科醫生，曾隨捕鯨船出海並且將所見所聞寫成書。

25 J. Ross Browne，在愛爾蘭出生的美國旅行家兼作家。

26 即 Joseph C. Hart，他的小說作品《蜜莉安・柯芬》（*Miriam Coffin*）之主角就是來自於南塔克特島。

27 Francis Allyn Olmsted，十九世紀美國小說家。

28 Rev. T. Cheever，曾寫過好幾本以捕鯨為主題的小說。

29 即 *Balaena mysticetus*，又稱北極鯨或格陵蘭露脊鯨。

30 從一七八〇年代開始，英格蘭的捕鯨船才開始進入太平洋捕殺抹香鯨，與這本小說的出版時代剛好相距大約七十年。

31 Charing Cross，位於倫敦市西敏區的一個路口，十七世紀的英王查理一世就是在此被處死。這路口也曾是英國王室張貼公告的地方。

32 語出《聖經・約伯記》第四十一章。

理鯨魚。我是真的想要做這事，也會嘗試看看。一開始，還是有兩個問題要先釐清。

第一個問題是，鯨類學到底科不科學？能印證其地位妾身未明的事實是，在某些領域裡，大家都還在爭論鯨魚到底是否該歸為魚類。一七七六年，林奈曾於《自然系統》一書中宣稱：「在此我把鯨魚從魚類中分離出來。」但據我所知，儘管林奈說得如此斬釘截鐵，一八五〇年之前，巨鯨還是在同樣一片海洋與鯊魚、鰣魚、鰊魚以及鯷魚分庭抗禮。

林奈是根據哪些理由而想要把鯨魚逐出海洋？他是這麼說的：「因為牠們是擁有雙心室心臟與肺臟的溫血動物，有能夠活動的眼瞼，有看似凹洞的耳朵，有能夠插入母鯨體內的陰莖，母鯨則是以乳房授乳，」最後則是因為，「基於自然法則，牠們當然是有資格獨立於魚類的。」我把這番話轉述給兩位南塔克特島的友人，西緬．梅西與查理．柯芬，他們倆都是某次跟我一起出海的同伴，兩人一致認為，上述理由非常不充分。查理還以褻瀆的字眼暗示，林奈根本是個騙子。

在此聲明，我將擱置所有爭議，採取那年代久遠的立場，把鯨魚當成魚類，並且請神聖的約拿來幫我背書。這基本問題解決後，下一個問題就是：就體內構造而言，鯨魚和其他魚類有哪些不同之處？如前所述，林奈已經提出了幾項。不過，簡而言之就是：其他魚類都是沒有肺部的冷血動物，但鯨魚卻是有肺部的溫血動物。

下一個問題是：從種種顯著外在特徵看來，我們該怎樣定義鯨魚，未來在遇到牠們時都能一眼看出那是鯨魚？所以呢，簡而言之，鯨魚就是一種會噴水、長著水平魚尾的魚。這樣就不會弄錯了。無論這定義有多精簡，它都是深思熟慮的結果。海象噴水的模樣也很像鯨魚，但海象並非魚類，因為牠是兩棲動物[33]。但如果把定義的前半段與後半段結合在一起，就更具說服力了。幾乎任何人都會注意到，陸地居民所熟悉的魚類都沒有水平的尾巴，牠們的尾巴都是垂直，或者說是往上與往下長的。然而，在各種會噴水的魚類裡，儘管形狀與一般魚尾相似，但牠們的尾巴總是水平的。

我之所以對鯨魚提出上述定義，既非打算與那些見多識廣的南塔克特島人唱反調，說他們所認定的某些鯨魚並不是鯨魚家族的成員，就另一方面而言，也不是要把鯨魚歸類為那種被許多權威當成異類的魚。[34]因此，只要是會噴水，而且有水平尾巴的魚，就應該收錄在我這一份鯨類學分類草案裡。接下來我將列出所有鯨魚的幾個大類。

首先，按照體型大小，我把鯨魚分為主要的三大類（每一類裡面又各自有幾個小類），如此一來，就能把大大小小的各種鯨魚都包含進去。

一、**大型鯨魚**；二、**中型鯨魚**；三、**小型鯨魚**。

抹香鯨、虎鯨[35]與鼠海豚則分別是大型、中型與小型鯨魚的代表。

大型鯨魚。我把這一類鯨魚區分為以下幾個小類：一、抹香鯨；二、露脊鯨；三、背鰭鯨；四、座頭鯨；五、剃刀鯨；六、黃腹鯨。[36]

---

33 事實上，海象跟鯨魚一樣，都是哺乳動物。

34（原注）我知道，時至今日，許多博物學家仍把海牛與儒艮歸類為鯨魚（南塔克特島的柯芬家族分別把牠們取名為豬魚和母豬魚）。但這些豬魚是吵吵鬧鬧且令人嫌惡的魚類，主要都是在河口出沒，以水草為主食，特別是牠們並不會噴水，所以已經被剝奪了鯨魚的身分，遭我驅逐出境，離開鯨類學的王國了。

35「grampus」源自於拉丁文，原意為「大魚」。「grampus」是較為古老的一種名稱，後來這一類鯨魚通常被稱為「orca」，也就是虎鯨或者殺人鯨。因為後面梅爾維爾把「the killer」當成不同於「grampus」的鯨魚，所以把「grampus」譯為「虎鯨」，「the killer」則為「殺人鯨」，以茲區別。

36 背鰭鯨與剃刀鯨都是指「Balaenoptera physalus」，也叫做長鬚鯨，作者應該是搞錯了。黃腹鯨也叫做藍鯨。

大型鯨魚第一小類：抹香鯨。古代英格蘭人對這種鯨魚略知一二，稱其為喇叭鯨、噴水鯨[37]以及砧頭鯨，也就是目前法國人口中的卡查洛鯨，德國人所謂的「鍋頭鯨」[38]，學名則是一長串字母：*Macrocephalus*[39]。牠無疑是地球上最巨大的生物，也是所有鯨魚裡最壯觀的，外形最為雄偉，而且也是最有商業價值的。只有這種生物的身上可以提煉出叫做「鯨蠟」的珍貴物質。牠的種種特點自然有人會在許多其他地方予以大加讚揚。現在我要談的，主要是牠的名字：從字面上看來，可真是沒道理。幾百年前，幾乎沒有人知道抹香鯨的獨特性，後來因為有抹香鯨擱淺，人們才意外發現牠們的魚油，看來當年一般人似乎都認為鯨蠟應該是來自於英格蘭人所謂的格陵蘭鯨，又名露脊鯨。而「spermaceti」（鯨腦）一詞之所以會以「sperm」（精液）開頭，也是因為大家都認為鯨腦就是格陵蘭鯨的精液。還有，鯨腦在當年可說是物以稀為貴，並未被當成蠟油使用，而只是某種藥膏與藥材。它就像現在的大黃一樣，以盎司計價，而且必須到藥房才能買到。依我之見，儘管後來大家終於還是搞清楚鯨腦到底是什麼，商人還是沿用它的原名，而他們之所以會保留「spermaceti」這個奇怪的名字，無非是為了強調它有多罕見，藉此提高其價值。所以，最後當人們發現鯨腦實際上來自這種鯨魚之後，才會把牠命名為「Sperm Whale」。

大型鯨魚第二小類：露脊鯨。就某方面來講，露脊鯨可說是最早出現在人類史上的鯨魚，因為牠們是第一種最常遭到人類獵殺的鯨魚。牠身上有一般人稱之為鯨鬚[40]的東西，而牠的油也特別被稱為「鯨油」，只是商業價值不如鯨腦。漁民口中所說的下列各種鯨魚，其實都是指露脊鯨：「獨一無二的鯨魚」、格陵蘭鯨、黑鯨、巨鯨、「貨真價實的鯨魚」、露脊鯨。這眾多名目所指稱的，到底是哪一種鯨魚，難免令人感到有點混淆不清。這種被我當成大型鯨魚第二小類中最具代表性的鯨魚，究竟是什麼？牠就是英格蘭博物學家所謂的弓頭鯨[41]，也分別被英、法捕鯨人稱之為格陵蘭鯨與普通鯨，至於瑞典人也是稱之為格陵蘭鯨[42]。過去兩百多年來，荷蘭與英格蘭捕鯨人在北冰洋捕獵的，就是這種鯨魚，至於美國的捕鯨人，在印度洋、巴西海岸區[43]、北美洲的西北海岸與世界各地捕獵牠也有很長一段時間了，他們把這些地方稱為「露脊鯨漁場」。

有些人偽稱英格蘭人所謂的格陵蘭鯨與美國人口中的露脊鯨不同。其實兩者的主要特徵都百分之百吻合，而且到目前為止，也沒有人能提出任何明確事實來說明牠們真有截然不同之處。自然史的某些部分之所以會變得如此錯綜複雜而令人生厭，就是因為許多人往往會根據無法確定的差異而進行無止盡的分門別類。我在別處還會用一點篇幅論及露脊鯨，藉此讓關於抹香鯨的說明更為明確。

大型鯨魚第三小類：背鰭鯨。我以這個標題來指稱那種擁有許多名號的海中巨獸，除了背鰭鯨，牠也叫做「高水柱」、「長約翰」，幾乎在各個海洋都能發現其蹤影，而據搭乘郵船橫渡大西洋的紐約乘客所描述，那種會噴出高高水柱的，就是這種鯨魚。無論是從身長或者從鯨鬚看來，背鰭鯨都與露脊鯨相似，但牠的身軀不如露脊鯨粗壯，顏色也比較淡，接近橄欖色。牠那又厚又大的嘴唇看似纜繩，由一片片交錯歪斜的鯨鬚構成，外觀像是許多大大的皺摺。背鰭是牠最大的特色，也是名號的由來，通常看來極為顯眼。這背鰭有三、四呎長，矗立在鯨背後端，與鯨背構成一個斜角，鰭頂尖銳。就算身體的其他部分都在水裡，有時候還是可以清楚看見牠的背鰭高高聳立水面上。每當海面風平浪

37「Physeter」一詞來自希臘文「φυσητήρ」，意為「blower」。

38 指抹香鯨的頭部是鍋子狀的。

39 有「長頭」之意。

40 鬚鯨類鯨魚沒有牙齒，鯨鬚是牠們口腔的特有結構，有濾食海洋中浮游動物、小蝦及小魚的功效。

41 即 *Balaena mysticetus*，但後來弓頭鯨被認定與露脊鯨並不相同。

42 Growlands Walfish 應是「Gronlands Walfisk」的筆誤。

43 Brazil Banks 指的是巴西南部到智利南部的南大西洋捕鯨海域，並非單指巴西的海岸。

靜，只有一圈圈圓形漣漪浮起時，這背鰭就像日晷般矗立著，陰影投射在那布滿波紋的海面上，圍繞在背鰭四周的圓形漣漪就像是日晷的圓盤，背鰭像是晷針，彎曲的水紋是刻在圓盤上的時間刻度。亞哈斯[44]國王的日晷上，陰影通常是往後投射的。背鰭鯨不喜歡群居。牠們似乎討厭其他鯨魚，就像有些人討厭其他人一樣。牠很害羞，總是想獨處。往往在最偏僻陰鬱的水域出乎意料地浮出水面，噴出又直又高的水柱，彷彿一根從荒原之上射出來的冷酷長矛。牠游泳時展現出令人讚嘆的力量與速度，迄今任何追捕者都會被牠不屑地甩開。這種巨鯨彷彿鯨族裡無人能敵的該隱，跟該隱一樣，被放逐的牠身上也有印記，就是那背鰭。因為嘴裡有鯨鬚，背鰭鯨有時候會跟露脊鯨被歸為同一類，在學理上都是鬚鯨的一種，也就是身上有鯨鬚的鯨魚。所謂鬚鯨有許多種類，然而牠們卻大多是我們不太了解的。包括寬鼻鯨[45]、鳥嘴鯨[46]、矛頭鯨、隆背鯨、低顎鯨與喙鯨，這些都是漁民幫牠們取的名字。

與「鬚鯨」一詞相關的重點是，儘管這種以特徵為基礎的命名法很方便，能幫助我們指稱某幾種鯨魚，但如果只是要憑藉著鯨鬚、突起的鯨背、鯨鰭或牙齒，就想把各種鯨魚進行清楚的分類，無異於緣木求魚。與各類鯨魚的那些個別特徵相較，這些顯著的身體部位或外觀看似更適合成為一般鯨類學體系的基礎。但那又怎樣？實際上，鯨鬚、突起的鯨背、鯨鰭或牙齒，是各種鯨魚都具備的特色，無論這些特色在結構上的本質為何，還有它們有哪些更重要的特性。因此，抹香鯨與座頭鯨都有突起的鯨背，但兩者的相似性也僅只於此而已。還有，座頭鯨與格陵蘭鯨也都有鯨鬚，但牠們也只是在這方面相似而已。鯨鰭與鯨齒的狀況也是一樣。各種鯨魚之間就是存在著如此不規律的相似性；而且每當有個別的特性出現時，又會形成如此不具規律性的孤立特例。正因如此，如果想要以那些特色為根據，建立起一套普遍的分類方法，恐怕會受到很多挑戰。每位鯨魚博物學家的分類基礎都是不一樣的。

但也許我們可以這樣想：如果從鯨魚體內，從他們的內在結構出發，至少應該可以獲得正確的分類方式吧？沒辦法。舉例說來，從格陵蘭鯨的身體結構看來，還有什麼比鯨鬚更令人印象深刻的？但先前我們已經看出，如果想根據鯨鬚來將格陵蘭鯨予以分類，那是不可能的。而且，即便我們進入各種鯨魚的肚子裡，在裡頭能找到的特徵也會是少之又少，與那些以鯨魚外在特徵為根據的分類特徵相較，恐怕不及五十分之一。那麼，接下來該怎樣呢？我們能做的，就只有緊抓著鯨魚身體的大量外在特徵，以此根據來進行大膽分類。而這就是我在這裡所採用的分類系統，它也是唯一可能成功的方式，因為只有這種方式是可行的。

大型鯨魚第四小類：座頭鯨。這是一種在北美海岸地區常見的鯨魚。常有人在那裡捕獲座頭鯨，將牠拖進海港。牠身上的突背像個大包袱，讓牠狀似小販，或者我們也可以稱牠為「象堡鯨」。[47]總之，儘管這種鯨魚是以魚身的突背為依據命名的，但那並非牠獨有的特色，因為抹香鯨也有突背，只是沒那麼突出。座頭鯨的油也不是很有價值。牠有鯨鬚。在所有鯨魚裡面，牠是最好玩也最無憂無慮的，牠也比其他鯨魚更能製造出好看的泡沫與白色浪花。

大型鯨魚第五小類：剃刀鯨。除了名字之外，我們對這類鯨魚所知甚少。在合恩角外海，我曾遠遠地看過牠。牠生性靦腆，就算是看到無害的哲學家也會躲得遠遠地，更別說是捕鯨人了。儘管牠並不膽小，但牠未曾把身體的任何部位露出水面，除了那又長又尖的山脊狀背部。就這樣吧。我對牠沒

44 猶大國的第十二任國王。《舊約聖經》曾提及上帝把亞哈斯王的日晷陰影往後移動了十度。

45 藍鯨的舊名。

46 即beaked whale。

47 Elephant and Castle Whale，指座頭鯨的鯨背突起，像是駝著一個具有作戰功能的小型堡壘。倫敦地鐵有一站就叫做「象堡站」，站外有駝著堡壘的大象雕像。

有更多了解，別人也一樣。

大型鯨魚第六小類：黃腹鯨。這又是另一種彷彿靦腆紳士的鯨魚，魚腹是硫磺色的，無疑是因為在潛入海中深淵時，磨擦到地獄的屋頂。牠不常現蹤，至少就我自己而言，只在較為偏僻的南海海域見過，但總是因為距離太遠而無法端詳其外貌。不曾有人追捕到牠，牠總是拖著繩索逃走。有很多關於牠的傳奇故事流傳著。再見了，黃腹鯨！關於你的真實事蹟，我知道的就只有這些了，就連那最年邁的南塔克特島民對你也所知不多。

大型鯨魚已經說完了，接著換中型鯨魚。

中型鯨魚。[48]這一類是體型中等的鯨魚，目前包括以下幾種鯨魚：一、虎鯨；二、黑鯨[49]；三、獨角鯨；四、甩尾鯨；五、殺人鯨。

中型鯨魚第一小類：虎鯨。這種魚的宏亮呼吸聲很大，簡直像喘氣聲，所以陸地居民才會用「像虎鯨在呼吸」[50]這句諺語來形容喘氣的人。不過，人們並未普遍將牠當作鯨魚。但鯨魚身上各種主要的特徵牠都有，所以大多數博物學家都視牠為某種鯨魚。在中型鯨魚中，牠的體型算是中等，長度介於十五到二十五呎之間，腰圍則是依據身長的差異而粗細不一。虎鯨會成群游泳，儘管牠的油很多，也是很好的照明燃料，但不常有人捕獵牠。有些捕鯨人認為，當虎鯨現蹤時，就是抹香鯨即將出現的前兆。

中型鯨魚第二小類：黑鯨。我列出來的鯨魚名稱都是在漁民之間廣為流傳的，因為這些名字一般而言都取得最好。如果遇到名稱含糊不清或者名實不符的情況，我就會予以說明，並提出另一個名稱。例如這裡所說的黑鯨就是這樣：牠會獲得這種稱號是因為幾乎所有鯨魚都是黑色的。所以，如果你不介意，還不如稱牠為鬣狗鯨。牠的貪吃眾所皆知，而且因為牠的嘴角上揚，臉上總是掛著一抹惡魔般的冷笑。這種鯨魚的身長平均為十六或十八呎。幾乎在任何緯度都可以發現這種鯨魚的蹤影。游泳時，牠總是以某種特殊的方式展現出那看似羅馬式鷹勾鼻的鉤狀背鰭。有時候如果抓不到抹香鯨，獲利不豐時，捕鯨人也會捕捉鬣狗鯨，把牠的鯨油賣給主婦在家使用，因為有些較為節儉的主婦，會在家中無人陪伴時點起味道不佳的鯨油，而不是芬芳的抹香鯨蠟。儘管牠的鯨油很稀薄，從某些鬣狗鯨身上還是可以提煉出最多三十加侖的鯨油。

中型鯨魚第三小類：獨角鯨，又名鼻孔鯨。這又是另一種名字很奇怪的鯨魚，而牠之所以會被這樣命名，我想是因為牠那特有的獨角原本被誤認為尖鼻。這種鯨魚的身長大約十六呎，儘管牠的獨角平均長度為五呎，但有些卻超過十呎，甚至長達十五呎。嚴格來講，這獨角只是一根從顎骨長出去的較長鯨牙，生長的角度只有微微上揚。但因為這鯨牙都是長在左側，有礙觀瞻，導致這種鯨魚看來就像是個笨拙的左撇子。此一象牙或長矛般的獨角到底是用來幹麼的？這問題可不好回答。它的用途似乎不像劍魚與旗魚鼻頭的長劍一樣，不過有些水手曾跟我說，牠會把獨角當作耙子來翻動海底找尋食物。查理·柯芬說，那根獨角也可以當作破冰錐，因為每當北冰洋海面結冰時，牠都可以用那獨角往上戳破冰層，浮上水面。但這些臆測之詞無從查證真偽。依我之見，無論這根從左側長出來的獨角有何真實功用，總之當牠在讀書時都很方便，可以用來翻頁。我曾聽說有人把獨角鯨稱為獠牙鯨、長角

48〔原注〕為什麼這一類鯨魚並未被我命名為「中大型」？理由很明顯：如果用書籍開本來比喻，大型鯨魚是對開本，中型就是八開本，兩者身形雖然一大一小，但卻呈現等比例的相似性。至於中大型則像是四開本，與對開本尺寸沒有等比例的關係。（譯注：對開、四開、八開的尺寸分別為：20×12½、12½×10、10×6¼（單位為吋），因此對開的尺寸剛好是八開的兩倍，但對開與四開卻沒有等比例。）

49 black fish，實際上就是領航鯨（pilot whale）。

50 諺語的原文是：「To puff and blow like a grampus.」

鯨與獨角獸鯨。無論在哪一個生氣勃勃的動物王國裡，牠肯定都是一種極為奇特的獨角動物。從某些隱居的年邁作家那裡，我得知這種海上獨角獸的獨角在古代曾被視為解毒良方，也造成它奇貨可居的現象。也有人把它提煉成嗅鹽，可以用於喚醒昏倒的女士，就像雄鹿的鹿角也可以被製成氨水[51]。原來這種獨角只是被當成某種稀罕的物品。根據我先前曾提及的那本古書[52]，馬丁・佛洛比薛爵士[53]返航時，他那艘英勇的船艦行經泰晤士河，人在格林威治宮的伊莉莎白女王曾舉起珠光寶氣的手，卯起來向他揮舞。「返航後，」那本古書是這樣寫的，「馬丁爵士雙膝跪地，把一根又大又長的鯨魚獨角獻給女王陛下，那獨角就這樣掛在溫莎古堡裡好久好久。」某位愛爾蘭作家曾經宣稱，萊瑟斯特伯爵[54]也曾跪在地上，把獨角獻給伊莉莎白女王，說那是來自於陸地上的獨角獸。

獨角鯨的體型壯觀，狀似豹子，皮膚的底色是乳白色，上面布滿了橢圓形黑斑。牠的身體可以提煉出清澈純粹的優質鯨油，但油量不多，且牠也很少被捕獲。獨角鯨現身之處，大多在極地附近。

中型鯨魚第四小類：殺人鯨。南塔克特島人對這種鯨魚所知不多，那些專業博物學家更是完全不了解。根據我從遠處的觀察，我認為牠的體型與虎鯨相仿。牠就像是野人，跟相貌凶狠的斐濟人魚沒兩樣。[55]有時候，牠會一口咬住大型鯨魚的嘴唇，像水蛭般掛在上面，讓力大無窮的巨鯨擔心死了。不曾有人捕獲殺人鯨。我也沒聽說過殺人鯨的鯨油品質如何。儘管牠的來歷如此不明，卻被取了這種名字，或許我們該為其申辯一下。因為，所有動物都會殺生，無論是陸地上的拿破崙，或者海裡的鯊魚，都沒兩樣。

中型鯨魚第五小類：甩尾鯨。眾所皆知的是，這位紳士會以甩尾的方式攻擊敵人，就像用戒尺猛打對方。牠會爬上大型鯨魚的背上，一邊揮動尾巴，鞭策大鯨魚前進，也藉此跟著前進，這種行徑跟人類世界的那些學校老師有異曲同工之妙。我們對殺人鯨所知不多，對甩尾鯨的了解更少。儘管海洋本來就是化外之地，但牠們倆真可說是亡命之徒。

中型鯨魚說完了，接著是小型鯨魚。

小型鯨魚。包括那些體型較小的鯨魚，像是：一、歡呼鼠海豚；二、阿爾及利亞鼠海豚；三、粉嘴鼠海豚。

對於那些還沒有機會好好研究這個主題的人來講，可能會覺得很奇怪：既然鼠海豚的身長一般都不超過四、五呎，那又怎麼會被歸類為鯨魚呢？就普遍的定義而言，「鯨魚」一詞不是就隱含了身形巨大的概念？不過，在此被歸類為小型鯨魚的生物，的的確確都是鯨魚，因為我對鯨魚的定義是：一種會噴水而且魚尾是水平生長的魚。

小型鯨魚第一小類：歡呼鼠海豚。這一種很普遍的鼠海豚，幾乎在世界各地都能看見其蹤影。這名字是我自己取的，因為鼠海豚有很多種，為了加以區別，我不得不幫牠們取名。會這樣命名，是因為這種鼠海豚總是熱熱鬧鬧地群游，在大海上不斷往空中跳躍，就像國慶日的群眾總喜歡把帽子往上丟。一般而言，水手看到牠們時都會高聲歡呼。牠們總是精神抖擻，從微風下的海浪中往迎風處游去。牠們是永遠在迎風處活動的小夥子。牠們被當成吉兆。看到這些生氣勃勃的鼠海豚時，如果沒有歡呼三次，那麼願上帝保佑你們，因為你們欠缺上帝賜與的那種歡愉情緒。歡呼鼠海豚如果吃得體型

51 又稱「鹿角精」。

52 參閱本書第二章。

53 Sir Martin Frobisher，十六世紀的英格蘭航海家。他是在一五七七年從獨角鯨的屍體上發現獨角的。

54 Earl of Leicester，即 Robert Dudley。伯爵即將前往荷蘭作戰，把獨角獻給女王，是為了保護其安全，以備有人毒殺她時可以拿來當解藥。

55 即 Feegee Mermaid，號稱是在斐濟被捕獲，曾於一八四二年在紐約展出。但事實上那是在魚身上縫上猴頭的假貨。

圓滾滾的，就能提煉出整整一加侖的好油。用牠們的顎骨可以提煉出珍貴無比的細緻好油。珠寶匠與鐘錶匠都非常需要那種油。水手也會把海豚顎油滴在磨刀石上。還有啊，鼠海豚的肉很好吃。也許你未曾想過鼠海豚也會噴水。事實上，牠們的噴水量少到幾乎看不出來。但下次若有機會，不妨仔細詳，你會看到一隻袖珍版的抹香鯨。

小型鯨魚第二小類：阿爾及利亞鼠海豚。牠們像海盜一樣，非常野蠻。我想，只有在太平洋能看到這種鼠海豚。牠比歡呼鼠海豚稍大，但外型大致相同。別惹牠，否則牠會變得跟鯊魚一樣凶惡。有幾次我因為看到這種鼠海豚而搭乘小艇去追，但從沒看過有人抓到牠。

小型鯨魚第三小類：粉嘴鼠海豚。鼠海豚裡面最大的一種，到目前為止，我們只知道牠曾在太平洋現身。迄今牠只曾被漁民取過一個英文名字，就是「露脊鯨鼠海豚」，因為牠大多是在露脊鯨附近出現的。就形狀而言，牠與歡呼鼠海豚有點不同，腰身沒那麼圓滾滾的。事實上，牠的身材勻稱，就像個紳士。牠沒有背鰭（其他大多數鼠海豚都有），尾巴長得很可愛，淡褐色雙眼看來跟印度人一樣多愁善感。但這一切卻都因為牠那張粉嘴而破了功。儘管牠整片背面一直到兩側魚鰭都是深褐色，但兩側都有一條很清楚的線條，就像船身的吃水線一樣，而這條所謂「鮮明的腰帶」從魚頭往魚尾延伸，把上黑下白兩種顏色給區隔開來。牠的頭有一部分是白的，整張嘴也是，好像剛剛才把頭伸進袋子裡偷吃穀粉。這白頭白嘴的模樣還真是猥瑣啊！牠的油就跟一般的鼠海豚沒兩樣。

因為鼠海豚已經是鯨類裡面型體最小的，我的分類也就在此結束。以上我已經把各種知名的鯨魚都羅列出來了。但仍有一些鯨魚是我這美國捕鯨人聽過但並未親見的，牠們來歷不明，難以捉摸，多少帶著傳奇色彩。在此我所列舉出來的，都是水手口耳相傳的鯨魚名稱，這麼做的理由是，此一清單對於未來的研究者可能是有價值的，他們或許能完成我在此開頭的工作。如果未來有人捕獲或者記下了後面的任何一種鯨魚，他們都能把那鯨魚納入我這分類系統裡，無論牠的體型是屬於大型、中型或小型：瓶鼻鯨、鮋鮍鯨、布丁頭鯨、海角鯨、領航鯨、大砲鯨、凹凸鯨[56]、銅皮鯨、象鯨、冰山鯨、廓格鯨、藍鯨等等。根據冰島、荷蘭與古代英格蘭等各國權威的說法，我們也許還能列舉出另外幾份清單，裡面都是各種來歷不明的鯨魚，牠們被賦予了許多陌生的名字。但那些名字都已經因為過時而被我略去，而且我不禁懷疑牠們都只是空有其名，聽來像是巨鯨，但名字沒有任何意義。

最後要說的是，我在一開始就講過了，這分類系統此刻還不完整。顯然，大家都可以看出我所言不虛。不過，現在我只能讓我的鯨類學體系保有此一不完整的面貌，就像宏偉的科隆大教堂也尚未完工，那未完成的高塔旁仍矗立著一具具起重機。理由在於，首批建築師固然能夠完成那些小小的建物，但真正壯觀的那些部分，都有待後世完成，由他們把牆帽蓋上去。即便上帝也不樂見我把這分類法給完成。這一整章鯨類學只是一份草稿——不對，應該說只是草稿中的草稿。喔，若要完成，就需要時間、毅力、金錢，還有耐心！

56 Scragg Whale，即灰鯨，身體上有許多寄生蟲留下的傷痕，因此凹凸不平。

33 史培克辛德

捕鯨船上的幹部有一個很特別的地方，我似乎該趁此機會好好說明一番。特別之處在於，幹部裡面有一位魚叉手，其他船上當然不會有這種狀況，這是捕鯨船隊特有的。

由魚叉手來擔任幹部非常重要，能印證這一點的，是兩百多年前荷蘭捕鯨業的狀況：指揮權並不全然掌握在船長一人手上，而是由他與一位叫做「史培克辛德」[1]的幹部均分。這個荷蘭文詞彙字面上可以直譯為「取鯨脂者」，但後來卻用以指稱首席魚叉手。想當年，船長的管轄權僅限於指揮捕鯨船的航行與管理庶務，至於所有與捕鯨相關的事情，則是由史培克辛德或者首席魚叉手說了算。英國的捕鯨船主要在格陵蘭一帶活動，船上仍保有這個源自於荷蘭的古老職務，但名稱幾經訛傳後變成了「史培克宣尼爾」[2]，而且非常不幸的是，其職權也已大不如前。就目前而言，史培克辛德就只是地位較高的魚叉手而已，也就是船長麾下的低階幹部。儘管如此，捕鯨航程的成敗有一大部分還是取決於魚叉手厲不厲害，而且在美國的捕鯨業裡面，魚叉手不只是捕鯨小艇上的重要幹部，在某些狀況下（在捕鯨海域守夜時），甲板上的指揮權也歸史培克辛德管。因此根據航運業的重要行規，在名義上，首席魚叉手不能住在一般水手的住處，亦即艏樓，而是必須就某方面有所區別，以顯示他在專業上的優越地位。不過，水手總是跟他很熟，以為他們可以平起平坐。

至此，我已經指出幹部與水手的重大區別：水手住在艏樓，幹部住在後甲板區。因此，無論是在捕鯨船或商船上都一樣，船副們的住處與船長在一起，而美國捕鯨船上的魚叉手也是居住在後甲板區。也就是說，他們也在船長的船艙裡用餐，住處與那船艙只有一門之隔。

長期以來，前往南大西洋與南太平洋的捕鯨航程（到目前為止，這還是人類史上最長的航程）都是特別危險，全船休戚與共，所有人無論官階高低都不支領固定薪水，他們的獲利完全取決於大家共享的運氣，也取決於大家是否夠警惕、大膽與努力。所以，捕鯨船的規矩才會在某些方面不像一般商船那樣嚴格，水手們像個古代的大家庭似的，以簡樸的方式一起生活，彷彿父子兄弟。儘管如此，後甲板區的那些拘謹而形式化的規定還是很少放鬆，而且絕對不可能完全廢除。事實上，在來自南塔克特島的捕鯨船上，你常常可以看到船長在後甲板區趾高氣昂地走來走去，氣勢不輸任何一位海軍的艦長。不，應該說，就算他們身上穿著最破爛的水手服，展現出的威嚴還是直逼身披紫袍的皇帝。

這位鬱鬱寡歡的皮廓號船長絕對不會像其他船長那樣，表現得如此膚淺自大，而他希望手下展現出來的敬意，也只不過是要他們能毫無保留地立刻從命。在踏上後甲板之前必須先脫鞋，但他未曾要求任何人幫他脫。偶爾在某些特殊狀況下，他會對手下說一些奇怪的話，無論是因為高傲使然，或是為了嚇唬他們，抑或帶有其他目的——至於為何會出現那些狀況，容我於後面詳述。儘管如此，就算是亞哈船長也絕非完全不顧海上那些至高無上的形式化規定。

也許，最後我們終將感覺到，有時候他就是靠那些形式與慣例來偽裝自己。他偶然遵守那些規定與慣例，並非為了達成它們原有的合理目的，而是出於私心，另有所圖。他的這種跋扈心態，有很大一部分尚未顯露出來。不過，透過那些形式化規定，他的心態已經被具體落實為某種令人無法抗拒的獨裁行徑。理由在於，若非透過某種多少有點不當與卑鄙的外在計謀與防護措施，任誰就算再怎麼才智過人，也沒辦法在實際上直接主宰其他人。正因如此，真正有聰明才智的人，個個彷彿那些背負天

1 Specksynder，荷蘭文為 speksnijder。

2 Specksioneer，《韋氏字典》的解釋是：捕鯨船的首席魚叉手，也負責鯨脂的分配事宜。

命的帝國王侯，總是選擇遠離選戰，在這種政治氛圍下，把最高榮耀讓給了知名人士，而這些人之所以會成名，並非因為他們無疑地比鄉間的廣大庶民更為優秀，而是因為那少數的聰明人儘管遠比名人優越，卻選擇低調的生活，不願採取行動。這雖然是小事，卻造成了很大的影響，因為當大家澈底陷入政治迷信時，甚至會把政權交付給某些笨蛋，有幾位君主就是這種例子。不過，沙皇尼古拉一世卻又是另一種狀況，主宰龐大帝國的他的確有皇帝該有的腦袋，在澈底集權措施之下，廣大的庶民百姓只能卑躬屈膝地臣服於他。這種會帶來致命後果的情況是如此不可搖撼，未來如果有哪個悲劇作家想要以完整而直接的方式把這情況給描寫出來，肯定不會忘記我在這裡所提出的一席話，而且很偶然的是，以上所言對於那劇作將會是非常重要的。

但是，仍在我面前走來走去的亞哈船長一臉南塔克特島居民特有的嚴肅神情，蓬頭亂髮。雖然我在這一章所論及的都是皇帝與國王，但毫不諱言的是，像他這樣一個可憐兮兮的老捕鯨人，那看來威風凜凜的外表，我只會視若無睹。噢，亞哈！如果要找出你真正了不起的地方，恐怕必須上窮碧落下黃泉，在無垠的空中追索！

34 船艙裡的餐桌

為了測量緯度，亞哈船長像平常一樣，在鯨骨義肢的上半截擺了一個獎章狀的平滑寫字板。已經中午了，剛剛觀察完太陽後，目前他正在那板子上測量緯度，人就坐在那艘吊在船尾背風面的小艇裡。此時那位綽號「麵糰小子」的服務員從艙門裡探出麵包似的蒼白臉龐，向他的主子宣布餐點已經備好了。由於憂鬱的亞哈完全沒有理會此一訊息，任誰都會覺得他並未聽見僕人的話。但是，沒過多久他就抓住後桅支索，晃一下身體就上了甲板，接著用平穩而不怎麼愉悅的聲音說：「吃飯了，星巴克先生。」然後就走進船艙裡。

他那充滿威嚴的腳步回音消失了，大副星巴克當然就認為他已經坐定，原本沒有出聲的他便動了起來，在艙板之間的走道上轉了幾個彎，往羅盤櫃裡仔細看了一眼，接著就用有點愉快的語氣說：「吃飯了，史塔布先生。」然後就從艙門走了下去。二副在帆索四周閒逛了一會兒，輕輕晃一下主桅操桁索，檢查一下這條重要的繩索是否沒問題，接著換他叫人吃飯，很快地說了一句：「吃飯了，福拉斯克先生。」然後就追隨前兩人的腳步到下面去了。

不過，此刻三副發現只有他自己在後甲板上，似乎感覺到一股奇怪的拘束感消失了，因為他對著各個方向會意地眨眨眼，把兩腳的鞋子都踢掉，在船長的頭頂上跳起了一陣激烈但無聲的水手舞[1]。接著他以靈巧的手法，把帽子丟到後桅桅頂平臺上，把它當成是個架子，然後就一路歡歡喜喜地往下

1 後甲板就在船長船艙的正上方。

走，至少甲板上的人看到他在消失前始終都是如此，行進方式與前面的人都相反，走在最後面的他是一邊哼歌一邊下去的。但就在進入船艙以前，這獨立而活潑的小夥子福拉斯克在門外停下來，換上完全不同的表情，然後出現在君主般的亞哈面前，那模樣就像個低賤的奴隸。

船上有許多非常矯揉造作的慣例，也因此出現了許多怪象，例如：某些幹部在甲板上只要受到刺激，就會大膽頂撞船長，但是稍後等這些幹部像平常一樣下去船長的船艙用餐，面對坐在主位的船長時，十個倒有九個會馬上把那狠勁給收起來，甚至充滿歉意，變得唯唯諾諾。這可真是船上的奇觀，有時讓人覺得好笑極了。怎會這樣前倨後恭呢？這有問題嗎？也許沒有。即便是古巴比倫的伯沙撒王[2]，只要不是那麼高傲，好好展現出殷勤待客的模樣，肯定就能有一點讓人肅然起敬的味道。但是，如果在邀人吃飯時能在賓客面前擺出適當的帝王氣魄與睿智氣質，任誰都能夠暫時獲得某種無人能敵的力量與具有宰制性的個人影響力，而且比伯沙撒王更加具有王者風範，因為伯沙撒並非什麼了不起的君主。任誰只要請朋友吃一次飯，就能體驗到當凱撒那種帝王是什麼滋味。社交場合就是有這種無人能敵的魔法，可以讓人暫時成為君主。請吃飯的人本來就備受敬重，再加上那個人是充滿無上威嚴的船長，那麼你光是用推想的，就能體會到為什麼船上會有前述那種前倨後恭的怪象。

亞哈端坐在那鑲鯨牙的餐桌旁，活像白色珊瑚海灘上的一隻沉默海獅，身上滿是獅鬃，圍繞在四周的是一群好鬥但仍畢恭畢敬的小海獅。上餐是按照階級的，每位幹部都乖乖等著。他們在亞哈面前就像小孩。儘管如此，亞哈似乎也一點都沒把自己當成老大。老船長負責切割他面前的主菜，所有人全都專心緊盯著他的刀。我認為，不管怎樣他們都不會談天說地，深恐褻瀆了這神聖的時刻，就算只是天氣這種無關痛癢的話題也不行。不行！亞哈把一片牛肉夾在刀叉中間，把刀叉伸出去，示意星巴克把盤子遞過來，星巴克拿到牛肉的神情好像收下了救濟品。他輕輕切肉，如果刀子偶爾碰到了盤子，他就會嚇一跳。他無聲地嚼食吞嚥，小心翼翼。此情此景就像神聖羅馬帝國皇帝在法蘭克福舉辦的加冕餐會：皇帝嚴肅地與七位選帝侯[3]一起用餐，在這船艙裡吃飯時大家也很嚴肅，都不發一語。不過，儘管老船長亞哈沒說話，但他可沒禁止大家交談。史塔布吃飯吃到快噎住，每當有老鼠突然在下方貨艙吵吵鬧鬧，他才鬆了一口氣。福拉斯克這小夥子就可憐啦，他年紀最小，彷彿是這場無聊家宴上的幼子。他分到的是醃牛肉的脛骨，簡直可以拿來當鼓棍了。福拉斯克不敢妄想自己取菜，如果他真的這麼幹，對他來講就像犯了一級竊盜罪。假使他真的自己取菜，無疑地他在這正直的世界裡就再也抬不起頭了。不過，奇怪的是，亞哈並沒有說他不能取菜啊。而且即便福拉斯克自己取菜，亞哈也很可能根本不會注意到。福拉斯克最不敢自行取用的，其實是牛油。有可能是因為他認為船東不讓他吃牛油，唯恐牛油毀了他那單純而開朗的外貌，也有可能他覺得這航程如此漫長，海上又沒有市場，牛油是一種奢侈品，所以他這種地位低下的人沒資格享用。無論理由為何，唉呀，福拉斯克啊！他是個不能吃牛油的男人！

還有另一件事。福拉斯克是用餐時最後入席的，卻也是頭一個離席的。大家可以想想看，福拉斯克的用餐時間被壓縮得多麼緊！星巴克與史塔布都在他之前就開動了，而且他們也有在這後甲板區逗留的特權。儘管史塔布的職級只比福拉斯克高一級，但如果他恰巧胃口不好，很快就顯現出即將結束用餐時間的跡象，福拉斯克就必須卯起來吃快點，而且那天最多也只能吃三口飯。理由是，身為三副的福拉斯克一定要趕在二副史塔布的前頭回到甲板上，這可是神聖而不可侵犯的船上慣例。為此，福拉斯克曾一度私下坦承，自從榮升為幹部後，他始終就沒吃飽過，只是飢餓程度多少有點不同而已。因為他吃的東西根本就不夠止飢，他才會一直保持飢餓的狀態。福拉斯克心想，我的胃再也沒辦法獲

2 Belshazzar，巴比倫的最後一個統治者。

3 即 Imperial Electors，推選出神聖羅馬帝國皇帝的七位諸侯。

得平靜與滿足了。我是個幹部，但我多麼想念以前當水手的日子，想念在艏樓吃飯時用手抓牛肉來吃的滋味。這是我因為升職而嘗到的惡果，真是無謂的虛榮啊！這人生真是荒謬！此外，如果有任何皮廓號的水手看不慣福拉斯克當上了幹部，他們只要在用餐時間到船尾去，從船艙的天窗偷看一眼，就能出一口氣了。在令人敬畏的亞哈面前，他看起來就像個蠢蛋一樣呆！

亞哈與他的三位船副可說是皮廓號船艙的第一批食客。他們依序離席，最晚入席的最早離開，由那白臉服務員把桌上的帆布清理乾淨，或者應該說由他匆匆整理一下。然後就換三位魚叉手受邀用餐，接收殘餘的餐點。因為他們的到來，這高大莊嚴的船艙彷彿暫時變成了僕役的用餐處。

船長的餐桌籠罩著一種令人幾乎無法忍受的拘謹氛圍，難以言喻又不可見的跋扈味道瀰漫其間，但與這形成奇怪對比的，是這三個地位低下的魚叉手，他們是如此無憂無慮，放縱又輕鬆，平起平坐的模樣幾乎散發出一股狂熱的氣息。儘管三位船副，也就是魚叉手的直屬長官，似乎害怕自己的顎骨跟門樞一樣吱嘎作響，這三位魚叉手吃起飯來卻是津津有味、唏哩呼嚕的。他們吃飯的模樣像是王公貴族，他們把食物往肚子塞的模樣就像印度的船隻在裝載香料，可以整天裝個不停。魁魁與塔許特哥根本是大胃王，除了把先前留下來的肉吃完，「麵糰小子」還常常不得不把一大塊醃漬的沙朗肉送上桌，看來就像直接從壯碩閹牛身上割下來的。如果他的動作不夠敏捷，如果他沒有靈敏地施展快腳，那麼塔許特哥就會像丟魚叉那樣朝他的背後射叉子，用粗魯的方式催促他。某次大狗心血來潮，為了提醒「麵糰小子」，一把抓住他的身體，把他的頭栽進空蕩蕩的大木盤裡，而塔許特哥則是用刀在他的頭旁邊比劃，作勢要割頭皮。這長著一張麵包臉的服務員，本來就是個緊張膽怯的小傢伙，爸爸是個破產的麵包店老闆，媽媽是醫院護士。因為威風凜凜的亞哈總是如此陰沉可怕，再加上這三個野蠻的魚叉手固定會來搗亂，「麵糰小子」一直在膽戰心驚中過日子。通常，他都是把那三個傢伙要求的東西打理好之後，就逃往隔壁的小小食物儲藏室，以免被抓住，在他們吃完飯之前，他只會從百葉門後面膽怯地偷看著他們。

令他怵目驚心的景象是，魁魁露出一口像銼刀刀刃的牙齒，印地安人塔許特哥也咧嘴露齒，兩人對坐著，待在他們斜對面的大狗則是席地而坐，因為他如果坐在凳子上，他那彷彿靈車羽飾的頭髮肯定會碰到船艙裡的矮梁。他的手腳粗大，一舉一動都會讓低矮的船艙震動起來，就像非洲大象搭船一樣。儘管如此，這高大的黑鬼吃東西時即便不算講究挑剔，至少也非常有節制。粗壯的他如此高大威猛，很難想像他那小小的食量足以提供身體所需的能量。不過，這優雅的蠻子肯定攝取了大量日月精華，他那大大的鼻孔也吸入了世界各地的龐大活力。巨人的孕育與養成不用靠牛肉或麵包。但魁魁吃飯時卻很粗俗野蠻，不斷發出難聽的啪滋啪滋聲響，聲音大到抖個不停的「麵糰小子」也看著自己的細小雙臂，生怕上面會出現牙印。有時候塔許特哥會大聲嚷嚷，叫「麵糰小子」滾出來幫忙剔牙，頭腦簡單的他總是被嚇得突然癱倒，把掛在儲藏室裡的瓶瓶罐罐砸爛。還有，魚叉手的口袋裡總是擺著用來磨魚叉與其他武器的磨刀石，吃飯時他們總是拿出來磨刀，藉此炫耀，而那嘎吱作響的聲音也把「麵糰小子」搞得心神不寧。他總是不禁犯嘀咕，搞不好魁魁在家鄉時曾以殺人為樂，輕率犯下謀殺罪。哎呀！「麵糰小子」多可憐！白人服務員居然要服侍幾個蠻子，這真是個苦差事。他手臂上該擺的不是餐巾，而是盾牌。不過，讓他感到很高興的是，等到鬧夠了，這三個魚叉戰士就會起身離開。由於他天生容易受騙，喜歡編造傳說，他們的銅筋鐵骨每走一步都會吱吱嘎嘎，在他的耳朵聽來，簡直就像摩爾人的彎刀在刀鞘裡發出鏗鏘聲響。

不過，儘管這三個野人在船艙裡吃飯，名義上也住在這裡，但他們都不安於室慣了，除了吃飯時間，幾乎都不會待在那裡。即便要就寢了，也只是經過那裡就回到各自的住處。

就這方面而言，亞哈似乎跟其他大部分美國捕鯨船船長沒兩樣，認為船艙理應屬於他們自己，而任何人在任何時間能夠進去那裡面，都是出於他的好意允許。所以，事實上，皮廓號的船副與魚叉手應該是住在那船艙外面，而非船艙裡。理由在於，每當他們進去裡面，就好像街邊的大門被人往屋裡推，暫時進去一下，馬上又會回到外面。室外才是大門固定會待的地方。這對他們來講，也沒有什麼損失，船艙不是交朋友的地方。亞哈是不會和人套交情的。儘管他在名義上是個基督教徒，但在那個國度裡，他仍是外人。他所居住的基督教世界就像開墾過後的密蘇里州，而他則是那一州碩果僅存的少數灰熊之一。他也像獨居森林的野人羅根[4]，每當春夏過去了，總是把自己深埋在樹洞裡，一邊吮手掌，一邊冬眠。亞哈的靈魂已經來到有如冬風呼嘯的暮年，他把自己封鎖在有如樹幹的軀體裡，他的陰鬱情緒就是可以用來吸吮度冬的手掌！

4 Chief Logan，十八世紀的印地安酋長，家人被屠殺殆盡後隱遁山林。

35 桅頂

初次輪到我與其他水手輪流到桅頂值班的那一天，天氣算是比較好的。

就大部分的美國捕鯨船而言，幾乎都是一出港就開始安排人員到桅頂值班，即便船隻至少還要航行一萬五千哩才能進入鯨魚的漁場。而且，在完成了三、四年或四、五年的航程後，只要回程的船上還有容器是空的，就算只是一個小小的玻璃瓶，桅頂還是都會派人值班，直到天桅的桅帆在彷彿尖塔林立的海港裡飄揚，大家才會完全放棄再多捕一頭鯨魚的希望。

無論捕鯨船在岸邊或海上，在桅頂值班都是一件充滿古趣的差事，容我在此用一些篇幅來詳述。在我看來，歷史上最早站上像桅頂那種高處的，是古埃及人。因為，根據我的研究，還真找不出比他們更早做這件事的人。巴別塔的建造者在這方面是古埃及人的前輩，他們更早就打算建造出全亞洲或者說歐亞兩地最高的塔。儘管如此，在完工之前，那座彷彿帆桅的石塔就已經因為他們觸怒了上帝而被一陣狂風給吹垮了，因此我們不能說巴別塔的建造者比古埃及人更早完成壯舉。而我們之所以會說古埃及人喜歡站上桅頂那種高處，是因為考古學家普遍相信，最早被挖掘出來的那一批金字塔都是用來觀星的：特別能夠印證此一理論的，是那批高塔的四面都蓋成了特殊的階梯狀，好讓那些擅走高梯的古代天文學家登上塔頂，為發現新星而大聲歡呼，就像現代船艦上的瞭望員，無論是看到船帆，或是鯨魚，都會大喊大叫。高柱修士聖西米恩[1]是古代知名的基督教隱士，他自己在沙漠裡蓋了一座高

1 Saint Simeon Stylites，西元五世紀的天主教修士，曾在敘利亞的高柱上住了三十七年之久。

聳石柱，下半輩子都住在塔頂，靠滑車把地面的食物運送上去，這種大無畏的精神讓他成為所有桅頂人員的楷模。無論是濃霧冰霜，雨水冰雹，或者夾雪大雨，都沒辦法逼他下來，他以貫徹始終的英勇精神面對一切困難，撐到最後，甚至可以說死在自己的崗位上。到了現代，能像他那樣在桅頂堅守崗位的，只剩下一些沒有生命的石像或者銅鐵雕像，儘管它們能夠頂得住強風，但就算發現任何奇怪的景象，卻是完全無法大喊大叫。例如芳登廣場[2]上石柱頂端的拿破崙雕像，它的雙臂舉到腰際，站在離地一百五十呎的高空，完全不在乎現在地面上的統治者到底是路易．菲利浦、路易．白朗，還是路易魔鬼[3]。偉大的華盛頓也站在巴爾的摩的高塔上，那高塔彷彿海克力士之柱[4]，也象徵著只有少數凡人能夠達成的不朽功業。矗立在特拉法加廣場高塔上的英國海軍上將納爾遜雕像則是站在青銅色的絞盤前，儘管大部分時間都被籠罩在倫敦的煙霧裡，看不太清楚，但還是象徵著有一位英雄隱身其間：因為一定是先有炮火，才會出現煙霧。但無論是華盛頓、拿破崙或納爾遜，任誰從下面高聲呼喊，這三位偉人肯定都是不會搭腔的，無論祂們所凝視的世界裡有多少人卯起來向祂們求助，而祂們也急著想幫忙，而且就算祂們的英靈可以看穿眼前霧霾，放眼未來，看出應該躲開哪些淺灘與暗礁，祂們都開不了口。

不管是就任何方面而言，把這些站在鋼塔上俯瞰陸地的例子拿來與船上桅頂的值班工作相提並論，似乎是毫無根據的。但事實並非如此，而能為我們清楚解釋這點的人，就是唯一曾幫南塔克特島撰寫史書的歐貝．梅西[5]。可敬的歐貝表示，捕鯨業剛開始發展時，還不常有船到海上捕鯨，島民往往只是沿著海岸線豎立高高的圓杆，杆上釘了一根根楔子，好讓人爬上去瞭望，那栓子有點像能夠讓雞往上爬進雞舍的東西。直到幾年前，那些只在海灣地區捕鯨的紐西蘭人都還是這麼幹的：一發現鯨魚，他們就會通知停泊在海灘附近那些已經準備好要出發的捕鯨小艇。但現在這種做法已經過時了，所以我們還是回過頭來討論貨真價實的桅頂，矗立在捕鯨船上的那種桅頂。從日出到日落，船上的三個桅頂都有人值班，這跟舵輪一樣，而且兩者的輪值時間都是固定的，每兩個小時換班一次。若是碰到熱帶的和煦氣候，桅頂實在是個非常美妙的地方：不對，應該說，對於喜歡做白日夢與沉思的人來講，值班可說是個爽差。站在那一百呎的桅頂平臺上踱步，下方的甲板寂靜無聲，讓人覺得在桅杆上就像踩著巨大的高蹺，海裡最巨大的猛獸就在你的雙腿之間游泳，那感覺也像捕鯨船從你的雙靴之間通過，而你就是希臘羅德島上知名的巨大太陽神雕像。你站在那裡看著一望無際的藍海，感到目眩神迷，海面上別無他物，只有波浪。捕鯨船像入迷似的，懶洋洋地前進，信風颳得人昏昏欲睡，這一切都讓人感到無精打采。到熱帶海面捕鯨的日子大多是這樣，只有澈底的平靜無事。你聽不到任何消息，也不會讀報，不會看到任何關於平凡小事的號外，因此也絕對不會出現沒必要的興奮心情。無論是國人受苦受難、證券公司破產，或是股價下跌，你都不會知道，也不會影響你的伙食，讓你煩惱：因為那些整齊存放在桶子裡的東西至少夠你吃三年，伙食內容也從無變化。

只要上了那種前往南半球的捕鯨船，三、四年下來，你在桅頂值班的總時數加起來常常高達好幾個月。非常可悲的是，既然日常生活中我們有那麼多時間必須待在那上面，那裡為什麼會如此極度缺乏舒適性，或者說，怎麼會完全不像床鋪、吊床、靈車、崗哨亭、布道壇、馬車，或者任何讓人可以

---

2 Place Vendôme，位於巴黎市第一區的知名廣場。

3 分別為一八三〇到一八四八年之間的法王Louis Philippe、十九世紀法國政治人物Louis Blanc，還有Louis the Devil，應該就是指當時在任的法國總統路易・波拿巴・拿破崙（Louis Bonaparte Napoleon），《白鯨記》出版的隔年他就稱帝了。在初版《白鯨記》的文字裡，作者是用Louis Napoleon這個名字，後來才改成了Louis the Devil。

4 Hercules' pillars，其實是分別位於北邊的直布羅陀巨巖（Rock of Gibraltar），以及位於南邊的北非某座高山。兩者都象徵著海克力士的偉大功績。

5 Obed Macy，十七、十八世紀南塔克特島商人，曾於一八三五年出版*The History of Nantucket*一書。

暫時與世隔絕的設備那樣，又小又舒適，因此無法讓人產生一種想在那裡安頓下來的感覺？在那上面，你最常待的地方是上桅的桅頂，你只能站在兩根平行的細棍之間（那是幾乎只有在捕鯨船上才有的特殊裝置），也就是所謂的桅頂橫桁。在那上面，儘管船在海上顛簸不已，菜鳥反而會覺得自己彷彿站在牛角上一樣舒服。事實上，天冷時你大可自備房屋，只不過所謂房屋其實就只是一件值班大衣。不過，說真的，就算穿最厚的值班大衣上去，也沒比赤身裸體好到哪裡去，因為你整個人就像被黏在那看似鮮豔帳棚的大衣裡，無論是想要動一動，或者脫掉大衣，都很有可能摔死（像個選擇在冬天翻越阿爾卑斯山的無知朝聖客）。所以，與其說那值班大衣像房屋，倒不如說它像信封，或是包覆著你的另一層皮膚。就像你沒辦法在身體裡面擺一個架子或抽屜櫃，你也不可能把值班大衣當成一個方便的小房間。

關於這一切，特別令人悲嘆的是，為了抵禦酷寒海域的嚴苛天氣，格陵蘭捕鯨船的桅頂平臺上設有一種令人羨慕的小帳棚或高臺，就是所謂的「桅斗」，但前往南半球的捕鯨船卻沒有。史里特船長在返航後寫下一本令人敬佩的書，書名是《於冰山之間追捕格陵蘭鯨，並在偶然間於格陵蘭重新發現那失落已久的古代冰島人聚落遺跡》[6]，書裡是這麼寫的：他把自己剛剛發明的桅斗裝上他指揮的冰河號之後，凡是曾上去值班的人，對那設備都是讚不絕口，而且總會加以詳述一番。身為原始的發明人與專利所有人，他覺得很有面子，於是將其命名為「史里特的桅斗」。在他看來，如果認為這種做法不太恰當，那就太過荒唐做作了。他認為，既然孩子可以冠上我們的姓氏（身為父親，我們就是孩子的原始發明人與專利所有人），同樣地我們當然有權用自己的姓氏來為我們發明的器具命名。就形狀來講，史里特的桅斗看起來就像個超大酒桶，只是上面沒有蓋子，但上緣加裝了一片活動式擋板，如遇強風就能派上用場，以免頭部被風吹襲。桅斗就固定在桅頂，從底部的一個小門就能鑽進去。桅斗後方，也就是靠近船尾那一側，裝著一個舒適的座位，下方有個小櫃子可以裝雨傘、被子與外套。

前方有個皮革材質的架子，用來擺放值班時會用到的傳聲筒、笛子、望遠鏡以及其他海事裝備。史里特船長說，每當他親自進入桅頂桅斗時，總會拿出步槍（那也是皮革架上的固定裝備），還有火藥瓶與子彈，隨時準備用來射殺那些在海面上閒晃出沒的獨角鯨，理由在於，如果從甲板上開槍，反而會因為水的阻力而失手，但如果是從那上面下手，情況就截然不同了。史里特船長把他那桅斗描述得如此鉅細靡遺，顯然是因為對自己的發明深感得意。但是，儘管他詳述了這一切，儘管他從非常科學的角度來說明他在桅斗裡進行的實驗，但有一點他卻搞錯了：他說，因為所有羅盤櫃的磁針都會受到所謂「地區性的磁吸力」[7]影響而有所誤差，所以他特別準備了一個小小的指南針，帶到桅斗裡。但這誤差的實際原因，應該是羅盤附近的船板含有鐵質，而就冰河號的狀況而言，也許是因為船上的那麼多鐵匠都很無能。在我看來，儘管史里特船長在這方面很謹慎也充滿科學精神，知識淵博的他非常了解所謂「羅盤偏差」、「方位羅盤觀察法」與「近似誤差」是什麼意思，但他對於磁性現象的思考卻不夠深入，所以才會沒注意到桅斗內側整整齊齊地裝了一個有鐵質外殼的小瓶子[8]，就擺在他伸手可及之處。整體而言，我非常欽佩甚至敬愛史里特船長的勇敢、正直與學識，但我還是對他有所不滿，認為他不該全然忽略了那個小瓶子，只是把它當成忠實的好友，給了他很大的慰藉，而戴著連指手套與帽子的他卻只顧著在那三、四桿[9]高的桅斗裡鑽研數學。

6「Captain Sleet」與書名「A Voyage among the Icebergs, in quest of the Greenland Whale, and incidentally for the re-discovery of the Lost Icelandic Colonies of Old Greenland」都是作者胡謅的。桅斗的真正發明人是他在〈鯨類學〉那一章曾提及的英國探險家史柯斯比船長（William Scoresby）。所謂冰島人，應該是指古代的維京人。

7 local attraction，指羅盤的磁針在某些地方會受到外在的磁吸力影響，發生誤差。

8 因為瓶子外殼是鐵的，會干擾羅盤與指南針。

9「perch」等於「rod」，是測量單位。一桿等於十六點五呎，所以三、四桿就是介於四十九點五到六十六呎之間。

不過，儘管我們這些前往南半球的捕鯨人不像史里特船長與他的格陵蘭水手那樣，有那麼舒適的桅斗可以待，但這缺點卻被另一個優點給大大抵消了：南半球的海面大多是如此迷人，相較之下，天氣普遍算是非常和煦。以我為例，我就常常悠閒地爬上帆索頂端，在那上面休息，與魁魁或者任何沒有在值班的人聊天。然後，我會稍稍往上攀爬，把一隻懶洋洋的腿跨過中桅桅桁，眺望著那彷彿大牧場的海面，最後才爬到我最終的目的地。

我要在此告解一下，坦承自己值班時一點警覺性也沒有。因為，關於宇宙的大哉問始終在我的腦海裡打轉，既然我自己在那麼適合沉思的高處獨處，除了怠忽職守，我還能怎樣？雖說捕鯨船上素有「照子放亮點，有事就大叫」的常規，但我是不可能完全遵守的。

容我在此好好告誡你們吧，南塔克特島的船東們！在這事事需要警惕用心的捕鯨業裡，用人時可千萬別挑那種疏眉凹眼的小夥子！因為他們總是不挑時間地點，想沉思就沉思，在這船上他們只會像斐多[10]那樣東想西想，不像波迪奇[11]那樣是個會做事的科學家。我說啊，可別僱用那種人哪！如果他們不緊盯著鯨魚蹤影，其他人要怎樣捕鯨呢？帶著這種滿腦子柏拉圖哲學思想的凹眼青年上船，恐怕你的船都環遊世界十圈了，卻連一品脫的抹香鯨鯨蠟都還沒著落，無法幫你賺錢。這些忠告並非完全沒有必要。現在的捕鯨業就收留了許多這種多愁善感而且心不在焉的浪漫青年，一切塵俗之事都讓他們深感不屑，卻想在船上的瀝青與鯨脂之間獲得情趣。在那艘倒楣受挫的捕鯨船上，柴爾德．哈洛[12]不就常常待在桅頂，用憂鬱的口吻嘆道：

奔流吧，深邃深藍的海洋，持續奔流！
成千上萬個捕鯨人橫掃海面，一無所獲！

但卻常有捕鯨船船長僱用這些心不在焉的青年哲學家，才來責罵他們對捕鯨航程沒有足夠的「興趣」，暗指他們沒救了，根本就胸無大志，因為在內心深處，他們壓根就不想看見鯨魚。但這一切都沒有用，那些青年哲學家總認為自己的視力不佳[13]，既然都近視了，緊盯著海面有什麼用呢？他們把看戲用的望遠鏡給落在家裡了。

「喂，小屁孩，」魚叉手對某位這一類小夥子說，「我們都已經跑船三年了，你卻還沒發現任何一隻鯨魚。每當你到桅頂去值班時，鯨魚就變得跟母雞的牙齒一樣稀少了。」也許他們就是這樣，也許在遠處接近地平線的海裡的確有鯨群在游泳。但這心不在焉的年輕人，卻把跌宕起伏的浪潮與思潮給混在一起，好像抽鴉片似地無精打采，把腦袋放空，胡思亂想了起來，到最後連自己是誰都給忘了。他已經誤把神祕的海洋當成深不見底的湛藍靈魂，神遊於人間與自然界。無論什麼奇觀美景，或是若隱若現以及稍縱即逝的東西，他都看不見。每當他隱約發現有形狀不明的魚鰭浮出來時，他都覺得那是人類靈魂中難以理解的千思萬慮的化身。在這種入神的心緒中，你的精神渙散，變成與時空融為一體，就像泛神論者威克里夫[14]的骨灰一樣被撒向四面八方，最後融入了世界各地的每個海岸。

此時你宛如行屍走肉，之所以還算活著，是因為船隻顛簸，你的身體也搖來搖去。船隻會顛簸，是因為大海，而大海那些神祕難測的浪潮，則是源自於上帝。儘管此刻你被睡魔纏身，美夢正酣，但

10 Phaedon，希臘大哲學家蘇格拉底的門徒。
11 Nathaniel Bowditch，十八、九世紀美國數學家，曾當過箍桶匠與船具店的實習生。
12 Childe Harold，詩作裡的虛構角色，源自於英國詩人拜倫的《柴爾德．哈洛遊記》（*Childe Harold's Pilgrimage*）。
13 根據柏拉圖哲學，人的感官是欺妄不真的，所以才會說視力不佳。這是一種反諷的嘲笑方式。
14 William Wickliff，十四世紀英格蘭宗教改革家，死於中風後屍體被教皇燒為骨灰，撒入河裡。

只要稍稍移動手或腳，不再入迷，你就會從驚恐中回過神來。你盤旋在哲學家笛卡兒的漩渦式宇宙裡。[15]也許到了中午，在天氣最是晴朗時，你會發出小小的悶聲尖叫，從透明的空中墜入夏之海裡，再也不會回到空中。當心哪，你們這些泛神論者！

15 法國哲學家笛卡兒（R. Descartes）認為宇宙是由液態或氣態漩渦構成。

36 後甲板

（亞哈入場後，所有人都入場）

菸斗事件發生不久後的某天早上，大家剛剛吃完早餐，亞哈依舊從船艙通道走到甲板上。很多船長都會在這時間到甲板上散步，就像許多鄉紳也都在早餐後到花園裡去走兩圈。

很快地，那鯨骨義肢持續發出的聲音已經清楚可聞，他跟平常一樣來回繞圈圈。甲板因為屢屢被他踩踏，上面已經出現了一個個化石般的印子，都是他的特殊腳印。如果你緊盯著他那凹凸不平的眉頭，就能看到更奇怪的腳印：那都是失眠的他不斷東想西想而留下的思想印記。

但是，就這一次而言，那些凹痕看來更深，這天早上他的腳步緊張不安，留下了更深的腳印。亞哈心事重重，每當他在主桅和羅盤櫃這些固定的地方轉彎時，任誰都能看得出不只他的人轉彎了，他的腦筋也和身子一起在轉。他的確是全神貫注，以至於所有心緒就像個內在的模子，制約著外在的一舉一動。

「你注意到他了嗎，福拉斯克？」史塔布低聲說，「他簡直像在孵蛋似的。雞馬上要破殼而出啦。」

這一天的時光漸漸消逝，此刻亞哈把自己關在船艙裡，沒過多久又到甲板上去踱步，外表還是那副如此頑固堅決的模樣。

接近日暮時，他突然在舷牆邊停下腳步，把他的鯨骨義肢插進牆上被鑿出來的洞裡，一隻手抓住支索，命令星巴克把大家都叫到船尾來。

這種命令可真是前所未聞，或者說很少聽到，只有某些特例除外，因此星巴克驚詫地說：「船長！」

「把大家叫到船尾來，」亞哈又說了一遍，「桅頂的人！都給我下來！」

整艘船的人手都集合起來後，大家都用好奇而且不無憂慮的表情盯著他，因為亞哈的臉色看來還真有點像暴風雨來臨前的天色，他很快地往舷牆外頭瞥了一眼，然後目光掃過所有人，從他站的地方走了起來，接著就旁若無人似地又開始踏起沉重步伐，在甲板上走來走去。繼續踱步時他低著頭，帽子歪斜，完全不理會所有人在旁邊納悶地竊竊私語，史塔布則是小心翼翼地低聲對福拉斯克說，亞哈召集所有人，肯定是為了表演走路秀給大家看。但這狀況並未持續太久。他突然停下腳步，大聲說：

「**弟兄們，看到鯨魚時該怎麼做？**」

「大喊大叫！」二十個人異口同聲、中氣十足地回答他。

「很棒！」亞哈大聲說，音調聽來充滿激賞，因為他注意到，這突如其來的問題把大家搞得士氣高昂。

「那接下來呢？」

「放下小艇，追啊！」

「那弟兄們該抱著什麼心情出動呢？」

「不是牠死，就是我們船破！」

他們每發出一陣吶喊，老船長那詭異的臉就顯得越來越高興而讚賞，水手則是開始好奇地面面相覷，好像也很納悶：明明這聽起來似乎都是一些沒有意義的問題，怎麼他們回答時語氣偏偏都如此興奮？

不過，此刻亞哈把義肢插在那個洞裡，一手伸出去抓住支索的高處，彷彿抽筋似的緊緊抓著，像是在就地轉圈，他的下一個問題又讓大家熱血奔騰了起來：「先前，你們這些需要到桅頂去值班的傢伙，都曾聽我下過一道跟某隻白鯨有關的命令。聽好了！你們看到這個一盎司西班牙金幣嗎？」在太陽底下，他把一枚亮晶晶的金幣舉起來，接著說：「這枚金幣價值十六美元。看見沒？星巴克先生，把那榔頭拿給我。」

當大副去拿榔頭時，亞哈不發一語，只是用夾克的下襬慢慢擦拭著金幣，好像是為了讓它光澤誘人，而且一直沒講話，只是彷彿慢慢哼歌似的，發出模糊不清的奇怪聲音，似乎他體內有一部製造生命力的機器會發出嗡嗡鳴響。

從星巴克手裡拿到榔頭後，他一手高舉榔頭，另一手以金幣示眾，走向主桅，提高音量大聲說：「你們之中只要有人為我發現一條眉頭皺巴巴而且下巴歪掉的白頭鯨魚，任誰能發現那頭右半邊尾鰭上有三個破洞的白鯨，聽好了，只要有人發現那頭鯨魚，這枚金幣就是他的了，弟兄們！」

就在船長把金幣釘上桅杆之際，水手們也一邊甩動著手裡的防水油布，一邊大聲歡呼：「萬歲！萬歲！」

「聽好了，那是一隻白鯨，」亞哈把榔頭丟在甲板上，接著說，「一隻白鯨。照子放亮點啊，弟兄們。緊盯著白花花的海水，就算只看到一個泡泡，也要大聲喊叫。」

從剛剛到現在，塔許特哥、大狗與魁魁都一直比其他人聽得更為專注，也顯得很詫異，船長一提到皺巴巴的眉頭與歪掉的下巴，他們三個好像各自都被同樣的記憶給嚇了一跳。

「亞哈船長，」塔許特哥說，「你說的白鯨，應該就是叫做莫比敵的那一條吧？」

「莫比敵？」亞哈大聲說，「塔許，你知道那白鯨的名字？」

「船長，牠在潛水之前是不是都會有個甩尾的奇怪動作？」來自豔麗海岬的塔許特哥小心翼翼地問。

「牠噴出的水柱是不是也有點邪門？」大狗說，「亞哈船長，雖說抹香鯨的水柱都很粗，但牠那水柱比一般的還粗，而且噴得又快又強？」

「而且牠身上還插著幾根魚叉？一根，兩根，三根！」魁魁像是語無倫次地大叫，「魚叉全都歪七扭八，歪七扭八，就像這個……這個……」他找不出適當的字眼，講得結結巴巴，一隻手在那裡轉啊轉的，彷彿用拔塞鑽在拔瓶塞：「就像這個……這個……」

「拔塞鑽！」亞哈大聲說，「是啊，魁魁，插在牠身上的魚叉全都歪七扭八的。大狗說的也沒錯，牠噴的水柱很粗，像束起來的麥桿堆一樣粗，而且白得就像我們南塔克特島的羊群一年一度剪羊毛時剪下來的羊毛那樣白。塔許特哥也沒錯，他甩尾時尾鰭就像被強風吹裂的船頭三角帆一樣。該死的！弟兄們，你們看到的就是莫比敵——莫比敵！」

「亞哈船長。」星巴克從剛剛就一直跟史塔布和福拉斯克站在一起，越來越感到詫異的他始終看著上司，最後露出了一種好像恍然大悟的表情，他說：「亞哈船長，我曾聽過莫比敵的名字——該不會就是那莫比敵奪走了你的一條腿吧？」

「誰跟你說的？」亞哈大聲說，頓了一下後又說：「是啊，星巴克。是啊，我所有的心腹們。就是莫比敵奪走我的腿，莫比敵害我現在得踩著這該死的假腳。是啊！是啊！」他像一隻動物那樣以又大又可怕的聲音啜泣著，彷彿心碎的麋鹿：「是啊！是啊！就是那隻該死的白鯨毀了我，害我永遠變成一個可憐的獨腳笨蛋！」接著他用力高舉雙臂，惡狠狠地大叫：「是啊！是啊！就算繞過好望角，繞過合恩角，繞過挪威海的強大渦流[1]，繞過地獄的熊熊烈火，我也不會放棄追殺牠。你們到這船上要幹的差事就是這件事，弟兄們！跟我一起追殺那白鯨，追到天涯海角，追到牠噴出黑血，翻肚嗝屁。弟兄們，你們幹不幹？我看你們個個都是好漢。」

「拚了，拚了！」魚叉手與水手們全都大聲呼喊，朝激動的老船長衝過去，「以牙還牙，以眼還眼，射死那白鯨莫比敵！」

「上帝保佑大家！」他像是一邊啜泣一邊呼喊著，「上帝保佑你們，弟兄們！服務員！多拿點格羅格酒[2]上來！不過，星巴克，你幹麼擺出一張臭臉？難道你不想追殺那隻白鯨？不想追捕莫比敵嗎？」

「亞哈船長，如果有利可圖，別說是追殺大白鯨，就是追殺死神我也幹。但我上船來是為了捕鯨，不是來幫船長報仇的。亞哈船長，就算你報了仇，我們能裝滿幾桶鯨油？拿到我們南塔克特島的市場上去賣，也賺不了多少錢。」

「南塔克特島的市場！喂！星巴克，你給我過來！看來我得深入解釋一下。兄弟啊，如果錢是衡量這世間一切事物的標準，那豈不是只有會計師才能量出這地球有多大？他們可以用金幣去測量，每三分之一吋就擺一枚。我跟你說吧，你們幫我復仇，我就給大家錢！」

「他搥胸哀泣了，」史塔布低聲說，「這是幹什麼？我想他的哭聲倒是挺大的，可是聽起來空空洞洞。」

「找一隻不會講話的畜生報仇！」星巴克大聲說，「牠之所以攻擊你只是出於盲目的本能啊！太瘋狂了！亞哈船長，像你這樣跟一隻不會講話的畜生對著幹，不怕遭天譴嗎？」

「你說這什麼話？看來我還需要再解釋一番。兄弟啊，我們在世間所看到的一切，都只是表象而已。對於那些看似未經思索的事件與行動，我們總是不疑有他，但如果把表象打破的話，肯定會看見有個會思考的未知東西在背後操縱一切。如果人們有力量的話，就該把那表象給擊破！如果不把牆壁擊破，囚徒哪有可能逃出來呢？在我看來，那白鯨就是往我身旁撞過來的牆壁。有時候我也認為牆壁

1 即Norway Maelstrom，在挪威海（Norway Sea）洛佛坦群島（Lofoten archipelago）附近生成的強大渦流。
2 grog，摻水的蘭姆酒。

外面什麼都沒有。但我實在受夠了。牠讓我感到強大的壓力，覺得快受不了了。我在牠身上看到一股粗暴的力量，一股根深蒂固的邪惡神祕力量。我痛恨的主要是那神祕的東西，無論白鯨只是傀儡，或是主謀，我都會把怨念發洩在牠身上。兄弟，我才不在乎遭不遭天譴。如果太陽羞辱我，我也會追殺太陽。如果太陽敢做那種事，我為什麼不能追殺它？所謂一報還一報，世間萬物就是充斥著這種相互猜忌的關係。但是，兄弟啊，那種一報還一報的精神並沒有主宰我。誰能主宰我呢？能看清真理的人就不會受到侷限。別那樣盯著我，真讓人受不了。我寧願被惡魔怒目凝視，也不想被你用愚蠢的眼神盯著。嘿嘿，你看你的臉色一下紅，一下白。你被我的激烈情緒給熔化了，變成紅通通的怒氣。不過，星巴克你聽仔細了，人在激動時說的話不能算數。有些人說的話聽起來很激烈，但沒有不敬之意。我並沒打算激怒你。別放心上。看看那些野人的黝黑臉頰上都是斑點，栩栩如生就像太陽繪製的圖畫。那些過著獵豹一般生活的異教徒，他們什麼都不用多想，也不用崇敬上帝，他們只會謀生與追殺獵物，不覺得需要用任何理由來解釋自己過的殘酷生活！所有船員，兄弟啊，所有船員！你看他們在追殺白鯨這件事上面不是都贊同我亞哈嗎？你看史塔布，他在笑！你看那個智利佬！他根本不覺得這件事有什麼了不起的。星巴克，你就像一株搖搖擺擺的樹苗，能挺立在狂風之中嗎？這是一件什麼事？看清楚吧。只不過是要你幫忙用魚槍射牠的魚鰭，對你星巴克來講沒什麼大不了的。不過就是這樣而已？所有水手都已經磨刀霍霍，準備好要加入這沒什麼大不了的追捕行動，你這位南塔克特島的最佳魚槍手肯定不會退縮吧？啊！我知道了，你不能動彈，因為你的情緒波濤洶湧！說話啊，說話啊！是啊，是啊，你不發一語就是默認了。（**以下為獨白**）我的話從鼻孔噴出來，他卻打從心裡接受了。現在星巴克已經乖乖聽我的了，除非叛變，否則他不能反對我。」

「上帝保佑我！上帝保佑我們！」星巴克低聲喃喃自語。

星巴克大副的禱詞帶有不祥的預兆，但亞哈卻因為大副已經像著了魔一樣默默順從而歡欣不已，根本沒聽進去，他也沒聽到貨倉裡低沉的笑聲，風吹動帆索時帶有預言意味的振動聲，還有船帆打在船桅上的空洞啪啪聲響，在這片刻間，彷彿他們的心都沉重了起來。他們為何如此？因為星巴克雖然目光低垂，看著地上，但堅韌生命力為他點燃了炯炯的眼神。貨倉裡的笑聲消逝，風繼續吹著，船帆全都飄揚了起來，皮廓號跟先前一樣在海上起伏顛簸。啊，這些帶著警告與告誡意味的跡象既然出現了，為何不能持續停留？你們這些跡象就像陰影一樣容易消逝，眾人哪！與其說這是警告，不如說是惡兆！然而，與其說這是外來的惡兆，不如說你們即將印證上述的那些惡兆。因為，我們人類不太會被外在的東西拘束，真正驅使我們走下去的，是內心深處的種種需求。

「量杯！量杯拿來！」亞哈大叫。

他手裡拿著裝滿了酒的白鑞杯，轉身面對三位魚叉手，命令他們拿出武器。要他們拿著魚叉走到絞盤附近，站在他面前。他的三位船副手執魚槍，站在他身旁，船上其他人站成一圈，圍住他們，他的目光很快從所有手下身上掃過。此刻所有人彷彿草原上的狼群，用惡狠狠的通紅的眼睛與狼王的眼神交會，接著狼群最前方的狼王就要沿著野牛的足跡往下衝。不過，哎呀！沒想到牠們全都掉入印地安人所設下的陷阱了。

「喝完後傳下去！」他一邊大聲說，一邊把裝滿了酒的沉重酒壺交給最近的一位水手。「現在只有水手喝酒。傳下去，每個人都要喝到！看是要喝一小口或一大口都可以，弟兄們！這酒跟撒旦的蹄子一樣辣燙啊！很好，很好，傳得很好。一杯黃湯下肚，保證你們的眼睛變得跟蟒蛇一樣凶猛。幹得好，喝乾它。把空酒壺交給我！弟兄們，你們就像歲月，把生命力一般的酒都給吸乾喝盡。服務員，再斟酒！」

「請注意，我的勇士們！我把大家聚集在這絞盤四周，我兩側的船副全都手執魚槍，魚叉手則是都拿著鐵叉站在那裡。你們，強壯的水手們，把我圍起來，讓我把捕魚業先輩的高貴傳統復興起來。

噢，弟兄們，你們會看到的，哈哈！服務員，你這壞小子終於回來啦！給我。怎樣？酒壺已經又裝滿了，你這蹦蹦跳跳的小鬼怎麼還不走？滾吧，瘟神般的小鬼！」

「往前走，三位船副！把你們的魚槍交叉，立在我面前。幹得好！讓我摸摸三支魚槍的軸心。」那三支魚槍的槍尖往外呈放射狀，話說完後他伸出手臂，抓住魚槍的交叉處，此刻突然間用力地搖晃起三支魚槍，同時炯炯有神的目光從星巴克掃向史塔布，再從史塔布移往福拉斯克。他內心彷彿充斥著某種無法言喻的決心，他的身體就像個儲滿磁力的萊頓瓶[3]，藉此他想把自己那熱火般的情緒都灌注到船副身上。他看來如此強壯、堅韌而神祕，船副在他面前都膽怯了起來。史塔布與福拉斯克不敢直視他，誠實的星巴克則是目光下垂。

「沒有用啊！」亞哈大聲說，「但是，或許這樣比較好。因為，你們三個只要遭到我身上全部的電力電擊一次，我的電力就會用光。也有可能你們都會被我電死。也許你們不需要我的電力。放下魚槍！現在，船副們，在此我命令你們幫我的三個異教徒親信拿酒杯，這三位英勇的魚叉手是最可敬的紳士與貴族。討厭這差事嗎？你們沒聽過偉大的教宗會幫乞丐洗腳，用他的冠冕當水壺？噢，我三位可愛的樞機主教們！你們屈服於自己的優越感之下。我不用命令你們，你們自己就會去做了。三位魚叉手，把魚叉上的綁線拆掉，把杆子拔掉！」

三位魚叉手默默遵命，站在他面前，手裡都拿著拔下來的鐵質魚叉叉頭，大約有三呎長，叉尖倒鉤朝上。

「別用那尖銳的鐵器戳我！倒過來，倒過來！你們不知道那尾端可以當酒杯嗎？把魚叉頭的插孔[4]倒過來！很好，很好，現在，三位執杯者往前走。把魚叉頭拿好！我斟酒時你們可要把魚叉頭給拿好了！」他拿著酒壺，把一位位船副手上的魚叉插孔都斟滿烈酒。

「現在，你們三個對三個站著。舉起這殺魚無數的魚叉頭酒杯！喝吧，你們現在都已經加入這無法拆散的聯盟。哈！星巴克！你還是加入了！遠方的太陽也同意我們，等著為我們作證。喝吧，魚叉手！一邊喝酒，一邊發誓，你們都是致命捕鯨小艇的指揮官！要莫比敵的命！如果我們不獵殺莫比敵，那麼上帝就會要了我們的命！」他們高舉那三個帶著倒鉤的魚叉頭酒杯，大聲詛咒那頭白鯨，同時咕嚕咕嚕把酒一飲而盡。星巴克臉色發白，轉身發抖。興高采烈的水手再一次也是最後一次把斟滿的酒壺傳來傳去，亞哈船長揮一揮沒有拿酒壺的手，要大家解散。亞哈也回到船艙裡去了。

3 Leyden jar，是一種可以儲存靜電的瓶子，由荷蘭萊頓（Leyden）的科學家 Pieter van Musschenbroek 發明。

4 插孔是指魚叉頭尾端的槽狀開口，用來承接魚叉桿的地方。

37 夕陽

船艙裡，亞哈獨坐在船尾的窗邊，往外凝望。

我的船總是在經過的海面上留下一道白濁行跡，海水蒼白，我的臉頰更是慘白。海浪滔滔，斜斜地打過來，淹沒了我的行跡，好像忌妒我似的。任它淹沒吧，反正我已經先過去了。

遠處的地平線好似盈滿酒杯的邊緣，暖暖的海浪化為紅潮，看似醇酒。金黃色的夕陽掉入藍海裡。西下的太陽像是會潛水，從中午就開始慢慢潛入海裡。而我的靈魂卻不斷往無止盡的山丘上攀爬，疲累不堪。那麼，我戴在頭上的倫巴底鐵冠[1]是否會太過沉重？不過，這鐵冠上有許多閃亮寶石，我戴著它雖看不見光芒四射的樣子，但也隱約覺得頭昏眼花。我知道這鐵冠並非金冠。我感覺得到這鐵冠裂開了，尖銳的裂口磨傷了我，我的腦袋似乎發脹，不斷撞擊那堅固的鐵冠。是啊，我的腦殼也是鐵打的，就算戰鬥時敵人猛攻我的頭部，也不需要戴頭盔！

我的額頭燥熱？喔！只是因為時間：日出晒得我刺痛，日落後疼痛感就舒緩下來了。只是如此而已。這陽光如此可愛，但無法點亮我的心情。這世間的可愛事物只會讓我感到苦惱，因為我未曾覺得享受。我天生敏感，欠缺那種擅於享受的低等能力，這是最不易察覺也是最狠毒的詛咒！人在天堂，卻遭受詛咒！晚安——晚安！（他揮揮手，離開窗邊）。

這不是多難的差事。但我想我好比一個齒輪，我一轉動，其他各種齒輪就會跟著一起轉動。若要換一種說法，那我就是一根火柴，他們是矗立在我面前的一座座蟻丘。噢，真痛苦啊！如果想要引爆其他人，我自己這根火柴就必須先燒掉自己。如果我敢做的，我就想做，而我想做的，就會去做。他們當我瘋了——星巴克就是。但我是惡魔，我是瘋上加瘋！沒人能了解我這種瘋子，只有自己平靜下來才能夠了解自己！老早就有人預言我會斷腿——是啊！我失去了這條腿。現在我則預言，我要把斷我腿的鯨魚大卸八塊。那麼，我就同時是預言者與實現預言的人了。那我就比祢們，比祢們這些偉大的神明都還要厲害啦！我嘲笑喝斥祢們，祢們都只會打板球，都是像「聾子」柏克與「瞎子」班迪戈[2]那樣的拳擊手！在學校被霸凌的孩童總是說：「找一個身材跟你相當的吧！別欺負弱小的我！」祢們以為我會那樣嗎？不會！祢們把我撂倒，但我又東山再起了。不過，祢們卻已逃走躲起來了。從祢們的棉花袋後面出來吧！我可沒有長槍，打不到祢們！來吧，亞哈要向祢們致意。來吧，看祢們能不能讓我偏離方向。偏離方向？祢們辦不到的，祢們只能偏離自己的方向！祢們被人騙了。偏離方向？我邁向目標的道路上面已經鋪好鐵軌了，我的靈魂會像火車一樣勇往直前。我即將快速越過深不可測的大峽谷，翻山越嶺，鑽過急流底下的隧道，不會有任何差錯！這鐵軌不會有任何阻礙，也絲毫不會有偏差！

1 Iron Crown of Lombardy，最早由古代倫巴底王國打造出來的一頂皇冠，據說皇冠裡的一個鐵片是以釘死耶穌的鐵釘為材質。

2 James "Deaf" Burke與William Abednego Thompson，班迪戈是後者的綽號，他曾於一八三九年擊敗前者，不過當然不是瞎子（但柏克的確是聾子）。

38 薄暮

星巴克把身體靠在主桅旁。

我的靈魂很堅強，卻被一個瘋子給打敗了！傷害難以忍受，讓清醒的人在那戰場上放下武器！但他居然直探我內心深處，把我的理智都給掏空了！我想我已經看出他的目標有褻瀆之意，但又覺得非幫助他達到目的不可。不管我願意與否，冥冥中都有一股力量把我跟他綁在一起，沒有任何一把刀能夠割斷那拖著我的繩纜。可怕的老人！他高聲大呼：有誰在我之上？是啊，他想跟在他之上的眾神平起平坐，但你看看，他卻是怎樣主宰自己的手下！噢！我可以一眼看出自己扮演著可悲的角色：想反叛，但只能順從。更糟的是，對那老傢伙我可說是既厭惡又憐憫！因為，我看出他的眼神蘊含著極慘的悲情，如果我是他，早就已經枯萎消亡。但我還是能指望這寬廣的世界。他痛恨的鯨魚優游在這遍布全球的水世界裡，就像小小金魚在球狀玻璃魚缸裡游水。也許上帝不會理會他那褻瀆天庭的目標。要不是心情沉重無比，我還真想打起精神。我心如鐘，但鐘已故障。我的心就像那控制時鐘的鐘錘，沒有可以打開時鐘的鑰匙，無法把鐘錘升起。

（一陣狂歡的喧鬧聲從艏樓裡爆發出來。）

天哪！跟我同船的異教徒船員怎麼都不像是人生父母養的！他們都是誕生在這狂鯊處處的海上，那頭白鯨是他們的魔神[1]。聽！他們像在地獄裡開派對！船頭的狂歡與船尾的沉靜形成了強烈對比！我想這就是人生的寫照吧。海上的粼粼波光映射在船頭，那裡的人正在尋歡作樂，鬧哄哄而且時時傳出笑聲，但船尾卻有個陰沉的亞哈，獨自在船艙裡鬱悶沉思，船艙下方的死水上不斷出現船留下的水痕，洶湧的海浪彷彿惡狼，在後面追趕著。悠長的嚎叫聲讓我渾身戰慄！安靜，你們這些哄鬧嬉笑的傢伙，去值班了！噢，人生哪！像這樣的時刻，靈魂萎靡不振，只能臣服於知識，而知識就像是人們不得不囫圇吞食的粗糙食物。噢！人生啊，現在我的確感覺到潛在的恐懼，只不過害怕的並非是我！恐懼不在我心裡，而且我隱約可以感覺到自己的內在人性。未來的命運彷彿陰森的幽靈，我會試著與祢對抗！站在我身邊！抱住我，綁住我，祢們這些具有該死影響力的神明！

1 Demogorgon，古代的神祇或惡魔。

39 小夜班

（史塔布獨自在修補一條船帆支索。）

哈！哈！哈！哈！哼！清清喉嚨！我想了很久，結論就是我該哈哈哈。為什麼？因為，面對這世間所有怪事，最聰明而簡易的解答，就是一笑置之。而且，不管接下來會發生什麼，總是有一點無論如何總能讓人稍感寬慰：會發生什麼，都是注定的。他和星巴克的談話我聽得不是很完整，但就算我眼力不佳，也看得出他跟我那天晚上一樣，覺得自己是個可憐蟲[1]。這個老暴君肯定已經也把他搞得服服貼貼。我懂，我了解，要是我有預言的天賦，搞不好老早就料到，因為我看到他的腦袋瓜時就知道了。嘿嘿，史塔布你可真聰明，你該改名為「智者史塔布」，嘿嘿，史塔布，怎樣啊？史塔布？星巴克只剩一具軀體啦。未來會怎樣我並非完全了解，但無論發生什麼事，我都會一笑置之。那些事儘管如此恐怖，但其中還是潛藏著一個淘氣的媚眼。法拉！里拉，斯奇拉！我那甜美多汁的小梨子正在家裡幹麼呢？眼睛快哭瞎了？我敢說，她肯定在幫剛剛回去的魚叉手設宴，跟驅逐艦上的三角旗一樣快活，所以我也是——法拉！里拉，斯奇拉！噢——

今晚我們將暢快痛飲，
跟浮在酒杯邊緣的泡泡一樣
快快樂樂，稍縱即逝，
一被嘴脣碰到就破滅。

這些詩句可真美啊——誰叫我？星巴克先生？來了，來了，長官——（**內心獨白**）他是我的上司，如果我沒搞錯的話，他自己也有上司——來了，來了，長官，剛剛幹完手上的差事，這就來了。

1 史塔布曾於某天晚上遭亞哈辱罵，請參閱二十九章。

40 午夜的艄樓

魚叉手與水手們

（前桅大帆升起，只見值班的人或站或靠，或倚或躺，以各種姿態合唱著。）

珍重再見啦，西班牙妞們！
珍重再見啦，西班牙的小姐們！
我們船長已經下令——

南塔克特島水手某甲

噢，弟兄們，可別傷感。那樣會消化不良。
起個音，跟我一起唱！**（他唱了起來，大家都跟著唱）**
船長站在甲板上，
手拿望遠鏡，
看著那些巨鯨
都在淺灘上噴水。
噢，桶子都在小艇裡，弟兄們，
在帆索旁站好，
我們會抓到某隻巨鯨，

弟兄們，動作快點！
勇敢的魚叉手還在射鯨魚，
弟兄們，大家開開心心，
可別灰心！

後甲板傳來大副的聲音

都午夜啦，前面的！

南塔克特島水手某乙

先別合唱！已經午夜了！聽見沒，敲鐘僮？敲鐘敲八下，皮普！你這小黑仔！讓我來大叫一聲換班了！我天生嗓門大，適合這差事。嘿嘿（**把頭往艙口下面探**），右—舷—換—班—啦！午夜啦！給我滾上來！

荷蘭水手

今晚睡得香，兄弟，今晚正好眠。我看是因為那老暴君請我們喝的酒。有些人喝到睡死了，我們卻喝得睡不著。我們唱歌，他們睡覺——是啊，躺在那裡，活像貨艙裡的壓艙桶。再去叫他們！喂，拿這銅質噴水桶去叫醒他們。叫他們別再像娘們兒一樣睡懶覺了。跟他們說，復活的時間到了，他們一定要做好嗝屁的準備，來接受審判。就是如此——就是這樣。你可不會因為吃了一點阿姆斯特丹牛油就把喉嚨給慣壞了。

法國水手

安靜，弟兄們！在我們回夢鄉報到以前，先跳個一兩支舞吧。你們意下如何？換班的人來了。所有人準備開始跳！皮普！小皮普！動一動你的小手鼓！

皮普（想睡的他臉臭臭）

不知道小手鼓在哪。

法國水手

那就拍你的肚皮，甩你的耳朵吧。我說弟兄們，跳吧！跳得快活就好！哈哈！該死的，你不跳嗎？現在，像印地安人那樣排成縱隊，跳著跳著加快舞步，好嗎？跳起來啊！動動腳啊，動動腳！

冰島水手

兄弟，我不喜歡你這舞池，我嫌它太有彈性。我以前都是在結冰的地上跳舞。真抱歉，不過我可不是有意澆你冷水。

馬爾他水手

我也是啊，女舞伴呢？我看只有笨蛋才會用左手牽自己的右手，然後對自己說：很榮幸與你跳舞。舞伴！我要女舞伴！

西西里水手

是啊！我要女舞伴和一片草坪！然後我就跟你們跳舞，是啊，跟蚱蜢一樣跳跳跳！

長島水手

唉呀呀，你們這些愛生氣的傢伙，還有我們咧！我說啊，還能跳舞的時候就趕快動起來。所有人都把腳動一動。啊！有音樂了，現在跳吧！

亞速群島水手（從甲板下走出艙口，一邊敲著手鼓）

你在這啊，皮普。你爬到絞盤樁上面去吧！跳啊，弟兄們！

（其中一半的人隨著手鼓起舞；有些人到甲板下面去；也有人在一圈圈帆索之間或睡或躺。嘴裡罵個不停。）

亞速群島水手（跳著舞）

打起勁來，皮普！打鼓啊，敲鐘僮！用力打！死命打！打打打打，敲鐘僮！動作快一點，把鼓鈸打斷都沒關係！

皮普

你說鼓鈸？又掉了一個啦，我打鼓打得太用力了。

中國水手

那就用兩排牙齒發出喀喀聲響來幫我們伴奏。把你自己當成掛著風鈴，叮噹作響的寶塔。

法國水手

一點鐘！皮普，舉起你的鐵圈，讓我跳過去！大家都給我散開！

塔許特哥（靜靜地抽菸）

這白人是怎麼回事？跳圈圈有什麼好玩的？哼！我就省省力氣吧。

曼島老水手

真納悶？這些快活的小夥子以為自己在什麼東西上面跳舞？要是我，我會在你們的墳上跳舞，我會的——這是女巫最可怕的威脅，那些頂著大風還能轉彎的女巫啊！[1]噢，天哪！這讓人想到那些葬身海底、身上爬滿綠藻的海軍，還有滿頭海草的水手！唉呀呀！可能這世界就像那些學者說的，是個大球，所以拿它來開舞會也沒什麼不恰當的。[2]繼續跳下去吧，小夥子！你們還年輕，跟當年的我一樣。

南塔克特島水手某丙

換班喔！呼！這可比在風平浪靜的海上划著小艇追殺鯨魚還要糟——塔許，吹一口煙給我們聞一聞。

（大家停下舞步，三三兩兩群聚。在此同時，天色變暗——起風了。）

印度水手　我的梵天[3]哪！弟兄們！快把船帆收下來。一定是來自天上的恆河河水高漲，興風作浪了！濕婆神[4]，祢露出憤怒的眉頭了！

馬爾他水手（**戴著帽子躺在那裡搖頭**）那是海浪——山頂雪帽般的海浪跳起舞來了。很快它們的流蘇也要開始抖動起來了。如果那些海浪都是女人，我寧願溺死海裡，這樣就可以永遠跟她們一起跳下去啦！陸地上可沒這麼甜蜜——天堂或許也無法相比！你們看那海裡光芒閃耀，許多溫暖狂熱的酥胸晃動著，手臂底下暗藏著汁液快要爆出來的成熟葡萄。

西西里水手（**躺著**）別說啦！聽著，小子！——四肢快速搖晃交錯——輕柔擺動——扭扭捏捏——抖來抖去！嘴脣！胸部！屁股！全都碰來碰去：不斷觸碰，碰到就分開！淺嘗即止，你得小心，否則就會縱欲過度。是吧，你這不信教的傢伙？（**用手肘推推他。**）

1 據說曼島人對巫術特別了解。
2「ball」一詞同時可指球狀物與舞會。
3 Brahma，印度教的天神之一。
4 Siva，跟梵天一樣是印度教天神，是主宰毀滅的神。

大溪地水手（躺在蓆子上）

嘿！在我們那裡，跳舞的都是一些赤裸的聖女！草裙舞啊，草裙舞！啊！天幕低垂，棕櫚聳立的大溪地！我還是躺在這蓆子上，但底下已非鬆軟土地！我的蓆子啊，我親眼目睹你在樹林裡被編織起來！我第一天帶你上船時，你還是如此青綠！現在卻已破破爛爛。唉呀！無論是你還是我都無法承受改變！如果我把你帶往遙遠的天邊，那又會怎樣？我聽見的，難道是大水從皮洛溪地峰[5]上面一根根長矛似的峰頂奔流而下的轟隆聲響？大水從峭壁掃落，淹沒村莊。轟隆隆，轟隆隆！你這懶骨頭起來啊，去看看！**（他跳著站了起來。）**

葡萄牙水手

舷側不斷有海水打過來，氣勢驚人！弟兄們，準備要收帆了！海風剛剛變大了，很快就會把船給吹得亂七八糟。

丹麥水手

劈里啪啦，劈里啪啦！你這老船只要還能夠劈哩啪啦，就還撐得住！幹得好！大副幫你堅強地抵禦海浪。他跟卡特加特海峽[6]上的小島堡壘一樣勇敢，打算用那些長年被暴風雨摧殘，砲管上都已經結起鹽塊的大砲來對付波羅的海！

南塔克特島水手某丁

大家別忘了，他已經收到命令。我聽老亞哈跟他說，就算遇到強風阻擋，他也要把風給殺掉，就像用手槍把水龍捲[7]給轟爛一樣——直接把船開往強風裡！

英格蘭水手

該死的！不過那老傢伙可真了不起！我們都是幫他追殺白鯨的助手！

大家一起唱

是啊！是啊！

曼島老水手

這三根松木桅杆搖得多厲害！松木本來是最有韌性的一種樹，不管移到哪一種土地都能活下去，但這船上沒有土地，只有這些爛泥般的倒楣船員。[8]穩住啊，舵手！要穩住。就算是陸地上的勇士，遇到這種天氣也會聞風喪膽，海上傾覆的船隻則是會四分五裂。我們的船長身上有胎記[9]。你們看遠方，小子們，可怕的天空也有另一條印記[10]——你們看，除此之外一片漆黑。

大狗

漆黑又怎樣？怕黑的人就會怕我！我就是全身漆黑！

---

5 Pirohitee，應為虛構的大溪地山峰。
6 Cattegat，丹麥與瑞典之間的海峽。
7 發生在水面上的龍捲風。
8 上帝以泥土造人。
9 二十八章曾提及亞哈有一道從頭頂往臉龐與脖子延伸的胎記（或傷疤）。
10「另一條印記」應該是指後面南塔克特島水手某戊說的閃電。

西班牙水手

（以下為他的內心獨白。）他想要耍狠，嘿！舊恨讓我怒火中燒。**（走過去。）**是啊，魚叉手，你們黑人無可否認的就是人類的黑暗面——像惡魔一樣黑暗。我可無意冒犯你。

大狗（臉色凶惡）

沒關係。

聖地牙哥島[11]**水手**

西班牙佬不是瘋了就是醉了。不過，他不可能還在醉吧？否則老暴君那酒的酒力未免也太強了。

南塔克特島水手某戊

我看到的那是啥？閃電嗎？準沒錯。

西班牙水手

不是啦！是大狗的雪白牙齒。

大狗（跳了起來）

給我把話吞回去！你這白皮白肝的矮子！

西班牙水手（與他對峙）

小心我讓你白刀子進、紅刀子出！個子大有屁用，膽小鬼！

大家一起唱

打架囉！打架囉！打架囉！

塔許特哥（噴一口煙）

海面上在打架，天上也鬧哄哄——不管是神是人，全都愛打架！哼！

貝爾法斯特水手

打架！打架啦！我的聖母瑪利亞，有人在打架！你們打個夠吧！

英格蘭水手

為了公平起見，把西班牙佬的刀給搶下來！清出場地！清出場地！

曼島老水手

場地早就清出來了。就那裡啊！被地平線圍起來的世界就是一個場地。在這場地裡，該隱把亞伯給刺死了。幹得好，幹得對！不是嗎？否則，上帝你幹麼幫忙把場地給清出來？

---

11 St. Jago，位於非洲西岸大西洋上，曾為葡萄牙殖民地。

後甲板傳來大副的聲音

所有船員都站到帆索邊！到上桅船帆邊待命！準備收起中桅帆！

所有人合唱

大風吹！大風吹！跳起來啊，開開心心！（大家都散開了。）

皮普（縮在絞盤下）

開開心心？願主保佑這些開心的傢伙！劈里啪啦，艄帆拉索兩三下就被收掉了。劈劈啪啪！天哪！皮普，頂桅帆桁掃過來啦！這比待在颳大風的樹林裡還難過，今年最糟的一天！這種天氣有誰敢爬到樹上採栗子？但他們都爬上去了，邊爬邊罵，我在這裡不用爬。他們前景看好啊，爬上了天堂路。好好抓牢啊！天哪，這風也太大了！但那些傢伙更糟糕——他們都像是帶著白浪的風暴。白浪風暴？白鯨，咻！咻！他們閒談的話我剛剛都有聽到，咻！咻！那白鯨只提到一遍。就在今晚——那蟒蛇似的老傢伙叫他們發誓追捕白鯨，我嚇得像我的手鼓一樣全身發顫！噢，藏在遠方暗處，高高在上的白色巨神啊，求祢可憐可憐我這個小黑人吧！讓我別被這些天不怕，地不怕的傢伙給害慘了！

41 莫比敵

我，伊什梅爾，皮廓號的船員之一，我已經跟他們一起扯嗓高喊，一起詛咒發誓了。我高喊的聲音越大，發的誓也就更加斬釘截鐵，因為我靈魂深處覺得懼怕。我內心有一股激烈而無法言喻的同理心。我似乎也跟亞哈一樣感受到無法遏抑的仇怨。先前我們早就誓言要以暴力向那隻殺人狂巨鯨復仇，此時我便豎起耳朵仔細傾聽牠的身世。

過去一段時間以來，儘管只是每隔一段時間才會現身，但這頭離群獨活而與世隔絕的白鯨，屢屢出沒在只有捕獵抹香鯨的漁人才會去的原始海域。不過，並非每個捕鯨人都知道牠的存在：相對而言，只有少數幾個人曾親眼看過牠，而親眼看過牠又跟牠搏鬥過的，那就更少了。因為捕鯨船的數量龐大，它們雜亂地散布在全球各地海面上，其中許多都冒險犯難，前往人煙罕見的高緯度海域，所以每次航程才會至少有整整十二個月沒有遇過任何一艘船艦，因此也就沒有消息來源。再加上每次航程時間都特別長，離港時間也都不規律，基於上述各種因素，還有其他情況，無論是直接或間接有所影響，都導致與莫比敵有關的特殊訊息無法在全球的捕鯨船隊之間廣為傳播。幾乎無可懷疑的是，據說有幾艘船曾於某些時間點或地點遇過一隻特別龐大而凶狠的抹香鯨，牠在遭受攻擊時讓對手承受了巨大損失，但還能全身而退。值得注意的是，某些人認為，我們可以合理地假設，這傳聞中的鯨魚肯定就是莫比敵。然而，近來專門捕獵抹香鯨的船隻，也常被凶狠無比而且狡詐又充滿敵意的巨鯨攻擊，案例屢見不鮮。正因如此，雖然有不少人可能曾於偶然間與莫比敵交過手，卻不知道那就是牠，而這類捕鯨人也許大部分都認為自己那特殊的恐怖遭遇，是因為捕鯨業本來就充滿凶險，沒想到要歸咎於某一隻鯨魚。主要是因為這樣，亞哈在遇上那鯨魚後發生的慘劇，目前才會在業界廣為流傳。

至於那些先前曾聽過白鯨傳聞，後來又在偶然間看到牠的人，每個都是一看到牠就放下捕鯨小艇去放膽追捕，無所畏懼，跟看到其他抹香鯨幾乎沒什麼兩樣。但對白鯨發動攻擊後，終究難免以慘劇收場，船員的手腕腳踝拉傷就不用說了，還有人斷手斷腳，甚或斷肢遭到吞噬，有的最後還難逃一死。這些不斷發生的悲慘挫敗，在在都讓大家對莫比敵越來越感到畏懼，許多英勇的捕鯨人甚至在聽到牠的故事之後銳氣受挫。

而且，各種各樣的流言都過度誇大其詞，這讓那些真實發生的生死之鬥變得更為駭人聽聞。事實上，恐怖驚人的事件本來就會衍生出種種具有傳奇色彩的流言，就像腐爛的樹上本來就會長出菌類植物。但是，在海上流傳的誇張流言總是遠比陸地上還要多，只要稍有真實根據，流言就會滿天飛。海上的流言比陸地上來得多，而捕鯨業又是捕魚業中流言最多的，有時就是如此令人嘖嘖稱奇，害怕不已。理由在於，捕鯨人也是水手，自然不免像水手那樣天生無知而迷信。而且在所有水手中，捕鯨人無疑是最能直接體驗海上各種駭人驚異事件的人，他們不僅親眼目睹奇觀，也就是那些巨鯨，也用雙手與牠們搏鬥。

除此之外，在那些偏僻的水域裡，任誰即便航行了千百哩，經過了千百個海岸，都有可能看不到任何炊煙，也沒有人會友善地招待他們。在那些偏僻地方，捕鯨人一心以追獵鯨魚為職志，很容易受到種種外力影響，讓自己的腦子異想天開。如此一來，這也難怪關於白鯨的種種流言，只要傳到了那些最蠻荒的水域，就會不斷被誇大，最後還融入各種可怕的暗示與若有似無的超自然聯想，最終讓大家心裡又添加了幾分對於莫比敵的恐懼，而這種恐懼並非源自於任何可見的事物。所以，聽過莫比敵傳言的捕鯨人，心裡往往已經蒙上一層巨大的陰影，很少有人願意嘗試與牠較量。

不過，之所以會有這種情況，還是因為受到其他更重要且實際的因素影響。與其他各種鯨魚相較，所有捕鯨人本來就特別敬畏抹香鯨，而且時至今日，這種心態仍然存在於他們心中。許多捕鯨人儘管有能力與格陵蘭鯨或者露脊鯨鬥勇鬥智，卻可能不想去招惹抹香鯨，可能是因為專業經驗不足、能力不夠，抑或是膽量不夠使然。總之，這世界上還有很多捕鯨人未曾有過與抹香鯨為敵的經驗，他們所熟知的，就只有那些在北極附近海域以原始手法追捕的低等鯨類，而這種情況在美國以外的捕鯨業特別普遍。這些捕鯨人往往坐在船艙口，傾聽關於南半球捕鯨業的種種荒誕奇聞，而且聽得津津有味，心生敬畏，就像在火爐邊聽故事的孩子。抹香鯨這種海上巨獸的確是特別龐大，但真正能夠體會與了解這一點的，恐怕只有那些曾經在船上與牠搏鬥過的捕鯨人。

關於抹香鯨的可怕力量，如今已獲得證實，但人類彷彿在這之前就已透過種種傳說隱約領略了牠的厲害。歐拉森與波維森[1]等博物學家都曾在書中聲稱，不但海中所有生物都畏懼抹香鯨，而且牠也是一種生性嗜喝人血的凶猛怪物。甚至於，直到晚近我們仍然能在小居維耶[2]那個時代的作品裡發現幾乎類似的印象。居維耶男爵在《鯨類博物學》一書裡面堅稱，各種魚類（包括鯊魚在內）一見到抹香鯨就會「喪膽銷魂」，而且「往往於匆忙逃走之際用力撞上礁岩，當場死亡」。儘管捕鯨人的實際經驗也許能修正這類說法，但大家對於抹香鯨實在是太過恐懼了，再加上波維森把牠描述為嗜血的怪獸，對於牠的迷信也就常常伴隨著捕鯨業的發達而重現在捕鯨人的心裡。

關於莫比敵的流言與惡兆如此之多，以至於不少捕鯨人都想起剛有人開始捕獵抹香鯨的那些年

1 指一七七二年出版的《冰島之旅》（*Reise igiennem island*）的作家Eggert Ólafsson與Bjarni Pálsson，兩人都是十八世紀的冰島探險家與博物學家。

2 指Frédéric Cuvier，《鯨類博物學》（*De l'histoire naturelle des cétacés*，一八三六年出版）一書的作者，作者曾於本書〈鯨類學〉一章提及其兄長大居維耶（Georges Cuvier）。

頭。想當年，若要勸說那些長年捕獵露脊鯨的人加入這個充滿挑戰性的新戰場，一起冒險犯難，往往非常困難。那些老手拒絕的理由是，儘管捕獵其他鯨魚的可能性挺高的，但如果要追殺抹香鯨那種幽靈般的怪物，對牠們投擲魚槍，那卻不是一般人能幹的差事。想幹那種事，不可避免地很快就會魂歸天國。關於這一點，是有某些知名著作可茲印證的。

然而，還是有些人會不顧一切地隨時準備好追殺莫比敵。但如果偶然遇上牠，多數人更容易選擇臨陣脫逃——儘管他們只是隱約聽過牠的名號，並不了解任何慘劇的具體細節，也不知道關於牠的種種迷信。

在那些迷信的人心中，白鯨莫比敵終究會跟某些荒誕的說法連繫起來，其中有個說法簡直是無稽之談：有人認為莫比敵是無所不在的——在同一個時間點，就曾有不同的人在相差十萬八千里的不同地方遇見牠。

既然這些人是如此深信不疑，我們就不能把此一奇想當成純粹的迷信，而沒有一丁點的可能性。理由在於，到目前為止即便是那些最全面性的研究，仍未能完全搞清楚洋流的奧祕。抹香鯨在水底的大部分行蹤是如此隱密，追獵牠的人也說不出個所以然，而且偶爾就會出現一些關於牠們的奇怪與矛盾猜測，尤其令人覺得神祕難解的是，在潛入深海後，牠為什麼可以如此迅速地移動到這麼遙遠的地方？

有些鯨魚在太平洋靠近北極的海域被捕獲，但透過存留身上的魚叉倒鉤，人們卻發現他們曾待過格陵蘭附近海域，而這是美國或英格蘭的捕鯨人都深知，同時多年前也曾被史柯斯比船長寫在他那本權威著作裡。透過那些例子，也有人聲稱鯨魚在格陵蘭被攻擊與被捕獲之間僅僅相差沒幾天，這更是我們難以否認的。因此，某些捕鯨人由此推斷，儘管人類長久以來都找不到西北航道，但對抹香鯨來講卻向來都不成問題。[3]這讓人聯想到人類歷史上的一些真實奇蹟，例如葡萄牙的埃什特雷拉山雖然深居內陸，但是據說古代卻曾有幾艘大船的殘骸從山上某座湖泊的湖面浮出。更奇妙的則是敘拉古附近林仙泉的故事：據說它的源頭在聖地[4]，兩地之間有一條地下水道連接。關於抹香鯨的種種傳說則被捕鯨人信以為真，它們幾乎跟上述傳奇故事一樣神奇。

於是，某些捕鯨人就這樣被迫熟知上述種種奇聞，同時還知道大白鯨屢遭猛攻都能脫逃生還，這也難怪他們會更加迷信了。他們宣稱莫比敵不只是無所不在，而且能長生不死（理由是，所謂長生不死就是能在長久的歷史上無所不在）。雖然牠身上留下了許多魚槍的疤痕，但總能悠哉游走，沒有大礙。或者說，就算受傷了，有人看到牠噴出濃稠的血水，那也只是個驚人的假象罷了，因為等到牠在幾百公里外再度現身時，不僅身邊的海水都沒有血，牠噴出來的又變成乾淨的水。

但是，即便略去這些超自然的臆測不論，光從莫比敵這條海中巨獸的正常外觀與明確特點看來，難免會有人把牠想像成具有不尋常的力量。理由在於，牠與其他抹香鯨最大的差異倒不是在於身形特別龐大，而是我在先前已經提及的特徵：牠那布滿皺紋的罕見雪白前額，還有高高的金字塔狀白色隆背。這些都是牠的顯著特色，讓牠即便相隔一大段距離，在廣闊無垠的未知海域現身時，只要認識牠的人就知道又看見牠了。

除此之外，牠的身上斑紋處處，全身膚色就像白色大理石，也因此終究獲得了大白鯨的特殊封號。事實上，只要是在月光下看過牠游過深藍海面的人，都會覺得真是「魚如其名」，因為牠實在是白到發亮，所到之處都留下一條由乳白色泡沫構成的行跡，金黃色的粼粼波光閃爍著。

這巨鯨天生令人覺得恐懼，但與其說是因為牠異常龐大，因為那特別的膚色，或因為那變形的下

3 連接大西洋與太平洋的北冰洋航道，經過幾百年後，人類才在二十世紀初找到。
4 指今日以色列與巴勒斯坦為主的區域，同樣被猶太、基督教徒與穆斯林視為聖地。

顎，不如說是因為牠那史無前例的凶狠與心機，而且根據某些具體描述，牠對人們展開的攻擊屢屢都能印證這一點。牠最厲害的詭計就是以退為進，而這招也許是最讓人驚慌失措的。理由在於，每當有人在後面欣喜狂追時，牠都會裝出顯然很慌張的模樣，據說曾有好幾次突然轉身，往回撲過去，要不是把捕鯨小艇撞碎，就是把人嚇得心驚膽跳，逃回船上。

追捕牠的人已經有好幾次船毀人亡的紀錄。然而，類似的慘案儘管在陸地上很少有人論及，但在這業界卻絕非特例。不過，較為特別之處在於，大部分的案例似乎都是大白鯨蓄意行凶逞惡，每次只要有斷手斷腳或是慘死的狀況，總讓人隱約感覺到牠並非完全沒有智能。

那麼，且看那些陷入絕境的捕鯨人被牠搞得有多心神不寧與激動憤怒吧！他們在被牠咬爛的小艇碎片之間浮浮沉沉，眼見同伴的斷肢沉入水裡，他們才得以游出莫比敵在暴怒之餘掀起的乳白巨浪，在靜謐的驕陽下微笑，猶如重獲新生或剛與心愛的人結婚。

某位船長的三艘捕鯨小艇都被撞爛了，碎片散落在他的四周，船槳與手下都在水中漩渦裡打轉，他從已經破爛的船頭隨手操起割索小刀，向大白鯨飛撲而去，彷彿在決鬥中要與對手拚命的阿肯色州刀手，不自量力的他打算用十幾公分長的刀刃幹掉那命硬的鯨魚。那船長就是亞哈。結果是，莫比敵突然用那鐮刀狀下顎往亞哈下半身掃去，一口咬斷亞哈的腿，像割草一樣輕鬆。就算是戴頭巾的土耳其佬或是任何威尼斯或馬來殺手，也不會用如此明目張膽的惡毒手法摧毀亞哈。不過，毋庸置疑的是，自從那一次慘烈的交手過後，亞哈就開始把大白鯨當成不共戴天的仇敵，而且還有一種強烈而狂熱的病態在他內心萌發，最後他不只把大白鯨當成宿敵，就理智與精神層面而言，更是他發洩怒氣的對象。看著大白鯨從面前游走，基於他那種偏執的心態，他覺得自己內心深處好像被啃噬了，心與肺都各自只剩下一半。牠的惡意從一開始就令人無法捉摸，現代基督徒認為這世界有一半已經被那種惡意給宰制了，古代流行於東方的拜蛇教[5]甚至敬拜他們為惡魔塑造的雕像。但亞哈並未淪落為惡的崇拜者，而是執迷不悟地把他痛恨的大白鯨轉化成為惡的化身，並且誓言以自己的殘軀與之對抗。瘋狂的亞哈認為，透過莫比敵具體呈現出來的，是這世上最令人感到氣憤折磨的一切，足以把萬物搞得亂七八糟，是所有隱含惡意的真理，也能讓腦筋崩斷失常，也包括所有隱含於生命與思想中的幽微惡性，總而言之牠就是邪惡的化身。他把人類從亞當以降曾體驗過的一切憤怒與憎恨都堆積在大白鯨的隆背上。然後，彷彿他的胸口架著砲臺似的，從他的灼熱心臟向白鯨發射出一顆顆砲彈。

這種偏執的心態不太可能是在他一隻腿被弄斷那當下就萌發的。當時，他拿刀跳向大白鯨身上，只是突然熱血沸騰，純粹把牠當成敵手。當他的腿被扯斷，他可能也只是感到肢體斷裂的椎心之痛而已。

不過，由於這衝突的結果迫使他必須打道回府，有好幾個月的漫長時間亞哈都只能在痛苦中躺在吊床上，到了隆冬之際，船隻來到蒼涼的巴塔哥尼亞高原，在呼嘯的寒風中繞過合恩角。就在此時，他那飽受折磨的身體與嚴重斲傷的心靈融為一體，這靈肉合一的狀態讓他發了瘋。就是人鯨發生衝突後，在返家的航程中，他才完全陷入一種偏執的狀態，幾乎可以確定的事實是，航程中他每隔一段時間就會發狂，儘管斷了一條腿，但他那埃及人似的胸膛裡卻蘊藏著極大的力氣，而精神錯亂讓他的力氣變得更大了，於是他的船副們不得不把他綁緊，儘管航程中被綁在吊床上，他仍是瘋瘋癲癲的。身穿緊束衣的他，還是隨著狂風不斷發狂似地搖來晃去。等來到天氣較好的緯度，翼帆也在和風下張開了，船隻在風平浪靜的熱帶海上漂動著，從各種外在跡象看來，老船長似乎已擺脫了狂亂的精神狀態，合恩角的大浪也逐漸被他們拋諸腦後，他因此能從陰暗的船艙裡走出來，好好享受光線與新鮮空氣。此時他儘管臉色蒼白，但總算是表現出堅定沉穩的儀態，而且那可怕的瘋狂狀態既已消失無蹤，

5 Ophites，基督宗教在西元二世紀發展出來的一個崇拜蟒蛇的教派。

船副們也都感謝上蒼。但即便如此，亞哈內心還是隱藏著瘋狂的一面。人類的瘋癲狀態往往是如此陰晴不定而極度隱密。當我們以為自己脫離了那種狀態，但它也許已經轉變成某種更為幽微的形式。亞哈的瘋狂並未消退，而是收縮到內心深處，就像哈德遜河並未消失，而是藏匿在兩岸狹窄而深不可測的高地河谷裡，成為維京人貴族乘船進入河谷的途徑。[6]儘管亞哈把那種偏執的狀態深藏心裡，但他的瘋狂依舊是分毫未減，而且他天生的才智也都沒有消失。過去他能掌控自己，如今他卻變成被瘋狂利用的器具。如果此一激烈的比喻能夠成立，那麼我們可以說他的理智已經遭到一種特殊的瘋病綁架，瘋狂之於他，就好像在內心架起了許多大砲，全都指向單一的瘋狂目標。亞哈絕對沒有失去力量，相反地，為了砲轟那個目標，他的力量變得更大了，與任何鎖定合理目標的理智相較，那力量有一千倍大。

我雖然已經說了很多，但仍未提及亞哈這個人身上那些更廣泛、黑暗與深沉的部分。但任誰若想要把深沉的東西介紹給大家，都注定將會失敗，而所有真理都是深沉的。此刻我們彷彿站在尖塔處處的克呂尼堡[7]裡面，無論眼前所見的一切再怎樣華麗美好，大家就別留戀了——我奉勸你們這些比凡人高貴而悲傷的人們，應該去看看城堡底下的羅馬澡堂。任誰都會有表裡不一的狀況：跟克呂尼堡一樣，人的外在部分就像高塔般美妙華麗，但本質的部分卻像它的根基一樣低下不堪。古蹟之下埋藏著更古老的東西，王冠之下是如此不堪的軀幹！如今那王冠破了，被擄的國王也遭到眾神訕笑。他像是一根雕像狀的柱子[8]，耐心地端坐著，他那冷若冰霜的眉頭彷彿歷史悠久的柱子頂部。更為自豪而悲傷的人們哪，就走下去看看吧！好好地質問那自豪而悲傷的國王！沒錯，你們是一家人！你們這些流亡在外的年輕貴族的確是他的後代。這位嚴肅的家長只會告訴你們一些古老的國家祕密。

如今，亞哈心裡已有所了悟，也就是說，他知道自己的動機與目標是瘋狂的，但使用的手段倒是理智的。然而，現實是他無力一筆抹去或者改變閃避的。同樣地，他也知道自己在別人面前已經裝模作樣很久了，到目前或多或少仍是。但這裝模作樣只是一種可以感知的表象，並不受他那堅定的意志控制。儘管如此，他還是裝得很像，等到他終於踩著鯨骨義肢上岸時，所有的南塔克特島人都認為他理所當然應該要悲傷，只是不曉得那場可怕的意外讓他悲慟到了骨子裡去了。

他在海上顯然是發瘋了，同樣地也被大家歸咎於類似的原因。事後，他的積鬱更重了，一直持續到皮廓號啟程那一天，始終眉頭深鎖。那些精於算計的謹慎島民也不太可能光憑那些陰鬱跡象就認定他不適合繼續當船長，反而傾向於認為，他因此更有資格，更加迫不及待，因為血腥的捕鯨航程本來就是一種亟需激憤與狂怒的活動。他的內心飽受折磨，外在看來憔悴不已，那根深蒂固的報仇念頭彷彿是任誰都拔不掉的無情毒牙。對他們來講，在面對鯨魚這種最可怕的野獸時，他是最有能力丟出魚叉、舉起魚槍的不二人選。或者說，如果有任何理由認定他的體能不如人，但看來在發動攻擊時他還是具有鼓舞與痛斥手下的超群能力。不過，無論表面上看來如何，可以確定的是，如今亞哈把自己的瘋狂一面深藏心裡，那有增無減的暴怒已經內化了，所以他踏上這趟航程的唯一目標就是追殺大白鯨。假使在岸上時有任何他的舊識隱約察覺到他心裡打的算盤，正直的他們肯定會立刻感到驚駭不已，趕快把皮廓號從這惡魔般的人物手裡搶回來！捕鯨人想追求的不過就是利潤，可以用美元來計算的利潤。但他卻是一心一意只想著報仇，即使面對那具有超自然能力的白鯨也無所畏懼，不會退卻。

---

6 作者在這裡用的是「Northman」，指古代北歐人。事實上，來自北歐的維京人的確曾經去過哈德遜河，留下遺跡，但不知梅爾維爾是如何得知的。

7 Hotel de Cluny，一座位於巴黎市拉丁區（Latin Quarter）的中世紀城堡，於一八四九年改裝成博物館。這城堡下方是一間羅馬人在高盧地區（法國舊稱）建造的澡堂（halls of Thermes），有兩千年的歷史。作者曾參觀過克呂尼博物館。

8 作者在此用的是Caryatid一詞，但這指的是造型為女性形象的柱子。正確的用詞是「atlas」或「telamon」。

因此，為了追殺約伯的巨鯨，這位不敬神明的灰髮老船長就這樣懷恨來到天涯海角，而他的手下主要也是由一群雜牌軍組成，裡面有叛教者、邊緣人與食人族，都是一些道德觀念不堅定的傢伙，大副星巴克儘管有正直的美德而且也很清醒，但卻無力反抗，孤立無援；二副史塔布整天只顧著歡樂嬉鬧，什麼都不在乎也無所謂；至於三副福拉斯克則只是個庸人。這樣一群船員加上那三位幹部，已經成為他那瘋狂復仇計畫的幫手，他們似乎都是可怕的命運之神親手挑選後送上船的。為什麼他們對老船長的仇怨會有那麼大的共鳴？他們的靈魂是著了什麼魔，才會有時候覺得自己甚至與他同仇敵愾，大白鯨和他們也有不共戴天之仇？為什麼他們會這樣看待大白鯨，或者說，為什麼他們也會下意識覺得牠是優游四海的大惡魔，而且對此深信不疑？這所有問題都太深奧了，並非我伊什梅爾能夠解答的。人的內心好像都有個礦工，光憑他那位置不斷變動的沉悶挖礦聲，我們哪能知道礦坑的通道通往哪裡去？誰感覺不到那一股無可抵抗的力量在拉扯我們的手臂？為什麼區區小艇卻能抵抗一艘七十四門砲軍艦的拖拉，始終不動？就我自己而言，我是已經完全不管時間，也不在乎身在何方了。儘管那頭海中白色巨獸來意不善，極其惡毒，但我已經迫不及待地想要會一會牠。

42 巨鯨之白

我已道出白鯨與亞哈的宿怨。至於我自己對牠，偶爾也有些想法，只是我還未提及。

關於莫比敵，偶爾讓人感到心頭一驚的，除了那些任誰都會害怕的地方，我還有另一個想法，或者是，那是一種隱隱約約而無以名狀的令人害怕之處，而且有時它所造成的恐懼感會壓過其餘所有讓人害怕的地方。牠的這個特點是如此神祕，而且近乎無法言喻，因此差點讓我放棄希望，不打算用可理解的方式予以說明。那巨鯨最讓我感到驚駭莫名之處，莫過於牠全身都是白的。但我怎能指望自己能在這裡解釋清楚呢？不過，就算只是隱約提及，隨便說說也好，我終究必須在此試著解釋，否則其他章節也許就都沒有意義了。

在自然界裡，有許多東西如果是白色就會顯得更為優美，彷彿白色本身就有特殊的價值，例如大理石、山茶花與珍珠都是如此。此外，這世上也有許多國家把白色當成王室的顏色，甚至在古代蠻族建立的偉大王國勃固[1]，歷代國王都把許多誇張的尊號加在自己身上，其中包括「白象大王」。而現代暹羅國王的王旗一攤開，就是一頭雪白的大象；漢諾威公國的王旗上面則是畫了一頭白色戰馬。偉大的奧地利帝國向來自視為凱撒的傳人，承繼了神聖羅馬帝國的世系，該國也是以白色為皇室的顏色。由於人類向來認為白色是較為優越的顏色，白人也就自認高人一等，比其他顏色較深的種族還要優秀。除了上述的一切，白色也象徵著快樂，因為羅馬人會用白色石頭來標記特別快樂的一天。儘管

1 **Pegu**，位於如今的緬甸。

白色也是哀悼死者與象徵死亡的顏色，但也象徵著許多動人而高貴的事物，例如白紗象徵新娘的純潔，白髮蒼蒼的老人讓人覺得和藹可親；儘管美洲印地安人把致贈白色貝殼項鍊當成無上榮耀之舉，而且在許多地區，法官的白色貂袍象徵著正義女神的威嚴，此外國王、女王的御輦平日也是靠乳白色駿馬來拉曳的；就連那些最高深莫測且嚴肅的宗教，也把白色當成象徵純潔與力量的神聖顏色，而波斯的拜火教則是把叉狀的白色火焰當成祭壇上最神聖的事物，至於在希臘神話裡，則有天神宙斯化身為一頭雪白公牛的事蹟；儘管高貴的易洛魁印地安人[2]每逢隆冬都會殺一隻神聖的白狗獻祭，並把這當成他們自身宗教中最為神聖的儀式，因為他們認為白狗是一種忠誠純潔的動物，足以勝任年度信使的職務，能夠向偉大的神靈代為訴說他們有多虔誠；儘管「alb」一詞，也就是神父穿在黑袍底下的白麻短僧袍，實際上源自於拉丁文的「白色」[3]，儘管在神聖華麗的羅馬天主教信仰中，白色也是用來紀念耶穌受難日的顏色；儘管根據《若望默示錄》[4]記載，聖若望在異象中看見，獲得救贖者都會獲賜白袍，而且在耶穌的白色寶座前，那二十四位長老也是身穿白袍，寶座上的耶穌也是全身如羊毛一般雪白。儘管從過去累積到現在，白色帶有上述那麼多含意，象徵著甜美、榮耀與崇高，但在這種顏色的最深沉概念中，還是隱藏著某種不可言喻的特質，讓我們在看到雪白色時感到驚慌惶恐，威嚇的效果更勝於血紅色。

因為白色具有這種難以言喻的特質，只要排除那些比較正面的聯想，任何可怕的白色事物都會因為是白色的變得更為可怕，而且在我們心中造成極其可怕的效果。北極熊與熱帶大白鯊之所以令人不寒而慄，還不都是因為牠們那一身光滑平順的白色？牠們的外表看來愚蠢貪婪，那一身可怕的白色顯得如此溫順可憎，除了可怕，更令人感到厭惡。就是因為這樣，白熊或者白鯊最是能夠令人膽怯，即便是披著華麗毛皮的利牙老虎也望塵莫及。[5]

我們不妨想想看，為什麼每當那白色幽靈一般的信天翁現身，以五花八門的方式飛翔時，就會有那種令人驚詫的可怕白雲跟著一起出現？率先施展這種魔法的，可不是詩人柯立芝[6]，而是上帝麾下那位向來以精準風格著稱的桂冠詩人：大自然。[7]

2 由莫霍克等五大部族組成的印地安人聯盟。

3 即albus。

4 即《新約聖經．啟示錄》。

5〔原注〕關於北極熊，某些樂於深究此一話題的人也許會這麼說：那猛獸之所以讓人感到驚駭莫名，倒不只是因為牠是白色的。理由在於，如果真的分析起來，是否會讓人害怕應該是取決於具體的狀況，因為北極熊除了會凶猛胡為，也有天真可愛之處。所以，北極熊的可怕之處就是在於這種非常不自然的反差：牠往往讓我們的心裡夾雜著相反的兩種情緒。不過，即便上述一切都正確無誤，我還是要說，要不是因為牠渾身雪白，也不會讓人感到特別害怕。

至於大白鯊，當我們在正常情況下看到牠時，往往就像在水裡悠哉漂蕩的白衣水鬼，這種詭異的氣質與北極熊相仿。最能夠把這種特色生動表達出來的，莫過於法國人幫牠取的名字。天主教為亡者舉辦彌撒儀式時，禱詞是以「Requiem eternam」（永恆的安息……）開頭，其中「安息」就是指彌撒本身，以及其他任何葬禮的音樂。就是因為大白鯊的死寂氣息，還有牠的習性隱約給人一種像是要索命的感覺，所以法國人就管牠叫做「Requin」。

6 十八、十九世紀的英國詩人，曾在詩作〈古水手之歌〉（"The Rime of the Ancient Mariner"）裡面提及一則關於信天翁的故事。

7〔原注〕我還記得自己第一次看到信天翁時的情景。那是在南極附近的海域，強風在那段時間裡吹個不停。當時我剛值完午前的班，回到迷霧濛濛的甲板上，衝往主艙口時我看見一隻渾身潔白無瑕的大鳥，彎彎的鳥嘴跟羅馬人的鷹勾鼻一樣好看。那鳥每隔一段時間就會往前伸出牠那不亞於大天使的碩大翅膀，好像要擁抱神聖的法櫃（譯注：擺放著摩西〈十誡〉石板的櫃子）。牠拍翅抽動，渾身震顫的模樣令人讚嘆。儘管牠身上沒有任何受傷之處，卻時時發出淒厲哭聲，彷彿某位國王的亡魂顯靈訴苦般。

牠有一雙難以言喻的奇怪眼睛，我想我已從中窺探到那些足以了解上帝的祕密。我向牠打躬作揖，一如看到天使的亞巴郎。那信天翁好白，翅膀好寬，那些關於傳統與城鎮的種種回憶是如此可悲扭曲，在那偏僻遙遠的水域裡已經被我遺忘。我一直凝望著那隻奇鳥珍禽。當時我還不是很清楚，只是隱約能夠感覺到牠有很多地方吸引著我。但我終於還是清醒了，這才轉身在西方人的年鑑史與印地安人的傳統中，最知名的莫過於那種馳騁於大草原上的白駒。這種乳白戰馬長得高大威猛，頭小眼大，胸膛平坦而開闊，儀態是如此貴氣高傲，這世間的任何帝王都難以望其項背。當時，洛磯山與阿勒格尼山[8]的草場上群聚了大批野馬，白駒在其中可說是萬中選一，彷彿波斯國王薛西斯一世那種人中之龍。白駒帶頭往西走，在馬群中如火焰一般閃耀，彷彿夜空中星光最為明亮動人的金星。牠的馬鬃像是綻放著白光的流蘇，彎曲的馬尾彷彿彗星尾巴，任何金匠銀匠都打造不出能與之匹配的馬飾。牠就像是一道最為高貴神聖的殘影，映射出那尚未墮落的北美大西部，在老練獵人的眼裡，牠彷彿重現了原始時代的光輝榮景，因為想當年亞當也是跟雄壯的白駒一樣，昂首闊步，抬頭挺胸地在人間行走，天不怕地不怕。白駒在平原上馳騁，一身乳白色顯得如此冷靜，鼻孔溫熱脹紅的牠環顧四周，只見身邊有無數野馬跟隨，就像牠的副官與元帥，還有牠麾下的大軍，那磅礴氣勢彷彿俄亥俄河奔流而過。放眼望去，只見地平線上到處都是牠的臣民。不管牠以哪種姿態現身，印地安勇士永遠把牠當成敬重畏懼的對象，看到就會渾身發顫。無庸置疑的是，這種馬之所以會被當成高貴的神駒，擁有許多傳奇事蹟，主要就是因為白色讓牠散發出一股靈氣。儘管神性令牠受人禮敬膜拜，但同時也帶著某種莫名的恐懼感。

雖說白駒與信天翁因為一身雪白而獲得某種附加的奇特榮光，但從其他例子看來，白色並未帶來這種效果。

為什麼白子看來特別礙眼甚至令人震驚，以至於有時候就連自己的親友也討厭他們？就是因為他們長得一身雪白，因為他們之所以被稱為白子的那種特質。白子跟其他人一樣完美，身上並未帶有任何重大缺陷，卻因為全白的膚色而成為可怕怪人，比最醜陋的畸形兒還要不堪。為什麼會這樣呢？

就其他方面而言，大自然向來是難以察覺但充滿惡意的，它一樣也把「白色」這種最為恐怖的特質囊括為自身力量的一部分。常在南海一帶神出鬼沒的海上暴風，就因為全白的外觀而被命名為白颮。在某些歷史實例中，人類在做惡時也不忘援用「白色」這種充滿力量的輔助物。在伏瓦薩[9]筆下，根特市白帽黨黨人在市場裡公然謀殺地方長官的事蹟，讀起來之所以特別緊張刺激，就是因為那些亡命之徒都戴著彷彿黨派制服的雪白兜帽。

白色的確具有某種超自然力量，而且光從人類世代相傳的普遍經驗看來，某些事情就可以印證這一點。無可否認的是，在生人的眼裡，死屍外觀最令人驚駭的一點，莫過於那始終不會消退的蒼白大理石色。那蒼白的顏色彷彿就是可怕陰間的表徵，凡人一看到就會戰慄不已。正因為死屍的蒼白顏色是如此意味深長，我們才會借用白色來作為裹屍布的顏色。白色甚至也成為我們迷信的一部分，所有幽靈都是這種顏色，而且鬼魂也都是在乳白色的迷霧中現身——此外，除了上述種種白色事物令我們

詢問某位水手：那是什麼鳥？「古尼鳥」（譯注：即「gooney」，信天翁的別名）啊，他說。古尼鳥！我不曾聽過那種鳥名。這種鳥長得如此壯麗，陸地上的人們怎麼會完全不了解牠？真是難以想像啊！無法想像！但過了一段時間我才知道，古尼鳥其實就是信天翁的別名。因為不知道古尼鳥就是信天翁，當時我在甲板上看到那隻奇鳥的時候，才會完全沒有聯想到柯立芝那一首狂熱詩作〈古水手之歌〉——他所提及的信天翁也是充滿神祕色彩，跟我在甲板上的印象一樣。理由是，當時我既沒有讀過〈古水手之歌〉，也不知道那隻鳥就是信天翁。不過，我所說的這個事蹟也可以算是間接的錦上添花，稍稍讓〈古水手之歌〉與其作者更顯光彩。

但是，既然這動物如此神祕，又怎麼會被抓到呢？且別作聲，容我道來：只要略施詭計，用鉤子和繩索就能抓到漂蕩在海上的信天翁。船長往往把捕獲的信天翁當作自己的信差，在牠脖子上綁一片皮革材質的牌子，上面寫著船隻的時間和所在地，然後把鳥放走。不過，我能肯定的是，儘管皮革牌子是寫給人看的，卻會被帶往天國，交到那長著翅膀，庇佑著人間的可愛小天使手裡！

8 Alleghanies，阿帕拉契山脈的一部分。

9 Jean Froissart，十四世紀的法語作家，著有《見聞錄》（*Chroniques*）等作品。

驚駭，我們甚至還可以再多舉一個例子出來：根據《聖經》福音書的作者所說，那最令人害怕的死神以擬人化的形象出現時，就是騎在一匹蒼白的馬上。[10]

因此，儘管在其他心境之下，我們會把白色當作一種莊嚴或優雅的顏色，但沒有人可以否認的是，就最為深層的概念與意義而言，提到白色，還是會有一種奇異的幽影浮現在我們的靈魂深處。

儘管這一點是沒有人會反對的定見，但我們凡夫俗子要怎樣解釋此種現象？看來，這是不可能加以分析的。那麼，透過上述種種實例，我們是否還有希望發現某個偶然的線索，進而發現此一現象背後的潛在原因？不過，就算我們能夠排除一切或者大部分的直接聯想，暫且認為白色不會令人感到恐懼，但還是會發現它對我們有一種魔法似的影響力，儘管那影響可能與恐懼不大相同。

我們就試著想一想吧。但如果真要這麼做，就只有心思敏銳之人可以了解這麼細微的東西，缺乏想像力者當然也不可能想得到。無疑地，在下列想像出來的印象裡面，至少有某些是大家都曾想過的，但也許很少人在想到的當下就能意識到那些印象，所以現在可能就會想不起來了。

只要對想法天真且恰巧不太了解聖靈降臨週[11]的人提起那一週典禮上的司儀，他們就會想起沉悶靜默又緩慢的長長朝聖客隊伍，每個人都低頭看地上，帽子上積滿了剛剛落下的白雪。這是為什麼？為什麼只要對那些不學無術又單純的美國大西洋海岸中部各州[12]的清教徒不經意地提起白袍修士或修女，他們的心頭就會浮現一尊無眼的雕像？

還有，對於那些見識不廣的美國旅客而言，最能夠激發其想像力的，除了那些遭囚戰士與國王的傳說（這些傳說無法完全說明倫敦塔的魅力），為什麼偏偏是倫敦塔裡面的白塔，而不是白塔四周那些更具傳奇色彩的建築物，例如守衛塔[13]，甚或血腥塔[14]？還有，說到新罕布夏州的白山山脈，它可說是比倫敦塔更壯觀的高塔，為什麼光是提到「白山」這個名字，就會出現奇特的心情，腦海裡好像浮現了一尊白色巨靈，但是一想到維吉尼亞州的藍嶺山脈，卻給人一種柔潤飄渺又如夢似幻的感覺？

還有，若是把經緯度的因素排除不論，為什麼白海的名字給人一種陰森森的印象，相反地黃海卻會讓我們這些凡人聯想到在海上度過的漫長下午，迷濛又和煦，還有陽光豔麗卻讓人昏昏欲睡的夕陽？或者，我們可以挑一個完全不真實的例子，純粹只是胡思亂想：中歐的古老神話故事中，哈次山脈[15]的森林有「慘白高個兒」出沒，他那不變的白色身軀在片片綠蔭裡快速地動來動去——為什麼這白色幽魂會比那些在布洛克伯格峰[16]上面鬼吼鬼叫的一整群小惡魔還要可怕？

利馬[17]給人一種冷漠的感覺：它發生過幾次導致教堂倒塌的大地震，海岸持續受到驚濤駭浪的拍打沖刷，它的無淚乾枯天空從不下雨，舉目所及到處都是傾倒的尖塔，歪七扭八的牆帽石，連十字架都頹圮了（看起來就像一艘艘停好船隻的傾斜帆桁），它郊區大街上的民宅圍牆也都倒塌了，像一張張凌亂的撲克牌彼此交疊。但它之所以是這世上最奇怪、最悲傷的城市，並不只是因為上述種種慘狀。因為利馬總是好像被籠罩在一層白紗裡面，就是它這看來白濛濛的悲慘模樣讓人覺得更加恐怖。

---

10 參閱《新約聖經・啟示錄》第六章第八節：「我就觀看，見有一匹蒼白的馬，騎在馬上的，名叫死神，陰間也隨著祂。」（And I looked, and behold a pale horse: and his name that sat on him was Death, and Hell followed with him.）

11 Whitsuntide，以復活節後的第七個禮拜天開啟。皈依基督教者要在這一週身穿白袍受洗。

12 指紐約、紐澤西、德拉瓦、賓州與馬里蘭州。

13 即Byward Tower。

14 即Bloody Tower，相傳英王愛德華四世的兩個幼子曾在此遭毒手。

15 Hartz Mountains，德國西北部的山脈。

16 Blocksburg，哈次山脈的最高峰。

17 祕魯首都。

征服者皮薩羅[18]來到此地時就已有這層濛濛白紗，它讓城裡的廢墟看起來就像是剛剛才出現，沒辦法在完全腐朽後展現出活力與綠意。結果，慘白的顏色就在斷垣殘壁之間蔓延開來，整個城市就像中風病人似的全身扭曲。

我知道，根據一般人的理解，任誰也不能證明白色有辦法把本來就嚇人的東西變得更可怕。而且，儘管有人可能光是看到白色又默不作聲，或是全身發白的東西就很害怕，但缺乏想像力的人並不覺得可怕。以上兩個說法也許可以分別透過下面的例子來獲得印證。

第一個例子：船在夜裡往異國陸地的海岸靠過去，某位水手聽見「當心暗礁！」的呼喊聲，就此被嚇醒，他只會感覺到自己因為一陣驚恐，整個人精神抖擻了起來。但若遇到類似情況時，如果這位水手是在吊床上被人喚醒，起來後看到船隻是在午夜裡的一片乳白色海面上航行，看似置身陸岬的淺灘上，四周全是一隻隻白熊在游泳，那麼他的內心就會因為迷信而默默感到恐懼。在他看來，那彷彿白衣幽靈的白色海水就像真的鬼魂一樣可怕。就算他拿測深錘去測量，發現自己還是在很深的海中，離淺灘甚遠，但依舊沒有用，他的心就像轉動的舵輪一樣無法安定下來，直到看見藍色的海水才會心安。不過，有哪一個水手會對你說：「老兄，其實真正讓我感到害怕的倒不是暗礁，而是那一大片令我不安的駭人白色海面。」

第二個例子：祕魯的印地安原住民就算一直看到安地斯山被皚皚白雪籠罩也不會心驚膽戰，但他們如果想到高山峻嶺上永遠遭到冰霜封鎖的孤絕情景，幻想著自己如果被困在那種完全沒有人的孤寂之中，就會覺得可怕無比了。跟這大致相同的是蠻荒西部的居民：一望無垠的草原上白雪紛飛，完全沒有樹木枝椏的蹤影可以打破那一白如洗的狀態，居民對於此情此景都很淡定。但若是水手看到南極海景，就不是這麼一回事了，海上的霜雪與空氣有時會使出魔鬼一般的把戲，令人渾身震顫，幾乎崩潰，完全不像虹霓那樣給人希望與慰藉，眼前情景彷彿無邊無盡的教堂墓地，只見結冰的墓碑與碎裂的十字架都對著他們冷笑。

但或許有人會說，這個完全都在討論白色的篇章，只不過是你這懦夫的絮語，你的靈魂已經豎了白旗。伊什梅爾，你已經向憂鬱症投降了。

那我就想問你了。假設有一匹小雄駒在佛蒙特州的平靜山谷裡出生長大，完全沒被野獸追獵過，但為什麼在某個晴天，你只要在牠後面拿新鮮的水牛毛皮甩一甩，儘管沒看見毛皮，只要聞到動物的野味，牠就會嚇一跳，頻頻用鼻子噴氣，像受驚似地卯起來抓地？因為，在那翠綠的北國家園裡，牠不曾遭到野獸的利角戳刺，所以照理說那股野味應該不至於讓牠聯想到過去的悲慘遭遇。但這隻新英格蘭的小雄駒又為什麼會認得遙遠奧勒岡州黑色野牛的氣味呢？

牠的確認不得那股野味，但是在此你得留心了：就算是那些不能言語的野獸，還是有一種本能讓牠們得以意識到這世上的種種凶兆。儘管居住地與奧勒岡州相隔千萬里之遙，牠還是能聞到那股野味，即便不像大草原上的無韁野馬那樣可以親眼看見凶神惡煞般的野牛群，看見牠們在漫天飛塵中狂奔，但牠還是能感覺到野牛的存在。

如果是這樣，就像那小雄駒會被水牛毛皮給嚇到一樣，無論是那轟隆隆低聲翻騰的乳白色海水、那颼颼作響的霜白峰頂，或者是那荒涼大草原上白雪滾滾的呼呼聲響，也都會讓我伊什梅爾感到害怕！

我不知道這些難以名狀的事物為何會產生如此神祕的聯想效果，但不管是對於我或者那小雄駒來講，這種現象的確存在。儘管就許多方面來講，這可見的世界是由愛所構成，但也有許多恐怖的元素存在於各個看不見的角落裡。

不過，迄今我們仍未解答的一個問題是：白色到底為什麼具有一種震懾靈魂的魔力？而且，如我

---

18 Francisco Pizarro，征服印加帝國的西班牙人。

們所見，更為詭異也更凶險的是，白色一方面是各種帶有靈性的事物之象徵，更是基督教神性的面紗，卻也同時具備了最令人驚駭的力量。這又是為什麼？

是因為當我們仰望空中那深不可測的銀河，就會覺得那銀白色充滿不確定性，隱約預示著這空虛浩瀚的宇宙是冷酷無情的，讓我們感到隨時會被毀滅，也因而背脊發涼？還是因為所謂白色與其說是一種顏色，不如說它本質上是「無色之色」，但同時又是各種顏色的具體呈現？或是因為基於這些理由，在廣闊的白色雪景裡，天地空虛無語，卻又意味深長，其中暗藏著一種無色但也是全色的無神論意含，讓我們退避三舍？抑或是我們可以參酌那些自然哲學家[19]提出的理論：這塵世間的各種顏色，無論有多莊嚴或可愛繽紛，無論是甜美的暮色或者翠綠色，或者像蝴蝶翅膀上的金粉天鵝絨色，還是小女孩臉頰上宛如粉蝶的顏色，全都是難以捉摸的騙人玩意兒，因為這些顏色並非真實具體的存在物，全都是外加的。[20]所以被神化的大自然與擦脂抹粉的妓女無異——正所謂「金玉其外，敗絮其內」。進而論之，假設這能夠製造出各種色澤，向來有「神祕化妝師」之稱的光線如果永遠保持白色或無色的狀態，如果光線對於物質無法產生任何影響，那麼即便是鬱金香或玫瑰也都會變成白花。想到這裡，我們眼前這癱瘓的宇宙可說與痲瘋病人無異。就像有些前往極地拉普蘭旅行的人因為固執而拒絕戴上有色眼鏡，這些不信邪的可憐傢伙就好像瞎了似的，舉目所及完全是一片白茫茫的蒼涼天地。所謂一葉知秋，在白鯨莫比敵身上我們可以看出前述的所有現象。如果是這樣，難道各位還會質疑我們為何要緊追不捨，一定要除之而後快？

---

19 那些最早透過科學方式探究自然本質的早期現代哲學家，例如洛克（John Locke）等等。

20 根據科學的定義，顏色只是一種對於光線反應而產生的視覺效果。

43 聽！

「噓！卡巴可，你聽到那聲音了嗎？」

輪大夜班[1]時，水手在皎潔的月光下站成一排，隊伍從船腰的某個淡水水桶延伸到船尾欄杆附近裝飲用水的水桶邊。他們用這種方式把小水桶一個個往下傳遞，把飲用水給裝滿。因為他們大多站在那神聖禁地似的後甲板區，所以都小心翼翼，不敢交談也不讓雙腳出聲。在絕對的靜默中，小水桶陸續續往下傳，只有船帆偶爾發出的劈啪聲響，以及持續前進的船身不斷發出的低沉吱嘎聲，打破了沉默。

在沉靜的氛圍中，有這樣一句話冒出來，開口的人是站在後艙口附近的阿奇，他低聲詢問隔壁的卡巴可，那傢伙是個西班牙與印地安混血水手。

「噓！卡巴可，你聽到那聲音了嗎？」

「唉呀，把水桶接過去啦，阿奇！你是說什麼聲音？」

「又來了，從艙口下面傳出來的，你沒聽到嗎？是咳嗽聲，聽起來像咳嗽聲。」

「咳個屁啦！把那傳回來的水桶拿給我！」

「又來了，又有聲音了！你聽聽，就像兩三個睡覺的人在翻身！」

「大驚小怪！老兄，別管那聲音了，好不好？那不過就是你晚餐吃的三塊泡溼的乾糧，現在在你

---

1 middle watch，但這與醫院的大夜班不同；船上的大夜班是午夜到凌晨四點。

的肚子裡翻身啦！小心那水桶啊！」

「隨你說吧，老兄。我的耳朵可是很靈的。」

「是啊，聽說你在出海五十哩之後，還聽得到南塔克特島上老太婆用針織東西的聲音。那不就是你嗎？」

「儘管取笑我吧，到時候看看誰對誰錯。聽啊，卡巴可，後貨艙裡躲著一個還沒在甲板上現身的人，我猜我們那暴君似的老船長多少也知道這件事。有天早上值班時我也聽見史塔布告訴福拉斯克，好像真的有什麼祕密的事正在進行中。」

「閉嘴啦！拿水桶來！」

44 航海圖

就在亞哈船長向水手狂熱地說明他的意圖之後，隔晚海上吹起了一陣暴風，風停後，假使你跟著他走進他的船艙，就會看見他從船尾橫板的櫥櫃裡拿出一批捲起來、皺巴巴的泛黃航海圖，攤開擺在他那張用螺絲鎖在地上的桌子。然後他就坐在桌前，你會看見他仔細端詳著眼前許多條航線，以及用顏色明暗標示出來的深淺不一的海域。他還拿出鉛筆在先前留白的地方畫出一些額外的航線，儘管畫得很慢，但手始終沒有停下來。每隔一段時間他還會拿起身旁那堆老舊的航海日誌參考，裡面記載了許多船隻在歷次航程中看見或者捕獲抹香鯨的季節與地方。

就在他仔細進行研究之際，他頭頂上方那盞用鍊子吊起來的沉重白鐵油燈也隨著船隻的擺盪而持續搖晃著，時明時暗的光線就這樣投射在他那深鎖的眉頭上，因此不只是他在皺巴巴的航海圖上畫線，好像也有一支看不見的鉛筆始終在他那布滿深紋的額頭上畫出一道道線條。

不過，像這樣在那孤寂的船艙裡研究航海圖，並非只是那一晚的事情而已。幾乎每天晚上亞哈船長都會把航海圖拿出來，而且也幾乎都會把一些鉛筆畫的線擦掉，然後畫上新的線。看著那些航海圖，亞哈一心想把四大洋的洋流與漩渦都給搞清楚，以完成他那偏執靈魂所企盼的成就。

既然這星球上的四大洋沒有任何分隔與邊界，想要找到那隻巨鯨豈不是跟大海撈針一樣荒謬無望？然而，會這樣想的都是那些不了解鯨魚生態的人。亞哈的想法可不是這樣，因為他熟稔各種海潮洋流，因此可以計算出抹香鯨的食物會往哪裡漂流，也能料想到在哪些季節裡可以在哪些緯度的海面上獵殺牠們，因此他能推測出合理的結果，幾乎可說十拿九穩，知道該在哪一天與哪一個漁場獵殺他的獵物才是最恰當的時機。

事實上，因為抹香鯨在某些海域出現的狀況是如此規律，所以許多捕鯨人深信，想要在這世上的四大洋仔細觀察研究抹香鯨，是可以辦到的。只要把某個捕鯨船隊某次航程的所有航海日誌仔細核對一遍，就會發現抹香鯨的遷徙狀況與鯡魚魚群的活動以及燕群的蹤跡完全相符，沒有任何例外。注意到這現象之後，就會有人企圖把抹香鯨的遷徙狀況繪製成精細的圖表。[1]

此外，抹香鯨之所以能從某個覓食漁場游往另一個，純粹是因為牠們擁有某種不會出錯的本能，也就是上帝賦予的神祕智能，因此能夠像某些人所說的那樣，「像血管裡的血流一樣不會出錯」。牠們沿著一條既定航道精準地前進，絕不會偏離——那種神奇的準確度，天底下沒有任何一張航海圖可以達到其十分之一。不過，儘管任何一隻抹香鯨的移動方向都像測量員畫的平行線那樣筆直，儘管牠們的前進路線完全侷限在牠們自己不可避免地留下的筆直尾波裡，但牠們任意挑選的遷徙途徑，一般而言都是幾哩寬的範圍內（在這方面也跟血管一樣，血管也會因為擴張或收縮而有大小之別），而且當牠們在這神奇的地帶裡謹慎緩游之際，還是離不開捕鯨船桅頂的觀測範圍。總而言之，只要能夠鎖定牠們的遷徙季節與途徑，在那寬度可達幾哩的途徑裡，應該都有相當高的機會能看見遷徙中的鯨魚。

因此，亞哈並不是只有在那些知名的覓食漁場有很多機會能夠遇見他的獵物。因為深諳抹香鯨遷徙之道，即便是在不同漁場之間的廣袤海域上航行時，他都不是完全沒有機會遇見那獵物，因為他就是知道應該在什麼時候前往什麼地方。

精神錯亂的亞哈還是擬訂出很有條理的計畫，但有個狀況在乍看之下會妨礙他，不過，實際上也許不會。抹香鯨具有群居特性，會在固定的季節前往特定漁場覓食，但一般而言，即便有一群抹香鯨於某年出現在某個經緯度的海域，我們也不能就此斷定牠們是前一年相同季節在該海域出現的那群抹香鯨——不過，無疑地，有些特例顯示的確有些鯨群會屢屢出現在同一海域。總的來講，此一道理同樣也適用於那些像隱士般獨來獨往，數量很少的成熟年邁抹香鯨。所以說，以莫比敵為例，儘管牠曾於前一年出現在印度洋的塞席爾群島[2]漁場，抑或日本海岸地區的噴火灣[3]，但並不代表皮廓號若是在隔年的同一個季節前往上述漁場就肯定能夠遇到牠。這道理也適用於其他幾個牠曾現身過的漁場。這些漁場似乎只不過是牠偶爾會逗留的地方與海洋旅店罷了，也就是說，並非牠的永久居處。還有，亞哈到底有多大的機會能達成目標？到目前為止，我們只能說機會不大，言之過早，除非他能夠歸結出某個特定的時間與地點，唯有如此才能夠把機會從「有可能」提升為「很有可能」，而對於樂觀其成的亞哈來講，只要有可能的話，那幾乎就是已經確定了。前述的特定時間地點，以較為技術性的語彙來說，就是「待在太平洋赤道地區的季節」[4]。因為，連續好幾年都曾有人於那段時間固定在那裡看見莫比敵，發現牠在那水域裡逗留了一會兒，同樣地，太陽每年在這段時間也會逗留在黃道帶的某個星座上，經過一段可以預測的時間後才離開。而且，白鯨莫比敵大多也都是在那裡逞凶，在怒濤中做出那些事蹟。亞哈這位偏執的老船長也是在那地點發生悲劇，自此心中充滿了可怕的復仇怨念。亞

1〔原注〕在寫下前述文字之後，讓我樂觀其成的是，隸屬於華盛頓美國海軍天文臺的莫銳上尉（Matthew Fontaine Maury, 1806-1873）於一八五一年四月十六日發布了一則官方通告，印證了我的說法。根據通告之內容，看來真的有一幅描繪抹香鯨遷徙狀況的圖表正要完成了，而且圖表的部分內容已經刊載在通告上：「這張圖把整個海洋分隔成一個個小區塊，每個單位都是五個緯度與五個經度見方。每個區塊又被區分為十二個垂直的條狀區域，每個區域都代表一年裡的某個月。每個區塊再以三條橫線區隔開來。其中一條代表某個月船隻在這個區域裡待了幾天，另外兩條則代表有人看見抹香鯨或者露脊鯨的日數。」

2 Seychelles，位於非洲大陸的東南方。

3 即位於北海道的內浦灣。

4 Season-on-the-Line，指每年的十二月到隔年六月。

哈總是若有所思，但他仍以完全謹慎、警惕、一點也不鬆懈的心情投入這次不屈不撓的捕獵行動，因此他絕對不會容許自己把希望全都寄託於上述的誇大事實，儘管那事實讓他充滿希望。失眠的他立誓賭咒，內心始終不能平靜下來，因此也無法讓捕獵行動稍有停歇。

話說，皮廓號是在「待在太平洋赤道地區的季節」之初離開南塔克特島的。就算指揮官再怎麼能幹，皮廓號也沒辦法遠赴南國，繞過合恩角，然後趕往緯度六十度之外的太平洋赤道地區，及時在那裡展開捕獵行動。因此，他必須等待下一個季節。雖然皮廓號起程的時間太早，但亞哈根據當時狀況而挑選的時機也許是正確的。因為，眼看著他必須再等三百六十五個晝夜，這段期間與其在岸上焦躁地等待，不如到各地去碰碰運氣。大白鯨也可能遠離牠固定造訪的覓食漁場，到他處度假，在波斯灣、孟加拉灣、中國海[5]露出牠那皺巴巴的額頭，或者前往其他抹香鯨常造訪的海域。如此一來，除了黎凡特風[6]與西蒙風[7]對牠沒有影響，無論是季風、彭巴風[8]、西北暴風[9]、哈馬丹風[10]與貿易風，也許都會把莫比敵的遷徙途徑吹得曲曲折折，剛好就遇上了繞行全球的皮廓號。

就算上述說法都沒錯，但只要冷靜地好好思考一下，就會發現他的構想很瘋狂。問題是，在這無垠的汪洋大海上，即便遇上了那隻獨來獨往的鯨魚，難道牠的獵人就可以認出牠？就像在君士坦丁堡的擁擠大街上，一眼就能認出白鬚的伊斯蘭法學家？可以的。因為，莫比敵的額頭與隆背都是如此雪白，絕不會搞錯。而且，每次仔細研究航海圖直至夤夜，亞哈總會這樣發狂似地喃喃自語：像我這樣在後面窮追不捨，追個不停，難道牠還跑得掉嗎？牠的寬闊鯨鰭都已經穿了孔，邊緣像迷途羔羊的耳朵一樣變成波浪狀！他那發狂的心不斷胡思亂想，直到筋疲力盡、昏昏沉沉還是想個不停！他必須要到甲板上才能恢復自己的氣力。主啊！這個無法一償報仇宿願的人到底得忍受多少迷亂思緒的折磨？他睡覺時總是雙拳緊握，以至於醒來後總會看見手掌上留有血跡斑斑的指甲印。

每當夜裡被栩栩如生的夢境搞得筋疲力盡，難受的他往往會從吊床下來，繼續苦思白天在想的那些事，在迷亂的思緒中想個不停，千思萬緒就在他那彷彿起火的腦海裡轉啊轉的，直到每次心跳都感覺到難以忍受的痛苦。有時候這些精神折磨彷彿已經把他的存在給連根拔起，他的內心好像開了一個大洞，洞裡射出熊熊火焰與閃電，許多該死的惡魔召喚著他跳進洞裡。每當這內心的地獄張開時，船上的人都能聽見一聲瘋狂的怒吼，只見目光如炬的亞哈從臥室奪門而出，好像要逃離一張著火的床鋪般。然而，他會這樣也許不是因為內心脆弱，而他忍不住示弱，也不是他對自己的決定感到害怕，反而是明明白白地顯現他的決心有多堅強。理由在於，這瘋狂的亞哈，身為謀畫多時而且不屈不撓的白鯨獵人，在上床之前的他與因為驚恐而滾下床的他並不是同一個人。滾下床的那個他，內心有個永遠不滅的原則或靈魂；但在睡覺時，他就會暫時脫離那個能夠為他下定義的心智，有時候在清醒時他也會企圖擺脫那折磨人而持續不停的瘋狂狀態，因為在那當下，那瘋狂的狀態並非他的一部分。但是，如果沒有了靈魂，人的心智也就不存在了，因此就亞哈的狀況而言，他的所有思緒與幻想肯定都會受制於他那至高無上的決心。因為他的意志堅忍不拔，所以他的決心足以對抗所有神明與惡魔，成為一種自足的獨立存在。而且，每當可怕而火熱的恐懼不請自來時，此一決心只要能與普通的活力結合起來，就能逃離恐懼。因此，每當有人看見亞哈奪門而出時，看見目光如炬的他在精神上飽受折磨，但實際上那只是一具空洞的軀殼而已，像是在夢遊，也彷彿一道沒有物體可以照射的光線，因此沒有顏

5 包括東海與南海。
6 Levanter，地中海西部與南法地區會吹的東風。
7 Simoon，阿拉伯半島和撒哈拉的小規模乾熱旋風。
8 吹過阿根廷彭巴高原的冷冽強風。
9 Nor-Wester，在孟加拉與孟印邊界一帶發展出來的超強對流風暴。
10 Harmattan，西非的乾冷東北風，常夾帶大量沙土。

色，本身空洞無比。願主保佑你，老傢伙，你因為胡思亂想而在內心創造出另一個你，那個你因為激烈的思緒而變成普羅米修斯[11]，永遠必須忍受那被禿鷹啄心的痛楚，但實際上那禿鷹是他自己創造出來的。

11 Prometheus，希臘神話中盜取火給人類的神明，因此受到宙斯懲罰，被吊掛在懸崖上，每天必須忍受老鷹啄肝的痛楚。

45 供詞

到目前為止，這本書也許還有點故事性可言。前一章的開頭處的確觸及了關於抹香鯨的一兩個有趣且奇特的習性，而且都可說是這本書的重點所在。不過，為了更適切地進行了解，也為了避免大家對於此一主題的全然無知而導致有人不相信我所說的話，再加上這件事的重點本來就很多，所以有必要在此加以深入與詳盡地進行說明。我不想用比較有條理的方式來說明，只打算根據我的印象把自己聽到的一些說法陳述出來，而我的來源幾乎都是捕鯨人，這點是很可靠的。透過那些說法，我想要得出的結論就可以自然而然地展現出來。

首先要說的是，曾有鯨魚在被魚叉叉中後安然逃脫，並且我親身得知三個這樣的案例。而且，經過一段時間後（其中有個案例是經過三年），同一條鯨魚還是被同一位魚叉手了結了性命。從鯨屍上取下來的兩把魚叉，上面都有那位魚叉手的姓名印記[1]。就那個鯨魚隔了三年才被叉死的案例而言，我想搞不好還不止三年。在那三年之間，那位魚叉手上了一條開往非洲的商船，上岸後加入了探險隊，深入內陸，將近兩年期間都在沒有人熟知的地區四處遊蕩，常常得面臨蟒蛇、野人、老虎、有毒沼氣的威脅，還有其他比較平凡無奇的危難。在此同時，那條負傷的鯨魚也是暢行四海，時間肯定夠牠環遊全球三次，經過全非洲的所有海岸，但只是游蕩而已，沒有特別的目的。這一人一鯨於三年後重逢，鯨魚就被人給殺了。我剛剛說我親身得知了三個類似的案例，意思是其中有兩次我親眼目睹鯨

1 所謂「印記」，可能是姓名的特殊畫押圖案，或為姓名縮寫。

魚負傷，後來牠們再度被攻擊時，也親眼瞧見從鯨屍上取下的兩把鐵叉都有姓名印記。而且在那相隔三年的案例中，其中兩次（第一次和最後一次）事發時我剛好都在捕鯨小艇上，第二次在小艇上時也從魚眼下方的奇特大痣認出牠就是三年前那一條鯨魚。我說是相隔三年，但時間肯定不止三年。因為親眼所見，所以我知道這三個案例都是千真萬確。但也有許多其他案例是我從其他人那邊聽說的，而且我看不出有充分理由去質疑他們在這方面的誠信度。

其次，儘管岸上居民都不太了解捕獵抹香鯨這個行業，但人盡皆知的是，歷史上倒是有些鯨魚很特別，不管時間過了多久，不管牠們在哪裡出現，都很容易就被大家認出來。為什麼這些鯨魚會這麼好認？一開始完全不是因為牠們的身體特徵，理由在於，因為不管牠們再怎樣特別，很快就會被殺掉，放到鍋裡煮成特別珍貴的鯨油，但那些特別之處也就不復存在了。不是這樣的。真正的理由是，有些鯨魚害死過很多捕鯨人，就像俠盜里納爾多．里納爾迪尼[2]那樣聲名狼藉，大家在海上看到時，多數都只是用手碰一碰自己的防水帽，向牠們致敬，任其慢慢游開，不會試著與牠們打交道。就像在岸上一樣，有些可憐蟲如果剛好在街上遇到某個暴躁的大人物，也都只是從遠處謙卑地敬個禮，根本不想跟他打交道，唯恐因為太過冒昧而被打一頓。

但這些知名的鯨魚不只是每一隻都聲名大噪，牠們真的可以說是揚名四海：不只是生前威名赫赫，甚至死後也成為艏樓裡的不朽傳奇，個個都獲得備受景仰且威風無比的名號，像是岡比西斯[3]或者凱撒。難道不是這樣嗎？噢，帝汶湯姆[4]！你這知名的東方海怪，身上的傷痕跟冰山一樣多，曾經在帝汶附近的一些海峽出沒，從翁貝島[5]的棕櫚沙灘上就能看見你噴出的水柱。難道不是這樣嗎？噢，紐西蘭傑克！每一艘經過「紋身島」[6]的大船都要忌憚你三分。難道不是這樣嗎？噢，魔官[7]！你是日本的鯨王，他們說你的水柱如此粗大，有時候看來就像天降白雪。難道不是這樣嗎？噢，智利的米蓋爾老爺[8]！你的鯨背就像老烏龜一樣，上面布滿了神祕的象形文字！簡而言之，任何通曉鯨魚史的人都聽過這四隻鯨魚的大名，就像所有的古典文史學者都知道馬里烏斯與席拉[9]是誰一樣。

但不只是這樣而已。紐西蘭湯姆與米蓋爾老爺曾經摧毀過許多不同捕鯨船的小艇，最後終於被英勇的捕鯨船長緊追不捨，捕獲殺害，那些船長一看到牠們就起錨出發，就像古代的巴特勒上尉[10]從納拉甘塞特森林[11]出發一樣，一心只想著逮捕那殺人如麻的凶惡野人阿納翁，也就是印地安酋長「飛利浦國王」麾下的頭號戰士。[12]

我找不到任何地方比這裡更適合提及其他一兩件我認為重要的事，藉此在書中從各方面來說明白鯨故事的合理性，尤其是關於牠釀下的那一樁慘事。需要如此詳盡說明的理由是令人氣餒的：因為，有時候說真話跟說假話一樣，都是需要誇大其詞。這世上的許多奇觀分明就是如此淺顯易見，但陸地

---

2 德國小說家烏爾庇烏斯（Christian August Vulpius）的小說《俠盜里納爾多・里納爾迪尼》（*The History of Rinaldo Rinaldini: Captain of Banditti*）之主角。

3 Cambyses，古波斯帝國的君王。

4 一隻在印尼活動的凶惡鯨魚。

5 Ombay，帝汶航道（Timor Passage）北端的一個小島。

6 Tattoo Land，即紐西蘭，因為島上原住民身上臉上都有刺青圖案。

7 Morquan，應為作者虛構之鯨魚名。

8 Don Miguel，應為作者虛構之鯨魚名。

9 即Caïus Marius與Lucius Cornelius Sulla Felix，西元前一世紀期間羅馬內戰中敵對雙方的兩位將軍。

10 後來的版本改為「Captain Church」，指北美殖民地時代的遊騎兵軍官班傑明・邱奇（Benjamin Church）。

11 位於羅德島州的納拉甘塞特鎮（Narragansett）。

12 菲利普國王（King Philip）又名梅塔卡姆（Metacomet），是一名印地安酋長；他的左右手是阿納翁（Annawon）。

居民偏偏不明白，如果不舉出一些捕鯨業的簡單事實來提點他們（無論是歷史的或其他方面的事實），他們恐怕就會把莫比敵當成寓言故事裡的巨怪——更糟糕也更令人厭惡的是，把牠當成醜陋而令人難以忍受的虛構動物。

首先，龐大的捕魚業一般來講有哪些悲慘遭遇？儘管大多數人對此有一些模糊的印象，卻總是欠缺清楚明白的概念，也不清楚那些慘況有多常發生。理由之一也許在於，能夠出現在老家的公開紀錄裡的捕魚業災難與死傷數字，恐怕不及實際狀況的五十分之一，而且就算真的留下了紀錄，也總是很快就遭人遺忘。或許，此刻在新幾內亞外海就有個可憐蟲被捕鯨索絆住，遭巨大海怪拖往海底，但你真以為明天你吃早餐時能在報上看見他的訃聞？當然不可能。因為美國本土與新幾內亞之間的通郵狀況並不是非常規律。事實上，難道你常常能聽見跟新幾內亞直接或間接相關的新聞嗎？然而，我可以告訴大家：某次我到太平洋去捕鯨時，就我所知，總共有三十艘船至少都有一個人因為捕鯨而死去，其中有幾艘甚至死了不止一人，還有三艘是一整條捕鯨小艇的人都罹難。天哪！希望大家能節省燈油與蠟燭啊！因為你們每消耗不到一加侖鯨油，捕鯨人至少都必須為此犧牲一滴寶貴的血。

其次，儘管陸地居民對於巨鯨的神力多少有些模糊的印象，但我曾發現，當我用某個具體的例子來說明鯨魚有多巨大威猛，卻發現他們居然稱讚我很會開玩笑。甚至我還對天發誓，表示我絕對不是開玩笑的，就像摩西在《舊約聖經》裡描述的各種埃及天災也都是千真萬確。

不過，所幸我在這裡想要傳達的重要訊息完全可以透過別人的證詞來印證。重點是：某些抹香鯨的確是力大無窮，能夠洞悉人性，而且聰明又邪惡，牠們會出現那種把捕鯨船給撞破摧毀與弄沉的念頭，尤有甚者，牠們也的確那樣做過。

第一個案例發生在一八二〇年，艾賽克斯號從南塔克特島出發，前往太平洋捕鯨，船長是卜立德[13]。某天船員看見數道水柱，於是有幾條捕鯨小艇下海追捕一群抹香鯨。不久後，有幾條鯨魚負傷，突然間有一條碩大無比的鯨魚逃離小艇，從鯨群游開，直接去撞擊捕鯨船。牠用額頭去撞船身，撞出破洞，不到「十分鐘」後就導致整艘船沉沒翻覆。最後就連一片殘存的船板都沒人看到。歷經長久的嚴重曝晒之後，有一部分船員才搭小艇安抵陸地。好不容易返家後，卜立德又成為另一艘太平洋捕鯨船的船長，但或許是神的旨意，他的船又在暗礁與碎浪中遇難，而且整艘船再度完全消失，很快就沉入海裡，此後他就再也不幹這一行了。此刻卜立德船長仍居住在南塔克特島。我曾見過歐文·卻斯[14]，他在艾賽克斯號遇難時是船上的大副。我也讀過他所寫的船難紀實，文字樸實可信。我也曾與他的兒子聊過，而且前述一切都發生在船難現場方圓數哩之內。[15]

13 艾賽克斯號（Essex）的事件是真人真事，船長為喬治·卜立德二世（George Pollard, Jr.）。

14 即Owen Chace。

15〔原注〕以下文字擷取自卻斯大副的船難紀實：「從所有的事實看來，我好像不得不做出如下結論：牠的行動其實完全出於巧合。牠對捕鯨船發動了兩次攻擊，中間只隔了一小段時間，而且根據兩次的攻擊方向看來，牠都是估算好的，想對船身造成最大程度的損害，因為牠一頭朝捕鯨船撞過來，兩者的前進速度都很快，產生極大撞擊力。為了造成此一效果，牠的動作必須精確無比。牠的身形令人感到驚駭無比，看得出來牠充滿怨念，怒火中燒。我們衝進鯨群之後，牠從鯨群裡直接游出來，因為我們傷了牠的三個同伴，牠好像與我們有不共戴天之仇。」還有，「總之，這所有的情況都是在我眼前發生的，讓我產生一個印象，覺得那鯨魚在發難時是充滿決心，而且很有計畫的（現在我已經想不起當時的許多印象），因此也令我覺得自己的看法沒錯。」棄船後他們只能搭小艇在黑夜中航行，幾乎已經絕望，沒想到自己還能登岸求助，以下是他的回憶片段：「波濤洶湧的海面上一片漆黑，這不算什麼。當時我幾乎沒感到恐懼，忘了自己可能會被暴風雨吞噬或者撞上暗礁，或是面臨其他一般的恐怖遭遇，因為我一股腦只想著那悲慘的捕鯨船殘骸，還有那只想著復仇的可怕鯨魚，直到日出。」在書中另一個地方，也就是四十五頁，他還提及「那動物對捕鯨船發動的攻擊是如此神祕難解，充滿致命威力」。

另一個例子是同樣來自南塔克特島的聯合號，它在一八〇七年遇到類似攻擊事件而在亞速群島外海沉沒，但我倒是還沒有機會了解此一慘案的可信細節，只是偶爾會聽到捕鯨人聊個一兩句。

第三個案例發生在十八或者二十年前，當事人是某位姓氏為J開頭的海軍准將[16]，他是美國某艘一級單桅戰船的指揮官，曾與一群捕鯨船船長在一艘來自南塔克特島的捕鯨船上用餐，船隻停泊在三明治群島[17]的歐胡港。席間當大家在聊鯨魚時，這位准將就是不相信鯨魚能有如此神力，對當場幾位專業人士的話始終存疑。例如：他斷言任何鯨魚都沒有辦法傷害他的牢固戰船，即便是撞裂也不可能。這敢情好，但事情還沒完呢。幾週後，准將搭上他那無敵戰船，揚帆前往瓦爾帕萊索，在途中遇上一隻壯碩的抹香鯨，希望能耽擱他一點時間。結果牠把准將的戰船用力一撞，導致那艘船嚴重進水，必須啟動所有抽水幫浦，隨後還直接前往最近的港口去停泊修理。我不是迷信的人，但我認為准將J與那鯨魚之間的相遇是神的旨意。那來自塔索斯的掃羅[18]不也是因為被嚇了一跳之後才開始信主的嗎？我說啊，抹香鯨的事蹟可都不是胡扯的。

在此，我這位作者將要利用朗斯朵夫[19]的幾次航程來說明我要傳達的重要訊息，他的例子特別讓我感興趣。順道一提，當俄國海軍上將克魯森斯坦[20]於本世紀初進行他那知名的探險之旅時，朗斯朵夫就是該探險隊的成員。朗斯朵夫[21]在書中第十七章開頭是這樣寫的：「到了五月十三日，我們已經準備好要揚帆，隔天就開到海上，要前往鄂霍次克[22]。天氣晴朗，但酷寒難耐，我們不得不穿上皮衣。有幾天都沒什麼風，到了十九號才有一陣強風從西北方吹來。有一隻身體比船還大的罕見巨鯨幾乎浮在水面上，但一直等到我們全速前進的船快撞上牠，才有人發現牠在那裡，所以衝撞是幾乎無法避免的。那巨鯨把鯨背一抬，整艘船便飛離水面幾乎三呎高，情況岌岌可危。桅杆全都搖搖晃晃，船帆全都掉了下來，在下面的我們全都衝上甲板，以為船身撞上了暗礁，結果卻看到那巨怪全速游開，看來如此壯觀。德渥夫船長[23]立刻下令大家開始抽水，並檢查船身是否被撞傷，所幸我們發現整艘船都安然無恙。」

該船船長德渥夫是一位新英格蘭人，他漫長的船長生涯屢歷奇險，如今退休後定居於波士頓附近的多卻斯特村。我深以自己是他的姪子為榮，也曾特別詢問過他與朗斯朵夫一起參與的這趟航程。他說，書中所寫句句屬實，只是那艘船絕非大船：那只是一艘俄國人在西伯利亞海岸地區建造的小船，是他把從美國開過去的船隻賣掉後才買來的。

大航海家丹皮爾有個老朋友叫做萊諾．瓦佛[24]，他曾寫過一本曲折起伏且充滿男子氣概的老派探險書籍，我發現其中有一件小事與剛剛所引述的朗斯朵夫之言很像，如果真有必要，在此我不禁想要插個話，把那件事當作印證的案例。

當時萊諾似乎是要去他所謂的「約翰．費迪南多島」，也就是我們現在稱之為璜．費南德茲島[25]

---

16 據信是美國海軍將領 Thomas Catesby Jones。
17 夏威夷的舊稱。
18 Saul of Tarsus，即改名之前的保羅。
19 Georg Heinrich Langsdorff，德國探險家。
20 Adam Johann von Krusenstern，率領俄國艦隊完成俄國史上第一次環球旅行。
21 Captain 是指船長或者海軍上校，但朗斯朵夫兩者都不是，因此略去。
22 Ochotsh（Okhotsk），俄國在太平洋地區的城鎮。
23 Captain John D'Wolf II，作者的姑丈。
24 分別為 William Dampier 與 Lionel Wafer。
25 Juan Fernandez，智利外海的島嶼。

的地方。「途中，」他說，「大約在凌晨四點時，在距離美洲大陸有一百五十里格[26]之遙的地方，船身發生可怕的震動，我們的人都被嚇到不知所措，大家已經有遇難的心理準備。事實上，因為那震動是如此突然而劇烈，以至於大家都認定是船隻撞上岩石了。可是，等到驚魂已定，我們才把測錘放下去測深，卻發現並無岩石。……突然的震動把砲管震得從砲架上跳起來，也有好幾個人從吊床上滾了下來。戴維斯船長把頭枕在槍上，結果也被甩出了船艙！」接下來，萊諾把那震動歸因於地震，還說當時在南美州的西班牙殖民地沿岸的確有地震造成災害，藉此印證自己的說法。但在我看來，這發生於漆黑凌晨的意外，無疑地應該是肇因於船身遭到一隻大家沒看見的鯨魚從底下撞擊。

接下來我還要再多舉幾個我透過各種方式得知的例子，藉此說明抹香鯨有多威猛凶惡。許多案例顯示，牠們不只會把發動攻擊的捕鯨小艇趕回捕鯨船，甚至還會追擊捕鯨船，毫不畏懼甲板上擲下來的魚槍。英國捕鯨船普西．霍爾號[27]的遭遇可以印證此一情況，至於抹香鯨的力道有多猛，我可以告訴各位，某些案例顯示，在風平浪靜時，若是把繩索一頭繫在疾游的抹香鯨身上，另一頭固定在船身，鯨魚可以拖著船身在海面上移動，就像駿馬拖行馬車那樣。也常有人觀察到，抹香鯨一旦被射中後，如果有時間反擊的話，牠們的行動往往不是基於盲目的暴怒，而是會設法刻意把追捕的船隻毀掉，否則就不肯罷休。而且，當牠們遭受攻擊，每每會將一張駭人的大嘴連續張開好幾分鐘，此一舉動多少也足以顯示出牠們的性格。但我只要再用另一個例子來做說明與總結就應該要感到滿意了，這例子是如此顯著且意義非凡，任誰都可藉此看出，其實這本書裡最神奇的事件是可以在現今的諸多平凡事實中獲得佐證的，而且這些奇蹟跟所有的奇蹟一樣，只不過是自古以來就一再重複發生罷了，而這大概已經是我們第一百萬次印證了所羅門王的名言：太陽底下真的沒有新鮮事。

西元六世紀時在君士坦丁堡有一位信奉基督的行政官員名叫普羅科匹厄斯[28]，當時是羅馬皇帝查士丁尼一世與大將軍貝利薩留在位期間。很多人都知道，他是為自己的時代寫史的作家，留下了一部在各方面都有非凡成就的書。許多史學權威向來認為他是一位可信度最高，行文最為平實的史家，就算有一兩個地方例外，但也完全不影響我們在這裡要說的事。

普羅科匹厄斯曾在其史書中提及，他在君士坦丁堡當官時，有人捕獲了一頭海中巨獸，地點在鄰近的「前海」，也就是一般所謂的馬摩拉海[29]，在此之前，牠已經危害那片海域至少有五十年之久，每隔一段時間就會摧毀船隻。這個史實既已記載在一本史學鉅作中，自然很難加以反駁。我們也找不到反駁的理由。他並未提及那海怪到底是何種生物。但既然牠有毀船之能耐，再從其他一些理由看來，肯定就是一頭鯨魚，而且我敢說就是抹香鯨。理由在於，有很長一段時間我都以為地中海的居民並不知道抹香鯨的存在，也不了解牠們居住的深海。即便從現在的情況看來，我都認為這種群居成性的動物應該不會住在那裡，往後也一樣。但經過最近的一番深入考察後，我發現在現代的確有幾個抹香鯨在地中海出現的案例。根據權威的消息來源，英國海軍戴維斯准將曾於巴巴利海岸地區[30]發現一具抹香鯨的骨骸。就像現在，任何戰艦都可以輕易通過達達尼爾海峽，抹香鯨也可以循著同樣途徑離開地中海，進入前海。

就我所知，前海並沒有露脊鯨賴以維生的浮游生物。但我有充分的理由相信，前海海底棲息著許

---

26 一里格等於五．五五六〇〇公里。

27 Pusie Hall，一艘在一八三五年遭鯨魚攻擊而沉沒的捕鯨船。

28 Procopius of Caesarea，羅馬帝國重要的古代史學者。

29 Propontis，在希臘文裡面可以直譯為「前海」，因為要去黑海之前要先經過這一片內海，也就是一般所謂的Sea of Marmora。

30 Barbary Coast，是十六至十九世紀的歐洲人對馬格里布（Maghreb）的稱呼，相當於今天的摩洛哥、阿爾及利亞、突尼西亞及利比亞。

多墨魚目、管魷目生物，而牠們就是抹香鯨的主食，因為屢屢有人在前海海面目擊體型龐大的抹香鯨——但絕非最大的。果真如此，若我們把所有的說法拼湊起來，稍加思考，肯定就能得出一個合理的答案：普羅科匹厄斯筆下那頭曾在羅馬帝國時代為害超過半世紀的海怪，很可能就是抹香鯨。

46 臆測

這趟航程期間，亞哈為什麼不讓船員也順便捕捉其他鯨魚呢？這有可能是因為滿腔熱血讓他的所有思想和行動都著眼於捕抓莫比敵這個最終目標。儘管這似乎是因為他已經準備好犧牲一切利益，只為達成他熱切企盼的目標，但也有可能是因為天性使然，他早已習慣這種狂熱的捕鯨之道。如果不是因為這個理由，應該也不乏其他更具影響力的動機。就算他是個偏執狂，難道你以為他的怨念也許多少會擴及所有抹香鯨？難道他會覺得，他殺的抹香鯨越多，接下來每次遇到抹香鯨時剛好遇到可恨大白鯨的機率就會大幅提高？會這樣想的話，實在也太過偏差了。但即便此一假設的確是可以被駁倒的，還是會有一些其他的考量，儘管與他那狂野熱切的心願不是那麼相符，卻還是有可能會左右他的想法。

為了達成目標，亞哈必須使用工具。而在這世間，人類這種工具是最容易出亂子的。例如他也知道，就算自己在某些方面的魅力勝過星巴克，但此一優越性並不能凌駕那些完全講究精神性的人，就像體格魁梧的人也不一定腦袋靈光。理由在於，對於那些純粹精神性的人來講，心智只不過是與身體有關而已。只要亞哈的魅力可以控制星巴克的腦袋，亞哈就能控制他的身體，並脅迫他的意志。儘管如此，亞哈非常明白，星巴克大副的靈魂還是憎惡船長的獵鯨行動，如果可能的話，星巴克甚至會樂於退出行動，甚或阻撓行動。他們也許要過很長一段時間才會看到大白鯨，在這漫長的過程中，星巴克很容易就會故態復萌，公開挑戰船長的領導——除非於偶然間有某些平凡而慎重的影響力改變他。不光如此，亞哈對於莫比敵的狂熱是如此隱約細微，而最能夠印證這一點的，莫過於他的敏感與精明，所以此刻他可以看出大家很自然地都會覺得這是一趟奇想而且褻瀆的捕鯨之旅，但這是應該要避免的。此外，也不該讓人隱隱約約覺得這趟航程恐怖至極（因為，在行動的過程中，任誰難免都會長時間胡思亂想，很少人的勇氣足以抵抗這種傾向）。每當他的幹部與水手於漫漫長夜裡值班時，心頭想著的肯定都是一些比較切身相關的事物，而非莫比敵。因為，無論這些野蠻的船員在他宣布懸賞追殺莫比敵時表現得有多熱切與激烈，但他們畢竟是水手，而各種水手都是善變與不可靠的，因為大家都住在天氣多變的海上，吸進了大量變化無常的空氣，所以當你要求他們千里迢迢地去追獵如此虛無飄渺的鯨魚時，就算你承諾他們最後有好日子可過，讓他們熱血沸騰，但比任何事都重要的是，一時之間必須讓他們持續受到利益與職責的牽絆，這樣才可以保持最好的狀態，以便發動最後一擊。

況且亞哈也不是沒有注意到另一件事。人類在情緒激烈高漲時，總是不屑於考量那些低三下四的東西，但那種狀況已經越來越少出現了。亞哈心想，如今人類所具有的不變特色，就是低下。就算我手下這些野蠻水手真的因為大白鯨而熱血沸騰，就算我可以利用他們的野蠻，讓一種慷慨寬宏的騎士精神在他們內心萌芽，但是就算他們再怎樣樂於追殺莫比敵，我還是得設法滿足他們那些較為平凡的日常欲望。理由是，即便是充滿崇高騎士精神的古代十字軍成員，也不會光是為了奪回聖城就長途跋涉兩千哩：沿途他們總會幹些雞鳴狗盜的勾當，甚至充當扒手，順便弄點錢來補貼自己。要是你嚴格要求他們，只能一心一意地貫徹那最後的浪漫目標，那肯定會有許多人因為厭惡而脫隊回家。亞哈心想，我不會讓這些人覺得賺錢無望——是啊，要有錢才行。也許他們現在視錢如糞土，但若不讓他們覺得「有錢途」，難保幾個月後不會有人因為錢而跟我翻臉，害我亞哈的船長職務不保。

還有一件事跟亞哈更為切身相關，讓他不得不有所防備。在衝動之餘，亞哈揭露了皮廓號這趟航程的主要目的就是為了報他的私仇，這時他已經完全意識到自己的貿然之舉間接造成一種情況：如果有人要指控他造成他們的利益損失，他無法自辯。如果他對待船員的方式真有假公濟私之嫌，無論從道德或者法律的層次看來，他們都有免責之優勢，非但可以不再聽從他的進一步命令，甚或可以用武力解除他的職務。即便這種損害利益的指控只是有些微可能，各種可能後果也不過是亞哈在胡思亂想，但他現在肯定急於保護自己。而唯一的保護之道，就在於他必須全神貫注，以行動來宰制所有人，而且處處都要小心注意，好好算計，就算船上的氛圍有些微改變，他都得設法避免船員受到影響。

基於以上種種理由，還有各種太過錯綜複雜，不便在此陳述的緣由，亞哈可以明顯看出他還是必須在相當程度上遵循皮廓號原來的，也就是名義上的目標，奉行各種習慣性的常規。此外他還必須逼自己展現出一副對於捕鯨充滿熱忱的模樣，過去他這種精神可說是眾所皆知的。

無論如何，他的聲音在船上時時可聞，對著三根船桅桅頂大呼小叫，告誡大家要把照子放亮點，就算是看到一隻海豚也別忘了報告。不久後，這種警戒將會帶來好處。

47 編墊子

那是個多雲酷熱的下午，水手在甲板上懶洋洋地閒晃，或是呆望著灰撲撲的海面。魁魁和我悠閒地編織著一種叫做「劍墊」的東西，那是用於捕鯨小艇上的防磨墊。眼前景象是如此閑靜平順，卻也似乎預示著什麼，空氣裡隱藏著一股狂歡的魔力，水手都不發一語，好像都退回了自己不可見的內心世界。

在忙著編織時，我可以說是魁魁的副手或者隨從。我把自己的手當成梭子，穿梭於長長的經紗之間，把一根根充當緯紗的纏繩穿過去，至於魁魁則是手持沉重的編墊用橡木短劍站在一旁，短劍在紗線之間來來回回，他的呆滯目光投向水面，連想都不用想就能漫不經心地讓每一根紗線各就各位。整艘船與整個海面都沉浸在一種如夢似幻的氛圍裡，只有斷斷續續的木劍編墊聲會打破沉寂，那當下彷彿有一架「時間紡織機」在運作著，我自己則是一根梭子，在那些以命運為材質的經紗、緯紗之間來回穿梭。經紗固定不動，紗線不斷規律地晃動著，晃動的幅度很小，剛好足以讓阡陌交錯似的紗線交織在一起。我心想，不動的經紗彷彿是誰都無法逃脫的宿命，而我那充當梭子的手正在把命運織進那些無法變動的經紗之間。

在此同時，魁魁的木劍是如此衝動又漠然，他編織緯紗的手勢時而歪斜曲折，時而有力或衰弱，一切都視情況而定。因為手勢的不同，最後織出來的墊子表面也形成一種具有強烈對比的模樣。我心想，經紗與緯紗的面貌最後都是由這野人的木劍形塑而成，如此看來，他手上那把漠然的木劍肯定就是機緣了——沒錯，命運是由機緣、自由意志與宿命交織而成，這三者間絕不會相互矛盾。宿命遵循著一條最終的路徑，就像絕不會偏離的經紗，最多它也只是會規律晃動而已。我的手梭彷彿自由意志，能夠在既有的紗線之間穿梭自如。至於機緣似的緯紗，儘管它的作用受限於那些宿命一般的紗線，還要受到橫向移動的手梭，也就是自由意志的引導，如此一來這兩者都對機緣有所限制，但機緣也會反過來宰制它們，事到臨頭往往能發揮最後的關鍵影響力。

我們就這樣編個不停，直到我被一個拖了很長的奇怪聲音嚇一跳，那聲音就像是天外傳來的古怪音樂，我被嚇得手裡那球緯紗脫手掉落，只是站在那裡抬頭凝望著遠方雲朵，那裡是聲音彷彿翅膀般往下飛來的聲源。豔麗海岬人塔許特哥向來瘋瘋癲癲，他剛好待在高高的桅頂橫桁上。他急切地把身體往前伸展，一隻手彷彿魔杖似的伸出去，每隔一小段時間就持續喊叫。事實上，在那當下海面上可能到處都聽得到這種聲音，都是來自於捕鯨船桅頂的瞭望員，但很少人擁有塔許特哥那種印地安鐵肺，可以發出充滿抑揚頓挫又老練的奇妙叫聲。

他站在我們頭頂的高空中，發瘋似地急切緊盯著地平線的方向，讓人以為他是個先知，或是能看到命運陰影的能人，而且用那狂野的喊叫聲宣布宿命的降臨。

「那裡！噴啦！那裡！那裡！那裡！噴啦！噴啦！」

「哪裡？」

「在背風處[1]，大約兩哩外！有一整群！」

很快地，船上陷入一陣騷動。

抹香鯨噴水的時間就像時鐘的滴答聲響一樣準確，也同樣不偏不倚，有著非常可靠的一致性。因此，捕鯨船就可藉此分辨出這是抹香鯨，不會與其他種類鯨魚搞混。

1 也就是說，位於風吹過來的地方。

「魚尾往下沉啦！」此刻塔許特哥高喊，鯨魚群也就不見了。

「快啊，服務員！」亞哈叫道，「看時間！看時間！」

麵糰小子往甲板下衝，看了一眼錶，把精確的時間報給亞哈。

此刻皮廓號已經離開風吹途徑，在風吹不到的地方緩緩滑動前進。據塔許特哥所言，鯨群下潛消失時是往背風面而去，所以我們可以肯定的是，在船頭前方會再看到牠們。抹香鯨有一種獨特的避難本領：儘管牠們是朝某個方向往下潛，但躲進水面下之後還是有可能胡亂游動，很快地往相反的海域游過去——不過牠們現在應該不會使出這種欺敵本領，因為沒有理由假設塔許特哥看到的魚群已經被驚動，或者真的知道我們就在附近。此時，主桅上的塔許特哥已經下來，替換他的是某位留守人員，也就是不用登上捕鯨小艇的水手。前後船桅的水手都已經下來了，裝繩索的桶子擺進了小艇，起重機已經伸了出去，主桅下帆橫桁也已經打橫[2]，三艘捕鯨小艇在海面上翻騰，就好像高聳絕壁上三個裝滿海蓬子的籃子那樣搖搖晃晃。躍躍欲試的船員站在舷牆外，一隻手緊抓著欄杆，一隻腳踩在小艇艇舷的上緣，蓄勢待發。看起來就像一排戰艦上的水兵，正要衝進敵船交戰。

但就在這關鍵時刻，突然傳來叫喊聲，原本在看鯨魚的人都把頭別了過去。他們驚詫地看著黝黑的亞哈，他身邊圍繞著五個鬼影般的黯淡人影，好像是剛剛憑空冒出來的。

2 也就是說，讓風直直往船帆帆面上吹，藉此放慢船速。

48 初次下船獵鯨

當時他們那幾個人看起來就像鬼影，在甲板的另一頭若隱若現，動作迅速無聲，把吊在滑車上的小艇解開。先前，這艘小艇向來是被當成備用的，不過嚴格來講它的名稱應該是船長專用小艇，因為它就掛在船尾右舷。站在小艇前頭的那個人又高又黑，鋼鐵般的嘴脣之間露出邪惡的白牙。他身穿一件喪服似的皺巴巴中國樣式黑色棉襖，寬大的黑色長褲也是一樣的材質。但奇怪的是，他全身漆黑卻留著一頭白到發亮的鮮活髮辮，像頭巾似地盤在頭上。他四周同伴的身影看起來比較沒那麼黑，鮮豔的虎黃膚色是馬尼拉原住民特有的，而這個民族的凶惡狡詐向來惡名昭彰，某些誠實的白人水手向來認為他們是受僱於水上惡魔的間諜與特務，而他們的主子現在肯定在別處關室算錢呢。

就在船員還納悶地盯著那些陌生人之際，亞哈對著帶頭的那個白頭巾老傢伙大聲說：「都準備好了，費韃拉？」

「好了。」他用微弱的聲音答道。

「那就下去吧，聽見沒？」亞哈從甲板另一頭大聲說，「我說，那就下去吧！」

他的聲音如雷貫耳，船員在震驚之餘還是翻過欄杆，滑車的滑輪快速轉動，往下掉的三艘小艇在海面上一陣翻騰，只見大家從起伏不定的船上，越過船舷往下跳進海面上搖搖晃晃的小艇裡，這種熟練勇敢的英姿是在任何行業都看不到的，簡直像山羊登山那樣敏捷。

三艘小艇才剛剛離開船邊，往背風的海面移動，就有第四艘小艇從迎風面的舷側被放到海面上，繞過船尾往背風面移動，看得出是亞哈的小艇，由那五個陌生人擔任槳手，亞哈站在艇尾對著星巴克、史塔布與福拉斯克高聲下令，要他們儘可能在一大片海面上分散開來。但其他小艇上的所有人都還是緊盯著黝黑的費韃拉與其手下，並未聽命。

「亞哈船長？」星巴克說。

「散開啊，」亞哈大聲說，「四艘小艇都要用力划。福拉斯克，你把小艇划過去一點，往背風面過去！」

「是，是，船長！」綽號「主柱」的三副精神抖擻地答道，手裡那一大支舵槳揮動了起來。「划啊！」他對小艇上的船員們說，「那裡！那裡！又來了！牠又在前面噴水了，弟兄們！划啊！」

「阿奇，別顧著看那些黃皮膚的傢伙！」

「喔，我沒有看他們啊，三副，」阿奇說，「先前我就知道啦。我不是在貨艙裡聽到他們在講話嗎？難道我沒有跟卡巴可說嗎？你說呢，卡巴可？福拉斯克先生，他們是偷渡客。」

「划啊，划啊，我的夥伴們！划啊，划啊，我的孩兒們！划啊，小子們！」史塔布語氣緩和地小聲對他這組船員說，好像在安慰他們似的，因為其中有幾個看得出仍然感到不安。「你們這些小傢伙，怎麼沒有使出吃奶的力氣？你們在看什麼？那艘船上的那些傢伙？去他的！不過就是我們的五個幫手，管他們哪裡來的？多多益善啊！划啊划，划啊划，別管那些黃皮膚的鬼子，他們都是好樣的。好啦，好啦，你們划得正起勁。這一划價值一千鎊，這一划可以贏得所有賭金！好漢們，為裝滿抹香鯨油的金杯歡呼！大家一起歡呼三聲，所有的夥伴們！小心，小心，別急啊！別急。你們這些渾球，手裡的槳怎麼停下來了？用力啊，你們這些狗東西！好好好，那就輕點，輕點！就是這樣，就是這樣！你們這些渾球王八蛋，都被鬼給勾了魂嗎？都睡著了。別打呼啊，你們這些貪睡蟲，划啊！好好划，可以嗎？不行嗎？不要嗎？你們這些傢伙要死了，怎麼不划？用力划啊！划啊，划到眼睛掉出來！來啊！」他嗖一聲抽出腰帶裡的利刃，「你們這些王八蛋都給我把刀子抽出來，一邊用牙齒夾著刀刃，一邊用力划！就是這樣，就是這樣。現在你們開始出力了，這才像話，我的硬漢們。划啊，划啊，划得唏哩呼嚕！划得唏哩嘩啦！」

史塔布對手下的這番話可說是胡言亂語，因為他平時對他們講話的方式就很奇特，在叫他們使勁划小艇時更是像傳教似地說個不停。但你可別在聽到這些話之後就以為他曾經把他傳教的會眾們給澈底惹毛。沒那回事，而這就是他最奇特之處。

他總是對手下說一些很可怕的話，但奇怪的語調夾雜著樂趣與怒氣，而且怒氣的成分似乎是如此恰到好處，只會讓他的話顯得更有趣，所以聽過這些奇言怪語的人莫不使出全力，但只是為了他的笑話而用力划而已。此外，他看起來總是如此輕鬆懶散，手搖舵槳時是如此漫不經心，有時候把嘴巴張得好大，但看到這打哈欠的小艇指揮官形成一種強烈反差，卻能對手下發揮魔咒般的影響力。話又說回來，史塔布只不過是那種奇怪的幽默家，他的奇言妙語有時候聽來如此模稜兩可，反而能讓所有手下打起精神，聽命行事。

星巴克遵從亞哈對他比的手勢，他的小艇正斜斜地經過史塔布的艇頭，曾有片刻的時間兩艘小艇靠得很近，史塔布跟大副打了聲招呼。

「星巴克先生！哈囉，左舷的小艇啊！大副，跟您說句話好嗎？」

「哈囉！」星巴克回應他，講話時幾乎沒有轉頭，不過他正認真但低聲地催促手下，面對著史塔布，臉上露出堅定的神情。

「大副，你覺得那些黃皮膚小子是什麼來歷？」

「捕鯨船出發前被人設法偷帶上船的吧，」他低聲催促手下，「划啊，強壯的小子們！」然後又大聲說，「這事真是可悲啊，史塔布先生！﹝划啊，划啊，小子們！﹞但你可別管他們，史塔布先生，這對我們只有好處。要你的手下們儘管使勁划，順其自然吧！﹝用力啊，弟兄們，用力！﹞前頭那些可是一桶又一桶抹香鯨油啊，史塔布先生，我們不就是為這來的嗎？〔划啊，小子們！〕鯨油，鯨油才是我們要的！至少這是我們的職責，盡了責，利潤就會跟著來！」

「是啊，是啊，我也是這麼想，」當兩艘小艇分開時，史塔布如此自言自語，「我一看到他們，就是這麼想的。是啊，所以他才會常常去後貨艙，麵糰小子早就起疑啦！他們就躲在那裡。說到底就是為了對付大白鯨。好吧，好吧，那就這樣！我也不能幹麼！好吧！大家用力划！今天我們碰到的不是大白鯨！用力划！」

這些異國陌生人偏偏在這捕鯨小艇要出動的關鍵時刻現身，不得不讓某些迷信的船伴覺得很詫異。只不過，先前當阿奇覺得自己有所發現時，這消息就已經在船員之間傳開了，雖然當時還沒人相信，卻已經對這事有了心理準備。大家並沒有那種極度驚詫的感覺，再加上史塔布對他們的出現顯露出一副很有自信的模樣，所以此刻那幾個人並未引起大夥兒的迷信猜測，只不過這件事還是留下了很大的揣測空間，讓眾人猜想著陰鬱的亞哈從這件事一開始到底扮演什麼角色。而我則是暗自聯想到皮廓號還沒出發時，我曾在昏暗的南塔克特島黎明天色下看見一些神祕的鬼影出沒，還有以利亞那番令人費解的謎樣暗示。

在此同時，亞哈並未聽見船副的談話，因為他已經駛往迎風面的最遠處，仍然位於其他小艇的前頭。從這情況看來，就知道他那些黃皮膚手下的身手有多矯健。他們的身子似乎像鋼鐵與鯨骨一般硬挺，五個人的槳起起落落，就像機械上的杵錘那樣有力而規律，每隔一小段時間就把小艇往前送出去，衝勁可以與密西西比河上的鍋爐氣船相提並論。至於費韃拉，只見他操控的是魚叉手專用的槳，身上的黑棉襖已經脫掉，露出赤條條的胸膛，與他身後因為小艇起伏而時隱時現的海平線相較，顯得輪廓清晰。至於小艇另一頭的亞哈，則是往後高高舉起一隻手臂，像擊劍手似的，彷彿是個避免跌倒的動作。只見亞哈穩穩地操控著舵槳，這件事在他被大白鯨咬掉一條腿之前，是他已經做過千百次的。突然間，亞哈高舉的手做了一個很奇特的手勢，然後就固定不動，可以看到那五個槳手也同時把槳高舉了起來。小艇與船員都在海面上靜止不動。後方那三艘散開的小艇也立刻停了下來。鯨群已經潛入藍海裡，因為游動路線不規則，所以從遠遠的海面上看不見牠們的蹤跡，但亞哈靠得比較近，已經看到了。

「大家注意自己手裡的槳！」星巴克大聲喊道，「魁魁，你站起來！」

野人魁魁本來坐在船頭一個高高的三角形箱子上，他敏捷地跳起來，直挺挺站著，一雙熱切無比的眼睛緊盯著獵物最後被發現的地方。艇尾有一個與艇舷邊緣同高的三角平臺，站在那裡的星巴克看來是如此冷靜，儘管小艇搖搖晃晃，但他很熟練地平衡著自己的身體，默默盯著藍眼睛似的廣袤大海。

福拉斯克的小艇就在不遠處，一樣也是靜止不動，屏息以待。三副大膽地站在船尾圓柱上，那粗大的短柱裝在小艇的龍骨上，比船尾的平臺高差不多兩呎。圓柱的功能是可以把捕鯨索捲在那上面。柱頂的面積並沒有比男人的掌心還大，站在上面的福拉斯克好像站在一艘幾乎完全沉沒的船上，那船只剩桅頂木冠還可以站。但這綽號主柱的矮個子三副，長得又小又矮，卻是志向遠大，所以船尾原柱的頂端絕對不是一個可以滿足他的立足之地。

「我什麼都看不見。把一根槳靠在艇舷斜放著，讓我站上去看看。」

大狗一聽到這句話，將兩手搭在艇舷上，藉此穩住身子，很快速地滑往船尾，然後站了起來，自告奮勇，把寬闊的肩膀提供給三副當瞭望臺使用。

「我這肩膀跟桅頂一樣管用，三副。你要上來嗎？」

「好，太謝謝你了，我的好兄弟。真希望你能多長個五十呎高。」

這巨大的黑人就此把兩條腿穩穩地踩靠在小艇的兩邊側板上，微微屈身，伸出掌心，要福拉斯克一腳踩上去，把福拉斯克的一隻手擺在他自己那彷彿靈車羽飾的頭髮上，請福拉斯克跳上去，因為如果是他自己使力的話，身體肯定會搖搖晃晃，於是這矮子便靈巧地一躍而上他的肩膀，動作乾淨俐落。此刻福拉斯克已經站上去，大狗高高舉起一隻手臂給他靠著，充當穩住身體的胸帶。

就算海象再怎樣凶險翻騰，捕鯨人身負這種習以為常的奇技，想都沒想就能在搖晃的小艇上站得挺直，任何時候這都能讓菜鳥們看到目瞪口呆。在同樣的狀況下，如果看到福拉斯克那樣輕盈地站在小艇圓柱上，那景象就更奇怪了。但是，現在矮子福拉斯克登上了大狗這巨人的肩膀上，簡直就是世界奇觀，因為不管海面再怎麼翻騰，這體格健美的高貴黑人總是能夠保持平衡，看來如此冷靜自在、若無其事，好像想都不用想似的，看來既野蠻又尊貴。

站在他寬闊肩膀上的淡黃髮色福拉斯克彷彿雪花一樣輕飄飄。充當瞭望臺的人看起來比上面那傢伙更高貴。儘管這活潑躁動、性格浮誇的矮子福拉斯克偶爾還會因為不耐煩而跺腳，但這黑人的虎背熊腰卻完全沒有被踩得往下沉。在我看來，這就像「激情」與「浮華」在寬容慷慨的大地上用力踩踏，但這世間的潮流與時節卻絲毫沒有因此改變。

在此同時，二副史塔布卻沒有表現出急著要遠望的模樣。鯨群也許只是照其規律下潛測深，而不是因為被嚇到而暫時躲進水底。果真如此，看來史塔布正打算按照他在這種情況下的舊習，懶懶散散地抽菸斗與休息。他向來都把菸斗像羽毛那樣斜插在帽帶上，取下菸斗後他填進菸草，用大拇指尾端把菸草夯實。但就在他用砂紙般粗糙的手掌把火柴點燃的那一刻，他的魚叉手塔許特哥也幾乎同時變得目光如炬，死盯著迎風面，本來站得直挺挺，突然觸電似地一股腦兒坐下，彷彿發狂一般急促狂叫：「在那下面，都在那下面，快划啊！牠們都在那裡！」

此刻，在陸地人看來，別說鯨魚了，恐怕連一條小魚的跡象都看不到，只是白中帶綠的海水有點混濁，海面上飄散著薄薄的煙霧，一陣陣往背風面吹過去，就像白色浪花在海面上翻滾著。

四周的空氣就好像有一片片加熱過的鐵板在那裡，被激得狂冒煙霧。在這翻騰繚繞的熱氣底下，僅僅隔著一層薄薄的海水，就是鯨群優游之處。從預先出現的其他跡象看來，那一陣陣牠們噴出來的煙霧水汽似乎是一群先遣信差，還有馳騁馬背上的探路侍從。

此刻四艘小艇全都火速趕往那一片海水混濁與水汽蒸騰的海面。但鯨群把他們遠遠拋在後面，不斷疾泳著，彷彿一片相互交雜的泡沫順著水流從高丘快速流下來。

「划啊，划啊，我的好兄弟們！」星巴克儘可能用最低的音量對手下說，但語氣熱切無比，而他那銳利的目光往艇首射出，幾乎像羅盤上的那兩根指針一樣精準無誤。不過，他沒有對手下多說些什麼，手下也沒跟他說話。小艇就這樣靜靜地前進，那片寂靜每隔一小段時間才會被史塔布那奇特的低語聲驚擾打斷，有時是粗魯下令，有時溫言懇求。

主柱那矮個子就不一樣了，他聒噪地說：「夥伴們，唱唱歌或說說話啊！一邊叫，一邊划，我勇敢的夥伴們！把我帶到牠們的黑背上，小子們！只要帶我到那上面去，我就把我瑪莎葡萄園島上的莊園送給你們，小子們！還附贈我的妻子兒女！帶我上去，帶我上去！主啊，喔主啊！否則我就要發瘋，看得發狂！看哪，看那白色的海水！」他一邊大叫，一邊把帽子拿下來，在帽子上不斷跺腳，接著將帽子撿起來，突然把它朝船後的大海遠遠丟去，當它最後落下時，在海面上起起落落，彷彿草原上的發狂小雄駒。

史塔布的小艇在後面跟著，只隔一小段距離。「看看那傢伙，」他冷靜而緩慢地說，僵直地咬著那根沒有點燃的短短菸斗，「福拉斯克那傢伙又發作啦。發作？對，就是這個字眼，他發作了。也讓他的手下一起發作。快樂啊，快樂起來，夥伴們！你們很清楚，就像晚餐有布丁吃那樣快樂起來！划啊，寶貝們，划啊，小子們，全都一起划。但你們在急什麼？輕輕的，輕輕的，弟兄們，穩穩地划。只管划就好了，一直划就可以了。划到脊椎斷裂，划到把刀刃咬斷，就這樣。放輕鬆，我說你們怎麼不放輕鬆，划到五臟六腑都爆裂！」

至於那令人費解的亞哈到底對他那些虎黃膚色的手下說了些什麼，在此最好略而不談，你們這些福音世界裡受到上帝恩澤的人們不該知道。只有凶險海裡那些不信上帝的鯊魚才會想要洗耳恭聽。而亞哈這時可說是眉如龍捲暴風，眼若殺人紅魔，緊閉的雙脣冒著白沫，一心只顧著在後面顛簸的小艇裡追殺他的獵物。

在此同時，所有的小艇全都破浪而來。福拉斯克不斷特意提起他稱為「那頭鯨魚」的虛構海獸，並宣稱牠持續用尾巴騷擾小艇的艇頭——這些話有時候是如此栩栩如生，以至於他有一兩個手下會在驚恐之餘回頭看前面。但這是違反一般規則的：划槳手必須當作自己沒有眼睛，脖子硬到不能回頭。規定是，在這關鍵時刻，他們的五種感官只能剩下聽命令的耳朵，四肢也僅餘划槳的雙臂。

這真是詫異與敬畏不已的景象啊！威力無限的大海上波濤滾滾，翻騰之間發出陣陣咆哮，海浪打在小艇的八面舷側上，它們就像在無垠綠地上滾動的四顆巨大木球。每當遇到比較大的浪，小艇總會歷經短暫的驚險時刻，好像登上了刀鋒邊緣，看來幾乎隨時都會被切成兩半。從浪頭掉下之際，彷彿突然掉進山谷與窪地，登上浪頭時，又像驅馬疾馳，衝上另一頭的丘頂。時而像搭乘雪橇，一頭往山丘的另一個坡面往下栽——除此之外，再加上小艇領班與魚叉手的怒吼聲，划槳手的戰慄喘息，還有象牙色皮廓號在後面張帆追趕小艇的奇觀，就像發狂母雞在後面追趕一群尖叫的小雞，這一切是如此驚心動魄。就算是離開妻子懷抱、初次投入激烈血戰的部隊菜鳥，就算是與來自冥界的幽靈首度邂逅的靈魂，都算不得什麼，初次參與瘋狂圍捕抹香鯨的人，他們的感覺才真正是不可思議，他們的情緒強烈無比。

此刻，追獵行動所造成的翻騰白水已經越來越明顯，因為微暗雲影已經讓海面變得漸趨黑暗。噴出來的煙霧水汽再也不像剛剛那樣全都混在一起，而是到處往左或往右射出去，鯨群似乎已經分散開來。四艘小艇把彼此之間的間隔再次拉開，星巴克負責追獵那三隻拚命游往背風面的鯨魚。我們的小艇已經揚帆，被越來越大的風推動疾行，發瘋似地掠過海面，在背風的狀況下，划槳手幾乎跟不上小艇的急速，艇槳差一點就要脫離槳架，脫手而出。

很快地，我們行經一片瀰漫著薄霧的海面，看不到皮廓號與其他小艇。

「快划啊，弟兄們。」星巴克低聲說，並且更進一步把艇帆往後拉。「在暴風來臨前，我們的時間足夠殺掉一頭鯨魚，又有白浪了！小心！要飛起來了！」

不久過後，從我們的兩側接連傳來了兩聲叫喊，相隔時間甚短，這意味著另外兩艘小艇已經得手，用魚叉叉中鯨魚了。但我們才剛剛聽到叫聲，星巴克就馬上用閃電般的速度低聲說：「站起來！」魁魁手持魚叉，迅速起身。

儘管艇上的槳手都還沒面對過眼前即將來臨的生死關頭，但我們眼看著艇尾大副的嚴肅神情，任誰都知道那一刻已經迫近了。我們也聽到一陣巨大的翻滾聲，好似同時有五十頭大象在牠們睡覺的落葉堆裡打滾。在此同時，小艇仍在迷霧中啪啪前行，纏繞四周的海浪發出嘶嘶聲響，像是被激怒而高高往上竄的大蟒蛇。

「那是鯨背。那裡，就在那裡，把魚叉丟出去吧！」星巴克低聲說。

魁魁從小艇上將鐵叉射出去，在天際發出短促的嗖一聲呼嘯聲。接著在一陣騷亂中，艇尾承受一股看不見的推力，前頭又好像撞上了暗礁。艇帆崩塌爆開，附近噴出一片灼熱的水汽，我們下面有東西翻滾震動了一下，彷彿地震。小艇上所有人幾乎都要窒息了，經過一陣慌亂顛簸後，全都被捲入一陣乳白色的黏膩暴風中。暴風、鯨魚與魚叉全都混雜在一起，那頭鯨魚只受到了一點擦傷，就在混亂中脫逃了。

儘管全部都積水了，但小艇幾乎沒有受損。我們繞著小艇游泳，把漂浮海面的艇槳撿回來，在舷側上綁牢，然後爬回自己的位子。我們坐在位子上，海水及膝，所有船肋與船板都被淹沒，所以任誰低頭凝視著漂在海面上的小艇，都會覺得它就像一片從海底長出來的艇狀珊瑚礁。

增強的海風呼嘯著，四周的海浪朝我們聚攏過來。颼颼的暴風從我們身邊擦過，發出啪啪爆裂聲響，簡直像大草原上燒起來的一陣白火，我們並未遭到吞噬，只是在火裡被燒灼著。我們進了死神的嘴裡，卻能逃過一劫！儘管呼喊著其他小艇，但不管用，對著暴風中的小艇喊叫，就跟對著煙囪下方火爐裡燃燒的煤炭大喊一樣沒有用。在此同時，飄霧、碎雲與薄霧都因為夜裡的陰影而變得更為陰暗，完全不見皮廓號的蹤跡。海水水位上漲，因此想要把小艇裡的水都弄出去也沒有用。艇槳現在已經沒有推進的功能，頂多只是救生工具。星巴克割斷了防水火柴桶的繩子，試了許多次之後才點燃了燈籠裡的燈。他把燈籠掛在標示旗杆上，交給魁魁，算是死馬當活馬醫的求救措施。然後他就坐下，在澈底絕望中，手持一根可笑的蠟燭。坐在那裡的他可說是典型的絕望人物，不過絕望之際仍無可奈何地抱著一絲絲希望。

我們渾身溼透了，冷到發抖，也找不到船隻或小艇可以求救，只能抬頭呆望天空，等待黎明降臨。海上仍是一片迷霧。火光已熄滅的燈籠被棄置在小艇底部。突然間魁魁站了起來，把手掌兜成碗狀，擺在耳朵邊。我們隱約都聽見一聲吱嘎聲響，好像被淹沒在暴風聲裡面的帆索與帆桁聲。聲音越來越近，可以模糊地看出濃霧被一個看不清楚的龐大物體給分開了。最後當皮廓號慢慢逼近，我們都被嚇得跳進海裡，最後與我們相隔的距離只比它的船身長一點點，差點撞上我們。

我們看見自己的棄艇在船頭下方的海面上起起伏伏，裂了開來，那片刻之間簡直像是大瀑布底下的一片漂木，接著皮廓號的龐大船身就壓了過來，小艇沒入水下，最後才在船尾的滾滾水波中重現。我們再次往小艇游過去，海浪不斷拍打著它，最後我們把它翻正，安然登艇。原來，其他三艘小艇早在暴風來臨前就棄鯨而去，即時返船。皮廓號暫時棄我們而去，但仍在四周海域巡航，看能不能湊巧找到一點可以證明我們已經罹難的東西，像是艇槳或魚槍桿子之類的。

49 冷酷無情

人生如此奇怪混亂，在某些詭異的時機與機遇之下，我們就是可能會把這整個宇宙當成一個巨大無比的惡作劇，不過我們對這惡作劇只是一知半解，而且強烈懷疑只有自己才是受害者，別人都不是。然而，這沒什麼好沮喪的，一切似乎也都無可爭辯。無論什麼事，不管是什麼信念與信仰，來自別人的說服之詞，還有各種可見與不可見的困難，就算再令人難以下嚥，我們還是會吞下去，彷彿把自己當成一隻消化能力超強的鴕鳥，甚至能大啖子彈與槍上的燧石。至於那些小小的難處與憂患、可能會突然發生的災厄以及人生的磨難，包括死亡，都只是狡獪而無惡意的小小打擊，或是像被人開玩笑似的在側邊打了一拳，而做出這一切的都是某個愛開玩笑的老傢伙。人會出現這種奇怪而難以捉摸的心情，都是在承受極度苦難時，而且往往就把自己的想法給當真了，以至於過去我們認為重要無比的一切，如今看來只是那惡作劇的一部分。這種亡命之徒的人生觀讓人感到如此安適、自由而隨興，而最容易滋生出此一觀念的，莫過於危險重重的捕鯨業——現在，我就是用這種人生觀來看待皮廓號的獵殺大白鯨航程。

我是小艇上最後一個被拉上甲板的，當我還在那裡甩動身體，試著將外套上的水弄掉時，我就問魁魁：「魁魁，我的好朋友，這種事常見嗎？」儘管他跟我一樣渾身是水，卻還是設法讓我了解，這種事的確還挺常見的，語氣不帶一絲情緒。

此刻那高貴的二副已經穿上油布外套，扣上鈕扣，平靜地在雨中抽菸斗。「史塔布先生，」我轉頭對他說，「史塔布先生，我記得你說過，在你認識的所有捕鯨人裡面，我們的星巴克大副是史上最小心謹慎的一位。所以說，在迷霧滿天的暴風裡，揚起小艇的艇帆向一隻速度飛快的鯨魚衝過去，在你看來是我們捕鯨人最為謹慎的表現囉？」

「當然。某次在合恩角外海，就算船在進水，海風強勁，但我還是下船去追捕鯨魚。」

「福拉斯克先生，」我轉過身去對站在附近的矮個子主柱說，「這種事你很有經驗，但我沒有。可否請您告訴我，在捕鯨業裡面，難道有一條不變的規則，規定槳手就該划槳划到背快斷掉，把自己往死神的嘴裡送嗎？」

「你講話不能直接一點嗎？」福拉斯克說，「是啊，規定就是這樣。我希望我的手下都能把槳往後划，直接划到鯨魚的面前。哈哈，這樣鯨魚就能跟大家來個大眼瞪小眼，你說是不是！」

於是，透過這三位公正不阿的證人，我已經把整件事搞清楚了。所以說啊，小艇因為遇到強風而在海上翻覆，導致捕鯨人必須在海上過夜，在這一行可說是司空見慣。其次，在划著小艇直接向鯨魚衝過去的極度危急時刻中，我必須把自己的生死交付給小艇指揮官，但衝動的指揮官在小艇即將翻覆的時刻，往往只會急得跳腳。這樁小艇翻覆意外的主因必須歸咎於星巴克，他不顧暴風的降臨，要我們直接往鯨魚衝過去，但這樣的他卻還是在捕鯨業裡以極度謹慎而聞名。再加上我被分配到的小艇指揮官偏偏就是這個「異常謹慎」的星巴克，而我又被牽扯進這個追殺大白鯨的鬼差事。綜合以上幾點看來，我想我最好還是趕快下去起草遺囑好了。「魁魁，」我說，「來吧，我要指定你當我的律師兼遺產執行人與受贈人。」

為什麼所有水手的遺囑與遺書都會一改再改？在外人看來似乎很怪，但這世界上最能以此自娛的，莫過於我們這些水手了。入行後，這已經是我第四次幹這種事了。這次改完後，我覺得自己輕鬆許多，彷彿胸口的大石已經放下。此外，現在我的心情就好像死而復活的拉撒路[1]，往後多活一天就是多賺一天。我活了下來，死亡與葬禮都已經被深鎖在我的胸臆之間。我平靜而滿意地四處張望，覺得自己彷彿是坐在舒適家族墓穴裡不發一語的復活幽魂，心無罣礙。

接著，我下意識地捲起衣袖，心頭浮現一個想法：就算要死也要死得冷靜鎮定一點，而且必須不落人後，走在最後面的會被魔鬼抓走。[2]

1 拉撒路病死後四天在墓中被耶穌喚醒而復活。

2 此為英文諺語：「It's every man for himself, and the devil take the hindmost.」

50 亞哈的小艇與小艇成員：費韃拉

「誰料得到呢，福拉斯克！」史塔布大聲說，「如果我裝了一支義肢，大概就不會到小艇上了。我唯一能做的事，大概就只是用我的木頭腳趾把排水塞孔[1]給堵住。喔，他真是個厲害的老傢伙啊！」

「所以我不覺得這有什麼好大驚小怪的，」福拉斯克說，「如果他是整條腿都不見了，情況就完全不同。那樣他就是真的殘廢了，但是他的大腿還在，而且另一條腿還是好好的。」

「我不知道，矮子。我可還沒看到他跪下來。」

對於捕鯨航程成功與否身負重任的船長是否應該親自下海追捕鯨魚，造成自己的性命受到危害？這個問題在捕鯨業界向來備受爭議。就像士兵們也常含淚爭論：性命珍貴無比的帖木兒將軍[2]是否應該身先士卒，親自參與激戰？

但對亞哈來講，問題又有點不一樣。就算是有兩條腿的人，遇到危險也難免腳步不穩。還有，追獵鯨魚本來就是險象環生且困難重重——應該說，時時刻刻都會有危難。如果是這樣的話，像他那樣的殘疾之人親自登上小艇獵鯨，是明智之舉嗎？在正常情況下，顯然皮廓號的股東肯定會認為答案是否定的。

亞哈也很清楚，如果他只是加入相對來講較不具傷害性的追獵行動，就算他親自登艇，以便就近下令，家鄉的朋友應該會覺得沒什麼。但如果亞哈船長是把一艘小艇指派給自己，成為固定的小艇領班，而且還要多出五個人給他在小艇上指揮，他應該也很清楚，那些皮廓號的股東絕對不會如此慷慨。

因此，亞哈並未對他們提出多加五個人手的要求，也沒有針對此事有所暗示。不過，他還是用自己的方法私下解決了這個問題。直到卡巴可的發現在船上傳開以前，水手們幾乎無法料想這一點。只是，就在皮廓號出港後不久，大家就已經把捕鯨小艇的相關準備工作都做好了，但不久人們發現，亞哈偶爾會忙著親手製作槳座銷[3]，看來是要給那艘備用小艇的。他甚至熱心地親自削製木叉，那是當捕鯨索放出去後，要用來把繩索固定在艇頭溝槽上的。這一切都讓大家看在眼裡，尤其是他特別費心地在小艇底部加上一層襯板，好像是為了讓底部能夠承受他那支鯨骨義肢的壓力，而「大腿擱板」是否做好了，同樣也讓他掛念不已，這種裝在艇首的橫向擱板有時又稱為「防滑板」，是一種讓捕鯨人在使用魚叉、魚槍對付鯨魚時可以把膝蓋頂在上面的裝置。常有人看到他親自登上小艇，用僅剩那條腿的膝蓋頂在「防滑板」上的半圓形凹槽裡，他還特別吩咐木匠用鑿子把那凹槽東修西改。其實這一切在當時早已讓大家感到關切與好奇了。

但幾乎所有人都以為，亞哈之所以會如此認真進行準備工作，只不過是為了在最後能夠抓到莫比敵，因為他早已宣布他打算親手捕獵那隻該死的海中巨獸。大家都以為是這樣，但萬萬沒想到的是，居然會有一組水手被指派為那艘小艇的固定成員。

如今，就在那幾個聽命於他的鬼影現身後，水手也就不再大驚小怪了，因為捕鯨船本來就是一種無奇不有的地方。此外，捕鯨船上本來就偶爾會出現一些亡命之徒，他們都是來自於各種各樣令人費解的奇怪國家，從各個未知的角落與垃圾坑裡冒出來的。還有，到了公海上，每當遇到有古怪的倖存

1 小艇上用來排水的洞。

2 十四至十六世紀稱霸西亞的帖木兒帝國之創建人。

3 thole-pin，用來固定艇槳的東西。

者抓著船板、支離破碎的船隻殘骸、船槳、捕鯨船與獨木舟殘骸或被吹翻的日本戎克船等等，漂浮在海面上，捕鯨船也都會予以收留。就算是魔王本人也有可能從船舷登船，到甲板下的船艙去跟船長聊聊，但這種事在捕鯨船上實在是平凡無奇，一點都不會在艏樓的水手之間引發騷動。

儘管身分仍是獨特的，但那些鬼影肯定可以馬上跟船員們打成一片。雖說如此，但那位留著頭巾般髮辮的費韃拉，自始至終都是個模糊朦朧的神祕人物。他是從哪裡來到這文明世界的？他跟亞哈之間有什麼令人費解的關聯，讓他能夠馬上就與亞哈的特殊命運緊緊相繫，而且到目前為止他又對亞哈有什麼隱隱約約的影響呢？這一切答案只有天知道，也許他甚至能控制亞哈，任誰都無法了解。但任何人都無法長久不去注意費韃拉。對於住在溫帶文明地區的溫和居民來講，像他這種人物只會在夢中隱約看見，絕對想不到他真的存在。但是，事實上他這一類人偶爾就是會出現在那些從未改變的亞細亞社會裡，尤其是亞洲大陸東端的那些東方島嶼上。那些歷史悠久的國度與世隔絕，未曾有所改變，直到現代仍然存留著遠古人類的幽靈般原初風味，那些地方彷彿還存留著關於人類始祖的清晰記憶，當時的所有人類都是他的子子孫孫，不知道他來自哪裡，每個人都把彼此當成真正的鬼影，並且常常舉頭探問日月：我為何會被創造出來？這一切有何目的？不過，根據《舊約聖經．創世紀》所言，想當年的確是個天使與人類的女兒結伴同行的時代，同時根據那些寫出「偽經」[4]的猶太教士所言，當時就連魔鬼也都還耽溺著世間的男女情愛。

4 指〈以諾書〉與〈禧年書〉。

51 精靈的水柱

一天天，一週週就這樣過去了，船上裝飾著許多鯨牙製品的皮廓號一帆風順，緩緩穿越四個不同漁場，它們分別位於亞速群島與維德角的外海，還有所謂的「普拉特」，也就是普拉塔河外海[1]，以及聖海倫娜島南方那片沒有任何陸地的凱羅漁場。

某晚我們航行在上述漁場裡，月光靜謐皎潔，海濤像銀色卷軸般捲來捲去，海上冒著銀白色的柔和泡沫，給人一種沉靜但不寂寥的感覺。夜裡寂靜無聲，只見與船頭白色泡沫相距甚遠的海面上，噴出一道銀色水柱。月光下那銀柱被照得充滿仙氣，好像海面上有人羽化成仙，在閃閃銀光中衝上天際。水柱是費韃拉最先看到的，因為那幾個月光皎潔的夜裡，常常都是他爬到主桅桅頂當班盯哨，而且對於目光銳利的他來講，夜裡與白天無異。不過，就算是在夜裡看到了鯨群，會放下小艇的捕鯨船可能不到百分之一。任誰應該都不難想像，水手們看到眼前情景時會有什麼心情：在這奇特的時段裡，一個東方老頭棲居高處，他那頭巾似的白髮與月亮在空中，長相左右。他就這樣連續好幾晚都待了一段固定時間，完全沒有出聲。可是在這持續的沉默過後，突然用天籟般的聲音宣告月光下出現了一道銀白水柱，把每個躺臥的水手都嚇得站了起來，好像某個長著翅膀的精靈降臨帆索上，跟船上眾多凡人打招呼。「牠噴水啦！」就算是審判日的號角響起，也不可能像他的聲音那樣具有震撼力，而且他的聲音聽起來讓人全無恐懼，只感到欣喜歡愉。理由是，儘管這時間點很奇怪，但他的叫聲令人

1 Palte與Rio de la Plata。

印象深刻，洋溢著興奮之情，以至於船上幾乎所有人都想要下船捕鯨。

亞哈在甲板上左搖右晃地大步快速前進，命令大家把上桅與頂桅帆桁調整好，揚帆前進，所有翼帆也都要張開。把船舵交給全船最厲害的水手。然後，三根船桅桅頂都已經有人站在上面，皮廓號就這樣揚帆順風而去。從船尾欄杆吹過來的和風如此奇妙，把許多面船帆都吹得鼓了起來，好像有一股把船往上舉起抬升的力量，讓甲板上的人都有一種騰空飛躍的感覺，彷彿停留在空中，但另一方面皮廓號還是往前急速航行著，如此一來就好像被兩股針鋒相對的力量拉扯著：一股要讓它直登天界，另一股則是左搖右擺地將它推往某個水平的目標。任誰只要看到亞哈那天晚上的臉色，都會覺得他的身上也有兩股力量在交戰著。一方面他那條完好無缺的腿在甲板上發出充滿活躍生氣的腳步聲，但義肢的每一個喀噠聲響聽起來卻像是在敲打棺材。不過，儘管皮廓號急速前進，儘管每個人都像射箭似地對著遠方投以熱切的目光，但當晚他們再也沒有看見那銀白水柱了。每個水手都信誓旦旦，說自己看過一次，但沒再看到第二次。

幾天後，就在那午夜水柱幾乎已被眾人遺忘之際，你看！一樣在那寂靜無聲的午夜時分，又有人宣布水柱的出現，而且所有人也一樣都看見了。只不過，當他們揚帆追趕時，水柱再度失蹤，彷彿未曾出現過。接下來每一晚總是這樣，直到最後大家已經不在意，只是覺得有點納悶而已。那神祕水柱總是在皎潔月光或星光下噴發，然後就消失了一整天，或者兩三天，每次在前方出現時好像都與我們相距越來越遠，似乎總是誘惑著我們追上前去。

因為水手這行業自古以來就是非常迷信的，再加上皮廓號這艘船本身就有種種超自然之處，每當那道追趕不上的水柱出現時，無論何時何地，無論隔了多久，隔了多少經緯度才看見，總有幾位水手會宣稱，噴水的肯定是同一條鯨魚，而且就是莫比敵。而且這神出鬼沒的水柱也令大家害怕了起來，好像它如此不斷詭譎地召喚著我們，是因為那巨獸終究會轉過身來，在最偏遠而蠻荒的海域把我們摧毀粉碎。

我們一天天航行著，因為這暫時的隱憂是如此可怕，相形之下天氣就顯得靜謐，像是隱藏著一股神奇力量，有些人認為，那蔚藍和藹的天空蘊藏著魔鬼般的魅力，平靜孤寂的海面則是如此懶洋洋的，這碧海藍天對我們的復仇行動感到如此厭惡，從我們那骨灰罈似的船頭看來，好像也漸漸失去了生氣。

不過，最後當我們轉向朝東方航行，好望角的海風開始在我們身邊呼嘯，我們在那波濤洶湧的廣闊海面上起起伏伏，船上滿是鯨牙飾品的皮廓號在慌亂中乘風破浪，海水像銀幣似地從天空灑下來，雪白泡沫飛越舷牆，打到船上。先前那種荒涼空虛、了無生氣的狀態結束了，但取而代之的卻是更為悲慘的情景。

船頭的海水化成各種形狀從四面八方打過來，船尾則是有一大群高深莫測的鸕鶿飛舞著。每天早上都可以看到這種海鳥一排排棲息在我們的支索上，逗留許久，不顧我們的驅趕，好像皮廓號是一艘漂流的無人船隻，本來就該荒涼寂寥，很適合無家可歸的牠們築巢落腳。就這樣漂漂蕩蕩，在黑色的海面上不停漂流，海上的驚濤駭浪就像良心一樣忐忑不安，凡間的靈魂因為自己長久以來的罪孽而感到苦惱悔恨、受苦受難。

好望角，這是你的名字嗎？還不如沿用舊稱，也就是「暴風雨角」[2]。先前的海面是如此沉靜，我們被吸引，被騙來這風強雨大的海域，而這裡的魚群與鳥群都是罪人化身而成，似乎受到了詛咒，必須在沒有任何棲息地的海裡永遠游個不停，或是在看不見地平線的黑暗天空裡振翅飛翔。但那道偶爾會出現的水柱還是如此平靜雪白、恆常不變，海水如輕盈白羽，仍舊在前方召喚著我們。

在這天昏海暗之際，甲板上到處都是水，危險無比，幾乎不曾離開的亞哈持續發號施令，顯得如

2 Cape Tormentoto，葡萄牙人取的名字。

此陰鬱沉默，而且與先前相較，跟船副們講話的時間甚至更少了。像這樣風大雨大時，甲板上與船桅上的一切都會被綁緊，我們什麼也不能做，只能被動地等待風停。船長與船員實際上都已經變成了宿命論者。所以，亞哈就只能把鯨骨義肢插在常用的那個洞裡面，一隻手緊抓著桅牽索，時時刻刻都緊盯著迎風面，偶爾飄來一陣凍雨或雪花，把他的眼睫毛都凍得凝結在一起。怒濤巨浪拍打著船頭，在此同時，在船腰舷牆站成一排的船員們，被晃得不斷往船的前半段衝過去。為了抵擋巨浪，每個人最好都把自己用欄杆上的穩帆索拴起來，好像拴著一條鬆垮的皮帶。大家幾乎都不講話，這沉默捕鯨船上的水手好像都是一些上色的蠟人，一天又一天航行在彷彿群魔亂舞的海濤上。到了夜裡，儘管驚濤駭浪還是在海面呼嘯著，但船上依舊人聲杳然，把自己拴在穩帆索上的水手們仍然沉默著，還是不發一語的亞哈站在甲板上頂著強風。即便風雨海浪都累了，似乎想要停歇，他在吊床上仍然不肯休息。大副星巴克永遠忘不了老船長在船艙裡的那個模樣：他想下去查看氣壓計，只見鎖在地面的椅子上坐著身體僵直的亞哈，緊閉著雙眼，連外套與帽子都還沒拿下來，先前淋在身上的雨水和幾乎融化的雨雪緩緩滴落。他身邊的桌上擺著一張先前提及的海潮海流圖表。手裡緊握著一盞搖搖晃晃的燈籠。儘管他身體是挺直的，頭卻是往後仰的，緊閉的雙眼直接面對著掛在天花板船梁上的「舵角指示器」。3

星巴克渾身顫抖了一下，內心想道：可怕的老人！就算在這強風大浪裡睡覺，還是緊盯著你的目標。

3〔原注〕所謂「舵角指示器」就是船艙裡的羅盤，這樣人在甲板下的船長不用上去看舵輪旁邊的羅盤，就能藉此確認船隻的航行途徑。

52 信天翁號

從好望角往東南方航行，我們來到遙遠的克羅澤群島外海，那裡是露脊鯨出沒的漁場，只見前方有船帆若隱若現，結果那是「古尼烏號」（也就是信天翁號）。它緩緩地靠過來，我在前桅桅頂高處看得一清二楚，對於我這離家甚久的遠洋捕鯨業新手來講，實在是壯觀無比。

海浪好像有漂白功能似的，那艘船被漂到白得像是被海浪沖上岸的海象骨架。這幽靈般船隻的船身四周都是一條條長長的鏽痕，船上圓杆與帆索又像是沾滿了白霜的粗厚樹枝。船上只有下半部的船帆是張開的。三根船桅桅頂的瞭望員都留著長長的絡腮鬍，真可說是一幅奇景。他們彷彿都穿著一身襤褸的獸皮衣裳，一趟四年航程下來，身上到處是破掉與補丁的地方。桅頂釘著鐵圈，他們在圈裡站著，每個人都在這深不可測的海上搖搖晃晃。信天翁號與皮廓號靠得很近，它從我們的船尾下方緩緩滑過去，我們船上的三位瞭望員與他們的那三位之間是如此接近，我們好像幾乎可以跳到他們船上的桅頂，他們也可以跳過來，但那幾位看來可憐兮兮的捕鯨人經過時，卻只是以溫和的目光看著我們，不發一語，不過我們倒是可以聽見下方的後甲板區傳來的打招呼聲。

「喂！你們看到大白鯨了嗎？」

信天翁號的陌生船長靠在蒼白的舷牆邊，正要把傳聲筒拿到嘴邊，但傳聲筒卻往海面掉落，而且此時風力突然增強，他再怎麼喊叫也沒辦法讓我們聽見他的聲音。在此同時，兩艘船之間的距離也漸漸拉開了。皮廓號的水手們全都不發一語，專心關注著這初次向另一艘船提起白鯨之名就發生的不祥意外，亞哈也頓了一下，但看來幾乎像是要派小艇下去把那陌生的船長給接上來，不過風勢大到讓他只能作罷。但因為皮廓號恰好位於迎風處，亞哈趁此優勢，又拿起他的傳聲筒，而且從外形看出那陌生的船隻也來自南塔克特島，很快就要返家了，於是大聲呼喊：「喂！我們是皮廓號，要去環遊世界了！告訴他們，如果要寫信給我們，就寄到太平洋吧！這一趟要去三年，如果我不在家，就叫他們寄到……」

此刻兩艘船留在海面上的行跡剛好交叉在一起。一群群無害的小魚本來跟了我們好幾天，始終平靜地在一旁游水，現在卻以各種不同的方式振鰭快速游開，前前後後地跟在信天翁號的兩側。儘管此情此景亞哈在過去的許多航程裡應該是司空見慣了，但這時他跟任何偏執的人一樣，難免認為這種最微不足道的小事也帶有特殊的意義。

「你們要離開我，是嗎？」亞哈看著海面低聲說。這句話沒幾個字，但透過語調所傳達的絕望與悲痛卻是這瘋狂老船長未曾表現過的。不過，他隨即轉身對著舵手發號施令——舵手從剛剛到現在一直在強風中穩住船身，讓皮廓號儘量不要前進。他用年邁獅子般的嗓音說：「把船舵轉向迎風面！繼續環遊世界吧！」

環遊世界！這句話聽起來讓人頗感自豪，但我們為什麼要環遊世界？我們未來的日子又會怎麼過？只有經歷無數的磨難，我們才能回到一開始的起點，也就是那個讓我們把一切都拋下，展開航程的地方。

如果這個世界是一片廣袤無垠的平面，那麼我們就可以不斷往東邊航行，船開得越來越遠，所經之處的景致比基克拉澤斯群島或者所羅門王的國度更為甜美，令人充滿期待。但我們卻只是在追尋遙不可及的迷夢，或者說，只是在苦苦追獵著那遲早會在所有人心中出現的惡靈。如此繞著地球追獵下去，我們的下場若非駛入一個個徒勞無益的迷宮，就是會在半途翻覆沉沒。

53 捕鯨船聯歡會

亞哈之所以沒有搭小艇登上先前我提及的信天翁號，理由看似是因為：風勢與海象都預示著暴風雨即將來臨。不過，從他後來在遇到其他船隻時的作為看來，就算風雨沒有那麼大，也許他終究還是不會過去。也就是說，喊話詢問有沒有看到大白鯨後，如果得到的答案是否定的，他就不會登上另一艘船。因為最終的結果顯示，他根本不打算和任何陌生船隻的船長攀談交流，就連五分鐘也不願意，除非對方能夠提供一些他全心全意追查的資訊。但我可能要說明一下捕鯨船在外國海域相逢，特別是在同一個漁場捕鯨時會出現的具體情況，否則前述一切有可能只是沒有根據的臆測罷了。

兩位旅人在紐約州的松林泥炭地或一樣荒涼的英格蘭薩里斯伯瑞平原偶遇，即便是素昧平生，但因為在環境如此惡劣的蠻荒之地居然有此等緣分，無論如何都難免會彼此打個招呼，然後暫停一會兒，交換訊息，甚或雙方都坐下來稍事休息。同樣的道理，如果是兩艘捕鯨船在無垠的茫茫大海上遊蕩已久，來到世界的另一頭，不管是在范寧島[1]這個孤島或者在偏遠的國王磨坊群島[2]外海偶遇，自然更加不會只是彼此打個招呼，而是會把彼此的距離拉近，以更為友善可親的方式進行交流。而且，如果兩艘船隸屬於同一個海港，而且雙方的船長、船副與水手們有不少都彼此認識，尤其會把這種交誼之舉視為理所當然，而且就會有許多家鄉的事可以閒話家常。

1 Fanning's Island，目前隸屬於吉里巴斯。
2 King's Mills，也隸屬於吉里巴斯。

剛剛出航的船也許會帶著信件，是要交給已經離家很久的船。總之，離家很久的船肯定會拿到一些報紙，它們的日期與船上那些被大拇指翻到已經破損的既有模糊報紙相較，都會晚個一兩年。而且，剛剛出航的船往往會為此收到謝禮：它所獲得的資訊重要無比，都是關於自己將要前往的漁場的消息。凡是在漁場裡相遇的捕鯨船都會有這種情況，只是程度各自不同，即便是兩艘船都已經離港很久也一樣。因為，可能會有另一艘早已駛遠的船把信交給兩艘相遇的船之一，要它轉交，其中某些信件也許就是要交給現在它遇到的船。此外，兩艘船還可以交換捕鯨情報，順便好好閒聊。因為雙方都是水手，自然容易產生共鳴，而且都一樣是在獵鯨，承受了同樣的困頓與苦難，彼此也會氣味相投。

就算是不同國籍的捕鯨船相遇，情況也沒太大差別。也就是說，只要雙方有一種共同語言，像美國人與英國人那樣，就可以相互交流。不過，因為來自英格蘭的捕鯨船事實上很少，所以很少有機會像這樣相遇，而且就算真的相遇了，雙方也都很害羞。因為英國人相當保守，而美國佬則是太過自我了。此外，英格蘭捕鯨船有時候在面對美國捕鯨船時會帶有一種都會人的優越感。在他們眼裡，又高又瘦的南塔克特人渾身散發著一股難以言喻的土味，簡直就像是捕魚業中的農夫。但英格蘭捕鯨人的這種優越感到底從何而來，實在令人費解——畢竟，所有美國佬一天殺掉的鯨魚多於所有英格蘭人在十年間所殺的鯨魚總數。不過這只是英格蘭捕鯨人的小小缺陷，沒什麼大礙，南塔克特島人不會放在心上，很可能是因為他們知道自己也有一些缺陷。

所以說，我們可以看出海上各類船隻裡面，捕鯨船是最有充分理由與彼此交好的，而且它們的確也保持著這種關係。就航行在中大西洋地區的商船而言，它們常常在船隻交會時繼續往下前進，連聲招呼都不打，就像兩個花花公子在百老滙擦肩而過，卻不理會對方，而且商船也許還會對彼此的帆索吹毛求疵地批評一番。至於軍艦在海上偶遇時，首先就會施行一連串愚蠢的軍禮，把軍旗降下來，看起來根本就不像帶著真心的善意與友愛。就奴隸船而言，就更不用說了，它們總是急急忙忙地，相遇後只會儘快離開對方。再來就是海盜船，如果他們在海上看見彼此的骷髏旗，打招呼時第一句話就是：「幾個骷髏頭啊？」就像捕鯨船打招呼時會彼此詢問：「弄到幾桶油啦？」而且對方一旦答覆後，海盜船就會直接分開，因為雙方都是窮凶惡極之徒，彼此看不慣對方那種凶惡的模樣。

但是，且看捕鯨船是多麼虔誠、誠實、直率、友善、喜歡社交與自由隨興啊！如果在風和日麗時遇見另一艘捕鯨船，捕鯨船會怎樣呢？它們會舉行一種其他各類船艦都不知道，就連名號也沒聽過的「聯歡會」。如果他們湊巧聽見「聯歡會」一詞，也只會咧嘴一笑，用戲謔的口吻大聲高呼「捕鯨船！」與「鯨油油鍋！」等詞彙。為什麼商船、海盜船、軍艦與奴隸船的水手總是一有機會就不忘嘲笑捕鯨船呢？這個問題實在很難解答。若以海盜船水手為例，我倒想問問，他們那種行業有何值得自豪之處？沒錯，海盜的確是個很奇特的行業，因為他們只有在登上絞刑臺時才有「步步高升」的機會。此外，任誰如果只能以那種奇怪的方式高升，他們的優越感就沒有任何憑據。因此，我的結論是：海盜自誇他們的地位比捕鯨人還高，但這種說法實在是沒有任何根據。

但「聯歡會」是什麼？也許你會用食指在字典的頁面上比劃半天，比到食指累了也還找不到它的定義，因為就連字典編纂家強森博士[3]都沒提供，諾亞・韋伯斯特的「方舟」也一樣[4]。儘管如此，這個詞彙從多年前沿用至今，已經有大約一萬五千個土生土長的美國佬常用。我們當然需要為其下定義，編入字典裡。因此容我充當一回飽學之士，為它下個定義。

聯歡會。名詞：至少兩艘以上捕鯨船之間的聯誼聚會，一般都是在漁場裡舉行。在彼此打招呼之後，雙方船員搭乘捕鯨小艇互訪，兩位船長暫時待在其中一艘船上，兩位大副則在另一艘上。

---

3 Samuel Johnson，牛津大辭典的編纂者。

4 Noah Webster，《韋氏大字典》的作者，因為名字跟建造方舟的諾亞一樣，所以作者把他的字典戲稱為「方舟」。

關於聯歡會，還有一個活動項目是不能不提的。各行各業都會有一些小地方是它們的特色，捕鯨業也不例外。就海盜船、軍艦與奴隸船而言，每當船長登上自己的小艇前往某處時，總是會坐在艇尾的舒適座位，偶爾甚至有坐墊，而且往往是由自己掌舵，舵柄小巧精美，上面飾有鮮豔的繩索與絲帶，簡直像女帽帽匠的傑作。但捕鯨小艇艇尾並無座位，也沒任何坐墊與艇舵。捕鯨船船長如果能夠像患有痛風的年邁市議員一樣坐著輪椅，在海面上四處兜風，那才叫熱鬧呢。至於艇舵，捕鯨小艇上可從來沒有那種娘娘腔在用的東西。因此，每當舉行聯歡會時，小艇上所有船員都得離開捕鯨船，兼任小艇舵手的魚叉手也包括在內，這位小艇的副指揮官在這時候負責掌舵，船長則是已經沒有地方坐了，在抵達對方船上之前不得不一直站著，彷彿矗立的松樹。往往我們會發現，因為意識到捕鯨船兩側小艇上的每一雙眼睛都緊盯著他，船長為了維護自己的威嚴，必須時時注意一個重點：要把兩條腿打直。這絕非易事，因為船長後面擺著一根又高又大的舵槳，偶爾會打到船長的下背，至於船頭，則是有艇尾的槳來來回回，不斷打在膝蓋上。因此船長就這樣一直被前後夾擊，唯一能夠拓展空間的方式就是往左右側把兩條腿伸出去。但是，如此一來只要小艇突然猛烈顛簸，船長常常會跌倒，因為光是把腳步往兩邊踏出去，下半身的重心並不穩固。就像只是把兩根杆子往兩邊伸出去，並沒辦法把它們立起來。而且，道理還是一樣的，如果要一位兩腳開開的船長在眾目睽睽之下，用雙手隨便抓個東西來稍稍平衡身體，那也實在太不像話了。還有，為了要表現出完全泰然自若的愉悅模樣，船長一般都會把雙手插在長褲口袋裡，但這也許是因為他們的手往往又大又重，所以有壓艙石的效果。儘管如此，還是曾經發生過一些真實案例，船長遭遇到危急無比的情況，像是突然颳起一陣大風，逼得他不得不隨手緊緊抓住最近一位划槳手的頭髮，死也不放。

54 「鯨現號」的故事

（如我在黃金客棧所說）

與這世界上的其他地方相比，好望角跟它四周的水域是我們可以與較多旅客相遇的地方，它就像是寬闊公路的某些知名交叉路口。

與信天翁號相會不久後，我們又遇上了「鯨現號」[1]，它也是要返鄉的。這艘船的水手幾乎全都是波里尼西亞人。在短暫的聯歡會上，我們獲得了一些關於莫比敵的可靠消息。在聽到鯨現號的故事後，我們船上某些人對於大白鯨的興趣更是大幅提高了，因為這故事令人感到不可思議之處在於，莫比敵似乎隱隱約約涉及某些人偶爾會遭遇的處罰，也就是所謂的「天譴」——**但被處罰的卻反而是受害者**[2]。這個所謂「天譴」的案例，還有與它相關的所有插曲，在我下面即將述說的悲劇裡面，是個祕密，未曾傳入亞哈船長與三位船副的耳朵。而且就連鯨現號的船長也不知道這祕密。知道此一祕密的，是該船的三個白人水手，而且看來就是其中一位把祕密透露給塔許特哥，就像在傳達天主教密令那樣，但隔夜塔許特哥就洩密了：他在講夢話時就說出了一大堆，所以等到醒來後，就連其他部分也

1〔原注〕此一船名的典故是，古代捕鯨船的瞭望員初次看到鯨魚時，總是會高喊：「鯨魚現身啦（town-ho）！」而這個口號如今仍通行於捕鯨業，主要是在捕捉加拉巴哥群島那些知名海龜時使用的。

2 這個插入句是譯者對「inverted」一詞的理解，意思是天譴本來應該處罰加害者，但莫比敵卻處罰了受害者（也就是鯨現號故事裡面的大副拉德尼，把他打傷的史提爾基特卻反而逃過一劫）。

統統說了出來。皮廓號上凡是知情的水手沒有不大受影響的。不過，奇怪的是水手們在這方面極為謹慎仔細，口風都非常緊，所以才沒有讓祕密傳到皮廓號的後甲板區。在此我即將把這整個奇怪事件寫下來，讓它成為永久流傳的書面紀錄，而且除了皮廓號上水手們之間所說的那個故事，在適當的地方我還會加上更為隱密的線索。

某個充滿聖人寓意的晚上[3]，我一邊坐在利馬市黃金客棧外那鋪著鍍金瓷磚的門廊上抽菸，一邊跟幾個或坐或躺的西班牙朋友說了這個故事。如今為了維持風格的一致，我還是保留當時的種種說法。在那些出色的紳士裡面，年輕的佩德羅與塞巴斯提安與我較為親近，因此針對於他們在我說故事時偶爾提出的那些問題，我也藉此機會充分予以解答。

「先生們，在我知道這個故事的大概兩年以前，來自南塔克特島的鯨現號正在你們這裡的太平洋海域巡航，船員們本來在令人滿意的黃金客棧投宿，離開後往東航行才沒幾天光景。它的位置在赤道北邊的某處。某個早上大夥兒正在進行抽水的每日例行工作，卻發現貨艙進水的狀況比平常還要嚴重。他們以為是船身被劍魚戳到了，先生們。但不知為何，船長深信自己在那一帶海域的運氣好極了，因此不想離開，況且也沒人覺得進水的情況有任何危險性——事實上，在惡劣的天候中，他們還派人到儘可能接近船底的地方去查看，也找不到裂縫。船就這樣繼續巡航，水手們也輕輕鬆鬆，每隔很長一段時間才去抽個水。但運氣一直很差，許多天過去了，不但還沒找出裂縫，還看得出進水增加了。情況糟到連船長也警覺了起來，要大家以全速前往最近的島嶼港口，把船身從水裡拉出來修理。

「儘管這段航程並不短，但只要有一點點運氣，他倒是不用害怕自己的船會半途翻覆，因為抽水幫浦的效果極佳，也會固定抽水，他的三十六個手下可以輕鬆應付這問題，不用擔心進水會倍增。事實上，這整段航程的風都很大，幾乎不曾停過，但可以肯定的是，要不是因為來自瑪莎葡萄園島的大副拉德尼，他對待船員的手段向來殘暴，澈底激怒了來自水牛城的亡命之徒、曾當過湖區水手的史提爾基特，迫使他展開報復行動，鯨現號應能安全抵港，避免任何災禍的發生。

「塞巴斯提安先生本來坐在吊起來的草蓆上，起身問道：『湖區水手！水牛城！請問您，什麼是湖區水手？水牛城在哪？』

「位於我國伊利湖的東岸，先生。不過，希望您稍安勿躁，也許你很快就能聽到進一步的說明。先生們，他工作的地方是那種雙桅方帆船，還有三桅帆船，跟那些可以從貴國卡亞俄港[4]遠渡重洋到馬尼拉的船隻幾乎一樣又大又堅固。儘管這位湖區水手來自於美國的廣袤內陸，卻熟知大海的模樣，只是觀念跟一般農民沒兩樣，覺得那是個海盜橫行的地方。理由在於，我們的五大淡水湖，包括伊利、安大略、休倫、蘇必略與密西根，加起來就像無垠大海一樣，有很多高貴的特色，沿岸有許多不同種族與氣候區。湖區裡的群島看來浪漫無比，簡直跟波里尼西亞群島沒兩樣，而且幾乎就像大西洋兩岸，湖區南北兩岸也是兩個截然不同的國家[5]。湖區沿岸遍布許多殖民地，五大湖則是為美國東岸提供了許多前往那些殖民地的水道。湖區四處都有砲臺，高聳的麥其諾堡則是有許多大砲立在峭壁上，彷彿山羊。湖區居民曾聽過海軍在快速的轟隆聲響中打勝仗，但每隔一段時間就會把海岸地區拱手讓給那些住在獸皮棚屋裡的紅臉野蠻印地安人。湖區四周矗立著一片片古老的無人森林，一棵棵孤挺的蒼涼松樹彷彿列位中古哥德族國王。這些森林是非洲猛獸的棲息地，林中某些動物的毛皮滑順無比，可以出口給韃靼皇帝製作袍子。湖區水岸有水牛城與克利夫蘭這兩個先進都城，也有溫納貝戈的

3 這裡所謂的聖人就是指後面的佩德羅與塞巴斯提安。佩德羅暗指彼得，聖彼得是一位漁夫，而塞巴斯提安則暗指聖塞巴斯提安，祂遭羅馬皇帝戴克里先下令以亂箭射死，但奇蹟似地生還，祂的形象就像一支插滿魚叉的鯨魚。

4 Callao，位於祕魯。

5 即美加兩國。

印地安村落。在湖上漂蕩的有裝備完整的商船、美國政府的武裝巡航艦、汽船以及山毛櫸材質的獨木舟，北風把這些船隻吹到翻覆，吹斷桅杆，威力不輸給海上怒濤。儘管位於內陸地區，但是湖大到看不見陸地，因此湖區船難頻傳，半夜時常有船隻在船員尖叫聲中滅頂。

「因此，先生們，儘管史提爾基特是個內陸人，卻從小就沾染了海洋的狂野習氣，跟任何大膽的水手沒兩樣。至於拉德尼，他從小就在南塔克特島的海灘上打滾玩耍，大海像母親一樣養育他，長大後他又長期在嚴酷的大西洋與溫順的太平洋上當船員，但跟那些來自蠻荒森林、手持鹿角柄獵刀的水手一樣有仇必報，喜歡耍狠鬥勇。不過，這位南塔克特人的心腸很好，而這位凶狠的湖區水手史提爾基特儘管是個死硬派，但擁有人類最起碼的端正品行與同理心，因此長期以來都沒害過人，也很溫和。總之，在事發前就是這樣。不過，或許拉德尼就是命中注定要發瘋撒潑，至於史提爾基特——唉，各位往下聽便知分曉。

「鯨現號啟程前往港口修船才不過一兩天，進水的問題似乎又惡化了，但不過也只是需要每天增加一小時左右的抽水時間而已。各位該知道一件事：以大西洋這類平穩的文明世界海域為例，某些商船船長可能覺得整趟航程都沒必要抽水。如果某晚風平浪靜正好眠，甲板上的幹部又剛好忘記此一職責，很有可能他與手下都會完全忘記，所有人都躺下熟睡。先生們，即便是在貴國西方遠處那些船隻稀少的蠻荒海域裡，如果與海岸的距離還算不太遠，或者有其他可以暫時停歇的地方，儘管航程很長，還是很少有人把抽水的工作當一回事。只有在四下一望無際的海面上，附近幾乎沒有陸地可言時，船隻進水了，船長才會開始感到有點焦慮。

「鯨現號的情況就是這樣，所以當大家發現進水問題再次惡化時，事實上也只有幾個人覺得有點擔心而已，尤其是大副拉德尼。他命令大家把上桅帆都重新張開，設法讓船隻以最快速前進。先生們，我想這個拉德尼應該不是什麼懦夫，而且他跟任何無畏而魯莽的陸上或海上人物一樣，並不想把自己搞得太過緊張害怕。所以當他出現反常舉動，開始擔心船隻安危，有些水手認為那只是因為他也是船東之一。所以，那天晚上他們站在持續高漲擾動的水裡用幫浦抽水時，大家表現出來的態度是如此嬉鬧懶散。那些跟山泉一樣清澈的水不斷被抽出來，流過甲板的水夾帶著泡泡，從背風面的排水口往下流。

「如你們所知，無論是在海上或其他地方，在我們這個一般的世界裡，有某種不算罕見的狀況是，手握指揮大權的人會覺得某個手下居然比自己還臭屁，因此一看到那傢伙就會出現一股強烈無比的厭惡感，甚至感到痛苦。如果那個手下有一座高塔，他會恨不得把它推倒，然後磨成一堆粉。先生們，在我看來，總之史提爾基特是個相貌堂堂的高個兒，頭顱彷彿羅馬人，長長的金黃絡腮鬍看來就像貴國最後一任總督[6]胯下戰馬鞍褥的流蘇。聰明的史提爾基特擁有高貴的心腸與靈魂，假使他投對了胎，肯定能成為查理曼大帝。但大副拉德尼卻貌似醜騾，而且也跟騾子一樣強壯、固執又凶惡。他不愛史提爾基特，史提爾基特也心知肚明。

「史提爾基特跟大夥兒一起抽水時，發現拉德尼大副朝自己走過來，假裝沒看到他，但也不害怕，繼續跟大家一起嬉鬧。

「『是啊，是啊，小子們可真愉快啊！這跑進來的水可真多，誰去拿個杯子？我們好好乾他一杯！我告訴你們，拉德尼那個老小子的投資肯定泡湯啦！他還不如把船身的一部分鋸下來帶回家，才不會血本無歸啊！小子們，我想那條劍魚才剛剛開工而已，回來時牠會帶著跟牠一樣可以當木匠的魚，像是鋸鰩魚和單棘魨。牠們正在船底幹活，又砍又鋸的，我想應該是越來越厲害。如果老拉德尼在這裡，我會建議他跳到海裡把牠們趕走。牠們在毀壞他的財物啊！我會跟他說，但拉德尼是個頭腦

6 祕魯在一八二〇年代就獨立了，最後一任總督是Juan Pío de Tristán y Moscoso。

簡單的老笨蛋。小子們，我聽說他把其他財產都投資在鏡子上面。不知道他肯不肯把鼻子借我，讓我這醜八怪可以去照鏡子。』

「『你們瞎啦！幹麼停手！』拉德尼大聲咆哮，假裝沒聽見水手們在笑他。『給我卯起來抽水啊！』

「『遵命，遵命，大副，』史提爾基特用笑嘻嘻的口吻說，『打起精神，小子們，趕快打起精神哪！』」就這樣，抽水機又好像五十臺消防幫浦一樣喀噠喀噠地動了起來，大家都抽到連帽子也掉了，不久後便抽得上氣不接下氣，表示大家都使盡了吃奶的力氣。

「最後，那湖區水手跟大夥兒都停了下來，他一邊走一邊喘，在絞盤機上坐了下來。他滿臉通紅，雙眼布滿血絲，用手擦去額頭的許多汗水。先生們，我還真不知道拉德尼是不是中了邪，才會去招惹那個已經筋疲力盡的傢伙。總之事情就這樣發生了。忍無可忍的大副在甲板上大步向前，命令湖區水手去拿掃把與鏟子清掃甲板。誰叫他們要讓豬在船上亂跑，總得有人清理穢物。

「先生們，除非海風太強，否則清掃甲板可說是每晚的例行性工作，據說就連船快沉了也不例外。由此也可以看出，船上有一些規定牢不可破，水手們也天生喜歡乾淨整齊，有些人甚至在船沉溺水以前還堅持要先洗臉。但不管是哪一種船隻，如果船上有僕役，掃地這種雜務依規定都是他們幹的活。此外，鯨現號上面比較強壯的人手被分成好幾班，輪流抽水。因為史提爾基特的體力最好，他往往都是其中某一班的領班，因此他應該不用理會任何與航海無關的雜務，他的夥伴也一樣。我之所以會提這些細節，是想讓大家了解他們倆為何會有歧見。

「但叫他掃地的命令還有弦外之音：明眼人都看得出拉德尼想要刺激與侮辱史提爾基特，簡直就像打他一巴掌。任何曾經當過捕鯨水手的人都懂這個道理，那位湖區水手肯定比誰都懂，當大副下令時，他就已經完全了解了。但他沒有馬上行動，緊盯著拉德尼的凶狠雙眼，感覺到大副內心好像擺了許多火藥桶，火柴已經點燃，慢慢地就要引爆了。他一眼就看出端倪，奇怪的是他居然懂得自制，不願去招惹滿腔怒火的大副，以免火上加油。每當任何真正英勇的人被欺負了，他們總是會有這種不想惹事的厭惡感。先生們，此刻史提爾基特就是這樣，渾身隱約都能感受到這莫名的情緒。

「因此，他用正常的語調答覆，只是因為體力耗盡，聲音暫時聽起來有點破，說清掃甲板不是他的工作，他不幹。接著他完全沒有提到鏟子，只是用手指著那三個平常負責掃地的小夥子，他們因為並未被派去抽水，整天幾乎沒幹什麼活。拉德尼口出惡言，用最為趾高氣昂與可憎的口吻重申命令，不留任何轉圜餘地。在此同時他朝那還坐著的湖區水手走過去，高舉著從附近桶子上隨手拿起來的桶匠榔頭。

「史提爾基特辛苦幹活，抽水抽到快抽筋，全身發熱疼痛，滿身大汗，儘管他一開始還能忍耐，但此刻已經快要忍不下去。不過，他仍然強忍心中怒火，不發一語，還是一動也不動地坐在那裡，最後拉德尼在盛怒之下拿起榔頭，在他的面前揮舞，火冒三丈地要求他從命。

「史提爾基特站了起來，繞過絞盤，慢慢往後退，從容地再說一遍他不幹，大副仍然拿著榔頭威脅，窮追不捨。不過，他發現自己的容忍沒有半點效果，於是舉手亂揮，顯示自己對眼下這情況有多厭惡無言，警告那糊塗的笨蛋趕快退開，但還是沒有用。他們倆就這樣慢慢繞行絞盤，最後那湖區水手決心不再退卻，心想自己的忍耐已經到了極點，於是在艙口停下腳步，對著大副說：『拉德尼先生，我不會聽命的。把那榔頭拿開，否則有你好看的。』但那注定要倒楣的大副還是步步進逼，湖區水手穩穩站著不動，大副拿著沉重的榔頭在他嘴巴前面亂晃，同時嘴裡又冒出一串讓人無法忍受的髒話。史提爾基特的雙腳分毫不退，用堅定銳利的眼神死盯著前方，右手握拳，偷偷地把拳頭往後收，並且跟大副說：『只要你的榔頭擦過我的臉頰，我就宰了你！』但是，先生們，那笨蛋已經被貼上了自找死路的標籤，這是天意。話剛說完，榔頭就碰到了史提爾基特的臉頰，下一刻大副的下顎就被打凹了，他被打倒在艙口前，血流如注，簡直像鯨魚噴出的水柱。

「叫聲還沒傳往船尾，史提爾基特就已經伸手搖晃某一條通往桅頂的後支索，他有兩個好友在那裡值班，兩人都是運河船夫。

「『運河船夫！』佩德羅先生大聲說，『我們曾在港口見過很多捕鯨船，但可從沒聽過你說的運河船夫啊！抱歉，他們是幹什麼的？』

「『先生，運河船夫是在伊利大運河工作的船夫。你肯定有聽過。』

「『沒聽過，先生。在這個單調、懶散又溫暖的古老國度裡，我們對你們那蓬勃活潑的北國不太了解。』

「『是嗎？好吧，先生，再幫我把杯子斟滿。你們的奇恰酒可真好喝。在講下去之前，我先來解釋一下運河船夫是幹麼的，因為透過這些資訊也能側面了解我的故事。』

「先生們，這條運河綿延不絕，總長度三百六十哩，充滿威尼斯式的腐敗與不法風味，穿越了整個紐約州，它經過一個個人口眾多的大城與繁榮發展的村落，經過陰鬱無人的長長沼澤，還有作物豐饒、無比肥沃的農田，經過撞球店與酒館，經過那些最神聖的偉大森林，經過印地安部落河流上的那些羅馬式拱橋，經過有太陽照射與陰暗的地方，經過快樂與心碎的人民，經過高貴的莫霍克族所屬那些領地上充滿強烈對比的地景，尤其是會經過一排排雪白小教堂，它們的尖塔幾乎就像里程碑那樣矗立著。先生們，那是你們真正的阿善提王國[7]，那裡有異教徒嚎叫著，你會發現他們躲在長長的陰影裡，躲在舒適而高傲的教堂的背面，就在你的左右。理由在於，運命是很乖戾的，就像在都市裡偷搶拐騙的傢伙，你會發現他們的地盤就在執法機關的四周。因此，先生們，罪人最多的地方，往往在聖地的周圍。

「佩德羅先生往下看著擁擠的廣場，用詼諧又關注的語氣說：『下面是不是有一位修士走過去？』

「『嘿！對於我們這位來自北國的朋友來講，伊莎貝拉女王設立的宗教裁判所[8]在利馬市已經失勢啦！』塞巴斯提安先生笑道，『繼續說吧，先生。』

「『等一下！抱歉！』同夥人裡面有一個大聲說，『我們這些利馬人想要對水手先生說的是，我們絕對已經注意到您的巧妙之舉，也就是在做腐敗的比喻時，並未以現在的利馬代替以前的威尼斯。喔！別低頭，也別表現出很驚訝的樣子。你也知道這整個海岸地區都流行著一個俗諺：腐敗如利馬。這也證明了你的說法：教堂數量比撞球桌還多，而且永遠是開張的，還有，腐敗如利馬。威尼斯也是這樣。我去過那裡，噢，福音書作者聖馬可所守護的聖城！聖道明，肅清這世界吧！[9]您的杯子拿來，謝謝！我來斟滿。您可以繼續說了。』

「先生們，如果將運河船夫這種職業隨意加以描繪，他們倒還是挺像戲劇裡的英雄，是一種非常邪惡但偏偏又詩情畫意的人物。他們就像古羅馬將軍馬克．安東尼，鎮日在兩岸綠草如茵、繁花似錦的尼羅河上懶洋洋地漂蕩，公開與他們的紅顏埃及豔后調笑，在陽光普照的甲板上把杏仁色的大腿晒得黝黑。但到了岸上，他們可沒那麼娘娘腔。運河船夫對於他們那盜匪般的偽裝外表很自豪，低垂的帽子上綁有鮮豔的緞帶，象徵著他們的自負。運河沿岸那些有著純真微笑的村民都怕他們，城裡居民看見他們的黑臉，還有大膽與神氣的氣魄，也是避之唯恐不及。當年我在運河上流浪時，也曾接受過某位船夫的幫助，我並非忘恩負義之輩，因此打從心底感謝他。但那些行使暴力手段的人之所以能獲救贖，主因之一就是，儘管他們會凶狠地洗劫富人，但是當窮人陷入困境時，也會受到他們毫不手軟

---

7 Ashantee，西非迦納一部分地區的舊稱。

8 Dame Isabella's Inquisition，其實利馬的宗教裁判所早已於一八二〇年遭廢除，而不只是失勢。

9 聖道明（St. Dominic）是天主教道明會的創辦人，據說他與早期宗教裁判所的創立有關，但這是長久以來都有爭議的問題。

的幫助。先生們，總之啊，運河上的生活有多狂放不羈，明證之一就是：我們這狂放不羈的捕鯨業裡面就收留了許多經驗老到的運河船夫，而且很少有人像他們那樣如此不受船長信任，唯一的例外可能是雪梨人[10]。一樣很奇怪的是，對於我們這種成千上萬來自鄉間的小孩與農家子弟來講，如果想要擺脫玉米田裡平靜單純的採收工作，但又不願馬上到最蠻荒的海域上去做那魯莽的捕鯨工作，大運河便為他們提供了唯一的過渡性見習工作。

「『我懂！我懂！』佩德羅先生激動地大聲說，把奇恰酒灑在衣服的銀色飾邊上。『沒必要雲遊四海！這個世界還不是跟利馬一樣。以前我總以為在你們那溫帶的北國，每個世代的人都跟聖山一樣冷冰冰呢！繼續說故事吧。』

「先生們，我剛剛講到湖區水手伸手去搖晃後支索。他才剛動手，就已經被三個資淺船副[11]與四個魚叉手包圍了起來，被他們逼到甲板上去。但是那兩位運河船夫順著帆索滑下來，速度快得像帶著災厄的彗星，他們衝進鬧哄哄的人群裡，想把他拖出來，帶到艏樓去。其他水手也幫他們出力，場面混亂無比。英勇的船長小心避免自己受傷，拿著一根捕鯨矛四處揮舞，同時吩咐幹部們把那兇惡暴徒抓起來，強行拖往後甲板區。每隔一段時間，他都會跑到混戰圈的外圍，拿著長矛往圈內戳，想要把他討厭的傢伙鉤出來。但史提爾基特和其他亡命之徒還是比較厲害，最後他們還是成功逃往艏樓甲板，馬上就用絞盤把三、四個大桶子拖過去，排成一排，充當堡壘，彷彿法國大革命期間巴黎人用來保護自己的街壘。

「『給我滾出來，你們這些海盜！』船長大聲咆哮，現在雙手各拿著一把手槍，是服務員剛剛幫他拿來的。『給我滾出來，你們這些兇手！』

「史提爾基特跳上堡壘，在上面走來走去，無視於手槍的厲害，但他也很明白地告訴船長，如果把他殺了，那所有水手都會跳出來反叛船長，大開殺戒。船長唯恐他說的話成真，也有點膽怯了，但仍然命令肇事者立刻回到工作崗位。

「『如果我們聽命，你能答應不處罰我們嗎？』帶頭的史提爾基特問道。

「『回去！回去！我不能承諾。回去工作！你們在這節骨眼上罷工，想要害我們沉船嗎？回去！』

接著他再度舉起一把手槍。

「『沉船？』史提爾基特大聲說，『是啊，就讓它沉沒吧。我們沒有半個人想回去工作，除非你發誓不會用繩子抽打我們。大夥兒怎麼說？』他轉身問那些一起鬧事的人。他們大聲歡呼回應。

「此刻湖區水手在堡壘上頭走來走去，眼睛始終緊盯著船長，並且講了這些狠話：『這不是我們的錯，我們也不想這樣。』、『我有叫他把榔頭拿走。』、『那是僕役幹的活。』、『事發前也許他就了解我這個人了。』、『我跟他說過，別惹水牛城來的人。』、『雖然我打傷他的下顎，我想我自己也斷了一根手指頭。』、『弟兄們，下面的艏樓裡不是有些剁肉用的彎刀嗎？夥伴們，小心那些絞盤棒。船長大人，看在老天的分上，你自己要小心。』、『到底怎樣？給個說法吧！』、『別傻啦！』、『就當作沒有這麼一回事！』、『我們準備好要回去工作了。』、『善待我們，我們就會聽命令於你。』、『不過我們不想被鞭打。』

「『回去！我不做任何承諾，我叫你們回去！』

「『大家聽著！』湖區水手對著他的夥伴振臂高呼，『包括我在內，我們有些人是登船來捕鯨的，懂嗎。船長先生，我想你應該很清楚，一等到船隻拋錨停好，我們就可以主張要離職。所以我們不想爭吵，我們沒那個興致，只想和睦相處。我們隨時可以上工，但不想被鞭打。』

10 澳洲雪梨當時是英國用來流放犯人的地方。

11 junior mate，指三副或四副。

「『回去！』船長咆哮道。

「史提爾基特上下打量了他一番，然後說：『船長先生，我來跟你說現在是什麼情況。我們不會殺你，也不想為了那個人渣敗類被吊死。除非你先攻擊我們，否則我們不會動手。但是在你承諾不會鞭打我們以前，我們絕不上工。』

「『那你們就下去艏樓吧，都下去，我要把你們關在裡面，關到你們都厭煩為止。下去吧。』

「『我們走吧？』帶頭老大問大家。他們大多反對，但最後還是聽從史提爾基特的話，在他前面走進他們的陰暗住處，一邊下去一邊嘟嘟囔囔，像走進洞穴的熊群。

「湖區水手才剛剛走下去，船長和手下們就跳上堡壘，趕快把天窗的滑蓋蓋上，大家的手都用力按著，大聲吩咐服務員把艙梯的沉重銅鎖拿過去。

「然後，船長把滑蓋稍稍打開，從狹窄的開口對著下面小聲講話，然後關上，把艏樓裡的十個人關起來，而留在甲板上的二十餘人到目前為止都還保持中立。

「船上所有幹部整晚都醒著守夜，無論船頭船尾都有人看守，艏樓天窗與前艙口尤其被緊盯著，唯恐鬧事的人會撞破下方的艙壁，從前艙口逃出來。但漆黑的夜在平靜中過去了，陰鬱的夜色裡，整條船斷斷續續迴盪著水手們用力抽水的喀噠聲響，聽來悲戚不已。

「日出時，船長到船頭去敲敲甲板，命令被關在裡面的人去上工，但遭到大聲拒絕。接著有人把飲用水吊下去給他們喝，然後也丟了一點船用口糧給他們。船長再次把滑蓋鎖起來，鑰匙收進口袋，回到後甲板區。接下來三天，每天有兩次都是這樣，但到了第四天清晨，當船長照例要叫他們上工時，甲板下傳來一陣混亂的口角聲，然後是清楚可聞的打鬥聲。突然間有四個人從艏樓裡衝上來，說他們準備好回去工作了。因為空氣凝重腐臭，東西吃不飽，再加上他們也許都怕最後受到嚴懲，所以斟酌過後他們不得不投降。船長受此鼓舞，對其他人重申命令，但史提爾基特大聲對上方喊話，要船長別再說廢話，趕快回後甲板區。到了第五天早上，又有三個鬧事者掙脫急著想要留住他們的人，從下面衝了出來。只剩三個鬧事者了。

「『最好還是回去工作吧？』船長用無情的嘲笑口吻說。

「『再把我們關起來，好嗎？』史提爾基特大聲說。

「『喔！當然可以。』船長說完就用鑰匙喀一聲鎖上滑蓋。

「先生們，此刻的史提爾基特被七個夥伴的倒戈給惹火了，船長最後的嘲弄也刺激了他，關在這漆黑絕望的艏樓裡更是讓他氣憤難耐，而到目前為止那兩個運河船夫顯然仍與他心意一致，於是跟他們商量，打算趁明早船長叫他們的時候逃出去，各自手持一把又長、又重、又利的剮肉彎刀當武器護身，卯起來從船頭斜桅衝往船尾欄杆。如果情況凶險危急，乾脆就脅持整艘船。他說，不管他們跟不跟，他都會這麼幹。這是他待在這鬼地方的最後一晚。但另外兩人並不反對這計畫，他們誓言隨時可以動手，要怎麼耍狠都可以，總之就是不要投降。還有，他們倆都爭相搶著要當第一個衝到甲板上的人，但帶頭老大強烈反對，堅持自己要先出去。而且，既然那兩個夥伴互不相讓，那他們倆就都不能第一個出去，因為梯子一次只能容納得下一個人。但是，先生們，這幾個惡棍的壞勾當在此注定要失敗啦。

「一聽到帶頭老大的瘋狂計畫，這兩個絕望的夥伴突然同時興起了倒戈的念頭：儘管已經是十個人裡面的最後一批，但如果能夠成為三人之中最先出去投降的，應該可以藉此儘量賺取一些獲得原諒的微小機會。等到史提爾基特表明自己直到最後都要領頭，他們倆突然出現了某種惡徒的默契，知道對方也已經打算倒戈了。所以，等到帶頭老大睡著後，他們倆光憑三言兩語就心意相通了，一起用細繩把睡著的老大綁起來，也用一團細繩堵住他的嘴巴，在午夜時大聲呼喊船長。

「此時船長已經動了殺機，彷彿在黑夜裡嗅到血腥味，與手持武器的幾位船副和魚叉手一起衝往艄樓。幾分鐘內天窗滑蓋就打開了，手腳都被綑綁的帶頭老大仍在掙扎，倒戈的夥伴把他丟上來，兩人立刻宣稱自己立了大功，因為逮到了一個滿心想要殺人的傢伙。但他們三個都被抓住領子，在甲板上拖行，像是拖著三隻死牛。他們就這樣被並排地高高綁在後桅帆索之間，像是三團死肉，一直被吊到天亮。船長在他們面前來回踱步，大聲罵道：『該死的！我看連禿鷹都不願意碰你們這些混蛋！』

「日出時他召集所有人手，把鬧事跟沒鬧事的人分開，跟鬧事的人說他真的很想痛快鞭打他們，總之他下得了手，依法也應該下手，但有鑑於他們及時投降，他可以把他們申斥一頓了事，接著就開始痛罵了起來。

「『至於你們這幾個臭流氓，』他轉身對被綁在帆索間的那三個傢伙說，『我真想把你們剁碎丟進鯨油鍋裡去煮一煮。』接著他隨手拿起一條繩索，用盡全力抽打那兩個叛徒的背，直到他們叫不出聲為止，頭像死掉一樣低垂歪斜，就像耶穌身邊那兩個被釘在十字架上的小偷。

「『你們倆害我打到手腕扭傷啦！』最後他大聲說，『你這該死的矮騾子，要打你我還是有力氣的。把他嘴裡的細繩拿出來，讓我們聽聽他怎樣為自己辯護。』

「那個鬧事者已經筋疲力盡，片刻間嘴巴只能抽搐顫抖，然後他痛苦地甩甩頭，用氣若游絲的聲音說：『聽好了，我想說的就只有一句：如果你鞭打我，我就殺了你！』

「『還嘴硬？那就讓你看看我怕不怕你。』於是船長拿起繩索開始抽打。

「『最好不要。』那湖區水手低聲說。

「『但我非打不可。』接著船長再次抽打了起來。

「史提爾基特低聲說了一些只有船長聽得見的話，讓大家備感驚訝的是，船長被嚇得往後退，在甲板上快速踱步兩三圈，突然把繩索丟掉後才說：『我不打了，放開他吧。把繩子割斷，放他下來，聽見沒？』

「但就在幾個資淺船副忙著執行命令時，一個臉色慘白、頭綁繃帶的傢伙阻止了他們——原來是大副拉德尼。被打後他始終躺在臥艙裡，但這天早上他聽見甲板上的騷亂後就爬了出來，目睹了整個經過。下顎受傷的他幾乎不能言語，但還是含含糊糊地說，船長不敢動手的事，他願意也下得了手，於是手拿繩索走到被綁住的死對頭面前。

「『你是個膽小鬼！』湖區水手低聲說。

「『就當我是，但好好接招吧。』大副正要下手，舉起的手因為另一句低聲威脅而停下，但接著他不再遲疑，不管史提爾基特怎麼恐嚇他都不理會，說到做到了。後來三個人都被放了下來，所有水手都回到崗位去工作，在那三個悶悶不樂的鬧事者身邊幹活，抽水機照常發出喀噠聲響。

「那天剛剛入夜，一批值班的人剛剛到下面去休息時就聽見艏樓傳來一陣爭吵聲。那兩個倒戈的傢伙一邊發抖一邊跑上來，擋在船長的艙門口，說他們不能跟其他船員好好相處。哄騙打踹都趕不走，在他們的請求下，唯一的解救之道就是把他們安置在後甲板區。不過，其他水手也沒有鬧事的跡象。看來，主要是因為在史提爾基特的教唆之下，大家已經打定主意，完全不再鬧事，遵守一切命令直到船隻到港，接著就全體棄船而去。但為了保持最快航速，他們達成共識：就算看到鯨魚也別出聲喊叫。理由在於，儘管鯨現號進了水，也遇到其他種種危難，但桅頂還是有人值班，此時船長的心態跟進入漁場那天時沒兩樣，還是很想派小艇去捕鯨。臥床的拉德尼大副也很想換搭小艇，嘴巴綁著繃帶的他打算把自己送進鯨魚的致命大嘴裡。

「儘管湖區水手唆使船員們採取這種被動的工作態度，他自己卻密謀著一套復仇計畫，想要讓傷他心的人好看，而且要把計畫貫徹到底。抽完鞭子後，拉德尼大副不理會船長的建議，還是硬要繼續帶領史提爾基特的夜班，彷彿他已經糊里糊塗，故意去找死。因為這個緣故，再加上其他一兩個條件的配合，史提爾基特才有辦法籌畫出縝密的復仇計畫。

「捕鯨小艇就吊在比船隻舷側高一點的地方，所以每逢夜裡，拉德尼有一個水手都會避免的壞習慣，就是在後甲板區的舷牆坐著，把一隻手臂靠在小艇的舷邊上。大家都知道他有時候會就這樣坐到睡著。小艇與船隻之間的間隙不小，一往下掉就是落海。史提爾基特算了算，發現他下次掌舵的時間是自己遭到背叛後的第三天凌晨兩點。此刻他不用幹活，利用這個空檔到甲板下去仔細地編起了某種東西。

「『你在編什麼？』有個船伴說。

「『你說咧？看起來像什麼？』

「『看起來像是你包包的收緊帶，但看起來好奇怪。』

「『是啊，真奇怪，』湖區水手說著，伸直了手臂，把那東西拿起來看，『但我想它應該可以派上用場。好兄弟，我這裡麻線不夠了，你還有嗎？』

「『艏樓裡沒有啦。』

「『那我得去跟拉德尼那老傢伙要一點。』他說完就站起來往船尾走。

「『你不會是想要去求他吧！』有個水手說。

「『為什麼不？好兄弟，如果幫助我最終也能幫到他，難道你覺得他不會幫我？』史提爾基特去找大副，靜靜地看著他，要了一些用來修補吊床的麻線。拿到手後卻再也沒人看到麻線或收緊帶，到隔晚只見湖區水手把水手外套塞在吊床上當枕頭，外套口袋露出一顆緊緊包裹在麻線裡的鐵球。二十四小時後，他該在靜靜的舵輪邊值班了，致命的時刻降臨：他隨時可以把那在附近睡覺的大副推進早已挖好的墳墓。對於預先打定主意的史提爾基特來講，大副已經與一具僵硬挺直的屍首無異，而且額頭是被鐵球砸到凹進去的。

「但，先生們，一個笨蛋赦免了本來會成為凶手的湖區水手，讓他不用按照計畫那樣手染鮮血。

儘管他沒親手復仇，但仇還是報了。因為，命運如此神祕，上天似乎親自出手，為他代勞這件他本來要自己幹的壞事。

「隔天到了破曉與日出之間，大家都在清洗甲板，有個來自特內里費島的笨蛋在主錬邊汲取海水，他突然大聲叫道：『牠在那裡打滾！牠在那裡打滾！天哪，好大一條鯨魚！是莫比敵。』

「『莫比敵！』塞巴斯提安先生大聲說，『聖道明保佑！水手先生，難道鯨魚還有名字嗎？你說誰是莫比敵？』

「一隻通體白皙的知名巨獸，永生不死且殺人不眨眼，先生——不過，牠的來歷可說是說來話長。

「『怎樣？怎樣？』所有年輕的西班牙人都大叫，圍住了我。

「別這樣，先生們，別這樣！這樣我講不下去。先讓我透透氣吧，先生們。

「『奇恰酒！奇恰酒！』佩德羅先生大叫，『我們充滿活力的朋友好像頭暈了，幫他斟滿酒杯！』

「不用，先生們。等一下，我這就繼續講。突然看見雪白巨鯨與船隻只相隔不到五十碼，那個特內里費人忘了船員間的約定，只是依本能不自主地大聲喊叫。不過，才過了一會兒，那三個陰鬱的桅頂瞭望員也都清楚看到了。船上陷入一片瘋狂。船長、大副、魚叉手都大叫著：『大白鯨！大白鯨！』可怕的謠言嚇阻不了他們，大家都急著想抓住這隻名貴的鯨魚。而頑強的船員們則是睥睨咒罵著，眼前一片乳白的龐然大物美得驚人，只見牠被地平線上的旭日照亮，在清晨的蔚藍海面上就像鮮活的蛋白石一樣閃爍動人。先生們，這一連串事件背後蘊含著詭異的天意，彷彿在這世界成形以前就已注定。湖區水手是拉德尼大副手下的首席划槳手，等到叉中鯨魚時，大副手執魚矛站在艇頭，他必須坐在旁邊待命，把捕鯨索收進來或放掉。此外，等到四艘小艇都下船去捕鯨時，大副可以說是『一艇當先』，因為史提爾基特用力划槳，沒有人的叫聲比他更為狂放欣悅。一陣猛划過後，魚叉手就叉中鯨魚了，拉德尼隨即手持魚矛，跳到艇頭。看來他在小艇上的表現總是如此凶悍。此刻他用包著綳帶的嘴巴大叫，要手下把小艇划到鯨背的最高處。這正合首席划槳手之意，於是在幾乎擋住視線的泡沫與鯨魚身體這兩種白色交雜的混亂狀況中，小艇漸漸往那最高處逼近，直到突然好像撞上暗礁，翻了過去，站著的大副也隨即被甩出去。拉德尼落在溼滑鯨背上，同時大家也把小艇翻正，但又被大浪沖到旁邊，他則是被拋往白鯨另一側的海面上。他在浪花中浮出海面，片刻間依稀可以在模糊水氣中看見他發狂似地想要消失在大白鯨的視線中。但牠突然轉身，造成一陣渦流，也一口咬住了拚命划水的大副，帶著他從海面高高聳起，然後又一頭往下栽，潛入海裡。

「在此同時，當小艇底部初次遭受撞擊時，湖區水手就已經把捕鯨索鬆開，如此一來才不會被捲入渦流中。他平靜地看著那一幕，內心百感交集。但突然間小艇被用力往下拉扯，他很快拿出刀子把捕鯨索給割斷，大白鯨就此揚長而去。但是隔了一段距離後莫比敵再度高高聳起，拉德尼的紅色羊毛衫僅剩下那兩排殺人利齒間的幾塊破布。四艘小艇再度追趕過去，但被大白鯨躲掉，終至完全消失無蹤。

「不久後鯨現號到了一個蠻荒寂寥的海港，所有居民皆為化外之人。在湖區水手的帶領下，幾乎所有水手全都棄船逃入棕櫚林，留下的僅剩五、六人。結果他們搶了那些野人的一艘戰鬥用雙體舟，揚帆前往另一個港口。

「因為船員只剩沒幾人，船長便找來島民幫忙做苦工，把捕鯨船翻過來修理，解決進水問題。但這群幫工深具危險性，迫使僅存的一小群白人不眠不休，日日夜夜都保持警戒，而且這工作實在太累人，等到捕鯨船可以出海時，幫工們已經筋疲力盡，因此船長也不敢帶他們出海，因為船上盡是一些粗活。與幹部商量後，他儘可能把船拋錨停泊在離岸最遠處，也把兩門大砲裝上砲彈，架在船頭，滑膛槍擺在艉樓備用，並警告島民不得接近，違者後果自負，然後他帶著一名手下，登上最好的一艘捕鯨船後乘風揚帆，前往五百哩外的大溪地去招募替代船員。

「出發後第四天，他發現一艘大型獨木舟，似乎是停靠在一片低平的礁島上。他把小艇開走，但那獨木舟追了過來，很快便聽見史提爾基特大聲叫他停下來，否則就把他撞到沉船。船長拿出一把手槍。湖區水手的雙腳各自踏在獨木舟的兩邊船體上，大笑嘲弄船長，宣稱他只要敢喀噠一聲上膛，就會讓他淹沒在泡泡白沫中。

「『你到底想幹麼？』船長大叫。

「『你要去哪？去幹麼？』史提爾基特問道。『可別騙我。』

「『我要去大溪地找人手。』

「『很好，讓我到你的小艇上待一下，我沒打算惹事。』說完他便跳下獨木舟，游到小艇邊，從舷側爬上去，站著與船長面對面。

「『船長先生，請把雙臂交叉，擺在胸前，仰頭照我說的發誓：史提爾基特一離開我，我就會把小艇停靠在那個小島上待六天。若沒照做，我就遭天打雷劈。』

「『你的記性跟學童一樣好，居然念得一字不差，』湖區水手大笑，『永別了，船長！』接著便跳入海裡，游回去找同伴。

「史提爾基特看著小艇在岸邊停好，接著被拖到椰子樹下，這才再度航行，過一段時間後抵達他也要去的大溪地。他真是交了好運，那裡剛好有兩艘船正要前往法國，彷彿天意似的，他們也剛好能填補上所有的水手缺額。如此一來，就算那船長非告發他們不可，他們也已經取得先機了。

「法國船艦啟航大概十天後，捕鯨小艇才到達大溪地，船長被迫招募了一些比較文明，也略通海事的大溪地人。他跟土著僱了一艘縱帆船，回到捕鯨船後發現一切無恙，才繼續他的捕鯨航程。

「先生們，沒人知道史提爾基特如今的下落，只是人在南塔克特島的拉德尼大副遺孀仍然望著拒絕把死者還給她的大海，也還每每在惡夢中看見那殺人的大白鯨。

「『你說完了嗎？』塞巴斯提安先生靜靜地說。

「『說完了，先生。』

「『那麼我就想要問你了，你自己真的相信這故事千真萬確嗎？這故事真是匪夷所思！你的消息來源可靠嗎？如果這問題太犀利，尚祈見諒。』

「『水手先生，也請原諒我們所有人，因為我們的看法跟塞巴斯提安先生一樣。』大夥兒異口同聲，都非常關切。

「『這黃金客棧裡是否有《聖經》呢，先生們？』

「『沒有，』塞巴斯提安先生說，『但我知道這附近有一位可敬的神父，他應該很快就能給我一本。我可以去拿，但你是否考慮清楚了？這樣也許太過鄭重其事。』

「『可否麻煩你也把神父帶過來，先生？』

「『儘管此刻利馬已經沒有了宗教裁判所，』有人對另一個人說，『但恐怕我們的水手朋友會犯下褻瀆總主教之罪。我們這就離開月光下吧。我看沒有必要繼續在外面待著。』

「『抱歉，真是麻煩您了，塞巴斯提安先生，我得再提出一個請求。懇請您一定要帶回最大本的《聖經》。』」

*****

「塞巴斯提安先生帶著一位高大嚴肅的人物回來，接著嚴肅地說：『這位是神父，他為你帶來了《聖經》。』

「『容我先摘下帽子。可敬的神父，現在請您走到亮光下，在我面前拿著《聖經》，讓我可以把手擺在上面。』

「『天主為證，先生們，在此我發誓，剛剛所說的故事千真萬確，重要的情節也都屬實。我知道故事是真的，曾在這世上發生過。我去過那船上，也認識那些船員。在拉德尼死後我也曾與史提爾基特晤談過。』」

55 關於鯨魚畫像的種種謬誤

捕到鯨魚後為了方便登上鯨背，我們往往會把牠一整隻固定在船的旁邊。但這時的鯨魚在捕鯨人的眼裡看起來實際上是什麼模樣？接下來我即將把自己當成一個沒有畫布的畫家，在各位眼前描繪出鯨魚的龐大身軀。因此，在我開始描繪以前，值得花點時間把焦點擺在那些出自奇想的鯨魚畫像上。時至今日，許多陸地居民對這些畫像還是信以為真，也該是更正錯誤的時候了。接下來我會證明那些畫作全都是錯的。

如果追本溯源的話，也許那些騙人的畫作都可以在最古老的印度、埃及與希臘雕像身上找到靈感的源頭。理由是，在那些充滿創意但欠缺考究的時代裡，只要看看廟宇的大理石石板、雕像的基座，還有盾牌、獎牌、杯子與硬幣，就可以看到海豚被畫成像薩拉丁蘇丹的鎖子甲或像聖喬治[1]帶著盔甲的頭顱一樣大小。自從那些時代開始，人類就普遍地以異想天開的方式來描繪鯨魚，不只最流行的圖畫是如此，就連科學作品也一樣。

無庸置疑地，現存鯨魚肖像中歷史最悠久的，應該就是印度象島的石窟壁雕。婆羅門僧人認為，在人類所有行業、志業與事業真正問世以前，那古代的石窟壁雕早就把它們都描繪出來了。不難想像在那石窟裡應該也可以看到我們這高貴捕鯨業的最原始樣貌。那石窟裡有一個單獨的牆面專門描繪鯨魚，把印度教神祇毗濕奴化身為海上巨獸的模樣雕刻出來，也就是我們一般所謂的「摩蹉」[2]。儘管這壁雕是半人半魚，魚的部分就只有尾巴，但光這一小部分就已經是錯誤百出。與其說那是魚尾，不如說是巨蟒的圓錐狀蛇尾，因為實際上鯨魚的水平尾鰭彷彿寬闊的棕櫚葉，看來是如此壯觀。

去一趟那些歷史悠久的畫廊，看看那位偉大基督宗教畫家為這種魚繪製的圖畫，你會發現他的成就並未超越上述的古代印度教雕像。奎多[3]的名畫《帕修斯解救安朵美達》裡面的海怪就是鯨魚。真不知道他筆下那隻不像鯨魚的怪獸是參考什麼而畫出來的？霍加斯[4]的畫作《帕修斯從天而降》是對於同樣場景的另一種詮釋，但也沒有好到哪裡去。霍加斯把海怪畫得龐大肥胖，在海面上起伏翻騰，但幾乎沒有造成怒濤湧動。牠的背鰭彷彿象轎，那張長著獠牙的血盆大口在海浪中打開著，看起來就像矗立在泰晤士河河邊，可以直接通往倫敦塔的「叛徒之門」。此外，無論是古代蘇格蘭醫生希伯德[5]最先描繪的那些藍鯨，或是出現在《舊約聖經》插畫與老舊小學課本裡木刻版畫上的「約拿與鯨魚」，畫得有多好嗎？至於某位出版商[6]所使用的品牌標誌，則是將鯨魚的體態畫得彎彎曲曲，像是一根從船錨頂部往下纏繞的藤蔓——你應該曾在許多新舊書的封底或是書名頁上面看過這種壓印上去的金色標誌。這樣的鯨魚甚是壯觀，但純粹是傳說中的動物，我想應該是仿自古代花瓶上的圖案。儘管大家都說標誌上畫的是海豚，但我仍認為那是失敗的鯨魚畫像，因為那個標誌一開始的使用者就是把它當成鯨魚。使用標誌的是十五世紀文藝復興時期的一位義大利出版家，那時候（甚至在過了相當長一段時間後）海豚一般都是被當成鯨魚的一種。

1 St. George，第三世紀羅馬帝國的騎兵軍官，因阻止皇帝迫害基督徒而遭殺害。後來成為基督教的殉教聖人與英格蘭的守護聖者，常以屠龍者形象出現在後世的雕塑與繪畫作品中。

2 Matse Avatar，毗濕奴十大化身的第一種。

3 Guido Reni，義大利畫家。

4 William Hogarth，英國畫家。

5 Robert Sibbald，蘇格蘭醫生及文物學家。

6 指 Aldus Manutius，威尼斯出版商。

有時候你會發現古書標誌與裝飾圖案都把鯨魚描繪得很奇怪，從頭部持續不斷噴出來冒著泡泡的東西除了水柱、「jets d'eau」[7]，還有薩拉托加與巴登巴登的溫泉與冷泉。看看《學術的進展》[8]的書名頁，你會發現一些奇形怪樣的鯨魚。

把這些不專業的失敗之作拋諸腦後，我們來看看那些理應較為審慎而科學的描述，那些描述者都是真正了解鯨魚的。哈理斯編了一本《航程與旅程記述》[9]，裡面收錄了一些鯨魚的插畫，出處是一六七一年在荷蘭出版的《「鯨吞約拿號」極地捕鯨記：一趟前往斯匹茲卑爾根島的航程》[10]。其中一張插圖把鯨魚畫成像是巨大木筏，在冰山之間漂蕩著，還有北極熊在鯨背上奔跑。另一章大錯特錯的插圖則是把水平的鯨魚尾鰭畫成了垂直的。

還有一本書是四開本的大書，令人印象深刻，即英國海軍艦長柯爾涅特[11]寫的《為拓展抹香鯨捕鯨業而繞過合恩角，前往南海的航程》[12]，作者表示他按照比例描繪的是一隻「噴水鯨，也就是抹香鯨，於一七九三年八月在墨西哥海岸遭人捕殺後吊到甲板上」。我不懷疑這位船長畫的圖挺真實的，對於英國海軍大有好處。只說一個缺點就好：按照他所設定的比例，他等於是把一隻成年抹香鯨的小小眼睛畫成像五呎長的巨大凸窗那麼大。啊，我英勇的船長，既然你要把鯨眼畫成窗戶，為什麼不乾脆畫出約拿從眼睛裡往外眺望的模樣呢？

就連那些對青少年大有益處的嚴謹自然史作品也避免不了這種令人髮指的錯誤。且看戈德史密斯那本極為流行的《地球與自然的歷史》[13]。在一八〇七年於倫敦出版的刪節版裡面，有一張插圖畫的宣稱是鯨魚與獨角鯨各一隻。我無意出言不遜，但那醜陋的鯨魚看起來比較像是沒有四隻腳的母豬，至於那獨角鯨也是令人嘆為觀止：從十九世紀的眼光看來，只要有相當於學童的智力，應該就不會有人把那隻像是駿鷹[14]的怪物當成是獨角鯨。

還有，偉大的博物學家拉塞佩德伯爵——也就是伯納．日耳曼[15]——曾於一八二五年出版一本科學系統化的鯨書，描繪了許多不同種類的鯨魚。那些鯨魚圖片不只都是錯的，他的弓頭鯨畫像（也可以稱為格陵蘭鯨或露脊鯨）就連對那種鯨魚最熟悉的史柯斯比船長也說大自然裡壓根兒就沒他畫的那種鬼東西。

但在這所有錯誤中錯得最厲害的，莫過於居維耶男爵的弟弟，也就是科學家小居維耶[16]。他的《鯨魚博物學》[17]於一八三六年出版，他聲稱裡面有一張圖片就是抹香鯨。但若是你要把那圖片拿給任一位南塔克特島人看，你最好準備一下要怎樣快速離開當地。簡而言之，小居維耶畫的抹香鯨簡直像一顆巨大南瓜。他當然不曾踏上捕鯨之旅（像他那種身分的人都是這樣），但那幅畫到底怎麼來的，誰知道？也許，跟同行的前輩尼古拉・德斯馬拉特[18]一樣，他的失敗作品也是來自於中國的圖畫。那

---

7 也是水柱。

8 *Of the Advancement of Learning*，培根的著作。

9 即約翰・哈理斯（John Harris）的 *Navigantium atque itinerantium bibliotheca*。

10 作者是德國醫生馬登（Friderich Martens），書名為 *A Whaling Voyage to Spitzbergen in the ship Jonas in the Whale, Peter Peterson of Friesland, master*。

11 James Colnett，英國皇家海軍軍官。

12 *A Voyage round Cape Horn into the South Seas, for the purpose of extending the Spermaceti Whale Fisheries.*

13 即奧利佛・戈德史密斯（Oliver Goldsmith）的 *A History Of The Earth And Animated Nature*。

14 鷹頭馬身的怪物。

15 Bernard Germain, Count de Lacepede.

16 即 Frederick Cuvier，法國動物學家。

17 即 *De l'histoire naturelle des cétacés.*

18 Nicolas Desmarest.

些手拿鉛筆的活潑年輕中國畫家應該不太可靠，這點我們從那些中國杯碟的圖案有多奇怪就能看得出來。

至於幫街頭那些鯨魚油店繪製鯨魚招牌的畫匠呢？他們畫的鯨魚一般都像理查三世那樣殘暴，鯨背狀似駝峰：捕鯨小艇被他們吞下當早餐，三、四個水手就這樣變成水果餡餅，肢離破碎的他們就在染滿鮮血與藍漆的海面上掙扎著。

但人們在描繪鯨魚時都會犯下這種種錯誤，沒什麼好大驚小怪的。你們想想！大部分科學圖畫所臨摹的都是擱淺的鯨魚，無法畫出這種動物原本有多高貴，就像臨摹一艘殘破的遇難船隻，也不能表現出它被打爛之前有多壯麗。儘管已經有人讓大象站著，幫牠們繪製全身的圖像，但迄今仍然沒有鯨魚浮上水面，讓人好好繪製肖像。如果想體驗活生生的鯨魚有多麼雄偉壯觀，唯一的辦法就是潛到那深不可測的大海裡去看。等到那龐大身軀浮上來，牠很快就會不見了，彷彿急速前進的風帆戰艦。不幸的是，我們凡人的能力有限，永遠不可能把鯨魚高舉到空中，因此就看不到他們翻騰扭動時的氣勢有多磅礡。更別說正在喝奶的幼鯨與我們理想中完全成熟的巨大海怪之間很可能有具大的差異。就算真能把幼鯨吊到船的甲板上，牠的體態想必也是如此奇怪，像鰻魚一樣柔軟多變，我想就算是惡魔也搞不清楚牠的真實樣貌。

也許有人會認為，從擱淺鯨屍的光禿禿骨架應該可以精確地推想出牠的真實體態。根本不可能。因為這種海上巨獸較為奇特的地方之一，就是從骨架幾乎看不出牠生前體態的大概樣貌。儘管負責幫功利主義哲學家邊沁[19]執行遺囑的倫敦醫院依囑將其骨架像枝狀燭臺般掛在院內圖書館裡，人們看到骨架依稀可以追想那位額頭寬大的老邁紳士，還有他的其他種種突出個人特色，但即便鯨骨再怎麼完整清楚，任誰也無法透過它去推測鯨魚的樣貌。事實上，就像偉大的解剖學家杭特[20]所言：如果把完整的龐大鯨魚比擬為圓滾滾的蝶蛹，那麼鯨骨骨架就好像是蛹中的瘦小昆蟲。就頭部而言，鯨魚的此一特色顯得特別明顯，本書某處湊巧將會提及這點。側鰭也顯示出這個特點：鰭骨的大小幾乎只跟人類的手骨一樣，唯一的差異是沒有拇指。鯨魚的鰭骨都有四支骨頭，就像人的食指、中指、無名指與小指。但這些鰭骨總是被鯨肉包覆著，就像人的手指頭外面也有皮肉。「有時候鯨魚對付我們的方式真是凶狠無比，」某天史塔布以開玩笑的口吻說，「但如果不戴上一雙連指手套，牠再怎樣可都拿我們沒辦法。」

基於上述理由，無論你看法如何，最後肯定要做出這樣的結論：鯨魚是這世上唯一終究無法精確描繪出來的生物。的確，也許我們可以說某張肖像比另一張更接近完美，但沒有人可以把鯨魚畫得就各方面來講都精確無比。所以在這世上我們可就完全找不到能看出鯨魚真實樣貌的方法。如果你最起碼希望見識到活蹦亂跳的鯨魚大概是什麼樣子，唯一的方法就是親自去捕鯨。但也因為這樣，你必須承擔船破人溺的不小風險。因此在我看來，就算你對這海上巨獸再怎麼好奇，最好還是不要追根究柢吧。

19 Jeremy Bentham，英國哲學家。
20 John Hunter.

56

關於錯誤較少的鯨魚畫像和捕鯨場景的真實描寫

我想在這裡繼續介紹更多謬誤的鯨魚畫像與其來歷。無論是在古書或現代書籍中，此類案例可說俯拾皆是，尤其是老普林尼、博查斯[1]、哈克盧伊特[2]、哈理斯、小居維耶等等。但在此我將他們略而不論。

我只知道四本書籍裡面收錄了抹香鯨的素描：作者包括柯爾涅特艦長、英國畫家哈金斯[3]、小居維耶以及外科醫生畢爾。前一章我們已經論及柯爾涅特與小居維耶。哈金斯的作品遠勝於他們，但畢爾的書則是四者之最。畢爾的所有鯨魚素描都畫得很好，唯一的例外出現在第二章開頭：圖中三隻鯨魚展現出抹香鯨的各種姿態，但中間那隻畫得並不好。卷首插畫描繪眾多捕鯨船圍攻幾隻抹香鯨的情況，儘管某些客廳裡的紳士肯定會有太過野蠻的疑慮，但整個畫面看來卻是如此精確生動，值得讚賞。約翰．布朗[4]的幾幅插畫把抹香鯨的外形畫得很精確，可惜被臨摹的版畫家給糟蹋了。但這並非他的錯。

至於露脊鯨，最好的素描圖出現在史柯斯比船長的書中，但是圖畫得太小，很難呈現出令人滿意的印象。他的書中只有一張捕鯨圖，這是個令人遺憾的缺點，因為只有靠出色的捕鯨圖才能夠如實描繪出鯨魚在捕鯨人眼中的生動模樣。

但若把世界各國各種鯨魚與捕鯨畫作都考慮進去，有兩幅法國的版畫作品儘管某些細節並不是最精確的，卻是到目前為止最棒的，兩者都把法國畫家加赫納黑[5]的版畫臨摹得很好。它們畫的都是捕鯨場景，抹香鯨與露脊鯨各一幅。第一幅版畫畫的是一隻雄偉的抹香鯨從深海冒出來，把捕鯨船頂到半空中，高聳的鯨背上盡是駭人的小艇碎片。艇頭有一部分完整無缺，剛好立在鯨魚脊骨上，站在那艇頭的是一個划槳手，只見畫家捕捉到那電光石火的一瞬間：一方面他幾乎已被鯨魚怒噴的水柱給籠罩，但另一方面他就像跳崖似的，正打算要從鯨背上跳下來。整個畫面的動態是如此出色而逼真。白色的海面上漂浮著只剩一半捕鯨索的木桶，幾根往外撒出去的魚叉還斜插在木桶裡，幾個游水逃命的船員只有上半身露出四周海面上，每個人的驚恐表情都不太一樣，遠方的背景裡則可以看到黑色暴風雨中的捕鯨船。從解剖學的角度看來這條鯨魚有些細節也許畫得大錯特錯，但瑕不掩瑜，因為我再怎樣都畫不出這麼棒的畫作。

在第二幅畫裡，小艇正要靠近一頭快速游動的露脊鯨，雁群在牠側邊飛來飛去，沾滿海草的碩大黑色軀體在海面上滾動著，氣勢彷彿從巴塔戈尼亞高原峭壁上滾下來的生苔巨岩。牠噴出的水柱又直又粗，黑如煤灰，彷彿煙囪冒煙，讓人覺得那巨大的鯨腹裡面肯定有人在烹煮豐盛晚餐。露脊鯨的奪魂鯨背上有時候寄居著一些小螃蟹、貝類等生物，海鳥正啄食著牠們當點心與主食。這厚唇海怪不斷在深水裡往前衝，所到之處的洶湧海浪看來像一大塊一大塊的白色凝乳，海浪把小艇激得奔騰搖晃，好似快被遠洋汽船槳輪捲進去的小帆船。畫面上的前景是如此暴亂騷動，但值得讚賞的藝術手法是，背景裡的琉璃般平靜大海形成強烈對比，無力捕鯨船的船帆懶散地下垂著，旁邊海面上有一具龐大鯨

---

1 Samuel Purchas，英國歷史學家。

2 Richard Hakluyt，英國航海家、探險家。

3 William John Huggins，年輕時曾擔任水手。

4 即 John Ross Browne.

5 即 Ambroise Louis Garneray.

屍遲緩漂動著，是一座已被征服的碉堡，噴氣孔插著一根捕鯨桿，標示著鯨魚已被捕獲的旗幟懶洋洋低垂在桿上。

我不知道這畫家加赫納黑是誰，或者是否仍在世。但我能肯定的是，他若非真的對鯨魚十分了解，就是曾接受過某個捕鯨老手的神奇指點。法國人真是動態畫作的高手啊！看遍歐洲各國畫作，哪裡找得到像凡爾賽宮「戰爭畫廊」[6]裡那種躍然紙上而令人屏息激動的油畫作品？賞畫者看得驚心動魄，法國參加的一場場戰役彷彿歷歷在目，畫面上的劍光都像北地極光，身披戰甲的歷代先王、先皇好像就要衝出來，宛如一隻隻頂著皇冠的半人半馬怪獸。加赫納黑的捕鯨海戰作品也是如此精采，並非完全沒有資格擺在那畫廊裡。

法國人創作的捕鯨顏料畫與版畫似乎特別能夠顯現出他們捕捉動態畫面的天賦。儘管該國的捕鯨經驗不及英格蘭的十分之一，甚至不及美國的千分之一，但世上卻只有他們的畫作能夠傳達出捕鯨行動的真實神韻，在這方面讓英、美兩國都獲益良多。繪製鯨魚的英、美畫家似乎只要生硬地把東西大概畫出來就心滿意足了，因此他們的鯨魚圖畫才會看來如此空泛。他們覺得，只要像描繪金字塔那樣就可以達到栩栩如生的逼真效果。就連史柯斯比船長這種熟知露脊鯨的知名專家，也只是先把格陵蘭鯨完整但生硬地畫出來，然後提供三、四幅獨角鯨與鼠海豚的精細圖畫，再讓我們看看一些小艇鐵鉤、剁肉刀與抓鉤的經典版畫，接著像顯微鏡發明者雷文霍克[7]那樣，讓我們仔細檢視九十六幅冷冽到令人發顫的北極雪花冰晶放大圖。我無意貶低這位出色航海家（我敬重他是一位航海界老兵），但因為這件事實在太重要，我不得不說他的確有疏失：他為什麼不乾脆把每一種冰晶都拿到格陵蘭法院去認證，證明冰晶是取自於當地？

除了加赫納黑的出色版畫，值得一提的還有另外兩幅法國版畫，作者署名自稱為「H．杜杭」[8]。其中一幅，儘管與我們目前的主題並不全然相關，但基於其他理由還是值得一提。畫面上是午間的太平洋諸島，一艘法國捕鯨船拋錨停泊在風平浪靜的近海，水手們懶洋洋地取水上船。背景畫的是放下來的船帆與長長的棕櫚葉，兩者都因為無風而低垂著。這意境之所以很棒，是因為一種強烈的反差：辛勞的捕鯨人難得有機會在這東方海域休憩。另一幅版畫的狀況就截然不同了：捕鯨船停泊在海上鯨魚頻繁出現的海域，旁邊就有一條露脊鯨。這艘船正在切割鯨脂，好像停泊在碼頭邊似的緊靠著那露脊鯨。有一艘小艇正趕著要離開捕鯨船，到遠方去追獵鯨群。魚叉與魚槍都平擺在小艇上備用，三個划槳手剛剛把小艇帆桅給裝好，突然間一陣大浪打過來，小艇朝某一邊傾斜地高聳了起來，好像後腳站立的馬匹。船上因為煮鯨油而冒出蒸騰煙霧，好像有一整村的鐵匠正在幹活。順風處有一片烏雲升起，降下狂風大雨，似乎讓那些躍躍欲試的水手進一步加快了速度。

---

6 作者寫「triumphal hall」，但正式名稱是「Galerie des Batailles」（gallery of battles）。

7 Antonie van Leeuwenhoek，荷蘭科學家。

8 即法國畫家Jean Baptiste Henri Durand-Brager。

57 板子上的鯨魚、牙雕與木雕的鯨魚、鯨魚風標、岩堆上、山巒間與星空裡的鯨魚

沿著塔丘[1]朝下往倫敦碼頭走，你也許會看到一個斷腿乞丐（或者像水手所說的，一個「叫化子」[2]）手拿一塊板子，上面畫著牠斷腿的悲慘經過。畫中有三條鯨魚與三艘小艇，最前面的鯨魚正咬著其中一艘（想必他那一整條腿就在這小艇上）。他們說，過去十年來那傢伙時時刻刻拿著一幅畫，向抱持懷疑態度的世人展示他的殘肢。但現在他有機會可以證明自己的說法。總之，他那三隻鯨魚跟倫敦瓦平碼頭區展示的鯨魚一樣千真萬確，而他的殘肢也像美國大西部光禿禿森林的「殘株」[3]那樣貨真價實。只不過，那可憐的捕鯨人儘管總是在那殘肢上面站著，卻未曾發表過「殘株演說」[4]。他只能目光低垂，在那裡悲慘地思考自己的斷腿。

無論是在太平洋，或在南塔克特島、新貝德福與薩格港，你都能湊巧看見鯨魚與捕鯨場景的生動圖畫，由捕鯨人親自雕刻在抹香鯨的鯨牙上，或者是露脊鯨鯨骨材質的女性胸衣支架，還有捕鯨人在船上的閒暇時間裡用各種原料精細雕刻出來的靈巧物件，也就是他們所謂「解悶用的小玩意兒」。有些水手甚至持有看起來像牙醫工具盒的小盒子，專門用於雕刻小東西。但一般來講，他們大多只用一把折疊刀雕刻。這種小刀可說是水手的萬用工具，你想要什麼，他們都可以做出來給你，作品充分展現出水手特有的想像力。

長期離開基督宗教國度與文明世界，任誰都難免會回歸到上帝創造我們時的原始狀態，也就是所謂的蠻荒。真正的捕鯨人跟易洛魁印地安人一樣，都是野人。我自己就是，而且只對野人的國王效

忠，但也隨時準備好要反叛他。

野人居家生活的特色之一，就是他們極有耐性，而且勤勞。古代夏威夷人製做的戰鬥用木棒或者矛狀船槳就有很多花樣，而且雕工精細，跟費心編纂的拉丁文字典一樣，都充分展現出人類不屈不撓的精神。只要使用一片破貝殼或者一枚鯊魚牙齒，再加上經年累月的全神貫注，就可以做出像網狀木質工藝品一樣令人嘆為觀止的精美物品。

在這方面，已經變成野人的白人水手跟夏威夷野人沒兩樣。只要有一枚鯊魚牙齒，一把破爛的折疊刀，再加上令人驚嘆的耐心，就能刻出骨雕作品，雖然品質不及工匠大作，但圖樣精細扎實，可以與希臘野人阿基里斯的盾牌相提並論，而且跟古代荷蘭野人阿爾伯特．杜勒[5]的版畫一樣，充滿野蠻的精神與韻味。

美國捕鯨船艏樓裡常見的鯨魚木雕都是以又小又黑的高貴南海木片為材質，在當地都是用來製造戰鬥木棒的。有些木雕作品把鯨魚外形刻得精確無比。

在鄉下某些老舊山牆屋的路邊大門上，你可以看到銅質門錘被做成頭下尾上的鯨魚造型。如果門房在打瞌睡，這頭似鐵砧的鯨魚門錘是最管用的。但這些鯨魚門錘的外形很少跟忠實的論文一樣出色。某些老教堂尖塔上的風標並未採用公雞為造型，而是以鐵片做成鯨魚狀。但這種風標是如此高高

1 Tower-hill，倫敦塔附近的小丘。
2 kedger 的原意是小型船錨。
3 stump 可以指捕鯨人的殘肢，也可以指砍掉樹木之後剩下的殘株。
4 殘株演說（stump-speech）指政治人物站上樹木殘幹，對大眾進行演說。
5 即荷蘭畫家 Albrecht Dürer。

在上，而且還都標上了「請勿動手！」的標語，自然沒辦法近看，判斷其品質好壞。

在土地荒涼貧脊的地區，高聳崎嶇峭壁底端的平原上遍布各種奇形怪狀的岩群，你會發現巨鯨的石像在蔓草間若隱若現，到了風起時，那石鯨彷彿在綠浪中翻騰前行。

此外，在群山萬巒間的旅人持續被四周的高山環繞著，只要運氣夠好，他們都可以在連綿起伏的峰頂瞥見鯨魚的身影。但能夠看到那些景象的，只有徹頭徹尾的捕鯨人。不光如此，如果你想再看到某個景象，在第一次看見時一定要把自己的精確位置記住，否則很有可能要耗費不少心力，才能夠重新發現當初那個觀察到鯨魚山景的地點。這就像索羅門群島一樣，儘管當初身穿襞襟襯衫的門達尼亞[6]曾經踏遍那些島嶼，過程都被費古拉記錄了下來，但是到如今大家還是都不了解那個地方。

如果因為這個主題而把眼界大幅往上提升，在星空中你肯定也能找到一些巨鯨，甚至用小艇追獵牠們。就像東方民族滿腦子想的都是戰爭，連在雲朵間都能看到陷入混戰的軍隊。同樣地，我繞著北極追逐海上巨獸，在天空持續跟著一起旋轉的那些熠熠光點，就是我一開始認識北方的憑藉[7]。在星光輝煌的南極天空下，我也曾想像著自己登上南船座，加入追逐鯨魚座的行動，所到之處遠遠地超過水蛇座與飛魚座的最遠處。

我想把驅逐艦的船錨當成馬勒，將幾把魚叉束在一起，充當馬刺，就此登上星空裡的鯨魚，遨遊九霄雲外，看看那傳說中的天堂，是否真有我用肉眼無法窺見的營地與無數天篷！

6 門達尼亞（Álvaro de Mendaña de Neira）是發現索羅門群島的西班牙航海家，費古拉（Cristóbal Suárez de Figueroa）則是把門達尼亞的航程寫成書。

7 那些熠熠光點就是北斗星，可以幫主角辨明北邊方位。

58 小魚

從克羅澤群島往東北方航行，我們被一片像草原般廣闊的小魚魚群給包圍了，那些黃黃的小傢伙就是露脊鯨的主食。魚群綿延不絕，在我們四周起伏波動，皮廓號彷彿在一望無垠的成熟金黃麥田裡航行。

到了第二天，許多露脊鯨現身，懶洋洋而安心地張開大嘴，優游在魚群之間，不怕皮廓號攻擊，因為我們是一艘抹香鯨捕鯨船。鯨嘴裡的刷狀鯨鬚看起來像神奇的百葉窗，小魚附著在上面，就此脫離了從鯨嘴裡排出的海水。

牠們像一群在晨間割草的人，並肩緩緩前進翻騰，在綿延不絕的沼澤般溼潤草原上揮動鐮刀。這些巨怪游泳時發出奇怪的割草聲，經過魚群後吞掉小魚，藍色海水重現海面，好像在黃海般的草原上留下一道道藍色的割草痕跡。[1]

但是也只有牠們把魚群分開的那種聲音讓人聯想到割草。從桅頂看過去，尤其是在牠們暫停不動的片刻，龐大的黑色身體看起來更像是沒有生命的巨岩。就像在印度鄉下的獵場裡，不明就裡的外地人在經過平原時，常常會不知道遠處有正在躺臥休息的象群，只把牠們當成是從地面隆起的一顆顆光禿禿的黑色巨岩。初次看到這些海上巨獸的人也常會有這種錯覺。即便到了最後終於認出來了，因為

1〔原注〕水手們向來把這一片海域稱為「巴西海岸」，但它不像紐芬蘭海岸那樣，是真的有淺灘與可以測水深的地方，而是海面看起來像是壯闊的草原。造成這種視覺效果的是持續漂蕩在這一帶海面上的龐大魚群，因此這裡也成為追獵露脊鯨的漁場。

鯨魚實在太過巨大，往往大到讓初見者簡直不敢相信：牠們怎麼可能會跟狗兒或馬兒一樣是活生生的動物呢？

的確如此。就其他方面而言，我們對於這些深海生物往往有一種特別的感覺，陸地生物與牠們是不能相提並論的。儘管某些古代博物學家主張，所有陸地生物都有與牠們相對應的海洋生物，儘管就一般而言這個說法也許很有可能成立，但如果從一些特例看來，就不對了。例如，難道海裡面有哪一種魚天生像狗那樣嗅覺敏銳而溫和嗎？在嗅覺敏銳方面，能與狗相提並論的，就只有可惡的鯊魚了。

不過，一般陸地人對於居住在海裡的生物總是懷有莫名的不友善與厭惡情緒。儘管我們都知道大海永遠會是個未知的領域，但哥倫布還是遠渡重洋，越過許多未知世界，只為找到他以為的西方大陸[2]。儘管最可怕的種種致命疾病，自古至今已經奪走千千萬萬條海上居民的性命，任誰都無法免於此一威脅。人類炫耀自己的科學與技術很厲害，而且未來還有進步的空間，但只要稍微想一下就知道，這樣的想法有多幼稚與浮誇，而且永永遠遠，直到世界末日那一天，人類都可能會被大海羞辱與殺害，即便是最宏偉、最堅固的驅逐艦也都會被大海摧毀粉碎。不過，儘管這些想法屢屢在心頭浮現，人類還是早就已經失去了原來對於大海的那種崇敬之心。

這世界曾因為怒濤大水而變成汪洋一片，所有人淪為波臣，就連一個遺孀也沒能倖存，舉世僅剩一艘方舟，而它就是史冊所載的第一條船隻。當年的汪洋迄今仍然起伏波動著，也仍有許多船隻遭其吞噬。是啊，愚蠢的凡夫俗子們，諾亞那個時代的洪水仍未消退，迄今還有三分之二的世界被它淹沒著。

但大海與陸地畢竟不同，否則在陸地上發生的奇蹟怎麼會到了海上就變得稀鬆平常？想當年，可拉[3]與其同夥因為地裂而被永遠吞沒，此事被希伯來人當成是可怕的超自然現象。但為什麼大海把許許多多船隻與船員吞沒了，卻又被當成像日落一樣自然？

不過，大海不只將外來的人類當成仇敵，而且對自己的子民也是心狠手辣。波斯人謀殺自己的賓客，堪稱惡劣，但大海更是糟糕，就連自己孕育出來的生物也不肯放過。就像母老虎在叢林裡橫衝直撞，把自己的幼虎給壓死了，大海有時也會怒濤連天，就連最威壯的鯨魚也被捲到礁岩上，陳屍於船難的破碎殘骸旁。大海毫無慈悲心，除了它自己，誰都沒有能力控制它。失控的海洋暴虐全球，就像一頭橫衝直撞的無主戰馬，氣喘吁吁。

想想看這大海有多詭詐啊！水面下有許多最可怕的生物優游著，我們大多無法看見，全都神祕地潛藏在可愛的蔚藍海水裡。也想想看水裡那些凶神惡煞般的無情生物擁有著璀璨亮麗的外表，就像許多品種的鯊魚都長得如此輕巧美麗。再想想看，大海其實是個普遍互相殘殺的世界，自世界創始以來，所有相互獵食的生物之間就永遠都爭戰不休。

把這一切都想一想，然後回頭看看和善溫馴的綠色陸地。想想看海洋與陸地，難道你沒發現自己也有類似的奇怪情況嗎？就像脆嫩綠地被可怕的海洋包圍一樣，人的靈魂也像是一片靜謐喜樂、與世隔絕的大溪地，但包圍著靈魂的外在世界卻充滿了許多一知半解的恐怖事物。上帝保佑你！可千萬別離開那片樂土，否則你永遠都回不去了！

---

2 哥倫布本來的計畫是前往東印度群島，到了美洲也不知道自己發現了歐洲人未曾去過的大陸。

3 Korah，他因為想要挑戰摩西的領導而遭逢地裂的懲罰，遭到吞沒。

59 巨大烏賊

皮廓號慢慢越過那一片片彷彿草原的魚群，持續往東北方的爪哇島前進。徐徐微風推動著船身，在四周一片靜謐的海面上，三根圓錐狀的桅杆緩緩隨風擺動，彷彿平地上的三棵和緩棕櫚樹。不過，每隔一段很長的時間，還是可以見到銀色月光下有水柱噴出海面，看來如此寂寥誘人。

某天早上，蔚藍天空下，整個海面雖然並非完全停滯平靜，卻幾乎像出現超自然現象似的，感覺起來彷彿靜止不動。長長的光亮日影掠過海面，好似一根金手指輕拂，帶著些許神祕感。滑順的海浪輕輕漂蕩著，好像在喃喃低語。舉目望去，眼前是一個如此深沉靜默的世界，但大狗卻在主桅桅頂看見一個奇異的鬼影。

遠方有一片白色的龐然大物懶洋洋地從海面聳立，而且越升越高，漸漸離開蔚藍海面，最後從皮廓號船頭看過去，只見眼前忽有閃光乍現，像是剛剛從山上崩落的大片積雪。如此閃亮片刻後，那龐然大物又緩緩落下沉沒。然後再度升起，默默地閃耀光芒。大狗心想，牠看來不像鯨魚，但會是莫比敵嗎？那鬼影再度落下沉沒，但還是重新升起，那黑人的叫聲像短劍般尖銳，把每個在打瞌睡的人都嚇醒：「那裡！又出現了！牠在那海面上翻騰！就在前面！是大白鯨！大白鯨！」

他這一叫，水手全都一窩蜂衝往帆桁兩端。在酷熱的太陽下，沒戴帽的亞哈站在船首斜桅旁，俐落地把一隻手往後揮動，向舵工下令，銳利的目光往遠方投射過去，看著大狗在高空中那隻筆直不動的手臂所指的地方。

有可能是因為漸漸受到那短暫出現的單獨水柱影響，亞哈才會把這和緩平靜的景象跟他追獵的第一頭鯨魚聯想在一起。也可能只是他渴望報仇才會如此。無論如何，他一清楚地看到那白色的龐然大物，馬上就急急忙忙下令，要大家放小艇下去追。

四艘小艇馬上就下水了，亞哈打頭陣，以最快的速度朝著獵物出發。牠很快就沒入水裡，我們停下手裡的艇槳，等牠再度現身，看哪！牠又從沒入海裡的地方緩緩升到海面上。在那片刻間，我們幾乎忘了莫比敵，只顧著見證迄今大海向人類揭示過的最神妙奇景。那一團柔軟的龐然大物，長寬都足足有好幾百公尺，身體是發亮的乳白色，浮在水面上時有無數根觸鬚往外伸出去，像一窩大蟒蛇那樣蜷曲扭動，好像只是要盲目地隨手亂抓，看能否抓到個倒楣鬼。看不出來牠的臉長在哪裡，分不清楚前後，也感覺不到牠是否有感官或本能，只知道牠彷彿我們偶遇的幻影般超自然生物，沒有任何形態可言，只是在波濤巨浪中起起伏伏著。

輕輕發出一個吸水聲之後，牠又慢慢消失了，但星巴克仍緊盯著那片因為牠下沉而騷動著的海面，接著大聲咆哮：「我幾乎希望自己看到的是莫比敵而不是你這白色的鬼東西！」

「大副，那是什麼啊？」福拉斯克問道。

「那是一隻活生生的巨大烏賊，據說很少捕鯨船有機會看到牠們，因此回港後也沒多少人提起過牠們。」

但亞哈不發一語，只是把小艇掉頭回船，其他小艇也靜靜地跟在後面。

不管在抹香鯨捕鯨船之間流傳著什麼樣的迷信，但可以確定的是，看到這罕見的生物是會帶來厄運的。也因為如此罕見，儘管大家都宣稱牠們是海裡的最大生物，但關於其真正的特性與形態，絕大部分的人根本連最模糊的概念都沒有。儘管如此，捕鯨人仍都認為牠們就是抹香鯨的唯一食物。儘管其他鯨魚都是在海面上覓食，也常有人看到牠們進食的狀況，但抹香鯨卻都是在海底的未知區域獲取所有食物。任誰也都只能憑藉著推想，才能知道牠們到底吃些什麼。抹香鯨被追獵時，偶爾在情急之下會吐出一些東西，那應該就是大烏賊的觸鬚殘肢，其中某些長度甚至超過二、三十呎。想必，那巨怪似的烏賊平常就是藉由那些觸鬚來緊緊抓住海床。而抹香鯨與其他鯨魚不同，牠們有牙齒可以用來咬住並扯斷觸鬚。

我們似乎有理由相信，彭托皮丹主教[1]筆下的「大海怪」[2]也許終究就是這種巨大烏賊。據主教描述，那海怪就是這樣時而升出海面，時而沉沒，而且有一些其他細節也是相符的。但是，因為他所描繪的海怪軀體實在大到令人難以置信，有必要大打折扣。

某些博物學家隱約聽到這種神祕海怪的傳聞，把牠歸類為墨魚目生物。而且從外表的一些特色看來，的確也可以這麼歸類，不過牠們在墨魚目裡面，地位應該就像是人類中的巨人族。

1 Erik Pontoppidan，挪威卑爾根的大主教。

2 Kraken，挪威海怪，在北歐神話中游離於挪威與冰島近海。

60 捕鯨索

為了不久後就要描述的捕鯨場景，也為了幫助大家了解其他地方會出現的類似場景，在此我必須先談一談那有時很可怕的神奇捕鯨索。

本來捕鯨業使用的捕鯨索是以上好大麻纖維製成，只有表面塗了一層薄薄的瀝青，跟一般的繩索製作時需要浸過瀝青不同。瀝青可以讓麻繩在製作時更柔軟，也能讓一般船隻的水手使用起來更順手。不過，如果捕鯨索像一般繩索那樣浸過瀝青，就會太硬而無法捲成一小圈放在桶子裡。大多數水手漸漸都會發現，一般來講，儘管瀝青可以讓繩索變得較為扎實且充滿光澤，卻沒辦法增強耐用度或是拉扯時的強度。

近年來，過去美國漁業使用的麻繩幾乎已經完全被馬尼拉繩給取代了，理由是，儘管馬尼拉繩不如麻繩耐用，但拉扯時的強度更高，也遠比麻繩更柔軟而有彈性。而且，既然一切事物都有美觀的問題，我就要多說一句：馬尼拉繩也遠比麻繩好看，與捕鯨小艇更搭。麻繩的顏色看起來黝黑暗沉，簡直像繩子界的印度人，但馬尼拉繩大不相同，彷彿金髮白人。

捕鯨索只有三分之二吋粗。每一條捕鯨索都是由五十一根繩線搓揉而成，你無法一眼就看出它實際上的強度很高。但根據實驗結果，它的每一根繩線各自都能承受一百二十磅重量的拉扯，所以一整條捕鯨索能承受的拉力，幾乎相當於三噸重。就長度而言，一般捕獵抹香鯨時使用的繩索大概有兩百多噚長。桶子擺在靠近艇尾處，裡面的捕鯨索被捲成一個螺旋狀的圈圈，但看起來不像釀酒廠裡常見的那種蝸形管，而是一層層扎扎實實的「繩盤」，疊在一起後就像圓圓的整顆起司，由許許多多同心螺旋構成，中間並非空心的，只有在「起司」的軸心處留下一個小小的垂直管狀空間。盤繞起來的捕鯨索一旦被鯨魚往外拉，只要稍有糾纏或打結的狀況，肯定會有某人的手臂、腿腳甚至整個身體被繩索一起拉走，所以最保險的做法還是把捕鯨索盤繞在一個小桶子裡。有些魚叉手必須耗費幾乎一整個早上來做這件事，把繩索穿過一個擺在高處的滑輪，一邊往下拉，一邊把繩索盤繞成一圈圈，疊在小桶裡，如此一來就能避免纏繞打結的狀況。

英國的捕鯨小艇上都會擺兩個小桶子，而不是一個大繩桶。把同一條捕鯨索盤繞在兩個相連的桶子裡的確有些好處，因為這兩個小桶子很適合擺在小艇上，讓空間不會那麼擁擠，反觀美國捕鯨小艇的繩桶直徑幾乎可達三呎，深度也差不多，但是對於艇板厚度只有一吋半的小艇而言，卻是個龐大的負擔。而且小艇的底板簡直像是一層薄冰，可以承受相當大的分散重量，但若太過集中就不行了。如果把一面五顏六色的帆布蓋在美國捕鯨小艇的繩桶上，小艇看來就好像載著一個巨大的結婚蛋糕，要送去給鯨魚吃。

捕鯨索的兩端都露在桶子外，從桶底往上延伸的尾端必須打成一個繩圈，垂掛在桶邊，而且繩圈完全不能碰到任何東西。尾端之所以必須這樣安排，有兩個理由。首先，如此一來可以很容易地就把捕鯨索接上另一艘小艇的捕鯨索，以免鯨魚在中叉後把原來的捕鯨索整條拖進深海裡。如果是這樣，那捕鯨的差事就好像一杯麥芽啤酒換人拿，從原來那艘小艇轉移到另一艘小艇手裡，只不過原來那艘肯定還是會在一邊徘徊著，等待伸出援手的機會。其次，為了安全起見，這種安排是不可或缺的：若把捕鯨索的尾端固定在小艇上，但偶爾被叉中的鯨魚會在很短時間內一溜煙似地就把捕鯨索給拉完了，到時候鯨魚可不會停下來，倒楣的小艇肯定會被拉到深海裡去。若真有此事，那麼捕鯨船上的瞭望員就再也不會有機會看到牠啦。

在把小艇放下去追獵鯨魚以前，有人會先把捕鯨索的前端從桶子裡拿出來往後拉，繞過艇尾的圓柱之後，又往前拉，然後斜斜地穿過每個划槳手的艇槳把手，如此一來每個人在划槳時，手腕上都有一小段捕鯨索在顛簸摩擦著，而且捕鯨索也從坐在小艇舷邊兩側的一對對划槳手之間穿過去，最後拉到小艇最前頭的鉛質導索器，那上面有一根大小有如羽毛筆的木栓，可以把繩索扣住，以免滑掉。繞過導索器的一小段繩索在船頭垂吊著，像是個小小花飾，接著又往小艇裡面拉，接著有長度大概十幾、二十噚的繩索盤繞在船頭的箱子裡（這一段捕鯨索就稱為「箱索」），然後又沿著舷邊往後拉一小段，接著就繫上了所謂的「短索」——也就是綁在魚叉尾端的那一小段繩索。但在兩者連接起來前，這短索又必須先經過各種各樣令人費解的處理程序，但因為太過煩瑣，我就不在此細述了。

捕鯨索就這樣在整條小艇繞了一圈又一圈，幾乎可說是往四面八方曲折纏繞。所有划槳手都被這危險的捕鯨索纏繞著，在膽小的陸地居民眼裡，他們每個都看似印度的弄蛇人，一條條最凶惡的毒蛇在所有人的手腳上蠕動嬉鬧著，彷彿掛著緞帶。任何凡夫俗子只要是初次登上捕鯨小艇，一邊卯起來划槳，一邊被這些麻繩纏繞著，心裡想的無非只有一件事：不知魚叉什麼時候會被射出去？等這些可怕的繩索猛然收縮起來時，全身肯定會像是被雷擊一樣。這念頭讓人怕到骨子裡，連骨髓都像搖晃的果凍般顫抖起來。但所謂習慣成自然真是一件怪事啊！一旦習慣了，任誰在這薄薄白杉木製成的捕鯨小艇上，都會變得比在黑檀木餐桌邊更會鬥嘴嬉鬧，更會說笑應答——但別忘了此時小艇上的六個划槳手身上可都是套著絞刑繩套似的捕鯨索，就像被英王愛德華三世叫到他面前去送死的那六位加萊城領袖，他們也是脖子上套著繩子，正要把自己送往致命的鯨嘴裡。

至此，也許你已經不假思索就能知道那些捕鯨慘劇為何會一再重演。常有人從小艇上被捕鯨索拖下來，從此消失無蹤，而且其中也只有很少人留下過非常簡略的紀錄。每當捕鯨索被鯨魚拖出小艇時，小艇上的人就好像坐在那發出各種颼颼聲響的蒸汽機上一樣，持續有橫桿、機軸與齒輪從身邊擦過去。只不過，小艇上的情況更糟，因為在受苦受難的同時，你可不能坐著不動，因為小艇就像搖籃一樣搖搖晃晃，任誰都會無預警地被甩來甩去。如果不想被脫韁野馬似的捕鯨索拖走，被帶到一個永不見天日的地方，那你就必須要調整自己，放鬆心情，並且同時拿出決心與行動力。

最後還是那句老話：唯一比暴風雨本身更可怕的，也許只有暴風雨前的寧靜與關於暴風雨的預言。理由在於，那片刻的寧靜只是包藏禍心罷了，把暴風雨給掩藏起來，就像一把看似無害的來福槍，其實槍裡暗藏致命的火藥子彈，隨時會爆發射出。因此，在這危險的行動中，真正最可怕的時刻，就是捕鯨索還像蛇一樣優雅靜默地纏繞著划槳手，還沒有被鯨魚往外拖的時候。但何需多說些什麼？所有人都是過著像被捕鯨索纏繞的生活。所有人都是生下來時脖子上就戴著絞刑繩套。但只有真的在突然間被捲進了生死關頭，我們凡人才知道那看似寧靜的生活其實暗藏著各種無所不在的危難。如果你真是個哲學家，不管你是身邊放著火鉗，坐在夜裡的火堆前，還是身邊擺著一把魚叉，坐在捕鯨小艇上，都不需要感到害怕。

61 史塔布屠鯨

在史塔布眼裡，那鬼影般的巨大烏賊是不祥之兆，但魁魁可不這麼認為。

「看到那大烏賊後，」魁魁野人一邊在吊起來的小艇船頭磨魚叉，一邊說，「很快就會看到抹香鯨。」

隔天風平浪靜，悶熱異常，沒什麼特別的事，皮廓號的船員面對空蕩蕩的大海，幾乎無法抵抗濃濃睡意。這一帶的印度洋海域對捕鯨人來說並不是活躍的漁場。也就是說，與普拉塔河外海或是祕魯近海的漁場相較，這裡並非生機處處，比較看不到那麼多鼠海豚、海豚與飛魚之類的活潑海洋生物。

輪到我到前桅桅頂值班了，我的雙肩靠在已經鬆掉的頂桅帆帆索上，在那似乎被下了魔咒的高空中懶散地晃來晃去。意志再堅定的人也會受不了，在那如夢似幻的環境中失去意識，最後我終於像靈魂出竅一樣。儘管身體已經完全沒有力氣，但還是彷彿鐘擺一般持續擺盪著。

在完全昏睡過去以前，我注意到主桅、後桅桅頂的值班人員已經打起了瞌睡。所以最後我們三個值班水手都在一根根圓杆上一邊睡覺，一邊搖晃了起來，我們每晃一下，底下那個已經入睡的舵手也隨之點一下頭。在大太陽底下，海浪的懶散浪峰也好像在點頭打瞌睡，整個海面一片昏昏沉沉，從西邊點頭點到東邊。

在我沉重的眼皮快閉上前，突然間似乎看到一大片泡沫噴出海面。好像冥冥中有一股恩慈的力量在保護我，我及時緊抓住帆索，整個人被嚇醒。看哪！在我們背風面的海面上，不到四十噚的地方，有一隻巨大抹香鯨在水裡翻滾，彷彿一艘翻覆的驅逐艦，寬闊的鯨背黑到發亮，在陽光的照射下像鏡子般亮晶晶。但那鯨魚只是懶洋洋地在浪濤中起伏著，偶爾平靜地噴出水柱，像是個在暖洋洋午後抽著菸斗的肥胖市民。但是，可憐的鯨魚啊，那是你最後一次抽菸斗了。原本沉睡的皮廓號與所有在打瞌睡的水手好像被巫師的魔杖點了一下，突然全都被驚醒。待在船上各個部位的二十幾個人，再加上我們三個桅頂的值班水手，同時發出那慣常的叫喊聲，在此同時那大魚仍是慢條斯理，非常規律地朝空中噴射閃亮的海水水柱。

「把小艇都放下！逆風航行！[1]」亞哈大聲發號施令。那舵手都還來不及轉動舵輪把柄，亞哈就按照自己的命令衝過去轉動舵輪了。

一定是船員突然大叫讓那鯨魚有了警覺，小艇都還沒放下，牠的雄偉身軀就已經轉過去，朝背風面游開，但還是那樣平靜，並未興起太多水波。亞哈心想，牠畢竟還是有可能尚未產生警覺，所以要大家都別使用固定在舷側的長槳，要說話也只能低聲交談。所以我們就像安大略的印地安人那樣全都坐在小艇舷側邊上，快速而安靜地用短槳划水，因為海面無風，想要靠艇帆無聲航行也沒辦法。沒多久，就在我們仍為了追獵那巨獸而緩緩滑行時，牠把鯨尾高高地甩向空中四十呎處，像是一座高塔被海水吞噬似的，沒入海中。

「魚尾不見啦！」這呼喊聲一出現後，等於是宣告了可以暫時休息，史塔布立刻拿出火柴，點燃菸斗。間隔很長一段時間後，那鯨魚才又浮出海面，這次牠出現在史塔布的艇頭不遠處，距離比其他小艇都還要近，因此捕鯨的殊榮就落在他頭上了。此刻，那鯨魚顯然已經意識到我們在追牠。因此我們再也不用小心翼翼地不出聲了。放下短槳後我們全都嘩啦嘩啦地划了起來。史塔布還是在抽菸斗，同時也幫手下加油打氣，準備發動攻擊。

沒錯，鯨魚的表現有了一百八十度轉變。牠完全意識到自己身陷危難，正準備「伸頭」，也就是從牠自己吐出來的那一片翻騰白沫中把頭斜斜地伸出來。[2]

「嚇嚇牠，嚇嚇牠，我的弟兄們！慢慢來，我們有得是時間——不過我們先來嚇嚇牠，讓牠嘗嘗雷鳴轟響的滋味，這樣就好了，」史塔布一邊吐煙，一邊大聲說，「現在就嚇嚇牠。卯起來用力划，塔許特哥。嚇嚇牠，塔許，好兄弟——大家都嚇嚇牠，不過我們自己可要保持冷靜，一定要冷靜，從容不迫。穩住，穩住——不過要像嚴肅的死神，像咧嘴笑的惡魔那樣嚇牠，弟兄們，用你們的叫聲把墳墓裡的死人喚醒吧！這樣就夠了。嚇嚇牠！」

「嗚呼！哇嘻！」來自豔麗海岬的塔許特哥像古代印地安戰士那樣對著天空嗚呼亂叫，同時急著要立功的他在艇頭用力一划，擁擠小艇上的其他划槳手全都不由自主地往前晃動一下。

他這麼一叫，其他同樣狂野的叫聲也開始此起彼落。「哄嘻！哄嘻！」大狗也扯嗓大叫，在自己的位子上前後搖晃，好像在籠子裡踱步的老虎。

「喀啦！咕嚕！」魁魁咆哮道，好像嘴裡正嚼著上等牛排。幾艘小艇上的水手邊划邊叫，在海上乘風破浪。在此同時，史塔布仍然待在艇頭的位子上，一邊鼓舞手下的士氣，一邊吞雲吐霧。他們像亡命之徒那樣使盡吃奶力氣划船，直到史塔布下達出手的命令：「站起來，塔許特哥！射魚叉吧！」他把魚叉投擲出去。他的手下紛紛把艇槳倒划，在此同時，大家都感覺到一種熱熱的東西嗖搜擦過他們的手腕。原來是那神奇的捕鯨索。因為史塔布剛剛才用捕鯨索在艇尾圓柱上多繞了兩圈，那繩圈轉

1 意思是要放慢航速。

2〔原注〕我們將在其他地方看到，抹香鯨巨大頭顱的所有內容物都是一種很輕的物質。儘管頭部看來是整個身體最重的，但卻是浮力最佳。所以牠才可以輕而易舉就將頭部抬往空中，而且當牠以最快速度前進時，總是會這麼做。此外，抹香鯨頭部的上半段很寬，下顎的尖端很細，彷彿尖尖的船頭一樣有破浪功能，游泳時可以把海水分開，只要把頭斜斜往上抬，外形就會從看來像是船頭肥大的帆船變成船頭尖細的紐約港領水船。

動速度加快後，麻繩馬上冒出一陣藍煙，與史塔布的菸斗煙霧交雜在一起。捕鯨索在艇尾圓柱上轉了一圈又一圈，而且捕鯨索開始在艇尾轉動以前，已經先快速地通過史塔布的雙手，偏偏他手上那兩條用帆布織成的方形「手布」都已經不小心掉了，無法保護他的手。此時他好像正在空手奪白刃似的，而且敵人也在用力拉扯，想把刀刃從他手裡拔回來。

「把捕鯨索弄溼！把捕鯨索弄溼！」史塔布對著坐在繩桶邊的划槳手大叫，那傢伙趕快拿下帽子，把海水潑進去。[3]又多轉了幾圈後，捕鯨索就開始不動了。此時小艇在滔滔海浪中飛速前進，好像一條全力衝刺的鯊魚。到此刻船頭的史塔布與船尾的塔許特哥交換了位子，這在劇烈顛簸的小艇上實在很不容易，他們倆的身子搖搖晃晃。

因為捕鯨索在小艇的整個上半部震動著，再加上捕鯨索此刻被繃得比豎琴琴弦更緊，任誰都會覺得小艇彷彿有兩條龍骨：一條真的龍骨在海面上乘風破浪，另一條則是凌空前行的捕鯨索。小艇承受空氣與海水的兩股阻力，在海面上顛簸前行。艇頭不斷有水往下噴，好像小瀑布，艇尾則是有渦流持續翻滾旋轉著。在小艇上，只要有一點點動作，像是有人用小指頭一碰，劇烈晃動而且吱嘎作響的小艇就會往中風抽搐似的舷側翻覆過去。所以在飛快前行的同時，每個人都只能死命用屁股緊貼著座位，以免被拋到海上的白沫裡。掌著舵槳的塔許特哥為了把重心放低，也蜷曲了起來，幾乎好像把身體對折。他們急速滑行著，每個人都覺得好像經過了整個大西洋與太平洋，最後那鯨魚終於放慢了逃走的速度。

「用力拉——用力拉進來！」史塔布對著艇頭的水手大叫，接著所有人才轉過頭來，面對鯨魚，開始把捕鯨索往裡收，讓小艇靠近牠，但在此同時小艇還是被拖行著。很快史塔布就往鯨魚的側邊靠過去，一邊膝蓋用力頂著艇頭防滑板，一次又一次用魚槍往飛快游泳的鯨魚身上使勁戳。他一聲令下，小艇往後退，以免被激烈翻滾的鯨魚掃中，然後又靠過去，再度發動攻擊。

此刻鯨血從牠身上各處汩汩往外流瀉，彷彿從小丘上流下的血紅溪水。牠那痛苦掙扎的身體並非在海水，而是在自己的血水裡翻滾，牠後方幾百公尺內的海面上只見許多紅色泡沫翻騰著。斜陽照射在這彷彿猩紅色小池塘的海面上，陽光反射後，把所有水手都照得紅光滿面，一個個簡直都像紅人。在此同時，牠的噴水孔還是不斷激動地吐著白煙，興奮不已的史塔布嘴裡仍是持續吞雲吐霧。史塔布每次投出魚槍，抓住尾端的繩子，把已經彎掉的魚槍收回來後，他都得把魚槍放在艇舷舷側，很快地搥打幾下，重新弄直，然後再投出去，如此一遍又一遍。

「拉近——拉近！」漸漸衰弱的鯨魚不再激烈扭動，此刻他對著艇頭水手大叫。「拉近！靠過去！」小艇往鯨魚的側邊靠過去。史塔布從艇頭把長長的銳利魚槍遠遠地伸出去，在鯨魚身體裡慢慢攪動，小心翼翼地轉來轉去，彷彿謹慎地搜尋著，想把可能被鯨魚吞進去的金錶鉤出來，唯恐將那金錶給弄破了。但他不是要金錶，而是要那鯨魚的命。此時牠的命真的被奪走了。本已昏迷的海上巨獸開始進入那難以言喻的所謂「激烈抽搐」狀態，在自己的血裡面死命翻騰著，被牠激起的一層層血紅波濤給包圍了起來，因此那身陷險境的小艇立刻往後退，大家卯起勁來划槳，逃離那微泛血光的瘋狂境界，來到空氣清新，陽光普照的海面上。

那鯨魚的抽搐力道漸弱，一陣翻滾後牠又現身了！牠的身體左右劇烈搖晃，噴水孔斷斷續續地一張一縮，呼吸的聲音聽來如此尖銳、刺耳又痛苦。可怕的是，最後一個個紅色血塊被牠噴往高空，彷彿紅酒裡的紫色殘渣，然後落在牠那已經無法動彈的身體側脅，接著才慢慢滴入海裡。牠的心臟爆開

3〔原注〕在此也許該說明一下，理由之一是要讓大家了解，這個舉動是不可或缺的。過去荷蘭的捕鯨業普遍都是用拖把將海水潑到快速移動中的捕鯨索上。其他許多捕鯨船則是使用帶把的小木桶，或是船上用來舀水的戽斗來做這件事。不過，用帽子打水當然是最順手的。

了！

「牠死了，史塔布先生。」大狗說。

「是啊，我和牠的菸斗都不能繼續噴煙了！」史塔布拿下菸斗，把菸灰撒在海面上。他站著凝視被自己殺死的巨鯨屍體，若有所思地看了一會兒。

62 投射魚叉魚槍

在此要針對前一章發生的小事說兩句話。

根據捕鯨業的不變慣例，捕鯨小艇離船時，舵槳暫時由小艇領班，也就是負責殺死鯨魚的船副來操控，至於負責把鯨魚叉住的魚叉手，則是操控最前面那根槳，因此這槳也被稱為魚叉手專用槳。小艇首次對鯨魚投出魚叉時，需要由手臂強健結實的人來做這件事，因為這個人必須要能把沉重的捕鯨利器投往二、三十呎外的鯨魚身上，所以這次攻擊才會被稱為長距離投射。但不管追獵時間有多長，過程有多累人，稱職的魚叉手還得負責卯足全力划槳。應該說，他的分內工作就是為其他人樹立典範，扮演超人的角色，不但划槳要划得好，還要持續勇敢地大吼大叫。想要扯開喉嚨大叫，同時還要讓渾身肌肉保持緊繃又緊張的狀態，是很累人的，箇中辛苦我想只有試過的人才知道。以我自己為例，我就沒辦法一邊大吼大叫一邊拚命工作。渾身緊繃的魚叉手正在大吼大叫，背對著鯨魚，一聽見船副激動下令：「站起來，投擲魚叉！」筋疲力盡的他就必須把艇槳放下擺好，把身體轉半圈，一把抓起魚叉架上的魚叉，憑藉著僅存的力氣把魚叉投往鯨魚身上。正因如此，就整個捕鯨隊來講，在五十次投叉的機會裡面，能成功的次數還不到五次，這實在是不足為奇。這也難怪會有那麼多運氣不佳的魚叉手會被罵到臭頭，甚至慘遭降級；難怪有些魚叉手在小艇上累到爆血管；難怪有些抹香鯨捕鯨船離港四年，卻只掙到四桶鯨油；難怪許多船東都覺得捕鯨鐵定是一門虧本生意，因為魚叉手是捕鯨行程的關鍵人物，如果你讓他們累到無法喘氣，又怎能期待他在關鍵時刻發揮實力！

再者，如果魚叉叉中鯨魚，等到牠開始游泳逃走，第二個關鍵時刻就是小艇領班與魚叉手分別要前往艇尾與艇頭的時候，而這立刻會對他們自己與他人帶來危險。換位子時，擔任小艇領班的某位船副往往都是待在艇頭，這對他們來講是很適切的位置。

現在，不管誰與我意見相左，我都得說這換位之舉實在是愚蠢又沒有必要。領班應該從頭到尾都待在艇頭，並且由他們投擲魚叉與魚槍，不該要求他們划槳，除非是出現那種任何捕鯨人都覺得顯然有必要的狀況。我知道此舉有時會導致小艇在追捕鯨魚時的速度變慢，但因為我已經待過不止一個國家的許多捕鯨船，長期的經驗讓我深信，捕鯨航程之所以會失敗，絕對不能歸咎於鯨魚的游速太快，而是與前述魚叉手太累的問題有關。

為了確保投射魚叉魚槍時的最高效率，應該讓魚叉手保持待命的狀態，而不是累得半死，如此一來才能保持警覺，聽到命令後立刻出手。

63 叉架

樹幹衍生出樹枝，樹枝衍生出嫩枝。同樣的道理，豐富的主題也可以衍生出許多篇章。

前一章提及的魚叉叉架值得在此另闢一章說明。所謂叉架，是一種上面有凹口的棍子，有些長度為兩呎，垂直地安裝在艇頭附近的右舷舷側邊。它的功能是用來擺放魚叉的木棍端，至於帶著倒鉤的另一端則是斜擺著，往船頭的外面伸出去。如此一來，魚叉手在取用魚叉時就會非常順手，速度跟蠻荒西部的居民從牆上拿下來福槍一樣快。小艇上常有兩根魚叉擺在叉架上，它們分別被稱為一叉與二叉。

但這兩根魚叉，雖然叉尾各有一條細繩，但都是綁在同一條捕鯨索上，此舉的用意是，如果情況允許，魚叉手可以在把一叉射往鯨魚身上後，立刻又射出二叉。如此一來，在被鯨魚拖行的過程中，如果必須拔出其中一支魚叉，另一支還是可以留在鯨魚身上。這樣成功的機率就變成兩倍。但常見的狀況是，鯨魚被一叉射中後，立刻會在海面上暴衝，身體胡亂扭動，所以就算魚叉手的身手快如閃電，也沒辦法再用二叉射牠。問題是，捕鯨索已經開始往前移動了，而繩索上面還綁著二叉，因此無論如何都必須有人搶先料想到，該設法把二叉丟到小艇外某處，否則它如果在小艇上亂跑，將會嚴重危及所有人。遇到這種情況，就是要把二叉丟進海裡，因為有那一段多餘的「箱索」（前一章曾提及，它是捕鯨索的一部分），通常來講，如果審慎為之，應該是可行的。但這種危急時刻的舉動也不是全無風險，有時候也會發生傷亡慘重的悲劇。

此外，你要知道，二叉一旦被丟出船外，它就會變成一把在小艇與鯨魚之間盪來盪去的利器，活蹦亂跳，完全不受控制，有時會纏住或者割斷捕鯨索，讓四面八方都變得很危險。而且在一般狀況下，直到捕獲鯨魚、把牠殺死以前，想要把那支二叉安全收回來是不可能的。

現在我們不妨想一想：如果四艘小艇正在追獵的是一頭特別健壯聰明、活動力超強的鯨魚，而且因為牠有這些特性，再加上如此凶險的活動在進行的當下，可能會有許許多多同時出現的狀況，這鯨魚身邊可能會同時有八根或十根二叉在四周晃蕩著。理由在於，每一條小艇的捕鯨索上當然都會綁著好幾根魚叉，以免一叉投擲出去後沒有射中，而且又收不回來。以上諸多細節都是如實敘述，肯定有助於說明我將在後面描繪的一些錯綜複雜但又很重要的情景與段落。

64 史塔布的晚餐

史塔布屠鯨的地方與皮廓號相隔一小段距離。因為海上無風，三艘捕鯨小艇一前一後行進，一起把戰利品慢慢拖回皮廓號。此時我們十八個人的三十六隻手臂與一百八十根手指一起出力，耗費了不知幾個小時才把那不能動彈的海上鯨屍緩緩拖回去。牠似乎每隔好久一段時間才移動一點點距離，由此可見我們拖動的這傢伙的確是個龐然大物。以中國杭州那條據我所知叫做大運河[1]的河流為例，四、五個拉縴人沿著河岸邊的小徑拖拉著一艘龐大載貨帆船，移動時速再怎樣也有一哩，但我們拖運的鯨屍，卻好像是載運著一大塊鉛塊，速度更慢。

夜幕降臨，但皮廓號上點著三盞燈，分布在整片主桅支索上，那昏暗的燈光足以為我們導航。直到駛得更近了，我們才看到亞哈從幾盞提燈中拿了一盞掛在舷牆上。他用空洞的目光看了一眼那起起浮浮的鯨屍，跟往常一樣下令把鯨屍安頓好就可以準備睡覺了，接著他把提燈交給某個水手後就下去自己的船艙，直到隔天早上才又上來甲板。

在我們追獵這條鯨魚時，亞哈船長可以說還是展現出慣常的活動力，但此刻眼見牠已死了，卻似乎隱約感到有點不滿、不耐或絕望，好像看到那鯨屍就會讓他想起自己還沒辦法殺掉莫比敵。就算把千百條其他鯨魚抓來皮廓號給他，那也全然無助於完成他那偏執的宏大目標。所有水手很快就忙了起來，拖著沉重鐵鍊經過甲板，從舷窗把鍊條喀噠喀噠拖拉出去，那聲音任誰聽來都會以為是皮廓號要

1 即杭州通往北京的大運河。

拋錨停泊了。但那些喀噠作響的鐵鍊要固定的東西並非船身，而是龐大鯨屍。我們把鯨頭綁在船尾，把鯨尾綁在船頭，牠的黑色屍身與船身緊靠在一起，因為船上高處的桅杆與帆索沒入黑色夜空裡，皮廓號與那鯨魚看來好像兩頭巨大閹牛，一隻站著，一隻躺在旁邊。[2]

悶悶不樂的亞哈如今已經默不作聲，至少從甲板上聽來是如此，但他的二副史塔布卻因為戰勝鯨魚而紅光滿面，表現出反常但不失敦厚的興奮模樣。他很少這樣忙來忙去的，因此沉穩的星巴克雖然身為他的上司，還是靜靜地把甲板上各項事務的管理權暫時交付給他。史塔布之所以如此興奮雀躍，可以從一件微小的怪事看出端倪。史塔布是個講究生活品味的人，尤其嗜食鯨肉，而且這喜好可說有點過了頭了。

「肉排！睡前我要吃一塊肉排！大狗，你到船舷邊去幫我切一塊鯨肉，要接近尾鰭的部位！」

就像軍方有一個鐵則，絕不會在戰爭結束前要求敵軍支付現行開支，這些狂野的捕鯨人也一樣，一般而言也不會要他們的「敵人」付出什麼代價——至少在航程的利潤結算前不會。但是，偶爾我們會發現這些南塔克特島人就是嗜食剛剛史塔布指定的那個抹香鯨部位，也就是整條鯨魚身上最細部位的肉。

大概在午夜時，有人幫他把割下的鯨肉煮好了，在身邊兩盞鯨油燈的照明之下，史塔布抬頭挺胸地站在絞盤機旁大啖抹香鯨晚餐，好像把那絞盤機當成餐櫥。但當晚享用鯨肉的饕客並非只有史塔布一個人。那巨獸死屍旁群聚著數不清的鯊魚，全都嚼肥肉嚼得津津有味，人與鯊魚的咀嚼聲混雜在一起。鯊魚的尾鰭激烈地拍打船身，常常把那幾個在甲板下睡覺的人嚇醒，因為他們與鯊魚僅僅相隔幾吋厚的船殼。在聽見咀嚼聲以前，從舷側外面往下看，只見牠們在暗沉的黑色海水裡翻騰，一翻身就從鯨魚身上咬下一大塊球狀的肉，跟人頭一樣大小。鯊魚的此等本領實在太神奇。鯨魚的身體表面看來是如此堅不可破，牠們怎能用嘴巴鑿出如此均勻的洞？至今這仍是世間的謎題之一。牠們在鯨魚身上留下的洞，非常像是木匠鑿給螺栓用的圓洞。

儘管鯊群爭搶鯨肉的情況如此恐怖凶險，我們還是會看到一隻隻鯊魚用渴望的眼神抬頭凝望甲板，就像餓狗常在切割紅肉的桌旁等待，就算丟給牠們的是人肉也會狼吞虎嚥吃掉。還有，如果甲板上的人類彷彿餐桌邊的食人屠夫，拿著鍍金與帶有流蘇裝飾的屠刀互砍對方的鮮肉，水裡的鯊魚也一樣，用像是鑲著寶石的鯊嘴在餐桌下爭搶鯨魚的死肉。如果我們把整件事情倒過來看，情況其實是差不多的——也就是說，人類與鯊魚做的事情一樣殘忍凶暴。還有，儘管所有奴隸船橫渡大西洋時總是有鯊魚在一旁，有計畫地緊緊跟隨，等待一群人被載往某處，或是有死掉的奴隸被丟下來海葬。雖然在不同的條件與情況下，鯊魚會在不同的地點群聚嬉鬧，共進饗宴，但從時機與場合看來，鯊魚數量最多，而且表現最為歡樂活潑的，莫過於晚上圍繞著捕鯨船旁邊抹香鯨屍體的鯊群。你知道崇拜惡魔的場景有多壯觀嗎？你知道可以用多麼簡單的方式去安撫惡魔嗎？如果你沒看過鯊群爭食鯨肉的場景，別告訴我你能回答上述兩個問題。

但到現在史塔布還沒有注意到鯊群正在他附近津津有味地享用大餐，就像鯊群也沒有發現甲板上那位饕客吃得雙唇嘖嘖作響。

「廚子！廚子！費里斯那個老傢伙在哪？」最後他把兩條腿張得更開，好像這種吃晚餐的姿勢比

2〔原注〕有一件事雖無關緊要，但在此還是可以提一下。把鯨屍固定在船身旁邊時，能夠綁得最牢靠的部位，就是鯨尾。而且由於那個部位的密度較大，所以相對來講比其他部位更重（側鰭除外），而且就算牠死了，尾巴還是很有彈性，這也導致鯨尾會沉到水裡面。所以，從小艇上是沒辦法把鯨尾扶起來、把鐵鍊套上去的。但若是要化解此一難處，還是有個妙招：準備一條不易拉斷的細繩，一端綁在船上，中間綁著重物，另一端繫著一塊浮木。透過某種熟練的手法，就可以讓浮木從鯨屍的另一側浮起來，一旦繩子繞過牠之後，鐵鍊也可以很輕易就繞過去。鐵鍊從牠的身體往尾部滑動，最後就固定在牠身體上最細小的部位，也就是連接著水平尾鰭的地方。

較安穩，一邊大聲問道，一邊好像把叉子當成魚叉似的，插進鯨魚肉裡。「過來這裡，廚子！」

已經三更半夜了，這位黑人老廚子被人從暖暖的吊床上挖起來，當然不會太高興。他跟許多老黑人一樣，膝蓋骨都有問題，所以從廚房一路搖搖晃晃走來。大家都叫這老頭費里斯，他拖著一拐一拐的腳步走過來，手裡拿著一把充當拐杖的火鉗，而且這火鉗長得奇形怪狀，是用鐵環拉直做成的。這黑炭似的老傢伙走得很吃力，聽從命令，在史塔布用來當作餐櫥的絞盤機對面停了下來。他把兩手交疊，擺在身前，用火鉗撐住身體，把他的駝背往前弓，同時將他的頭往旁邊歪過去，才能夠用聽力較正常的那邊耳朵聽史塔布講話。

史塔布快速地把一口紅紅的鯨肉送入嘴裡，然後說：「廚子，你不覺得這塊肉煮得太熟了嗎？這塊肉被你拍了又拍，變得太軟了。我不是說過很多遍了嗎？好吃的鯨肉就該有咬勁才對。你看，船邊現在聚集的鯊群不就是喜歡吃有咬勁的生肉嗎？你看牠們吃得多開心！廚子，你去跟牠們說，如果能斯斯文文的，歡迎牠們多吃一點，但是要保持安靜。該死的，我都快聽不見自己講話的聲音了。去吧，廚子，把我的話給帶到。給你一盞燈，」他從絞盤機上拿起自己的燈，「現在就去跟他們理論一番！」

老費里斯悶悶不樂，拿了提燈後一拐一拐走到甲板另一頭的舷牆邊，把手伸出去後將提燈往下擺，這樣才看得清楚海面的鯊群，另一隻手緊緊抓住火鉗，把身子往船外探出去，開始含含糊糊地跟牠們講話，而史塔布則是在後面偷偷跟著，話都被他聽到了。

「鯊魚啊，我奉命來叫你們這些該死的傢伙別再吵鬧。聽見沒？你們那該死的嘴巴別再啪滋啪滋個不停！史塔布先生說你們可以吃到把該死的肚子撐破，但拜託你們了！該死的！別再吵吵鬧鬧了！」

「廚子，」史塔布突然拍他的肩膀說，「廚子！你聽不懂人話嗎？我要你跟牠們講道理，怎麼可以口出惡言？這樣哪能讓這些罪孽深重的傢伙改過向善！」

「你說啥？那你自己去跟牠們講道理，」老大不高興的他轉身就要走。

「別走啊，廚子！繼續，繼續。」

「那敢情好，親愛的鯊魚們……」

「這就對啦！」史塔布大聲讚賞他，「就這樣哄哄他們，試試看。」

費里斯接著說：「你們都是鯊魚，天生就是會狼吞虎嚥，但我說啊，鯊魚們！狼吞虎嚥呢——該死的，別用尾巴拍來拍去！你們這些該死的傢伙拍來拍去、咬來咬去，哪裡聽得到我說的話呢？」

「廚子，」史塔布抓著費里斯的衣領，對他說，「我不想再聽那些罵人的話。好言相勸哪。」

費里斯又繼續跟牠們講道理。

「鯊魚啊，雖然你們會狼吞虎嚥，但我不怪你們，因為那是天性，無可奈何。但重點是，你們要學會控制自己。的確，你們都是鯊魚，但如果你們能控制自己的天性，也可以成為天使，理由在於，天使是什麼？不過就是舉止得體的鯊魚。聽我說，鯊魚弟兄們，試著讓自己的吃相斯文一點。別搶其他鯊魚嘴裡的肉。難道那鯊魚屬於你們之中的哪一位嗎？拜託喔，你們誰都沒有權利，那鯨魚是別人的。我知道你們之中有幾隻的嘴巴比其他鯊魚大，但嘴巴大的，有時候食量卻小。所以嘴巴大的可別狼吞虎嚥，要把肉咬給那些小鯊魚吃，牠們擠不進來，所以都吃不到。」

「幹得好，老費里斯！」史塔布大叫，「這才是基督教的精神啊！」

「繼續講也沒用，這些該死的鯊魚像流氓，只會互相推擠、打來打去，史塔布先生。他們一個字也聽不進去。對這些貪吃鬼講道理是沒用的，你得等牠們吃飽，但偏偏他的的肚子都像無底洞。等吃飽了也不會聽人講話，到時候牠們就潛入深海裡，趕快去礁岩上睡覺了，你講什麼他們都聽不見，永永遠遠都聽不見了。」

「老實說，我的想法也差不多。那就為牠們祈福吧，費里斯，我繼續去吃晚餐了。」

一聽到這句話，費里斯馬上在鯊群上方，雙手十指互相緊扣，用刺耳的聲音拱手大聲說：「該死的鯊魚們！你們就繼續吵鬧吧！最好把肚子吃到爆，吃到撐死為止！」史塔布繼續回到絞盤機旁用餐，他說：「聽好了，廚子。你就站在那裡，站在我對面，專心聽我說。」

「我正聽著呢。」費里斯按他說的位置站好，還是彎著腰，用火鉗撐著身體。

「好吧，」史塔布一邊大口吃肉一邊說，「言歸正傳，我要繼續跟你說說這塊鯨魚肉。我想先問問廚子，你貴庚啊？」

「這跟那塊肉有啥關係？」那黑人老頭不悅地說。

「閉嘴！廚子，你幾歲了？」

「有人說，大概是九十了。」他悶悶不樂地喃喃說。

「廚子，你在這世上活了都快一百年，卻不知道怎麼煮鯨魚肉？」說完最後一個字，史塔布趕快又塞了一口肉，好像要快點吃完以便繼續問問題似的。「廚子，你在哪裡出生的？」

「在羅亞諾克河[3]的一艘渡輪上，我媽在艙梯後面生下我的。」

「在渡輪上出生！那也太奇怪了。但我要問的是，你是在哪一國出生的，廚子！」

「我不是說了？羅亞諾克那個鄉下地方啊！」他厲聲大叫。

「沒有，你沒說。不過，讓我把要對你說的話說完，廚子。我看你就回老家去，想辦法投胎重生吧。你到現在還是不會煮鯨魚肉。」

「如果我再幫你煮鯨魚肉，我就不得好死！」他憤怒咆哮，轉身就要離開。

「回來啊，廚子——來這裡，把你的火鉗給我——然後你把鯨魚肉拿去吃吃看，告訴我，你覺得自己煮得好吃嗎？拿去啊，」史塔布用火鉗把肉夾給他，「拿去吃吃看。」

那黑人老頭用往內凹陷的嘴巴吃了一下，隱約發出喳喳聲響，接著低聲說：「我吃過最好吃的肉排，美味多汁，肉汁多到不行啊。」
「廚子，」史塔布又板起臉說，「你信教嗎？」
「曾經在開普敦路過一間教堂。」那老頭悶悶不樂地說。
「既然你說自己曾在開普敦路過一間教堂，那肯定聽到牧師在那教堂裡對他親愛的會眾講道。是吧，廚子！但你居然敢站在那裡對我睜眼說瞎話？」史塔布說，「你想去哪，廚子？」
已經把身子轉過去一半的他低聲說道：「想去睡覺啦。」
「且慢！停下腳步！我是說，你死後想到哪裡去，廚子。這可是個嚴肅的問題。回答我！」
「等我這黑人老頭掛掉以後，」那黑人的語氣與態度都改變了，慢條斯理地答道，「哪裡都不去，就等上帝派天使來接我。」
「接你？怎麼接？就像他們去接以利亞[4]那樣，用四匹馬的馬車來接你？接你去哪？」
「去上面。」費里斯把火鉗高舉過頭，一直沒有放下，表情很嚴肅。
「你是說，你死後要到我們船上的大桅樓去？是吧，廚子？但你知不知道，去的地方越高就越冷？你要去大桅樓嗎？」
「我沒說要爬那麼高。」費里斯又怒道。
「你明明說要去上面的，沒有嗎？你看看自己手上的火鉗指著哪裡。大桅樓下面有個專門給菜鳥鑽的洞，也許你想從那裡鑽進天堂，廚子。不過，行不通啊，廚子，你只能用正常的方式上去，從帆索爬上去。這動作不太容易，但還是得做，否則你就去不了。但我們都還沒上天堂。廚子，放下火

3 Roanoke，位於維吉尼亞州。
4《聖經》中的希伯來先知。

鉗，聽我的命令。聽見沒？廚子，等我發號施令時，你一手拿著帽子，另一手擺在胸前。什麼？我是說胸前，你擺的地方是肚子！在上面！在上面！對啦，這就對啦。手擺那裡，仔細聽我說。」

「我仔細聽著呢。」黑人老頭說，他的兩隻手都照命令擺著，頭髮灰白的他把頭微微左扭右擺，好像這樣能夠讓兩邊耳朵都保持在前面。

「好吧，廚子。你看這塊鯨魚肉排被你煮得那麼難吃，害我壓根兒就不想看到它。這你看得出來吧？好吧，以後等你要再特地幫我煮鯨魚肉排時，送到我這私人餐桌，也就是絞盤機上面時，我會告訴你該怎麼煮才不會煮過頭。一手拿著肉排，另一手用紅紅的火炭湊過去，這樣就可以上菜了。聽見沒？廚子，等我們明天割魚肉時，你一定要站在旁邊等，專挑靠近尾鰭的肉，然後醃起來。至於尾鰭的尾端，就泡在鹵水裡，廚子。好了，現在你可以走了。」

但費里斯才走不到三步路，又被叫回去了。

「廚子，明天晚上值大夜班時，我要吃炸肉排當晚餐。聽見沒？你可以走了。嘿！等等！走之前要向我鞠躬。再等等！早餐我要吃鯨魚肉丸，可別忘了。」

「天殺的，你想得美！別想吃鯨魚，鯨魚會吃了你。他真的是比鯊魚更像鯊魚的傢伙。」那老頭一邊嘟嘟囔囔，一邊跛著腳走開，突然講出這句非常有道理的話後就去吊床睡覺了。

65 以鯨魚入菜

有些人像史塔布一樣，的確會一邊吃鯨魚，一邊又用鯨油照明。此一行徑似乎是如此怪異，因而我有必要稍稍闡述一下這種事的歷史，還有與其相關的哲學思考。

根據史料所載，露脊鯨的舌頭在三個世紀以前曾在法國被當成一種美食珍饈，價格極其昂貴。同樣地，在英王亨利八世的時代，某位御廚因為發明了烤鼠海豚肉專用的美味醬汁而獲得優渥賞賜——你應該還記得，這鼠海豚也是一種鯨魚。事實上，時至今日，鼠海豚仍被世人視為美味可口的食物。牠們的肉被做成撞球大小的肉丸，加以精心調製並混入香料後，吃起來就像龜肉丸或牛肉丸。鄧弗姆林修道院[1]的老修士們就很喜歡吃鼠海豚肉丸，他們曾經獲得國王賞賜的大量鼠海豚肉。

事實上，至少所有捕鯨人都會覺得鯨魚肉是一道佳餚，問題在於鯨肉實在多到令人生厭。想像一下，如果你眼前擺著一塊將近一百呎長的肉派，你也會倒胃口的。如今，只有像史塔布這種百無禁忌的人還會喜歡吃煮過的鯨魚肉，但愛斯基摩人就沒那麼挑剔了。我們都知道他們靠鯨魚為生，甚至會把上好的鯨油像罕見的陳年醇酒那樣珍藏起來。知名的愛斯基摩醫生佐格朗達[2]建議，嬰兒應該食用鯨脂，因為那是汁多味美的營養食物。這讓我想到很久以前有些英格蘭人被一艘捕鯨船於無意間留置在格陵蘭島，結果他們卻得以存活好幾個月，因為捕鯨船取走鯨脂之後把一些發霉的鯨魚碎肉留在岸

1 位於蘇格蘭鄧弗姆林（Dunfermline）。
2 Zogranda，據說是影射史柯斯比船長。

邊。荷蘭捕鯨人都把這些碎肉稱為「油炸帶餡麵糰」，的確很像：新鮮時，那些棕色碎肉吃起來脆脆的，味道就像阿姆斯特丹的老媽媽製作的那種甜甜圈，或可稱為「油餅」。鯨魚碎肉看來美味可口，就連自制力最強的人即便沒有吃過，也會忍不住食指大動。

但人們之所以會進一步貶低鯨肉的價值，不把它當成文明人的菜餚，是因為鯨肉往往過於肥美。鯨魚堪稱海中肥牛，但肉質卻太肥了，味道不夠精美。看看那鯨背，外表簡直跟水牛的牛背沒兩樣，而牛背本身就是一道珍饈，只可惜鯨背實際上是一坨厚實的肥肉。至於鯨油本身也是太過油膩，雖然柔順乳白，有點像果凍那樣透明，彷彿長到第三個月的椰子果肉，卻不適合當奶油的替代品。儘管如此，許多捕鯨人還是有辦法讓鯨脂搭配其他食物一起享用。例如：每當夜裡要把鯨油取出來提煉，因而必須拉長值班時間時，常常可以看見水手把乾糧浸在巨大的鯨油鍋裡油炸一下。我就曾多次這樣享用乾糧，充當晚餐。

如果捕獲的是小抹香鯨，牠們的鯨腦也是佳餚。用斧頭把鯨魚頭顱敲破，取出那兩片肥胖的白色腦葉（看起來跟兩個大布丁沒兩樣），混入麵粉，煮成一坨最美味的食物，那味道與小牛牛腦有幾分相似，而牛腦本來就是某些老饕的最愛。大家都知道，那些年輕饕客因為持續食用牛腦，漸漸地也聰明了起來，因此也學會了分辨牛腦與人腦的不同，而這本來就需要不凡的分辨能力。所以，每當年輕饕客把看來聰明無比的牛頭擺在身前準備享用時，那可以說是這世上最可悲的情景。那牛頭的眼神看來不乏責備之意，好像是在對饕客說：「布魯特，連你也要吃我！」[3]

陸地上的居民之所以如此討厭吃鯨魚肉，也許不全是因為鯨肉太過油膩：看來，我們先前所提到的考量或許也是原因之一：也就是，剛剛殺了一隻海底生物後，一邊吃牠的肉，居然還要一邊用牠的油來充當燈油照亮餐桌。但無疑地，這世上第一個殺牛的人肯定也曾被當成凶手，而且如果是由牛群來審判，他絕對難逃絞刑，也跟任何凶手一樣死有餘辜。禮拜六晚上到肉市去看看，只見許多活人緊盯著一具具被高高吊起的四肢動物屍體。但若是有食人的蠻子看到這可怕景象，難道不會嚇到連牙齒都掉了下來？食人的蠻子？誰不是食人的蠻子？我說啊，如果有個斐濟人把傳教士給殺了，醃起來擺在地窖裡，藉此預防飢荒，我也不覺得有什麼值得大驚小怪的。在我看來，這斐濟人只是深謀遠慮而已，而等到審判日來臨時，真正該害怕報應的應該是文明世界裡那些受過教育的饕客吧？為了製作鵝肝醬，他們居然把鵝的身體埋在地上，不停餵食，讓鵝肝膨脹腫大。

但史塔布不就是一邊吃鯨魚肉，一邊又用鯨油來照明？難道只有這樣才叫做在傷口上撒鹽？各位文明而受過教育的饕客們，看看你用來吃烤牛肉的那把刀，刀把的材質是什麼？那牛骨刀把難道不是跟牛肉一樣，也取自牛身上？還有，在大啖肥鵝之後，你用來剔牙的，又是什麼東西？是鵝毛管做成的牙籤！同樣地，每當「禁止虐待公鵝協會」的祕書撰寫公告時，他用來寫字的不也是鵝毛筆嗎？直到過去一兩個月，該協會才通過一項決議，要求會員一定要用鋼筆寫字，絕不能用鵝毛筆。

3 凱撒在被刺殺前曾對好友布魯特（Brutus）說：「Et tu Brute!」（布魯特，連你也要殺我！）

66 屠殺鯊魚

在南海捕到抹香鯨時，在夜裡辛辛苦苦地把牠從遠處拖回捕鯨船後，至少就一般的狀況而言，習慣上並不會立刻把鯨脂割下來。理由在於，那是極其累人的差事，不可能很快完成，而且需要船上所有人手一起投入。因此，一般的做法都是先把所有船帆收起來，把船開到背風處，然後要大家都去睡覺，直到天明。不過，因為皮廓號正拋錨停泊著，所以在黎明來臨以前，還是要派人值班，也就是每個小時都要輪流派四個人上來甲板巡視，兩兩一組，看看一切是否安好。

但有時候就不能這樣安排，尤其是在太平洋的赤道海域時，理由在於，有無數的鯊群會聚集在固定於船側的鯨屍四周。只要把鯨屍留置在那裡六個小時，到了早上就只能看到骨架了。然而，在太平洋以外的大多數海域裡，因為鯊魚的數量沒那麼多，有時候只要拿著捕鯨鏟在海裡用力拍打刺戳一陣，就能讓牠們的貪婪食欲大大減低，但有時候這種做法反而會刺激鯊群，讓牠們更加囂張。不過，事實上，此刻皮廓號四周的鯊群可不是能夠那麼輕易打發掉的。任誰只要沒有看過那種景象，當晚只要把頭伸往船舷外一看，我想都會幾乎以為整個大海就是一片巨大的起司，而那些鯊魚就是起司裡的蛆蟲。

儘管如此，等到史塔布吃完晚餐，開始要值班之際，遇到魁魁和某個艏樓水手一起上來甲板，鯊群剛好也在此時變得頗為激動。所以他們馬上把用來割鯨脂的梯子往下放到舷側，把三盞燈往下吊，一束束微光遠遠地打在混濁的海面上，兩位水手把長長的捕鯨鏟往海裡用力猛刺，[1]恣意屠殺鯊魚：他們把銳利的鐵鏟戳進鯊魚頭顱深處，因為那似乎是鯊魚的唯一要害。鯊群翻騰掙扎，海面上冒著一片片白色泡沫，兩位水手無法總是命中目標，這也刺激了鯊群，讓牠們變得更加凶惡異常。牠們發狠亂咬，不但咬掉其他鯊魚掉出體外的內臟，也像彈性極佳的弓一樣，把身體屈起來，咬自己的內臟。牠們咬個不停，但內臟吞下去後好像又會從肚子的傷口掉出來，然後又被咬回去，如此不停重複。而且，牠們可沒有這樣就死透了。儘管這些鯊魚已經變成屍體與鬼魂，但好像還是凶狠無比，根本碰不得。也許牠們已經失去了所謂的生命，但所有的關節與筋骨好像還殘存著狠勁，你可以說這是鯊魚特有的力量，或是泛神論式的神力。為了取得鯊皮，他們把其中一隻鯊魚屍體吊到甲板上，魁魁企圖要把牠那致命的血盆大口闔起來，但是手幾乎被牠咬掉。

「魁魁才不管是哪一位神把牠變成鯊魚，」那野人說，同時很痛苦地不斷把那隻手舉高放下，「無論是斐濟的神，或是南塔克特島的神，總之創造出那隻鯊魚的，肯定是個該死的印地安神。」

1〔原注〕用於割鯨脂的捕鯨鏟是以上好鋼材製成，大小相當於一個張開的巴掌，而且一般來講，形狀與園丁用的鏟子沒兩樣，因此才會被命名為「捕鯨鏟」。捕鯨鏟只有兩側是完全扁平的，上端比下端窄很多。這鏟子在平常就要保持銳利，有時候像剃刀一樣，在使用時會稍微磨一下。鏟尾托座插著一根二、三十呎長的硬桿，算是捕鯨鏟的把手。

67 割魚油

前述事件發生在禮拜六晚上，所以隔天本該是安息日！但我們這些捕鯨人就像一群碰到休假還是得工作的教授。船上裝飾著許多鯨牙製品的皮廓號似乎變成一座屠宰場，水手們當起了屠夫。船上那場景任誰看了都會覺得我們彷彿宰了一萬頭紅牛要獻給海神。

首先，我們要搞定那割鯨脂專用的巨大滑輪組，它由許多沉重組件構成，主要的部分是幾個通常被漆成綠色的滑輪。光靠一己之力，任誰也沒辦法舉起那滑輪組——我們必須把那一串綠色葡萄似的滑輪搖搖晃晃地吊往大桅樓，緊緊綁在下桅頂，只因那裡是甲板上最牢固的地方。有一條繫船大索似的粗大繩索從那複雜的滑輪組往下蜿蜒，被我們拉往絞盤，接著把滑輪組裡面的一個巨大下滑輪拉到鯨屍上方，掛在那下滑輪上面的，是大約重達一百磅的巨大鯨脂鉤。此時，星巴克與史塔布兩位船副登上了船舷的梯子，手拿長長的捕鯨鏟，開始在鯨屍上面鑿洞，好讓鯨脂鉤能夠插進最靠近兩邊側鰭的地方。鑿好後，又在洞口四周割出一道寬闊的半圓形切口，接著把鯨脂鉤插進去，然後船上一大群水手就開始放聲合唱，他們全都群聚在絞盤旁邊，使勁把繩索往下拉。整艘皮廓號很快就往一邊傾斜，船上的每一根螺栓全都鬆動了起來，就好像老屋被冷風一吹，所有釘子也都搖晃個不停。皮廓號搖搖晃晃，桅頂好像三個受到驚嚇的人，頻頻對著空中點頭。船身越來越往綁著鯨魚的那一邊傾斜，而絞盤邊的人一邊喘氣一邊猛拉，四周的浪濤像是要幫忙似的，也幫忙抬了一下，最後大家都聽到一個稍縱即逝的驚人啪噠聲響，船身也上搖下晃了起來，四周海水被激得發出嘩啦啦巨響，順利完成任務的滑輪高高升起，只見它下方的鯨脂鉤拖著第一塊與鯨屍分離的鯨脂，鯨脂尾端是半圓形的。因為鯨魚全身都被鯨脂給包覆著，就像柳橙也是被外皮給包了起來，所以鯨脂脫離身體時一整條看起來是螺旋狀的，形狀與那種被剝下來的螺旋狀柳橙外皮完全相同[1]。因為絞盤持續旋轉，一股拉力把整個鯨屍拉得不斷在海水裡翻滾，星巴克與史塔布兩位船副用捕鯨鏟把覆蓋在鯨魚身上的鯨脂割下來，同時整片鯨脂沿著那被稱為「圍巾」的切口不斷剝離。在這剝離的過程中，鯨脂也被巨大鉤子拉得越來越高，最後鯨脂的頂端掠過了大桅樓，絞盤邊的水手們才不再繼續拉繩索，片刻間那滴著血的一大片鯨脂前後晃蕩，彷彿從天而降，在場的每個人都得留心躲開，如果被甩了一記耳光，肯定會一頭栽進海裡。

此刻，某位在一旁等待的魚叉手拿著又長又利，叫做「近身搏鬥刀」[2]的武器走出來，伺機以俐落的手法在晃蕩的鯨脂下方刺出一個大洞。接著，另一個巨大滑輪組尾端的鉤子就掛在那個大洞上，藉此將鯨脂固定住，以便進行接下來的程序。此時，刀法厲害的魚叉手向所有人發出警告，要大家退開，接著再次以精準手法向鯨脂揮出手中利刃，經過幾下橫劈直砍與戳刺，把鯨脂一分為二。所以，下半部比較短的鯨脂仍然緊貼在鯨魚的屍身上，比較長的上半部則是分離了開來，四處晃蕩，隨時可以放下來了。負責拉繩索的水手們繼續高歌，用滑輪組把第二片鯨脂剝下來，而另一個滑輪組則是緩緩把第一片鯨脂吊開，直接把鯨脂往下降，放進主艙口下方的「鯨脂房」——那是一個不用擺放家具的房間。在那灰暗的房間裡，有許多人以敏捷的手法把那長條毛毯狀的鯨脂捲起來，那一條條鯨脂好像交纏在一起的大蟒蛇。工作就這樣持續進行下去。一具滑輪組負責把鯨脂吊起來，同時另一具負責往下放，那鯨屍與絞盤都在轉動著，拉繩索的水手高聲歌唱，鯨脂房裡紳士們的手則是捲個不停，兩位船副把鯨脂割下來，船身震動緊繃，所有的人偶爾咒罵兩句，藉此緩和緊張氣氛。

1 鯨脂的另一面就是鯨魚的外皮，所以作者才會這樣比喻。

2 boarding-sword，登船後用來進行近身搏鬥的武器。

68 鯨魚的「毛毯」

到目前為止，我對於這個有點惱人的主題（也就是鯨魚魚皮）算是給予了不少關注。曾屢屢與我爭論過這件事的，包括海上一些捕鯨老手，還有岸上多位學問淵博的博物學家。我最初的意見仍未改變——但那終究是我的一己之見。

我與人爭論的問題是，鯨魚的皮膚是什麼？在牠們身上的哪裡？想必你們已經知道鯨脂為何。鯨脂很像肉質扎實而且紋理細密的牛肉，但比牛肉更韌、更有彈性也更緊實，就厚度來講，從八吋或十吋到十二吋或十五吋都有。

但是，如果我們把鯨脂等同於鯨皮，難道不會很荒謬嗎？因為，沒有人會用「堅韌」、「厚實」這種字眼來形容任何動物的皮膚。不過，這種把鯨脂等同於鯨皮的假設應該是無可爭議的——理由在於，鯨魚身上除了鯨脂之外，已經沒有任何像皮膚那樣可以把牠全身都緊密地包起來的東西。更何況，任何生物身上能夠把全身都包起來的最外層組織，只要夠緊實，難道不就是皮膚嗎？從完好無缺的鯨屍身上我們的確可以隨手刮下一種極為細薄而且透明的物質，很像一層薄薄的魚膠，它幾乎像綢緞一樣有彈性而柔軟。不過，等到它乾掉時，就會收縮起來，變得較為濃厚，而且因為變硬而容易碎掉。我手裡就收藏著一些那種已經變硬的物質，被我拿來當成鯨魚類書籍的書籤。如前所述，那種東西是透明的，擺在書本內頁，有時我會想像著這樣會出現某種放大鏡的效果，藉此自娛。無論是否真有放大效果，透過鯨魚身上那種看似鏡片的東西來閱讀有關鯨魚的文字，總是令人愉悅的，我想你也許會同意這種說法。但我想要表達的論點是這樣的：就那一層薄薄的，像放大鏡一樣，遍布在鯨魚全身的物質而言，與其說它是鯨魚的魚皮，不如說是魚皮的外皮——真正的魚皮是鯨脂，它只是鯨脂外面的一層薄皮。理由在於，如果它是鯨魚的魚皮，難道巨鯨的皮膚會比新生兒的皮膚更薄更軟？那不是很荒謬嗎？關於這點，我就言盡於此了。

我們就姑且把鯨脂當成鯨皮吧。那麼，以一隻龐大的抹香鯨為例，牠渾身的皮可以提煉出一百桶鯨油。但我們可以換個角度想想看，這些油的數量，或者說重量，其實只有鯨魚整片外皮的四分之三。藉此我們不難想像這鯨魚生前到底有多龐大而充滿生氣，因為光是牠的外皮就足以提煉出跟湖水一樣多的鯨油。如果每十桶油就有一噸重，那光是鯨皮的四分之三重量，就已經高達十噸。

一隻活生生的抹香鯨體現了許多奇蹟，從牠體表可見之處就可以看出其中之一。幾乎每隻抹香鯨身上都纏繞交叉著無數粗大的條紋，彷彿優美義大利線雕畫[1]上面的紋路。但這些紋路似乎並不是長在前述那種像魚膠的物質上面，而是似乎因為那種物質是透明的，所以可以看到長在鯨魚身體表面的許許多多紋路。但還不只是這樣。如果你眼睛夠利、觀察力夠好，就會發現某些鯨魚的身體就像真的雕畫畫作一樣，那些線條還構成了其他圖案。那些圖案都是象形文字：也就是說，如果金字塔牆面上那些神祕的符號可以被稱為象形文字，那麼鯨魚身上那些圖案的確也可以。我記得很清楚，某隻抹香鯨身上的象形文字讓我覺得很像密西西比河上游岸邊的崖壁，上面就刻著古老的印地安象形文字。跟崖壁上的神祕文字一樣，鯨魚身上的文字也神祕難解。說到那崖壁，就讓我想到另一件事。抹香鯨的體外呈現出許多值得一提的現象，其中之一就是牠們還算常把鯨背——尤其是側邊——顯露出來，只見體表的規律線條因為許多粗糙刮痕而被破壞了，整體看來變成一個凹凸不平的不規則平面。就像地

1 即 line engraving，一種雕畫。

質學家阿格西[2]說的，新英格蘭海岸地區的巨岩之所以會有許多刮痕，就是因為遭到海面上的巨大冰山猛烈撞擊——我覺得布滿刮痕的抹香鯨體表跟那些巨岩還挺像的，而且跟巨岩遭受冰山撞擊一樣，鯨魚也可能是與其他鯨魚猛烈互撞才會有那些刮痕，因為我大多是在成年的巨鯨身上看到。

關於鯨皮（或鯨脂）這件事，我還有一兩句話要說。如前所述，鯨皮是從鯨魚身上一大片剝下來的，可以說就是牠的「毛毯」。跟大多數航海術語一樣，這「毛毯」一詞可說是饒富趣味且意味深長。理由在於，鯨魚的確就像包在一條真的毛毯或床單裡面那樣，全身都被包在鯨脂裡——或者，更精確地說，應該是像一件印地安連帽斗篷那樣，從頭頂套下去，把整個身體都給包住了。就是因為裹上了這一身舒舒服服的毛毯，鯨魚才能在各種天候中，無論身處哪個海域，無論在什麼時段或者遇到哪一種浪潮，都能過得舒適自在。如果沒有了這一身舒適的大衣，格陵蘭鯨要怎樣在那令人顫抖的北冰洋裡過日子？其他魚類的確都能活躍在北地的各個海域裡，但如果加以觀察，就會知道那是因為牠們都是沒有肺的冷血動物，肚腹彷彿冰箱[3]。牠們可以在冰山下取暖，就像冬日旅人都會在客棧的火堆前取暖那樣。不過，鯨魚跟人一樣有肺，是熱血的恆溫動物。血液一旦凍結就會死亡。這種巨大海怪為何會跟人一樣，必須讓身體保持溫暖？如果不加以解釋，這又會是一件關於鯨魚的奇妙之事。牠們能一輩子都浸淫在北冰洋的海水中，把那裡當成自己的家，這真是奇妙啊！如果是水手掉進了北冰洋，幾個月後被尋獲了，有時候會變成結冰海水中一根直挺挺的冰棒，就像蒼蠅被凝結在琥珀裡那樣。但更令人訝異的是，實驗證明，就血液的溫度而言，北地鯨魚比夏天時的婆羅洲黑人還要高。

我認為，在鯨魚身上我們可以找到一種罕見的生命力，牠們那像牆壁一樣厚的鯨皮與龐大的體內空間也都有罕見的好處。噢，人類啊！我們該崇拜鯨魚，以牠們為師！如果我們能在冰雪中保暖，能生活在冰天雪地裡而不結凍，那該有多好！如果能在赤道地區讓身體自己保持涼爽，在極地裡讓血液保持暖熱流暢，那該有多好！真希望我們可以跟聖彼得大教堂的巨大圓頂，跟海上巨鯨一樣，一年四季都能自我調節，保持同樣的溫度。

但這些美好的事情都是知易行難啊！有多少建築物能像聖彼得大教堂那樣蓋成圓頂狀？有多少生物能像鯨魚那樣碩大無比？少之又少。

2 Louis Agassiz，瑞士地質學家。

3 當時還沒有電冰箱，冰箱是靠其他原理才能保冷。電冰箱要到一九一一年才問世。

69 葬禮

把鍊子拖進來！讓屍體往船尾漂走！

此刻那巨大的滑輪組已經完成了任務。被砍頭剝皮後，鯨魚的白亮身體像一座大理石巨墓那樣閃耀著白光。儘管色澤改變了，但感覺不到牠的身體變小，仍是如此碩大無比。牠慢慢地越漂越遠，因為被貪婪的鯊群包圍，四周的海水翻騰，水花四濺，鯨屍上方的空中則有許多伺機掠食的禽鳥在騷動尖叫。牠們的鳥嘴就像一把又一把利刃戳刺著，讓鯨魚飽嘗被鞭屍的羞辱。那彷彿白色幽魂般的無頭屍持續漂蕩，離皮廓號越來越遠。好像牠往後漂得越遠，鯊群與鳥群的分屍聲響就會變得越囂張。有好幾個小時皮廓號幾乎都沒有動，所以始終能看見那駭人的景象。萬里晴空無雲，恬適的海面上也風平浪靜，只有微風吹拂，但那碩大的屍體漂啊漂的，好久以後才消失在海平線上。

這真是一場最令人揪心，但也最具諷刺意味的葬禮！海鳥彷彿貓哭耗子一樣哀戚，鯊魚簡直像是披了麻戴了孝。我想，鯨魚在世時如果需要幫助，牠們應該都不太會伸出援手。但是等到牠的葬禮宴會一開席，多少海鳥與鯊魚都狼吞虎嚥了起來。噢，這世間的弱肉強食之道是多麼可怕！就連最強壯的鯨魚也無法倖免。

但這屍體的影響不只如此。儘管牠已淪為區區一具棄屍，但想要復仇的陰魂仍然不肯散去，還是有人會被嚇到。搞不好有某艘軍艦或探險船艦從遠處看到，可能是因為膽怯或誤會，在船艦上的人眼裡，鳥群已變得模模糊糊，也不知道大太陽底下有一具白色巨鯨屍體在漂蕩著，只見激烈的白色浪花高高噴起，因此這毫無殺傷力的鯨屍馬上就會被曲解，他們用發抖的手在航海日誌上寫下：「此處有淺灘、暗礁與碎浪，要小心！」也許，直到多年後許多船艦還是會避開當時鯨屍漂蕩的那一片海域，就像領頭羊為了避開牧羊人的手杖而跳過去，等到手杖不在了，後面的一整群笨羊還是會照著做，跳過那個已經空蕩蕩的地方。這就跟法界所謂的判例，還有許多人口中的那些傳統一樣，以及那些古老的信仰，儘管在這世上沒有任何真憑實據，甚至連一點讓人捕風捉影的東西都沒有，仍根深蒂固地存留下來！宗教的正統也是如此！

就這樣，在世時鯨魚的巨大軀體令敵手恐懼膽寒，就算已經死了，化為幽靈，仍然可以讓整個世界陷入無助恐慌。

我的朋友，你們相信這世上有鬼嗎？除了在公雞巷[1]出沒的鬼魂，還是有其他鬼魂的存在，而且就連遠比約翰遜博士更為深沉的人也信以為真。

---

1 Cock-Lane，位於倫敦聖保羅大教堂附近，曾於十八世紀鬧鬼。後經約翰遜博士等人之調查，證明為一場騙局。

70 獅身人面怪

還有一件事不能不談一下：在把巨鯨的屍體丟掉之前，會先砍下牠的頭。嘿，砍抹香鯨的頭可是一種非常科學的解剖任務，捕鯨船上的「鯨魚外科醫生」對於自己的手藝都感到很驕傲，而且這也不是沒有理由的。

我們不妨想一想：嚴格來說，鯨魚身上沒有任何一處可以被稱為脖子的地方。一般而言，脖子都比頭部和身體細，相反地，鯨魚頭部和身體的相接處卻是全身最粗的地方。還有，別忘了執刀者在船上，是站在高處下手，與他執刀的對象之間相隔大約八呎或十呎的距離，而且地點是在一片藍白相間、起伏不定，而且通常波濤洶湧猛烈的海面上。此外，我們還要牢記的是，在這諸多不利於下手的情況中，他還必須把刀砍進鯨魚身體好幾呎的深處。而最奧妙的是，因為一刀下去後那切口會持續收縮，他連體內狀況都沒辦法好好看一眼，就必須用嫻熟技巧避開周遭所有會阻礙下刀的部位，然後又狠又準地把脊骨連接頭顱的地方切掉。所以說，當史塔布誇下海口，說只要十分鐘就能把一頭抹香鯨的頭顱割下來時，能不令人感到驚訝嗎？

鯨頭被割下後，剛開始是被丟在船尾，用一條纜繩綁住，直到我們把鯨脂都剝掉。鯨脂剝完後，如果是小鯨的頭，只要拖上甲板就好，可以留待稍後慢慢處理。但如果是一條巨鯨就不可能這樣，因為抹香鯨頭部占其身體的比例幾乎達三分之一，就算船上有巨大滑輪組，想要把這麼重的東西吊上來，簡直就像是用小刀殺牛，有如緣木求魚。

我們把那頭鯨魚砍頭剝皮後，把牠的頭吊在船邊，大約有一半外露在海面上，所以有很大一部分是靠海水浮力把頭支撐起來的。由於下桅頂有一股強大的力量把船身往下拖，船身整個往鯨頭的方向往下傾斜，側邊的每一根橫桁也都像鶴頸一樣往海浪上方伸出去。仍在滴血的鯨頭就這樣掛在皮廓號的船側，就像《舊約聖經》中高大威猛的赫羅弗尼斯將軍被女英雄茱迪絲砍了頭，頭便掛在她的腰際。

這最後任務完成時，已是中午，水手都到下面去用餐了。剛剛鬧哄哄的甲板上已空無一人，寂靜無聲。黃銅色的海面平靜無比，美得就像宇宙間的一株大黃蓮，超大的蓮葉無聲無息地在海面上持續往外開展，大到無法估量。

過了一會兒，亞哈從他的船艙走到這無聲無息的甲板上。在後甲板區轉了幾圈之後，他停下來凝視船側，然後慢慢地鑽進那一條條主鍊之間，撿起史塔布砍完鯨頭之後就丟在那裡的長鏟，瞄準船側鯨頭的下半部，把長鏟插進去，接著將長鏟的另一端像拐杖似地夾在腋下，就這樣撐著身體，身體往船側外面探出去，雙眼緊盯著鯨頭。

那鯨頭是黑色的，彷彿戴著頭巾，就這樣垂掛在風平浪靜的海面上，看來就像沙漠裡獅身人面怪獸的頭顱。「說話啊！你這顆又大又老的頭！」亞哈喃喃說道，「雖然你的下巴不像獅身人面怪獸一樣長鬍鬚，但頭上遍布著灰白鬍鬚般的苔蘚。大頭啊，大頭，請把你的祕密告訴我們。這世上所有的潛水者裡頭就數你潛得最深。雖說這時陽光把你這顆頭照得閃閃發亮，但你也曾在這世界最底部的深淵裡穿梭來去。那海底世界與一艘凶惡驅逐艦無異，千百萬溺水者的遺骨都壓在它的艙底：多少無名氏與失蹤的海軍船艦在海底腐朽生鏽？那些人來不及訴說的希望全都化為烏有，無數船錨也都瓦解腐爛了。而那可怕的海底世界才是你最熟悉的家園。你去過那些就連潛水鐘或潛水夫都去不了的海底深處——在那裡，你高枕無憂，許多水手的靈魂卻無法安息，他們的母親也都夜夜難眠，願意獻出自己的寶貴性命，只求讓自己的兒子能夠好好躺下長眠。你看過一對對愛人從陷入火海的船上往怒濤洶湧的海裡跳，沉沒時他們緊緊抱在一起，心心相映，儘管被上蒼辜負，仍然真愛無悔。你也見過海盜在夤夜的甲板上行凶，把遇害的船副丟下船，船副彷彿被一張永遠吃不飽的血盆大口吞噬，漂蕩了幾個小時都還沒掉到海底。行凶的海盜繼續在海面上航行，未遭天譴，鄰近的某艘船卻慘遭雷電劈碎，一位好丈夫就此永遠無法回到妻子情意繾綣的懷抱裡。大頭啊！你見多識廣，已經能把一切都看透，目睹過的冤情也多到足以讓猶太教始祖亞巴郎變成不信上帝的異教徒，卻還是不發一語[1]！」

「有船哪！」一陣歡喜愉悅的聲音從主桅桅頂傳下來。

「是喔？嘿，真令人興奮！」亞哈大聲說，突然站起身來，原本眉頭緊蹙的悽苦神情也都像烏雲消散了。「在這死寂的平靜大海上突然出現如此充滿活力的叫聲，那聲音彷彿蘊含著把人變得更好的力量——船在哪？」

「報告船長，在船頭的北北東方，而且還為我們帶來一陣微風！」

「天哪，真是漸入佳境。這時搞不好聖保羅也會從那個方位過來[2]，為我平靜死寂的內心帶來一陣微風！噢，大自然哪！噢，人類的靈魂哪！自然與靈魂之間自有一種息息相關卻又無法言喻的類比關係。儘管身體不會受到大自然一絲一毫的驚擾，但自然現象的變化卻會巧妙地反映在心態的改變上。」

1 傳說中，獅身人面怪也是非常沉默，所以有「silent as a sphinx」的說法。
2 聖保羅到各地傳教也是搭船。

71 耶羅波安號的故事

在那艘船越來越靠近的同時，微風也持續吹了起來，但風來得比船快，所以皮廓號很快就開始在海面上搖晃起來。

不久後，皮廓號的人員透過望遠鏡觀察到那艘陌生船艦上有幾艘捕鯨小艇，桅頂還有觀察鯨魚蹤跡的輪班船員，因此是一艘捕鯨船。不過，因為那艘船在迎風處，與皮廓號相距甚遠，而且航速很快，顯然正要前往另一個捕鯨場，看來皮廓號是沒辦法趕上它了，所以便掛起了信號旗，看看對方會有何反應。

值得一提的是，跟美國海軍艦隊一樣，美國捕鯨船隊也都各有專用的旗號，每個船長手邊都有一本捕鯨船名冊，裡面也收錄了所屬船隊的信號。如此一來，即便與海上另一艘捕鯨船相距甚遠，船長們還是能夠非常簡便地辨認出對方。

皮廓號打出信號後，那艘陌生船艦終於有了回應，結果它就是同樣來自南塔克特島的耶羅波安號[1]。耶羅波安號把船帆打橫[2]，加快速度，朝著皮廓號背風面的船舷開過來，然後放下一艘小艇。小艇很快就靠了過來，但是當星巴克下令把舷梯放下去，好讓來訪的耶羅波安號船長登上皮廓號，人在小艇船尾的船長卻只是揮揮手，表示沒必要。原來，耶羅波安號上爆發了嚴重的傳染病疫情，該船

---

1 Jeroboam，名字取自以色列古國國王耶羅波安一世，他曾打造兩尊巨大金牛雕像讓人民膜拜。

2 所謂把船帆打橫，即「square a yard」，指把船帆的角度調整成跟龍骨垂直，藉此加快航速。

的梅休船長唯恐把病傳染給皮廓號的船員，才不想上船。理由在於，儘管梅休自己與小艇上的船員都沒有染病，儘管他的船與皮廓號之間的距離長達來福槍射程的一半，而且兩艘船還被奔騰流淌的海水與空氣阻隔，但他還是本於良心，遵守陸地上那種小心翼翼的隔離檢疫法，堅拒與皮廓號的人員直接接觸。

但這無礙於雙方的溝通。耶羅波安號的小艇與皮廓號始終保持幾碼的距離，偶爾小艇上的船員必須用槳划兩下才能與皮廓號維持平行，因為此刻強風吹拂著主桅的第二層帆，皮廓號的船速很快。而且，偶爾還會有一陣大浪把那小艇打得往前亂衝，但船員的操艇技巧很好，很快又會讓它恢復原來的方向。在這樣的狀況下，再加上有時會受到其他類似因素干擾，雙方的對話還是持續進行著，只不過每隔一段時間就會受到另一種性質截然不同的問題阻礙。

儘管這粗獷的捕鯨業中到處可見各種長相充滿個人特色的船員，但耶羅波安號的小艇上有一位操槳者與其他人相較，相貌的確特別異常。那小夥子又瘦又矮，長了一張麻子臉，留著一頭累贅的金色長髮。他穿著一件已經褪色的茶色長大衣，剪裁彷彿教士的長袍，層層疊疊的袖口是捲起來的。他的眼神呆滯，彷彿精神錯亂。

史塔布認出那小夥子後立刻扯開嗓子大叫：「就是他！就是他！他就是『鯨現號』船員告訴我們的那個身穿大衣的無賴！」在此史塔布提到的是一則關於耶羅波安號與某位船員的奇怪故事，是先前他在皮廓號與「鯨現號」兩船進行交流時聽來的。據那則故事所言，並從他們後來得知的訊息看來，史塔布口中的這個無賴對於耶羅波安號上幾乎每一位人員都擁有某種神奇的影響力。他的故事如下。

那無賴來自尼斯克悠納[3]，那裡聚集了很多瘋瘋癲癲的「震教徒」[4]，他被視為偉大的先知。在那些瘋狂的祕密聚會進行時，他曾屢屢穿越天窗，從天而降，宣稱第七個碗即將問世[5]，而且就在他的背心口袋裡，只不過裡面裝的並非火藥，而是鴉片酊。某天他突發奇想，打算跟使徒一樣雲遊四方，於是離開尼斯克悠納，前往南塔克特島，在那裡他發揮瘋子特有的狡詐才能，把自己偽裝成一個穩定的普通人，以菜鳥水手的身分踏上耶羅波安號的捕鯨航程。船東聘了他，但一等船到茫茫大海上，他的瘋狂言行就像山洪一樣爆發了出來。他自稱是大天使加百列，命令船長跳海。他公開宣示自己是海上諸島的救星兼大洋洲的副主教。他說這些話時神態認真堅定，以陰鬱無畏的方式把他那些未眠夜裡的激烈妄想都演示出來，精神錯亂的模樣看來就像可怕的超自然現象，再加上渾身上下散發出一股超凡入聖的氣質，這一切把大多數無知船員唬得一愣一愣的，真把他當成加百列再世。而且他們也都怕他。不過，像他這樣的人物在船上卻沒什麼實際效用，尤其是因為他只有在情願時才會幹活，除此之外完全拒絕上工。船長認為那些言行都是裝神弄鬼，巴不得趕快擺脫他，到了最近的港口就把人給趕下船。但這意圖被「加百列」得知後，他便威脅道：果真如此，那他就要把整艘船所有人員全都打入地獄。船上的信徒對此深信不疑，最後他們集體去找船長理論，表示若是「加百列」被趕下船，那所有人都活不下去了。因此船長不得不放棄這計畫。信徒也不准其他人虐待「加百列」，讓他可以暢所欲言，為所欲為，後來他在船上簡直是自由自在，沒人敢管。結果大天使就此開始輕視船長與船副，或者說根本不把他們放在眼裡。而且在傳染病疫情爆發後，他的影響力更勝於以往，甚至宣稱那傳染病是他憑一己之力降下的瘟疫，會傳染多久全都取決於他的心情。那些水手大多是一些可憐蟲，他們都很害怕，有些甚至在他面前苦苦哀求。面對他時，除了唯命是從，有時還敬若天神。這種

3 Neskyeuna，正確拼法是Niskayuna，是一個位於紐約州東部的村莊。
4 Shakers，貴格教會的支派。
5 典出《新約聖經·啟示錄》：「我聽見有大聲音從殿中出來，向那七位天使說：你們去，把盛神大怒的七碗倒在地上。」七碗之災過後，就是基督重新降世之時。

種事蹟看來令人難以置信，但無論這一切有多神奇，全都是真的。歷史上有許多狂人，但若與這自命為加百列的傢伙相較，他們令人震驚的程度其實還不及他的一半，因為這傢伙自欺欺人的能力的確是至高無上，許多人都被他騙得團團轉。該是言歸正傳的時候了，我們再來看看皮廓號。

「老兄，我不怕你們的傳染病，」亞哈站在舷牆邊對站在小艇艇尾的梅休船長說，「上船吧！」

但此時「加百列」猛然站了起來。

「三思啊！這可是黃熱病和膽汁熱[6]！小心可怕的瘟疫！」

「加百列！加百列！」梅休船長大聲說，「你不可以……」但這時一陣大浪打來，把小艇沖走，所有聲音全都淹沒在浪濤裡。

「你們有看到大白鯨嗎？」等小艇漂回來後，亞哈問道。

「三思啊！想一想你們那艘被打碎沉沒的捕鯨小艇！小心牠那可怕的尾巴！」

「加百列，我再對你說一遍……」不過那小艇還是像被群魔拖拉一樣遭大浪沖走。接下來有一陣子雙方都沒辦法講話，因為海面有時就是會像這樣反覆無常，怒濤一波波席捲而來，不斷翻滾著，但浪頭並沒有太高。在此同時，掛在船側的抹香鯨鯨頭也猛烈晃動著，有人看見「加百列」用一種非常擔憂的神情看著鯨頭，那表情看來不太像個大天使。

海面恢復平靜後，梅休船長開始說起了一則關於莫比敵的可怕故事，不過在這過程中只要提及「加百列」的名字，就會被他打斷，就連波濤洶湧的大海好像也與他串通好似的，常常擾亂船長。

看來，耶羅波安號離家不久後，一次在論及某艘捕鯨船時，就已經有人信誓旦旦地告知船上人員，真有一條為禍海上的大白鯨叫做莫比敵。這情報來得正是時候，「加百列」見獵心喜，嚴正警告船長，就算見到那海上巨獸也不能攻擊牠。瘋瘋癲癲、胡言亂語的「加百列」宣稱那大白鯨就是「震教」的天主化身——「震教徒」也是信《聖經》的。不過，等到大概兩年後有人從桅頂清楚地看見莫比敵，大副梅西燃起了想要一賭為快的鬥志，而儘管「加百列」已事先斥責警告，但船長本人還是想讓大副把握此一機會，於是任由他遊說五個人一起登上捕鯨小艇。離船後他們費力划槳，幾度冒險攻擊都失敗後，最後終於把一根鐵叉固定在莫比敵身上。在此同時，「加百列」則是登上頂桅的頂端，發瘋似地揮舞一隻手臂，並且預言，那些人褻瀆了他所傳達的神意，很快就會有厄運降臨。

此刻大副梅西站在小艇艇頭，發揚家族特有的大無畏精神，對著白鯨咆哮，手裡穩穩拿著一把魚叉，伺機投出。哎呀！白鯨的寬大黑影從海面上竄起，尾鰭迅速搧過，讓小艇上的槳手暫時都無法呼吸。說時遲那時快，原本充滿活力的大副倒楣透頂，整個身體被甩到半空中，掉下時劃出一條長長的弧線，落在大約五十碼外的海面上。小艇並無絲毫毀損，槳手也毫髮未傷，但大副卻永遠淪為波臣。

最好在此附帶一提的是，要命的意外在捕鯨業可說是司空見慣，像梅西大副這樣的慘劇也不例外。有時候，小艇沒有任何損傷，卻有人就此一命嗚呼。比較常見的狀況是，小艇的艇頭被打爛，或者那裝在艇頭，讓小艇領班可以用來擱腿的「大腿擱板」也被連人帶板一起扯掉。但最奇怪的情況莫過於，尋獲人員時發現身上沒有留下任何看得出來的傷痕，卻已經變成一具僵硬屍體，而且這狀況曾不止一次出現。

船上眾人可以清楚看到慘劇發生的全部經過，還有梅西身體掉下來的模樣。「加百列」扯開嗓子尖聲大叫：「第七個碗！第七個碗啊！」他這麼一喊，讓那些嚇破膽的船員再也不敢繼續追捕大白鯨。這可怕的事件過後，「加百列」在船上的影響力變得更大，因為那些追隨者都深信他早就具體地宣告這一次悲劇即將發生，而不只是像其他任何人都能做到的，提出一個模稜兩可的預言，能應驗都是因為瞎貓碰上死耗子。他就此成為船上人員連名字都不敢提起的恐怖人物。

6 膽汁熱在過去指任何會導致病人嘔吐與腹瀉的熱病。

梅休船長把故事講完後，亞哈問了一些問題，這讓梅休不禁好奇了起來，問亞哈如果有機會的話是否打算獵殺大白鯨？亞哈則答道：「沒錯。」聽到這話後，「加百列」再度突然站起身來，雙眼死盯著亞哈老船長，一邊伸出手指指向海底，一邊咆哮道：「三思啊！想想那大副褻瀆大白鯨後的下場——一命嗚呼，永眠海底！注意啊，褻瀆大白鯨的人都沒好下場！」

亞哈不為所動，只是轉身對梅休說：「船長先生，我突然想到我船上的郵件袋，如果我沒記錯的話，其中一封信是寫給你某位船副的。星巴克，去看看郵件袋。」

每一艘捕鯨船出海時都會帶著大量信件，那是給四大洋各艘捕鯨船上人員的，但能否把信送出去全憑運氣。因此大部分信件都沒能送到收件人手裡，許多信件就算送達了，也已經是兩三年後的事了。

星巴克很快就回來了，手裡拿著一封信。因為保存在船長船艙的陰暗置物櫃裡，那封信已經變得又皺又溼，上面布滿斑駁的綠黴。要送出像這樣的信件，最適當的信差莫過於死神了。

「看不懂嗎？」亞哈大聲說，「給我看，大副。是啊，是啊，是啊，上面只有模糊潦草的字跡——這是什麼？」他在看信時，星巴克拿來一把割鯨脂用的長鏟，用他的小刀輕輕把長鏟尾端劃開，將信件插在劃開的缺口上，伸出長鏟，這樣就能把信遞給小艇而不用把船靠過去。

在此同時，亞哈拿起信件，嘴裡叨念著：「這位先生叫做哈——沒錯，哈利——是女性的秀氣筆跡，我敢打賭，肯定是哈利的老婆寫的——沒錯，是寫給耶羅波安號的哈利．梅西先生。怎麼會剛好是給梅西的，偏偏他已經死了！」

「可憐的傢伙！可憐的傢伙！居然是他老婆寫的，」梅休船長嘆道，「不過，信還是給我吧。」

「不用了，放你那裡吧！」「加百列」對亞哈咆哮道，「你很快就要去見梅西了！」

「這些詛咒就還給你自己吧！」亞哈大聲說，「梅休船長，現在準備接信吧。」接著他從星巴克手裡拿過那一封寫給死者的信件，插在長鏟尾端的小缺口上，往外朝小艇遞出長鏟。此時槳手們刻意暫時不划槳，小艇稍稍往皮廓號船首漂了一小段距離，於是好像鬼使神差似的，那信件突然間遞到了想要拿信的「加百列」手邊。他立刻一把拿起信件，隨手抓住小艇上的小刀，把信戳在小刀上，連刀帶信一起丟回船上，剛好掉在亞哈腳邊。接著「加百列」對同伴尖聲大叫，要大家讓手裡的艇槳動起來，就這樣，那艘船長遭眾人背叛的小艇很快就遠離了皮廓號。

這插曲過後，船員們又繼續幹活，幫鯨魚「脫衣服」，大家談論這件離譜的事情時，總會隱約提到許多怪事。

72 猴索

在割鯨脂與處理鯨魚時，整個甲板上熱鬧喧譁，大夥兒來回奔波。一會兒這裡需要人手，接著又是那裡需要人手。任誰都不可能固定待在某個地方，因為船上各個角落都有很多工作要同時進行。就連我這個負責描述現場狀況的人大致上也不例外。現在我們必須把時間拉回到稍早。先前我曾提及，從剖開鯨背的那一刻起，我們就必須把鯨脂掛鉤鉤進船副們用捕鯨鏟切割出來的那個洞裡。但那根掛鉤龐大笨重，怎麼有辦法鉤進那個洞裡呢？負責把鉤子鉤上去的人是我的好友魁魁，因為像他這種魚叉手的職責就是必須垂降到鯨背上，完成掛鉤的特別任務。但在許多狀況下，魚叉手都必須一直待在鯨背上，直到剝取鯨脂的工作完成。值得注意的是，那鯨魚只有讓我們剝取鯨脂的部位在水面上，其他部分幾乎全都浸在水裡。所以可憐的魚叉手魁魁就得一直待在甲板下方大約十呎處，身體有一半在鯨魚上，一半在水裡掙扎著，而他下面的巨大鯨魚則是像一具水車似地在水裡持續滾動不停。在這場合中，穿著長襯衫與襪子的魁魁彷彿一身蘇格蘭高地的裝束，至少在我看來特別能展現出他的健壯身形，而且很快地我們將會看出，最有機會對他品評一番的人，莫過於我。

身為野人魁魁的首席划槳手，我必須在他的小船船頭划槳（所以我就是船頭算過來的第二個人），同樣地，在他手忙腳亂地勉力待在死鯨鯨背上時，我也很樂意有機會照料他。你們肯定看過義大利的街頭藝人，一手用手搖風琴表演，另一手用長繩牽著一隻跳舞的猴子。現在我彷彿是那街頭藝人，站在陡峭的船舷，用手裡那一條被捕魚業通稱為「猴索」的安全繩索拉住海裡的魁魁，那猴索則是繫在他腰際那條堅固的帆布帶子上。

那猴索雖然號稱安全，但好笑的是對我們倆來講都很危險。在我繼續往下講之前，有必要說明的是，猴索的兩端就固定在我倆身上：一邊繫在魁魁的寬大帆布帶子上，另一邊則綁著我的細皮帶。所以，無論安全或危險，此時我們倆可說是生死同命，要是可憐的魁魁永遠沉入海底，為了兼顧職責與道義，我說什麼也不會割斷猴索，自然會隨他而去。所以那繩子好像把我們變成暹羅連體嬰似的：魁魁就是無法與我分離的孿生兄弟，而我說什麼也沒辦法擺脫那麻繩帶來的風險了。

我一邊像個哲學家似地嚴肅思考自己的處境，一邊認真看著他的舉動，同時似乎也可以感覺到此時我的個體性已經消亡，我跟魁魁已經合併為一間合股公司。我的自由意志承受了致命一擊，魁魁的錯誤與厄運也許都會讓我無辜墜入災禍與死亡的萬丈深淵。所以在我看來，我彷彿進入了某種上帝也無法控制的空窗期，因為公平無私的祂肯定不會如此粗暴不義。我就這樣時不時要猛拉一下他，以免他被巨鯨與大船給夾死，同時也繼續沉思，發現自己的處境與這世間一切生靈沒有兩樣，唯一的差別在於：其他人的命運大致上都是跟好幾個人綁在一起，而不是像我只會受到魁魁牽連。如果你的銀行倒了，你也會破產。如果你的藥劑師誤把毒藥配進你的藥丸裡，你會死掉。也許你會說，只要處處謹慎小心，任誰都可能躲過人生的形形色色災厄，而這的確也沒錯。不過，儘管我已經小心翼翼地抓著魁魁的猴索，他有時候拉力過猛，還是會害我差點滑倒跌入海裡。而且我始終無法忘記的是：無論如何我也只能控制猴索的一端。[1]

先前我提過，因為船身與鯨屍不斷在海上翻滾擺動，魁魁偶爾會掉進兩者之間，這時候我就必須把他猛拉起來。但他所面臨的危險處境不只如此。儘管鯊群在前一晚慘遭我們大屠殺，但牠們完全無

1〔原注〕猴索是任何捕鯨船上都有的東西，但只有皮廓號會把「主人」與「猴子」繫在一起。想到要這樣改善猴索功用的人，正是二副史塔布，其目的是為了確保手持猴索的人能夠忠於職守，保持警覺，好好照料身陷困境的魚叉手。

懼，反而又活躍了起來，而且因為鯨屍身上淤積的血液開始流入海中，嗜血的鯊群全都興奮發狂了起來，一窩蜂地把鯨屍包圍住。

魁魁身處鯊群之中，常常得用雙腳亂踢亂踹，把牠們趕走。有一件事完全令人難以置信，但卻是事實：其實鯊魚是一種什麼都吃的肉食性動物，要不是鯨屍這樣的獵物太過吸引人，一般牠們不太會騷擾人類。

不過，既然鯊魚是如此嗜血好殺，我們還是把照子放亮一點，好好看著牠們。正因如此，除了我偶爾用猴索把可憐的魁魁稍微猛拉一下，以免他太靠近那隻特別凶猛的鯊魚，進了牠的嘴裡，魁魁還受到另一道安全措施保護著。塔許特哥與大狗把用來割鯨脂的梯子往下放到舷側，站在梯上各用一把捕鯨鏟發動猛烈攻擊，捕鯨鏟劃過魁魁頭頂，所到之處有很多鯊魚都無法倖免。事實上他們可說是完全出於無私與善心才會這麼做，我也承認他們都是為了魁魁好。儘管他們滿腔熱忱，急於幫助魁魁，但卻因為他與鯊群的身影都會因為血水與海水混在一起而變得模糊不清，而他們的捕鯨鏟可沒長眼睛，所以有好幾次幾乎把魁魁的腿給截肢，而不是割掉鯊魚尾巴。但我想可憐的魁魁只能顧及那巨大鐵鉤，竭力喘氣之餘，大概也只能跟他的黑色小神像尤佐禱告，把自己的一條小命託付給眾神。

隨著海水的擺盪，我把手裡的猴索一收一放，心裡想著：唉呀呀，我親愛的夥伴與孿生兄弟，這一切又有什麼差別？難道你不是這捕鯨業裡所有人的寶貴寫照嗎？你在其間喘息的無底海洋就是生命，鯊群是你的仇敵，捕鯨鏟是你的朋友，而可憐的你在鯊群與鏟子之間進退兩難，陷入災厄困境。

但你要鼓起勇氣！我們大家都等著為你歡呼呢！魁魁。此時，這個筋疲力盡的野人被海水凍得雙唇發紫，兩眼通紅，終於順著鈎鍊爬了上來，站在船邊全身滴水，不由自主地打顫。服務員「麵糰小子」走到他跟前，用撫慰的仁慈眼神看著他，遞給他——什麼？溫過的干邑白蘭地酒？不是，天哪，居然是給他一杯不冷不熱的薑茶！

「是薑嗎？我是聞到薑味嗎？」史塔布靠過來，半信半疑地問道。他一邊看著那杯還沒人品嘗的薑茶，一邊說：「沒錯，這肯定是薑味。」他站了一會兒，彷彿不敢置信，然後冷靜地走向那被嚇到的服務員，對他說：「薑茶？薑茶？麵糰小子，可否請你行行好，跟我說一下喝薑茶有什麼好處？麵糰小子，你覺得你有辦法用薑茶幫這發抖的野人取暖嗎？薑！薑是什麼鬼玩意兒？海煤？木柴？黃磷火柴？火絨？火藥？我說啊，薑到底是什麼鬼玩意兒？你居然把這杯東西拿給可憐的魁魁？」

「你是想偷偷搞禁酒運動嗎？」他突然又補了一句，一邊靠近剛從船頭走過來的星巴克。「長官，拜託您看看那一小杯東西，聞聞看。」然後他看著大副的臉色，繼續說：「星巴克先生，服務員居然有臉拿這種甘汞、瀉藥[2]似的鬼東西給剛離開鯨屍的魁魁。長官，難不成這服務員是藥劑師？我倒想問問，難道這種苦啤酒似的薑茶能救活差點淹死的人？」

「我想這可不成，」星巴克說，「這東西太糟了。」

「是啊，是啊，服務員！」史塔布大聲說，「我們該教教你應該給這魚叉手什麼藥。肯定不是你給的這種藥房藥劑。你想毒死我們嗎？難道你幫我們保了人壽險，想要謀財害命，是嗎？」

「不是我的主意啊！」麵糰小子大聲喊冤，「是查洛蒂姑媽把薑茶帶上船的。她吩咐我千萬別讓魚叉手喝酒，只能給這種她叫做『薑杯』[3]的東西。」

「還薑杯咧！你這『杯鄙』的混蛋！拿走吧！快去你的儲藏櫃拿些好東西來！用跑的！我希望我沒做錯什麼，星巴克先生。這是船長的指令——魚叉手站過鯨魚身上後，讓他們喝點格羅格酒[4]。」

2 據說薑茶有治療暈船的療效，而甘汞、瀉藥也是被當成藥劑來使用。

3 Ginger-jub，這是作者自創的字。

4 一種混合了淡啤酒、萊姆汁（或檸檬汁）、蘭姆酒等成分的烈酒，是當時水手常喝的。

「夠啦！」星巴克答道，「只要你別再打他就好，但是……」

「喔，我絕不會打他，要打我也只會打鯨魚之類的東西，不過那傢伙可真狡猾啊。長官，剛剛您本來要說什麼？」

「沒什麼，只是要叫你跟他一起下去，想要什麼就拿什麼吧。」

回到甲板上後，史塔布一手拿著一個黑瓶子，另一手拿著像茶罐的東西。黑瓶子裡面裝著烈酒，他拿給了魁魁，茶罐裡裝的是查洛蒂姑媽送的薑茶，他全都賞給大海喝了。

73 殺了一頭露脊鯨之後，史塔布與福拉斯克聊了一下那頭鯨魚

別忘了，這段時間裡有一顆抹香鯨的巨大鯨頭始終掛在皮廓號的船側。但那鯨頭不得不繼續掛在那裡一會兒，稍後我們才有機會處理它。因為還有別的事情要忙，此刻我們最多也只能祈求上天保祐，希望吊著鯨頭的滑車能撐得住。

話說從前一晚到午前之間，皮廓號已經漸漸進入某個海域，由於偶爾有一群群小魚出現，顯示出這附近應該有很多露脊鯨——但這可說是個異象，因為照理說這個時節應該不會有太多露脊鯨在此一海域裡潛游才對。儘管所有船員一般都不喜歡下船去捕捉這種比較次等的鯨魚，而且皮廓號壓根就不是一艘捕露脊鯨的船，更何況我們在經過克羅澤群島時已經看過很多，當時卻沒有下船去追捕牠們，但是就在我們已經捕到一條抹香鯨且把牠砍了頭的此時，船長居然下了一道讓所有人都感到驚訝的命令：當天若有機會，我們必須想辦法捕獲一條露脊鯨。

過沒多久，機會就來了。只見在背風處海面上噴出許多高高的水柱，於是史塔布與福拉斯克把他們的捕鯨小艇卸下，就此前往追捕。小艇越划越遠，到最後桅頂的人已經看不到他們的蹤影。但突然間桅頂人員看到白色怒濤沖天，沒多久已有消息從桅頂傳下來，至少有一艘小艇肯定已經叉中了鯨魚。一段時間過後，只見兩艘小艇都被那鯨魚拖著，直往皮廓號衝過來。那巨怪與船身非常靠近，一開始看來好像來者不善，但就在與我們相距不到三桿[1]之遙的海面上突然潛入海裡，引發一陣漩渦後

1 桿（rod）：古代長度單位，一桿等於十六點五呎。大約相當於十五公尺。

消失無蹤，好像潛到了船底下。船上有人對兩艘小艇高聲大喊「割繩索！割繩索！」因為在那片刻間，眼看著小艇就要猛然撞上船側了。不過，小艇索桶裡都還有很多繩索，而且那鯨魚的潛速也沒很快，於是小艇人員又分別丟出很長一段繩索，在此同時也使盡力氣猛划，趕到了皮廓號的前頭。雙方就這樣激鬥了幾分鐘。繩索被鯨魚緊緊拉住，小艇上的人一方面必須持續把剩下的繩索放出去，同時也要往反方向划槳，兩股力量僵持不下，小艇隨時有可能會被拖下去。但兩艘小艇都只繼續往前划行幾呎而已，接著就穩穩停住不動。很快地，就在那被拉緊的繩索擦過船底之際，水面下好像有一道雷電通過，微微顫動一下子之後，那繩索突然間在皮廓號船頭出現，劈劈啪啪抖動個不停，繩上水滴被甩得四處飛散，彷彿無數片碎玻璃掉落海面，此時在遠處的鯨魚也冒出水面，兩艘小艇終於又飛也似地划過去。但那筋疲力盡的鯨魚放慢速度，盲目地不斷改變行進路線，在皮廓號的船尾拖著小艇，兩條小艇加起來等於畫了一個完整的圈圈。

在此同時，兩艘小艇持續把繩索往回拉，直到分別逼近鯨魚兩側，史塔布與福拉斯克你一矛我一矛，不斷往那鯨魚身上招呼，一場捕鯨大戰就此在皮廓號四周展開，本來在那抹香鯨鯨屍旁邊徘徊的鯊群如今聞到露脊鯨一個個新傷口流出的鮮血，全都急忙游過來嗜血狂飲，就像以色列人大口暢飲剛從砸裂的岩石裡噴出來的泉水。[2]

最後牠噴出來的水變稠，一陣可怕的翻滾與噴水過後，魚肚翻了過來，變成一具死屍。

兩位小艇領班一邊用繩索拴住魚尾，做好拖曳這大傢伙的準備工作，一邊聊了起來。

史塔布說：「真不知道那老傢伙幹麼要我們抓這隻魚油那麼髒的大傢伙。」一想到等等還要處理這骯髒的海上巨怪，口氣不免顯得有點厭惡。

「幹麼要？」福拉斯克一邊在小艇艇頭把多餘的繩索收成圓圈，一邊說，「你沒聽過嗎？任何一艘船只要右舷掛著抹香鯨的頭，左舷就得掛上露脊鯨的頭，這樣就永遠都不會翻船了。史塔布，你沒聽過這樣的說法嗎？」

「為什麼不會翻？」

「我不知道，但我是從那黃皮膚老鬼費韃拉那裡聽來的。說到船的魔法，他似乎沒有不懂的。但有時候我覺得皮廓號會被他的魔法搞到船毀人亡。史塔布，我壓根就不喜歡那傢伙。史塔布，你有沒有注意到他的長相？簡直就像是蛇頭搭配著一口獠牙？」

「去他的！我根本沒正眼看過他。不過，如果某天夜裡我有機會看到他緊挨著舷牆站著，而且四下無人，福拉斯克你看下面……」他用雙手比了一個特殊的手勢，「沒錯，我會這麼幹！福拉斯克，我覺得費韃拉那傢伙根本就是惡魔的化身。你真的相信他是船長偷偷帶來，一直躲在船上的屁話嗎？我說啊，他根本就是惡魔。你之所以看不到他的尾巴，我猜是因為掩蓋起來了，捲著藏在口袋裡。去他的！這就是為什麼他總是需要拿填絮塞進靴頭，真是越想越可疑。」

「他連睡覺都要穿靴子，不是嗎？他沒有睡吊床，我曾在晚上看到他睡在一堆盤起來的船索之間。」

「錯不了的，而且這是因為他那捲起來的尾巴。你懂嗎？他把尾巴盤了起來，擺在船索正中央。」

「老傢伙跟他的關係為啥這麼密切？」

「我想可能跟他交換了什麼，或是做了交易吧。」

「交易？什麼交易？」

「那還用說？你看沒看到那老傢伙一心一意要追殺大白鯨，費韃拉那惡魔看準這一點，打算幫他抓到莫比敵，然後拿走老船長的銀錶或靈魂，或者其他什麼的。」

2 典出《舊約聖經・出埃及記》，上帝吩咐摩西用手杖擊裂岩石，岩石噴出泉水供口渴的以色列人暢飲。

「呸！史塔布，你在開玩笑吧？費韃拉哪有這麼大的本事？」

「我不知道，福拉斯克，不過那惡魔真是個奇怪邪惡的傢伙，這我看得出來。嘿，聽說他曾從容登上一艘老舊海軍旗艦，一根尾巴搖來晃去，像惡魔與紳士一樣自在，問道艦隊指揮官是否在船上。結果指揮官還真的在船上，反問他要幹麼。那惡魔換腳走向前說道：『我要約翰。』老指揮官說：『要約翰幹麼？』那惡魔惱羞成怒地說：『與你何干？自有我的用處。』那老指揮官說：『那你就帶他走吧。』福拉斯克，我對天發誓，如果那惡魔不是靠在約翰身上下了亞洲霍亂才控制住他，那我就一口把這鯨魚吃掉。不過——注意啦，你們那邊都準備好沒？好吧，那就往前划吧，我們一起把這鯨魚拖走。」

「你這故事我記得以前就聽過了。」福拉斯克一邊說，兩艘小艇一邊慢慢地拖著沉重的鯨魚往皮廓號前進，「但不記得是在哪裡聽到的。」

「是《三個西班牙佬》[3]嗎？那三個殘暴阿兵哥的冒險故事？你是在那本書裡看到的嗎，福拉斯克？我想應該是。」

「沒有，沒看過那本書，但倒是有聽過。不過，史塔布，你覺得你剛剛說的那個惡魔就是我們皮廓號上面的那個嗎？」

「幫你一起殺掉這鯨魚的人，不是我嗎？惡魔不是長生不死？誰聽說過惡魔會死的？你看過任何牧師幫惡魔穿喪服的嗎？如果那惡魔身上有鑰匙可以進入海軍艦隊指揮官的船艙，你不覺得他應該也可以從舷窗爬到船上嗎？你說對吧，福拉斯克先生。」

「史塔布，你覺得費韃拉的年紀多大了？」

「你看到那根主桅嗎？」他指著皮廓號說，「我們姑且把它當成是數字1，然後把皮廓號貨艙裡所有的桶箍當成0，拿出來擺在1旁邊，湊出來的數字恐怕還是不及費韃拉的歲數。就算把所有正在製作的箍桶拿出來，那些桶箍還是不夠，湊不出他歲數後面的0。」

「但史塔布，我想你剛剛在吹牛，說若有機會你一定會把費韃拉丟進海裡。可是如果他歲數後面的0多過所有桶箍，如果他真能長生不死，那就算把他丟到海裡又有什麼用呢？你倒是說說看。」

「弄不死他，給他喝點水也好。」

「但他總會游回來。」

「那就再把他丟下去，一直丟下去。」

「要是他想到也讓你去吃點水呢？沒錯，想到把你淹死，那你該怎麼辦？」

「那他就試試看吧。我一定會把他打到兩眼長出黑眼圈，讓他有很久一段時間都不敢到艦隊指揮官的船艙裡，更不敢出現在他目前居住的最底層船艙，還有他常常偷偷現身的上層甲板。福拉斯克，去他的惡魔。你以為我怕惡魔嗎？誰怕誰啊？他去那旗艦抓人時就該被抓起來，戴上手銬，但就是那老指揮官不敢動手，才讓他得逞。嘿，我看老指揮官八成還跟惡魔簽了合約，不管惡魔抓了誰，老指揮官都要幫忙烤人肉。虧他還是指揮官咧！」

「你覺得費韃拉想要抓亞哈船長嗎？」

「我覺得怎樣？你很快就會知道答案了，福拉斯克。不過，接下來我會緊盯著他。如果看到任何可疑的事，我就會一把抓住他的頸背，對他說——嘿，大魔王，你給我住手！我在這裡對天發誓，要是他敢抱怨一聲，我就會伸手到他的口袋裡去抓他的尾巴，用絞盤絞斷，讓他只剩下短短的尾巴根部。然後，我猜等到他發現自己的尾巴被絞斷，變成那奇怪的模樣，就會偷偷溜走了。到時候他想要夾著尾巴逃走也沒辦法，因為已經沒有尾巴可以夾了。」

3 *Three Spaniards*，十八、十九世紀英國小說家喬治・沃克（George Walker）的小說。

「那你打算怎麼處理那根尾巴呢，史塔布？」

「怎樣處理？回家後把它當趕牛的牛鞭賣掉囉——不然還能怎樣？」

「那敢情好，不過你從剛剛到現在，說的都是真心話嗎？」

「管他真心不真心，我們回到皮廓號啦！」

船上的人高聲歡迎小艇回來，小艇把露脊鯨拖往左舷，在那裡尾鍊與其他一切必要設備早已備妥，就等著要把那鯨魚綁在船側。

「我不是跟你說了嗎？」福拉斯克說，「就是這樣沒錯，等等你就會看到，繼右舷掛上抹香鯨鯨頭之後，這條露脊鯨的頭也要被掛在左舷了。」

過沒多久，福拉斯克的話就成真了。本來皮廓號一直都是向右傾斜，因為掛著抹香鯨的頭，如今兩邊都掛上鯨頭後，船身再次恢復了平衡。只不過，我想你應該也很清楚，船身背負的重量可不輕啊。皮廓號就像本來掛著哲學家洛克的頭，往右邊偏，現在掛上康德的頭之後，又往另一邊偏過來了。[4]只是情況非常危急。有些人總是想努力維持船身的平衡。噢，你們這些笨蛋！把那些鯨魚的頭、哲學家的頭都往海裡一丟不就得了嗎？如此一來你的船身又可以輕飄飄地保持平衡啦！

一般來講，把露脊鯨固定在船側後，開頭一些程序就跟處理抹香鯨時沒有兩樣，唯一的差別是抹香鯨的頭會被整顆砍下來，但露脊鯨的脣、舌則是分別被取下來，吊到甲板上，還有那緊貼著露脊鯨腦門的著名黑色骨頭也是一樣。但此刻皮廓號的情況卻不一樣。兩具鯨屍都已經被丟到船後，兩顆鯨頭分別掛在左右船舷，皮廓號看來像極了一隻載著兩個過重馱籃的騾子。

在此同時，費韃拉平靜地看著露脊鯨的頭，時不時就把目光從鯨頭上的深紋移往他自己手上的皺紋。而亞哈站的地方剛好被祆教徒費韃拉的陰影遮蓋住，費韃拉與亞哈兩人的陰影交疊在一起，讓亞哈變得好長好長。船員一邊幹活，一邊議論著各種與魔法有關的揣測，因為剛剛發生的這些事情實在是太邪門了。

4 洛克是英國經驗主義哲學（Empiricism）的代表性人物，而康德則是歐陸理性主義（Rationalism）大家，主張先驗知識的存在。因為兩者位於哲學思想光譜上的兩側，作者的比喻是非常恰當的。

74 抹香鯨的頭：與露脊鯨相較

現在，兩隻巨鯨把他們的頭靠在一起，讓我們也把頭靠在一起，加入牠們的行列。

在品種眾多的大型鯨魚裡面，抹香鯨與露脊鯨可說是目前為止最負盛名的。只有這兩種鯨魚常常遭人類捕獲。對於南塔克特島的捕鯨人來講，在所有已知的各品種鯨魚裡面，這兩者剛好位於相反的兩個極端。既然我們從兩者的頭部就能觀察到牠們之間的外在差別，而且牠們的頭就正好掛在皮廓號兩側，再加上我們只要在甲板上來回走動就能一下子看到這顆頭，一下子看到另一顆，所以我想要問的是：若想實地研究鯨類學，除了此時此地，難道還有更好的機緣嗎？

首先，令人感到印象深刻的是這兩隻鯨魚頭的強烈對比。憑良心講，兩種鯨魚都算得上是碩大無比，從抹香鯨身上我們可以看出某種精確的對稱性，但可惜這正是露脊鯨所欠缺的。抹香鯨的頭比較有特色。仔細端詳抹香鯨的頭，任誰都會不禁折服於牠的優越特質，尤其是那威風凜凜的模樣。就皮廓號的這隻抹香鯨而言，由於頭頂呈現灰白夾雜的顏色，反映出牠是一隻經驗豐富的老鯨魚，更是顯得特別有威嚴。簡而言之，這就是為什麼漁民會用「灰頭鯨」這種行話來稱呼牠。

現在，讓我們來看看兩者頭部上面差異性最小的地方：也就是眼睛、耳朵這兩個重要器官。如果仔細從鯨頭側邊往後、往下查找，你會在靠近嘴角的地方發現一顆沒有睫毛的眼睛，看來簡直就像小馬的眼睛一樣。若與龐大無比的鯨頭相較，鯨眼簡直小到不成比例。

如此說來，因為鯨眼的特色就是長在如此側邊的位置，顯然鯨魚絕不可能看得見正前方的東西，就像牠也沒辦法看到正後方。簡而言之，如果拿人體的器官來打比方，鯨眼應該是長在耳朵的位置，所以我們從自己的角度去設想，不難想像側邊眼睛的視野究竟如何。你會發現自己視線所及的範圍只有前方與後方三十度。如果你的死敵在光天化日之下，從正前方高舉著匕首走向你，你也沒辦法看見他，就像你也沒辦法防備他從你後面偷襲。總之，無論是前方後方，等於都是你的後方；但在此同時，你也會有兩個前方，但你的前方在側邊：理由在於，所謂的前方不就是眼睛的正前方嗎？

此外，大多數動物都與鯨魚不同，因為眼睛長在同一側，會在不知不覺中把兩眼的視力混雜在一起，所以傳送到大腦的只有一個視覺畫面，但鯨魚因為眼睛的位置特異，左右兩眼之間隔著一顆好幾立方呎大的鯨頭，兩個山谷湖泊被一座大山阻隔。如此一來，兩個眼睛所獲得的視覺印象肯定就沒辦法混雜在一起，而是各自獨立的。所以鯨魚左右兩眼所見一定是截然不同的畫面，但是在左右之間的正前方，對牠來講必然是一片澈底的漆黑與空無。所以我們可以打個比方：人類就像是待在一個哨亭裡，透過一面有兩格窗框的窗戶往外看這個世界。不過，鯨魚的眼睛卻是兩個分開的窗框，等於是有兩面窗戶，但不幸的是卻因此妨礙了視線。對捕鯨人來講，鯨眼的這種特性是永遠必須銘刻在心的，讀者也該記住，因為這會與後面我將描述的一些場景有關。

關於海上巨怪的視力特性，也許我們可以追問一個令人極其困惑的奇怪問題，但在這裡我只要概述一番即可。在光線下，人類的眼睛只要睜開就會不自主地把視線所及的一切盡收眼底：也就是說，無論有什麼東西在前面，只要張眼就能看見。儘管如此，透過經驗我們也得知，雖說我們只要稍稍瞄一眼就能讓所有東西毫無差別地映入眼簾，但如果要我們在同一時間把焦點完全聚集在兩個東西上面，無論兩者是大是小，都是不太可能的。就算兩者緊挨著彼此擺在一起也不行。不過，現在如果你把兩者分開，將它們分別放置於一團漆黑之中，如果你想看其中之一，好好注意它，那麼在這當下另一者就會完全被排除在你的意識之外。但如果是鯨魚的話，又會怎樣呢？鯨魚的雙眼的確可以同時看東西，但鯨腦真的有如此高超的綜合與合併能力，甚至比人腦更為精細，以至於牠們可以在同一時刻關注左右兩側眼睛所見，處於兩個相反方向的不同視野嗎？如果可以的話，那真可說是鯨魚的特異能力，就像有人能夠同時解決歐基里德的兩個幾何證明題。若經詳查，我們會發現這種比喻也沒什麼不當之處。

也許是我太過異想天開，但我總覺得某些鯨魚在遭到三、四艘小艇圍攻時，之所以會展現出特別猶豫不決的動作，之所以會有膽怯與容易驚慌失措的共同特性，有個間接的理由是牠們缺乏決斷力，往往顯得無助困惑，而這肯定與他們的視野被切割成左右兩邊、完全相反有關。

但鯨耳也跟鯨眼一樣非常奇特。任誰如果不熟悉鯨魚這個物種，很有可能花上好幾個小時也找不到那兩顆鯨頭的耳朵在哪裡。鯨耳沒有外耳的部分，而且非常神奇的是牠們的耳道小到幾乎連鵝毛管都插不進去。鯨耳就位於鯨眼後方不遠處。就耳朵而言，我們可以看出抹香鯨與露脊鯨之間存在著重大差異。抹香鯨的耳道尾端是一個開孔，露脊鯨的耳孔則是被一層薄膜均勻地覆蓋著，所以從外面幾乎看不出來有個孔洞。

為什麼像鯨魚這種龐然大物必須用這麼小的眼睛來觀看世界，透過比野兔還小的耳朵來聆聽轟雷？這難道不奇怪嗎？不過，就算鯨眼比赫氏[1]天文望遠鏡的鏡片還大，耳道的寬闊更勝於大教堂的走廊，鯨魚的視野會更寬廣，聽力會更敏銳嗎？根本不會。如果是這樣，你為什麼還要試著「放大」自己的心智呢？就算再小也沒關係。

現在，讓我們用手邊的槓桿與蒸氣機把抹香鯨的頭翻面，讓鯨頭上下顛倒，然後登上梯子，從魚嘴開口往裡面看。要不是鯨頭已與身體完全分家，我們或許可以提著一盞燈走進牠那彷彿肯塔基州猛洞[2]的胃裡。不過，且容我們站在鯨牙旁邊仔細看看吧！鯨嘴看起來是多麼美麗而純淨啊！從下唇到上唇都有襯裡，或者應該說從下到上都被一層閃閃發亮的白色薄膜給緊貼住，彷彿紗緞材質的白色新娘服一樣光澤動人。

現在我們把目光移往嘴巴外，看看牠的下顎有多可怕，形狀就像一個超大鼻煙壺的狹長蓋子，只是蓋子樞紐的位置在壺底而非側邊。把下顎骨往上撬到你的頭頂上方，露出看似可怕城堡閘門的兩排巨牙，唉呀！這些彷彿尖樁的鯨牙用力一咬，曾有多少可憐的捕鯨人一命嗚呼啊！有時候你會看見繃著臉的鯨魚在深海漂蕩，張開十五呎長的巨大下顎，與身體成九十度，簡直就像一根船首斜桅，那模樣看來更是可怕。這隻張著血盆大口的鯨魚可沒死，只是沒精神，也許心情不佳，還有點憂鬱，懶懶散散，所以才會任由顎骨的關節完全鬆開，看起來一副醜陋悲慘的模樣，丟了鯨族的臉，其他鯨魚肯定會詛咒牠得到那種只能咬緊牙關的病症。

在多數情況下，有經驗的老手可以輕輕鬆鬆就把鯨魚的下顎打開，卸下下顎之後通常會直接吊到甲板上，為的是把象牙般的鯨牙拔下來，而又白又硬的鯨鬚則是被捕鯨人拿去製作各種無奇不有的物品，像是手杖、雨傘把手以及馬鞭柄。

將船錨般沉重的鯨魚下顎拖吊到船上花了我們不少時間與力氣，過了幾天等其他工作完成後，終於到了該拔牙的時刻：準備好要動手的是魁魁、大狗與塔許特哥三位厲害的「牙醫」。魁魁手拿一把割鯨脂用的長鏟，直接往鯨魚的牙齦招呼過去，然後把下顎緊緊栓在帶環螺栓上，用掛在高處的滑車把鯨牙一顆顆拔掉，簡直像密西根荒野林地裡的老橡樹殘幹被野牛硬生生拔出來。一般鯨魚總計有四十二顆鯨牙，年邁鯨魚的鯨牙雖然不至於爛掉，卻會人幅磨損，已經沒辦法製作成手工藝品。隨後他們把顎骨鋸成一片一片，狀似蓋房子用的托梁，全都堆在一旁。

1 指英國天文學家赫歇爾（Sir Frederick William Herschel）。

2 Kentucky Mammoth Cave，位於肯塔基州的天然巨洞。

75 露脊鯨的頭：與抹香鯨相較

現在，讓我們走到甲板的另一側，好好看一下露脊鯨的頭。

一般來講，我們可以把高貴抹香鯨的頭比擬為一輛羅馬戰車（尤其是鯨頭的正面，顯得又寬又圓）；所以，從比較寬鬆的角度看來，它約略有點像一隻巨大方頭鞋。兩百年前有一位荷蘭的老航海家把露脊鯨頭部的形狀比擬為鞋匠使用的鞋楦[1]。無論是鞋楦或鞋子，這鯨頭實在是大到足夠讓童話裡子孫滿堂的老婦人與她的後代全都舒舒服服地住在裡面。

不過，如果走近一點看，你會開始覺得這鯨頭的形狀很像別的東西，一切都取決於你看它的角度。如果站在頭頂看著那兩個F狀的噴水孔，你會覺得整個鯨頭就像巨大的低音大提琴，噴水孔就像提琴發聲板上的孔洞。但若是你把眼睛聚焦在頭頂的古怪雞冠狀硬殼（那綠綠的硬殼其實是藤壺聚集形成的，格陵蘭人說那是「鯨冠」，南海的捕鯨人則稱之為「鯨帽」），就會覺得鯨頭像是巨大橡樹的樹幹，那硬殼彷彿樹枝上的鳥巢。總之，當你看到住在「鯨帽」上的活蟹時，我幾乎可以肯定你腦海裡會出現這種想法——除非你滿腦子想的都是「鯨冠」這個專有名號。如果是這樣，那麼你肯定會興味盎然地把這海上巨獸想像成戴著王冠的海中王者，那綠色王冠居然是以如此奇妙的方式聚集形成的。但如果這鯨魚是國王，那牠還真是個繃著臉的王者啊！看看牠那低垂的下唇！一副非常生氣的噘嘴模樣！這生氣噘嘴的頭如果交給木匠來測量，大約有二十呎長與五呎深；這生氣噘嘴的頭可以提煉出大約五百多加侖的鯨油。

可惜這不幸的鯨魚居然長著兔唇。裂開的地方大約有一呎寬。很可能是牠母親在懷孕的敏感時期，曾經沿著祕魯海岸巡游，結果看了被地震震出裂口的海灘。走過這鯨脣時真像是走過一道滑溜溜的門檻，就此滑進的牠的嘴裡。說真格的，要是我人在麥基諾島[2]，肯定會有一種待在印地安棚屋裡的感覺。天哪！約拿就是從這寬闊如道路的嘴裡走進鯨腹的嗎？鯨魚口腔的頂部彷彿天花板，大約有十二呎高，一直延伸到某個非常狹窄的角落，好像那邊有屋梁似的。至於口腔的兩邊則都是有弧狀稜紋，毛茸茸的，長滿了一條條半垂直的彎刀狀奇妙鯨鬚，兩邊大約各有三百根，是從那一片被稱為「冠骨」的鯨頭上半部垂掛下來的，就像我在前面已經提及的，整片看起來就像百葉窗。鯨鬚尾端布滿了毛茸茸的纖維，而且每到該吃飯時牠只要游往小魚群聚的海域，張開嘴巴，靠鯨鬚把水擋住，並將小魚留在密密麻麻的鯨鬚裡。在這些百葉窗狀的鯨鬚中間，天生就會有弧狀、凹洞狀與山脊狀的各種奇怪標記，它們是捕鯨人用來計算鯨魚年紀的憑據，就像我們可以靠年輪來斷定橡樹的樹齡。儘管這種計算方式的確定性無法證明，但其中卻不乏某種類比的可能性——剛剛我不是說過，鯨頭彷彿橡樹樹幹？無論如何，如果我們採信這種計算方式，那麼這露脊鯨的實際年紀可能遠遠大於最初的合理推想。

對於這些百葉窗似的鯨鬚，自古以來似乎就有各種古怪的幻想。普爾查斯的某位航海家稱之為鯨嘴內的神奇「髯鬚」[3]，另一位航海家則說鯨鬚是「豬鬃」，還有一位叫做哈克魯伊特[4]的古代紳士用

1 鞋匠用來製造或修補鞋子時會用到的鞋模。

2 Mackinaw，即Mackinac，位於密西根州。

3〔原注〕這讓我們想起露脊鯨的確長了某種像髯鬚的東西，或者應該說是髭鬚，也就是零散地長在下顎外緣的幾根白色毛髮。因為露脊鯨外表本來就很嚴肅，再加上這幾根白毛，有時候會讓牠們看起來充滿土匪的氣息。

4 Hackluyt，即Richard Hakluyt，十六、十七世紀的英國航海家。

以下的優雅文字來描述鯨鬚：「牠在上頷的兩邊各長了大約兩百五十片鰭狀物，從口腔的一邊延伸到另一邊，在舌頭上方形成一個拱門狀的結構。」

眾所皆知的是，這些被稱為「豬鬃」、「鰭狀物」、「鬍鬚」、「百葉窗」或各種名號的鯨鬚，其實就是女士們的束身衣材料之一，也可以用來製作任何能把東西撐起來的物件。但就這方面來講，人類對鯨鬚的需求量已經越來越少。安妮女王[5]在位時可說是鯨鬚的黃金時代，用鯨骨環撐起來的蓬蓬裙引領著時尚風潮。所以當這些古代仕女興高采烈地到處走動時，可以說整個人就好像置身於鯨魚顎骨裡。同樣地，我們飛快地躲進傘下時也很少想到，保護我們免於淋雨的雨傘其實也是某種由鯨顎製成的小帳棚。

此刻，讓我們暫時忘卻那些關於百葉窗與鬍鬚的聯想，站在露脊鯨鯨嘴的前面，重新看看四周的景致。我們會看見那些列柱似的鯨鬚井然有序地並列著，難道你不會覺得自己正置身於哈勒姆市[6]那座大教堂的巨大管風琴裡，瞅著風琴裡的千百根音管？就像風琴下面鋪著地毯，鯨鬚下的鯨舌也像柔軟無比的土耳其毛毯一樣——只不過這鯨舌是黏死在地板上，也就是口腔底部。鯨舌又肥又軟，在吊往甲板上的過程中很容易被撕裂成一片一片。現在這片特別的舌頭就在我們面前，隨意一瞥，我發現這片鯨舌大約有「六桶之多」：意思是可以提煉出六桶鯨油。

到此為止，你肯定已經清楚看出我一開始所言不虛：抹香鯨與露脊鯨的頭截然不同。簡而言之，露脊鯨的頭部並不像抹香鯨那樣蘊藏著大量鯨腦油，沒有象牙般的鯨牙，也沒有細細長長的下顎骨。不過，抹香鯨的嘴裡則是完全沒有狀似百葉窗的鯨鬚，沒有巨大的下唇，也幾乎沒有可以被稱之為舌頭的東西。還有，露脊鯨體外有兩個噴水孔，抹香鯨則只有一個。

趁這兩顆頭還擺在一起時，請你最後好好看一眼這兩顆彷彿戴著頭巾的莊嚴鯨頭吧，因為其中一顆馬上就會被拋入海中，不會留下任何紀錄，而另一顆也不會繼續在船邊垂掛很久。

你看到這抹香鯨的表情了嗎？那表情與牠死時沒有差別，只是前額那些較長的皺紋此時似乎已經消失。我覺得牠的寬大前額看起來就像大草原一樣溫和沉著，天生就有一種漠視死亡的沉思性格。但仔細看看另一顆頭的表情，我們會發現那驚人的巨大下唇，因為恰巧遭到船側擠壓而緊閉著。難道整個頭的表情看起來不是一副視死如歸的模樣？我想這露脊鯨生前是個斯多葛派哲學家；抹香鯨則是柏拉圖主義者，也許晚年喜歡上了史賓諾莎[7]。

5 Queen Anne，十八世紀英國女王。

6 Haarlem，位於荷蘭。

7 Spinoza，十七世紀荷蘭哲學家。

76 破城鎚

在我們結束關於抹香鯨頭部的種種討論以前，請你先暫時把自己當成一位生理學家，只要特別注意一下牠那結實緊密的頭部正面就好。現在，請你仔細端詳一番，從你個人的觀點出發去進行毫不誇張的明智評估：如果把這鯨頭比擬為一具碩大的破城槌，它的破壞力有多強大？這件事非常要緊，理由在於，以下我們將要揭露的事實實在是太過驚人，所以你必須自己去發現才能夠真正心服口服，否則就算任何歷史文獻曾留下相關記載，你也絕對不會相信。

你會發現，從抹香鯨正常的游水姿態看來，有以下許多特色：頭部總是直挺挺地，頭部正面幾乎與水面垂直，而且這正面的下緣大幅往回縮，等於形成了一個後退的溝槽，才能夠承接住牠那位於比較後面、狀似船帆下桁的下顎骨；牠的嘴巴是整個長在頭部下方的——想像一下，如果你的嘴長在下巴會是什麼模樣？此外，抹香鯨頭部並沒有外露的鯨鼻，因為牠的鼻孔就是頭頂的噴水孔。你還會發現牠的眼睛、耳朵都位於鯨頭的兩側，而且與頭部正面相距甚遠，位於身體幾乎三分之一的地方。現在你肯定會覺得這鯨頭正面就像一堵無窗的硬牆，因為上面沒有任何器官或是比較柔軟的五官。還有，現在你也會發現牠整個頭部稍微比較像骨頭的地方，只有那大幅往回退縮的頭部正面下緣，而且如果想要看出整個頭顱的全貌，你必須從鯨頭前額繼續往下走二十呎才辦得到。所以這整個沒有骨頭的巨大鯨頭就是一大團軟趴趴的東西。最後一個特色是不久後我們即將揭露的一件事：鯨魚身上最為精純的鯨油有一部分就蘊藏在牠的頭部，但我現在即將要昭告天下的是，儘管這鯨頭表面上看起來是如此柔軟脆弱，但它卻被一種堅不可破的物質完整包覆著。如前所述，我們已經知道鯨魚全身都被鯨脂包覆著，就像柳橙也是被外皮給包了起來。頭部的情況也是這樣，只是有這樣一個差別：包覆著這無骨鯨頭的東西雖然不是很厚，但它的堅硬程度卻是任何沒有對付過鯨魚的人都無法想像估算的。就算你找這世上臂力最強的人拿著最尖銳的魚叉與魚槍往那上面丟，都只會軟弱地反彈回來。抹香鯨的額頭上彷彿是鋪滿了馬蹄鐵。我不認為鯨頭能感覺到任何重擊。

現在請你想想看另一件事。當兩艘滿載貨物的印度洋貨船在碼頭上擠在一起，要相撞了，水手會怎麼做？他們不會拿任何堅硬的東西，像是鐵器或木頭什麼的，去擋在兩船即將撞在一起的接觸點。不會，他們只會用一片最厚最硬的牛皮把一些拖繩、軟木包起來，擋在兩船之間。原本那股會把任何橡木絞盤棒或者鐵撬都弄斷的撞擊力就此被完好地抵消掉，兩船毫無損傷。光憑這一點，我想任誰都能看出我想說的明顯事實。不過，另外需要補充的是我想到的一個假設：一般魚類身上都有一種可以隨意膨脹或收縮的魚鰾，但就我所知，抹香鯨沒有那種器官，令人費解的是，牠卻還能夠把頭完全潛入海裡，然後整個頭又高高地衝出水面，這不但顯示出包覆牠頭部的那東西具有某種伸縮自如的特性，而且鯨頭的內部也很特別，所以我想到的一個假設是，牠那些神祕的蜂巢狀肺細胞也許與體外的空氣之間具有某種至今我們還不了解也沒猜想過的關聯性，所以才能敏銳地感應到空氣的變化，隨時膨脹或收縮。如果真是這樣，那麼我們不難想像，牠身上各種最難以理解且充滿破壞性的特色，得以構成多麼令人難以抵抗的龐大力量。

現在，請你注意：鯨頭的正面彷彿一堵死板板、堅不可摧而且不會受傷的牆，除了具有某種萬無一失的推動力，頭裡面的東西是浮力最強的，頭的後面又有一具龐大無比的生命體在游著，最適合用來估算牠的體積的，唯有木材使用的計量單位，也就是考得[1]——但是對這一切發號施令的鯨腦，相

1 cord，林業專屬的材積單位，一考得木材的體積約為一二八立方呎（三．六二立方公尺）。

較之下卻像昆蟲一樣微小。所以，稍後我將細述這龐然巨獸身上沒有任何地方不潛藏著力大無窮且力量集中的特色，我還要舉例告訴你這巨鯨曾用頭部完成過哪些比較微不足道的「撞舉」，到時候我相信你肯定會棄絕種種無知的懷疑態度，做好心理準備，就算聽到抹香鯨曾經把達連地峽[2]撞裂，開出一條連接著太平洋與大西洋海域的航道，你的眉毛連動都不會動一下。理由在於，除非你承認了巨鯨的力量，否則你就會是井底之蛙或者太過感情用事，不願接受事實。不過，既然只有火蜥蜴[3]才能看透事實真相，那麼井底之蛙能夠接受事實的機率不就微乎其微了？那懦弱青年在埃及古城塞易斯揭開了可怕女神的面紗之後，面臨了怎樣的命運？[4]

2 Isthmus of Darien，巴拿馬地峽的舊稱。

3 salamander giant，又稱「大蠑螈」；古代傳說蠑螈住在火裡面，具有超能力，因此又稱為火蜥蜴。

4 典出日耳曼詩人席勒（Friedrich von Schiller）的一首詩，敘述某個青年聽說揭開女神雕像就能看見真理，但揭開後他看到的東西實在太可怕，因此始終沒告訴別人他看到什麼。

77 海德堡大酒桶

下一個程序就是所謂「掏空鯨油箱」的程序了。但為了正確地了解這程序，你必須先對鯨魚腦袋的內部結構有所了解。

我們可以用一個傾斜的平面把長橢圓狀的抹香鯨腦袋斜切為兩個楔形石狀[1]的部分，下半部全是骨架，包括顱骨與顎骨，上半部則沒有骨架，只是像油膏似的一大塊東西。鯨頭的前緣是個寬大廣闊的垂直平面，形成了鯨魚的前額。若從前額中間把楔形石狀上半部水平地切開，你會發現它可以區隔成兩個大小幾乎一樣的部分，這兩個部分天生就是被一種肌腱似的厚實腔壁給隔開的。

那下半部向來被稱為「廢物」，是一個蜂巢狀的巨大儲油庫，內部結構縱橫交錯，由上萬個相通的巢室構成，整個巢穴的材質都是堅韌而有彈性的白色纖維。上半部則是「鯨油箱」，或許我們也可以稱之為抹香鯨的「海德堡大酒桶」。這知名大酒桶前緣雕刻著一條條神祕的橫槓，就像抹香鯨的巨大前額上也有一條條水平摺紋，彷彿是牠那神奇鯨油「油桶」上的無數條象徵性飾紋。此外，就像海德堡大酒桶裡面總是裝滿了萊茵河河谷的香醇葡萄酒，抹香鯨的「油桶」裡一樣也儲藏著牠迄今為止最珍貴的精緻油品，也就是價格不斐的鯨蠟油，極其純淨、清澈與芬芳。在抹香鯨的其他任何部位都找不到如此精純的珍貴物質。儘管鯨魚還活著時那鯨蠟油是液態的，但在牠死後一接觸到空氣就開始

1〔原注〕「楔形石狀」一詞並非源自於幾何學。它純粹是屬於海事數學的領域。我知道過去還沒有人定義過。所謂「楔形石狀」，與「楔子狀」的最大差別，就是「楔形石狀」只有一個銳利的斜切面，「楔子狀」則是有兩個斜切面。

凝固，形成一片片美麗的芽狀結晶，就像水面上剛開始出現的細緻冰晶那樣。巨大鯨魚的鯨油箱一般來講都蘊藏著大約五百加侖的鯨蠟油，但難以避免的是其中有不少會灑出來或者因為滴漏而耗損，而且汲取鯨蠟油的工作本來就很棘手，只能盡力而為，難免會發生無法挽回的損失。

我不知道包覆著海德堡大酒桶內緣的是什麼精美昂貴的材質，但再怎麼頂尖豪華也比不上抹香鯨頭部油箱的內層腔壁：那是一層彷彿絲質的珍珠色薄膜，簡直就像華麗毛皮大衣的襯裡。

等等我們就會看出抹香鯨「油桶」的部分構成了整個鯨頭的上半部，而且如同我們在前面某處曾提及的：抹香鯨頭部占其身體的比例幾乎達三分之一，所以假設某條巨鯨的身長高達八十呎，那麼若把這鯨魚從舷側垂直吊起來，「油桶」的深度就等於有二十六呎以上。

砍鯨頭時，下手者的器具非常靠近那鯨蠟油的儲存庫入口，所以他必須特別謹慎注意，如果一不小心，下手時機不當，就會入侵那鯨蠟油聖殿，導致珍貴的內容物因為流溢出來而浪費掉。切下來後我們終於藉由割鯨脂專用的巨大滑輪組把鯨頭拉起，但因為滑輪的麻繩全都纏繞在一起了，船舷也變得一團亂哄哄，大家手忙腳亂。

說了那麼多，現在我想請你注意一下抹香鯨巨大「油桶」裡的鯨蠟油到底是怎樣汲取出來的——這真的可以說是一件幾乎會讓人丟掉性命的神奇差事，而這一次取鯨油的任務特別是如此。

78 水槽和水桶

塔許特哥像貓一樣敏捷地往上爬，身體始終保持挺直，沿著懸空的主桅帆桁往外爬，爬到那被吊起來的「海德堡大酒桶」正上方。他帶在身上的輕型滑車被稱為「鞭子」，只由兩個零件組成，包括滑輪與繩索。把滑輪固定在主桅帆桁上之後，他把繩索尾端往下晃蕩垂降，直到甲板上有個水手把繩索牢牢抓住。然後塔許特哥雙手並用，沿著繩索另一頭從高空往下爬，最後靈巧地降落在鯨頭頭頂。此時他仍站在比其他人還高的地方，對著大夥兒用宏亮的聲音大叫，氣勢彷彿高聲提醒善男信女們進行禱告的土耳其宣禮員[1]。拿到一把從甲板上遞給他的短柄銳利捕鯨鏟後，塔許特哥開始利索地尋找下手的地方，打算要在大酒桶上開個洞。他謹慎的程度彷彿一位老屋裡的尋寶人，小心翼翼地拍打石牆，希望能找到藏在牆中的黃金。等他找到下手的地方時，已經有人把一個看起來就像水井木桶的包鐵大水桶綁在繩索尾端，而另一端則是由甲板上遠處兩三個機靈的水手緊握著。水手們把那桶子拉高到塔許特哥搆得著的高處，另一位水手則已經把一根長長的杆子遞給他了。他把杆子插進桶中，引導著桶子往下進入大酒桶，直到完全沒入其中。接著他發號施令，叫拉著繩索尾端的水手們把水桶拉起來，裝在桶中的鯨蠟油就像擠奶女工剛擠出來的牛奶一樣冒著泡泡。水手們把裝滿鯨蠟油的水桶從高處小心翼翼地放下來，由某個專責的水手接住，迅速倒進一個超大木盆裡。接著他們又把水桶拉往高處，如此循環往復，直到把那大水槽般的鯨頭掏空為止。越到後面，塔許特哥必須越用力把長杆往下

1 Muezzin，高聲提醒伊斯蘭教眾進行禱告的人員。

撐，讓水桶沒入越來越深的鯨頭內部，到最後那長杆插進裡面的長度大約已有二十呎。

皮廓號的水手們就這樣持續汲取鯨蠟油，一陣子過後，取出的芳香鯨油已經裝滿了好幾個超大木盆，此時卻突然發生了一樁事故。也許是那粗獷印地安人塔許特哥太過粗心魯莽，一時間沒有緊抓住頭頂的粗纜滑車，鬆開了手，又或者是他腳下的鯨頭頂端本來就很不牢靠，溼溼滑滑的，但也有可能是撒旦無緣無故搞鬼——但到底是怎樣，沒有人知道。總之呢，就在他們取出第八十或第九十桶鯨蠟油之際，我的天哪！他突然像水井的木桶那樣一頭栽進那「海德堡大酒桶」裡面，只聽到鯨油腦發出一陣可怕的咯咯聲響，他就整個人沒入其中，完全失去蹤影了！

大家都被驚呆了，大狗是第一個回過神來的，他高聲呼喊：「有人掉下去了！把水桶甩到這邊來！」接著就一腳踏進水桶裡，如此一來才能夠穩住身子，一邊用手抓住滑溜溜的小滑車，一邊讓水手們把他拉高，登上鯨頭，要不是大家動作這麼快，塔許特哥搞不好已經沉入鯨頭內部的底端。在此同時，眾人又是一陣驚恐騷亂，因為他們往旁邊看過去，只見那大半部都泡在水裡的鯨頭原本已經了無生機，卻像突然想起什麼重大事情似地震顫跳動了起來。不過，這只是因為那可憐的印地安人悽慘跌入魚頭深處後奮力掙扎，於無意之間所導致的。

大狗登上鯨頭頂端，他放掉的小滑車不知怎地撞上了那割鯨脂專用的巨大滑輪組，發出尖銳的吱嘎聲響，結果讓大家都感到驚駭莫名的是，那原本勾住鯨頭，讓它得以懸掛在船邊的兩個巨大鉤子之一，居然因為塔許特哥的掙扎而被扯掉了，結果巨大的鯨頭就此左右擺盪，劇烈震動，導致皮廓號彷彿受到冰山撞擊，像個醉漢似地搖搖擺擺了起來。此時鯨頭的重量完全由另一個巨鉤支撐著，似乎隨時也可能會因為鯨頭的劇烈晃動而被扯落。

「下來啊！快下來！」水手們對著大狗高聲呼喊，不過他用一隻手緊抓著那巨大滑輪組，如此一來，就算鯨頭真的掉了下去，他還是可以吊掛在半空中。黑鬼大狗把糾纏在一起的繩索整理好，將水桶送進那彷彿塌井的鯨頭深處，希望深埋其中的魚叉手塔許特哥能夠抓住水桶，讓大家把他拉出來。

「我的老天哪！」史塔布大聲嚷嚷，「你以為自己在裝砲彈嗎？快住手！你以為把包鐵的水桶壓在他頭頂幫得了他？拜託快住手啊！」

有個火箭似的人聲轟然說道：「大家小心，別被滑輪打到啊！」

幾乎就在同一時刻，那巨大鯨頭砰一聲掉入海裡，聲響彷彿尼加拉瀑布上方的桌板狀巨岩掉進渦流中。突然間與鯨頭脫鉤的船身一陣劇烈搖晃，就連船身下端閃閃發亮的銅皮都露出水面。大家都被嚇得屏氣凝神，因為甲板上被濃霧似的水花籠罩著，在一片朦朧中只見大狗緊抓著來回擺盪的滑輪組，一下被甩到水手們頭頂的半空中，一下子從水面飛過去，至於那被活埋的可憐蟲塔許特哥則是完全沉入海中了！就在那阻礙視線的水氣才要全部散去之際，大家看到某個裸身人影拿著魚叉手專用的近身搏鬥刀，迅速地翻過船舷。接著只聽到一聲撲通巨響，我們就知道是我勇敢的摯友魁魁縱身跳水救人。大家一窩蜂衝往船舷邊，全都緊盯著水面上的所有動靜，但一時半刻間始終看不到塔許特哥或魁魁的蹤影。此刻幾位水手跳進船舷邊的捕鯨小艇，把小艇稍稍推離皮廓號。

仍在半空中晃蕩、本來保持沉默的大狗突然大聲喊叫：「哈！哈！」我們從船舷往遠處一看，只見一隻手臂從碧藍波濤中筆直伸出，那景象之詭異不亞於從墳墓草皮底下伸出一隻手臂。

「兩個！兩個！是兩個啊！」大狗再次大聲喊叫，語氣興高采烈，不久後我們看到勇士魁魁一隻手伸出水面，另一隻手緊抓著塔許特哥的長髮。眾人把他們拉進在一旁待命的小艇，迅速帶回甲板上。但塔許特哥過了很久才甦醒，魁魁看來也疲累不堪。

那魁魁到底是怎樣完成這救人的義舉呢？不消說，當然就是在那鯨頭緩緩下沉後，魁魁跟著潛入水裡，手揮利刃，在鯨頭底部附近戳出一個大洞，接著他拋開近身搏鬥刀，一隻長臂鑽進裡頭往上掏，抓住可憐蟲塔許特哥的頭，一把拉出來。他宣稱自己最初把手伸進去抓人時就抓到了一條腿，但深知不應該抓腿，否則也許會惹來大麻煩。所以他把腿塞回去，以靈巧的手法將那印地安人的身體翻過來，好像在裡面翻筋斗似的。接下來他再試一次，就像醫生接生順產嬰兒一樣，讓塔許特哥的頭先出來。至於那顆巨大鯨頭的下場如何，完全是我們可以預期的。

就這樣，在最為艱困無望的狀況下，憑藉著勇氣與傑出的接生術，魁魁於千鈞一髮之際漂亮地解救了塔許特哥，或者說把他給順利接生出來。這可說是一個我們絕對不能忘卻的教訓：助產士除了要學接生，還得學習擊劍、拳擊、騎馬與划船等各種本領。

我深知某些陸地居民肯定會覺得塔許特哥的這次奇遇實在難以置信——儘管他們也許曾經聽聞甚至親眼看到陸地上也發生過有人跌進大水槽裡的意外事件。此類意外可說並不罕見，而且相較之下，塔許特哥的遭遇遠比那些意外具備更為充分的理由，因為抹香鯨頭頂的洞口就好像是個極度溼滑的水井井口。

不過，睿智的人也許還是會追問：這到底是怎麼一回事？他們會說：抹香鯨身上最輕、最像軟木塞的部位，莫過於那內部充滿小小巢室狀纖維的鯨頭，但既然它的比重遠遠小於海水，怎麼回會沉入海裡？他們說：這下可抓到你胡說了吧。但我可沒有胡說，我的話句句屬實：理由在於，當可憐蟲塔許特哥跌進去時，鯨頭上半部「鯨油箱」裡面比較輕的物質都已經被取出來了，如果把鯨頭比擬為一口井，剩下的東西就只有那井壁般的濃密肌腱——如前所述，是某種牢固無比的扎實物質，比重遠高於海水，照理說「鯨油箱」下沉的速度會幾乎跟鉛塊一樣快。不過，這物質本身雖傾向於快速下沉，但就塔許特哥的案例來講，因為「鯨油箱」仍然與鯨頭的其他部分連接在一起，所以下沉速度緩慢，這讓魁魁有機會表演他那敏捷的接生術——也許有人會說，他是在忙亂之中完成接生的。沒錯，這的確是一次忙亂的接生手術。

話說回來，假使塔許特哥死在鯨頭裡，那也算是一種稀奇珍貴的死法：把他給悶死的，會是那種最為潔白精美的芳香鯨蠟油，而他的棺木、靈車與墓室，則是鯨魚身上最神祕、最神聖的內部腔室。只有一種死法比這更為甜美珍稀：像那位俄亥俄州採蜜人一樣被蜂蜜淹死。他在空心的樹幹裡發現大量蜂蜜，結果鑽得太深，被吸了進去，死時彷彿一具經過防腐處理的屍體，只不過身上抹的並非香油，而是蜂蜜。各位倒是可以想一想，這世上能有多少人像這樣掉進柏拉圖[2]腦袋似的蜂巢裡，以如此甜蜜的方式死去？

2 據說柏拉圖還是個嬰兒時曾有蜜蜂採蜜，存放在他的雙唇上。

79 大草原

看看這海中巨獸臉上的線條，或摸摸牠頭上許多隆起處。迄今世上還沒有任何相士或骨相學家做過這件事。此等偉大功業值得看好，幾乎就像敦促拉瓦特[1]去仔細查看直布羅陀巨巖上的紋理，或邀請加爾[2]爬梯登上羅馬萬神廟頂端，好好端詳那圓頂。不過，拉瓦特在他那本名作裡面不只討論了各種人類面相，也小心研究了馬、鳥、蟒蛇與魚等動物的臉，並且詳述了各種能夠加以辨識的面容變化。加爾與其弟子史普茲海姆[3]也約略論及了人類以外其他生物的骨相特徵。因此，儘管我的資格不足以擔任這方面的先驅，但還是會儘可能把這兩個近似科學的理論應用在鯨魚頭上。各方面我都會試試看，盡力達到我的目標。

從面相學的角度看來，抹香鯨真是一種異常的動物。牠頭上沒有可以稱之為鼻子的地方。鼻子長在臉的正中央，也最顯眼，因為它能帶來的改變也許最大，整體樣貌最後也取決於它，所以如果完全沒有鼻子，沒有這外在的附屬器官，肯定會對鯨魚的面容造成很大影響。箇中的道理就像花園在造景時也要有尖塔、穹頂、紀念碑或塔樓，幾乎可說缺一不可，否則就不算完成。所以，任何相士都會認為：如果缺少了那高聳開孔鐘樓般的鼻子就不能算是一張完整的臉。如果敲毀了斐迪亞斯[4]所雕大理石宙斯的鼻子，那神像不就成了令人遺憾的殘缺作品！然而，因為海中巨獸是如此威猛龐大，身體各部分都雄偉無比，所以缺少鼻子的問題雖會讓宙斯神像變醜，在牠身上卻完全不會造成瑕疵。不會的！這反而讓牠顯得更為壯觀。鯨魚臉上若長了鼻子，反而是畫蛇添足。任誰只要搭船繞行巨大鯨頭一趟，好好端詳牠的面相，就會發現自己絕不會希望牠有個鼻子可以讓人亂拉，那只會損害牠在我們心目中的高貴形象。亂拉鼻子可說是一種有害的奇想，就算我們看見最有權勢的宮廷小吏坐在王位上，常常也會情不自禁地想要去拉拉他的鼻子。

就某些具體的細節來說，抹香鯨面相中最氣派的一點，就是牠的「天庭飽滿」，也就是額頭很大。這方面的確很壯觀。

我們不妨這樣設想：人類的額頭如果長得好看，那簡直像旭日將出的東方一樣優美。在草原上小憩時，野牛彎彎的額頭看來有點壯觀的況味。大象沿著狹窄山路把重砲往上推時，用的也是牠那雄偉的前額。無論是人是獸，額頭總有一種神祕的力量，彷彿日耳曼皇帝用來頒發詔書的大型金璽。一蓋下去就帶有「奉天承運，皇帝詔曰」的意味。但大多數動物，包括人類在內，額頭通常都只是像雪山上一小片狹窄的土地。很少人的前額會像莎士比亞或梅蘭克頓[5]那樣高高聳起、低低降下，以至於眼睛看來就像永遠波瀾不興的清澈山湖。眼睛上方的額頭皺紋彷彿一條條分叉的水道，讓思想像山泉般流淌而下，供人暢飲，而且每一條都是如此條理分明，好似高地獵人用來追獵山鹿的雪跡那樣清清楚楚。某些人與動物的額頭雖然本來就具有天神威嚴般的高聳偉岸特性，但巨大抹香鯨的額頭更是威風到無以復加，從正前方看來就能感覺到某種神性，散發著一股令人敬畏的力量，這世上其餘任何生物都不可能具有相當的震懾威力——理由在於，從那正面我們看不到任何凸點，看不到任何明確的器官：沒有鼻、眼、耳、嘴，也沒有臉，什麼都沒有，只有一片彷彿蒼穹般寬闊的前額，許多謎題隱藏

1 Johann Kaspar Lavater，十八世紀瑞士哲學家，面相學的始祖。
2 Franz Joseph Gall，十八世紀奧地利解剖學家。
3 Johann Spurzheim，在英法兩地頗負盛名的顱相學家。
4 Phidias，古希臘雕刻家。
5 Philipp Melanchthon，十六世紀日耳曼天文學家。

在額上的皺褶之間，不發一語就把額頭往下一潛，許多大小船隻與人類就此送命。從側面看來，這奇蹟似的額頭一點也不遜色，唯一的差別只在於它的壯觀依舊，但已不致盛氣凌人。從側面看來，可以清楚看出牠額頭中間有一處半個彎月形的水平凹陷，如果套用拉瓦特對於人類面相的觀察結果，那可說是天資聰穎的跡象。

但這又該從何說起呢？難道抹香鯨真有什麼天分？牠們可曾寫過書，或講過話？沒有，抹香鯨了不起的天分就表現在牠們不會做任何事來證明自己的天分。此外也表現在牠們跟金字塔一樣的沉默不語。這讓我想到，假使東方世界在萌芽之初就有機會認識偉大的抹香鯨，稚氣迷信的東方人肯定會把牠奉為神明。他們曾把尼羅河的鱷魚當神明，只因牠沒有舌頭。抹香鯨也沒有舌頭，或者至少可以說牠的舌頭非常小，小到伸不出來。當今天下神祇雖僅有上帝，但往後如果有任何文化素養深厚、充滿詩意的民族想要返回當初萌芽時，回到古人藉由歡騰五朔節敬拜諸神的那個時代，回到當初用來祭神，但現在冷冷清清的高丘上，熱熱鬧鬧地重新奉祂們為神明，那麼我敢肯定，偉大的抹香鯨一定會登上戰神朱威的高座，成為神明。

商博良[6]曾解讀過古埃及花崗岩上那些歪七扭八的象形文字。但沒有人可以解讀所有人類與動物的面相。相術跟其餘人文科學沒兩樣，都只是逝去的傳說。如果通曉三十種語言的威廉·瓊斯爵士[7]也無法讀懂最單純的農夫臉龐，了解各種更為深奧、微妙的意義，各位哪能指望我這沒有學問的伊什梅爾可以像占星家一樣，讀懂抹香鯨額頭上那可怕的預言？我只能把鯨頭擺在您面前。如果您有辦法，那就自己解讀一下吧。

6 Jean-François Champollion，鑽研古埃及文明的十九世紀法國考古學家。

7 Sir William Jones，十八世紀英國語言學家、東方學家。

80 腦袋

假使從相術來講，抹香鯨就像沉默不語的獅身人面獸，那麼就骨相學家的觀點看來，牠的鯨腦則彷彿是幾何學上的無解之謎。

完全發育後的抹香鯨頭顱長度至少有二十呎。把下巴拆掉後，從側面看來鯨顱就像是一個完全擺放在平面上的平緩斜面。但如同我們在其他地方已經看到的那樣，活鯨的頭顱因為還有顎骨，所以斜面被填滿後幾乎形成一個正方形，「填充物」就是我曾提及的大量「廢物」與鯨蠟。頭顱高處有個坑洞鋪滿了「廢物」與鯨蠟，但坑洞的長長底部有另一個孔洞，其長度與深度通常不會超過十吋，裡面就是只有一顆拳頭大小的鯨魚腦髓。活鯨的腦髓與明顯可見的前額相距至少二十呎，深藏在龐大的「外堡」後方——若將頭顱比擬為龐大的魁北克古堡，那藏有腦髓的部位就是古堡最深處的要塞。腦髓就像一個隱藏在鯨魚體內的精緻珠寶盒，所以就我所知，某些捕鯨人甚至堅稱抹香鯨沒有腦髓，就算有也只是那個裝滿鯨蠟油的幾立方碼小小儲存庫，而鯨魚的腦髓看來顯然就該是那樣子。根據他們的理解，那儲存庫位於鯨魚體內充滿皺摺、層層疊疊、彎彎曲曲的地方，感覺起來很神祕，比較像是鯨魚這種充滿力量的生物的智能所在。

所以，從骨相學的觀點看來，這海中巨獸的頭顱在牠生前顯然是個全然令人迷惑的東西。至於牠真正的腦髓，任誰都看不到也感覺不到其跡象。鯨魚跟所有巨大雄偉的東西一樣，並不會把真實面貌展現在一般世人面前。

如果把這頭顱裡的一塊塊鯨蠟油拿掉後，從後面端詳牠的後腦，也就是頭顱上高高隆起的地方，任誰都會吃驚地發現，那很像從後面看過去的人類後腦勺。事實上，如果有人能把這反過來的頭顱縮小成人類頭顱的大小，跟許多人類頭顱一起畫在書籍插畫上，肯定會不由自主地把兩者搞混。而且，因為鯨顱頂端有凹陷處，從骨相學的觀點看來，這正是沒有自尊心與崇敬心的人類之特徵。若把這些負面的性質與正面的特色——也就是與鯨魚軀體的雄偉與力量一起考量，我們就可以真實地了解這世上最令人肅然起敬、最有力的東西是什麼，不過在此同時也可能會令我們感到些許畏懼。

不過，如果把鯨魚腦髓拿來跟人腦做比較之後，你還是認為無法清楚掌握鯨腦的輪廓，那麼在這裡我還可以幫你出另一個主意。假設你仔細觀察，一定會驚訝地發現幾乎每一種四足動物的脊椎骨都很像是一串被串在一起的侏儒顱骨，每一節脊骨看起來與顱骨都有幾分相似。日耳曼人向來認為脊骨就是發育不全的顱骨，不過有鑒於單節脊骨與顱骨之間那種令人費解的相似性，我想歷史上最先有這種觀感的並非日耳曼人。某位外國朋友曾指著他的獨木舟船首對我說，他在殺了敵人之後取下脊骨，鑲嵌在船首上面當作淺浮雕。既然如此，我認為骨相學家忽略了一件很重要的事：他們應該要把研究的對象從小腦往脊椎管推進才對。理由在於，我認為背脊骨可以隱約反映出我們人類的性格，而且想要了解任何一個人，與其摸他的顱骨，不如摸背脊骨。如果背脊骨長得跟細細的欄柵一樣，怎能撐得起飽滿高貴的靈魂呢？我自己的脊骨就令我激賞欣喜，因為它就像一根堅挺的大無畏旗杆，讓我的上半身可以在這世上挺立著。

我們可以把骨相學的原理擴及脊骨，並且進一步應用到抹香鯨身上。牠的顱腔與頸部第一節脊骨是相連的，而且在頸椎骨中我們可以測量出脊椎管末端的寬度是十吋，高八吋，形狀就像一個基底朝下的三角形。越到後面的脊骨，脊椎管就越來越細，不過仍有一大段脊骨的脊椎管容量很大。不過，脊椎管裡面當然是裝滿了跟腦髓一樣的奇異纖維性物質，也就是所謂的脊髓，而且它是直接與腦髓相連的。此外，從顱腔延伸出來後，有好幾呎長的脊髓非常粗，周長幾乎相當於腦髓。就這所有的情況看來，從骨相學的角度去研究與描繪鯨魚脊椎，難道並不合理嗎？絕對不會，而且理由在於，儘管鯨魚腦髓相對來講小得令人驚訝，但這個缺點卻能夠由鯨魚脊髓來補足，而且綽綽有餘，只因牠的脊髓相對來講非常粗大。

但在此我只是提出拙見讓骨相學家參考而已，因為論及抹香鯨的背峰，才會暫時提出這個關於鯨魚脊椎的理論。如果我沒有弄錯，這威風凜凜的背峰應該是由一節比較大的脊骨撐起來的，因此這背峰有點類似該節脊骨的外部模子。於是從兩者相關聯的情況看來，我認為這高聳背峰應該就是能夠表現出抹香鯨堅毅或不屈不撓氣質的器官。不過，關於這巨獸是如何不屈不撓，隨後我們還可以透過其他理由知曉。

81 皮廓號與處女號的相遇

這命定的一天到來了，我們及時遇見「處女號」，該船船長是來自不來梅港的日耳曼佬，名叫德瑞克・德・迪爾。

荷蘭、日耳曼曾是世界上最強盛的兩大捕鯨民族，如今他們的捕鯨業卻已式微，不過在太平洋上天涯海角的某些地方，偶爾還是能看見他們的旗幟。

不知為何，處女號似乎急著想要跟皮廓號問好。距離我們還有一段航程時，它就已經掉頭迎風，放下一艘小艇，德・迪爾乘艇朝我們而來，他並未站在艇尾，而是艇頭，看來一副迫不及待的模樣。

「他手上拿著什麼東西？」星巴克一邊指著那德國佬手裡搖搖晃晃的東西一邊說，「真不可思議！是燈油壺啊！」

「不是，」史塔布說，「絕對不是，那是咖啡壺，星巴克先生。那個『利爾曼人』[1]是要來煮咖啡給我們喝的，你沒看到他身邊那個大大的錫罐嗎？裡面裝的是滾燙的開水。噢，那個『利爾曼人』真是好樣的。」

「去你的，」福拉斯克大聲說，「那是個燈油壺和油罐。他沒油了，是要來賒借的。」

在這捕鯨海域裡的捕鯨船居然要跟人借油，那不是很奇怪？自古以來不是有一句諺語說「帶著煤炭到新堡[2]——多此一舉」？如果他的捕鯨船沒有鯨油，那不就跟新堡沒有煤炭一樣荒謬？不過，有時候還真的會有怪事發生，而此時德・迪爾船長毫無疑問是拿著一個燈油壺，就像福拉斯克所說的那樣。

他上船後，亞哈很快就趨前去搭話，完全沒注意到他手裡拿著什麼。不過那操著一口破英語的日耳曼船長很快就表明自己完全不知道大白鯨的存在，接著話鋒一轉，馬上提到自己的燈油壺與油罐，還說自己晚上都要摸黑前往自己的吊床，因為他從不來梅帶來的油已經一滴不剩，結果別說鯨魚了，他們連一尾飛魚都沒捕到，所以無法煉油來用。最後他示意自己的船的確像是捕鯨業行話所說的，已經「一乾二淨」，也就是完全沒有鯨油了，因此可說是船如其名，因為處女不也是一乾二淨嗎？

借到油後，德瑞克就離開了，但他並未回到處女號，因為兩艘船的桅頂人員幾乎在同一時間發現鯨魚的蹤跡。德瑞克急著追捕鯨魚，沒有先把燈油壺與油罐拿回船上，就已經把小艇掉頭，去追捕那些跟巨大燈油壺沒兩樣的鯨魚了。

此刻獵物來到了背風處，其他三艘處女號捕鯨小艇很快也跟上了他那一艘，它們已經比皮廓號的小艇搶先一大步了。這鯨群有八隻，數量算是普通而已。牠們也已察覺到危險，全都把身體緊挨在一起，彷彿八匹一起拉車的馬，順著風在海上並肩疾游。牠們留下一道寬大的水痕，看似一張不斷在海面上滾動攤開的白色羊皮紙。

就在牠們全速疾游、留下水痕之際，後方數噚之處有一條駝背老鯨跟著游泳，速度相對來講慢得多，而且渾身呈現非常罕見的黃色，似乎患了黃疸病或者其他病症。這老鯨是前方鯨群的成員嗎？這似乎也很值得懷疑，因為一般來講如此年邁的鯨魚沒有群聚的習性。儘管如此，牠還是緊跟著水痕往前游，但牠們經過後所留下的水流肯定阻礙著牠，因為看得出來牠寬闊口鼻前面的洶湧浪淘是分叉的，好像兩股相互衝擊的急流交會在一起。牠噴出的水柱又短又慢，非常費力，噴水不但好像會嗆

1 史塔布在說「German」時發音很特別，他念成了「Yarman」。

2 英國新堡（Newcastle）是產煤的地方。

到，噴濺的水花四散，接著好像引發體內的一陣奇異神祕騷動，看似牠身體深掩在水裡的那一端同時也在進行排泄的動作，所以牠身後的水面才會不斷冒泡。

「誰有止瀉劑？」史塔布說，「我想這傢伙恐怕正在肚子痛咧。天哪，想想看一英畝大的肚子痛起來會有多厲害！逆風在牠體內橫衝直撞，開起了瘋狂聖誕派對，小子們！我還是頭一次見識到逆風從船尾吹過來。不過，你們有看過鯨魚游泳時這樣搖搖晃晃的嗎？牠肯定是弄丟了舵柄。」

牠就像一艘航行在印度斯坦海岸邊的超載印度船隻，整個船身歪七扭八，搖搖晃晃，甲板上許多馬匹驚恐不已。這老鯨死命拖著年邁身軀，偶爾把笨重的兩側肋端翻了翻，顯露出牠留下的水痕為什麼會如此曲折迂迴：因為牠的右鰭只剩下一小截畸形殘肢。很難斷定牠到底是在戰鬥時失去右鰭，或者天生如此。

「等一等吧，老傢伙，我馬上要朝你那受傷的臂膀補上一叉。」殘忍的福拉斯克一邊指著他身旁的捕鯨索一邊大聲說道。

「小心牠用那臂膀朝你甩過去啊！」星巴克大聲說，「用力划！不然牠就要讓那日耳曼人搶走了！」

此刻敵我雙方的所有小艇都全神貫注，鎖定了這頭老鯨，除了因為牠最大所以最有價值，也因為牠是最接近的目標，而其他鯨魚的游速如此之快，一時之間幾乎已不可能追得上了。在這節骨眼上，皮廓號的三艘小艇已經追過後來才放下來的三艘日耳曼小船。不過，由於德瑞克的小船早就在海上了，所以仍是一馬當先，儘管三艘異國小船時時刻刻都在逼近它。他們唯一害怕的是，因為德瑞克與目標已經非常接近，所以在他們追上並超越他以前，他就能夠向目標發射鐵叉了。至於德瑞克似乎已經胸有成竹，偶爾還會對著其他小船晃一晃手裡的油壺，以示嘲弄之意。

「真是一隻沒禮貌又忘恩負義的日耳曼狗！」星巴克怒吼道，「他居然敢用我五分鐘前施捨鯨油給他的那個油壺來嘲笑挑釁我！」──然後他用慣常的嚴厲語氣低聲下令──「快點划！像獵犬一樣！給我追！」

「弟兄們，我來說這是怎麼一回事，」史塔布對著手下大聲說，「我的宗教嚴禁發火，但為了那『利爾曼人』渾球我寧願破戒，要我吃了他都行──大家用力划啊！你們想被那惡棍給打敗嗎？你們愛喝白蘭地嗎？表現最好的我賞一大桶白蘭地。加油加油，怎麼沒有人划到爆血管？是誰拋錨啦？我們完全沒前進，動彈不得啦！嘿！船底都要長出草囉！天哪，桅杆發芽了！這可不行啊！看看那『利爾曼人』！總歸一句話，弟兄們，你們到底要不要拚老命划船哪？」

「噢！看看牠吐的泡沫啊！」福拉斯克一邊跳上跳下，一邊大叫，「壯觀的背峰啊──噢，大家使盡吃奶力氣啊！我覺得船都沒有動喔！噢，小子們，衝啊！宵夜我請吃鬆餅和簾蛤──小子們，大家知道嗎？就是烤簾蛤和馬芬餅──噢，快啊快啊──牠可以做成一百桶油──別跟丟了──千萬不要啊──看看那『利爾曼人』！噢，小子們，想吃宵夜的還不趕快拚命划！好一條巨鯨！看看牠的駝峰！你們不愛鯨蠟嗎？大家沒看到三千美元在那裡游泳嗎？簡直是銀庫！海上銀庫！英格蘭銀行！喔，拚了拚了──那『利爾曼人』現在怎樣咧？」

這時德瑞克正要把油壺、油罐都朝敵方小船丟去，也許是為了阻礙敵人，並藉著往後丟擲的動作暫時加強動力，為小船加速，收到一石二鳥的效果。

「這艘荷蘭雙桅小船可真沒禮貌！」史塔布大叫，「大家拚命划，把這艘小船當成載著五萬艘戰艦的紅髮惡魔。塔許特哥，你怎麼說？為了老家豔麗海岬，你願不願意用力划船，划到自己的脊骨斷成二十二節？你說呢？」

「我說，拚老命划，好像被天打雷劈似的。」那印地安人大聲說。

那日耳曼人的嘲弄動作看來平淡無奇，卻讓皮廓號三艘小船的人員同仇敵愾，此時幾乎已經並排，而且看這陣勢很快就要趕上他了。就在那風度翩翩、看來輕輕鬆鬆，頗有騎士氣質的船長即將靠近獵物之際，三位大副自豪地站了起來，為了幫後面的划槳手打氣，偶爾振奮地大叫：「嘿！小船要划過去啦！乘風破浪喔！『利爾曼人』去死吧！趕快超越他！」

但德瑞克取得的時間優勢實在是太關鍵，儘管皮廓號三艘小船英勇無比，但眼看著他就要在競賽中獲勝了，不過總算老天有眼，他的中船划槳手的槳「被螃蟹給咬住了」[3]。這笨手笨腳的菜鳥水手拚死拚活，想要把槳從水裡拿出來，結果卻導致德瑞克的小船幾乎翻覆，盛怒之餘他對著手下大發雷霆，結果就讓星巴克、史塔布與福拉斯克有機可乘。他們大叫一聲，讓小船奮力向前，斜斜地趕到了日耳曼小船的旁邊。片刻過後，全部四艘小船的位置剛好位於老鯨身後那條水痕的對角線上，牠口鼻前方冒著泡泡的洶湧浪濤也分成左右兩邊，往四艘小船噴灑過去。

這可怕景象讓人感到極其可悲惱怒。此時老鯨已經露出鯨頭，持續痛苦地往前噴出水柱，又驚又怒的牠拍動著可憐的畸形右鰭。牠的逃亡路線搖擺不定，一下子偏左，一下子偏右，每次激起巨浪後都會像抽搐般沉入海裡，或者拍動牠僅剩的左鰭，藉此向天空翻滾。所以眼前的景象彷彿一隻受驚的折翼鳥，在空中持續畫出不完整的圈圈，想要逃離海盜似的獵鷹，但徒勞無功。不過，不同之處在於鳥兒還會透過悲鳴傳達牠的恐懼，但這巨鯨是海中的啞漢，被鍊了起來，下了詛咒，無法出聲，只有噴水孔會發出像是嗆到的呼吸聲，看著這景象令人不禁悲從中來。只不過，在為牠悲嘆之餘，牠那驚人的巨大身軀、城堡吊門似的巨顎還有超大鯨尾，就算最強壯的人類也會感到驚駭莫名。

此時德瑞克看得出片刻過後皮廓號的三艘小船就要取得優勢了，他可不想就此失去自己的獵物，於是在最後的良機一去不返之前，他選擇放手一搏，把魚叉射出，但這投射距離在他看來肯定也會覺得實在是太遠了。

就在他的魚叉手起身投叉那一刻，在一旁虎視眈眈的魁魁、塔許特哥與大狗也都憑著本能一躍起身，從三個對角同時舉起魚叉，從日耳曼魚叉手的頭頂把三根南塔克特島鐵叉射出去，插在那老鯨身上。霎時間噴發出來的霧氣與泡沫彷彿白色火焰，擋住眾人視線！在老鯨憤怒往前狂游之際，三艘皮廓號小船全被晃得猛力撞上日耳曼小船的舷側，德瑞克與他那挫敗的魚叉手都因此飛了出去，越過那三艘飛也似的小船上空。

「別害怕，兩位荷蘭痞子[4]，」在小船飛速經過時史塔布一邊瞥了船長與魚叉手一眼，一邊大聲說，「很快你們就會被救起來啦！好咧！我看到船後面有幾條鯊魚——牠們不就是海上的救難犬嗎？專門解救落難旅客的。哈哈！現在這樣航行才對啊！三艘小船都快得跟光線一樣！哈哈！我們就好像掛在狂奔美洲獅尾巴上的三個錫壺！這畫面讓我聯想到，我們好像坐在平原上的雙輪馬車上，被大象拖著跑——輪輻飛也似地轉動著，當然也有被甩出去的風險，如果撞上小丘的話。哈哈！原來要去見深海閻王大衛・瓊斯[5]時就是這種感覺啊——往一個傾斜的平面不斷衝下去！哈哈！這鯨魚像是要送信，永遠送個不停！」

但這巨獸只是短暫奔逃一會兒而已。突然間牠喘了口氣，下潛之際引發海面一陣騷亂。三條捕鯨索開始飛也似地繞著船尾短柱轉圈圈，繞得嘎吱作響，力道之大彷彿可以在短柱上刻出深深的溝槽，這時三位魚叉手深恐老鯨急速潛水後很快就會把捕鯨索給用完了，於是他們使盡吃奶力氣，用左右手輪流緊抓繩索，抓到冒煙——直到最後，由於小船的導索器形成了一股垂直的拉力，再加上三條捕鯨索持續往深海裡下探，於是三船的船頭舷緣都已經幾乎與海水水面同高，船尾則高高地朝天空往上

3 指caught by the crab，意思是划槳時插入水中太深或太淺，以至於沒有划好。
4 butter-boxes，對於荷蘭水手的蔑稱。前面有提到，德瑞克船長搭乘的小船是荷蘭雙桅船。
5 Davy Jones，虛構的神話角色。所謂Davy Jones' Locker就是指深海海底。

翅。那老鯨很快就不再潛水了，雖然小艇始終維持同樣高度，但他們還是怕會被繼續往下拉，這種情況讓他們覺得有點難以對付。過去曾有許多小船這樣被拉下去後就此消失蹤影，但此一現況就是所謂的「僵持」，因為鐵叉上的尖銳倒鉤鉤住了老鯨的鯨背，常有海上巨獸受不了這折磨，很快就浮出水面，被敵人以魚槍招呼。為此我們應該可以質疑，重回水面對鯨魚來講真的總是最好的選擇嗎？不過，別忘了這老鯨在海裡也是要承受痛苦的：我們可以合理地推定，受傷的牠在海裡待越久，就會越是筋疲力盡。理由在於牠的表面積實在太大，像牠這種成年抹香鯨的面積將近有兩千平方呎，所以承受的水壓是非常龐大的。我們都知道自己身處的大氣環境壓力有多驚人，即便是在地上或空中也一樣。若是像牠這樣潛入兩百噚的深海裡，那壓力就更是龐大無比了！至少相當於氣壓的五十倍。曾有某個捕鯨人估計，那壓力相當於二十艘戰艦加上所有槍砲、補給品與艦上人員的重量。

三艘小船就這樣漂浮在輕輕搖晃的海面上，船上眾人緊盯著午間始終蔚藍的海水，海水深處並未傳來任何呻吟或呼喊聲，完全沒有，水面就連一點點漣漪或泡泡也沒出現。看到這種完全沉寂與平靜的情況，陸地上的人們哪裡知道，海裡有一頭巨獸正因為痛苦而翻騰扭曲著！眼前能看到的，只有船頭下方那不及八吋的垂直捕鯨索。就像鐘錘可以吊住那種八天才上一次發條的老爺鐘，那三條細細的捕鯨索似乎真的也可以吊住巨鯨。吊住？吊在什麼上面？吊在三片木板上。牠就是某人曾經如此洋洋得意地談論的生物嗎？「你能用倒鉤槍扎滿他的皮，能用魚叉叉滿他的頭嗎？人若用刀、用槍、用標槍、用尖槍扎他，都是無用的。他以鐵為乾草，以銅為爛木。箭不能恐嚇他使他逃避；彈石在他看為碎稭。棍棒為禾稭；他嗤笑短槍颼的響聲。」[6]這段話說的就是那老鯨？是牠嗎？噢！那先知的預言一定屢屢失敗。因為就算那海上巨獸的尾巴含藏著巨力萬鈞，為了躲避皮廓號的魚矛，還不是一頭栽進海裡！

在午後的斜陽中，三艘小船投射在海面上的陰影已經長到足夠遮掩波斯國王薛西斯的一半大軍了。負傷老鯨看到如此巨大的魅影從頭頂掠過，肯定感到驚駭莫名，害怕的心情恐怕只有牠自己知曉！

眼見水裡三條捕鯨索突然顫動，星巴克大聲說：「準備好了，弟兄們，牠有動靜了。」他們都可以感覺到明顯顫動，好像漆包線導電一般，捕鯨索也把老鯨的生死悸動傳導了上來，所以每一位槳手都能感受到座位在動。片刻過後，由於船頭所承受的下拉力道大大減少，三艘小船全都突然往上彈，就像一小片冰原突起，把一群北極熊嚇得全都跳進海裡。

「拉過來！拉過來！」星巴克再次大叫，「牠要冒出來了。」

前一刻幾乎完全拉不動的捕鯨索，此刻由大夥兒快速地收攏成溼漉漉的長長繩圈，放在小船上，沒多久那老鯨就破水而出，與這群捕鯨人相距不到兩艘船的長度。

從動作明顯可以看出牠已經筋疲力盡。如果是陸地動物，因為許多血管裡有某種瓣膜或閥門，所以受傷後至少有某些方向的血流會止住。但鯨魚並非如此，因為牠們的特性之一就在於血管裡面沒有任何瓣膜結構，所以就算只被魚叉穿刺出一個小小傷口，整個血管系統也會開始大失血，造成致命風險。而且，在深水中極高水壓的加壓下，失血量更會因此大增，牠的生命就會持續不斷地流逝。不過，因為鯨魚體內血量非常多，分別從多個遙遠的體內噴泉流出來，所以出血的狀況會持續一段滿長的時間。就像河流在乾旱期間也會流個不停，因為河水源自於湧泉，位於地點難以確認的遙遠山丘上。即便到了現在，小船都已停泊在那老鯨身上，驚險地通過牠那還擺動個不停的鯨尾，一根根魚槍戳進牠的身體，新的傷口持續噴血，頭頂噴水孔則是每隔一段時間就把帶有恐懼的霧氣快速地噴到空中。這最後的出氣孔還沒噴出血來，因為到目前為止牠的要害都還沒有被擊中。大家都鄭重其事地

6 引自《舊約聖經・約伯記》第四十一章。

說，牠的性命的確仍是一點也未受損傷。

此時三艘小船把牠更緊密地包圍起來，只見牠那平常大多沉入水裡的身體上半部已經明顯露出水面。大家也可以看到牠的雙眼——或者說看到本來長著完好眼睛的地方。就像最珍貴的老橡樹枯倒後樹幹上的孔洞長出奇怪的超大樹瘤，同樣地，這老鯨的眼窩裡已經不是眼睛，而是兩顆已經瞎掉的突出眼球，讓人看了就覺可悲。但牠是不值得同情的。儘管牠又老又殘，雙眼都瞎了，但牠終究死得其所，以便照亮婚禮與人類的其他喜慶場合，也讓無比莊嚴神聖的傳道教堂保持光亮。牠仍在血水中翻滾著，最後身體側邊的尾端露出一個褪色的奇異腫塊，或者說是肉瘤，相當於一蒲式耳[7]大小。

「好地方，」福拉斯克大叫，「我就在這裡戳牠一下吧！」

「住手啊！」星巴克大叫，「沒必要這樣！」

但有人情味的星巴克終究慢了一步。那醜陋的傷口一遭戳刺就噴出膿水，經此刺激，老鯨更是痛得無法承受，苦楚難當，此時開始噴出膿血，憤怒之餘也盲目地快速衝向小船，小船與喜不自勝的水手們被一陣血塊血雨灑了一身，導致福拉斯克的小船被撞翻，船頭受損。這是牠死前的最後一擊。因為此時大量失血已經導致牠油盡燈枯，把船撞翻撞爛後就無助地往旁邊翻滾而去。只能側躺著喘氣，有氣無力地拍打殘鰭，然後不斷慢慢地翻轉，就像一個即將消亡的世界。牠把白色鯨腹上的許多祕密都公諸於世，像一塊巨大原木似地躺在那裡，接著就死去了。那漸漸消逝的鯨魚水柱是最可悲的。就像一座猛烈噴泉被一雙看不見的手漸漸放光了水，然後在要噴不噴的咯咯哀音中，水柱越來越低，直到隱沒地底，而老鯨噴出的水柱也像這樣慢慢衰退了好久，最後終於消失。

就在水手們等待皮廓號開來之際，老鯨的屍身已經出現即將帶著那些尚未被搜括的寶物一起沉沒的跡象。星巴克一聲令下，大夥兒立刻從不同方位用纜繩把牠固定住，很快地三艘小船全都成了浮筒。在纜繩的吊掛之下，下沉的鯨屍被固定在小船下方幾吋的地方。等到皮廓號來了，大家必須小心翼翼地把鯨屍移往船側，用最堅固的鯨尾索鍊穩穩地固定起來，因為任誰都看得出，如果不加以巧妙地固定，鯨屍就會立刻沉入海底。

非常巧合的是，我們開始用捕鯨鏟往牠身上招呼時，幾乎立刻就發現牠體內嵌著一把已經腐蝕的魚叉，發現的地方就在前述肉瘤的下半部。不過，被捕獲的鯨魚在死後常會發現體內有魚叉的殘根，但往往都是暗藏於已經痊癒的鯨肉裡，從外觀看來沒有非常顯著的跡象，因此為什麼會在這案例身上看到魚叉導致肉瘤的生長，應該有某個仍待探詢的理由。但更令人好奇的是，牠的體內居然還有一枚石頭材質的魚槍槍頭，就在發現鐵製魚叉的地方附近，緊緊地嵌在鯨肉裡。那魚槍是誰向牠投擲的？是什麼時候的事？也許是美國西北部海岸上某個印地安人，時間在美洲大陸被發現以前。[8]

這巨大的寶櫃裡面還能掏出其他什麼珍奇物件？任誰也無法回答這問題，但突然間我們再也無法繼續挖寶，因為發生了皮廓號未曾遇到的狀況：鯨屍的下沉力道越來越強，船身也被拖得往一旁傾斜。不過，負責一切發號施令工作的星巴克充滿決心，到最後都不肯放棄，但若死抱著那屍身不放，下場就是讓皮廓號翻覆。正因如此，等到他最後終於下令放開鯨屍，那固定在甲板上粗柱尾端的鯨尾索鍊與纜繩都緊緊綁縛著鯨屍，無法解開。在此同時，皮廓號上面的所有東西都開始往一邊歪斜。想要走到甲板另一邊就像沿著山形屋頂往最頂端爬。船身發出呻吟喘氣聲。這不自然的傾斜導致許多鑲嵌在舷牆和船艙上的鯨牙飾品都要開始脫落。大夥兒拿出絞盤棒和鐵撬出來敲打那固定在粗柱尾端的鯨尾索鍊，但仍是無法動彈，毫無效用。而且此刻那鯨屍的位置已經如此低下，淹沒在水裡的部分已

7 大約相當於三十五．二公升。

8 在這本小說撰寫時，人類對於抹香鯨的壽命仍不太清楚，但這裡的說法肯定太過誇大。若這老鯨是在美洲大陸被發現前就已經出生了，此時歲數有三百七十歲左右。事實上抹香鯨的平均歲數大概是七十幾歲。

經完全無法接觸到了，而且牠的下沉力道時時刻刻都以好幾噸為單位持續加重，皮廓號看來就快要翻覆了。

「等等啊，等一下好嗎？」史塔布對著鯨屍大叫，「你能否不要這樣急急忙忙地往下沉？真是見鬼了！弟兄們！天殺的！我們得想想辦法，或者放手一搏。敲打那鯨尾索鍊沒有用，停手！我說放下你們的絞盤棒，找個人趕快去拿一本禱告書和一把小刀，把這些大索鍊給割斷吧！」

「刀？好的，好的。」魁魁大叫，一把拿起木匠用的沉重斧頭，從某個舷窗探出身體，開始用鋼斧猛砍最粗大的鐵製鯨尾索鍊。但才砍了火花四迸的幾下就不用再砍，因為剩下的只要交給過大的拉力就自然可以搞定。啪的一聲巨響，固定的地方全都分離開來，隨著鯨屍往下沉，船身也扶正了。

話說這剛剛獵殺的抹香鯨雖然不可避免地沉沒了，卻是一樁偶發的奇事，而且到現在也沒有任何捕魚人能夠提出適切的說明。通常來講，抹香鯨死後因為屍身的浮力很大，都會漂浮在海面上，屍身側邊或鯨腹會高高浮起。如果這樣沉沒的鯨魚是又老又瘦，心都碎了，身上的油一塊塊都沒了，患了風溼的骨頭沉重不已，那我們就有理由可以說是因為牠體內一切有浮力的東西都不見了，自然而然這下沉現象是因為魚的重力過重才導致的。不過事實並非如此。就算是最為健康的年輕鯨魚，雄赳赳氣昂昂的，但卻英年早逝，哪一隻不是渾身都油呢！就算是這些身體結實而且浮力很強的英勇鯨魚，有時候還是會沉入海裡的。

不過，話說回來，與其牠鯨類相較，抹香鯨是最不可能發生這種意外的。若拿露脊鯨與抹香鯨來比較，鯨屍沉沒的比例應該是二十比一。此一鯨類之間的差異無疑在相當大的程度上可以歸因於露脊鯨的骨頭數量遠多於抹香鯨。光是牠們身上那些百葉窗似的骨頭，有時重量就在一噸以上，而抹香鯨則完全不會有這種累贅的狀況。不過也有一些案例是，鯨屍在沉沒幾小時或幾天後又浮了起來，浮力比活著的時候還要強。但這現象的理由很明顯。因為鯨屍內部有氣體生成，整個大幅膨脹腫起，變成

「鯨魚氣球」。就算是一艘戰艦也沒有辦法把這種鯨屍壓下去。就近海捕鯨業而言，紐西蘭各個海灣的捕鯨人若遇到露脊鯨出現下沉的跡象，會用許多繩索在鯨魚身上綁好幾個浮筒，所以若鯨屍下沉後還是浮了起來，他們就知道到哪裡能找到鯨屍。

鯨屍下沉不久後，皮廓號的桅頂就有叫聲傳了下來，說是處女號再度放下捕鯨小艇。不過可見的唯一水柱來自於一隻背鰭鯨，牠是屬於那種無法捕捉到的鯨類，因為牠擁有令人難以置信的游泳能力。儘管如此，背鰭鯨的水柱與抹香鯨是如此相像，所以常會被沒有經驗的捕鯨人搞錯。結果德瑞克與他的手下就這樣英勇地追獵那根本無法靠近的海上巨獸。在四艘小艇後面，處女號揚帆追趕著，它們就這樣全部消失在背風面了，仍然抱著希望大膽追逐。

噢，我的朋友們，這世上有許多背鰭鯨，也有許多人像德瑞克那樣呢！

82 捕鯨業的名譽與光榮

在敘述某些冒險事蹟時非得談古論今不可，而這手法看似混亂，卻真能把事情給講清楚。有關捕鯨這檔事，我越是深究，越是往源頭追溯，就越佩服這個充滿偉大榮光且自遠古以來就存在的行業，更令人印象深刻的是，居然有這麼多偉大的半人半神、英雄與先知等等曾以各種方式捕鯨屠鯨，表現優異。雖然我只是個三流的捕鯨人，但一想自己隸屬於這個顯赫的「捕鯨兄弟會」，便不禁感到欣喜激昂。

天帝朱比特的英勇子嗣帕修斯是史上第一位捕鯨者。而且讓捕鯨業永遠感到榮耀的是，我們的捕鯨兄弟帕修斯之所以屠鯨並非出於任何可鄙的意圖。想當年，我們這個行業仍與騎士團無異，屠鯨只是為了救苦濟弱，而不是幫人類掠取鯨油點燈。帕修斯解救安朵美達的美談佳話可說人盡皆知。[1]美麗的公主安朵美達被綁在海岸的巨岩上，眼見海怪就要把她擄走，「屠鯨王子」帕修斯勇猛出擊，以魚叉射向海怪，英雄救美後兩人結為連理。這種讓海怪一叉斃命的技術高超，功績著實令人欽佩，如今就算最厲害的魚叉手也很少有人能辦到。這發生在亞加[2]的故事不容質疑，理由在於，如今已改稱雅法的敘利亞濱海古城約帕有許多異教神廟，其中一間曾安置著一具歷史悠久的巨大鯨魚骨骸，而且根據該城的種種古老傳說與所有居民的說法，那就是帕修斯所殺的那隻海怪的骨骸。後來羅馬人攻克約帕，才把骨骸當作戰利品帶回義大利凱歸。而這故事中看來最奇特且具有暗示性的重點在於，約帕就是約拿啟程出海的地方。

帕修斯解救安朵美達的冒險傳奇很像聖喬治屠龍的知名故事，甚至有些人主張這故事是間接源自於帕修斯的傳說，至於我則是主張，所謂屠龍其實是「屠鯨」。因為非常奇怪的是，很多古代編年史根本就把鯨魚跟龍混為一談，兩者間可以互相替換。就像在《舊約聖經》中以西結所言：「你像海中的獅子，又像海中蛟龍」——這裡所謂的「蛟龍」顯然就是鯨魚，而有幾個版本的《聖經》甚至就是寫鯨魚。此外，如果聖喬治遭遇的是在陸地上匍匐的爬蟲類動物，而非與深海巨怪激戰，那麼祂的事蹟也就不怎麼光榮了。曾殺死巨蟒的人多不勝數，但只有帕修斯、聖喬治與柯芬[3]家的人才有足夠的膽氣敢撲向鯨魚。

別讓現代許多畫家畫的「聖喬治屠龍」場景給誤導了。古代屠鯨勇士聖喬治遭遇的怪物往往被畫得很模糊，看似一隻獅鷲，而且騎馬的祂是在陸地上激戰，但我們必須考慮以下種種因素：一來古人對於鯨魚缺乏認識，畫家也都不知道牠們的真實形態，再加上聖喬治的狀況有可能跟帕修斯一樣，遇到的都是從海裡爬到海灘上的鯨魚，而且被聖喬治騎在胯下的動物有可能只是一隻巨大海豹或海馬。有鑑於此，如果我們宣稱那聖人傳說所敘述，還有一幅幅古代畫作所描繪的所謂屠龍事蹟其實是屠鯨，也不能說是無稽之談。事實上，若我們用最嚴格嚴厲的角度來審視相關事實，我們會發現這故事裡的怪獸很像古代菲力斯丁人敬拜的那尊半魚半人卻又像鳥的神像大袞：當人們把牠帶到古代以色列人的法櫃前面，牠那馬頭與雙手手掌就都掉了下來，剩下的殘缺身體看來就像一條大魚。如此一來，這位古代捕鯨業中最高貴的代表人物聖喬治，除了可以算是捕鯨人，也是英格蘭的守護聖人。因此任何來自南塔克特島的魚叉手都有資格成為聖喬治勛爵團的成員。所以說啊，這勛爵團的騎士可別看不

1 作者於本書第五十五章已經提過這個故事。

2 Arqa（或Arka），黎巴嫩古城。

3 Coffin，南塔克特島的姓氏，捕鯨世家。這姓氏在前面已經屢屢出現。

起我們這些南塔克特人，我敢說他們與自己的守護者聖喬治截然不同，都不曾與鯨魚激戰過，反觀我們雖說身穿羊毛衫與防水長褲，卻比他們有資格獲頒聖喬治的勳章。

至於是否該把海克力士當成捕鯨人，長久以來我對這問題總抱持懷疑態度。理由在於，儘管在希臘神話中這位古代版的拓荒英雄[4]，這位善行令人激賞的筋肉男曾經被鯨魚吞掉又吐出來，但他是否因為這樣就有資格被當成捕鯨人，我想嚴格來講答案仍是懸而未決的。我們看不出來他是否真的朝鯨魚投擲過魚叉，如果有，應該也只是在鯨魚體內。不過，我們也許能把他當成非自願型捕鯨人，因為他雖然並未捕鯨，自己卻遭鯨魚捕獲。我主張他就是我們這捕鯨一族的成員。

不過，有些專家雖然意見截然相反，卻一致認為希臘的海克力士傳奇與希伯來先知約拿的故事有關，有人說後者較為久遠，是前者的濫觴，但也有人持相反的說法，總之兩個與鯨魚有關的故事非常相似。如果我可以把半人半神的海克力士歸類為捕鯨一族成員，那麼先知約拿又有何不可？

我們這個「捕鯨騎士團」的成員不光只有英雄、聖人、半人半神與先知——「團長」的大名我尚未提及。就像古代國王往往宣稱自己的血脈源自於神明，我們這兄弟會也可以把源頭追溯到亙古大神。如今我們仍能從印度教的聖典看到這個東方神奇故事，主角是該教令人敬畏的三大主神之一：毘濕奴[5]。其地位神聖至極，相當於我們的天主。祂在這世上的十大化身之首，就是鯨魚，也因此讓這種動物獲得與眾不同的神聖地位。據聖典記載，某次眾神之神梵天定期將這世界毀滅後，決心重新創世，於是讓毘濕奴誕生來負責創造工作。但在毘濕奴開始創造之前，似乎必須詳閱神祕的《吠陀經》，因為裡面必然記載著某些對於年輕創世建築師有幫助的實用訣竅，但那經書卻在海底。所以毘濕奴才會化身成鯨魚，潛入海底最深處，將聖典從海底搶救出來。如此看來，這毘濕奴不也是一位捕鯨人嗎？就像騎馬的人，我們不也稱之為騎士？

帕修斯、聖喬治、海克力士、約拿，還有毘濕奴！這是我在此向各位揭露的兄弟會名單！除了捕鯨兄弟會，還有哪個團體的創會會員能夠如此顯赫？

4 作者在原文中提及Davy Crockett與Kit Carson，都是十九世紀美國大西部的拓荒者。

5 Vishnu，印度教三相神之一，另外兩神是「梵天」與「濕婆」。

83 關於約拿的史實

前一章提及約拿與鯨魚，那在歷史上是真有其事。如今有一些南塔克特人卻非常不相信這事蹟真的曾發生過。但話說回來，當年在希臘羅馬時代同樣也有一些遵循異教傳統的人抱持懷疑論態度，質疑是否真有海克力士遭鯨吞，還有詩人阿里翁被海豚解救的故事。不過，就算他們再怎樣質疑那些傳統故事，故事的真實性也不會因此減損一絲一毫。

有個薩格港[1]的老捕鯨人之所以懷疑這希伯來故事，主要理由如下。他有一本古雅的舊版《聖經》，裡面畫有各種奇特而不科學的插圖，其中一張把吞掉約拿的鯨魚畫成頭上有兩個噴水孔，而在各類鯨魚裡面只有露脊鯨與其他相近種類的鯨魚才會如此特別，對此那位老捕鯨人表示：「一分錢一個的麵包捲也能噎死牠。」意思是，牠的吞嚥量很小。但針對這種問題，傑布主教[2]像是有先見之明似的，早已提出解答。傑布主教指出，我們不一定要認為約拿被困在鯨腹裡，他也有可能暫時待在鯨嘴中的某處。這位可靠主教的說法聽來頗為合理，理由在於，露脊鯨的嘴巴還真能容納得下兩張惠斯特牌牌桌，甚至讓所有牌友都舒服地坐在裡面。約拿也有可能藏身在鯨魚的一顆蛀齒裡——不過，仔細想想，露脊鯨可沒有牙齒啊。

這位老捕鯨人向來就以「薩格港」之名自稱，他不相信先知約拿這個事蹟的另一個理由是，約拿的身體怎可能被困在充滿胃液的鯨腹裡，這實在令人費解。但這否定的理由一樣站不住腳，因為某位日耳曼解經學家主張約拿肯定是躲在一具漂浮海上的鯨屍裡面，就像攻打俄國的法蘭西士兵也曾在寒冬中把馬屍改造成克難帳棚，爬進去避寒。其他某些歐陸專家也曾斷言，約拿從那艘自約帕啟程的船隻落海後，立刻就被附近一艘船救了起來，船的船首雕像是鯨魚，而且我還要補充一點：船名可能就是叫做「鯨魚號」，就像如今有些船隻被取名為「鯊魚號」、「海鷗號」或「老鷹號」等等。甚至也不乏有些解經學家主張〈約拿書〉裡面提及的鯨魚根本只是一個救生裝置，一個灌了風而膨脹的袋子，先知約拿在危急中游過去緊緊抓住，才免於滅頂。因此這「薩格港」實在是可憐兮兮，每一種說法似乎都能駁倒他。但他還有第三個不相信那事蹟的理由，如果我沒記錯，理由如下：約拿是在地中海被鯨魚吞入鯨腹，三天後鯨魚把他吐出來的地方與底格里斯河旁邊的尼尼微城相隔不到三天的航程，但那地方與距離最近的地中海海岸地區相隔的航程卻遠遠超過三天。這怎麼可能？

但難道那鯨魚不能抄捷徑，以較短的時間把約拿帶往尼尼微附近？當然可以。也許鯨魚可以帶著他繞過好望角。不過，如果牠選擇不穿越整個地中海，接著北上經過波斯灣與紅海，那麼牠就必須在三天內環繞整個非洲大陸的海岸，更別說牠還得游進底格里斯河流域，前往尼尼微附近，但任何鯨魚都無法順利通過如此低淺的水道。此外，如果早在遠古時代約拿就已經繞過了好望角，那麼巴托羅繆．迪亞士[3]豈不是臉上無光？因為他就是在發現好望角之後才聲名大噪的。而且如此一來現代史也就變成了騙局。

不過，「老薩格港」提出了這麼多愚蠢的論點，只印證了他擅長提出各種愚蠢的歪理——這一點更是應該受人譴責，因為他根本就只是個不學無術的傢伙，所學會的一切都是透過觀察太陽與海象而來。在我看來，這一切只顯示出他愚蠢、缺乏敬意又驕傲可鄙，只是非常想要跟可敬的傑布主教唱反

1 Sag-Harbor，位於紐約州長島。

2 即約翰．傑布（John Jebb, 1775-1833），出生於愛爾蘭的英國神學家。

3 Bartholomew Diaz，葡萄牙航海家。

調。主張約拿是繞過好望角才抵達尼尼微的人，是某位葡萄牙天主教神父，而且他把這件事當成一個跡象，可藉它看出更為全面性的奇蹟。此外，文明極其開化的土耳其人直到今日仍對約拿的歷史事蹟深信不疑。大約三個世紀以前，約翰·哈里斯編纂的《航程與旅程記述》[4]裡面曾有一位英格蘭旅人提及某間土耳其清真寺是為了紀念約拿而興建的，寺中有一盞不需燃燒燈油就能發光的神燈。

4 作者曾於第五十五章提及此航海書籍與其編者。

84 投擲魚槍

為了讓馬車跑得又順又快，有人會在輪軸上油，而基於相同目的，某些捕鯨人也會對他們的捕鯨小艇做類似的事，也就是在艇底上油。同樣無庸置疑的是，這麼做也許不會有效果，但肯定也不會有什麼害處。幫小艇上油的目的是要讓它在水面上的行動更滑順，因為油、水不相容，而且油是一種滑潤的物質。魁魁對此深信不疑，於是在日耳曼捕鯨船處女號離開我們不久後的某天清晨，他上油上得異常起勁。小艇掛在舷側，他爬到艇底煞有其事地幫光禿禿的船擦油，彷彿擦的是生髮油，能夠讓它長出毛髮似的。他好像心有靈犀，預見了什麼似的。而且從接下來的事件看來，他的做法也並非完全沒有根據。

到了快中午時，我們就發現鯨群了。不過就在皮廓號開過去時，牠們就急忙忙地快速逃走了，情況慌亂無章，簡直就像埃及豔后的戰船在亞克興之戰潰敗逃竄的模樣。

不過我們還是放下小艇去追殺鯨魚，二副史塔布一艇當先。塔許特哥費盡力氣，最後終於把一根鐵叉叉到鯨魚身上，但被叉中的鯨魚並未下潛，仍是持續往前游，而且越游越快。像牠這樣不斷扭動身體，身上的鐵叉遲早肯定會掉出來。所以一定要對那飛快的鯨魚發射魚槍，否則只能任由牠逃走。然而牠游得又快又急，想把小艇划往牠的側邊是不可能的。難道就沒轍了嗎？

在所有奇妙的技巧與靈巧手法裡面，資深捕鯨人通常必須具備無數的精妙手技，而這些精妙手技中，最厲害的莫過於一種我們稱為「擲鏢」[1]的魚槍投擲手法。短劍或寬劍，無論如何使用，都比不

1 即 pitchholing。

上用這種手法投擲出去的魚槍。只有在遇到死命狂泳的鯨魚才非得「擲鏢」不可。這種手法最厲害的特色之一，就是在小艇全速前進、猛烈搖晃的情況下，必須拿起長長的魚槍，對著遠處的鯨魚精確地投擲出去。這種魚槍的鋼鐵槍頭與木頭槍身加起來，全長大約十或十二呎，槍桿重量遠比魚叉的杆子還要輕，而且材質就是用比較輕的松木。魚槍上有一種很長的細繩叫做拖船索，在魚槍出手後可以用這繩索把魚槍拉回來。

但在我繼續講下去之前，很重要的是我要在這裡聲明，儘管「擲鏢」這種手法也可以用來投擲魚叉，但這情況很罕見，而且就算真的這麼做，成功機率也比較低，理由在於，與魚槍相較，魚叉重量較重、長度較短，這成為嚴重的缺陷。因此一般來講我們都會先把魚叉刺到鯨魚身上，然後才使出「擲鏢」這一招。

現在我們看看史塔布，即便在最緊迫危急的狀況下，他也能保持幽默感，而且從容不迫、鎮定平靜，所以是個特別厲害的「擲鏢」高手。您看！他直挺挺站在飛快小艇的顛簸艇首，鯨魚在前方四十呎外死命拖著小艇，四周白浪滔滔，像白色羊毛裹著牠。史塔布輕輕拿起長長魚槍，瞥望著槍桿兩、三次，確認槍身是否筆直，接著嗖一聲拿起那圈拖船索，緊緊抓住繩索尾端，並確保繩子的其他部分不至於糾纏在一起。然後他把魚槍拿到腰際，瞄準鯨魚，瞄好後把魚槍尾端穩穩地拿在手裡，然後抬高槍頭，直到整支魚槍平衡地豎立在他的掌心上，槍頭在空中離小艇足足有十五呎高。那副模樣讓人聯想到雜耍藝人也會那樣把長長的木杆豎立在下巴上。片刻間，他用快到難以言喻的速度一把將魚槍推出去，亮晃晃的白鐵槍頭在白浪滔滔的海面上空畫出一道很高的弧線，正中鯨魚要害後的魚槍在牠身上抖個不停。接著牠噴出來的已經不是冒泡的水，而是鮮紅色的血。

「這下可把牠的『木塞』給拔掉啦！」史塔布大聲呼喊，「今天是不朽的七月四號國慶日，所有噴泉都該噴紅酒！或者是陳年的紐奧良威士忌、俄亥俄威士忌，或者妙不可言的摩農格希拉[2]陳年裸麥威士忌！塔許特哥老弟，你就拿個小酒罐去裝噴出來的酒，讓我們好好暢飲！好欸，痛痛快快喝一番，在牠的噴水孔旁邊調製上好的潘趣酒，把牠當個活生生的潘趣酒酒缽，喝鯨魚鮮血。」

史塔布一邊持續開玩笑，一邊熟練地不斷把魚槍投擲出去，魚槍就像一隻灰狗，主人憑藉熟練的技巧，一再把它拉回到身邊。痛苦掙扎的鯨魚完全陷入恐慌，魚叉後方的捕鯨索也鬆了下來，擲槍手史塔布跳到艇首，交叉的雙手擺在胸前，靜靜地看著海上巨獸死去。

2 賓州西部各郡釀造的威士忌，以當地的摩農格希拉河（Monongahela）河谷為名。

85 噴泉

過去六千年來，巨大的鯨魚在世上各個海洋噴水，好像用灑水瓶與噴霧罐澆灌著花園一般的海洋——至於有人說這樣的時間已有幾百萬年，卻是任誰也無法確定的。[1]而且數以千計捕鯨人近觀巨鯨灑水噴水的時間，也已有好幾個世紀之久了。不過，一直到這珍貴的時刻，也就是西元一八五一年十二月十六日午後一點十五分十五秒為止，還沒有任何人能解答，而且的確值得探討的問題是：鯨魚所噴出來的東西到底是水，抑或霧氣？

讓我們仔細探究這件事，還有一些附帶的議題。人盡皆知的是，這世上的魚族成員因為有腮這種特別靈巧的器官，一般來講，無論何時總能同時把空氣與牠們在其中游泳的水給吸進體內。因此無論鯡魚或鱈魚，就算能活到一百歲也始終不曾把頭抬到水面上。然而鯨魚在魚族中卻很特別，牠們跟人類一樣有肺，只能在沒有水的空間中把空氣吸入體內。因此牠們每隔一段時間肯定都要浮上水面。但鯨魚無法用嘴巴吸入絲毫空氣，理由在於，以抹香鯨為例，其嘴部總是深埋在水深至少八呎處，更何況，牠們的氣管與嘴部並沒有連接在一起。鯨魚呼吸不用嘴巴，而是只用位於頭頂的噴水孔。

依我說，無論任何生物，呼吸只是維持生命不可或缺的機制，因為可以從空氣中提取某種物質，在與血液接觸後，進而讓血液保持鮮活。儘管我的這一番話有過度使用科學語彙之嫌，但我想應該不至於有錯。果真如此，那麼任何人只要吸一口氣，就足供所有血液使用，接著就算把鼻孔封起來，一小段時間不吸氣也沒問題。也就是說，就算不呼吸也能活下去。儘管鯨魚的呼吸現象看起來頗為異常，但實際上跟人類一模一樣，其生理機制也是每隔一段時間必須呼吸，當牠們待在海底時可以至少一個小時都不用呼吸，不用吸進一丁點空氣到體內。大家別忘了，牠們可沒有腮。但為什麼能夠這樣呢？鯨魚的肋骨與脊骨兩側之間密密麻麻布滿著一根根像麵條那樣粗的血管，每當牠們潛入海裡時，裡面都裝滿了飽含氧氣的血液。如此一來，鯨魚才可以在深度達一千噚的海裡待上至少一小時，因為牠們身上飽含維生所需的額外氧氣，就像駱駝在四個胃囊裡也裝有額外的水，才能穿越沙漠。

經過解剖後我們會發現上述事實是無可爭辯的，根據這事實而提出的假設也合理真確，在我看來也深具說服力，否則實在是無法回答一個令人費解的問題：鯨魚為什麼非得要進行捕鯨人所謂的那種「噴出」動作不可？以下就是我要講的重點。如果不受驚擾的話，抹香鯨每次浮出水面後總是會在水面上待一段固定的時間，而且這時間總是固定不變。假設牠們會待十一分鐘，噴水七十次，那就等於呼吸了七十次，那麼往後每次牠們浮出水面就肯定還是會呼吸七十次，時間不多不少也是十一分鐘。假設牠們才呼吸幾次就遭到驚擾而潛入水裡，那肯定還是會偷偷浮上來，把所需的空氣量給吸飽。牠們一定會呼吸七十次才潛回水裡，也才能夠在在海中待滿一個小時左右的時間。不過，要注意的是，在此所提及的呼吸次數會因每隻鯨魚的身體狀況而有所不同，不過這種行為模式則是所有鯨魚都一樣的。要不是鯨魚在潛入海裡之前必須吸飽空氣，牠們何必堅持噴水那麼多次？同樣顯而易見的是，鯨魚往往也會因為不得不浮出水面而讓自己遭到追殺甚至因而喪命。如果可以一直待在海底一千噚的深處，無論魚鉤或漁網可都奈何不了牠們。噢，捕鯨人啊！汝等能戰勝鯨魚並非因為技藝超凡，而是牠們天性中的不得不然！

人類必須持續呼吸，那是因為吸一口氣只能用來維持兩三次的脈搏，所以無論我們在做什麼事，

1 若按照《聖經》的文字推算，地球存在的時間大約是六千年，但作者所處的時代卻已有科學家表示地球的歷史其實是數以百萬年計的。從這句話看來，顯然作者覺得六千年的說法比較準。

不管是走路或睡覺都必須呼吸，否則必死無疑。但這樣算來，抹香鯨一生只用七分之一的時間在呼吸，彷彿牠們一週只有禮拜天才呼吸。

如前所述，抹香鯨只能透過噴水孔呼吸，而且事實上牠們呼吸的同時也在噴水——若這真確無誤，那在此我想提出一個淺見。為何抹香鯨似乎沒有嗅覺？若從牠們身上的特色看來，唯一能夠用於解答上述問題的，就是牠們的噴水孔具有一般生物鼻孔的呼吸功能。但因為噴水孔用來排水與呼吸空氣，當然無法指望具有聞嗅的能力。至於抹香鯨頭上的噴水孔仍是個謎，也就是說我們無法確定那噴出來的物質到底是水或者霧氣。不過，抹香鯨肯定沒有嗅覺。話說回來，牠們要嗅覺幹麼？海裡面沒有玫瑰、紫羅蘭，也沒古龍水啊！

此外，由於抹香鯨的氣管只與連接著噴水孔的長長水道相通，於是這彷彿伊利大運河的水道裡面就必須有一種可以像水閘或氣閥一樣開關的東西，讓牠們潛水時可以把空氣保留在體內，而且浮出水面呼吸時也能避免吸入海水。正因如此，抹香鯨並不會發聲，除非你說牠們用鼻子發出的奇怪呼嚕聲響是在發聲，但那其實是一種侮辱。不過，話說回來，抹香鯨有什麼話好說的呢？我很少看到深奧的生物有話對這世界說，除非是生命受到威脅，不得已才結結巴巴說個一兩句話。噢！真高興這世界上有許多優秀的傾聽者啊！

話說那連接抹香鯨噴水孔的渠道照理說是用來呼吸空氣，其長度為幾呎，是一個頭皮下方不遠處的垂直通道，稍稍偏向一邊。此一奇特渠道很像城市街邊的瓦斯氣管，但如前所述，問題在於這氣管是否也同時具有水管功能。換言之，問題癥結在於：抹香鯨所噴的東西到底是呼出來的氣體，抑或是呼氣與口中海水的混合體，從頭頂的孔洞排出？可以肯定的是，鯨嘴與那噴水孔渠道是間接相通的，不過我們還是不能藉此證明這是為了方便從頭頂孔洞排水。抹香鯨口腔與噴水孔渠道相通之所以有絕對必要性，因為牠們吃東西時偶爾會不小心把海水吞進去。但問題在於抹香鯨的食物都在深海裡，就算牠們想噴水也辦不到。此外，若仔細觀察抹香鯨，並且一邊看一邊以錶計時，任誰都會發現牠們若不受驚擾，噴孔噴東西的週期與呼吸的一般週期之間自有一種始終如一的韻律。

但為什麼要針對這主題進行那麼多煩人的思考呢？就在這裡說清楚吧！如果你看過牠們噴東西，那就說說看噴出來的是什麼啊！難道你連水跟霧氣都分不清楚？可敬的先生啊，這世界上有很多事情看似平凡無奇，但想釐清卻不容易。我也曾發現一些事情看似簡單，卻最為複雜難解。至於鯨魚噴出的東西到底是什麼，就算你曾經置身於其中，還是有可能無法確定那到底是什麼。

那東西的主體隱藏在一團雪白閃亮的霧氣之中，因此任誰都無法確定到底是不是真有水從鯨魚頭頂的孔洞噴出來，或者那些瀑布般的大量水花只是他們為了就近觀察，結果導致鯨魚激烈騷動，就此濺起落下的。而且就算在那噴出來的東西裡面你真的感覺到一滴滴水珠，但你怎麼知道那不是霧氣凝結而形成的水氣？或者說，你怎麼知道那些水珠不是本來就沾附在鯨魚頭頂孔洞內側的？因為就算抹香鯨在大白天平靜地優游於風平浪靜的海面上，牠們的背峰乾得像沙漠中的駱駝駝峰一樣，頭頂總還是會有一小灘水，那模樣很像烈日下的巨岩頂端窟窿，有時候會有滿滿的積雨。

不過，若捕鯨人對於鯨魚噴出來的物質感到太過好奇，那也非審慎之舉。他們不該把頭探進去，將整張臉埋在孔洞裡。任誰都不能像汲取泉水那樣，拿個水壺往那孔洞裡取水。理由在於，即便只是跟外圍的霧氣接觸，就像許多人常常遇到的狀況那樣，皮膚就會發熱刺痛，因為那物質的刺激性實在過於強烈。我還知道有某人曾與那噴出來的物質更趨近地接觸，無論是否懷抱著科學研究的精神，總之他的臉頰與一隻手臂居然發生脫皮的現象。自此捕鯨人往往把那噴出來的物質當成是有毒的，總是避之唯恐不及。另外我還聽說，如果眼睛被那物質給直接噴到，就會瞎掉，而且對這種說法我沒有太多質疑。在我看來，如果有人想要搞清楚那種致命物質是什麼，最聰明的做法還是別去碰它為妙。

就算我們無法證明與斷言，還是可以提出假設。我的假設如下：抹香鯨噴出來的物質其實就只是霧氣。之所以不得不做出這結論，理由之一在於，若把抹香鯨那種天生尊貴崇高的氣質考慮進去，我認定牠們絕非普通、膚淺的生物，因為無可爭辯的事實是，儘管有時候人們在測水深時或者在近海海域會發現其他鯨類，但卻不包括抹香鯨。牠們是一種偉大又深奧的動物，而我深信任何深奧的偉物，無論是柏拉圖、皮羅[2]、惡魔、天帝朱比特或詩人但丁等等，每當他們在深思熟慮時，頭頂總是會籠罩著一團若隱若現的氣體。基於好奇心，某次我在撰寫一篇關於「永生」的小論文時，就曾擺一面鏡子在自己面前，不久後就發現鏡中出現一團奇怪霧氣在我頭頂繚繞起伏著。那是個八月的正午時分，我在自己的小小木屋閣樓裡陷入沉思，喝了六杯熱茶的我，頭頂毛髮總是潮溼的。這似乎又為我上述的假設增添了一點額外的論據。

看著勇猛的抹香鯨如此威風凜凜地橫渡風平浪靜的熱帶海面，渾身籠罩在水霧中，讓我們心中興起一陣高貴奇想。碩大溫和的鯨頭頂著一片華蓋般的霧氣，由此可見牠正陷入無法言傳的沉思之中，有時候我們還能看見那霧氣因為一道彩虹而更顯璀璨，彷彿天界也認同牠的許多想法。不知你是否能明瞭箇中道理？因為純淨晴朗的天氣是不會有彩虹形成的，一定要有霧氣才會出現虹光。所以，正因為我腦海裡的疑雲如濃霧密布，偶爾會有神聖的靈光乍現，彷彿在我的迷霧中燃起一道來自天界的光芒。為此我感謝天主，因為任誰都會有疑慮，許多人則是壓根否認，但無論是疑慮或否認，很少人會有靈光乍現的直觀時刻。人類總是會對所有的塵俗事物感到疑慮，對於某些天界的現象則會透過直觀感知，而任誰若能同時保持疑慮與直觀，肯定不會成為純粹的信仰者或者完全沒有信仰，而是會以同樣的眼光看待疑慮與直觀。

2 Pyrrho，古希臘哲學家。

86 鯨尾

其他詩人曾經頌揚謳歌過羚羊的柔和眼睛，還有天界神鳥的美好羽毛。我要讚頌的東西沒那麼雅緻脫俗，是鯨尾。

最巨大抹香鯨的尾部該從哪裡開始算起？據我推估，應該就是牠軀幹縮小到大概相當於人類腰圍的地方，而光是這鯨尾的正面，面積就至少高達五十平方呎。以精實渾圓的尾根為中心，兩個寬闊、堅硬而扁平的尾片，或者說尾鰭往左右兩邊延伸，到尾鰭邊緣時厚度只剩下不到一吋。在那狀似叉架的接合處，左右兩片尾鰭稍稍重疊在一起，然後就各自往左右延伸，像翅膀一樣，寬度逐漸縮減，左右兩鰭之間留下一道寬闊的間隙。這兩片尾鰭的邊緣呈半月型，其線條之美麗與細膩是在其他任何生物身上都看不到的。等到鯨魚長大，兩邊尾鰭完全伸展開來後，其寬度將會遠遠超過二十呎。

整個鯨尾好像一條條肌腱密密麻麻而且結實地連接在一起，但若加以解剖，我們會發現它由性質不同的上、中、下三層構成。上下兩層的肌肉纖維比較長，而且是垂直的，中間那一層的纖維則是很短，在上下兩層之間彼此交叉，交織在一起。除了其他種種特色之外，這三位一體的結構也是讓鯨尾如此有力的原因之一。若你研究過古羅馬的城牆，就會發現那石牆之所以堅固無比、是令人驚嘆的古蹟，理由在於它採用一種奇特結構，中間一層混凝土總是夾在內外兩層薄薄的石牆之間。

不過，就好像光憑尾部本身的肌腱，力量還不夠似的，這海上巨獸全身還遍布交織著許多歪七扭八、相互交纏的肌肉纖維與細絲，從腰身兩側往兩片尾鰭延伸，從外表完全看不出來這些肌肉纖維與細絲和兩片尾鰭連接在一起，使得本來就驚人的尾部力量更是強盛許多。整隻鯨魚的力量就這樣匯聚起來，似乎全都集中在鯨尾上。若說鯨魚具有毀滅的力量，那肯定是源自於鯨尾。

儘管鯨尾力大無窮，但這完全不會損及鯨魚擺尾時的優雅模樣：雖說它像泰坦巨人一樣能力拔山河，但那起伏波動的動作卻有如稚子般閒適。相反地，因為力量非常大，鯨尾動起來卻反而能夠增添一種驚人的美感。真正的力量絕對不會減損美感或和諧感，而是往往會予以強化。而且，任何東西只要具有崇高的美感，那神奇的感覺有很大一部分都可歸因於其自身的力量。

鯨魚渾身發達的肌肉看來就像海克力士的大理石雕像那樣青筋暴露，但若將其一身筋肉拿掉，原有的魅力恐怕也會失色不少。歌德死後摯友艾克曼[1]掀開他身上的麻布被單，只見他那厚實胸膛實在令人驚嘆，有如羅馬凱旋拱門一般雄偉。當米開朗基羅在為教堂穹頂繪製天父的人形時，也是把祂描繪成一身強健體魄。相反地，義大利畫家的聖子肖像也許真能呈現出神聖的慈愛，把祂畫得如此溫柔而身體蜷曲，彷彿雌雄同體，但完全沒有肌肉，看不出一絲力量，不過各方都認同的是，這種風格卻能成功反映祂的消極與陰柔思想教義，也就是那種強調退讓與堅忍的奇特務實德性。

我在這裡論及的鯨尾具有不可思議的彈性，無論是在玩耍、認真或憤怒時施展開來，無論鯨魚的心情如何，鯨尾的彎曲總是那樣優雅無比。就算是神仙的臂膀也望塵莫及。

鯨尾有五種美妙動作是鯨魚特有的。首先，它可以當魚鰭一樣用於前進。其次，戰鬥時也可以當作鎚矛使用。其三是擺尾。其四是拍水。其五是騰空甩尾。

首先，由於鯨尾跟其他海中生物的尾巴都不一樣，是水平的，所以從不會左右扭動。無論就人類或魚類來講，扭動可說是較為劣等的象徵。尾部是鯨魚用來推進身體的唯一憑藉。鯨尾在身軀下方像卷軸那樣捲起來，然後再快速往後彈開，就此形成海上巨獸疾游時特有的那種猛衝彈跳動作。牠的側鰭只是像船舵一樣扮演操控方向的角色。

第二種動作則還挺有趣的：抹香鯨之間的打鬥往往是用頭與下顎攻擊對方，但若是與人類發生衝突，則往往是不屑地以尾巴為主要武器。在攻擊捕鯨小艇時，牠會很快把身體一彎，讓尾鰭離開小艇，等到彈回時再給予重重一擊。如果這動作毫無阻礙，尤其是從上往下擊打目標，任誰也無法阻擋。無論是人的肋骨或者小艇的肋材都吃不消，想要活命的唯一辦法就是躲開。但如果是從另一側的海面橫掃過來，一則是因為捕鯨小艇輕飄飄的，另一方面則是基於小艇材質的彈性，通常最嚴重只會造成肋材裂開，抑或艇上一兩片板子破掉，又或者船側破裂。這些來自海上的側擊在捕鯨業來講可說已是司空見慣，宛如兒戲一般輕鬆。曾有人從衣服上面撕下一塊布，就把小艇的洞給堵住了。

其三，雖然我無法舉例證明，但在我看來，鯨魚的觸感完全集中在尾部，因為它的敏銳度只有優雅的象鼻才能與之比擬。最能表現出這種敏銳度的，莫過於鯨魚的擺尾動作，也就是海面上的鯨魚將巨大鯨尾左搖右擺，動作輕柔緩慢，彷彿少女那樣溫柔。但如果鯨尾碰到了水手的絡腮鬍，那可就慘了，不管絡腮鬍或其他什麼的，全部都會被一掃而空。這第一次接觸是多麼溫柔啊！若鯨尾有絲毫抓握東西的能力，我就會立刻聯想到達蒙諾底斯[2]的大象，因為牠常到花市去向少女們屈身致意，獻上花束，然後磨蹭她們的腰際。就許多方面來講，鯨尾沒有抓握能力是很可惜的一件事，否則牠們就能夠像我曾聽說過的另一隻大象那樣，於戰鬥之際受傷時把象鼻往後彎，摘掉身上的標槍。

其四，在鯨魚自以為身處汪洋大海、四下無人之際，你不妨趁牠不注意時偷偷觀察，只見牠會卸除一身威嚴，像火爐旁的小貓一樣在海上嬉戲。不過就算是在玩，你還是能看見其動作充滿力量。那兩片尾鰭像寬大的手掌般高高地甩到半空中！然後啪一聲重擊水面，雷鳴般的轟響連數哩外都能聽到，讓人以為那是砲擊聲。如果你注意到牠身體另一端的噴水孔，一片環狀的霧氣隱約可見，自然而

1 Johann Peter Eckermann，德國詩人與作家。

2 Darmonodes，這名字的來源不明，應是作者編造出來的。

然會聯想到那就像大砲點火孔冒出來的輕煙。

其五，平時巨鯨浮游海面之際，鯨尾的位置總是遠遠低於身軀，因此在海面上是看不到的。不過當牠打算竄入深海時，就會把尾巴與整個至少三十呎長的身軀挺直地甩向空中，凌空抖動片刻，然後往下進入水裡後消逝無蹤。鯨魚衝出水面的景象雄偉至極，我將在別處加以描述，但生物界唯一壯觀的景象，恐怕就只有這騰空甩尾的動作。巨大的鯨尾離開海洋的無底深淵後，猛然一甩，就好像想要一把抓住九重天似的。為此我曾夢過波羅的海化為一片地獄火海，雄偉撒旦的扭曲巨爪突然從海中伸出。不過，看到鯨魚騰空甩尾的景象時，每個人聯想到的東西可能各自不同。如果你喜歡但丁的《神曲》，眼前所見自然都是惡魔。若你信奉先知以賽亞，自然會覺得自己看到大天使。我曾於日出之際站在皮廓號桅頂，只見海天盡是一片火紅，東邊有一大群鯨魚全都朝著太陽的方向前進，片刻間全都做起了騰空甩尾、抖動身體的動作。在那當下，我覺得自己好像看到了拜神的壯闊場面，就連在波斯這種拜火教徒的大本營都是前所未見的。就像托勒密四世[3]能為非洲象的戰鬥能力作證，我也可以證明鯨魚是最為虔誠的生物。理由在於，鯨魚甩尾敬禱，就像非洲國王朱巴一世[4]所說的，古代戰象總會高舉象鼻，在一片絕對寂靜中向清晨致敬。

儘管這一章我在偶然之間將鯨魚與大象加以比擬，但那只是因為鯨尾與象鼻在某些方面很像，並不意味著這兩種一個在尾、一個在頭的器官是可以相提並論的，更別說要把鯨魚與大象拿來比較，因為兩者的差距實在太大。理由在於，就算是最雄偉的大象，在巨鯨面前也會像小狗一樣微不足道，至於象鼻與鯨尾相較，則是像百合花梗一樣細小。象鼻一甩，就算再怎麼厲害也不過就像是扇子玩笑似地一搧，而抹香鯨的巨尾一甩卻是蘊藏無限衝擊力，我們屢屢見過一艘艘捕鯨小艇連人帶槳，全都被甩向半空中，好像被印度雜耍藝人丟出去的一顆顆球。[5]

我越是仔細考究這力大無窮的鯨尾，就越是為自己的表達能力不佳深感遺憾。有時候鯨魚會做出一些姿勢，儘管遠遠不及人類手勢那樣厲害，但傳達的意義卻令人完全無法參透。我曾聽一些捕鯨人說過，偶爾會在大片鯨群中看見這種非凡的神祕姿勢，他們宣稱看來很像共濟會的種種符號與象徵，而且鯨魚的確就是透過這種聰明的方式向這世界傳遞訊息。除了尾部，鯨魚的身體還有一些奇怪無比的動作，就連最老練的捕鯨人也無法解釋。就算我再怎樣深入探究，了解的也不過只是皮毛。現在我不了解鯨魚，永遠也無法了解。如果我連鯨尾都無法澈底了解，遑論鯨頭？更有甚者，如果牠沒有臉，我要怎麼了解？牠似乎是在說，汝等只需窮究我後面的部位、我的尾巴，臉部就算了吧！但我連牠後面的諸多部位都無法澈底了解，當然也不懂牠想透過臉部暗示什麼——我要重申一遍，牠是沒有臉的。

3 Ptolemy Philopater，埃及的統治者，其部隊會使用大象參與戰鬥。

4 King Juba。

5〔原注〕光是因為兩者都體型龐大就把鯨魚與大象拿來比較固然可笑——拿大象與鯨魚來比較，就像用小狗來比擬大象；不過，要說牠們是不是有什麼奇特的相似性，那還真可以舉出幾例，其中之一就是兩者都會噴水。人盡皆知的是，大象常會把水或塵土吸入鼻中，高高舉起鼻子後再噴出來。

87 「無敵鯨隊」

馬六甲半島又長又窄，從緬甸地區一路往東南延伸，形成整個亞洲的最尾端。半島以南，蘇門答臘、爪哇、峇里與帝汶等諸島形成一條不斷的島鏈，與其他許多島嶼構築成一個巨大防坡堤，也像壁壘，斜斜地把亞洲跟澳洲連結起來，被阻絕開來的兩邊，西側是連綿不斷的印度洋，左側則是在海上如星羅棋布的東方諸群島。這個壁壘上有幾個隘口，如此一來才能方便船隻與鯨魚穿越，其中最知名的莫過於巽他與麻六甲兩大海峽。想要從西側航向中國的船隻主要都是穿越巽他海峽，然後才進入中國海的諸海域。

狹窄的巽他海峽把蘇門答臘與爪哇分隔開來，位於兩者中間的是顏色鮮綠的海角，也就是水手口中所謂的爪哇岬，它可說是支撐著壁壘般海島的一片扶壁。這兩個海峽簡直就像是城牆大門，通往一個龐大帝國，裡面蘊藏著取之不盡的香料、絲綢、珠寶、黃金、象牙等寶藏，遍布於東方那一片豐饒之海的千百座島嶼上，因此為了避免這大量自然資源遭到貪婪西方世界的掠奪，就算徒然無功，似乎至少還是要擺出一副以城牆戒備的模樣。巽他海峽的海岸地區不乏這種扼制險要的堡壘，守衛著前往地中海、波羅的海與普羅龐提斯海[1]的一個個入口。幾世紀以來，一艘艘載有最珍貴東方貨物的大量船隻，不分晝夜持續順風航行於蘇門答臘與爪哇島之間，東方人不同於丹麥人，不會要求它們降下中桅船帆，以示順從。不過，他們只是直率地免除這樣的禮節，絕對不可能放棄向船隻強索更實質的貢金。

不知道從多久以前，馬來海盜船就開始出沒於蘇門答臘各個有樹蔭的低窪海灣與小島，他們突擊往來於海峽的船隻，以利矛強逼納貢。因為屢屢遭到歐洲各國巡洋艦血腥嚴懲，馬來海盜船的行徑近來已經沒有那麼囂張，但時至今日，英美船艦在這附近海域遭到無情海盜登船洗劫的事件，還是時有所聞。

在清新順風的吹送之下，此時皮廓號已經逼近這些海峽，亞哈提議我們應該穿越海峽，進入爪哇海，往北巡航，進入那些到處都有抹香鯨出沒的海域，橫掃過菲律賓群島海岸，抵達遙遠的日本海岸，剛好趕上盛大的捕鯨季。如此一來，環繞全球的皮廓號將可以把全世界已知的抹香鯨漁場全都巡一遍，然後來到太平洋的赤道上。儘管亞哈先前的追獵行動全都以失敗告終，但他堅信到了那裡一定能與莫比敵決一死戰，因為據聞那是牠最常去的地方，而且照理講，這時也會是牠最有可能在那裡出沒的季節。

不過，現在這已經設定好範圍的追獵是什麼狀況？難道亞哈不想讓船靠岸登陸嗎？那船員們難道都要喝西北風了？他一定會靠岸取水吧？才不會。皮廓號彷彿一隻在馬戲團環形圍欄裡狂奔的烈馬，跑了好久都不需要任何補給品，竟可自給自足。其他船隻往往都會裝滿一些雜七雜八的東西，要載往外國碼頭，但巡遊全球的捕鯨船卻只載著船員與他們的武器和必需品，沒有任何貨物。廣大的船艙裡裝的水相當於整個湖的容量，船上還會許多壓艙物，包括各種裝備，還有無法使用的鉛塊、鐵塊。捕鯨船上的水夠大家喝好幾年，都是南塔克特島的陳年清澈好水，因此在太平洋上漂蕩的三年裡，來自該島的捕鯨船員總是喜歡先喝自己帶上船的水，然後才在經過祕魯或印度時，派人乘筏子去汲取河流略帶鹹味的難喝淡水。其他船隻可能已經來回紐約與中國一趟，途中停靠過二十個港口，但航程相同的捕鯨船卻可能完全沒看過陸地。捕鯨船員所看到的只有跟自己一樣漂流海上的水手。所以如果有人

1 Propontis，現代稱為馬摩拉海（Sea of Marmara）。

告訴捕鯨船員說，又有大洪水來了！他們只會淡淡地說：「兄弟，沒關係，我們就在方舟上！」

話說，一來是因為爪哇島西岸異他海峽附近海域常有人捕獲抹香鯨，二來則是因為那個曲折迂迴的地區在捕鯨人眼裡是公認的絕佳巡航地點，所以當皮廓號趨近爪哇岬時，甲板上屢屢有人對瞭望員高喊，告誡他們照子放亮點。儘管船頭右舷處很快就看到了一片片長滿棕櫚樹的蒼綠斷崖，撲鼻而來的是一陣陣肉桂樹的清新香味，但並未見到任何鯨魚噴出的水柱。就在大家幾乎放棄捕獵的希望，皮廓號即將進入海峽之際，一陣熟悉的歡快叫聲從桅頂傳了下來，過沒多久我們就看到了一幕奇特又壯闊的景觀出現在眼前。

不過，在此要先聲明的是，由於近來屢屢在四大洋遭受追獵，抹香鯨已經不像以往那樣幾乎總是幾隻聚在一起行動，如今常常都是群集在一起，有時候數量之多，幾乎讓人覺得牠們好像是一個個立下堅定盟約的互保、互助聯盟。也許就是由於抹香鯨聚集成一個個彷彿龐大西部篷車車隊的鯨群，才會造成這樣的狀況：即便是在過去最好的漁場巡航，有時候也可能航行數週甚或數月都完全看不到鯨魚噴水。但接下來卻會突然發現龐大鯨群出現，數量多到彷彿千千萬萬。

往船頭左右側望過去，大約兩三哩外，只見有一半海平線都被彼此緊挨在一起的鯨魚水柱給占據了，在中午的天光下形成一個往上噴發且閃閃發亮的半圓。露脊鯨的兩道垂直水柱是噴到最高處後往下掉落，形成兩道分枝，彷彿V字型垂柳，抹香鯨的水柱則大不相同，往前斜衝，製造出一陣濃密白霧，彷彿灌木叢繚繞交纏，不斷往上噴，然後掉到背風處。

皮廓號在海上顛簸到浪頭的高處，從甲板往下看過去，只見一道道霧濛濛水柱往空中噴發，在朦朧的藍色天空下，我們就像居高臨下的騎士，而眼前景象彷彿一個宜人的秋季早晨裡某個擁擠大都會中的千百根濃烈煙囪。

看來這龐大鯨群如今急著穿越海峽，就像一支進入山間凶險隘道的大軍，大家都非常希望把危機四伏的道路拋諸腦後，重回比較安全的寬闊平原。牠們漸漸把半圓的兩側收攏，持續往前疾游，改換成一個比較緊實，但仍呈現半月狀的隊形。

皮廓號在鯨群後方揚帆，緊追不捨。儘管捕鯨小艇仍吊掛在船邊，幾位魚叉手已經手握魚叉站在艇頭，鼓譟歡呼。魚叉手們有信心，如果風向持續不變，這場穿越巽他海峽的追獵將會以大獲全勝收場，遁入東方海域的鯨群只能眼睜睜看著好幾位同伴被逮。而且誰知道呢？說不定莫比敵也暫時混在這疾游鯨群中，就像受到暹羅人膜拜的大白象也混在加冕典禮的隊伍裡！所以我們把一張張輔助帆扯開，追趕著前頭的大批海上巨獸，但突然間塔許特哥扯開嗓子，要大家注意皮廓號後方的動靜。

我們前方有一個半月，後方也有。看來後面那個半月也是由白色水霧形成，跟鯨群的水柱一樣時起時落，唯一的差異是後方的半月不會出現後又完全不見，因為總是在水面上繚繞著，並未消失。亞哈船長拿起望遠鏡，很快用手轉一下目鏡，隨即大叫：「趕快爬上桅杆，把水桶吊上去，將船帆都潑溼——弟兄們，有馬來人在後面追我們。」

這些亞洲惡棍好像在陸岬後方躲了很久，如今看到皮廓號已經駛入海峽，才開始卯起來追趕，藉此彌補先前因為過度謹慎而耽誤的航程。但此時皮廓號也是順風疾駛，正拚命追趕鯨群。於是，亞哈把望遠鏡夾在手臂下，在甲板上來回踱步，往前看著他在追趕的巨獸，往後凝望那些追趕他的嗜血海盜，心裡便出現了這樣的念頭：那些膚色褐黃的傢伙反而是在做好事，幫我的追獵加速，作用好像馬鞭馬刺。當皮廓號駛入兩側盡是一片片綠色崖壁的水道時，他心想，穿越這大門後我將踏上復仇之路，而且進入這門後無論是追獵鯨魚或者遭海盜追獵，最後結果不免都要分出個你死我活。此外他還想到，有一群無情的野蠻海盜，那些沒有人性又不信天主的惡魔，正在惡毒地咒罵他。就在這些奇怪念頭浮現腦海之際，亞哈的額頭變得如此憔悴，出現一道道稜紋，好像被暴風狂潮席襲捲過的黑色沙灘，凌亂的灘頭只剩下潮水無法捲走的東西。

但我們的船員都是拚命三郎，沒幾個會像亞哈那樣庸人自擾，而且就在皮廓號與船尾那些海盜的距離越拉越遠之後，我們終於來到蘇門答臘島的鳳頭鸚鵡岬[2]，它就出現在寬闊水域的另一頭。但皮廓號成功擺脫馬來海盜似乎並未讓魚叉手們感到太過欣喜，他們正為被疾游鯨群甩掉而感到沮喪不已。不過我們仍在後面緊追不捨，最後牠們似乎把速度放慢，皮廓號漸漸趕上了，而此時隨著海風漸漸停歇，要我們跳進捕鯨小艇的命令也傳來了。不過抹香鯨好像天生就有敏銳的直覺，儘管三艘小艇仍在後方一哩處，鯨群仍能感應到，再度開始疾游，並且形成緊實的行列隊伍，因此一道道水柱看來就像白晃晃的槍上刺刀，以加倍的速度往前衝。

我們脫去襯衫、內褲，朝著那陣陣白霧衝過去，划船划了幾小時，幾乎要放棄追獵的念頭，但鯨群中卻普遍騷動停滯了起來，這就是捕鯨人所謂「鯨呆」症狀的明證，也就是說牠們受到一種呆滯、遲疑、困惑的奇怪心理狀態影響。[3]牠們在疾泳時排成的隊伍本來像部隊一樣快速穩健，如今卻像被擊潰一樣亂了方寸，彷彿古印度波魯斯王用來與亞歷山大三世決戰時徵用的戰象那樣，因為驚駭而發瘋。牠們往各個不同方向散去，畫出一個個不規則圈圈，漫無目的亂游，透過噴出的粗短水柱，牠們已經洩漏出驚惶不定的情緒。可以印證這一點的是更奇怪的現象：某些鯨魚就像癱瘓一樣，無助地漂浮在海面上，看似進了水後快解體的船隻。即便這些巨鯨是心思單純的羊群，在草原上遭三隻惡狼追獵，也不可能呈現出這樣被驚呆的模樣。不過，幾乎所有群居生物偶爾都會出現這種怯懦的情況。以大西部那些跟獅子一樣長滿鬃毛的水牛為例，就算有千千萬萬隻，但遇到單槍匹馬的牛仔也會逃竄四散。我們可以看到，所有人類也是一樣的，當群聚在羊欄一樣的戲院裡，就算出現了一點點火災警訊，他們也會爭先恐後地衝往出口，互相推擠踩踏，就算把別人撞死也在所不惜。因此，看到眼前這「鯨呆」奇景後也就不用大驚小怪了，因為這地球上各種禽獸的愚行再怎樣也遠遠不及人類種種行徑那樣瘋狂。

如前所述，不少鯨魚都在海裡胡亂游動，但我們可以看出鯨群既未前進也沒後退，全都停留在原位。三艘捕鯨小艇一如往常那樣分散開來，各自以鯨群外圍的某一隻落單鯨魚為目標。大概才三分鐘後，魁魁就丟出手中魚叉，鯨魚被擊中後橫衝亂撞，水花噴上我們的臉，然後拖著小艇往鯨群核心疾衝。鯨魚在被魚叉叉中後，會有這種舉動絕非前所未見，而且或多或少都是可以預測的。不過，話說回來，這現象仍然反映出捕鯨業的酸甜苦辣，而且是比較凶險的那一面。理由在於，當這迅捷的巨獸把我們拖往那混亂無比的核心深處，我們就算再怎樣保持謹慎也沒有用了，因為我們面對的是一種絕對混亂無比的橫衝直撞。

在被那好似鐵水蛭的魚叉射中後，那鯨魚好像變得又瞎又聾，只顧著往前用力衝撞，想藉此擺脫。我們好像在海面上劃出了一道白色傷口，在被拖著疾馳之際，四面八方都備受威脅，周圍有許多瘋鯨在橫衝直撞，捕鯨小艇彷彿暴風雨中被海面浮冰撞來撞去的船隻，只能卯起來鑽過那些大大小小的間隙，不知道什麼時候會被撞上，船毀人亡。

但魁魁毫不畏懼，仍為我們果斷掌舵，一下子預先躲開正前方的巨鯨，以免撞上，一下子閃過甩

---

2 Cockatoo Point，似乎是個虛構的地名。

3 梅爾維爾在後來出版的英國版《白鯨記》裡面加上了這樣一個注釋：「鯨呆」（gallied）一詞源自於「驚駭」（gally，相當於gallow），意思是驚恐至極，因為害怕而困惑。這是個源自於薩克遜人的字眼，莎士比亞曾於《李爾王》第三幕第二景裡面引用過：「天色狂怒，黑暗中的漫游者驚駭不已，躲在洞裡。」在一般人的用語中，我們已經完全看不到「gally」了。有禮貌的陸地居民初次從枯瘦的南塔克特捕鯨船船員口中聽見時，很容易以為這個字眼是捕鯨人自創的粗話。許多其他聽起來一樣鏗鏘有力的薩克遜古語也是這樣。英格蘭聯邦時代（Commonwealth），許多高貴的英格蘭移民遷居新英格蘭岩岸地區，也把他們使用的薩克遜古語帶過去。如此說來，那些源自於霍華家族（Howards）、波西家族（Percys）等英格蘭世家的古代英語之所以會消失，是因為新世界的英語如今已經民主化，不對，應該說已經庶民化了。

到半空中的巨大尾鰭，在此同時星巴克則是手持魚槍矗立艇首，為了幫小艇清出水道而戳刺鯨魚，但匆促之間只能戳那些伸手可及的。雖然划槳手們此時已經不用划槳，但也沒閒著，主要是負責幫忙大聲吆喝。「躲開啊，可惡的傢伙！」其中一位對某隻鯨魚大叫，因為看到牠的巨大駝峰突然躍出水面，眼看就要把我們弄沉了。「小心你的尾巴！」另一位對另一隻大叫，因為牠就在我們的舷側不遠處，好像用那手搖扇似的鯨尾在幫自己搧風。

所有捕鯨小艇上都帶著一種叫做「阻拉格」[4]的奇特裝備，原本是南塔克特島印地安人發明的。用兩塊正方形厚片木板緊緊咬合，兩者的紋理卡在一起，然後用長長的繩索接在木板中間，把繩索另一端打圈圈，隨手就能把繩尾綁在魚叉上。通常只有在遇到鯨群驚呆時，「阻拉格」才會派上用場，因為只有在這時我們才能夠同時接近好幾隻可以追獵的鯨魚。但抹香鯨可不是天天都能遇上，所以只要有機會，一定要全都捕殺殲滅。如果不能一次殺光，就必須把牠們弄傷，等稍後得便再好整以暇地料理牠們。於是，只要碰到這種狀況，就需要「阻拉格」了。我們的小艇上就有三個，第一、二支裝有「阻拉格」的魚叉順利叉到鯨魚身上後，牠們踉踉蹌蹌地游開，因為側邊拖著「阻拉格」，形成非常強大的阻力。牠們像戴著鐵鍊鐵球的犯人一樣受到拘束。但等到射出第三支魚叉後，因為後面拖著累贅的木板，導致魚叉卡到小艇座位下方，接著立刻把座位扯掉帶走，讓坐在上面的某位划槳手一屁股跌坐下去。木板被扯破後，我們用兩三件內褲、襯衫塞起來，暫時止住了漏水。

要不是我們被拖往鯨群內部，中叉鯨魚的游速大幅減少，我們幾乎不可能把那些帶有「阻拉格」的魚叉射出去。此外，就在我們距離騷動鯨群外圍越來越遠之際，凶險的失序情況似乎也越見減緩。所以，當魚叉後面的繩索被那鯨魚給拉完後，牠也隨即往旁邊疾游消失，接著藉由牠離開之際留下的殘餘動能，我們的小艇也從兩隻鯨魚之間滑進鯨群的正中央，好像從山上湍流滑進山谷的某個靜謐湖泊裡。在那裡我們只能聽到，但感覺不到最外圍鯨魚的嘈雜騷亂。在這裡，海面看似平滑絲綢，就是所謂的「光滑海面」[5]，是因為某些鯨魚的心緒較為平靜，噴出的溼氣細微無比而形成。沒錯，我們現在所處的位置，就是人們所謂「平靜的暴風眼」。不過我們還是能看見遠處紛紛擾擾，外圍形成了好幾個暴怒的同心圓，都是由八隻或十隻鯨魚所形成的一個個圈圈，因為牠們只是繞圈疾游，就像戴著同一具馬軛的馬群在環形圍欄裡疾馳。而且因為牠們比肩而游，馬戲團如果有某位巨人族的騎士，大可以把自己的身體拱起來，非常容易就能待在中間那幾隻的背上，跟著一起繞圈圈。由於正在休息的鯨魚到處可見，越來越往平靜的鯨群中心收攏，我們看不到可以乘隙逃走的契機。我們必須看到這堵把我們包圍的「鯨墻」出現缺口，但這圍墻好像是為了把我們封鎖住才放我們進來的。始終待在那鯨群中央的平靜海面上，偶爾會有幾隻溫馴的母鯨、小鯨來造訪，算是這潰散鯨群裡的婦孺。

話說，若把整個鯨群外圍那些鯨魚混亂打轉、有時會出現的寬闊空隙算進來，同時也包含各個小型鯨群之間的空隙，此時整個由許許多多鯨群占據的海域之面積肯定至少有兩三百平方哩。儘管在這種生死交關時刻所做的計算也許會有錯，但總之從我們的小艇一眼望去，整條海平線上好像幾乎都有鯨魚在噴水。之所以提及這狀況，是因為這些母鯨、幼鯨彷彿是被刻意封鎖在這鯨群的最深處，好像迄今龐大鯨群仍設法避免讓牠們知道停下來的原因。另一個可能性是，因為牠們年紀幼小，未經世故，在各方面都天真無邪又欠缺經驗。但無論原因為何，總之這些體型較小的鯨魚偶爾會從鯨群核心的平靜海面邊緣游過來探訪我們這艘動彈不得的捕鯨小艇，牠們所展現出來的無畏與自信實在令人驚奇，或者說，那是一種澈底的驚慌失措，但無論如何都令人不得不感到驚詫。牠們來我們周邊聞來聞去，我們也可以摸摸來到舷側的牠們，簡直像寵物狗那樣，彷彿是突然被下了咒才會那麼溫馴。魁魁

4 即 drugg。

5 即 sleek，或作 slick。

拍拍他們的額頭，星巴克則用魚槍幫牠們搔背，但暫時不敢戳刺牠們，唯恐節外生枝。

水面上的世界是很神奇沒錯，但是當我們把目光往舷側下方投射過去，卻發現水面下有一個更奇特的世界：只見一些正在哺乳，或從腰圍可看出即將分娩的母鯨，像是被關在水牢裡，正在海中漂蕩著。如前所述，那彷彿湖泊的海域清澈無比，無論身處海中深處或海面上都可往上或往下凝望，於是那些水底幼鯨就像人類嬰孩一樣，一邊安安靜靜吸奶一邊東張西望，好像同時過著兩種不同人生，在吸取世間養分的同時，精神上仍受到前世某些記憶的滋潤，所以幼鯨似乎也是抬頭向我們看，但又不像在看我們，而且因為剛剛問世，在牠們的眼裡我們可說與馬尾藻無異。在牠們身邊漂浮著的母鯨似乎也靜靜地看著我們。從一些奇特的跡象看來，其中某隻幼鯨看似是當天出生的，但身長也許已有大概十四呎，腰圍約六呎。儘管身軀因為在母體裡久經蜷曲、剛剛離開沒多久而看來有點不自然，但牠還挺活潑的——在母體中牠的身體呈現頭尾相碰的狀態，彎曲得像一把韃靼人的弓，要出生後才得以解放。因為剛剛問世，牠那細小的側鰭與尾鰭看來仍皺巴巴的，就像新生兒的耳朵皺褶。

「繩子！繩子！」魁魁看著舷側下方大叫，「牠身上有繩子！有繩子！誰幹的！誰出手的！兩隻鯨魚，一大一小！」

「喂，你有什麼毛病？」星巴克大叫。

魁魁一邊用手向下指，一邊說：「看這裡。」

只見好像有一隻鯨魚被魚叉擊中，身上拖著長達好幾百噚的捕鯨索，彷彿牠潛入深處後又漂了起來，那捲曲的繩索鬆開後又往上漂升，像一個漂向空中的螺旋。結果星巴克發現那長長捲捲的捕鯨索其實是母鯨分娩後仍未斷開的臍帶，幼鯨看來仍與母親連接在一起。獵鯨行動本來就是快速而曲折，這種情況不算罕見，而且有時候這天然繩索從母體那一端脫落後會與麻繩交纏在一起，導致幼鯨被困住。我們在這迷人「湖泊」所見證到的，似乎是大海最為微妙的一些祕密。我們目睹的是年輕巨鯨在深海裡的私密情事。[6]

因此，儘管被一群又一群惶恐受驚的鯨魚包圍，這些位於鯨群中央的謎樣生物卻還是優游無懼，平靜而沒有憂慮。是啊，牠們竟如此靜謐地沉溺於悠閒與愉悅之中。我自己何嘗不是如此？儘管彷彿置身於大西洋的旋風中，我的內心卻總是像嬉戲般靜默沉穩。儘管身邊好像有一個個龐大星球不斷旋轉，凶險絲毫未減，但內心深處我卻仍像沐浴在永恆的溫情與喜悅中。

就在我們因為眼前景象而恍惚入迷之際，從偶爾在遠方出現的混亂情況看來，另外兩艘捕鯨小艇仍在鯨群邊緣用「阻拉格」對付鯨魚。也有可能牠們是正在最初的那個環狀鯨群中交戰，那裡面的空間較大，如果要躲避退開也比較方便。偶爾還有一些被「阻拉格」攻擊的鯨魚被激怒，在各個環狀鯨群之間盲目暴衝，但若與我們最後看到的景象相較，這實在是小巫見大巫。魚叉叉中的若是力大無窮且非常機警的鯨魚，有時候標準的應對之策就是讓牠變成行動不便，也就是把巨大的尾鰭弄斷或弄殘。做法是把繩索綁在割鯨鏟的短短把手上[7]，往鯨魚身上丟過去，然後用繩索拉回來。就像我們事後才搞懂的那樣，這尾鰭受傷的鯨魚實際上並未擺脫捕鯨小艇，牠身上仍帶著一半的捕鯨索。結果，牠因為傷口疼痛不已而在各個繞圈圈的鯨群之間橫衝亂撞，就像薩拉托加之役中騎在馬上孤軍奮戰的

6〔原注〕抹香鯨不同於大多數其他魚類（譯注：鯨魚並非魚類），一年四季都是牠們的繁殖季節，在這方面牠們與其他鯨類一樣。在經過大約九個月的妊娠後，母鯨一次會生出一隻幼鯨，但也有少數狀況跟以掃和雅各一樣是雙胞胎，所幸母鯨剛好有兩個乳頭可以哺乳，而且所在的位置很奇特，就在肛門的兩側，不過乳房卻在身體的更前方。偶爾捕鯨人的魚槍會戳中哺乳母鯨的珍貴乳房，乳汁與血液把周圍的海面染成一片白紅相間。鯨乳又甜又濃，曾有人喝過，據說與草莓非常搭。當鯨魚之間濃情滿溢時，也會跟人類一樣出現腹部交纏在一起的交配動作。

7 Cutting-spade，割鯨脂時會用到的鏟子，本書前面曾提及。

阿諾將軍[8]，無論逃往何處都會讓大家的士氣瓦解。

但這鯨魚受的傷實在令牠痛苦不已，景象也非常駭人，不過牠之所以會讓其他鯨魚感到害怕的原因，我們一開始因為距離太遠而沒能看見。但最後我們終於看到整個捕鯨業中最難想像的事故之一：身中魚叉的牠不但被自己拖行的捕鯨索纏住，身上還拖著一把割鯨鏟，而且綁在鏟子上的繩索尾端已經與捲住尾部的一圈圈捕鯨索永遠交纏在一起——那割鯨鏟已經從牠身上脫落，但隨著繩索被牠拖行著。所以，痛苦不堪的牠好像發瘋，在海中疾游的同時不斷猛烈揮舞鯨尾，那把利鏟也在牠身邊甩來甩去，所到之處，牠的同伴非死即傷。

這可怕的割鯨鏟似乎把整群暫時「鯨呆」的鯨魚給喚醒了。首先是我們置身的這個「湖泊」開始從外圍的那些鯨魚往內收攏，牠們互相碰撞，好像被一波波從遠方打過來、快要消逝的海浪給抬了起來。接著，整個「湖泊」本身開始隱隱約約地膨脹搖晃，水底的新娘房與育嬰室也隨即消逝，群鯨形成的圓圈開始越來越往內縮，位於比較中間的那些鯨魚開始群游，一群群變得越來越擠。沒錯，維持很久的平靜狀態結束了。過沒多久我們就聽到一陣鯨群往前推進的低聲嗡嗡鳴響，所有鯨魚往鯨群核心推擠翻滾，好像要一起堆出一座小山，那混亂的模樣彷彿春天時壯闊哈德遜河的結冰河面爆開，巨大冰塊聚攏在一起。星巴克與魁魁趕緊互換位置，星巴克到艇尾去。

「划啊！划啊！」他抓住艇舵，用焦急的語氣低聲說，「緊抓艇槳，集中注意力，趕快划！天哪，弟兄們，做好準備！魁魁，把那隻鯨魚推開！在那！刺牠！打牠！站起來，站起來，別坐下！讓小艇跳過去，弟兄們！趕快划！弟兄們！別在意牠們的背部！用槳往牠們背上戳！戳下去！」

如今我們的小艇被困在兩個巨大的黑色鯨背之間，兩隻鯨魚身軀很長，感覺起來我們就像待在一道狹窄的達達尼爾海峽裡。但在我們拚命划了一陣之後，最後終於衝到了一個暫時出現的缺口。於是我們趕緊穿越缺口，同時急著尋找下一個出口。在幾度於千鈞一髮之際逃出來後，我們終於快速地滑往剛剛那些外側環形鯨群所在的海面，如今海面上一隻隻不成群的鯨魚縱橫交錯，全都往某個核心疾游。能逃出來實在是福大命大，付出的代價極其輕微：魁魁站在艇頭卯起來戳刺那些擋路的鯨魚，結果突然間附近有隻鯨魚把巨尾一搧，形成一陣旋風將他的帽子給刮走了。

如今所有鯨魚全都陷入暴動混亂的狀態，很快形成一個動作看來整齊劃一的群體。最後牠們緊貼在一起，整個鯨群密密麻麻，繼續往前逃竄，速度之快更勝於先前。繼續追獵也沒用，但幾艘小艇還是在鯨群後方逗留，想要抓住幾隻被我們用「阻拉格」對付過的落單鯨魚，同樣也要幫福拉斯克處理那隻他殺掉並插上標示旗幟的鯨魚。這標示旗幟是一種帶有旗杆的狹長三角旗，每艘小艇上都有兩三支。每當附近出現另一隻鯨魚，要繼續去追獵時，就先把旗子插在已經殺死的漂浮鯨屍上，一方面可以用來標記鯨屍的位置，另一方面也可以宣示擁有權，以免被其他捕鯨船的小艇帶走。

這次行動多少應驗了捕鯨業的那句睿智名言：「鯨魚越多，能抓到的就越少。」雖然我們用「阻拉格」對付了好幾隻鯨魚，但真正捕獲的卻只有一隻。其他的仍設法暫時逃脫了，不過，隨後我們將會發現有一隻居然被另一艘捕鯨船給撿走了。

8 指美國獨立戰爭期間的戰役（battle of Saratog），還有領兵將軍班乃迪克・阿諾（Benedict Arnold）。

88 「鯨校」與「校長」

前一章我們已經說明了一大批或一大群抹香鯨聚在一起的情形，也已提出牠們會如此群聚的可能原因。

話說，雖然我們有時候會遇到如此龐大的鯨群，但我想各位到現在一定可以看出，偶爾肯定還是會看見零星的較小鯨群，數量在二十到五十之間。這一類鯨群即所謂的「鯨校」[1]。鯨校一般而言有兩種，有些幾乎皆由雌性組成，也有些的成員全為生氣勃發的年輕雄性，亦即大家所熟知的雄鯨。

雌鯨群游之處，我們肯定都會看到一隻成年但年紀不大的魁梧雄鯨充當護花使者。每逢警訊出現牠都會游到後方掩護雌鯨逃命，充分展現英勇特性。事實上，這位護花紳士彷彿一位驕奢淫逸的土耳其君主，把牠巡游的水上世界當成舒適的溫柔鄉，在大批後宮妻妾的簇擁下結伴同行。這土耳其君主與後宮佳麗之間的對比非常驚人，因為雄鯨總是如此巨大雄偉，雌鯨即便已經完全成年，最多也不過是一般雄鯨的三分之一大。雌鯨相對來講比較苗條，我敢說牠們的腰圍不會超過六七碼。不過我們也不能否認，這些雌鯨因為遺傳的緣故，身材仍都具有豐腴的特色。

這君主與妻妾慵懶優游的景象可說是海上奇觀。牠們像時髦人士那樣總是在四處悠閒地來來去去，追求多樣化的生活。說不定牠們剛剛才從北海地區過完暑假回來，在那裡擺脫了令人不舒服與慵懶的溽暑，歸返後讓人在赤道上看見牠們及時趕上該地區獵食季節的全盛時期。等到牠們在赤道上上下下閒晃了一會兒之後，才又啟程前往東方海域去度過即將到來的涼爽秋季，如此一來像先前避暑一樣，又可以躲掉全年的另一個極端溫度季節，亦即寒冬。

在這樣靜謐優游之際，如果發現任何奇怪可疑的跡象，君主般的雄鯨就會戒慎地緊盯著牠那容易引人覬覦的女眷們。若有任何一隻鬼祟唐突的年輕雄鯨靠過來，打算偷偷接近其中任何一隻雌鯨，那雄鯨就會像個土耳其官人一樣大發雷霆，攻擊並驅逐那年輕鯨魚！如果任由那些隨隨便便的年輕浪子入侵鯨校的極樂聖殿，那牠們肯定會盡情享樂的，不過話說回來，就算雄鯨再怎樣阻止，牠也沒辦法把那惡名遠播的花花公子從床上趕走，理由在於，唉！所有的魚可不是都睡在同一張床上！跟陸上世界爭風吃醋的情況沒兩樣，小姐們常常為愛引發情敵之間的可怕決鬥，雌鯨有時候也會為了求愛而決一死戰。牠們用長長的下顎互鬥，藉此一較高下，有時候雙顎交纏，那模樣像極了麋鹿用鹿角交牴，同樣也會纏在一起。不少鯨魚被捕時身上都帶著這種纏鬥的深深傷痕，像是鯨頭凹了，鯨齒斷了，鯨鰭變成扇貝狀，甚至有些顎骨因此歪掉脫臼。

不過，假設極樂聖殿的入侵者連一次攻擊都承受不住，逃之夭夭，那統領後宮的雄鯨君主接下來的所作所為，看來將會非常有趣。身軀龐大的牠會輕輕溜回雌鯨之間，好好享樂一番，擺出所羅門王那種篤信上帝的模樣，在千百後宮佳麗之中虔誠敬拜天主，同時向仍在附近的那年輕花花公子示威。如果附近有其他鯨魚可以選擇，很少捕鯨人會追獵這類土耳其君主般的雄鯨，理由在於牠們平常耗費太多力氣了，所以鯨油肯定不多。至於牠們生下的後代，有什麼好問的，無論是雄是雌，當然都只能在母鯨的幫助下自生自滅啊。君主般的雄鯨跟那些以四處留情而聞名的浪蕩子一樣，就算再怎樣喜歡香閨，也不會對於養兒育女有興趣。所以巡游七海的君主鯨總會在各地留下自己也不知名的兒女，每個兒女身上都帶著牠留下的異國血脈。不過，等時間到了，等牠的青春活力衰退，等牠年事漸高，等牠對一切不再有太多反應，簡而言之，就是等到這縱情逞欲的土耳其君主鯨開始疲乏了，牠喜愛的不

1 作者在此使用的是school一字的雙關語，它同時有學校與魚群的意思。

再是女眷，而是變成悠閒與修持。這位君主鯨進入了無力、悔悟與警醒的生命階段，便會將其後宮拋棄解散，成為陰鬱而年高德劭的老靈魂，一樣巡游七海，但到哪裡都是形單影隻，一方面誦念禱詞，一方面警告年輕鯨魚切莫重蹈牠的多情覆轍。

話說，既然捕鯨人都把這宛如後宮的鯨群稱為「鯨校」，那麼這君主鯨身為鯨群主宰，嚴格來講就應稱為「校長」。因此，牠不是那種畢業後出國講學，與學生分享學識的嚴肅角色——牠分享的是該怎樣做傻事與胡鬧。校長這個頭銜自然是源自於那些被稱為鯨校的後宮，但也有些人推測，當初將牠如此命名的人肯定讀過維多克[2]的回憶錄，因此知道這有名的法國佬年輕時是怎樣的鄉間校長，也了解他教給學生的那些神祕課程到底都有哪些內容。

會這樣過起引退的與世隔絕生活，其實並非校長鯨年紀老邁後獨有的特色，其實所有抹香鯨變老後都是這樣。這種獨來獨往的鯨魚名為孤鯨，事實證明他們都是年事已高，而且幾乎無一例外。牠就像令人肅然起敬的大鬍子丹尼爾·布恩[3]，孤身一人居住在大自然中。此時在杳無人蹤的海域中牠開始把大自然當成唯一的妻子，儘管賢慧絕美，但暗地裡隱藏著各種情緒，喜怒無常。

如前所述，另一類鯨校的成員都是生氣勃勃的年輕雄鯨，與後宮類的鯨校形成強烈對比。雌鯨都特別怯懦，與之相較，這些雄鯨因為可以提煉出四十桶油，向來也稱為「四十桶鯨」，是目前為止在所有鯨類中最凶猛好鬥的，因此眾所皆知的是，與牠們交手最為險象環生。不過有時候也會遇到一些奇妙的灰頭老鯨，儘管已渾身斑白，牠們仍會使出吃奶力氣拚鬥，像是被嚴重痛風症給惹惱的凶神惡煞一般。

四十桶鯨組成的鯨校往往在數量上多於後宮類鯨校。牠們像一大群流氓般的年輕大學生，所到之處只會打鬧、找樂子與作惡，牠們快速巡游全世界，只求玩樂嬉戲，無所畏懼，所以任何明智的保險掮客都不會賣保險給牠們，就像也不會賣保險給愛胡鬧的耶魯或哈佛小夥子。不過牠們也會很快脫離這種胡鬧的生活，等到差不多完全成年後，就分道揚鑣，各自去找落腳的地方，也就是去追求雌鯨。

雌雄鯨校之間的另一個差別更能突顯出性別差異。假設有一隻四十桶鯨遭攻擊，這可憐的傢伙將會受到所有同伴的背棄。相反地，若遭到攻擊的是一隻雌鯨，牠的同伴則會在四周繞游不去，表現出各種憂慮的神態，有時候因為待的地方太近，時間太長，結果牠們自己也變成了獵物。

2 Eugène François Vidocq，法國十八、十九世紀犯罪學家，但年輕時是個罪犯，性喜調戲婦女。

3 Daniel Boone，美國十八、十九世紀拓荒者，但事實上這位拓荒者兒女成群，跟家人一起住在蠻荒地區。

89 「有主鯨」與「無主鯨」

在兩章以前我曾提及標示旗幟與旗杆，在此有必要說明一下捕鯨業中關於這方面的法律與規定，只因那旗幟在我們這一行可說是重要的象徵與標記。

常見的一種狀況是，有幾艘船一起巡游，其中一艘把魚叉射到某隻鯨魚身上後，讓牠逃了，最後牠讓另一艘船給殺掉捕獲。這種情況雖然是由許多細微偶然的可能性間接造成，但所有情況都與重要無比的標示旗幟相關。例如：經過一番累人、凶險的追獵後，捕獲的鯨魚因為猛烈暴風雨而脫離了船身，往背風處遠遠漂走，結果遭另一艘捕鯨船截獲，這船大可以安穩且好整以暇地把鯨屍拖到船邊，完全不用冒生命危險，連捕鯨索都不用。因此，關於這類案例若沒有某個成文或不成文，且無可爭議的普遍法規來規範，兩艘捕鯨船之間不免會發生最惱人的激烈爭辯。

唯一透過立法程序制定出正式捕鯨法典的，也許就只有荷蘭這個國家。法典是由荷蘭國會於一六九五年頒行。不過，儘管其他國家未曾制定過關於捕鯨業的成文法，但美國捕鯨人在這方面卻一直都能委由立法者與律師來處理。就簡練易懂而言，這套法制體系的成就甚至超越了《查士丁尼法典》與中國社會「休管他人閒事」的法則。沒錯，這些法規因為非常簡短，甚至可以刻在那種有安妮女王肖像的四分之一便士硬幣上，或者刻於魚叉的倒鉤，並且掛在脖子上。

法規一：「有主鯨」屬於叉中牠的一方。

法規二：任誰都有權爭奪「有主鯨」，先抓到者得之。

這巧妙規章的精鍊特色向來備受讚賞，但也是一大缺點，因此有必要用許多事件的紀錄來說明。

首先，何謂「有主鯨」？嚴格來講，鯨魚無論死活，只要有某艘大船或小船上的一位或一位以上船員，使用船桅、船槳、九吋繩索、電線、網子或任何東西把鯨魚跟船繫在一起，就是「有主鯨」。同樣地，鯨魚身上只要有旗幟或任何可資辨別所有權的記號，而且留下記號的那一方隨時顯然都有能力按照己方意圖把鯨魚弄到船身旁邊，那也可以稱之為「有主鯨」。

這些都是從科學角度論述的事件紀錄，但捕鯨人本身評論時使用的字眼有時比較強硬，提出的「抨擊」更是強硬無比——風格就像科克批判李德頓那樣，只不過捕鯨人是動手不動筆。[1]某些比較正直且高尚的捕鯨人的確會容忍一些特殊狀況，也就是說，如果有誰曾經追獵或殺死某隻鯨魚，後來卻被搶走，他們會覺得是令人義憤填膺的冤屈。至於其他捕鯨人，就沒那麼正直審慎了。

大約五十年前，英格蘭曾發生過一樁追索鯨魚的奇案，原告在北海海域苦苦追獵一隻鯨魚後，順利把魚叉叉在牠身上，但最後為求保命，被迫棄捕鯨小艇而去，連捕鯨索都無法帶走。後來，另一艘捕鯨船的船員（也就是被告）遇上了那鯨魚，經過一番攻擊、屠殺，終究在原告的眼前將其據為己有。當被告一方遭到抗議時，船長完全不理會原告，還當著他們的面表示，為了表明自己的所作所為完全沒錯，他肯定會把捕獲鯨魚時取得的捕鯨索、魚叉與捕鯨小艇一併保留。因此原告提出告訴時所追索的補償金，除了是針對鯨魚而提出的，另外也包括捕鯨索、魚叉與捕鯨小艇。

為被告辯護的是艾爾斯金律師[2]，承審法官則為艾倫博爵士閣下[3]。申辯時，精明的艾爾斯金以

1 科克（Edward Coke）在《法學總論》（*Institutes of the Laws of England*）一書中對李德頓（Thomas de Littleton）的《英國法》（*English Law*）提出批判，談的是土地問題，但跟本章的鯨魚問題一樣，問題核心都是「所有權」。

2 Thomas Erskine，十八世紀知名的英國律師。

3 Lord Ellenborough，英國法官。

剛剛發生不久的一個通姦訴訟案來說明他的立場，在該案中，某位紳士曾試著壓制妻子的壞脾氣，但徒勞無功，因此不得不棄她而去，就像遇到壞天氣的船員被迫棄鯨而去。但過了幾年後，他對自己的作為感到後悔，於是著手採取行動，想把妻子找回來。該案中，艾爾斯金是另一方的辯護律師，於是他表示，如果把那妻子比喻成鯨魚，一開始用魚叉捕獲她的確實是她前夫沒錯，只是後來因為他實在受不了妻子的暴戾，壓力太大才終究自動放棄。這棄婦隨即變成一隻「無主鯨」，因此隨後若有另一位紳士用魚叉重新捕獲她，那麼她，以及那可能還叉在她身上的其他魚叉，應該就變成了後來這位紳士的財產。

針對後來這案子，艾爾斯金主張鯨魚的例子可以用來說明棄婦一案的狀況，反之亦然。

在充分聆聽雙方的申辯之後，博學的艾倫博法官在規定的開庭期間做出如下判決：他將捕鯨小艇判給原告，理由是他們棄艇是為了保命。至於那爭議中的鯨魚、魚叉與捕鯨索，則判給被告：就鯨魚而言，理由在於，最後遭捕獲時牠是「無主鯨」。魚叉與捕鯨索則因為鯨魚是帶著兩者一起逃走的，所以應該歸鯨魚所有，而後來無論任何人捕獲鯨魚，則有權同時擁有鯨魚、魚叉與捕鯨索。既然鯨魚是後來由被告捕獲，那麼前述所有東西自然歸被告所有。

任何老百姓看到這位博學法官的判決，可能都會抱持反對意見。不過，如果針對本案追根究柢看來，斷案時艾倫博法官大人所援引與闡述的，無非是前述兩條捕鯨業法規所確立下來的兩大原則，而經過一番思量後，我進一步發現關於「有主鯨」與「無主鯨」的兩條法規其實也就是人類法律的根基。無論是法律的殿堂或者腓力斯丁神殿，不管雕飾紋路有多複雜，支撐著兩者的一樣都是兩根主柱。

所謂「先占就贏一半」，這難道不是一句大家都能朗朗上口的俗諺嗎？而且完全不用考慮到底是如何占有的。不過，就司法的實務看來，並非只是贏一半，通常是占有者十之八九都會贏。不論是俄國農奴與共和國黑奴，或者「有主鯨」的所有權原理與精髓，難道不都是「先占先贏」？如此看來，其實「有主鯨」不就像是寡婦手裡的最後一枚硬幣，讓貪婪的房東想要占之而後快？既然遲早會遭惡棍占有，那麼懸掛著主人名牌的大理石豪宅和身上帶有標示旗幟的「有主鯨」不是沒兩樣？同樣的狀況可說是屢見不鮮，例如已經破產的可憐蟲「悲慘先生」向猶太人「莫得揩」[4]借錢，以免家人餓死，結果硬是先被「莫得揩」扣掉一筆利息錢。「救魂樞機主教」[5]不是也一樣？他的十萬鎊收入全都來自於幾十萬做工做到快斷背的勞動大眾，而他們的的確確完全都沒有接受主教的任何幫助，如此一來主教的收入與「有主鯨」有何差別？「貪得公爵」繼承而來的城鎮村莊也跟「有主鯨」一樣啊！還有，無論是可怕魚叉手約翰．布爾奪來的悲慘愛爾蘭，或自命為使徒的強納森弟兄搶來的德克薩斯，不都是「有主鯨」？[6]上述一切不都是「先占先贏」的例證？

若說「有主鯨」的法規非常通用，那麼類似的「無主鯨」法規可能更是普遍可見。在國際間，在世界上，都是放諸四海皆準的。

如此看來，一四九二年的美洲大陸不就是一隻「無主鯨」，被西班牙王室派出的魚叉手哥倫布插上了標示所有權的旗幟？波蘭、希臘、印度都曾分別是沙皇、土耳其人與英格蘭人的「無主鯨」，至於墨西哥最後難免也會淪為美國的「無主鯨」。全都一樣。

人權與世界自由不也是「無主鯨」？人類的心智與意見一樣是「無主鯨」。還有人類的宗教信仰原則，難道不是？還有思想家的思想，最後不是也往往會被那些喜歡賣弄詞藻的人剽竊，因而淪為

4 作者原用Mordecai，是常見的猶太姓氏。「莫得揩」一詞結合音譯與意譯，意指任誰都無法從這猶太人身上揩油。

5 原文為Archbishop of Savesoul，諷刺天主教以救贖靈魂為名義斂財。

6 這裡提及的兩個人名分別為John Bull與Brother Jonathan，在作者那個年代分別是英國與美國的代稱。

「無主鯨」？我們這個世界本身不也是「無主鯨」嗎？至於我的讀者，你們難道不是「無主鯨」，同時也是「有主鯨」嗎？

90 鯨頭或鯨尾

鯨頭歸王，鯨尾歸后。

——引自布拉克頓《論英格蘭之法律與慣例》第三卷，第三章。[1]

前述文字引自拉丁文寫就的《論英格蘭之法律與慣例》一書，從上下文看來，意思是任何在該國海岸捕獲的鯨魚，鯨頭都該歸偉大的榮譽魚叉手，也就是英王所有，至於鯨尾則應恭敬地呈獻給王后。這樣的分割方式，倒是很像把蘋果剖成兩半，中間全無剩餘的部分。話說這法規儘管稍有修正，但如今於英格蘭仍有效力，而且因為此一奇怪規定在很多方面都異於前述「有主鯨」與「無主鯨」的法規，因此才會另闢一章來談，就像英國火車總是會基於尊重王室的原則，保留一節車廂專供王室成員使用。首先，為了證實上述法規仍有效力，我將提供一個奇案來印證，把不到兩年前發生的某件真實事件向您講清楚。

事情發生在五港聯盟[2]的某個港，若非多佛或桑威治，就是其他港口，當時有一批老老實實的水

1 這一段話原為拉丁文：「De balena vero sufficit, si rex habeat caput, et regina caudam.」布拉克頓（Henry de Bracton）是十三世紀英格蘭知名法學家，《論英格蘭之法律與慣例》（*De Legibus et Consuetudinibus Angliæ*）是他最有名的法學名著，分為五卷，都以拉丁文書寫。

2 五港同盟（Cinque Ports）包括哈斯丁（Hastings）、新羅姆尼（New Romney）、海斯（Hythe）、多佛（Dover）與桑威治（Sandwich）等五港，後四者都位於肯特郡。

手在遠離海岸的外海處發現一頭肥美的鯨魚，辛辛苦苦追獵後殺了牠，成功將其拖上海灘。且說這五港聯盟有一部分的管轄權握在某個治安官或者胥吏，也就是華頓爵士的手上。我想此職務係由王室派任，所以此一地區隸屬於王室的收項都由他分派。某些作家將這種職務稱為閒差，但事實不然。因為華頓爵士有時必須忙於中飽私囊，只要錢入了他的口袋就算是他的了。

這些水手被晒得渾身是傷，打著赤腳，褲管高高捲起的一雙小腿看似兩隻滑溜鰻魚，使盡吃奶力氣才把那肥美鯨魚高高吊起晾乾，眼看著就要憑藉珍貴鯨油、鯨骨而獲得一百五十鎊的豐厚收入，滿心幻想著分紅讓荷包滿滿後可以跟妻子一起啜飲香茗，跟好友共享醇酒。此刻有某位最為篤信基督教且至為慈善博學的紳士走過來，腋下夾著一本布萊克史東寫的法學名著[3]，將書往鯨頭上一放，開口便說：「把手拿開！先生們，這條魚可是一頭有主鯨喔！我依法將牠沒入，該歸華頓爵士所有。」這些可憐的水手充分展現出英國人特有的恭敬態度，驚嚇之餘不知如何回應，只能卯起來搔頭，同時用悲哀的眼神一下瞥望鯨魚，一下瞄著那位素昧平生的紳士。但這可憐兮兮的模樣既無助於解決問題，也無法軟化那位帶著布萊克史東法學名著的博學紳士的鐵石心腸。最後其中一位水手搔頭搔了很久後，斗膽提問。

「這位老爺，請問誰是華頓爵士。」

「就是公爵大人。」

「但這鯨魚可不是公爵捕獲的吧？」

「魚是他的。」

「我們費盡千辛萬苦，冒著生命危險，也花了一些錢，結果好處都給公爵占了。難道忍痛苦幹只是為了掙來手上的水泡嗎？」

「魚是他的。」

「難道那公爵真的那麼缺錢，不得已才用這種缺德的手段弄錢謀生？」

「魚是他的。」

「本來還盤算著用捕鯨的分紅來奉養我那纏綿病榻的老母親呢。」

「魚是他的。」

「把四分之一或一半的收入分給公爵，他也不滿意嗎？」

「魚是他的。」

總之這魚遭沒收後出售了，錢入了威靈頓公爵閣下的口袋。從某些特定的角度仔細思慮後，鎮上某位真誠的牧師認為公爵大人有些微可能會認為那些水手的處境殊堪憐憫，於是便用恭敬的語氣寫了一封短信給公爵，請求他好好斟酌可憐水手們的狀況。對此公爵大人的回信大致上可以如此簡述：魚已賣了，錢也拿了，未來若牧師先生可以別管他人閒事，那公爵我會感激不盡——兩封信的內容皆已公開。難道這已經退居聯合王國邊境，但仍如此威風凜凜的老頭[4]非得這樣無所不用其極地掠奪乞丐的微薄施捨金嗎？

從這案例可以看出，公爵之所以能夠宣稱那鯨魚歸他所有，顯然是因為他代表著王權。所以我們必須追本溯源的問題是，到底是根據什麼原則，國王一開始就獲得了那所有權？這是在法律裡已經規定的，但普勞頓[5]曾說明了箇中理由。他表示，在海岸地區捕獲的鯨魚之所以歸國王王后所有，是因為「鯨魚具有出類拔萃的特質」。對於這問題進行評論的許多能人名士也曾表示，他的論證極具說服

3 指十八世紀法學家布萊克史東（William Blackstone）寫的《英格蘭法律釋評》（*Commentaries on the Laws of England*）。

4 威靈頓公爵是擊退拿破崙的英國名將，這裡是指他退休後仍一度復出，幫英國平定首都倫敦周圍的民變。

5 Edmund Plowden，十六世紀英國法學家。

力呢！

但話說回來，為什麼鯨頭歸英王，鯨尾歸王后呢？不少律師也曾各自提出理由咧！

王座法庭的律師威廉．普林[6]曾在他那一篇關於「王后經費」——也就是王后零花錢——的論文中如此論述：「你的尾巴屬於王后，王后還需要靠你的鯨骨來治裝。」普林寫這句話時，格陵蘭鯨（露脊鯨）的鯨骨因為彈性極佳，仍普遍大量用於製作女士穿戴的緊身馬甲。但這種鯨骨並非位於鯨尾，而是鯨頭，像普林那種睿智的律師居然也會搞錯，實在令人深感遺憾。但難道女王是美人魚，才要把鯨尾獻給她嗎？這規定也許暗藏著另一層寓意。

許多英格蘭法學家都認定鯨魚與鱘魚是兩種「王室魚」，因此在某些特定條件下都是屬於王室財產，名義上王室歲收有十分之一都是源自於牠們。我不知道是否有其他作家曾提出這種主張，但在我看來，照道理來推斷，鱘魚的分割方式也應該跟鯨魚一樣，由國王收取那種魚特有的極為密實而富彈性的頭部，可笑的是，這規定從象徵性的角度看來，很可能是因為有人認為人頭與魚頭之間具有某種相似性。[7]所以說，世間萬事萬物皆有理由，法律規定也不例外。

6 William Prynne，十七世紀英國律師與法學家。

7 作者耍幽默，暗諷英王的頭跟魚頭很像。

91 皮廓號遇上玫瑰花蕾號

想在大海怪腹中挖取龍涎香但徒勞無功；惡臭難耐但多少人仍想一探究竟。

——引自托馬斯．布朗爵士《世間謬論》[1]

我所描述的上一個捕鯨場景結束後一或兩週的某天中午，我們正緩緩航行在一片令人昏昏欲睡且煙霧氤氳的海面上，事實證明，甲板上許多隻鼻子都比較敏銳，在桅頂的人還沒看到之前，就已經先聞到味道了。某種令人不悅的奇特味道從海上一陣陣飄來。

「嘿，我敢打包票，」史塔布說，「這附近某處肯定有幾隻前幾天被我們用『阻拉格』射中的鯨魚。當時我就在想，牠們肯定過沒多久就會翻肚浮上來啦。」

過不久，前方的煙霧飄向一旁，只見遠處有一艘船，從捲起的船帆看來它的側邊肯定有一隻鯨魚。皮廓號往前滑過去，這艘陌生捕鯨船的桅頂出現法國旗幟的顏色，在空中繚繞、徘徊不去，不時往下猛撲的整群海上禿鷲好似一大片捲雲，顯然這捕鯨船船側必定帶著一隻我們捕鯨人所謂的「枯鯨」，牠未遭攻擊就自己死在海上，東漂西盪，成為一具不屬於任何人的鯨屍。不難想像這巨大屍體肯定會散發出難聞臭味，比亞述城鬧瘟疫時，倖存者來不及掩埋所有屍體而散發的味道更臭。這臭味令人如此難以忍受，有些人甚至認為，就算捕鯨船再怎樣貪財也不會把這種鯨屍拖到船側。不過還是

1 即Sir Thomas Browne，十七世紀英格蘭作家，《世間謬論》（*Vulgar Errors*，作者縮寫為V. E.，拉丁文為*Pseudodoxia Epidemica*）。

有人會這麼做，完全不顧這種鯨屍的鯨油品質低劣，肯定沒有玫瑰精油[2]的香味。

徐徐微風把我們帶得更靠近，只見這法國捕鯨船側邊還有第二具鯨屍，臭味似乎比另一具更讓人不敢領教。事實上，看來牠恐怕就是那種因為「胃弱」重症，也就是消化不良而枯瘦死亡的鯨魚，因此兩具鯨屍幾乎已經全然沒有油水。儘管如此，稍後我們將會發現，無論這種枯鯨一般來講有多麼令人避之唯恐不及，但任何內行的捕鯨人都不會對牠們嗤之以鼻。

此時皮廓號與那陌生捕鯨船已經非常接近，史塔布發誓他可以一眼認出自己那把割鯨脂用的長鏟，就纏繞在其中一具鯨屍尾鰭的捕鯨索上。

「嘿，好傢伙！」他站在船頭，用戲謔口吻笑道，「真像是豺狼虎豹啊！我早就知道這些法國癩蛤蟆[3]是捕鯨業界的可憐窮酸鬼，有時候看到大浪還誤以為是抹香鯨噴水，派小艇下水去。偶爾他們出港時還會帶著一箱箱牛油蠟燭與一盒盒滅燭罩，因為老早就知道自己煉的鯨油就連給船長點燈都不夠。沒錯，這我們都清楚，但大家瞧瞧，居然有法國癩蛤蟆把我們丟下的東西，也就是那隻身上帶著阻拉格的鯨魚當寶貝。另一具鯨屍也乾巴巴的，只剩骨架，一樣也被當寶！窮酸鬼！我說啊，可憐可憐人家，我們就湊一點油捐給他們吧。他們從那隻被阻拉格過的鯨魚身上能夠弄到多少油呢？別說拿給整個監獄點燈不夠用，光給死囚牢房也不夠吧？至於另一隻，我敢說把皮廓號的三根桅杆都砍下來榨油，肯定也多過牠那鯨魚骨架的油！不過，仔細想想我看牠可能蘊藏著遠比鯨油更珍貴的東西，沒錯，就是龍涎香。不知道我們的老船長有沒有想到這一點。值得一試啊！好咧，我來試試看。」說著說著他就走向後甲板去了。

此時，原本的微弱海風已經完全消逝，海面風平浪靜，無論如何皮廓號都已經遭那臭味完全包圍，除非海風再起，否則完全沒有脫逃的希望。史塔布從船長的船艙走出來，召集了他的小艇成員，要一起前往那陌生船隻。小艇經過船頭時，他發現船頭艏柱的上半部頗有奇特的法國風味，被雕刻成像是往下垂的巨大玫瑰花梗，漆成綠色，還釘上一根根大銅釘，充當花梗上的荊棘，花梗尾端是一朵左右對稱的鮮紅色待放花蕾。船頭船板上用鍍金大字寫著三個法文字：*Bouton de Rose*，意思是「玫瑰花蕾號」，沒想到這「氣味芬芳」的捕鯨船竟有如此浪漫的名號。

儘管史塔布不懂 Bouton 是「花蕾」的意思，但 Rose 顯然意指玫瑰，再加上船艄的球狀花蕾雕刻，這一切已足夠讓他瞭然於胸。

「哈哈，木造的花蕾啊？」以手掩鼻的他大聲說，「這倒是挺恰當的，可惜味道太臭啊！」

此時為了能與甲板人員直接溝通，他必須把小艇從船頭划往右側船舷，如此一來才能靠近那枯鯨，隔著鯨屍與船上人員對話。

小艇划到右舷後，他仍然以手掩鼻，大聲呼喊：「嘿，玫瑰花蕾號！船上有人會說英語嗎？」

「有喔！」舷牆邊有個來自根西島[4]的船員答話，原來他就是大副。

「太好了！敢問玫瑰花蕾號，你們看過大白鯨嗎？」

「什麼鯨？」

「大白鯨，一隻叫做莫比敵的抹香鯨。有看過嗎？」

「聽都沒聽過。*Cachalot Blanche*[5]！沒見過大白鯨喔！」

「那就好，那就暫別了，我馬上會再來拜訪。」

2 作者在這裡提前暗諷，這艘法國捕鯨船雖然叫做玫瑰花蕾號，非但沒有玫瑰香氣，反倒惡臭難耐。

3 Crappo 是對於法國捕鯨船員的謔稱，源自於法文 crapaud，即蟾蜍（癩蛤蟆）。

4 Guernsey，法國諾曼地外海的島嶼，位於英吉利海峽上，英法語皆通用。

5 法文，即「白鯨」。

史塔布指揮著小艇快速划回皮廓號，只見亞哈倚在後甲板區的欄杆邊等他回報，他把兩手手掌合成一支擴音喇叭，大聲對亞哈說：「沒見過，船長先生！沒有！」一聽到這答案亞哈就又回去船艙，史塔布則再次造訪那法國捕鯨船。

他發現那根西島大副剛剛走進錨鍊裡，正在用割鯨脂的長鏟幹活，而且用一個像袋子一樣的東西罩在鼻子上。

「話說你鼻子怎麼啦？」史塔布問，「撞壞了？」

「我還真希望是撞壞了，或者我壓根就沒有鼻子！」那個根西島大副答道，他似乎不太喜歡手邊的工作，「但話說回來你又幹麼掩著鼻子？」

「喔，沒事！我裝了一個蠟鼻子，要扶著才不會掉下來。[6]這天氣真不錯，是吧？應該說這空氣裡有一股花園的味道[7]。丟幾束花給我們吧，玫瑰花蕾號？」

「你他媽到這裡究竟想幹麼？」那根西人突然一陣怒火中燒，對著史塔布咆哮。

「噢！冷靜，冷靜一下好嗎？沒錯，你需要的就是『保冷』啊！你怎麼不把這兩條鯨魚丟到冰裡面，還比較好處理？算了，這些都是玩笑話。玫瑰花蕾號，你們知道這種鯨魚壓根提煉不出多少油嗎？至於那具乾枯的鯨屍，我想更是連一滴油都沒有。」

「這我很清楚，但你看不出來嗎？是我們的船長不信邪。這是他的第一趟捕鯨航程，他先前是在做古龍水的。上船吧，就算他不信我，搞不好會信你，這樣一來我就能擺脫掉這骯髒差事了。」

「要我做什麼來幫您忙都可以，我親切可人的朋友。」史塔布答道，接著很快就登上了甲板，眼前只見一幅奇景。水手全都戴著帶有流蘇的精紡毛線材質紅帽，正在準備那用來吊鯨屍的沉重滑輪組，但所有人都是動作緩慢，講話快速，而且看起來顯然心情不太好。所有人都卯起來把鼻子往上仰，看起來彷彿是一根根船首斜桅。偶爾會有兩人一組的水手放下手邊滑輪，衝到桅頂去呼吸新鮮空氣。有些水手深恐自己會得瘟疫，便拿棉絮去浸煤焦油，每隔一段時間就湊到鼻孔邊。也有人把菸斗的柄折斷，只留下短短一段菸管卯起來抽菸，如此一來鼻管裡面才會一直都有煙。

一陣陣吶喊與咒罵聲從船尾的船長專屬獨立船艙傳出來，史塔布吃了一驚，接著往那方向看過去，只見一張憤怒的臉從半掩的門後面突然露出來。那位是船醫，他非常不爽，因為對該日的種種工作提出抗議卻遭無視。他到那被他簡稱為船艙的獨立船長室去是為了躲避疫病，不過為了向船長懇求與表達憤怒，偶爾還是會大吼大叫。

史塔布把情況搞清楚後，已經做好盤算，於是轉身和那奇怪的根西大副聊了一會兒，大副說船長非常討人厭，是個自負的笨蛋，害大家都被這惡臭的差事給困住了，而且無利可圖。史塔布仔細傾聽，進一步發現這根西大副壓根就沒想過鯨屍裡面有龍涎香可以挖取。因此他索性完全不提那件事，除此之外倒是對根西大副都非常坦白，兩人密商之後很快就擬出一個小小的計策，船長在遭欺騙戲弄之餘，作夢也完全不會想到被他們倆給耍了。照這計策，根西大副必須扮演口譯員角色，但他翻譯時想說什麼都可以，不用理會史塔布說的話。至於史塔布，他與船長談話時只要胡說八道一番即可，鬼扯什麼都無所謂。

此時，那注定會遭欺瞞的受害者從他的船艙裡走出來。他長得瘦小黝黑，但就一位船長來講，相貌倒是挺斯文，不過留了一臉連鬢絡腮鬍。他身穿一件紅色天鵝絨背心，身邊掛著幾個連接著懷錶的印章。根西大副畢恭畢敬地把史塔布介紹給溫文的船長，接著很快就裝模作樣，扮演起他們倆之間的通譯角色。

---

6 史塔布顯然是在開玩笑。

7 暗指空氣很臭，因為花園常需施肥，有時也是臭的。

「我該先跟他說些什麼呢？」根西大副說。

「有差嗎？」史塔布看著船長的天鵝絨背心與懷錶、印章說：「不如你先跟他說，儘管我不想以貌取人，但覺得他長得真是娃娃臉。」

「船長先生，他說啊，」根西大副轉頭用法語對船長說，「昨天他的船才遇上另一艘船在船側帶著枯鯨鯨屍，結果那艘船的船長、大副還有六個水手全都因此染上熱病死掉了。」

船長聽了心頭一驚，急著想了解詳情。

「接著呢？」根西大副對史塔布說。

「呃什麼呢，既然他那麼容易上鉤，就跟他說，現在我已經把他看透了，發現他肯定不適合指揮捕鯨船，就連找一隻聖哈哥島[8]的猴子都比他稱職。好啦，就跟他說他是一隻狒狒吧。」

「船長先生，他鄭重宣稱，另一隻乾瘦而死的鯨魚比那枯鯨還要可怕致命。先生，總之他勸我們如果愛惜生命，就該把兩具鯨屍都放掉。」

船長馬上往前衝，大聲命令手下別把鯨屍吊起來了，立刻把綁著兩具鯨屍的繩索與鐵鍊都解開。

「現在咧？」船長回來後，根西大副問。

「嗯，我想想。好吧，不如你跟他說——跟他說他被我唬弄了，此外（**史塔布心想**），除了他，或許還有別人也被我騙了[9]。」

「先生，他說能為我們效勞，他很高興。」

一聽大副這麼說，船長鄭重表示他們才該表達感激之意——所謂他們是指他自己與根西大副，最後還邀請史塔布到他的船艙去喝一瓶波爾多葡萄酒。

「他要你跟他去喝杯葡萄酒。」負責翻譯的大副說。

「我衷心感謝他，但請跟他說，騙了人還跟人家喝酒，有違我的原則。跟他說我該走了，就這樣吧。」

「先生，他說他是個滴酒不沾的人。還有，如果先生您想要留一條小命喝酒的話，那就該把四艘小艇都放下水去拖離鯨屍，因為現在可說是風平浪靜，屍體不會自行漂開的。」

此時史塔布已經翻過船舷，到了小艇裡還高聲跟根西大副說，他的小艇上有一條長長的拖繩，可以助他們一臂之力，把比較輕的那一具鯨屍拖離船邊。在此同時，四艘法國小艇也將玫瑰花蕾號拖開了，「慷慨助人」的史塔布也像賣弄似地放出那一條好長好長的拖繩，把那鯨屍往另一邊拖走。

沒多久海上吹起一陣微風，史塔布佯裝出棄鯨屍而去的模樣，至於那法國捕鯨船則是將四艘小艇都收了起來，很快就揚帆遠去了，此時皮廓號則來到了玫瑰花蕾號與史塔布那一具鯨屍之間。接著史塔布很快划小艇前往那漂浮的鯨屍，同時高聲呼喊，告知皮廓號他的意圖，立刻就要摘取那不義陰謀的果實了。他一把拿起銳利的捕鯨鏟，開始在側鰭後方不遠處挖出一個大洞。任誰看了都會以為他要在海上挖個地窖咧。最後等到捕鯨鏟碰到了枯瘦的鯨魚肋骨，他開始在屍體裡挖東西，就像在英格蘭的沃土挖掘古羅馬的磁磚與陶器。他的小艇成員都很興奮，興致高昂地幫助小艇領班，大家看來都跟淘金客一樣焦急。

開挖時有無數海鳥不斷往下俯衝猛啄，尖叫狂嘯，在水手們四周搶食。本來史塔布看來已經有點失望了，尤其是因為可怕臭味越來越濃，結果突然間從這瘟疫般鯨屍深處洩出一股微香，這味道從一陣惡臭的空氣中流出來，沒被掩蓋掉，就像某條河流即將匯入另一條河，但有一段時間並未與那條河混合在一起。

8 St. Jago，即今日非洲維德角（Cape Verde）的舊稱。

9 史塔布也騙了根西大副，隱瞞了龍涎香的事。

「我找到了，我找到了。」史塔布一邊用捕鯨鏟在鯨屍深處戳探，一邊用愉悅的口吻說，「一個囊袋！一個囊袋！」

他放下鏟子，把兩隻手都插進去，挖出好幾坨東西，看起來像香醇的溫莎香皂，或者某種顏色斑駁且味道濃郁的陳年起司，是氣味香濃的膏狀物。任誰都能用大拇指在那東西上面輕鬆戳出一個凹痕，色澤則是黃灰相間。我的朋友們，這東西就是龍涎香，在任何藥店兜售都能拿到一盎司一基尼金幣的好價錢。結果他掏出了六坨龍涎香，但無可避免的是，有更多都流失到海裡去了，而且史塔布本來能挖到的也許比流失掉的還要多，只可惜亞哈等到不耐煩所以大聲命令他收手上船，否則就不用回去了。他只能聽命行事。

92 龍涎香

話說這龍涎香真是一種奇物，而且因為也是非常重要的商品，所以在一七九一年甚至曾有一位來自南塔克特島的柯芬船長曾因為這問題而被傳喚前往英國下議院去做說明[1]。理由在於，別說是在當時了，即便到了現在，無論是龍涎香或者琥珀的確切來源都仍是一個有待深究的問題。[2]龍涎香一詞的來源，其實就是法文 *amber gris*，可以直譯為「灰色琥珀」，但這琥珀與龍涎香可是兩種截然不同的物質。海岸地區有時候可以挖出琥珀，某些遠離海岸的內陸地區也可以，但龍涎香卻只有海上才有。除此之外，琥珀是一種透明易碎而沒有氣味的固態物質，可以當成菸斗的菸嘴、念珠與飾品的材料，但龍涎香卻柔軟似蠟，馨香芬芳，主要是用來當香水、錠劑、珍貴蠟燭、髮粉與髮油的材料。土耳其人用龍涎香入菜，也會帶著它前往麥加朝聖，就像天主教徒帶著乳香到羅馬的聖彼得大教堂一樣。某些酒商會在紅葡萄酒裡面加幾滴龍涎香來調味。

既然龍涎香是高雅的女士與紳士們愛用的物品，任誰實在都很難想像它居然是蘊藏在病鯨的髒汙肚腸內啊！但這是千真萬確的。某些人認為龍涎香是鯨魚出現胃弱病症的原因，也有人覺得是鯨魚生病了體內才會出現龍涎香。很難說該怎樣治療胃弱，唯一的療法大概就是派人載運三、四艘小艇的瀉藥去給牠吃，然後趕快逃之夭夭，就像炸山開路的工人在安裝炸藥後必須趕快離開。

1　指約書亞・柯芬（Joshua Coffin）船長。

2　琥珀的英文是amber，龍涎香則是ambergris。

有件事我忘了說：這龍涎香裡面有幾片堅硬的圓形骨板，史塔布本來以為可能是水手的長褲鈕扣，結果沒想到那只是幾塊小烏賊的軟骨，被包裹在一整團龍涎香中。

在這朽壞鯨屍的深處居然能挖出如此芬芳且不會朽壞的龍涎香，難道沒有任何意義嗎？請你想一想聖保羅在《哥林多前書》裡的名言：「所種的是必朽壞的，復活的是不朽壞的；所種的是羞辱的，復活的是榮耀的。」同樣地也請回想一下帕拉塞爾斯所說的，最好的麝香有何特色。[3]還有，也別忘記一個奇怪的事實：在一切具有異味的東西裡面，剛剛進入製程的古龍水是最臭的。

本來我想用以上的說法來結束這一章，但由於我急著要澄清捕鯨人最常遭人指控的一件事，還是得多說兩句。雖說在某些已有偏見的人看來，那法國捕鯨船拖著的兩具鯨屍也許就已經間接證明了這種指控，但我在這本書的別處其實已經反駁過此等毀謗中傷了：捕鯨絕對不是一個骯髒不潔的行業。不過在此我還有另一個需要反駁之處。有人表示，所有鯨魚總是都很臭。但這種可恨的汙衊到底是源自於哪裡呢？

我認為，顯然此一說法可以追溯到第一批格陵蘭捕鯨船抵達倫敦的時候，也就是兩個多世紀前。理由在於，前往南方海域作業的捕鯨船會在船上煉油，但格陵蘭捕鯨人無論是當時或現在都不會這麼做，因為北冰洋的捕鯨季實在太短，他們的船常會突然遇到暴風雨，別無選擇之下只能趕快把新鮮鯨脂切成小小的一塊塊，拔起大木桶的塞子，丟進桶中，直接帶回家。結果，等回到格陵蘭的碼頭，他們把貨艙裡裝著屍塊的一個個「鯨魚墓園」拿出來後，就會散發出陣陣臭味，而與此有幾分近似的是，為了建造產科醫院而把城裡老舊墓園挖掉遷走時的那種味道。

雖有幾分是出於猜測，但我認為這種抹黑捕鯨人的惡意攻擊也有可能歸咎於過去荷蘭人曾在格陵蘭海岸上打造的一個捕鯨村，名為施莫倫伯格或施米倫伯格，而從後面這個村名（*Smeerenberg*）才會衍生出博學作者佛哥·馮·屎來客那一本關於臭味（*smell*）的大作，進而成為該領域的教科書。[4]由於在荷蘭文中*smeer*是脂肪，而*berg*有囤積之意，從字面上看來就知道這村莊是個供荷蘭捕鯨船隊存放鯨脂兼煉油的地方，不用大老遠把鯨脂帶回荷蘭去提煉。村子裡到處都是爐灶、油鍋與儲油棚屋，而且當大家卯起來煉油時，那味道當然不會很好聞。但這一切工作流程跟南方海域捕鯨船截然不同：南海捕鯨船一趟航程可能會耗時四年，期間用來煉油的日子也許根本不到五十天，就可以讓貨艙都裝滿鯨油油桶，而且桶裝鯨油是幾乎沒有味道的。事實上，鯨魚無論死活，只要處理得當，絕對不是那種會有臭味的生物。就像中世紀的人誤以為光用鼻子就可以聞出群眾裡面是否有猶太人，也有人認定捕鯨人身上就是有一股臭味，但兩者都並非事實。不過，若要說鯨魚身上沒有香味，事實上也是不可能，因為一般來講鯨魚都是非常健康的。牠們運動量很大，總是待在戶外，雖說大多都是待在海裡而不太常呼吸到新鮮空氣。我認為，抹香鯨只要在水面上搧一搧尾鰭，就會散發出一股香氣，就像在溫熱的客廳裡，渾身充滿麝香香味的仕女只要動一動衣衫，也會滿室馨香。有鑑於抹香鯨身形巨大，我該怎樣比擬牠身上的香氣比較恰當呢？或許就像那一隻人們從印度某城鎮牽出來向亞歷山大大帝致敬、象牙上裝飾著珠寶且渾身散發沒藥香味的知名大象，不是嗎？

3 Paracelsus，十六世紀瑞士煉金術士與醫生，向來被視為藥學之父。他主張糞便中可以提煉出麝香。

4 Fogo von Slack這個名字及其著作，都是作者瞎掰的。Slack其實是暗指十九世紀英國捕鯨船長William Scoresby，前面在第三十五章作者也曾說他是Captain Sleet，而這姓氏當然也是作者在揶揄史柯斯比（Scoresby），因為sleet是指「雨雪」，就像slack有偷懶馬虎的意思。

93 浩劫餘生的邊緣人

與那法國捕鯨船相遇後沒幾天，我們皮廓號上面一位最不重要的船員身上發生了一件最重要的事，而且這件事悲哀至極。對於有時瘋癲嬉鬧，但最後命運早已注定的皮廓號而言，那件事的結局無疑是一個會如影隨形的活生生預言，預示著這捕鯨船隨後可能會遭逢的驚人劫難。

話說，並非船上任何人都會成為捕鯨小艇的成員。少數幾位是後備人力，一般稱為留守水手，其職責是負責開船，讓其他人能登上小艇去追獵鯨魚。一般來講，留守水手跟小艇水手都是一樣精壯，但如果船上恰巧有些傢伙比較瘦弱、笨拙或膽怯，他們肯定就只是當留守水手的料。所以皮廓號上那綽號叫「皮平」，簡稱「皮普」的黑人少年就是這樣。可憐的皮普！先前我已經提過他，您肯定還記得那個午夜我們載歌載舞時，他的手鼓演奏讓人聽來感到又悲又喜。

從外觀看來，皮普與那個綽號「麵糰小子」的皮廓號服務員可說是半斤八兩，身材都很矮小，只是顏色不同，彷彿被套上古怪馬軛的一黑一白兩匹小馬。不過那倒楣的麵糰小子天生愚笨遲鈍，皮普雖說性情過於溫和，但終究算是非常聰明，充分反映出非裔族群特有的歡快、親人、愉悅與活潑個性，這世上沒有任何種族比他們更懂得自由自在地享受各種假日與節慶。黑人的日曆上彷彿一年三百六十五天都是七月四日國慶日與元旦假期似的。[1]若這黑人小子在我筆下顯得如此耀眼，請勿見笑，因為這世上任何黑色的人或物也都有輝煌的時刻，難道您沒看過國王密室裡面那黑到發亮的豪華黑檀木牆板？但皮普是熱愛生命的，特別喜歡生命的平靜安穩，所以當他莫名其妙地受困於令人驚慌失措的情境中，非常可悲的是，他身上的光澤也會隨之失色不少。各位很快就會看出，雖說他的光澤暫時褪卻，但最後注定整個人好似又會被一把驚駭奇詭的野火點燃。過去在故鄉康乃狄克州托蘭郡草地上拉小提琴作樂時，還有在皮廓號上跳舞奏樂的晚上，活潑的他哈哈大笑，更是把半圓的海平線變成一個鑲著星鈴的手鼓，他整個人散發著一種天然光澤，但最後到那把野火燒起來時，他會誤以為眼前的亮光比過去那光澤還要明亮十倍。所以說，即便是在朗朗晴空下，一條像淨水般晶瑩剔透的鑽石墜鍊掛在布滿藍色血管的脖子上也會散發出健康的光芒，但奸詐的珠寶商偏偏要把鑽石擺在暗沉的地面上，向你展示出最驚人的光澤，而且不是藉由陽光來照亮，是用某種不自然的煤氣燈光。如此一來散發出來的火光就像來自地獄，那曾經象徵著剔透晴空的鑽石帶著邪惡亮光，看起來就像從地獄冥王王冠上偷來的寶石。不過，我們就言歸正傳吧。

事情是這樣的。龍涎香事件中，史塔布手下那位坐在小艇後方的划槳手不巧扭傷了手，有段時間還滿嚴重的，所以他的位子就暫時由皮普頂替。

第一次隨史塔布的小艇追獵鯨魚時，皮普表現得緊張兮兮，所幸他並未與鯨魚直接接觸，因此那次任務後才不至於顏面掃地。不過，史塔布在觀察他的表現後仍小心告誡他要鼓足勇氣，因為他可能常會發現自己必須勇敢一點。

話說到了第二次出任務時，小艇划到了鯨魚身上，因為鯨魚已遭鐵叉叉中，當然就開始翻騰了起來，而牠剛好就在皮普座位的正下方。他當然就不由自主地驚駭了起來，以至於手握著艇槳跳入海中，結果鬆弛的捕鯨索有一部分纏住了他的胸部，就這樣遭繩索扯著，最後終於落水時身體與繩索已糾纏在一起。此刻那遭叉中的鯨魚開始驚狂疾游，很快就把繩索拉直了，轉眼間可憐的皮普被拖往小艇的導索器旁，嘴裡不斷狂吐白沫海水，捕鯨索也無情地在他的胸膛與脖頸上繞了好幾圈。

1 請注意作者的諷刺筆觸：此時美國的黑人大多為黑奴，每天都被逼著工作，怎能保持歡快？或許他是在諷刺那些奴隸主。

塔許特哥站在艇頭，追獵正令他熱血沸騰，他恨透了皮普這個膽小鬼。他從刀鞘迅速抽出艇刀，將刀刃擺在捕鯨索上，轉身詢問史塔布：「要割掉嗎？」在此同時皮普的臉已經因為無法呼吸而發青，臉上就是一副「看在老天的分上，割吧！」的表情，這一切都發生在電光石火之間，不到三十秒。

「該死的傢伙，割吧！」史塔布咆哮道，所以鯨魚溜走了，皮普也保住一條小命。

這可憐的小黑鬼才剛剛清醒就慘遭小艇成員吼叫咒罵。靜待這些此起彼落的詛咒聲消逝後，史塔布才用平淡而裝模作樣，但仍不失幽默的語氣，好好把皮普給罵了一頓，罵完後又私下給了他許多審慎的建議。其內容大致如下：皮普，絕對不可以跳下小艇，除非——但跟那些最為周全的建議一樣，他其餘的話講得非常含糊。總之，意思就是，捕鯨人就該把「死守在小艇上」當成座右銘，但有時候的確還是「跳下小艇」比較好。不過，最後史塔布好像感覺到，如果他把這些良心建議完全不加修飾地提供給皮普，那往後這傢伙豈不是會常常跳下小艇？所以他突然要皮普忽略所有建議，用一道專斷的命令總結：「死守在小艇上，皮普，不然的話，我可以對天發誓，我肯定不會把你撈上來的，記住。為了你這種貨色而失去鯨魚，我們可承擔不起這種損失。皮普，在阿拉巴馬州，比起你的身價，鯨魚的售價可是多三十倍啊。牢牢記住這一點，也不要再跳下小艇了。」藉此，史塔布也許是間接暗示皮普，雖說人類都愛自己的同伴，卻也是一種愛錢的動物，而這種癖好往往會妨礙人類的仁愛本性。

但任誰都無法擺脫天意的操弄，於是皮普又跳下小艇了。情況與他第一次跳艇很像，但這次他並未遭捕鯨索纏住胸膛，因此等到鯨魚開始竄游，皮普就這樣被留棄在汪洋大海上，小艇好似急急忙忙的遊客，他則像是被落下的行李箱。哀哉！史塔布真是個說到做到的傢伙。那一天天氣宜人，太陽慷慨放送陽光，藍天之下波光粼粼，風平浪靜但十分涼爽，平坦的海面往四面八方延伸到最遠處的海平線上，就像金匠敲打過的金箔那樣平整。皮普在海上載浮載沉，他那顆黑頭彷彿乾掉的丁香花苞。霎那間他就從艇尾掉了下去，沒有人舉起艇刀幫他，毫不留情的史塔布始終沒有轉過身來，而且他們又已經弄傷了那鯨魚的側邊。才三分鐘光景，皮普與史塔布之間已經相隔了一整哩的無岸海域。在汪洋大海上，可憐的皮普把他那顆鮮嫩渾圓的黑頭轉向太陽，彷彿孤寂棄兒，不過仍是極其崇高聰慧。

話說，只要熟稔泳技，任誰都能在風平浪靜的大海上游泳，就像搭乘加裝彈簧的馬車那樣輕鬆自在。但那可怕的孤寂感卻令人無法忍受。時時刻刻都感覺到自己待在廣袤無邊的海面上，天哪！誰知道那種滋味？你不妨想想看，海上風平浪靜、一片死寂時水手們待在船上的那種滋味，想想看，他們只能乖乖待在船上，在兩側甲板上走來走去。

但史塔布真是拋棄了那小黑鬼，任他自生自滅嗎？不是，至少他並非故意的。因為在小艇後方仍有另外兩艘小艇，而他以為它們肯定很快就會划向皮普，把他撈起來。不過，當小艇划槳手因為膽小而危害了自己，並不總是能夠受到其他鯨魚獵手如此體貼的對待。這種案例並非罕見，無論是在捕鯨業也好，或在海軍與陸軍也罷，只要背上了懦夫的罵名，一樣都會受到同袍的無情厭惡。

結果呢，那兩艘小艇並沒看見皮普，反而是突然看到側邊出現幾隻鯨魚，於是就轉向去追獵了。而史塔布的小艇此時已經非常遙遠，他與手下都專注著對付鯨魚，所以悲慘的皮普與其他人之間的距離越拉越遠，所幸他終究恰巧被皮廓號救了起來，不過從上船那一刻開始，那小黑鬼已經痴呆了。至少大家都是這麼說的。像是在嘲弄他似的，大海保全了他的臭皮囊，但任由寶貴的靈魂溺死。不過，應該說並沒有完全溺死，而是被活活帶往神奇的深淵裡，所以在皮普那雙呆滯眼睛前晃來晃去的，是一個充滿奇形怪狀的公正原始世界。智慧之神化身吝嗇的人魚，把祂珍藏的財寶都拿出來展示，而在那歡樂、冷酷且永遠年輕的永恆世界裡，皮普看到了天主現身其間的無數珊瑚蟲，眼前那彷彿蒼穹的水中冒出一顆顆碩大圓球。他說他看到天主的腳踩踏在織布機的踏板上，船伴都說他瘋了。所以，人類一旦進入瘋狂境界，就能體會天意。他們遠離了凡人的理性，最後達到了「異想天開」的境界，而這在任何理性的人看來，都是如此荒謬狂亂，然則無論是福是禍，人類的天主卻都不為所動，總是如此漠然。

其他人並沒有苛責史塔布。這種事在捕鯨業已屬司空見慣，而且到了這故事的最後，我們將會看見自己也遭遇到此類被人拋棄的事件。

94 揉製鯨油

經過一番辛苦追獵後，史塔布總算還是把鯨魚帶回皮廓號的船側，而如前所述，這裡一般而言也是那些吊起鯨屍與切割鯨脂等工作進行的地方，甚至也是在這裡把我前面提及的「海德堡大酒桶」，或所謂「鯨油箱」裡的鯨油提取出來。

有些人正忙著提取鯨油，其他人則是要趁鯨腦一裝滿就趕快把那些比較大的木桶拖走。等時候到了，我們就得小心處理這鯨腦，接著立刻送到煉油間去。

鯨蠟變涼凝固到一定程度後，我跟其他幾個水手坐在一個超大木桶前面，它簡直像君士坦丁一世興建的羅馬浴場，奇怪的是我發現有些鯨腦結成一大塊一大塊，在仍是液體的鯨腦中滾來滾去。我們的任務就是要把那些塊狀鯨腦揉捏回液態。這真是一份香甜滑潤的差事啊！難怪鯨腦在古代曾是化妝聖品。想要皮膚白皙，想要聞起來甜美芳香，想要皮膚柔嫩，想要緩和身心，都少不了鯨腦！才揉捏了幾分鐘，我就覺得手指像一條條鰻魚那樣滑溜，甚至開始像蛇那樣蜷曲起來。

在絞盤那裡使盡吃奶力氣後，我盤腿坐在甲板上輕鬆地工作，頭上是靜謐的朗朗藍天，連船帆也懶洋洋的，皮廓號在水面上輕柔滑行。那些相互滲透的組織液剛開始結成小珠珠，如此柔軟溫和，才不到一小時光景就交溶在一起，而我的雙手浸泡在那裡面，感覺到無數珠珠在指間破掉，釋放出滑潤的液狀鯨蠟，簡直就像一顆顆熟成葡萄化為醇酒。我聞著那毫無雜質的香氣，簡直就像是春天的紫羅蘭香。在此我鄭重告訴大家，那段時間我有一種住在馨香草原上的感覺，暫時忘卻我們遭逢的可怕詛咒。那鯨蠟是不可言喻的妙物，不只洗了我的手，也滌淨我的心。我幾乎開始相信古代藥師帕拉塞爾斯的迷信說法，認為鯨蠟具有平息憤怒的罕見藥效，只因當我把手浸泡在裡面時，覺得自己像是受到上蒼眷顧，可以免於任何邪念、怒氣或惡意的侵犯。

捏揉啊，捏揉！我們捏揉了整個早上，我一直捏揉著鯨蠟，直到感覺自己好像也溶化在裡面，持續揉捏鯨蠟直到感覺自己已經進入某種怪誕的瘋狂狀態。我還發現自己已經捏到其他水手的手而不自知，誤以為他們的手是那些柔順的珠狀鯨蠟。這工作竟然讓我有一種豐富、多情、友善甚至充滿愛的感覺，最後我持續揉捏他們的手，直到我抬頭用感動的眼神與他們四目相交，好像在對他們說：噢，我親愛的人類同胞啊，為什麼我們這社會的人心還要繼續如此淡薄，充滿惡意與忌妒呢！來吧，讓我們持續揉捏彼此的雙手。噢，不對，應該說讓我們揉到合而為一。讓我們把自己都揉成這充滿慈愛的乳白色鯨蠟。

要是能那樣一直揉捏鯨蠟，直到永遠就好了！因為啊，從我過去長時間屢屢有所體悟的許多經驗看來，所有人類都必須降低或至少改變自己對於幸福的幻想，因為無論憑藉睿智或發揮想像都是無法獲得幸福的：幸福就蘊藏在妻子身上、你我心裡、床笫之間、餐桌旁或是馬鞍上、火爐邊抑或田野鄉間。既然我有了這種感悟，我已經準備好不斷揉捏鯨蠟。回想起那天晚上的種種，我彷彿看到天界有一排排天使，祂們全都將雙手伸進鯨蠟罐中。

*****

話說，既然提及鯨蠟，似乎有必要在把鯨蠟加工成可以送進煉油間時，一併說說其他類似的東西。

首先是所謂的「白馬」，是從鯨魚尾部取得的，在尾鰭比較厚的部分也有。堅韌的「白馬」裡有凝結的肌腱，但還是蘊含著一些鯨油。從鯨屍上割下來後，我們會先把「白馬」切割成一塊塊矩形，以便搬運，接著才用絞肉機處理。它們看起來就像一塊塊英國伯克郡大理石。

鯨肉上比較零碎的部位則被稱為「葡萄乾布丁」，一大片又長又厚的鯨脂上到處都是這種東西，而且通常都富含油脂。「葡萄乾布丁」看起來令人覺得清爽、賞心悅目而美麗。從名字看來，不難想像這物質的顏色豐富駁雜，鯨脂表面就像雪白與金黃相間的地面，上面布滿深紅與紫色的斑點，這就是「葡萄乾布丁」。看起來又像一整片香櫞果之間撒滿了一顆顆紅寶石色葡萄乾。不知為何，任誰都不禁想要嘗一口。坦白講我自己就曾躲在前桅後面偷吃過一次。假使法王「胖子路易」[1]於打獵季開始後品嘗了許多鹿肉，又喝下大量生產於香檳區的葡萄醇酒，然後遭人殺掉，而我又有幸親自品嘗他大腿後面的「御肉」的話，我想，「葡萄乾布丁」的味道就是如此吧。

揉捏鯨蠟過程中會出現另一種非常特別的物質，但又讓我覺得困惑不已，難以適切地描述。捕鯨人將它取名為「史拉布戈里恩」[2]，甚至此一物質的特色也可能是捕鯨人發現的。這東西給人一種難以言喻的軟爛黏稠手感，大都是在鯨蠟經過長時間揉捏，接著從鯨蠟桶倒出來時才發現的。我認為這種神奇物質是「鯨油箱」[3]內部的薄膜破裂後又連結起來所形成的。

「魚廢物」[4]一詞通常都是那些捕獵露脊鯨的捕鯨人才會使用，但有時候我們這些捕抹香鯨的也會。它是指那種從格陵蘭鯨，也就是露脊鯨背上刮下來的黏稠黑色物質，在那些捕獵次等鯨魚的次等

1 Louis le Gros，即路易六世。
2 Slobgollion，應為作者自創的字。
3 case，鯨頭前額的上半部，詳細解釋見本書七十七章。
4 gurry，一般魚類的下水（內臟），通常在剖開後就會遭丟棄。

捕鯨船甲板上隨處可見。

「滾腱」。[5]嚴格來講這個詞彙並非捕鯨人所發明。但由於被捕鯨人採用，大家才會這麼認為。所謂「滾腱」是從巨鯨尾部切下來的堅韌長條狀肌腱，短短一條，平均厚度達一吋，但也有一些大小相當於鋤頭的鐵製部位。這種東西常在油膩膩的甲板上沿著邊緣滾動，似乎跟皮革刮子的功能相同：它似乎通曉某種無以名狀的奉承之術，像魔法一樣，可以吸引所有甲板上的髒東西跟它一起走。

但若想搞懂這些令人費解的東西，最好的方式仍是自己下去鯨脂房一趟，跟房裡的人員好好聊一聊。如前所述，這個地方是個儲藏室，將鯨屍高高吊起，割下牠的毛毯狀長條鯨脂後就是都送來這裡。等切割鯨脂的時刻到來，任何菜鳥都會覺得這裡是個可怕的地方，尤其是在夜裡。房裡的一側點著幽暗燈火，有一塊地方清空，要留給工作人員使用。他們一般都是兩人一組，一人手持魚矛與鐵鉤，另一人拿著割鯨脂用的鏟子。捕鯨叉狀似驅逐艦人員用來進行近身搏鬥的登船武器，鐵鉤則很像船鉤。其中一人用鐵鉤把毛毯狀的鯨脂鉤住，儘管船身搖搖晃晃，他仍必須設法別讓鉤子溜掉。

在此同時，拿割鯨鏟那一位則是站在鯨脂上面，設法垂直地把鯨脂切砍成細細長長的一片片[6]，以便搬運。割鯨鏟都磨得鋒利無比，拿鏟的人又沒穿鞋，腳下的鯨脂有時候卻又難免滑開，像雪橇似的。若他砍下自己或助手的腳趾，我們又有什麼好震驚的呢？鯨脂房裡的老鳥有很多都是缺趾之人。

5 即nippers，原意為鉗子，但在這裡是特殊用法。

6 大約是兩呎長、六吋寬。

95 「聖袍」

在鯨魚遭解剖後的某個時間點，若您登船造訪皮廓號，慢慢往前逛到絞盤附近，我敢肯定您一定會對眼前奇怪的謎樣物件感到非常好奇，而那東西就擺在背風面的排水管旁——不是那奇特水槽般的巨大鯨魚頭顱，不是那已經被卸下來的奇妙鯨魚下顎，也不是牠那完美均衡的奇蹟似鯨尾。這一切令人感到驚詫的程度完全比不上你瞥見的那根無法言喻的圓錐狀物體，其高度高過肯塔基州的高個兒，圓錐底部直徑接近一呎，整根就像魁魁那尊黑色小神像「尤佐」一樣烏漆麻黑。嘿，說是「神像」也沒錯，因為古代真的有長得像那種東西的神像啊。猶大王國就曾經有一段這樣的暗黑歷史，記載在《舊約聖經．列王紀上》的第十五章，瑪迦太后在祕林中崇拜那種神像，結果遭其子亞撒王廢黜，而那惹人厭的神像則是被亞撒砍掉，燒毀於汲淪溪。

看看那位我們稱之為剁肉手的水手，在兩位同伴的幫助下走過來，身上背著的那個沉重的傢伙在我們這一行叫做「巨莖」[1]，把他壓得肩膀下垂，步履蹣跚，活像個背著同袍死屍的投彈步兵。他把那東西擺在艏樓甲板上，開始把圓錐狀「巨莖」的黑色外皮剝下來，彷彿非洲獵人剝除蟒蛇皮那樣。剝下後他把那外皮的裡層翻出來，就像把褲管的內裡往外翻一樣，接著把整片外皮好好拉開，長度幾乎變成兩倍，最後張開來掛在帆索上晾乾。不久後把那外皮拿下來，將錐狀的那一頭割大概三呎下來，然後在另一頭割了兩個開口當作袖孔，接著自己鑽進了那外皮裡面。此時各位眼前這位剁肉手就

1 grandissimus，鯨魚的巨大陰莖。

好像是身穿教會聖袍。根據他們這一行的古老行規，好像光靠他身上這副盛裝就能提供充分保護，讓他好好幹活。

他的差事就是要把那我們稱為「白馬」的鯨脂剁碎，才能丟進油鍋裡提煉。他使用的器具是一隻尾端裝在舷牆上的奇怪木馬，馬下有個寬大的盆子，剁碎後的鯨脂都會掉進去，速度快得像一位入迷演講家一頁頁快速地將講稿從講桌上丟下來。剁肉手身穿莊重黑袍，站在顯眼的布道壇旁，緊盯著一頁頁《聖經》，多麼像是一個「大主屌」[2]的候選人，真是教宗的好夥伴哪！[3]

2 Archbishoprick，當然是作者自創的字，將archbishop與prick結合在一起。真有點喬伊斯（James Joyce）的況味。

3〔原注〕水手們總是對剁肉手喊著：「《聖經》紙啊！「《聖經》紙啊！」意思是要他下手仔細一點，儘可能把一片片鯨脂薄切，才能加快煉油的速度，煉出的油量也大增，甚或可改善油質。

96 煉油灶

從外觀看來，美國捕鯨船除了都高高吊著幾艘小艇，另一個特色就是船上的煉油灶。唯有將極度堅固的石造物件與橡樹、麻絮結合在一起才算完整的美國捕鯨船，是捕鯨船中的特異種類。就像是把野外的一座磚製爐灶搬到船上似的。

煉油灶就設在前桅與主桅之間，也就是甲板上空間最寬闊的區域。這區域下方的木料特別堅固，因此可以撐住一座大約十呎長，八呎寬，高達五呎，以磚頭、灰漿為材質的扎實爐灶。爐灶底部並未穿透甲板，但四面都用粗大彎曲的鐵條牢牢固定在甲板上，旋得非常緊。爐灶兩側用木板包覆起來，頂端是一個用條板固定住的超大傾斜灶蓋。拿掉灶蓋就會露出兩個大型鯨油鍋，兩鍋的容量都相當於好幾個鯨油桶。閒置時，油鍋必須徹底保持清潔，有時候還要用皂石與砂子磨到像銀質潘趣酒缽一樣光亮。值夜班時某些個性很難搞的老水手還會爬進油鍋，在裡面蜷縮起來打個盹。有時候我們負責打磨油鍋，一人站一邊，同時也開始在鍋邊講起了悄悄話。鍋邊也是個沉思數學問題的好地方。我也曾負責打磨皮廓號的左側油鍋，就在用手裡皂石卯起來沿著鍋面畫圈圈時，我突然第一次間接領悟出一個了不起的幾何學原理：任何在曲線上滑動的物體，滑動到曲線底部所需的時間都是相同的，且這原理也適用於我手上那塊皂石。[1]

把煉油灶前方那塊遮板移開，側邊的石磚裸露出來，只見油鍋正下方有兩個鐵質的爐灶開口，兩

1 這看來很像幾何學中所謂的「等時降線」原理（tautochrone curve或isochrone curve）。

個開口分別都裝了厚重鐵門。為了不讓灶火的強烈熱氣直接碰到甲板，整個密封的爐灶表面下有個淺淺的儲水區，它的後方連接著一條水管，只要裡面的水一蒸發就能往裡面加水。爐灶外面並未裝設煙囪，因為後牆是敞開的。在此，容我暫時說一說先前發生的事情。

某天晚上大概九點，皮廓號的煉油灶在這趟航程首次啟用，負責監工的人是二副史塔布。

「大家都準備好了？好，那就打開灶蓋，開始幹活吧。廚師，你負責點火加熱。」這差事很簡單，至於木匠則是要把他平常保存的木屑丟進爐灶裡。在此姑且這麼說吧，整趟捕鯨航程中，只有第一次點燃煉油灶時需要使用柴火，接下來除非是要讓燃料能很快點燃，否則就用不到木屑。總之，等到鯨油煉好後總會剩下一些鬆脆、蜷縮的鯨脂，或可稱為碎屑或殘渣，裡面還帶有不少油脂，可以讓火燒得很旺。在這方面鯨魚非常像是一位慘遭烈火焚身的肥胖多脂殉道者，或者自我毀滅的厭世者，用自己的身體來當燃料。要是牠還能夠把身上脂肪燒出來的黑煙給吸走，那該有多好！那黑煙實在是腥臭難聞，但我們又不得不聞，而且還得在黑煙中待上好一會兒。那種味道實在刺鼻而難以言喻，我們簡直就像待在印度教火葬儀式的柴堆旁。那味道聞起來就像末日審判時待在左側[2]，而且這臭味也可以用來印證地獄的存在。

到了午夜，爐灶真可說是火力全開了。鯨屍都已煮燃殆盡，風起之際我們揚帆前行，一片漆黑的海洋看來如此狂野不羈。但那偶爾從黑煙裡面伸出來的火舌卻舔舐著黑暗，照亮了高處的帆索，像是舉世聞名的希臘火[3]。冒火的大船繼續往前航行，好像要去執行一次無怨無悔的復仇任務。就像勇士卡納里斯[4]率領的那些戰船，午夜時滿載著瀝青與硫磺從伊德拉島[5]的港口出發，往土耳其的驅逐艦隊衝撞，一片片寬大船帆化為火舌，讓火海吞噬艦隊。

拿開爐灶頂端灶蓋後，一個寬大火爐映入眼簾。在捕鯨船爐灶旁擔任鍋爐工的，總是那幾位彷彿地獄巨人的異教徒魚叉手，他們用又粗又長的鐵叉柄把大塊鯨脂戳入滾燙鍋中，發出嘶嘶聲響，也用鐵叉柄攪動下方的爐火，攪得蛇形火舌不斷往外狂衝捲曲，從灶門衝出後往他們的腳上咬去。一團團悶悶的濃煙往外竄。滾油跟著捕鯨船一起搖擺翻滾，好像硬是想要往他們的臉上潑灑過去。爐灶口的對面，位於寬闊木爐另一邊的就是絞盤。絞盤彷彿海上的沙發，值班船員沒事要忙時，總是躺在那上面，一雙眼睛凝望著熾熱火焰，看到感覺眼睛快要燒起來似的。在火光照映下他們的黃褐色臉龐被黑煙、汗水沾汙，一臉絡腮鬍糾纏打結，對比下顯得白皙亮潔的牙齒充滿野蠻人的況味，這一切在爐灶的熊熊烈火下顯得如此奇詭。他們彼此細數著自己過去不光彩的冒險經驗，用歡快的言詞講述一些可怕的故事，在粗獷笑聲此起彼落之際，火爐也不斷噴出火焰。他們面前的魚叉手來回狂亂揮舞著長長的鐵叉與長柄杓，海風蕭蕭，海水滔滔，船身在海面上起起伏伏，發出吱嘎聲響，帶著船上火紅地獄般的爐灶持續穩健地航向海上暗夜的闃黑深處，在白浪中皮廓號彷彿不屑地咀嚼著一根白骨，不斷粗魯地往四面八方吐口水，滿載野人的它不斷往前衝，帶著烈火與燃燒的鯨屍投入無垠的漆黑之中，而這外在的漆黑與那偏執狂船長亞哈的黑暗之心是相互呼應的。

上述一切都是我的感覺：當時我手執船舵，有好幾個小時都靜靜地開著皮廓號這艘火船在海上前行。儘管在那段時間裡整個人遭一片漆黑包覆住，但我更能看清楚其他人在紅色火光中有多瘋狂可怕。黑煙紅火中，他們的紅影在我面前彷彿群魔亂舞，而且本來在午夜掌舵時總是莫名其妙想睡覺的我終於難忍睡意，入睡後靈魂中即刻出現類似的影像。

2 據《新約聖經．馬太福音》所言：「萬民都要聚集在他面前。他要把他們分別出來，好像牧羊的分別綿羊山羊一般，把綿羊安置在右邊，山羊在左邊。」所謂山羊是指罪人，必須承受遠遠受到詛咒的懲罰。

3 Greek fire，東羅馬帝國的熱兵器，是一種可以在水上燃燒的液態燃燒劑。

4 Constantine Kanaris，希臘獨立戰爭領袖，常以火船攻擊土耳其。

5 Hydra，希臘島嶼。

但那一晚有某件怪事發生在我身上，而且迄今我仍大惑不解。我站著小睡了一會兒，醒過來後立刻驚覺大事不妙，非常要命。我靠在鯨魚顎骨製成的舵柄旁，上半身側邊遭它重擊，聽見剛開始在風中搖曳的船帆發出呼呼低鳴，我以為自己的雙眼是張開的，彷彿意識到自己用手指把眼皮用力撐開。儘管如此，我還是看不到面前那具掌舵手專用的羅盤。真奇怪，不久前我不是才藉著羅盤櫃上穩定的燈光緊盯著羅盤方位圖嗎？我眼前似乎只有一片漆黑陰鬱，偶爾露出可怕的火紅亮光。我腦海浮現一個念頭：我所身處的這艘船快速往前衝，並不是要衝往某個避風港，反而是把所有避風港都拋在船後了。我渾身都感到澈底的驚惶不安，那是一種死亡的感覺。我一雙好似抽搐的手緊抓住舵柄，卻發瘋似地幻想著舵柄著了魔，轉向另一邊。天哪！我心想自己到底是哪裡不對勁？唉呀！難道在小睡片刻之際我已經整個人往後轉，面對著船尾，船頭與羅盤卻在背後。我立刻轉身，剛好來得及讓皮廓號免於遭到狂風亂吹，否則很可能就要翻船了。能夠擺脫那晚的奇怪幻覺，我真是高興極了也非常感激，還好躲過了那一次因為背風而可能遇上的致命危機！

奉勸大家，可別盯著火太久啊！也別在掌舵時夢周公！切莫背對著羅盤，只要舵柄稍稍搖晃，可就要當心了！別相信那人造的大火，因為在紅色火光照映下一切都會變得可怕邪氣。等到明天旭日東昇，天空將會綻放亮光，至於那些在熊熊火焰中彷彿散發惡魔般強光的傢伙，在晨光中又會是另一副模樣，至少會比較溫和。太陽如此光耀、金黃、宜人，它是唯一貨真價實的燈火，其餘的都是冒牌貨！

然而就算太陽再厲害也掩蓋不了維吉尼亞州的陰鬱沼澤[6]或那慘遭詛咒的古羅馬坎帕尼亞地區[7]，掩蓋不了寬闊的撒哈拉沙漠，還有普天之下數以百萬哩計的沙漠與悲傷地帶。太陽掩蓋不了海洋，而海洋面積占地球三分之二的陰暗面。因此，若心中快樂多於悲傷者，必為凡夫俗子，而且不可能是真誠的——他們往往不真誠或者不成熟。書也是這樣。最真誠的人是「憂患之人」[8]，就像最真誠的書是所羅門王的書[9]，還有《舊約聖經．傳道書》則是一本經過千錘百鍊才問世的悲傷經典。就像《傳道書》中傳道者所說「凡事都是虛空」。全都是。這個任性的世界還沒能體悟異教聖王所羅門的智慧。任誰只要刻意躲避醫院與牢獄，遇墓園則是快速穿越，寧願大談歌劇而避諱地獄，把考柏[10]、楊恩[11]、巴斯卡、盧梭等憂鬱作家當成病態的可憐蟲，自己則是一生過得無憂無慮，把歡快的拉伯雷[12]當成智者，那就沒有資格坐在墓碑上，用所羅門王那些妙不可言的箴言去參透潮溼綠土底下的世界。

但即便所羅門王都說過：「迷離通達道路的，必住在陰魂的會中。」[13]意思是這種人就算活著也跟死去沒兩樣。所以，可別被火給騙了，否則它就會讓你顛三倒四，走向滅亡，就像我曾經差點遭殃那樣。

憂傷中自有智慧存在，而瘋狂則只會帶來憂傷。但某些人的靈魂好似卡茲奇山[14]的老鷹，可以俯衝到最黑暗的深谷，然後從谷底疾飛至朗朗晴空，在耀眼陽光下失去蹤影。就算牠終其一生都在山谷中飛翔，山谷仍是位於山區，所以就算老鷹飛翔的地方是山區的最低處，仍然比平原上的其他鳥類更有高度，牠們再怎麼高飛也不會高過老鷹。

---

6 Dismal Swamp，逃亡黑奴的躲藏地。
7 Campagna，羅馬城四周的低窪地區，從中世紀到十九世紀都杳無人煙。
8 典出《舊約聖經．以賽亞書》第五十三章。耶穌的別稱。
9 即《舊約．箴言》。
10 William Cowper，英國詩人。
11 Edward Young，英國詩人。
12 François Rabelais，法國作家。
13 語出《舊約．箴言》。
14 Catskill Mountains，位於紐約州。

97 油燈

艏樓是水手們沒有值班時睡覺的地方，任誰若從皮廓號的煉油區往下走到那裡，一時間都會因為燈火通明而誤以為自己身處在一座供奉著聖王賢臣的聖殿。每個水手好像都躺在自己的三角形橡木墓穴裡，仿若一座座靜默雕像，二十盞燈的燈光打在他們閉起來的眼睛上。

在商船上，燈油對於水手來講比皇后的母乳更為珍貴。他們在黑暗中著裝、用餐，跌跌撞撞地摸上自己的床墊，這一切都是司空見慣。但在捕鯨船上，既然大家是出海尋找燈油的，所以燈油也變成一種日用品。捕鯨船水手的鋪位彷彿阿拉丁神燈，大家都睡在神燈上，所以即便是在最黑暗的夜裡，昏暗的船身裡仍有照明設備。

捕鯨船水手使用的燈盞通常只是大大小小的老舊瓶子，儘管如此，他們總是可以大搖大擺地帶著瓶子到煉油區的銅質冷卻器去裝油，就像用馬克杯從酒桶中倒出一杯杯的麥芽啤酒。他們用來當作燃料的是完全沒有經過加工、還沒摻入雜質的純淨鯨油，而岸上的居民只見識過星辰、日月等各種天然光源，就是沒看過這種東西。鮮甜程度能與那種油匹配的，只有吃了四月早春嫩草的牛隻所製造出來的牛油。這種油是他們親自出海獵鯨的成果，所以他們知道那油質有多新鮮純淨，就像草原旅人清楚晚餐有多好吃，因為食材都是自己狩獵而來的。

98 裝桶與清掃

如前所述，桅頂的水手總是能觀察到大老遠的巨鯨，接著牠們會在汪洋大海上遭到追擊，在深淵中被屠殺，然後整條被拖往船側後砍掉鯨頭，接下來根據自古以來的原則，就像劊子手有權接收被砍頭的人身上遺留的衣物，將鯨魚處決的水手也有權將牠那厚厚的「外套」據為己有。[1]我也說過，等時候到了，鯨魚會被丟進油鍋，但鯨蠟、鯨油與骨頭都會通過大火的試煉，毫無損傷，就跟被丟進火爐裡的沙得拉、米煞、亞伯尼歌一樣[2]。現在我要講述的是這整個過程的最後一個篇章，如果可以的話，我還真想用吟唱的方式把此一浪漫的工作說出來，也就是我們怎樣將鯨油倒進一個個大桶中，把桶子弄到甲板下的貨艙裡，巨鯨就此又回到牠生活的海中深處，在海面下來回翻滾，只不過跟往常不同的是——唉，牠就此沒有辦法游回海面上了！

就像潘趣酒都是趁熱裝入酒缽中，鯨油也是在還熱熱的時候就裝入那種可以容納六小桶鯨油的超大油桶[3]裡。在午夜的海面上，船隻也許正起伏顛簸著，因此那些巨大油桶就這樣來來回回扭轉滾動，有時候因為甲板太滑而急速滑動，根本停不下來，彷彿無法阻擋的土石流，最後還是要有人把木桶擋下，開始往目的地推過去。接著就是把鐵箍套上去，拿出船上所有的鐵鎚用力敲打，叩叩叩敲個

1 或許是指第九十五章所言，剁肉手會將鯨魚陰莖的外皮套在身上當「聖袍」。
2 即Shadrach、Meshach、Abednego，典出《舊約聖經．但以理書》。
3 cask，相當於二五九加侖（美制）。

不停，這時候每個水手雖無桶匠之名，但實際上都扮演著桶匠的角色。

到最後，等所有鯨油都裝好，也變涼了，我們就把那些大艙口打開，讓船隻內部敞開，一個個大油桶紛紛往下進入它們在海上的最後歇息地。完工後又把艙口嚴嚴實實地密封起來，像是個完全不透風的密室。

在抹香鯨捕鯨業，這或許是最具特色的捕鯨工作之一。當天，甲板上積滿了鯨血與鯨油，鯨頭的大塊殘骸則是堆在神聖的後甲板區，頗有褻瀆與冒犯的意味。一個個大大的生鏽鯨油桶到處亂堆，彷彿釀酒廠。煉油區的瀰漫濃煙把舷牆給熏黑了。水手在甲板上走來走去，渾身沾滿鯨油。巨鯨雖已被殺，卻似乎在船上無所不在。所有人手上都有工作，發出各種震耳欲聾的聲響。

不過，等到一兩天後，任誰在同一艘船上四處看看聽聽，要不是捕鯨船特有的捕鯨小艇與煉油區露出馬腳，肯定會堅信自己登上的是一艘商船，而且船長是個極度注重乾淨整齊的指揮官。未經加工的抹香鯨鯨油就是像這樣具有潔淨的奇效，所以在大家所謂的「油事」過後，甲板才會看來如此潔白。此外，鯨屍燒毀後留下的灰渣可以製作成強力鹼水，可以很快就把任何黏在船隻側邊的鯨背附著物給消蝕掉。大夥兒拿著水桶、抹布努力幹活，試著讓舷牆恢復整潔。帆索低處被煉油濃煙熏黑的地方也要擦乾淨。各種用過的工具全都老老實實地清理過，也物歸原位了。大大的灶蓋擦好後又放回煉油灶上，完全遮掩住那兩個油鍋。一眼望去完全看不見任何大油桶，所有的滑車組也都捲了起來，收放在看不見的各個角落裡。這一切工作幾乎可說是全員出動才齊力完成，大家勤快幹活，本於良心與職責，終於完成任務，這才輪到他們把自己弄得乾乾淨淨，從頭到腳都換好衣褲鞋子。等回到潔淨甲板上時，他們自己也是神清氣爽且容光煥發，簡直就像從最精緻的荷蘭國被單裡跳出來的新郎。

現在他們踩著輕快腳步，三兩成群地在甲板上散步，語帶幽默地聊著客廳、沙發、地毯與上好棉布，有人提議要在甲板上鋪地毯，甚至想要在高處掛上掛毯，也不反對到艏樓前的露臺上，在月光下喝茶。說真的，這些滿身散發著鯨油、鯨骨與鯨脂馨香的水手們是有點莽撞放肆了。此時任誰在他們身邊東拉西扯什麼，他們都不予理會。只會說，去！幫我們拿一些餐巾來！

不過有件事仍需申明：在三個桅頂上仍是各有一位水手緊盯著鯨魚蹤跡，而且如果真的又抓到鯨魚，肯定又會把這橡木材質老船弄得到處油膩膩，最後至少會在某處留下一點小小的油漬。沒錯，為了捕鯨，大夥兒常常不眠不休，卯起來熬夜連續幹活九十六小時，整天都在赤道上划船划到手腕腫脹，只有到船上去拿粗大鐵鍊，用沉重絞盤把鯨屍吊起來，一陣切割砍剁之後，沒錯，又得到小艇上去慘遭赤道驕陽烤炙燒煉。等到這一切都搞定了，他們終於完成清理工作，把整艘船搞得像牛奶工廠一樣潔白乾淨，有時候這些可憐蟲才剛剛把乾淨上衣的領口鈕扣扣上，就被「鯨魚出現啦！」的喊叫聲給嚇到，他們又得飛也似地去追獵另一隻鯨魚，把整個捕鯨、屠鯨、煉油、裝桶與清潔的差事重新做一遍。噢，我的朋友們！這真是折煞人的行業啊！不過人生就是這樣。我們這些凡夫俗子拚死拚活，不過就是想要在這大千世界裡提取一點點像鯨蠟一樣珍貴的東西啊！但就在我們把身體都清理乾淨，又累又煩，想要讓靈魂暫時在乾淨的神聖軀殼裡待一會兒之際，才過沒多久就又聽見：「鯨魚出現啦！」鯨魚噴水似乎連我們的靈魂也給一起噴掉了，魂飛魄散之餘我們又得趕快進行另一場惡鬥，讓自己的年輕生命再度歷經一次那自古以來皆未改變的例行公事。

噢！如果畢達哥拉斯主張的靈魂轉世之說真有其事，那麼他雖然在兩千年前的輝煌希臘時代就已逝世，留下善良溫和的智者美名，兩千年後搞不好我還曾在自己的上一趟祕魯海岸外的捕鯨航程中與他同行，那時我還傻傻地渾然不覺，只知道他是個純真的慘綠少年，教過他如何捻製纜繩呢！

99 達布倫金幣

如前所述，亞哈總是喜歡在後甲板區踱步，在兩端之間走來走去，一邊是羅盤櫃，另一邊則是主桅。但在值得一提的許多事情中，我還沒提到的是：他在心情沉重時，每當走到羅盤櫃或主桅那裡就會轉身回望，站著以詭異的眼神凝視眼前的東西。在羅盤櫃前停留時，他會緊盯著羅盤指針，眼神好像一支蓄勢待發的標槍，恨不得一槍命中他想達成的目標。繼續走之後，等到在主桅前面暫停，他則會以同樣尖銳的眼神緊盯著被釘在主桅上的金幣，那堅定無比的眼神仍未改變，只是流露出另一種神色，若還沒到充滿希望的地步，至少也可以說充滿了熱切的渴望。

但某天早上他轉身要瞥望那達布倫金幣時，似乎被先前未曾注意的金幣表面圖案與字樣給吸引住了，好像這時他第一次開始想以某種偏執的方式親自解讀圖與字可能蘊藏的寓意。所有事物都蘊藏著某種特定寓意，否則就沒有價值了，因此這世界本身就是個待解的空洞密碼，不然的話就只是可以拿去一車車賣掉的廢物，就像波士頓的那些山丘毫無價值可言，唯一的用處就是挖走拿來填補銀河裡的沼澤。

這枚達布倫金幣是使用全無雜質的純金製成，金子原產於河水中滿是金沙的東西向帕克托魯斯河發源地，是從一片美妙丘陵地的深處挖掘出來的。儘管那金幣此時被釘在滿是鐵鏽的螺栓與長滿銅綠的銅釘之間，但與任何髒汙的東西相較還是顯得如此高貴潔淨，散發著基多的光芒。[1]儘管船上的水手個個心狠手辣，時時刻刻都有人經過那金幣，而且每個漫漫長夜也都可能籠罩在一片漆黑中，就算被偷了也不會有人看見，但每天日出之際它都還是在前一天日落時分所待的地方。因為金幣已經被當成聖物保留下來，具有某種令人驚嘆的功用，而且每位水手無論有多放蕩不羈，都把它當成能夠抵禦大白鯨的護身符。有時夜裡值班疲累之餘，他們還會聊到那金幣，不知它最後的主人會是誰，還有是否能活著把它花掉。

這種充滿貴氣的南美金幣是銘刻著太陽與熱帶景物的獎章。幣面上有棕櫚樹、羊駝與火山，有太陽與星辰，有黃道帶、豐饒羊角與飄蕩的富裕旗幟，畫面看來飽滿充盈，再加上是由那些花俏的鑄幣廠出品，充滿了具有西班牙[2]特色的詩意，所以這一切幾乎讓那金幣更顯得金碧輝煌，珍貴無比。

皮廓號的這枚達布倫金幣剛好是這些東西中最豐富的代表。金幣的圓邊上寫著這串字母：REPUBLICA DEL ECUADOR: QUITO，意即厄瓜多共和國：基多市。所以這泛著黃光的金幣是來自一個位於世界正中央的國家，就在偉大的赤道帶下方，所以才會叫做厄瓜多。[3]因此這金幣的鑄造地點是在安地斯山山上，一個四季差異不大，人們沒體驗過秋天的氣候區。[4]被這一串字母環繞的是三座看似安地斯山的山峰，其中一個噴著火，一個高塔矗立，還有一個上面公雞鳴啼，橫跨山峰上方的是黃道帶的一部分，幾個星座符號都散發著慣常的神祕氛圍，那如同基石一般的太陽正進入天秤座，也就是晝夜平分點。[5]

亞哈站在這枚銘刻著赤道地帶的金幣前面停了下來，有人看著他。

---

1 Quito，厄瓜多首都。這金幣是在基多發行的。

2 特別值得一提的是，其實厄瓜多此時（金幣發行的時間為一八三八到四三年之間）已經從西班牙獨立。

3 Ecuador即西班牙文的「赤道」。

4 安地斯山山區當然也有四季，但差別更明顯的是雨季和非雨季。

5 即春分或秋分。

「金幣上那些山峰、高塔還有其他偉壯高大的東西，散發著高傲的氣息。且看這三座高峰就像路西法[6]一樣傲慢。那穩固高塔是亞哈，火山是亞哈，雄赳赳、氣昂昂的禽鳥也是，都是亞哈。這圓形金幣反映出比它更圓的地球，就像魔術師的鏡子一樣，每個人輪流拿起來看，都只看到神祕的自我。任誰若是想從外在世界找到自身謎題的解答，都是自找苦吃，沒什麼用。因為世界自己就是一個謎題，也找不到解答。在我看來，這硬幣上的太陽看來氣色紅潤，但是，且看！沒錯，他進入了風暴的星座，秋分時刻！[7]不過才半年前，他才在春分時刻離開了白羊座！從風暴到風暴！那就這樣吧！既然在陣痛中誕生，所以人類活著時痛苦，死時也苦痛，都只是天經地義！那就這樣吧！看來災禍有很多大展身手的機會。那就這樣吧！」

「雖說仙女的手指無法在那金幣上留下指痕，但昨天之後肯定已有惡魔的魔爪爪印出現在那上面了，」星巴克大副靠著舷牆喃喃自語，「那老傢伙似乎讀過了伯沙撒[8]王宮牆上的可怕預言文字。我從來沒有仔細端詳過那枚金幣，他已經下去，換我去看看了。三座峰頂彷彿天堂的磅礡高山，幾乎像是三位一體，蔭谷座落其間，隱約象徵著這塵世。所以這意味著上帝把我們困在死亡的蔭谷裡，但在我們遭陰鬱籠罩之際，正義公理仍像太陽一樣高高在上，是黑暗中的明燈與希望。低頭一看，只見那蔭谷的發霉土壤，但若能抬起頭來，馬上能與明亮太陽相望，歡欣鼓舞。不過，噢，偉大的太陽並不總是會露臉。如果大半夜時我們想從他那裡獲得一點甜蜜慰藉，卻看不到它啊！這枚金幣輕輕訴說著智慧真言，但仍讓我傷悲。我得趕快離開，以免真相動搖我的信念。」

「看看那老暴君，」史塔布在煉油區旁自言自語，「他剛剛研究了半天，接下來換星巴克，而且兩個傢伙拉長著一張臉，都只是因為看了一枚金幣。換作是我啊，如果在黑鬼丘或柯里爾海岬[9]發現它，肯定只看兩眼就花掉啦！哼！據我個人毫不重要的拙見看來，這件事根本就很奇怪。歷次捕鯨航程中我也曾見過達布倫金幣，無論是在古國西班牙，在祕魯、智利、玻利維亞、波帕揚[10]都有，此外也有皮斯托爾、莫艾多、約伊，還有半約伊、四分之一約伊等各種金幣。[11]這枚出產於赤道的達布倫金幣到底有什麼了不起的？這麼厲害啊！讓我親自看一眼。呦！上面還真有一些奇妙符號與圖案！這就是古代科學家波迪奇在《航海術與航海天文學簡論》[12]裡面提及的黃道帶，還有我在船艙裡擺的那本航海天文曆也是這麼說的。我曾聽說，達伯爾[13]寫的算術教科書裡面藏了很多鬼東西，待我下去船艙取出我那本麻州曆書，看看這枚金幣上的鬼畫符都在說些什麼。嘿，書拿來了，我看看。裡面一堆奇妙符號與圖案，而且總是有太陽。嗯——有啦！在這，全都在這。*Aries*，白羊座，*Taurus*，金牛座，天哪！還有*Gemini*，雙子座咧！嗯，太陽在它們之間滾來滾去。沒錯，在那硬幣表面上我們只看到他正要越過黃道帶十二星座中某兩個星座之間。盡信書不如無書！你們這些書可別把自己看得太了不起了。書籍只會提供文字與事實，但思想是讀者自己賦予的。根據我自己微不足道的經驗，不管是麻州曆書、波迪奇的航海專書或者達伯爾的算術教科書都是如此。符號與圖案是吧？如果符號不神

---

6 即撒旦。

7 太陽於九月下旬進入天秤座，開始會有許多熱帶風暴生成。

8 Belshazzar，典出《舊約聖經．但以理書》，但以理接受新巴比倫王國最後一位統治者伯沙撒的邀請赴宴，發現王宮牆上有「彌尼，彌尼，提客勒，烏法珥新」（mene, mene, tekel, upharsin）字樣，經過他的解讀，是「上帝已經數算你國的年日到此完畢。」

9 Negro Hill與Corlaer's Hook（本書第一章也出現過，同Corlears Hook），分別位於波士頓與紐約曼哈頓的地名。

10 Popayán，哥倫比亞西南部的城市，是鑄幣廠的所在地。

11 分別為moidores、pistole與joe，依序為葡萄牙、西班牙與葡萄牙的古金幣。

12 Nathaniel Bowditch，原來的書名為*American Practical Navigator; an Epitome of Navigation and Nautical Astronomy*。

13 Nathan Daboll，美國數學教師。

奇，圖案沒有暗藏寓意，那就太可惜啦！某處好像有線索欸，等一下，嘿，聽啊！天哪，我發現了！看看你這個達布倫金幣，幣面上的黃道帶不就是人的一生嗎？現在我直接透過這本曆書來解讀一下。曆書，來啊！最開始是*Aries*，白羊座——讓我們降世的就是這隻淫狗。接下來，*Taurus*，金牛座——這牛做的第一件事就是用力撞我們。還有*Gemini*，雙子座——我們是善惡兼有的兩面人！若想行善，天哪！就會有*Cancer*，也就是巨蟹來把我們拖回去。但等到我們遠離了善良，*Leo*，獅子座這隻吼獅就擋在路上，狠狠咬我們幾口，用獅爪粗魯抓傷我們。我們一逃就遇上了*Virgo*，也就是處女座，啊！那就是我們的初戀。等到我們結了婚想要快樂度過下半輩子時，*Libra*——天秤座來了，把快樂放上去一秤，發現有所欠缺。就在我們為此感傷之際，天哪，突然又跳了起來，因為被*Scorpio*——天蠍座在背後螫了一口。養傷時沒想到四面八方箭雨席捲過來，結果是*Sagittarius*——射手座在射箭自娛。把箭鏃拿掉往旁邊一站，卻又發現*Capricornus*——魔羯座這隻山羊直接衝過來把我們撞飛。隨後*Aquarius*——水瓶座把水倒出來後引發大水，把我們全都淹沒，跟*Pisces*——雙魚座一起在水裡入睡。高高在上的天堂下了一道諭旨，要太陽每年走一遍這條黃道帶，不過走完後還是活跳跳、精神好。歡樂的他高掛天際，費盡千辛萬苦滾來滾去。所以在地上的史塔布也一樣歡樂。把歡樂當使命！再見了，達布倫！等等，『主柱』那矮個兒走過來了，待我躲在這煉油區偷聽他說些什麼。對，他走到金幣前面了，很快就會講話。沒錯，沒錯，開始了。」

「我什麼都看不到，只看見一個圓圓的東西，用金子做成的，而且不管是誰看到那隻鯨魚，這圓圓的東西就是他的了。所以，大家幹麼都要盯著它看？沒錯，它價值十六美元，而且如果一根雪茄用兩美分來計算，用它可以買到九百六十根。我不會像史塔布那樣抽髒兮兮的菸斗，而是喜歡雪茄——九百六十根欸。所以我福拉斯克要到桅杆高處去找鯨魚啦。」

「嘿，我該說這傢伙聰明還是笨。說他聰明，看起來又有點笨，但要真的是笨，卻又顯得有點聰明。不過，等一下，我們的曼島老水手[14]過來了。他以前肯定幹過靈車駕駛——我是說在他出海當水手以前。他在那金幣前面停下，嘿，居然走到了桅柱的另一側。為什麼？因為那一面釘了一個馬蹄鐵，現在他又走回來了，這意味著什麼？你聽！他在喃喃自語了，聲音就像一座破舊的咖啡豆研磨機。張大耳朵聽吧！」

「如果真有人能看見那大白鯨，肯定是在一個月又過一天後，到時候太陽已經進入這黃道帶上的某個星座了。我對星座小有研究，認得出這些符號。這些符號是四十年前某個哥本哈根老女巫教我的。話說，到時候太陽會進入什麼星座呢？應該是馬蹄鐵座吧？因為金幣對面就是那馬蹄鐵。而哪個星座可以稱為馬蹄鐵座呢？我想是獅子座，會咆哮與狼吞虎嚥的獅子。船哪，老船哪！我這老傢伙想到你就又開始搖頭了。」

「這又是針對同一枚硬幣的另一番解讀了。看吧，對於同一個世界，大家的看法各自不同。我要再躲起來！這次換魁魁過來了，渾身刺青的他看起來就像一條黃道帶啊。魁魁野人會說些什麼？我看他好像是在比對刺青與星座符號。我想他應該是看看大腿骨，或小腿骨，還是肚子，覺得太陽就在那上面，就像那些鄉下老太婆總是喜歡聊《外科醫生天文學》[15]那本書。天哪，他在大腿附近有了發現，我猜應該是*Sagittarius*——射手座。不，他看不懂那達布倫金幣，只覺得它像是某國王長褲上面的老舊金鈕扣。不過，我又要躲起來了！那個像鬼魅惡魔的費薩拉過來了，跟往常一樣他的惡魔尾巴

---

14 曾於二十八章、四十章登場，皮廓號水手都認為他有超自然的預言能力。這是水手之間的迷信，認為曼島（Manx）的居民皆如此。

15 *Surgeon's Astronomy*，但應該是影射英格蘭科學家佛格森（James Ferguson）的*Astronomy Explained upon Sir Isaac Newton's Principles*（一七五六年出版）。

已經捲好藏了起來，靴頭裡還是一樣塞著填絮。他露出那副表情，結果說了什麼？啊，他只是對著那金幣做了一個手勢就鞠躬了。金幣上面有個太陽——他是個拜火者，肯定錯不了。呵！越來越多人來了。皮普那可憐的孩子也來了！他還不如死掉比較好，或者我死。我覺得他看來有點可怕。他跟我一樣也一直盯著前面幾個解讀金幣的傢伙，包括我在內，現在看來換他要自己解讀了，一張臉跟白痴一樣但又可怕詭祕。我要再度退開，聽聽他說啥！」

「我看，你看，他看。我們看，你們看，他們看。」

「我敢說他肯定是在複習《莫氏文法》[16]！可憐的傢伙想要讓腦筋變靈光呢！但他現在到底在說些什麼——噓！」

「我看，你看，他看。我們看，你們看，他們看。」

「是怎樣，他現在把文法書的內容都背起來了？嘿，再聽聽！」

「我看，你看，他看。我們看，你們看，他們看。」

「嘿，可真好笑。」

「我，你，他。我們，你們，他們，大家都是蝙蝠，但我是烏鴉，尤其是我站在這松樹上的時候。啊啊啊，啊啊啊！這不是烏鴉嗎？要嚇走烏鴉的稻草人咧？他站在那裡，兩根腿骨插在舊褲子的褲管裡，兩根臂骨插進舊外套的袖子中。」

「難道他是在說我？——還真會恭維人哪！——可憐的小夥子！——我倒不如去上吊算了。總之，現在我得離開皮普。其他人的話我聽得下去，因為他們腦袋都還清醒。但皮普那些瘋話，我這正常人聽了還真受不了。所以，所以呀，我就留他繼續在那嘟嘟噥噥吧。」

「這達布倫金幣就像皮廓號的肚臍，可是大家都像著魔一樣想把它弄下來。不過，把肚臍弄掉會有什麼後果呢？不過，話說回來，要是金幣一直在那裡，也太難看了，因為只要有東西被釘在桅柱上，那肯定是情況危急了。[17]哈！哈！老亞哈！大白鯨肯定會把你釘起來！這桅杆不就像是當年那松樹？我爸在托蘭郡老家時曾砍了一棵松樹，結果發現樹上有一枚銀戒，是黑鬼戴的那種婚戒。怎會跑到那上面？將來有一天人們在耶穌復活時節把這老桅杆給撈了上去，發現上面釘著一枚達布倫金幣，毛茸茸的桅杆表面上還有牡蠣寄居。噢金幣呀！珍貴無比的金幣！綠色守財奴[18]很快就會把你藏起來啦！噓！噓！上帝在這世間像採黑莓似地收集人的靈魂。煮吧！煮吧！把我們煮了吧！珍妮，嘿！嘿！嘿！嘿！嘿！珍妮啊，珍妮！把妳的玉米餅給煮好哇！[19]」

16 十八世紀作者Lindley Murray寫的文法書，在當時非常普遍。

17 如果把旗子釘在桅杆上，就像英文諺語（原本是海軍術語）：nail one’s colours to the mast，意思是絕不降旗投降，視死如歸。

18 green miser，指大海。

19 這裡暗藏歌名，〈Jenny, Get Your Hoe-cake Done〉是當時一首有名的歌曲。

100 獨腳船長與獨臂船長相遇：來自南塔克特的皮廓號邂逅來自倫敦的薩謬爾．恩德比號

「喲呵！那邊的船哪！有看過一尾大白鯨嗎？」

亞哈對著一艘船大叫，這次又遇到一艘船尾懸掛英格蘭旗幟的船。老亞哈把傳聲筒擺在嘴邊，站在他那高吊於後甲板區的小艇上，那陌生船隻的船長正悠哉靠在自己的小艇艇頭，一眼就能看到他的鯨骨義肢。他是個黝黑的壯漢，但看來和藹面善也長得好看，年紀約莫六十歲上下，穿著寬大的藍色粗呢短外套，看來像掛在身上的彩帶飾花，一支外套袖子空蕩蕩的，在他身後飄蕩，看似匈牙利輕騎兵外套的繡花飾袖。

「有看到大白鯨嗎？」

他答道：「您看到這東西嗎？」同時從懷裡伸出一根白色鯨骨材質的義肢，義肢尾端裝著一顆槌頭般的木頭。

「來啊，一起上我的小艇！」亞哈急著大聲下令，在身邊幾根艇槳之間躁動著，「準備下水！」

他並未先下小艇，因此不到一分鐘內他和幾個手下就已連艇帶人來到水面上，沒多久就划到那艘不知名的捕鯨船邊。但他馬上遇到一個微妙而尷尬的狀況。由於一時興奮，亞哈忘記自己自從斷腿後除了待在皮廓號上，就再也沒有登上其他任何海上船隻了。他能登船，全然是因為有一個別具巧思、便利且皮廓號特有的機械裝置輔助，而那東西可不是在一時半刻間就能拆運到另一艘船上的。除非是像捕鯨船員那樣時時刻刻待在捕鯨船上，否則任誰都無法輕易從海面的小艇攀登到船上。之所以會這

樣，是因為海浪滔滔，有時候把小艇高高地往舷牆甩過去，但下一秒小艇卻又掉到內龍骨旁。所以說，因為一方面斷了腿，加上那艘不知名的船當然完全不可能配備皮廓號那種貼心的裝置，此時亞哈悲哀地發現自己好像又變回笨手笨腳的陸地人，看著時高時低的船邊而無計可施，幾乎無望登船。

先前我也許已經提及，每次只要碰到稍有不順的情況，而且又是先前的不幸事故所造成，他總會感到氣憤惱怒，幾乎無一例外。而這次他之所以怒不可遏，是因為眼前只見那不知名捕鯨船的兩位船副，靠在船側那道用木條釘出來的垂直船梯旁，正要把兩條裝飾頗有品味的扶手索盪給他。他們會這樣，似乎是因為一開始沒想到獨腳船長亞哈行動不便，肯定無法用扶手索登船。但這尷尬的情況只持續了一會兒，因為那不知名的船長一眼就看出問題所在，於是便大聲說：「我懂，我懂！且慢上來！快，弟兄們，快把那滑車吊具盪過來啊！」

所幸他們一兩天前才剛把一尾鯨魚吊掛在船側，那滑車吊具還高掛著，尾端也還裝著那巨大的鯨脂鉤，而且目前是乾淨乾燥的。他們很快把鯨脂鉤下降到亞哈身邊，他也立刻就會意了，於是把僅剩的大腿滑進鉤彎裡（看來有點像是坐在船錨或者蘋果樹枝上），說一聲好之後緊抓住鯨脂鉤，同時也左右手並用，用力拉扯滑車索，幫忙大家把他吊上去。很快大夥兒便已經將他吊起來，小心翼翼盪往高高的舷牆內側，讓他輕輕落在絞盤頂端。另一位船長走向前，毫不掩飾地伸出鯨骨義肢以示歡迎，亞哈則伸出鯨骨假腿與對方的假臂交叉，像兩隻劍魚用長長的魚吻互碰，用海象般的聲音大聲說：「是啊，是該這樣，好朋友！讓我們用義肢打招呼吧！我的腿你的手臂！我的永遠跑不動，你的永遠縮不回去。你是在哪裡看到那大白鯨的？多久前呢？」

「大白鯨，」那英格蘭船長用義肢指著東方說，而且好像仍可遠遠看到那鯨魚似的，神情頗為悲傷，「我是在赤道看到牠的，時間是上一季。」

「所以你的手臂是被他弄掉的，是吧？」亞哈一邊問道，一邊搭著那英格蘭船長的肩膀，從絞盤上溜了下來。

「沒錯，至少可以說牠是始作俑者。您的腿也是嗎？」

「說來聽聽吧，」亞哈說，「是怎麼一回事？」

「那是我這輩子第一次在赤道地區巡航，」那英格蘭船長開始說道，「當時我還沒聽說過那大白鯨。是這樣的，某天我們降下小艇去追獵一個四、五隻的鯨群，我的魚叉手射中了其中一隻，那鯨魚像普通馬戲團的馬似的，在我們四周轉啊轉的，我小艇上的手下只能都坐在小艇邊上，試著保持平衡。沒多久有一隻龐大巨鯨從海裡衝出來，鯨頭與鯨背都是乳白色的，身上布滿皺紋。」

「是牠！就是牠！」屏息的亞哈突然開口大聲說。

「牠的右鰭附近有幾根魚叉。」

「沒錯，錯不了——那幾根都是我的——我的鐵叉，」亞哈狂喜大叫，「不過，你先繼續往下說！」

「好吧，容我慢慢說來，」那英格蘭船長和氣地說，「話說這條曾祖父級的老鯨魚，整顆腦袋與鯨背都是白的，牠在藍浪白沫中衝進鯨群，開始狠咬我的捕鯨索。」

「是，我了解！牠想把捕鯨索咬斷，解救你叉中的鯨魚，我知道這是牠的一貫伎倆。」

「那到底是怎麼一回事，」獨臂船長繼續說道，「我不知道，不過牠一咬之後捕鯨索好像纏住了牙齒，但那時候我們不知道，所以後來我們才會繼續拉繩索，結果才砰一聲衝撞，小艇跑到了牠的背上，反而沒有拉住另外那隻正往迎風處狂游的鯨魚！我看這情況不妙，再加上牠又是一尾雄偉無比的鯨魚——船長先生，我可以說這輩子還沒見過那麼壯碩雄偉的大鯨，所以儘管牠似乎怒火中燒，我已經決定一定要拿下牠。我深怕那條不牢固的捕鯨索隨時可能鬆掉，或者牠那顆纏住的鯨牙被我那整艘小艇的手下給齊力用捕鯨索拉下來，反而讓牠逃了，所以我趕緊跳進另一艘小艇上，那小艇領班就是這位山頂大副——船長先生，順道一提，他的姓就是山峰的山，頂尖的頂。如我所說，我跳進山頂大副的小艇上，因為我們的兩艘小艇的艇側左右相靠，接著我一把抓住第一支魚叉，射中了那曾祖父級老鯨魚，但天哪！真是不得了啦！才一眨眼的工夫，我馬上就伸手不見五指，兩隻眼睛都看不見，四周都籠罩在濃霧般的黑色泡沫裡，動彈不得，結果巨鯨的尾巴突然從那坨黑霧中出現，彷彿一座矗立在半空中的大理石尖塔。這時候我就算後退也沒用了，日正當中的驕陽像王冠寶石般刺眼，我只能胡亂摸索，手忙腳亂地丟出第二根魚叉，結果牠的尾巴像遇上利馬大地震[1]的高塔往下砸過來，我的小艇應聲斷成兩半，木頭碎片四處飛散，接著牠又甩一甩尾巴往後游，白色鯨背經過小艇殘骸之間，好像游過一片碎屑。我們都落水了，而且為了躲避牠那連續不斷的甩尾攻擊，我緊抓住牠身上的魚叉，片刻間好像變成吸附在牠身上的魚類。不過海上怒濤把我給沖了下來，就在此時那鯨魚也往前衝，像閃電似的潛入海裡。沒想到我被那該死的第二根魚叉倒鉤給勾到這裡，」說到這他用手拍拍肩膀下方，「沒錯，就是勾到這裡，當時我真有一種慘遭拖入煉獄，烈火焚身的感覺。結果突然間，謝天謝地，那魚叉的倒鉤沿著我整條手臂往下劃過，從我手腕附近脫離我的身體，我才能浮回海面。那位先生會把接下來發生的事告訴您——船長先生，順道一提，邦格醫生是我們的隨船外科醫生，我的好兄弟邦格，這位是船長先生。現在輪到邦格老弟來講你那部分的故事。」經獨臂船長如此親暱介紹的這位專業紳士其實一直站在附近，看來真是貌不驚人，外表完全無法反應他是船醫的尊貴身分。他的臉非常圓，但看來嚴肅，身穿一件褪色的藍色罩袍或襯衫，長褲是補過的。在這之前，他時而看看拿在手裡的一根穿索錐，時而盯著另一手的藥丸盒，偶爾則是用醫生的專業眼光瞧一瞧兩位肢障船長的義肢。但是，一聽到長官把他介紹給亞哈船長後，他馬上恭敬鞠躬，領命後直接說起了故事。

「那傷勢真是驚人，」船醫開始說道，「在我的建議之下，本船的布莫船長令人把我們的老薩米開

---

1 祕魯首都利馬（Lima）曾於一七四六年發生大地震。

往……」

「我這艘船叫做薩謬爾．恩德比號，」獨臂船長打斷船醫，對著亞哈說，「繼續說吧，老弟。」

「把我們的老薩米往北開，擺脫赤道地帶的炙熱天氣。但還是沒用——我真是盡力了，陪他熬了好幾夜，也嚴格限制他的飲食……」

「噢，很嚴格啊！」病人自己以唱歌般的聲音說道，接著突然變聲說：「每晚都陪我喝蘭姆口味熱威士忌，喝到沒辦法幫我換繃帶，到了凌晨三點，已經酩酊大醉了才送我上床睡覺。噢，天哪！他的確是陪我熬夜，也嚴格控制我的飲食。噢，邦格醫生是個絕佳的守護者，也懂得嚴格控制飲食。（邦格，你這傢伙，笑啊！為什麼不笑？你不是個有趣又幽默的混蛋嗎？）不過，老弟你就繼續說下去吧。我可是寧願被你醫死，也不願讓別人救活咧。」

沉著嚴肅的邦格船醫對著亞哈微微一躬，說道：「尊敬的先生，想必在這之前您已經察覺到我們船長有時候喜歡開玩笑，老是跟我們講一些妙事。但我還是得說，就像法國佬所謂的*en passant*[2]——我，傑克．邦格，前不久還是個牧師，所以根本滴酒不沾，從來不喝……」

「喝水！」布莫船長大聲說，「他從來不喝水的。他一喝水就會發作，喝淡水會讓他的恐水症又犯了。好吧，繼續說——把我這手臂的故事說完。」

「好，我還是把故事說完好了。」船醫冷靜地說道，「亞哈先生，在布莫船長用打趣的話插嘴之前，我正想說的是，儘管我拿出看家本領努力醫治他，但那傷勢仍持續惡化。先生，事實上沒有任何外科醫生見識過那麼可怕的割傷，傷口長達兩呎又好幾吋[3]。我是用測錘繩測量出來的。簡單來講，傷口已經發黑。我知道這會帶來什麼危險，就幫他截肢了。但他那鯨骨義肢可不是我帶上船來的，那會違反規定」——他用穿索錐指著船長的義肢——「那是船長的工作，並非我的。他命令木匠製造義肢，在尾端加裝了一個榔頭，我想是用來敲人腦袋用的，我就曾經被捶過一次。有時候他會勃然大怒。先生，您看到我頭上這凹痕嗎？」——他脫下帽子，把頭髮撥開，露出一個碗口大小的窟窿，但已經完全沒有疤痕，也沒有顯露出曾經受傷的跡象——「好吧，布莫船長會向您說明原委，他可是一清二楚。」

「不，我不清楚，」布莫船長說，「但他媽應該知道，那是個天生的窟窿。噢，你這個正經八百的流氓，你——邦格！這海洋世界裡還有另一個邦格嗎？邦格，哪天你死了一定要把屍體醃起來，你這混蛋。一定要讓後世子孫看看你的模樣，你這流氓。」

這兩個英國佬持續為了一些小事拌嘴，讓亞哈一直聽得很不耐煩，此時他終於大聲說：「那大白鯨後來怎麼了？」

「噢！」獨臂船長大聲說，「噢，對了！話說，潛入海裡後牠就有一段時間失去蹤影。事實上，就像我剛剛說的，那時候我不知道對我使詐的是哪來的鯨魚，過一段時間等我們回到了赤道海域，才聽說某些人所謂的莫比敵——而且我知道那肯定是牠。」

「你有再遇過牠嗎？」

「兩次。」

「但沒能用魚叉叉中牠？」

「不想再嘗試了。丟了一隻手臂還不夠嗎？如果兩條胳膊都沒了，我還能活下去嗎？而且我想，被莫比敵咬還算不了什麼，要真被牠吞了才冤枉。」

「如果是這樣，」邦格打斷布莫船長，「那不妨用你的左臂當誘餌來討回你的右臂。兩位先生，你

2 順道一提。

3 約莫六七十公分。

們可知道——」船醫嚴肅謹慎地依序向兩位船長鞠躬，「先生們你們可知道？上帝在創造鯨魚的消化系統時是非常謹慎的，故意讓牠們無法完全消化人的手臂。牠們也有自知之明。所以你們以為大白鯨凶狠無比，但其實是不小心罷了。牠從來沒想過真要咬下手臂，只是虛晃一招的恐嚇動作。但有時牠就像我過去在錫蘭的一個病人，是個表演吞刀的老雜耍藝人，有一次弄假成真，結果刀在他的肚子裡待了一年多。結果我給了他一副催吐劑，他才把那小刀一塊塊吐出來。你們懂嗎？他不可能把小刀完全消化成自己身體的一部分。沒錯，布莫船長，假使你的動作夠快，而且有心好好安葬自己的右臂，也願意用左臂當誘餌，那就可以試試看，反正手臂是你自己的，你大可自己做主。只不過你很快就讓那鯨魚有機會再攻擊你。」

「不，謝了，邦格，」那英格蘭船長說，「既然當時我還不知道牠那麼厲害，而且現在也對牠無可奈何，手臂給牠就算了。但我再也不想去招惹大白鯨。曾經下小艇追獵過牠一次，我就心滿意足了。我知道，若殺了牠肯定能光宗耀祖，也可以獲得整船的珍貴鯨蠟。不過，聽好了，任誰最好都不要去招惹牠。船長先生，你說對不對？」——說到這，他瞥了一眼亞哈的鯨骨義肢。

「說得沒錯。不過還是會有很多人追獵牠。這世上不該碰的可惡東西非常多，但有時候仍是充滿吸引力。牠就像塊磁石啊！你最後一次見到牠是什麼時候？牠往哪個方向去？」

「願上帝保佑我的靈魂，詛咒那可怕的惡魔。」邦格一邊大聲說，一邊在亞哈身邊駝著背繞圈圈，像狗一樣用詭異的動作嗅聞著。「這個人的血——拿溫度計來——已經沸騰了！他的脈搏跳得讓甲板都跳動著！——先生！」船醫從口袋裡取出柳葉刀，往亞哈的手臂靠過去。[4]

「住手！」亞哈咆哮道，把船醫推往舷牆邊——「把小艇準備好！牠是往哪個方向去的？」

「天哪！」聽到亞哈的問題後，那英格蘭船長大聲說，「這是幹麼？我想牠是往東邊去了。」——他對費韃拉悄聲問道：「你們的船長瘋了嗎？」

但費韃拉把一根手指擺在嘴唇上，滑過舷牆，拿起了小艇的舵槳，亞哈則是把滑車吊具盪到自己面前，命令船上的水手們準備把他放下去。

片刻間他已經站在小艇的艇尾，幾位來自馬尼拉的水手[5]奮力划槳。那英格蘭船長大聲告別，但亞哈不予理會。他背對著那艘異國船隻，以充滿決心的臉望著自己的船，直到抵達皮廓號旁邊時都站得直挺挺的。

4 這是十九世紀醫生幫病人放血的動作。當時西方醫學仍覺得放血可以治療許多疾病，而華盛頓總統就是在放血後去世的。

5 如四十八章所述，亞哈自己的小艇水手都是來自馬尼拉。

101 玻璃酒瓶

在那英國捕鯨船消失無蹤以前，不如來說說關於它的事蹟。該船來自倫敦，根據已故的倫敦商人薩謬爾·恩德比命名，他創辦了聞名遐邇的「恩氏父子捕鯨公司」，而且從我這捕鯨人的鄙見看來，這家族企業在歷史上的重要性僅僅稍遜於都鐸、波旁兩大王族的加總。從我手上的許多捕鯨業文件看來，若以主後一七七五年為分界，我們並不清楚在那之前恩氏父子公司已經存在了多久[1]，但從這一年開始，該公司派出了第一批英格蘭捕鯨船到海外各地長期捕獵抹香鯨。至於我國，南塔克特的「柯芬」與「馬西」兩大英勇捕鯨世家，還有捕鯨業發達的瑪莎葡萄園島，則是在數十年前（自一七二六年以來）就有大批船隊出海追獵海上巨獸，只不過作業地點僅限於南北大西洋海域。該在此明確指出的是，人類史上首度使用先進鋼叉捕獵大抹香鯨的，就是南塔克特島捕鯨人，而且曾有半世紀之久全世界只有他們會用鋼鐵材質的魚叉捕鯨。

在捕鯨業大戶恩氏公司的獨家資助下，配備精良的「艾米利亞號」出海捕鯨，英勇地繞行合恩角，而且讓英國成為首先在廣闊南海地區放小艇下海捕鯨的國家之一。他們以高超技術完成這趟航程，而且也很幸運，返回停泊地的時候貨艙裡裝滿了珍貴的鯨蠟，這典範也很快就獲得英美許多船隻遵循，藉此也在太平洋海域建立起許多龐大的抹香鯨漁場。但這精力充沛的世家對於如此顯赫的業績並不感到滿足，再次展開行動：薩謬爾旗下的船隊龐大無比（數量多到只有母公司才搞得清楚有多少）[2]，在它們的大力襄助之下，而且我想應該也出了不少錢，英國政府才會派出戰艦「震撼號」[3]前往南海海域進行探勘捕鯨航線的任務，艦長是一位剛剛獲得指揮官職務的海軍上校，而且這次航程的確也達到了「震撼」的效果，也做了一些事，但具體績效不明。不過並不是只有這樣而已。一八一九年，該公司派出自家捕鯨船出海進行探勘航線的作業，嘗試前往偏遠的日本海域捕鯨。這艘船的名字取得很好，叫做「賽倫女妖號」，雖說航程的試驗性質居多，但卻表現優異，此後世人才開始知曉龐大的日本捕鯨場。在這次知名航程中，「賽倫女妖號」是由來自南塔克特島的柯芬船長指揮。

這一切榮耀都要歸功於恩德比家族，而且我想該公司迄今仍在營運[4]——只不過，創辦人薩謬爾肯定早就啟程航向另一個世界的廣闊南海海域了。

「薩謬爾．恩德比號」是一艘快速又宏偉的捕鯨船，真可說是船如其名，並沒有讓老恩德比蒙羞。過去我曾於午夜在巴塔哥尼亞高原外海登上它一次，在艏樓暢飲菲麗普雞尾酒。那是一次很棒的聯歡會[5]，對方的水手都是一些好漢——船上每個人都很棒。他們的人生短促，但至少在死前都過得很快活。在我們那裝了鯨骨義肢的老船長登船後，又過了很久很久我才去參加聯歡會的，那次體驗讓我想起了薩克遜人特有的高貴、可靠與好客的特質——如果我連這點特色都體會不到，那就真的該死了，希望我的牧師忘記我，讓我被惡魔抓走。菲麗普雞尾酒？我有提到我們喝了那種酒嗎？沒錯，而且我們暢飲的速度是每小時十加侖。所以呢，等到暴風一來（巴塔哥尼亞高原外海本來就常有暴

1 恩德比生於一七一七年，享壽八十歲，他是在一七七三年創立恩氏父子捕鯨公司，後來一直持續經營到一八五四年才破產，末代經營者是他的孫子查爾斯．恩德比。公司破產後，查爾斯在一八七八年於倫敦逝世，晚年窮途潦倒。

2 據統計，該公司在一七八五年已有十七艘捕鯨船，到了一七九一年更是暴增為六十八艘。

3 *Rattler*，一八四五年開始服役，曾於一八五五年與幾艘英美船艦聯手，在香港大嶼山島西側漁村大澳村外海與中國海盜展開激烈海戰。

4《白鯨記》出版三年後，恩氏父子捕鯨公司就破產倒閉了。

5 捕鯨船聯歡會的描述請參閱本書五十三章。

風），上頭一聲令下，所有水手無論是在船上工作的或是訪客，全都得去幫忙收捲上桅桅帆，但我們全都喝到頭重腳輕，爬不上去，只能彼此幫忙，用穩帆索把對方吊上去，而且把外套下襬給收進船帆裡還不自知，結果在那颼颼強風中大家都被掛在上桅，這麼慘的遭遇足以告誡所有水手，可不能喝得太醉啊！不過，好在我們沒把桅杆搞到翻下海裡，很快就連滾帶爬下來，而且因為被嚇醒了，還得再多喝點雞尾酒，但令人掃興的是不斷有帶鹽波濤從艏樓舷窗灑進來，害得酒味變淡，鹹味變濃，我實在不喜歡。

我們吃到美味的牛肉，雖說肉質太老，但風味絕佳。有人說那是醃牛肉，也有人說是單峰駱駝肉，但我不能確定到底是哪一種。船上也有湯糰：小小顆、圓滾滾，但很扎實、根本咬不爛的湯糰。我在想，如果把那湯糰吞下肚，是不是能感受到它們在肚中滾動？如果身子太過向前傾，搞不好還會像撞球一樣滾出來哩！麵包就讓人無法下嚥了，而且那是能預防敗血病的麵包。簡單來講，那麵包是船上唯一包含新鮮食材的東西。艏樓並不怎麼明亮，吃麵包時很容易不小心走入某個黑暗角落裡。但最重要的是，如果把廚子的大鍋爐還有他身上那彷彿羊皮紙材質的大肚子考慮進去，從桅頂平臺到船舵，從船頭到船尾，這艘薩謬爾．恩德比號真是一艘歡樂的捕鯨船。食物精美且不虞匱乏，菲麗普雞尾酒濃醇好喝，每個傢伙都是頂尖人物，從頭到尾全部好得呱呱叫。

不過，任誰不免都會感到納悶：為什麼薩謬爾．恩德比號與其他我知道的某些英格蘭捕鯨船的好客會如此遠近馳名呢？（但並非每一艘都是如此。）牛肉、麵包與雞尾酒隨你吃喝，笑料不斷，不但能吃吃喝喝個不停，笑聲也未曾停歇。容我在此說明。真的該有人針對這些英格蘭捕鯨船的美味酒菜做些歷史研究。而且，因為似乎有必要搞懂捕鯨業歷史，我自己也做了不少功課。

英格蘭人的捕鯨史落後於荷蘭人、紐西蘭人與丹麥人，甚至他們還從各國前輩那裡接收了許多目前仍在捕鯨業通用的詞彙。他們所繼承的還包括另一個悠久傳統：在船上，無論吃的喝的都很多。一般來講，在吃喝方面，英格蘭商船對船員很苛刻，但英格蘭捕鯨船卻不會。因此，英格蘭捕鯨船會提供這種美味酒菜並非常態與天生的，而是偶然的特例，肯定有某種特殊的歷史淵源，我不但會在這裡指出，接下來仍會進一步闡明。

在我研究鯨魚史料時，曾偶然發現一本荷蘭古籍，從書冊散發的濃濃捕鯨霉味看來，我知道它肯定是以捕鯨船為主題。書名叫做*Dan Coopman*，因此我敢打包票，那絕對是一本捕鯨業裡某位阿姆斯特丹桶匠寫的回憶錄，因為每艘捕鯨船都會有自己專屬的桶匠在船上工作。讓我對這看法更有信心的是，那本書的作者名叫「費茲·史瓦克海默」。不過我的朋友史諾黑博士卻有不同看法。他是聖克勞斯與聖帕茲學院的博學教授，精通低地荷蘭語和高地日耳曼語，而且為了請他費心幫我翻譯，我還特地送了他一盒鯨蠟蠟燭。史諾黑博士才瞥了一眼那本書，就告訴我*Dan Coopman*的意思肯定不是「桶匠」，而是「商人」。總之，這本以低地荷語寫成的博學古籍就是以荷蘭的商業為主題，除了許多其他主題，也針對該國捕鯨業進行了非常有趣的說明。那一章的章名叫做「Smeer」，意思就是鯨脂，裡面記載著可供一百八十艘荷蘭捕鯨船用來裝滿餐櫃與酒窖的補給品，我把史諾黑博士翻譯的文字抄錄如下：

牛肉	四十萬磅
菲士蘭[6]豬肉	六萬磅
魚乾	十五萬磅
乾糧	五十五萬磅

6 Friesland，荷蘭西北方的省分。

軟麵包	七萬兩千磅
奶油	兩千八百法肯[7]
泰克塞爾島起司與萊登起司[8]	兩萬磅
起司（大概是較為劣等的）	十四萬四千磅
琴酒	五百五十安克[9]
啤酒	一萬零八百桶

數字清單讀來大多枯燥乏味，但這張表卻不會，因為任誰看過後都會沉醉在那一桶桶用夸脫、基爾[10]等單位來計算的上好琴酒裡，感受到食物的絕佳風味。

當時，我花了三天仔細研究這些啤酒、牛肉與麵包，期間偶然又有更多深入想法浮現腦海，頗有超驗哲學與柏拉圖思想的況味。此外，為了了解每一位古代荷蘭魚叉手前往格陵蘭與斯匹茲卑爾根島[11]海域捕鯨時到底可能食用多少魚乾等食物與美酒，我自己還做了一張補充性的表格。首先可以看出，他們對於奶油與泰克塞爾島起司與萊登起司的攝取量看來實在太驚人了。不過，我想他們就是天生嗜油，入了捕鯨業這一行之後更是變本加厲，尤其是他們在嚴寒的極地海域捕獵鯨魚，那些海岸地區的愛斯基摩原住民飲宴作樂時並非以酒乾杯，而是以鯨油。

啤酒的數量也是非常龐大，多達一萬零八百桶。理由何在呢？因為那種捕鯨活動只能在極地海域的短暫夏季進行，所以荷蘭捕鯨船的捕鯨航程不太會超過三個月，前往斯匹茲卑爾根島海域的短期航程也一樣。如此看來，假設這一百八十艘捕鯨船的艦隊每艘船有三十個人，總計就有五千四百位荷蘭水手，那麼如我所說，每個人在十二個禮拜期間所喝的啤酒剛好是兩桶，此外這五千四百人還得消耗掉五百五十安克的琴酒。但這就讓人感到有點誇張了：如果船上的魚叉手喝琴酒與啤酒喝到爛醉，怎麼還有可能站在捕鯨小艇的艇頭，用魚叉精確瞄準那些疾游的鯨魚？不過，事實上他們的確能瞄準，也可以射中鯨魚。但別忘了這裡說的是極北海域，大家都會覺得啤酒很對味，反之，在赤道上，換作是我們的南海捕鯨業，啤酒只會讓魚叉手在桅頂上昏昏欲睡，到小艇上就醉死了。這情況對於南塔克特與新貝德福都可能會造成慘痛損失。

我就說到這裡吧，相信前述一切已經足以讓大家了解兩、三世紀前古代荷蘭捕鯨船上的日子過得有多奢華，還有英格蘭捕鯨船只是承繼了這種優良典範而已。理由在於，就像我們這一行的諺語：空船巡航時如果不能有所收穫，那至少也得好好吃頓飯。就把玻璃酒瓶給喝個精光吧！

7 firkin，又譯為「小桶」，是英國容量單位，等於九加侖，或四〇·九一四公升。
8 Texel與Leyden（即Leiden），都是荷蘭地名。
9 anker，一安克相當於四十一夸脫（quart）。
10 gill，一基爾等於四分之一品脫。
11 Spitzbergen，位於挪威。

102 刺客群島[1]的某處樹蔭下

到目前為止，我對於抹香鯨的描述主要聚焦於牠們的奇妙外貌，對於其體內結構的特色敘述雖然詳細，但只論及少數的一些個別部分。為了更全面且透澈地了解抹香鯨，現在我最好進一步幫牠解開鈕扣、脫去褲子、卸除吊襪帶，並且解開牠體內最深處骨頭的鉤子與扣環，讓牠以最真實的面貌示人，也就是說，要牠毫不掩飾地露出骨架。

但這是怎麼回事，伊什梅爾？你只不過是捕鯨業的一介小小划槳手，怎能佯裝自己通曉抹香鯨的所有隱密部位？難道是博學的史塔布曾爬上你的絞盤開講，為你教授鯨豚解剖學？他是不是還曾用絞盤吊起鯨魚肋骨標本，展示給你看？伊什梅爾，解釋看看吧。難道你能像廚師把烤豬放在盤子上那樣，將一尾成年鯨魚弄上甲板看個仔細？當然不能。伊什梅爾，到目前為止你都是個名符其實的見證者，但若是要搶走約拿獨享的特權，可要小心謹慎啊！難道不是只有他有資格談論巨鯨體內那些宛如托梁、橫梁、屋椽、天遮杆、枕木、托底的骨架，還有肚腹中一個個彷彿牛油大桶、牛奶製作室、儲酒間與起司製作室的腔室。

老實說，自從約拿以來，很少有捕鯨人曾經深入成年鯨魚體內去一探究竟，但我卻曾有幸獲得解剖一隻幼鯨的機會。我工作的那艘船曾將一隻幼鯨吊上甲板來剖取牠的胃袋，用於製作魚叉倒鉤與魚槍槍頭的鞘套。你想，難道我會放掉這大好機會，不拿出斧頭與小刀來割開那幼鯨的身體，看看牠體內裝了什麼東西嗎？

至於我為何會對成年巨鯨的完熟骨架瞭若指掌，為何有辦法獲得如此罕見的知識？多虧我那已故的好友特朗果，他生前是刺客群島中特朗克島[2]的國王。多年前我曾在商船「阿爾及爾君王號」上工作，隨船停留特朗克島時，受邀前往特朗果國王那間位於普佩拉谷的靜謐棕櫚別墅度假，逗留幾天。那是個濱海谷地，特朗克島首都——也就是我們水手所謂的竹城——就在不遠處。

我的朋友特朗果國王有許多長處，其中之一是他生來就熱愛各種充滿野蠻風味的藝品古玩，在普佩拉谷他收集了島民發明的各種巧妙物品，全都難得一見，主要都是一些令人驚奇的木雕器具、精雕貝殼、雕花長矛、華麗划槳、馨香木頭製成的獨木舟，還有各種天然的奇珍異品，有些則是海浪像進貢般沖上岸的東西，常令人嘆為觀止。

在沖上岸的東西裡，最重要的是一隻龐大的抹香鯨，牠是在一陣非常久的狂暴大風後，被發現擱淺死於海邊，頭頂著一棵椰子樹，那樹頂羽毛似的垂葉，看起來像極了牠噴出的綠色水柱。花了一番工夫把那龐大身軀的厚厚皮肉剝除後，他們將骨架擺在太陽底下晒乾，接著小心翼翼地運送到普佩拉谷，現在由一處雄偉廟宇般的氣派棕櫚樹叢遮蔭著。

鯨魚肋骨上掛滿了戰利品，脊椎骨則是用奇怪的象形文字刻滿了刺客群島的歷史紀錄，祭司們並且在鯨魚頭骨裡生起了一道不會熄滅的馨香火焰，讓這充滿神祕氣息的鯨頭能夠像過去噴發水柱那樣噴發迷濛火柱。至於那可怕的下顎骨則是掛於樹枝上，在信徒們的頭上抖動個不停，彷彿那把只用馬毛掛起來、令達摩克利斯[3]驚駭莫名的利劍。

---

1 Arsacides，即現在的索羅門群島馬萊塔省（Malaita）。Arsacides有刺客之意，之所以會有這個名稱則是因為當年基督教與天主教傳教士登島傳教往往遭島民暗殺。

2 Tranque，虛構的小島。

3 Damocles，傳說中與國王交換身分的希臘朝臣，結果在宴會上因為頭頂的那一把寶劍而受到驚嚇。

這真是奇景。樹林就像麻州冰谷[4]的苔蘚一樣翠綠，大樹一株株傲然矗立，生氣勃發，而樹下的大地像織布機一樣忙個不停，上面蓋著一片美麗地毯，藤蔓彷彿經緯線，盛開的花朵宛如美麗圖案。這些大樹枝葉盛開，灌木、蕨類與草葉看來一片鬱鬱蔥蔥，微風捎來訊息，萬物不停活動著。大大的太陽不斷從樹葉間灑下光線，彷彿飛梭般不斷編織著地上的蓬勃綠意。噢！忙碌的織工啊！俗眼無法看見的織工啊！歇一會兒吧，我想跟你講講話！你織的布都流落何方？拿去裝飾哪些宮殿啦？你到底為何這樣織個不停？說話啊，織工！停手啊！我只不過要跟你說句話啊！他就是不停，梭子依舊飛來飛去，圖樣不斷湧現，那洶湧大水般的地毯持續流過去。織神片刻也不停歇，織聲震耳欲聾，讓他聽不見凡俗之音，我們看著織布機發出嗡嗡嗚響也快要聾了。只有離開織布機我們才能聽見它發出的千千萬萬個聲音，理由在於，這個道理適用於所有製造物品的工廠。在紡錘來回飛動的呼嘯聲中，大家都聽不見彼此所講的話，但牆外的人卻聽得一清二楚，因為那些話都從窗扉流瀉而出了。醜惡的事情就是這樣「東窗事發」的。啊，天底下的凡人都該警醒！儘管這大千世界的織布機不斷發出嘈雜聲響，但你們那些幽微的思緒也許就這樣被大老遠外的人給偷聽去了！

話說，這一副巨大的白色鯨骨就這樣在處處綠意、生機永不止歇的刺客群島森林裡懶洋洋躺臥著，受人膜拜——活像個懶惰的巨人！不過，就在身邊的藤蔓不斷縱橫交織，發出嗡嗡嗚響之際，這巨大的懶惰鬼似乎是個機巧的織工，全身也都交織著藤蔓，雖說只是一副骨架，卻每個月都更具綠意，更為鮮活。生死就這般交疊在一起，生死兩相依。冷酷的神與朝氣蓬勃的生命成了搭檔，獲得了捲曲的綠色榮光。

還有，我曾與特朗果國王一起造訪那神奇的鯨骨，只見裊裊香煙從噴水孔冒出來，真覺得牠的顱骨彷彿聖壇，驚嘆著國王為何把這教堂般的物品當成收藏品。他大笑不語。但更令我驚詫的是他的祭司們竟然賭咒發誓那水柱般的煙氣並非人造。我在骨架前來回踱步，撥開藤蔓後從肋骨之間走進去，手裡拿著一顆刺客群島的球狀細繩，穿梭漫遊於骨架裡許多蜿蜒蔭涼的列柱與藤架之間。但我的細繩很快就不夠長了，所以只能沿繩返回原地，從我進入的開口走出去。我在裡面沒看見任何生物，全都只有骨頭。

我砍了一根充滿綠意的量桿，再探那骨架內部。祭司們從頭顱上的箭頭狀裂縫看見我在丈量最後一根肋骨。「天哪！」他們大呼小叫，「汝膽敢丈量我們的神！要量也是我們量。」

「好啊，祭司們──那麼你們說說牠有多長？」此話一出，他們之間陷入一陣激烈爭執，對於鯨骨的尺寸各持己見。他們用量棍彼此打頭，回聲在鯨魚顱骨裡此起彼落，而我則是趁此良機完成丈量工作。

在此我打算把量到的各種尺寸向大家報告。但首先必須說明的是，就這方面而言，我可不能隨意瞎扯數字，因為你們也可以去請教許多鯨骨權威，藉此比對我所說的數字精確與否。聽說在英格蘭的赫爾有一座鯨魚博物館，因為當地是該國的捕鯨港口之一，館內收藏了背鰭鯨與其他鯨類的標本。同樣地，據說美國新罕布夏州曼徹斯特市的鯨魚博物館也有館方所謂「全美唯一的完整格陵蘭鯨（又稱河鯨）標本」。此外，座落於英格蘭約克夏郡的康斯特伯家伯頓莊園裡，也有一具由克里佛．康斯特伯爵士所收藏的抹香鯨骨架，但尺寸僅為中型，與吾友特朗果國王擁有的成年抹香鯨骨架相較可說是小巫見大巫。

就這兩具抹香鯨骨架而言，兩位物主本來都是基於同一個理由取得所有權。特朗果國王因為想要，就變成主人了，至於克里佛爵士則是因為他具有當地領主的身分。克里佛爵士的鯨骨已經重新被拼湊起來，因此所有的骨架腔室就大櫃子的抽屜一樣可以開開關關，把牠的肋骨排成一個巨大扇形，

4 Ice Glen，位於美國麻州東南部的天然名勝。

一整天都掛在他的下顎骨上晃蕩。某些活動門和百葉窗似的鯨骨則是上了鎖，由某位僕從帶著參觀者到處瀏覽，隨身攜帶鑰匙。整排鯨魚脊骨看來就像充滿回聲的列柱廊道，對那些在裡面參觀的人，克里佛爵士考慮要收費二便士，聆聽小腦腔室裡回音者則是收取三便士，至於有幸目睹頭顱內絕佳景致的，則是要花費六便士。

接下來我將把鯨魚骨架的大小一一仔細說明，所有數字都是從我右臂上的一處刺青抄錄下來的。因為那段時間裡我四處遊蕩，實在沒有更安全的方法可以把如此珍貴的數字保存下來。但由於我身上能刺青的地方有限，而且希望能夠儘量「留白」——至少要留下一些沒有刺青的地方，才能用來寫下當時我正在創作的一首詩，所以我並沒有分毫必較，把零頭的幾吋也寫下來。而且，老實說，在記錄鯨魚軀體大小時也不應該、不適合把吋的部分予以保留。

103 鯨魚骨架的尺寸

首先，針對活鯨軀體的大小，我想向您進行清晰又明白的聲明，並簡要地闡述牠的骨架結構。在此我將證明這種聲明是有用的。

史柯斯比船長曾估計，長度六十呎的最大隻格陵蘭鯨重達七十噸，而據我自己以此為基礎而做出的仔細精算，我主張最大隻的抹香鯨長度約在八十五到九十呎之間，身體最粗部分的圓周將近四十呎，體重則至少有九十噸。假設十三人的體重加起來是一噸，那麼這隻鯨魚的重量遠遠多於整個村子的一千一百位村民。

陸地居民怎能想像得到鯨魚到底有多大？他們的想法往往很難撼動，就像牛隻要裝上牛軛才能移動，他們應該也要裝上腦袋才可以。

先前我已經用各種方式來說明鯨魚頭顱、噴水孔、下顎、牙齒、鯨尾、額頭、魚鰭與其他各種部位有多大，現在我要做的，純粹只是指出沒有血肉的整副鯨魚骨架有哪些最有趣的地方。但必須提醒的是，在我說明的過程中，您可千萬要小心注意鯨魚的巨大顱骨，否則將會無法完整了解我們即將面對的骨架結構全貌，理由是，顱骨占據身體的一大部分，同時又是非常複雜的部分，而且也因為我講過後就絕對不會複述，您可要好好記牢，不要忘記了。

就長度而言，特朗克島上那副抹香鯨骨架為七十二呎長，所以如果加上頭尾，那鯨魚生前完全伸直身體時，長度肯定有九十呎，理由在於，若與活生生的鯨魚相較，那鯨魚骨架的長度大約少五分之一。在七十二呎的體長之中，他的顱骨、下顎已經占去約略二十呎，所以背脊骨大概五十呎。連接在背脊骨上面的，是環狀籃子的巨大肋骨，鯨魚生前曾包覆著牠的重要器官，長度不到脊骨的三分之一。

我看哪，這象牙般肋骨構成的肋腔與櫥櫃無異，尾端接著一根綿延不斷的脊骨，直直地往遠處延伸，像極了剛剛擺上支撐架的大船船殼，上面才插了大概二十根光禿禿的彎曲肋材，至於船的長長龍骨則暫時還沒有連接在一起。

肋骨是兩邊各十根。第一對肋骨位於頸部，將近六呎長，而第二、三、四根越來越長，到了第五根則是最長，而且它是中間的幾根肋骨之一，長度高達八呎又幾吋。從第五根開始，肋骨又變得越來越短，直到最後的第十根，只剩五呎又幾吋。就粗細來講，似乎是長度越長就會越粗。中間那幾根肋骨是最彎的。在刺客群島，有些島的居民甚至會把鯨魚肋骨用於搭建溪流上的小橋，當作橫木使用。

說到這些肋骨啊，我不禁再次想起自己在這本書裡數度提及的，如果光從骨架看來，絕對不可能了解有血有肉的鯨魚長什麼模樣。特朗克島抹香鯨骨架的中段肋骨最大，它們位於活鯨軀體中最深厚的部位。這鯨魚生前軀體最深厚的部位肯定至少有十六呎，但相應部位的肋骨卻只稍稍多於八呎。所以如果光看肋骨，我們想像中的那一部分鯨魚軀體只有真實鯨魚的一半雄偉。此外，這鯨魚脊骨現在雖已是光禿禿一片，但四周卻曾經包覆著數以噸計的血肉、肌肉與內臟腸子。而這還不包括鯨魚的一片片巨大魚鰭，眼前所見卻只剩下幾個雜亂的關節而已。至於那原本沉重壯觀的尾鰭，因為沒有骨頭，如今看來卻是一片空空如也！

於是我心想，有些人膽小而沒見過世面，卻想要光憑這倚靠在平靜棕櫚樹上的枯槁細瘦鯨魚骨架，就了解牠生前有多令人讚嘆，那簡直是緣木求魚，愚不可及呀！不可能。只有在千鈞一髮的危難之際，只有在牠那怒鰭掃起來的渦流中，只有在那深不見底的無垠大海上，才有可能澈底見識到活鯨的身軀實際上有多壯碩。

至於我們能夠瞻仰鯨魚脊骨的最佳方式，無非就是把它吊高，一段一段堆疊起來。這可不是馬上就能辦到的，但只要大功告成，鯨脊看起來與龐貝之柱[1]沒兩樣。

脊骨一共有四十幾節，但是並未緊緊連結在一起，大部分都是像哥德式尖塔上的瘤狀石塊一樣堆疊在一起，形成了結實沉重的石造建物。中間那一節最大，寬度大約不到三呎，深度則有四呎多。從最小的那一節以後，脊骨越來越小，到了尾部只剩下兩吋寬，看起來很像白色撞球。據說本來還有更小的，卻早已遭幾個淘氣的小野人偷走，他們都是某位祭司的孩子，把它拿去當彈珠玩。令人不勝唏噓的是，即便是最巨大的生物，在牠死後脊骨也難免淪為孩童的玩物。

1 Pompey's Pillar，建於埃及亞歷山卓城的柱子，用來紀念西元第三世紀羅馬皇帝戴克里先（Diocletian）。

104 鯨魚化石

鯨魚的身軀龐大無比，因此同時也是一個非常適合用來增大、擴充並且廣泛發揮的主題，任誰就算想要加以濃縮也辦不到。牠有資格讓人們對牠大書特書。在此無須贅述牠從噴水孔到尾巴有多長，或牠的腰圍有多粗，只要想一想在牠肚子裡盤旋糾纏的腸子有多大一團就好，簡直跟存放在軍艦最下層甲板的粗大纜繩與曳船索沒兩樣。

既然我已經答應要好好談論這海上巨獸，自然有必要在這件事情上面無所不用其極地大顯身手，就連牠血液中的最小病菌也不錯過，不管牠的肚子裡面糾纏著什麼東西都要扯出來一探究竟。先前我已經談過牠大部分的行為特色與體內結構，如今尚未論及的只剩下鯨魚化石，所以接下來我將從考古學的遠古觀點來細談它。若非把這種詞彙用在巨大海獸身上，而是用於螻蟻或跳蚤，也許就會失之於誇誇其談。但如果要談論的是巨鯨，情況就不同了。我不得不把字典中那些最有分量的詞彙拿出來使用，才可以勉強勝任此一任務。必須說明的是，在論述的過程中每逢有需要參考字典，我所使用的都是我為此目的特地買來的四開本字典，因為編纂者約翰遜博士[1]是個編纂名家，而且他的身材異常壯碩，比誰都更有能力編出一本我這種巨鯨書籍作家可以使用的字典。

且說作家一下筆就無法遏抑，雖說只是平庸之作，卻往往針對文章主題盡情發揮。那書寫巨鯨的我又會怎麼寫呢？就這麼說吧，無意之間我的字跡變得像招牌字體一樣粗。給我一支兀鷹的羽毛管當筆用！讓我用維蘇威火山的噴火口當墨水瓶的檯子！朋友們，請攙扶著我！因為啊，光是要我把關於巨鯨的種種想法寫下來，我就會筋疲力盡，而且那五花八門的範圍令我頭暈目眩，好像要把各種科學都包含進來，此外還要論及從古到今，到未來的各世代鯨魚、人類與乳齒象[2]，還有這世間帝國不斷改變的景致風貌，以及上上下下、四面八方，裡裡外外都不能遺漏。如此說來這主題還真是會不斷衍生出去，龐雜無比又毫無限制啊！我們要將這主題予以窮盡，而且若要寫一本重量級的書，當然要挑選有重量的主題。想用跳蚤寫一本流傳後世的大書，就算許多人都已嘗試過，但哪個成功了呢？

在進入鯨魚化石的正題之前，必須聲明的是我自認非常有資格當地質學家，因為在我非常豐富的人生經歷中，曾當過石匠，也挖過壕溝、運河[3]、水井、酒窖以及各種水池。同樣地，在這開場白中我就想要提醒讀者：年代更久遠的地層裡所發現的那些化石，都是幾乎已經完全滅絕的遠古獸類，至於在目前所謂第三紀[4]地層中發現的各種骨骸，就算無法形成某個直接連結，但至少可以扮演橋梁的角色，顯示那些諾亞方舟上的動物都是紀年前遠古生物的後代子孫。到目前為止的出土鯨魚化石在年份上都是屬於第三紀，也就是地表層形成之前的最後一個地層。儘管這些鯨魚化石與目前已知的各種鯨魚品種都不相同，但牠們的一般特色與鯨魚非常近似，足以顯示是鯨類化石無誤。

過去三十年來，每隔一段時間就會有人發現一些支離破碎的鯨魚骨頭、骨架，出土地點遍布阿爾卑斯山山腳、倫巴底王國[5]、法國、英格蘭、蘇格蘭，還有美國的路易斯安那、密西西比與阿拉巴馬三州。在這些遺骨中較令人感到好奇的是，一七七九年於巴黎，在那條短短的、幾乎直通杜樂麗宮的

1 即一七七五年出版的 *A Dictionary of the English Language*。
2 在梅爾維爾那個時代，普遍認為乳齒象（mastodon）是陸地上最大動物，一如鯨魚是海上最大動物。
3 一八三八年，梅爾維爾曾修習過一門工程學與測量學課程，並試著要在紐約州伊利運河（Erie Canal）管理部門覓職，但並未成功。
4 後來被拆分為古近紀與新近紀。
5 義大利統一後改稱倫巴底省。

多菲內街上有不完整顱骨出土，還有在拿破崙時代於安特衛普港廣大碼頭區[6]挖到的鯨骨。小居維耶宣稱這兩批碎骨都是來自於某些種類無人知曉的巨鯨。

但到目前為止所有鯨類遺骨裡面最令人嘆為觀止的是一隻絕種鯨魚的巨大骨架，它近乎完整，係於一八四二年出土，地點為克雷格法官[7]的阿拉巴馬州莊園。附近許多迷信的黑奴大驚失色，以為是墮塵天使的骨骸。阿拉巴馬州的醫師們宣稱那是大型爬蟲動物的遺骨，幫它取名為「帝王蜥蜴」[8]。但有些人漂洋過海，把其中一部分骨骸帶給英格蘭解剖學家歐文[9]鑑定，結果發現這所謂的爬蟲動物是鯨魚，只不過那種鯨類已經滅絕。

這又可以充分證明我在這本書裡屢屢複述的一個事實：從鯨魚骨架並不太能看出活生生鯨魚的體態。所以歐文把他鑑定的化石重新命名為「械齒鯨」，並且在倫敦地質學會的會議上發表論文，聲稱牠是因為地球環境變化而滅絕的最奇特生物之一。

每當我站在這些威猛巨鯨的骨架、顱骨、牙齒、顎骨、肋骨與脊骨之間，都可以看出牠們與現存的鯨類有部分相似之處，但話說回來牠們也有點像那些年份不知道比牠們悠久多少年的紀年前遠古生物。我彷彿遭一陣洪水沖回那奇妙的時代，回到那還沒有人類創造出「時間」這個概念的史前狀態。我依稀能仰望到農神薩頓所創造出來的那片灰暗混沌[10]，在迷濛中好像瞥見那永遠都是極地氣候的世界，因而渾身震顫[11]。那時，現在的熱帶地區仍被稜堡般的層層冰霜重壓著，地球圓周雖有兩萬五千哩長，卻看不見一小片人類可以安居樂業的土地。那是個鯨魚主宰的世界，牠是所有生物中的霸王，游蹤遍及如今的安地斯山與喜瑪拉雅山山區。有誰能夠指出巨鯨的家世族裔？古以色列亞哈王的魚叉比法老王的魚叉更早沾上鯨血。和鯨魚相較，瑪土撒拉[12]的輩分簡直是小學生級的。回到遠古的我，想要找閃姆[13]，跟他握個手。鯨魚啊，你這比摩西更老，不知來源為何的存在，真的帶有某種莫名的恐怖，令我驚駭不已，而既然你先於時間存在，相信就算人類滅絕了，你還是會繼續存活。

但這些亞當以前就存在的鯨魚並非只是在大自然的一般環境中，在石灰岩、泥灰[14]裡留下自己的古老蹤跡，牠們的魚鰭圖形也曾清清楚楚地出現在遠古的埃及石板上，而那些石板可說幾乎與化石一樣古老。[15]大約五十年前，曾有人在宏偉的埃及丹德拉神廟某個房間裡發現花崗岩天花板上有一幅雕刻後又上色的星座圖，圖中有人馬座、獅鷲座與海豚座等各種現代星體圖上面也有的奇詭圖案。在所羅門王尚未降生的數百年前，那古老巨鯨就已經出現在前述的神廟星座圖，優游於其他星座之間。

還有一則足以證明鯨魚有多古老的奇特證據實在是不容忽略，也就是可敬的古代北非旅行家約翰．里奧[16]曾提及的那一具大洪水時代後的鯨骨。

約翰．里奧表示：「濱海地帶不遠處有一座廟，椽木、橫梁皆為鯨骨材質，蓋因常有巨鯨的屍體遭沖上海灘。善男信女往往心想，這肯定是因為那廟宇有天神賦予的神祕力量，所以鯨魚每每游經該

---

6 碼頭工程是拿破崙於一八一一年開始的。
7 Judge John Creagh。
8 *Basilosaurus*，但證實為鯨魚化石後已經更名為龍王鯨或械齒鯨。
9 Sir Richard Owen，十九世紀解剖學家。
10 農神 Saturn 源自於希臘神話中混亂之神 Cronus。
11 暗指冰河時期。
12 即 Methuselah，據稱為亞當第七代子孫，在世上活了九六九年，是史上最長壽人類。
13 Shem，諾亞之子。
14 容易埋有化石的地質環境。
15 其實並非如此。最古老的埃及石板為西元前三千年左右，但化石則必須至少要有一萬年歷史。
16 Joannes Leo Africanus，十六世紀人。

處就暴斃。但事實上，這是因為廟的兩側都有長達兩哩的礁岩一直往海裡延伸，鯨魚一撞就會受傷。他們把一根長度驚人的鯨魚肋骨視為神蹟，保留下來，突起的那端朝上，當成一座拱門。就連騎在駱駝背上的人也無法觸及拱門頂端。據說在我看到這肋骨之前，它已經矗立在那裡一百年了。當地史家都言之鑿鑿，那位預言穆罕默德會降世的預言家就是出自這間神廟，甚至有幾位堅稱先知約拿就是在這神廟下方被那大鯨從肚腹裡吐出來的。」

我的讀者啊，如果你是個南塔特克島來的捕鯨人，來到這非洲的「鯨廟」，肯定會二話不說就開始虔誠敬拜。

105 鯨魚的龐大身軀會變小嗎？——牠們會滅絕嗎？

既然巨鯨是從遠古世界的永恆源頭翻躍而出，降生在這個世界，那麼非常適切的，我們或許可以提出一個問題：在源遠流長的無盡世代中，鯨魚從先祖那裡遺傳而來的巨大身軀是否有所退化，漸漸變小了？

但經過一番細究後，可以發現如今鯨魚的身軀不但比第三紀地層的那些鯨魚化石還要雄偉（第三紀是指人類出現以前的某個明確地層年代），而且該地層的化石中，年代較近的鯨魚在體型上也比年代久遠者更為龐大。

在所有先於人類的所有出土鯨骨中，到目前為止最大的是前一章所提及的阿拉巴馬州巨鯨化石，其骨架長度不到七十呎。相較之下，先前我們已經提過現代的鯨魚若用捲尺測量可得出七十二呎的長度。[1]而且根據捕鯨人的權威說法，我還得知抹香鯨在遭捕獲後身體仍完整時，身長更是長達近百呎。

不過，雖說現代鯨魚的體型都比人類以前各地質時代的鯨魚更為雄偉，但有沒有可能人類剛誕生時的鯨魚較大，隨後持續變小為現在這個體型？

如果我們要把老普林尼等一干古代博物學家的說法當真，無疑地就必須做出上述結論。理由在於老普林尼曾說活鯨軀體的表面積高達數畝，此外包括阿爾德羅萬迪[2]在內的許多人都測量出鯨魚的身

1 指一〇三章那一副特朗克島鯨魚骨架的長度。

2 Ulisse Aldrovandi，十六世紀義大利博物學家。

長有八百呎，長度簡直不輸製繩走道[3]與泰晤士河底隧道！即便在庫克船長與他船上那兩位博物學家班克斯、索蘭德的時代[4]，科學院的某位丹麥院士曾把冰島鯨魚（又稱 *reydar-fiskur*，意思是「皺腹鯨」）的身長記錄下來，足足有一百二十碼[5]，相當於三百六十呎。至於法國博物學家拉瑟佩德[6]也在他那本鉅細靡遺的鯨魚史書中，於剛開始（第三頁）就寫道，露脊鯨身長達一百公尺，相當於三百二十八呎。而這本書一直到一八二五年才出版。[7]

但有哪個捕鯨人會相信這些說法呢？沒半個。現在的鯨魚跟老普林尼那個時代的鯨魚遠祖體型一樣大。假設我有機會當面與老普林尼講話，身為捕鯨人的我（在這方面我可比他有資格），肯定會鼓起勇氣這樣跟他說。因為我實在搞不懂，既然在身長方面，比老普林尼早幾千年的古埃及木乃伊連同棺木也不及身穿平底鞋的現代肯塔基人，既然從埃及與尼尼微城最古老石板上所雕刻的牛群與動物看來，顯然法老王時代的最胖母牛同樣在體型大小上比不上倫敦史密斯菲爾肉市裡那些圈養的品種優良得獎牛隻，那麼我實在無法認同的是，怎麼可能所有動物裡面只有鯨魚的體型變小呢？

但還有另一個問題尚未釐清，因此常讓那些比較高深莫測的南塔克特人提出來議論。既然現在鯨魚完全逃不過捕鯨船上瞭望員的法眼，捕鯨船一會兒進入白令海峽，一會兒來到這世上最偏遠隱密的水域與海疆，既然各個大陸海岸也有數以千計捕魚人用魚叉、魚槍捕鯨，那麼問題來了：鯨類難道能夠逃過如此天羅地網般的追獵、如此狠心絕情的浩劫？難道不會從海上滅絕？最後的鯨魚在噴出最後的水柱後，像最後一個人類吸了菸斗吐出最後一口煙那般，就此在這世界上煙消雲散？

我們不妨把都長著駝峰的鯨群與美洲野牛群加以比較。約莫四十年前，曾有數以萬計的牛群優游縱橫在伊利諾與密蘇里州的大草原上，身上鐵絲般的鬃毛搖搖晃晃，額頭顯現雷霆似的怒容，而如今牠們的地盤都已變成人口稠密的河濱大城，許多客客氣氣的仲介以每吋一美元的低價兜售土地。兩相比對，讓人似乎會禁不住提出這樣的主張：如今遭濫捕的鯨魚應該也逃不過快速滅絕的厄運了。

但這問題必須要從各方面來考量。儘管才不久前（時間不及許多人的一輩子）伊利諾州的美洲野牛數量超越現在的倫敦人口，但如今在該州卻連野牛的一角或一蹄都不可見。儘管美洲野牛那速度駭人的滅絕是人類無情的槍矛所造成，但捕獵鯨魚與水牛的狀況可說截然不同，所以巨鯨肯定不會落入如此恥辱的滅絕厄運。以一艘載有四十人的抹香鯨捕鯨船來講，假使他們在海上獵鯨四十八個月，表現極其優異，而且老天保佑，最多也只不過讓他們得以載著四十隻鯨魚的鯨油返航。相較之下，當年遙遠的大西部尚為蠻荒處女地時，在那些太陽下山後迄今依舊閃耀著光芒的地方，無論是加拿大與印地安獵人或者設陷阱捕獵的西部獵人都穿著鹿皮軟鞋，在馬背上四處馳騁（而非搭乘捕鯨船），而假設這種獵人一樣有四十個，一樣捕獵四十八個月，結果肯定不會只捕殺到四十頭野牛，而是至少四萬頭。如果有必要的話，我們還是可以用統計數據來說明這事實。

而且，若我們能好好想一想，似乎實在也找不出證據來支持抹香鯨正逐漸滅絕的說法。舉例說來，想當年（就以上個世紀末為例吧！）這些巨鯨都是幾隻就聚成一群，因此遭遇捕鯨船的頻率比現在更高，所以捕鯨航程就不用如此漫長，也更加有利可圖。理由在於，就像我先前已在別處說過的，基於安全考量，如今鯨魚都是一大群一大群在海上行動，所以過去那些單獨行動的、兩兩成對的、三五成群的，或數量不大的鯨群都已不見，而是變成一支支相隔甚遠的鯨魚大軍。捕鯨船較少碰見鯨魚

---

3 Rope walk，用來製造纜繩的走道。

4 即 Joseph Banks（英國博物學家）、Daniel Solander（瑞典生物學家），他們都搭乘英國船長 James Cook 的船前往澳洲做科學研究。

5 剛好相當於一座美式足球場的長度。

6 Bernard Germain de Lacépède，十八、十九世紀法國博物學家。

7 應該是一八〇四年就出版了。

的理由只是如此而已。此外，同樣充滿謬誤的一個看法是，有些人認為所謂鬚鯨過去大量出現在某些漁場，如今卻已非如此，所以牠們的數量已逐漸下降。錯就錯在，鬚鯨只不過是遭捕鯨船追捕驅趕，從這個海岬逃往那個海角，而且如果某個海岸再也看不見牠們噴出的水柱，那麼某個更偏遠的海濱最近肯定已開始出現驚人的噴水奇景了。

此外，無論人類再怎樣殫精竭慮，有兩座巨鯨的最後要塞都是永遠都無法攻破的。就像瑞士人早已習慣霜雪，所以每逢敵人入侵山谷，都能撤退到高山上。同樣的道理，鬚鯨只要在彷彿廣大草原與林間空地的中緯度海面遭到追獵，最後仍可逃回那堅固堡壘般的極地海域，潛入人類不可能侵犯的，彷彿冰晶柵欄、高牆的結冰海面，偶爾在海上冰原、浮冰之間冒出水面，於那彷彿無止盡的隆冬裡生活在美妙的舒適圈裡，把人類的追獵行動拋諸腦後。

但也許是因為鬚鯨遭捕獲的數量是抹香鯨的五十倍，某些喜歡思考的艄樓水手才會認為，這對於本來就數量漸減的鬚鯨部隊來講，肯定是一場浩劫。不過，雖然前不久鬚鯨光是在美國的西北海岸地區每年就有一萬三千隻遭到屠殺，但還是有人覺得這種狀況不值一提，甚或根本毫無意義，因此無須提出反駁。

全世界竟有這麼多龐大巨鯨，這當然有點讓人難以置信，但果亞國[8]的史家哈托[9]不也曾經說道：暹羅王一次出獵就會獵獲四千頭大象，但當地的大象還不是多如溫帶群畜？而且我們似乎沒有理由可以懷疑，過去幾千年來，例如亞述女王沙米拉姆、古印度波魯斯王與漢尼拔將軍[10]等一位位統治者不停捕獵大象，但仍然有無數野象存活著，那鯨魚不就更是如此嗎？有遠比野象還多的鯨魚逃過人類追獵，而且牠們在彷彿草原那樣一望無際的海上盡情優游，牠們的棲息地剛好兩倍於亞洲、南北美洲、歐洲、非洲、新荷蘭[11]與所有海島加起來的總面積。

還該納入考量的是鯨魚壽命很長的這種普遍看法。牠們的壽命可能長達一世紀以上，因此來自同一鯨魚家族的成員肯定會有「數代同堂」的情形。我們不妨想像一下：如果把所有墳墓、墓園、家墓裡那些七十五年前還存活的男女老少全都加起來，再加上目前全人類的人口，那大概就可以知道現在的鯨魚數量了。

儘管個別的鯨魚的確會有生老病死或慘遭橫禍，但基於上述諸多理由，我們應該承認鯨類是不會滅絕的。牠們在陸地尚未浮上海面，形成五大洲之前就已經在汪洋大海上優游，現在的杜樂麗宮、溫莎城堡與克里姆林宮都曾有牠們的游蹤。史前洪水降臨時，牠們也不屑搭上諾亞方舟，而且就算這世界像荷蘭一樣再度被大水圍困，無數老鼠完全滅絕了，但永恆的鯨類仍在，牠們還是會游往洪水水位最高的赤道地區，以絕不服輸的態度對著天空噴出白沫水柱。

8 Goa，曾長期是葡萄牙殖民地，現在是印度的一邦。

9 Garcia de Orta，十六世紀人，原是西班牙的猶太醫生，後來為了躲避宗教迫害而逃往印度。

10 Semiramis、Porus與Hannibal。漢尼拔是迦太基國將領，擅用戰象。

11 澳洲舊稱。

106 亞哈的腿

亞哈船長急躁地離開來自倫敦的薩謬爾．恩德比號，對他自己並非完全沒有造成傷害。因為踩上小艇時過度用力震動，導致他的鯨骨義肢幾乎裂開。再加上回到皮廓號甲板上後，義肢又用力插進那專用的小孔裡，轉來轉去，卯起來對著舵手下達命令，因為那傢伙的掌舵技術向來欠缺彈性，這又導致那裂開的鯨骨義肢扭傷受損。雖然那義肢並未解體，從外表看來也還挺強健，但亞哈對它已經不能完全放心了。

的確，這似乎沒啥好大驚小怪的，因為亞哈船長儘管總是狂躁又魯莽，但有時卻又對支撐他身體部分重量的死鯨骨頭顯得照顧有加，小心翼翼。為何如此？只因皮廓號駛離南塔克特島的不久前，某晚有人發現他仆倒在地，不省人事，而且似乎出了什麼令人費解而無法想像的意外，導致他的鯨骨義肢硬生生錯位，尾端像棒棍似地戳進了他的鼠蹊部。後來他可是費了不少工夫才把這惱人的傷口完全治癒。

儘管他如此偏執狂熱，但仍沒忘記這時候他之所以受苦受難，都是斷腿傷勢所引發的。似乎他也心知肚明，跟叫聲最美妙的林中禽鳥一樣，毒性最強的沼澤爬蟲也肯定會世世代代繁衍下去──同樣的道理，值得慶幸的事情會源源不斷而來，所有厄運慘事也自然不會斷絕。亞哈心想，沒錯，而且甚至可以說在歷史上「悲慘」比「愉悅」更早出現，也會延續得更久。理由不是很明顯嗎？從《聖經》裡的某些雋語我們可以如此推斷：此世的某些天生享樂是沒辦法延續到彼世的，接下來的另一個世界反而是絕望的地獄。但相反地，凡人的某些罪愆不幸卻能永世流傳，就算進了墳墓卻還是能把悲痛留給後代子孫。[1]更別說，如果進一步把這道理分析下去，我們會發現喜樂與悲慘之間有一種不對等的情況。亞哈也是這麼想的，只因這世間最令人痛快的喜樂背後難免也會隱藏著一絲絲無意義的莫名不快，但相反地，所有令人椎心的痛楚說到底就是會帶有某種神祕的意涵，甚至某些人會覺得那是重大的天意。而且他們努力地追本溯源，務求不違背最明顯的道理。如果把種種慘絕人寰的悲哀往本源去追溯，最少都可以連結到不能再往前追溯的眾神長子們。所以，就算這世間有暖暖的太陽令人喜樂，也有鐃鈸般圓滾滾的溫和秋月，有件事我們必須謹記在心：眾神本身並不總是喜樂的。人類眉宇間那無法抹滅的胎記，無非是祂們蓋下的悲傷印記。

有個祕密無意間在此洩漏了出來，但這祕密倒是應該在先前就以某種特定方式揭露，或許會更恰當一點。關於亞哈船長，有很多事在某些人看來都仍是神祕費解，其中之一就是在皮廓號啟程前後有一段時間他簡直像達賴喇嘛那樣與世隔絕，躲了起來。而且在那段時間裡他刻意不發一語，彷彿住在死者居處的大理石元老院裡面。他為何如此？船東之一，即退休船長佩雷格對大家提出來的理由聽來絕對不夠充分[2]，但事實上只要是關於亞哈船長內心深處的真相，雖然多少可以讓我們對他有所了解，但更多的是會顯露出他的黑暗面。說到底大家還是都會知道，至少在這件事上面是如此。反正他之所以會暫時深居不出，說到底就是因為鼠蹊部受傷的那件慘事。不僅如此，對於亞哈那不斷縮小的岸上社交圈來講，雖說基於各種理由較有機會見他，但亞哈總是愀然不樂，不願多做說明，因此對他們來講上述那意外就多了幾分恐怖的意味，有點像鬼使神差那樣可怕。所以他們出於一翻熱忱，也就齊心協力把那件事給隱瞞起來，不讓外界得知，因此等到一陣子過後消息才流傳到皮廓號上。

1《舊約聖經．出埃及記》有言，耶和華說：「恨我的，我必追討他的罪，自父及子，直到三、四代。」
2 請參閱第十六章。

無論亞哈的遭遇是否必須歸因於空中那群肉眼看不見、若隱若現的天使，或是出於地獄裡那些魔怪對他的報復，總之他對目前這義肢的問題採取了簡單無比的務實對策，也就是請木匠幫忙。

等到木匠一現身，亞哈吩咐他幫忙打造一支新的義肢，不得耽擱，並且對幾位船副下令，務必把整趟航程下來船上所積存的大大小小各種抹香鯨鯨骨都拿出來，這樣他才能從中挑選出一根最粗壯而且表面最光滑的來當材料。挑完後木匠奉命連夜把義肢趕製出來，還包括所有配件，不能拿那根汰換義肢的舊配件來充數。此外船長還下令從貨艙裡把那具暫時閒置的熔爐吊出來，要求鐵匠幫忙鍛造各種必要的鐵製器械，以便加快義肢的完工速度。

107 木匠

且把你自己當成一位蘇丹，坐在土星的衛星群之間，揀選出一個高大獨特的人，他看來是如此驚異、奇偉、悲壯。但若從同樣的制高點去看，從古至今的芸芸眾生，你會發現他們大多是一票可被取代的複製品。皮廓號的木匠儘管是個卑微人物，絕對不是什麼人類的崇高典範，但他卻也不是個複製品。因此現在輪他出場了。

由於不拘泥於規定而且又為了符合實際需求，他跟所有船艦的木匠一樣，尤其是跟捕鯨船木匠一樣，除了木工之外還得承擔各種職責與任務，而且這又可說是捕鯨船木匠特別需要做的。船上木匠的角色可說集合了從古至今、五花八門的各種手工藝，無論哪一種都是以木材為次要材料。但皮廓號的這位木匠除了符合一般木匠的上述特色之外，他特別厲害之處就在於能夠用千百種器械工具來應付大船在三、四年航程中，於蠻荒世界偏遠海面上不斷出現的種種緊急狀況。以下各種需要趕快處理的問題對他來說都不值一提，例如：修復被鯨魚打爛的小艇、裂開的圓杆狀桁木、改良不好用的艇槳、安裝甲板上的舷窗玻璃，或在舷板上打新的木釘，還有跟木工直接相關的大小事務都要他搞定，此外還有各種天差地遠的事情，無論是實用性或突發性的，也都需要他這專家迅速處理好。

能幫他完善扮演諸多角色的利器，叫做檯鉗，那是一張粗糙笨重的長長桌檯，上面有好幾個尺寸不同的鐵製與木製老虎鉗。除非船側吊掛著鯨屍，否則這檯鉗一律是穩穩地橫綁在煉油灶的後端。

若有繫繩栓太粗，很難插進栓孔裡，木匠就把它往隨時備用的老虎鉗裡一夾，銼個兩下，立刻就變細了。羽色奇異的陸地鳥兒不慎在海洋迷失方向，在船上被抓了，木匠便用刨削得光滑的露脊鯨鯨骨與橫梁般的抹香鯨鯨骨幫牠造了一座看似佛塔的鳥籠。某位小艇划槳手扭傷手腕，木匠便幫忙調製止痛藥膏。史塔布希望能在他那小艇的每一把艇槳槳葉都漆上朱紅色星星，木匠便用那大大的木鉗把艇槳夾住，幫他畫上左右對稱的一顆顆紅星。哪個水手若想戴上鯊骨耳環，木匠就幫忙穿耳洞。另一位水手牙痛，木匠便拿出鉗子，另一隻手拍拍檯鉗，要水手坐下。但那可憐的傢伙還沒拔完牙就抖個不停，木匠拿著木鉗畫圈，作勢要水手把下顎靠過去，才能把牙齒拔掉啊。

因此這木匠隨時都得做好準備，但同樣也總是一副無所謂、不在乎的模樣。他把牙齒當成鯨骨，人頭跟一塊木頭沒兩樣，至於人則是被他當成絞盤一樣淡然對待。但既然他精通各種技藝，每一門又都如此專精，想必腦力敏銳過人。不過啊，完全沒那回事。因為他這人最大的特色莫過於沒有人味且麻木不仁。所謂沒有人味，是指他好像融入了四周的器具物件，對於整個世界的一切都顯得淡然麻木，雖然他的確不停地在做各種數不清的動作，卻總是如此平靜，就算你在旁邊幫大教堂挖地基，他還是不理你。不過，這令人稍感可怕的麻木特性好像也多少是因為他本來對世間的一切都缺乏熱忱，但奇怪的是偶爾他也會耍耍幽默，不過出口的都是一些索然無味的陳年俏皮話，大概只有遠古人類笑得出來，有時還帶著一點已經過時的巧妙詼諧，彷彿是諾亞方舟上艄樓值班人員用來殺時間的言語。難道這老木匠一輩子真的就是東漂西泊，像顆滾石那樣，不但完全沒有沾上苔蘚，表面上那些原有的附著物也全都磨掉了？他就像是一種純粹的萃取物，是個不帶零頭的整數，如同新生兒一般冥頑不靈。過活的方式全然不會考慮到塵世與來生。我們幾乎可以說這種奇特的頑固特性根本就是因為他全無智力使然，理由在於，他雖然會幹各種活，但看起來他工作時所憑藉的既非理智也非本能，更不像是有人教過他，當然他那一身本領也不像是混合著理智、本能與學習（無論三者的比例均等與否）。他工作時彷彿又聾又啞，宛如機器般自動自發。他就是個純粹的巧手匠，就算真有腦袋，肯定也早已與手指上的肌肉融為一體了。他就像是一把不會思考但很管用、產地在雪菲爾市[1]的口袋式迷你「萬能刀」，裡面不但藏有各種大小的刀片，還有螺絲起子、拔塞鑽、鑷子、尖錐、筆、尺、指甲銼刀與鑽椎。所以，如果木匠的上司想要把他當螺絲起子來用，只要打開他身上那一部分，就可以把螺絲旋緊。想用鑷子，只要把他的兩條腿拿起來夾東西就成了。

然而，如前所述，這位輕輕鬆鬆就能打開與收起的萬能小刀型木匠畢竟不只是一部自動機器。即便他體內沒有普通的靈魂，還是有某種微妙的東西在發揮作用，才能完成職務。那東西到底是水銀萃取物，或只是幾滴鹿角精，我們無從確認。但那東西的確存在，而且已經在那裡六十幾年了。那東西是他體內某種難以說明的微妙生命精華，讓他有一大部分時間都在自言自語。不過這又怎樣呢？不會思考的輪子還不是會發出嗡嗡嗚響，彷彿自說自話？或者我們也可以說，他的身體就是個哨亭，那讓他自言自語的東西就在裡面放哨，為了時時保持警醒而一直講話。

1 英格蘭的Sheffield以生產刀器著名。

108 亞哈與木匠

甲板上——第一班夜班

（木匠站在他的檯鉗前面，在兩盞燈的燈光下忙著把固定在鉗子上的鯨骨銼平，才能用來製作義肢。檯面上擺著一片片鯨骨、皮革勒帶、襯墊、鏍絲釘與各種工具。只見前方熔爐冒著熊熊烈焰，鐵匠正在那裡工作。）

木匠

該死的銼刀，該死的鯨骨！該軟的地方居然是硬的，該硬的地方居然是軟的！那就這樣吧！誰想要銼那又老又硬的顎骨和脛骨啊！就換一塊來試試吧。很好，現在這塊比較順手（**打噴嚏**）。唉唉，這粉塵真是（**打噴嚏**）——怎麼回事（**打噴嚏**）——沒錯是這樣（**打噴嚏**）——我的天啊，粉塵讓我沒辦法講話！人老了真是沒辦法，用枯木做工也會這樣。如果鋸的是活的樹，就不會有這種粉塵。切割新鮮的骨頭，就不會這樣（**打噴嚏**）。嘿，老黑仔[1]幫個忙吧，開始打造鐵箍跟巴扣螺絲吧，我待會兒就要用了。幸運的是（**打噴嚏**）我不用製作膝關節，不然就有點麻煩了。我只要製作脛骨就好——那簡直像製作爬藤杆一樣簡單。但願我可以幫那脛骨好好拋光。時間哪，時間，我只是缺時間哪！不然我就可以幫船長製作出跟以前一樣的好腿（**打噴嚏**），還能在交誼廳裡跟女士屈膝行禮呢！以前我在店鋪櫥窗裡看過的那種鹿皮腿和小牛腿都完全比不上。那種腿會吸水，的確會，而且當然會害船長染上風溼病，而且跟活人的腿一樣，還得用藥水、藥膏治療（**打噴嚏**）。話說，在我鋸鯨骨之前還得請那位老暴君來，看看長度對不對。我猜啊，如果有什麼問題，那肯定是太短了。哈！腳後跟也完成了。運氣不錯，剛好他來了。也可能是別人，但肯定有人過來。

亞哈（正走過來）

（在接下來的這一場戲裡，木匠還是偶爾會打噴嚏）

「嘿！我的造物主！[2]」

「船長大人，您來得正好。如果您願意，現在可以讓我丈量一下長度。船長，讓我量一下腿長。」

「為了義肢而丈量腿長！嘿，這不是第一次了。開始吧！那裡，把你的指頭擺在那裡。木匠，你的老虎鉗還真厲害。再讓我感受一下鉗子多有力。嘿，嘿，鉗得的確挺緊的。」

「噢，船長大人，這樣會把骨頭夾裂的——小心！小心！」

「別怕，這樣夾緊我還挺愛的。兄弟，在這滑不溜丟的世界上，我倒是喜歡那種可以固定住的感覺。喂！普羅米修斯[3]在那幹麼？我說鐵匠啊！他怎麼樣？」

「報告船長，現在他肯定在鍛造巴扣螺絲。」

「是啊。你們合力製作，由他提供肌肉的部分。看他的爐子裡火燒得多旺啊！」

「是啊，船長。要幹這種精細的活，就要把火燒得又大又熱。」

「嗯嗯，這是肯定的。事實上，我真的認為這件事非常意味深長啊！大家都說那遠古希臘人普羅

---

1 Smut，鐵匠的諢稱。指他渾身煤炭渣粉。

2 亞哈諢稱木匠為manmaker，因為他正在幫亞哈製作義肢。

3 普羅米修斯把火偷給人類使用；而鐵匠則是工作時肯定要用火。當然這也是諢稱。

米修斯是人類的創造者，用火讓人類有了靈魂，如此看來他肯定也是個鐵匠了。理由在於，凡是用火製造出來的一切，必都屬於火，而地獄也可能是這樣。看看這煤灰亂飛的景象！這肯定是那希臘人製造非洲人的剩餘物。木匠，等他把巴扣螺絲鍛造好了，叫他再用鋼鐵打造一副肩胛骨，我們船上有個小販快被擔子給壓垮了。」

「船長大人？」

「別說了。趁普羅米修斯正忙，在此我要下令，要他按照討喜的模樣打造出一個完整的人。首先，沒穿鞋，只穿襪子就得要有五十呎高。其次，胸膛要跟泰晤士河底隧道一樣寬闊厚實[4]。然後，兩隻腿必須有根，可以固定在一個地方。再來，到手腕處的臂長為三呎，沒有心臟，額頭全用黃銅打造，而且得要有面積大約四分之一英畝的好大腦。此外，讓我想一想——我該訂製一副可以往外觀看的眼睛嗎？不用，但是要在頭頂開一個天窗，讓光線可以照亮裡面。喂，我下訂了，你走吧。」

「喂，他剛剛在說啥，對誰說？我想先搞清楚。我該繼續站在這裡嗎？」**（木匠的心裡話）**

「只有三流建築師才會蓋出不透光的穹頂，這裡就有一位。不、不、不，我必須要有一盞燈。」

「嘿，嘿！你要的是這個嗎？這裡有兩盞，船長先生。但要留一盞給我。」

「你這傢伙把這抓賊工具拿到我面前幹麼？用燈照人比掏槍指著人還惡劣。」

「船長先生，我還以為你是在對木匠說話咧。」

「木匠？為什麼會——但不是——我想，木工倒是非常整潔，充滿紳士風味啊。還是你寧願玩陶土？」

「船長先生？你是說陶土？陶土？陶土就是泥巴。泥巴的工作就留給挖水溝的工人去做吧。」

「你這傢伙真怪！幹麼一直打噴嚏？」

「船長先生，因為鋸骨頭的粉塵太多了。」

「那就聽我一句勸，死後絕對不要把自己埋在靠近活人鼻子的地方。」

「船長先生？噢，啊！我想是這樣，是這樣沒錯——沒錯——噢天哪！」

「嘿，木匠，我敢說你一定覺得自己是個守規矩、有模有樣的好工人，是吧！果真如此，那你的作品可以充分展現出你的本事嗎？等我裝上你做的這義肢，我會不會感覺到斷腿的地方長出了另一條腿？木匠，我的意思是，我會不會感覺到我那有血有肉的腿又長回來了？你可以幫我把原來那條腿趕走嗎？」[5]

「船長先生，現在我真的開始搞清楚你在說什麼了。的確，我曾聽過你說的怪事。有時候斷手斷腳的人會感覺自己的手腳還在，甚至偶爾還會感到刺痛。我可以大膽問一句，這是真的嗎？」

「兄弟，是真的。你瞧，若把你那條好腿放在我失去腿的地方，雖說肉眼只看得到一條腿，但我們倆的內心卻有兩條。你說我在那裡感受到真切的刺痛感？就是那裡，絲毫不差。這是個謎嗎？」

「容我斗膽說一句，那的確是個難題呀，船長先生。」

「好，那你聽我說。如果是這樣，你怎麼知道現在你站的那個位子上沒有另一個會思考的活人站在那裡，只是你看不見也感覺不到？沒錯，儘管你站著，他還是在那裡。儘管你很確定只有自己一個人，但難道不怕身旁有人偷聽？等等，先別說話！雖說我那條腿早就沒了，但如果我都還能感覺到腿部碎裂的劇痛，那麼就算你這木匠的身體都沒了，不是也還能感覺到地獄裡那烈火燒身的苦痛？哈！」

「天哪！說真的，船長大人，如果真如你所說，那我就得再盤算一番。我想這是我先前沒料到

4 該隧道於一八四三年落成，為三十五呎寬，二十呎高。

5 亞哈所描述的就是醫學上所謂的「幻肢」（phantom limb）現象：肢體殘缺的人感覺到原來的肢體還在。

的，船長。」

「瞧瞧你，人笨的話凡事就得多想想啊！——義肢還要多久才好？」

「或許一小時，船長大人。」

「那隨便弄一弄就好啦！等等就拿來給我（**說著說著就轉身離開**）。噢，人生啊！看看我這跟希臘大神一樣驕傲的人，卻永遠虧欠這笨蛋，要靠他才能站起來！這樣欠來欠去，變成一筆永遠清不掉的人情債。我想要像風一樣無拘無束，卻已經虧欠了全世界。我很有錢，錢多到可以跟全世界競標，從最富有的羅馬禁衛軍手裡買下羅馬帝國的皇冠。[6]但我那說起話來天花亂墜的舌頭卻是別人給的。天哪！看我弄來一個坩堝，跳進去後把自己溶解成一小截脊骨。就這樣！」

木匠（繼續工作）

「唉呦，唉喲！史塔布最了解他，總說他是個怪人——什麼都沒說，只要簡簡單單的兩個字就夠了，怪人。史塔布說他是怪人，他是怪人——怪人，怪人。而且還一直跟星巴克先生嘮叨這兩個字——船長先生是怪人——怪人，怪人，很怪。而這是他的義肢！沒錯，現在我仔細想想，這東西是他的床伴哪！那他豈不是拿一根鯨魚顎骨當老婆嗎？這還是他的腿，沒這東西他站不了。如果照他的說法，那不是一條腿會在三個地方站著，而且三個地方都在地獄裡——這是怎麼回事？噢！我不怪他蔑視我！大家都說我有時候看起來有點怪，但那只是偶爾而已。還有，像我這種矮瘦老頭根本不該跟那些腿長彷彿蒼鷺的高大船長一起走進深水裡。水很快就會淹到我的下顎，到時候只能大聲高喊，有沒有救生艇啊！我手裡這條腿不就跟蒼鷺的腿一樣又長又細嗎？沒錯！話說，大多數人一輩子只需要兩條腿就夠了，那肯定是因為人們會小心翼翼使用自己的腿，就像心軟的老太太會善待那幾頭幫自己拖車的矮胖馬匹。但亞哈，噢！他卻是個嚴厲的馬夫。瞧他已經把自己的一條腿給操死了，另一條則是一輩子都會因為踝關節腫脹而瘸了，現在又為了爬繩索而弄壞一條條鯨骨義肢。嘿，老黑仔幫個忙！把那些螺絲拿給我，我們趕快完工，否則那可以讓死人復活的傢伙[7]又要拿出號角來喚醒所有的腿腳，無論是真的或義肢，他就像個釀酒人四處搜集老舊啤酒桶，用老桶裝新酒。這義肢可真了不起！看來跟真的沒兩樣，我已經把它銼得光滑無比。明天他就可以用這義肢站立，穿戴著義肢測量經度。嘿！我差點忘記這光滑的小片骨板，沒有它，船長也沒辦法站著測量緯度啦！嘿，嘿，鑿子、銼刀和砂紙，現在全拿給我吧！」

6 西元二世紀，羅馬禁衛軍刺殺皇帝佩蒂奈克斯（Pertinax），以競標方式出售皇位，後由尤利安努斯（Julianus）買下。

7《聖經．帖撒羅尼迦前書》有言：「因為主必親自從天降臨，有呼叫的聲音和天使長的聲音，又有神的號吹響；那在基督裡死了的人必先復活。」這裡當然是指亞哈。

109 亞哈與星巴克在船艙裡

隔天早上他們按例幫皮廓號抽水排水。糟了！抽出來的除了水還有數量不少的油，甲板下的油桶肯定有嚴重漏油問題。大家都憂心不已，於是星巴克到亞哈的船艙去報告這令人不快的事。[1]

此時，皮廓號正從南方與西方海面逐漸接近福爾摩沙與巴士群島[2]，而兩者之間就是能夠從南中國海通往太平洋的熱帶航道。所以星巴克去找亞哈時，發現他面前桌上有一張東方列島的普通航海圖正攤開著，另一張地圖則是日本諸島的東海岸，包括本州[3]、松前[4]與四國。此時亞哈的全新雪白鯨骨假腳抵著螺絲拴好的桌腳，手裡拿著一把像小刀的長柄修枝鉤刀，這位古怪的老船長背對著船艙門口，皺眉看圖，正在重新檢視他熟稔的那些航線。

一聽見門口傳來腳步聲，他連頭都沒回就問道：「是誰啊！回甲板上去！滾！」

「亞哈船長別搞錯了，是我。報告船長，貨艙裡的油桶漏油。我們必須用起重機把油桶都吊出來。」

「用起重機把油桶都吊出來？我們都已經快到日本了，難道還要在這裡待一個禮拜，只為修裡那些老舊桶箍？」

「報告船長，如果不修理，我們一天損失的油恐怕一整年都賺不回來。船長，既然我們辛辛苦苦航行了兩萬哩，就該要好好保住那些掙來的油。」

「應該的，應該的，但要等我們抓到牠。」

「船長，我說的是貨艙裡的油。」

「我說的跟想的壓根都不是那些油。滾！漏就漏吧！我自己也全身都在漏啊！沒錯！漏油又漏水！不只油桶全在漏，連裝著桶子的船也在漏水，而這遠比皮廓號的困境還要悽慘哪，兄弟。但我可不會停下來修補油桶，因為又有誰能在滿載的船艙裡找到漏油的桶子？就算找到了，現在海面上強風卯起勁來咆哮，難道真有辦法修補？星巴克！我不會下令動用起重機！」

「船長，船東不會有意見嗎？」

「就算他們站在南塔克特島海灘上，罵我的聲音比颱風還大，那又如何？我亞哈天不怕地不怕。船東？船東？星巴克你老是跟我嘮嘮叨叨，把那些吝嗇鬼船東掛在嘴邊，好像他們是我的良知。但你給我聽清楚了，真正能掌控任何東西的，就只有發號施令的人。你給我聽好了，我的良心就在這艘船的龍骨裡——回甲板上去吧！」

「亞哈船長，」這位面紅耳赤的大副反而往船艙裡面走，展現出一種奇特的勇氣：恭敬但戒慎，而且看來幾乎不光是想要避免讓自己的勇氣外露，似乎連心裡都不太敢相信自己能鼓起勇氣，「亞哈船長，如果是脾氣比我好的人，也許不會跟你計較，但假使你年紀比較輕，態度比較輕浮，就算脾氣好的人也會立刻發火的！」

「見鬼了！你膽敢批評我？——給我回甲板上！」

「不，船長先生，我還沒說完。請見諒。我的確要斗膽請您多多包涵！亞哈船長，難道到現在我

1〔原注〕抹香鯨捕鯨船上只要載有相當數量的鯨油，通常三、四天就必須用水管往貨艙裡灌海水，讓油桶浸水，之後每隔一段長短不一的時間就用泵浦把水抽掉。這麼做是為了保持油桶的乾燥緊實，而且藉由觀察抽出海水的水質，水手可以非常容易判斷那些珍貴油桶是否有嚴重的漏油問題。

2 Bashee Isles，即現在的菲律賓巴丹群島，與臺灣相隔一道巴士海峽。

3 作者在此的用字是Niphon，但後來本州的英文地名已改成Honshu。

4 即北海道。

們還不能比先前更了解對方嗎？」

從架子（這是任何航行南海的船隻船艙裡都有的家具）上亞哈一把抓起裝了子彈的滑膛槍，槍口對著星巴克，大聲說道：「就像上帝是這地球的唯一天主，我這船長也是皮廓號的唯一主人。——給我回甲板上！」

大副目光如炬，雙頰火紅，看來彷彿真的中了一顆從槍管射出的火熱子彈。不過他壓抑怒火，勉力平靜下來後起身走開，走出門口時停下來說：「船長，您剛才是對我施暴，我不覺受辱。不過，為此我請您不必提防我星巴克。對我，你只需一笑置之，但亞哈真的要提防亞哈。老船長，您要提防自己啊！」

「他倒是越見勇敢啦，但終究還算聽話。真是個勇敢又小心的傢伙！」星巴克離去後亞哈喃喃說道，「他說什麼『亞哈真的要提防亞哈』——這話倒是該好好玩味啊！」然後他不知不覺地把槍當成手杖，鐵著臉在小小船艙裡來回踱步，但沒多久他前額的一道道深紋都鬆了開來，把槍擺回架上，走到甲板上。

「星巴克，你這傢伙真不賴。」他緩緩地對大副說道，接著提高聲量對水手們說：「捲起上桅船帆，收攏中桅船帆，前前後後的船桅都一樣，把主桅的下帆桁打橫啊！[5]準備好起重機，把主貨艙打開！」

對星巴克而言，他或許永遠猜不透為何亞哈會這麼做。可能他心底閃過了一絲絲為人該正直不欺的念頭，又或者這只是亞哈打了一張安全牌，畢竟在目前這種狀況下，無論如何都不該讓手下最重要的幹部公開顯露出一丁點不滿，即便只是暫時也不行。無論如何，他下令後大家就開始動了起來，用起重機吊出所有油桶。

5 Back the mainyard，把帆桁打橫，讓船速減緩。

110 魁魁入棺

檢查後發現，最後一批吊進貨艙的油桶都無破損，漏油的桶子肯定在更裡面。由於海上無風無浪，水手們持續往內部檢查，把那些沉睡在底層的大油桶都給打擾了，把這些巨大鼴鼠似的桶子全都從彷彿午夜一樣漆黑的艙底搬到有陽光的甲板上。他們一路往艙底前進，發現最下面的一根根短柱看來年代如此久遠、腐朽而不牢固，讓人簡直以為這是一艘遠古方舟，接下來會看到一個發霉的底層木桶，裡面裝著諾亞船長的錢幣，還有幾張他到處張貼、用來警告人們大洪水將至的告示牌，只可惜那古代世界昏庸蒙昧，沒人理他。他們吊出一桶又一桶的水、麵包、牛肉、製桶木料、一堆堆鐵箍，到最後堆滿東西的甲板變得難以走動，他們腳下的船殼已經掏空，簡直像個空洞墓穴，踏過會發出回聲，皮廓號又像是個空無一物的細頸胖瓶，在海面上轉動翻滾。這艘船又像是個飢腸轆轆的學生，頭重肚空，腦袋裡裝滿亞里斯多德學說，肚腹卻空空如也。所幸當時他們沒有遇上颱風啊。

話說，我那可憐的異教徒夥伴、一見面即結為知交的魁魁就是在這時發燒，害得他幾乎喪命，與我們天人永別。

值得一提的是，捕鯨這個行業裡面並無閒差：想當個受人敬重的捕鯨人，就常需涉險，連船長也不例外，可以說爬得越高，要幹的差事就越苦。所以，可憐的魚叉手魁魁不但必須面對狂暴的活鯨，如前所述，他還要在鯨魚死後爬到翻騰海面上的鯨背去工作[1]，最後還得進入甲板下的漆黑貨艙，鎮

1 參閱第七十二章：「魚叉手的職責就是必須垂降到鯨背上，完成掛鉤的特別任務。但在許多狀況下，魚叉手都必須一直待在鯨

日在那封閉空間裡揮汗苦幹，卯勁處理那些笨重的大油桶，確保其存放妥當。簡單來講，在所有捕鯨人裡面，魚叉手就是所謂的「艙管」。

可憐的魁魁！就在甲板下貨艙幾乎掏空之際，任誰只要在艙口屈身往下一看，便能見到那渾身刺青的野人脫到渾身只剩一件毛線內褲，在潮溼艙底的軟泥間爬來爬去，彷彿一隻井底的綠斑蜥蜴。奇怪的是，事實證明對這可憐的異教徒而言，那井底簡直跟冰窖沒兩樣，儘管他熱到渾身大汗淋漓，卻著了涼，最後鬧出一場熱病，受苦受難好幾天，只能躺在他的吊床上，幾乎來到了鬼門關前。那幾天裡他的病情始終不見好轉，幾乎耗去全身精力，最後似乎只剩下皮包骨與那一身刺青。不過就在渾身變瘦、兩頰凹陷之際，他的眼神卻變得越來越飽滿。他的眼睛散發出一種奇怪但柔和的光澤，病中他看人的眼神是如此溫和深邃，彷彿他能藉這神奇的方式印證自己能永久健康不死，也不會衰弱。而且就像水上的漣漪那樣持續往外擴散，越見模糊，他的眼睛似乎也變得越來越圓，宛如兩個永恆的圓圈。儘管魁魁野人的生命正一點點逝去，任誰待在他身邊，心裡都會不禁浮現一絲莫名的驚詫，那奇怪的臉色彷彿拜火教始祖瑣羅亞斯德的臨終容顏。儘管過去已有關於人的無數奇妙與可怕事蹟被形諸文字或載於書冊，但獨缺魁魁這一件。再者，任誰的瀕死經驗都是處於身心崩毀邊緣，也同樣地會有最後的啟示浮現腦海，那種事只有曾到鬼門關前走一遭的作者才能用筆墨來形容。所以，容我重述一遍：任誰在臨死前總會有靈光乍現的時刻，所以在這方面無論是迦勒底或希臘的古人並不會比魁魁更高尚，在死前只見他那慘兮兮的臉上隱隱浮現詭祕的神色，而他就那樣靜靜躺在隨著海浪緩緩搖晃的吊床上，似乎要就此安息，任由船外的不可見浪潮將他越抬越高，最後抵達命定的天界。

但船上的夥伴們都沒有放棄他，至於魁魁對自己的病情有何看法，則充分顯示在他請旁人幫的一個奇怪的忙。在剛剛破曉，天色灰暗的晨間值班時分，魁魁把某人叫過去，握著他的手說道自己待在南塔克特島時曾偶然見到某種深色木頭製成的獨木舟，材料很像他故鄉島上的豐饒寇阿相思樹[2]。詢問後他才知道，該島所有捕鯨人死後都會安息於那種深色獨木舟中，而一想到能有那種歸宿，他甚是歡喜。因為這與他的部族習俗頗為相似，他們也是在幫死去的戰士塗滿香油後將屍身安置於他生前的獨木舟裡，在星空下任其往群島間的海上漂走。據其信仰，不僅星星也是一個個小島，而且海平線以內那片完全不見大陸的溫和海域，跟藍天是匯流的，而且因為天海交會才形成了銀河裡的白浪。魁魁還說，他很害怕自己會跟其他水手一樣，按習俗於身後遭人用吊床捲起來，像垃圾似的被丟入海裡，慘遭喜歡死屍的鯊魚吞噬。不，他想要的是南塔克特島那種獨木舟，身為捕鯨人他覺得那比較對味，理由在於，雖說獨木舟比較難掌舵，很可能會偏航到混沌不明的時代，但跟捕鯨小艇一樣，都是沒有龍骨的。

話說，這怪事一傳到後甲板區[3]，木匠立刻受命完成魁魁的心願，無論他要求什麼都照做。船上剛好有些帶有異教風味的棺材色老舊木料，是前一次漫長航程中從拉加德群島[4]蠻荒樹林裡砍來的，剛好非常適合用那些黑色木板來打造棺材。向來冷淡迅捷的木匠領命後，即刻帶著尺來到艏樓幫魁魁精確地丈量身材，而且在移動尺的同時，屢屢用粉筆在他身上做記號。

「啊！可憐的傢伙！我看他這下非死不可了！」那位來自長島的水手脫口而出。

為了工作起來比較方便，也為了可以時時查看，此時木匠來到檯鉗邊，為了把棺材的尺寸比劃出

背上，直到剝取鯨脂的工作完成。值得注意的是，那鯨魚只有讓我們剝取鯨脂的部位在水面上，其他部分幾乎全都浸在水裡。所以可憐的魚叉手魁魁就得一直待在甲板下方大約十呎處，身體有一半在鯨魚上，一半在水裡掙扎著，而他下面的巨大鯨魚則是像一具水車似地在水裡持續滾動不停。」

2 **war-wood**，應指夏威夷特產的 *Acacia koa*。在當地原住民語言中，*koa* 也有戰士的意思，故英文譯為 **warwood**。

3 船長、船上幹部都是住在後甲板區。

4 **Lakaday Islands**，即拉加沙群島（Lakshadweep），位於印度西南方海面上。

來而不停移動，最後在檯鉗兩端刻出兩道淺淺的刻痕。接著他把木板與工具擺好，開始幹活。

等到最後一根釘子釘好，蓋子也刨平蓋妥後，他輕鬆地用肩膀扛起那棺材向前走，並問問大夥兒是否準備要使用了。

魁魁恰巧聽見甲板上的人因為觸霉頭而大聲叫木匠把棺材拿開，但語氣聽來是又好氣又好笑，接下來讓所有人同感驚愕的是，他居然叫人趕快把棺材抬到他身邊，而且還真沒人阻止他，因為在世人看來，某些垂死之人就像暴君一樣不可違抗。而且既然這些可憐的傢伙再麻煩旁人也沒多久了，乾脆就順著他們一點。

魁魁在吊床上側過身來，凝視那口棺材好一陣子後才要人把他的魚叉拿過來，把木柄取下，將鐵叉與他捕鯨小艇的某根短槳一起擺在棺材裡。同時他還吩咐把一塊塊乾糧圍著他擺放，另外在頭頂放一小瓶水與一小袋從艙底刮來的含有木屑的泥土。魁魁要人把一小塊帆布捲起來放進去給他當枕頭後，懇求大夥兒把他抬進人生的最後床鋪，試躺看看是否舒服。他躺了幾分鐘都沒動，接著要某人去把他袋中的小神像尤佐取過來。然後他把雙臂交叉擺在胸前，手臂下壓著尤佐，要人幫他將所謂的「艙門」——也就是棺蓋——蓋上。棺蓋最上端連著一個皮革材質絞鍊，有一小截可以打開，只見魁魁在棺中的容顏安詳無比。最後他喃喃說道，*rarmai*，意思是「不錯，挺舒服的」，作勢要大家把他抬回吊床上。

但在他還沒回吊床之前，那一直在四周鬼祟逗留的皮普走到棺材邊，一邊輕聲哭泣一邊拉起他的手，另一隻手拿著手鼓。

「可憐的流浪漢！你這疲累的流浪旅程沒完沒了嗎？現在你要去哪？如果你隨波逐流，到了那海灘上滿是睡蓮拍岸的安地列斯群島，可以幫我個小忙嗎？請幫我尋找那位失聯很久的皮普。我想他就在那遙遠的群島。找到後請你幫我安撫他，因為他肯定很悲傷。只因，你聽！他把手鼓留在我這裡，是我找到的。哩啊嘀，嘀，嘀！魁魁你走吧，我會為你演奏送葬曲。」

「我聽說，」星巴克從舷窗往下瞭望，咕噥著說，「有些人在發燒渾身發燙時，已經不省人事卻能用古語說話。但等到這謎樣怪事真相大白後，人們才發現實際上他們兒時曾有某些高深學者用古語在耳邊呢喃，只是全然遺忘了。所以我深信，可憐的皮普儘管講話瘋瘋癲癲，但那些奇言怪語卻如此甜美，我想那些都是來自天家的崇高證詞吧！如果不是在天家學來的，會是哪裡？聽！他又說了，但這回更加語無倫次了。」

「大夥兒在他身邊兩兩列隊！把他當成將軍！嘿，他的魚叉何在？橫擺在這裡。哩啊嘀，嘀，嘀！嗚吵！喔，現在有隻鬥雞坐在他頭上呱呱叫！大家請注意，魁魁以鬥士的身分死去！注意啊！以鬥士的身分死去！我說，鬥士、鬥士、鬥士！但卑微的小皮普死時卻是個懦夫，渾身發抖！去找皮普吧！聽好了！如果你找到皮普，跟安地列斯群島的所有島民說他是個逃跑的懦夫！懦夫！懦夫！跟他們說他從捕鯨小艇上跳海了！如果他在那裡再次垂死，我也絕對不會為那卑鄙的皮普敲手鼓，歌頌他為將軍。絕不！絕不！所有懦夫都丟臉——全都丟臉！讓他們跟皮普一樣，從捕鯨小艇跳下溺死。丟臉！丟臉！」

皮普發瘋時魁魁始終閉著眼睛躺在棺材裡，好似在作夢。皮普被帶走後，病人魁魁才被抬回吊床上。

如今既已確認棺材很合身，他顯然已經做好死亡的一切準備，但魁魁卻突然好轉了起來，沒多久他就看似不需要木匠為他準備的棺材了。就在某些人為此表現出愉悅驚喜的情緒之際，對於突然康復的理由，他的說法可以簡述如下：病危時他突然想起岸上仍有一件小事未了，對死亡的看法就此改變，他宣稱自己還不能死。接著大夥兒問他，決定生死的大權是否握在他手裡，取決於他的意願，一切看他高興與否？他說，當然。簡而言之，魁魁認為無論是誰，如果決定活下來，哪會因區區疾病而死去？除非是遇上了巨鯨、強風，或者某個無法駕馭且無知的猛暴破壞狂。

話說，野蠻與文明的此一分野的確值得細究。一般來講，文明人若是病了，恐怕得要半年才能復原，但野人卻能在一天內幾乎痊癒。所以，吾友魁魁很快就又身強體健了。在絞盤上坐了幾天，雖仍病懨懨的，但胃口大好，最後終於突然跳下來好好伸展手腳，打了個呵欠，接著跳上他那艘正高吊起來的小艇艇頭，拿起魚叉，宣稱自己又能夠到海上與鯨魚爭鬥了。

事後，魁魁異想天開，把那棺材用來充當行李箱，把帆布袋裡的衣物全都拿出來，整齊擺在裡面。空閒時他常在棺材蓋上雕刻各種奇詭的人像和圖畫，看來他好像是想臨摹自己身上那些歪七扭八的刺青，把其中一部分刻上去。當年幫他刺青的是他故鄉小島上一位預言家與先知，如今已經離世，而那些由象形文字所構成的刺青圖案，其實是一整套關於天地的理論，還有一則教人如何求得真理的神祕學說。所以我們大可將魁魁本人當成一個有待解開的謎題，或一冊神奇的典籍。但是，儘管他的心臟緊貼著那些圖案跳動，他自己也沒有悟出解謎之道，所以魁魁簡直就像是一張活生生的羊皮紙，刺在他身上的那些謎題注定會隨他的肉身一起腐壞，成為無解之謎。亞哈腦海裡肯定也曾浮現過這想法，難怪某天早上他在仔細端詳魁魁之後轉身鬼吼大叫：「噢！難搞又難熬的眾神啊！」

111 太平洋

掠過巴士群島時我們終於進入了廣闊無垠的南海。若非有其他要務纏身，我肯定會千恩萬謝地好好跟親愛的太平洋打個招呼，因為我終於能一償孩提時代以來的宿願，這靜謐海洋的浪濤不斷往東流，把我帶來了一千里格外的這片蔚藍海域。

這太平洋總讓人感受到某種恬靜但莫名的神祕感，浪濤平柔溫和卻令人敬畏，好似海底有個看不見的靈魂在說話，又像傳說中福音書作者聖若望埋骨處上方，那片位於以弗所的波浪狀草地。浪濤起起落落，海潮時漲時退，不曾休止，這草原般太平洋的另一端，仍是起伏跌宕又多水，好像大平原的廣袤海域，還有一片片四大洲陸地居民的義墳。數以百萬計的鬼魅幽魂混雜其間，多少作夢、夢遊、幻想的人葬身水底。許許多多生靈仍於那深淵中持續作夢，像熟睡的人一樣在床上翻滾，把海面攪得浪濤洶湧。

對於任何沉思冥想、雲遊四海的古波斯祆教僧侶，只要看一眼這靜謐的太平洋，就會從此把它當成自己的家園。太平洋的水量居世界之冠，若它是軀體，那印度洋與大西洋就只是兩臂。同樣的浪濤在人類始祖亞巴郎降世前曾經沖刷過亞洲諸島的外圍，如今它們秀麗依舊，但已變得滄桑，時至今日，仍然拍打著加州城鎮新住民[1]才剛剛建好沒多久的防波堤。波浪也流經銀河般的珊瑚礁群島、數不盡的低窪無名群島，還有正處於鎖國狀態的日本。這神祕又神聖的太平洋就這樣環抱著世界，無一

1 加州於一八五〇年才正式納為美國的第三十一州，一年後《白鯨記》就出版了。

處海岸不是它的海灣，它就像地球的心臟一樣，浪潮就是脈動。在被這些永恆浪濤抬起之際，任誰都不得不承認這世上的確有充滿誘惑的神，也必須向潘神[2]低頭鞠躬。

但亞哈很少想到潘神，此時他正像鐵製雕像一樣站在後桅帆索旁的老位置，不由自主地用一邊鼻孔嗅聞著帶有甜味的巴士群島麝香香氣（肯定有充滿柔情的愛侶在那香甜的林中漫步），至於另一邊鼻孔則是刻意猛吸著這剛剛抵達的海洋鹽味空氣。他痛恨的大白鯨甚或就在這片大海中優游著。老船長終於來到這幾乎可算是唯一還沒到過的海域，往日本的漁場巡游，其報仇意圖越發強烈。他的雙唇合起，彷彿老虎鉗一般緊閉，而他那三角洲狀的額頭浮滿血管，看似一條條暴漲的溪流。每當入睡時，他的洪亮叫聲響徹整艘地窖似的船，「全都往後划！白鯨血流如注啦！」

2 Pan，希臘神話的牧神，生性好色。

112
鐵匠

趁著這附近熱帶海域夏天難得涼爽的溫和天氣，同時也為了預期中即將展開的激烈追獵行動，渾身髒汙與水泡的老鐵匠伯斯並未把他那可拆卸的熔爐再度搬回貨艙，而是在協助木匠完成亞哈的義肢後，把熔爐留在甲板上，緊緊地固定在前桅旁的帶環螺栓上。此時不斷有各小艇的領班[1]、魚叉手、首席划槳手來找他幫忙做一些零碎工作，要他改造、修復或者重新打造各種武器與小艇用具。他身邊總是圍繞著一群人，手裡拿著捕鯨鏟、矛頭、魚叉、魚槍，全都急著等他服務，小心謹慎地緊盯著他在煤煙之間幹活。儘管如此，這老鐵匠仍像是一把任勞任怨的鐵鎚，不斷舞動著，完全沒有嘟囔不耐，也不暴躁發火。他是如此無聲、沉緩與嚴肅，那長期佝僂的背部更彎了，好像他生來就是一直在做這苦工，鐵鎚的撞擊與心臟的跳動都如此沉重，彷彿兩者已融合為一。他就是這樣，如此悲慘哪！

這老鐵匠的步態很特殊，走起路來有點痛苦的樣子，顛顛簸簸，航程之初就已經讓水手們備感好奇。經不起大夥兒一再堅持追問，他終於說出緣由，於是現在大家都知道他這悲慘的命運背後暗藏著一段恥辱的過往。

也算是鐵匠自己活該，耽誤了時辰，多年前的某個嚴冬午夜他還在鄉間的兩個城鎮之間快步趕路，在半昏半醒間感到身上一陣致命麻痺緩緩襲來，於是便進入一間傾斜破敗的穀倉避寒。問題來了：他因此失去雙腳所有腳趾。在此序幕揭開後，四幕喜劇一幕接一幕地降臨木匠身上，而第五幕漫

1 其實就是大副星巴克、二副史塔布和三副福拉斯克，亞哈自己也有專屬捕鯨小艇。

長的人生悲劇則即將要讓他大禍臨頭。

木匠老了，年近耳順，其實是到了晚近他才見識了悲慘人生的某個真實面相：家破人亡。他曾是一位手藝精湛的知名匠人，手頭總有很多工作，有房舍、有花園，深愛他的嫩妻年紀可當他女兒，三個臉色紅潤的嬰孩天真歡快。每到週日他們都會去一間充滿朝氣的林間教堂做禮拜。但某晚夜黑風高之際，某個要命的盜賊在神不知鬼不覺之間潛入他的快樂家園，把他們的一切都奪走了。更糟的是，就是鐵匠本人在無意之間引狼入室的。那盜賊就叫做「貪杯」！那致命的瓶塞一打開，邪魔隨之從瓶中飛出來，把他家攪個天翻地覆。現在，為了謹慎起見，也為了省錢，識相的鐵匠把打鐵鋪改設在自家地下室，但另有入口，所以他那親愛又健康的少妻總能聽見自己的老夫用不輸年輕人的臂膀揮舞著鐵鎚，砰砰砰的聲聲重響雖令人稍感膽顫心驚，但她仍是如此快樂、愉悅而有活力。鐵鎚的悶悶回音穿過地板牆壁，傳到她那頗為甜美的育嬰室，嬰孩們就這樣一邊在搖籃中晃來晃去，一邊聽著搖籃曲般的沉重打鐵聲入睡。

噢，真是禍不單行！死神哪，難道祢不能偶爾準時點？若能讓老鐵匠先一步撒手人寰，那小寡婦就能好好悲傷一場，幾位孤兒長大後也能夢想著父親是一位值得敬重的傳奇人物，而他的妻小也都能過著衣食無缺的生活。但死神卻選擇先帶走某位每天勤勞苦幹、養家活口、有守有為，更為年邁的老大哥，獨留這已經變成廢物的老鐵匠苟活，等到他的人生澈底崩壞，更能輕易了結他。

有必要把整個故事說完嗎？地下室傳來的鐵鎚聲一天天變得越來越稀疏，每一鎚的聲音也變得日漸微弱。嫩妻呆坐窗邊沒有流淚，閃亮亮的雙眼凝視孩子們啜泣的臉龐。風箱塌陷了，熔爐裡堆滿煤灰，房子賣了，孩子的媽長眠於教堂旁墓地的蔓草間。兩個孩子也在母親之後相繼離世。無家可歸也沒有妻小的老木匠穿著黑紗喪服蹣跚離去，流浪四方，沒有人覺得他的苦難值得同情，許多頂著淡黃捲髮的女孩甚至開始嘲諷他的灰白頭髮。

遭逢如此人生際遇後，唯一可期待的下場似乎只有一死百了，但所謂死亡不過就是開啟一趟從未嘗試過的奇異旅程。死後面對的各種可能性無窮無盡，像是遠僻的廣袤荒野，彷彿一望無際的無岸水域。所以，有些人儘管流露出求死的眼神，但只要內心對於自殺仍感到一絲怨咎，肯定會覺得來者不拒的海洋充滿吸引力，於是前方又開拓出一條重獲新生的美妙冒險之路，但也充斥許多難以想像卻動人的恐懼事物。萬里無垠的太平洋上有許多美人魚對他們歌唱：「心碎的人們，來啊！海洋的人生不會讓你因為自殺而犯下罪愆[2]，來這裡你不用求死就能見識到各種超自然奇蹟。來啊！如果繼續把自己埋葬在陸地上的人生，苟活於那人人彼此相厭的世界裡，簡直比死更沒有價值。來啊！還有，先把你在教堂墓園的墓碑立起來，來這裡跟我們結婚吧！」

這聲聲呼喚從東到西，從早到晚都能聽見，於是老木匠的靈魂被打動了。好啊！我來了！因此伯斯就上了捕鯨船囉。

2 自殺在天主教來講是一種罪。

113 熔爐

大約在正午，留著絡腮鬍的伯斯身穿表皮粗糙的鯊魚皮圍裙，站在熔爐與鐵砧之間，鐵砧擺在一塊鐵樹原木上面，一隻手把矛頭插進煤堆裡，另一隻手則是拿著風箱吹氣，這時亞哈船長走過來，手裡拿著看似生鏽的小皮袋。快走到熔爐時，滿臉愁容的亞哈停下腳步，只見伯斯從火裡抽出矛頭，擺在鐵砧上開始砰砰砰敲打，一大片火星從火紅矛頭上射出，其中一些幾乎射中亞哈。

「伯斯，這些火星是你的暴風海燕[1]嗎？我是說那些總在船尾跟飛的鳥。也是吉兆的鳥，不過並非對每個人都是吉兆。看看這些，它們是火鳥，不過你——你倒是可以跟它們一起生活，不會被燒傷。」

「亞哈船長，那是因為我已經全身都被燒遍啦。」伯斯暫時停下手裡的鐵槌，他說，「我現在不怕燒了，不會那麼容易就被燒出傷疤。」

「好，好，那就別說了。你降低音量，聽起來太過平靜，我覺得太清醒、太悲傷。我自己也不是待在天堂的人，所以任誰有了悲慘遭遇卻沒有瘋掉，我是看不慣的。鐵匠，你是應該瘋掉的，說吧，你為何沒瘋掉？你怎可忍受這一切而沒瘋掉？是不是上天仍憎恨你，所以才沒讓你瘋掉？——你手裡在做什麼東西？」

「我在修補一根舊矛頭，船長大人，上面有很多裂縫和凹痕。」

「鐵匠，就算是已經用到千瘡百孔的矛頭，你也能讓它恢復平滑的表面？」

「船長大人，我想我可以。」

「鐵匠，那我想你應該幾乎可以把所有裂縫和凹痕都弄平，就算金屬材質再堅硬也可以？」

「是的，船長大人，我想我可以，所有裂縫和凹痕，只有一種除外。」

「那你看看這裡，」亞哈大聲說，熱切地往前走，把雙手擺在伯斯的肩上。「你看這裡——**這裡**——鐵匠，你可以把這種凹痕弄平嗎？」他用一手掃過滿是皺紋的額頭。「鐵匠，如果你行，我樂於把自己的頭擺在鐵砧上，任你重重敲擊眉心。回答我啊！你可以把我這凹痕弄平嗎？」

「噢！這就是我說的那種，船長大人！我不是說了嗎？所有裂縫和凹痕都行，只有這種例外。」

「是，鐵匠，這就是你說的那種。老弟，這是不能弄平的。你看到我皮肉上的凹痕，但看不見那凹痕深及顱骨——所有凹痕都是**這樣**！不過，請你把那些玩具都拿開，今天別再弄那些魚鉤、矛頭啦！看看這個！」他把皮袋弄得叮噹作響，好像裡面裝滿金幣。「我想打造一支群魔眾鬼都無法折斷的魚叉，伯斯。插進鯨魚身體後就像牠的鰭骨一樣長在身上。鐵匠你瞧，這是我蒐集來的，賽馬馬蹄鐵拔掉後的殘餘鐵釘。」

「馬蹄鐵的殘餘鐵釘，船長大人？做什麼用呢？亞哈船長，這東西是我們鐵匠用過最好、最硬的鐵料。」

「我知道，老傢伙。這些殘餘鐵釘燒熔之後可以當成鐵料，就像殺人犯的屍骨熬煮後可以當黏膠。快！幫我打造魚叉。先幫我熔鑄出十二根細鐵桿，彎曲扭轉在一起後，捶打成一根，就像用細繩、粗繩揉捻出捕鯨索一樣。快！我來幫你送風。」

終於把十二根細桿熔鑄完畢後，亞哈親手一根根拿起來，繞成一根又長又重的鐵栓扯扭，檢查硬度。「有瑕疵！」他說最後一根不行。「伯斯，那根得重做。」

---

1 Mother Carey's chickens，又稱 storm-petrel。

完工後，伯斯正要開始把十二根熔鑄成魚叉柄，被亞哈阻止，他說他要熔鑄自己的鐵叉。於是他就這樣開始在鐵砧上鎚打，時時發出哼哼聲響，伯斯在旁邊把一根根通紅的細桿遞給他。他們卯起來送風，把熔爐激出直射而出的猛烈火焰，此時一位祆教徒[2]默默走過，對火堆鞠躬，不知道是在對他們幹的活下詛咒或祈福。但當亞哈一抬起頭來，他就溜走了。

「那些火星為何要在那裡彈來彈去的？」艄樓上的史塔布一邊看一邊嘟囔著，「那祆教徒簡直像導火線，也像炙熱滑膛槍的火藥盆，哪裡有火他都聞得到。」

最後，那些細桿終於熔鑄成一根完整的鐵桿，接受最後加熱手續後，為了加強韌度，伯斯把它插進一旁的大水桶去回火，發出嘶嘶聲響，滾燙的水氣直接噴往俯身站著的亞哈臉上。

「伯斯，你想在我臉上留下烙印嗎？」他痛得齜牙裂嘴地說，「難道我所鍛造的是自己的烙鐵？」

「我的老天，沒那回事。只是，有件事讓我害怕，亞哈船長。這魚叉不是要用來對付那白鯨的嗎？」

「就是要用來對付那白色惡魔！現在換打造帶著倒鉤的魚叉頭。老弟，這就要你自己動手了。這裡有些我的剃刀——都是上好鋼材。給你，幫我打造出跟冰海冰針一樣銳利的魚叉頭。」

片刻間，老鐵匠看著那些剃刀，好像捨不得用的樣子。

「拿去吧，老弟，我不需要了。因為從現在起我不會刮鬍子，也不會吃飯、禱告，直到——好啦，拿去！開始幹活吧！」

最後鐵匠伯斯打造出一個箭簇造型的魚叉頭，焊在鐵桿上，很快就變成一支帶著尖銳鋼頭的鐵叉，就在他即將幫鐵叉完成最後的加熱程序，馬上要插進水裡去回火前，他大聲吩咐亞哈把那大水桶搬過去一點。

「不行，不行——水不管用。我要打造的是一把堅韌無比的魚叉。嘿！塔許特哥、魁魁，還有大狗！跟你們幾個異教魚叉手商量一下！跟你們借點血來用一用，讓我把這魚叉頭塗滿，可以嗎？」他高舉著魚叉說。他們三人點頭答覆，可以。三人在身上各自割出傷口放血，用來對付大白鯨的魚叉頭才完成回火程序，變得堅韌無比。

「*Ego non baptizo te in nomine patris, sed in nomine diaboli!*[3]」亞哈彷彿神智不清，縱情狂嘯之際，那凶惡的鐵叉發出滋滋聲響，已將洗禮的血一口飲盡。

接著，亞哈從甲板上撿起幾根多餘的木杆，挑出一根尚未剝皮的山胡桃木，把它插進鐵叉尾端的接口，充當魚叉的長柄。然後他解開一綑新的捕鯨索，把其中幾噚緊緊地纏在絞盤上。他用腳死命踩踏，直到捕鯨索發出像是豎琴琴弦的嗡嗡鳴響，急忙俯身緊盯，看看索股是否有散開，確定後才大聲說：「很好！現在可以把魚叉綁緊了。」

他把捕鯨索尾端的幾個索股拆散，拆散後的索股纏繞交織在魚叉尾端接口與木頭長柄之間，讓兩者緊緊卡在一起。接著他又用另一半捕鯨索把長柄的下半截纏繞起來，最後用構成捕鯨索的細繩相互交織，緊緊綁好。大功告成後鐵叉、木柄與捕鯨索好像命運三女神似地交纏在一起，無法分開了，亞哈才帶著那魚叉悶悶不樂地輕聲走開。他的鯨牙義肢與胡桃木長柄都發出空洞聲響，在甲板與船板之間迴響著。但在他進入船艙前，一陣半開玩笑的聲音輕輕傳來，聽起來有點不自然，可憐兮兮的。噢，那是皮普的聲音！你的慘笑！你那呆滯卻不安的眼神！你那些詭異可笑的行徑與這艘憂鬱捕鯨船的奇慘悲劇混合在一起，可說意味深遠。你就盡情嘲笑吧！

2 指亞哈的手下費韃拉。

3 拉丁文，意即：「我不是奉天父之名，而是奉魔鬼之名為你施洗。」

114 金黃陽光下的海

皮廓號持續駛入日本漁場的核心海域，這消息很快就在捕鯨業傳了開來。通常在天氣溫和宜人時，他們會放下捕鯨小艇，拿出長短艇槳猛划或靠風帆前進，連續十二、十五、十八或二十小時追獵鯨魚，或者暫歇六、七十分鐘，靜靜等待鯨魚浮上海面，只不過這辛苦付出卻沒多少收獲。

暫歇時，在斜陽下他們整天漂蕩在波浪平緩的海面上，捕鯨小艇彷彿白樺獨木舟一樣輕盈。這時候柔順的海浪是如此友善，輕拍小艇舷邊，那聲音彷彿石爐邊小貓發出的呼嚕聲響。這是如夢似幻的靜謐時刻，只見海面就像美膚一樣平滑光燦，讓人忘了表面下還有巨鯨潛伏著，彷彿蓄勢待發的老虎，而且任誰都會暫時忘卻這宛如絲絨的爪子背後其實暗藏無情尖牙。

就是在這種時刻，捕鯨小艇上的浪子才輕鬆地感受到海洋就像陸地一樣順從而值得信賴，好似繁花盛開的大地，而遠處的皮廓號只露出桅頂，看來不像是在高高的浪濤間，而是在起伏跌宕草原的高草中顛簸前行：就像大西部移民的馬群只會露出高聳的馬耳，費力跋涉的身體則是已淹沒在蓊鬱青綠的荒煙蔓草間。

綿延不絕的海面彷彿荒野蔭谷，宛如淡藍山腰，就連一丁點聲響都沒有，讓人幾乎敢一口咬定，肯定是有孩子在歡愉的某個五月天來這片樹林採花，玩累了就靜靜睡去。這眼前情景與某種微妙至極的心情混雜在一起，以至於事實與幻想相互結合、滲透，有如水乳交融。

無論這舒心的情景有多短暫，但至少也在短時間內影響了亞哈。不過，就算這些祕密花園的鑰匙似乎將他內心深處的祕密寶庫給打開了，但只要他一將氣息吐出，就會玷汙了眼前的一切。

「噢，青綠的林間空地！噢，靈魂中的無盡春景！雖然這塵世遭逢久旱，讓這靈魂地景長期枯槁，但任誰都能在那上面翻滾，就像小馬總是在清晨的新生苜蓿中翻騰，就算只是一時半刻，也能真切感受到身上沾染了不朽生命的涼爽露珠。願上蒼讓這些祂恩賜的靜謐時刻永恆不滅。但複雜的生命總是錯綜複雜，交織纏繞，有靜謐處必有風暴，福之所在，禍必隨之。生命並不是一條永不回頭的直線，我們也並非按照定速前進，最後一定會停下來——襁褓中我們蒙昧無知，童年天真而無邪無私，成年後先是起疑，就此犯下致命錯誤，繼而懷疑、不信，最後到安息時腦海裡還盤旋著許多「如果」，悔不當初。一旦把這旅程走過一遍，我們又重頭來過，變回嬰孩、兒童、成人，再來又是許多的「如果」，如此永世循環。哪裡是最後的避風港？何時才不用拔錨啟程？脆弱之人在什麼樣痴迷的天空下揚帆而去，才會不再脆弱？我們的靈魂就像棄兒，未婚的母親難產而死。遺孤的父親隱身何處？父親的祕密就這樣深埋在母親的墓中，只有等我們入土才能得知。」

同一天，星巴克則是從他的艇側凝望著同一片金黃大海，喃喃說道：「海啊，現在看來你的可愛實在無可估量，就像愛人看著自己年輕新娘的眼睛也覺得有說不出的嬌媚！別讓我知道你那些鯊魚的牙齒有多厲害，還有你那些把人綁架的野蠻行徑！任由信仰取代事實，想像換掉記憶。我只往自己的內心看去，堅持自己的信仰。」

至於史塔布則像是一條鱗片閃閃發光的魚，在同樣的金黃陽光中魚躍而起，他說：「我是史塔布，史塔布有自己的過去。但史塔布在這裡立誓，無論如何都要過得快活！」

115
皮廓號遇上單身漢號

亞哈的魚叉鑄成幾週後的某天，隨風而來的景象與聲音真是歡樂無比。

那天皮廓號遇上了另一艘來自南塔克特島的捕鯨船「單身漢號」，它剛剛用最後一桶鯨油把貨艙裝滿，鎖好那幾乎關不上的艙門，此時在掉轉船頭返航之前，這位「單身漢」像是身穿歡快的假期衣裳，正快樂地繞行漁場的各個海域，有幾分向其他捕鯨船賣弄誇耀的意味。

桅頂三位水手都在帽子上別著一排又長又窄的彩旗，船尾掛著一條艇底朝下的捕鯨小艇，像戰俘般被綁在船首斜桅的是他們所殺最後一隻鯨魚的長長下顎骨。船上前前後後的帆索上都飄揚著五顏六色的信號旗、國籍與船艏小旗。船上三個桅斗都各自斜綁著兩桶抹香鯨油，更上方的頂桅桅桁也掛著裝滿那種珍貴鯨油的小水桶，主桅桅頂則釘著一盞黃銅燈。

事後我們才得知，原來單身漢號這趟捕鯨航程出奇地成功，令人更感驚奇的是，跟他在相同海域作業的一艘艘捕鯨船可能幾個月都無法獵獲一隻鯨魚。為了裝盛珍貴無比的抹香鯨油，他們不但已把原本裝有牛肉、麵包的木桶清空了，還透過以物易物的方式從海上相遇的其他船隻那裡弄來更多桶子。無論是甲板上或船長、船副們的住艙裡都堆滿了油桶，就連船長住艙裡的飯桌也在撤掉後被砸爛當柴火，把一個寬大油桶固定在船艙地板的正中央，讓船長與船副們充當飯桌。水手們把擺在艏樓的行李箱縫隙補好，塗上瀝青，用來裝鯨油，甚至還有人打趣地說，就連廚子也用最大鍋爐充當油桶，在上面加個蓋子就成了，而服務員則把不用的咖啡壺拿出來裝。魚叉手把長柄拔掉，用魚叉接口來裝抹香鯨油，任何能裝鯨油的東西都用上了，唯一沒派上用場的只有船長的褲袋，否則他哪有地方插手，用來顯示他非常志得意滿？

這歡愉的幸運「單身漢」遇上悶悶不樂的皮廓號，一陣陣狂噪的鼓聲從它的艄樓傳出來，繼續靠近後只見一群水手站在那巨大煉油灶周遭，大家都握拳擊打著覆蓋鍋上的那一大片羊皮紙般黑鯨胃袋，發出砰砰巨響。在後甲板區與船副、魚叉手共舞的，是幾個膚色黝黑、從波里尼西亞諸島與他們私奔上船的女孩。一艘小艇被高高綁在前桅與主桅之間當飾品，上面有三個長島黑鬼手拿白亮亮的鯨骨提琴弓，熱熱鬧鬧地跳著吉格舞。在此同時，船上其他水手則把煉油間的大油鍋移開，開始一陣手忙腳亂地將爐灶拆掉，幾乎讓人以為他們是要拆除那受到詛咒的巴士底監獄，一邊鬼吼鬼叫，一邊把無用的磚頭、灰泥丟入海裡。

這場戲背後的大導演，也就是船長，他直挺挺地站在高聳的後甲板區，如此一來才能讓所有歡欣鼓舞的戲碼盡收眼底，好像這一切只是為他特別演出的餘興活動。

至於亞哈，一樣是站在他的後甲板上，可是他看來頭髮蓬亂、渾身髒汙，且帶著揮之不去的陰鬱氣息。一艘船為了收穫滿滿而興高采烈，另一艘則是為了即將到來的追獵而感覺似有大難臨頭，就在兩者的船尾交會時，光從兩位船長身上就能看出船上光景有多截然不同。

「上來啊！上來啊！」單身漢號的歡樂船長高舉手中酒杯、酒瓶，大聲呼喊。

「有看到那大白鯨嗎？」亞哈用這問題咬牙切齒地回覆他。

「沒有，只有聽說過，但我也壓根不相信有什麼大白鯨，」另一位船長笑稱，「上來啊！」

「你們也過得太開心了。走吧！有損失人手嗎？」

「區區損失，不值一提——只有兩個南塔克特島民而已。還是上來吧，老兄弟，來嘛！很快我就會讓你不再眉頭深鎖。來嘛！好不好？大家樂一樂，我們可是滿載而歸啊！」

「這傻瓜也太熱情了！」亞哈低聲嘟噥一句後大聲對那船長說：「你說你們要滿載而歸了，那很好，就當我們是要出航的空船吧。我們各走各的。前進！往前揚帆頂風航行！」

就這樣，一艘船便快快樂樂地順風返航，另一艘則仍苦苦頂著風，繼續捕鯨航程，兩者就此別過。皮廓號的水手以憂鬱眼神瞥望著逐漸消失的單身漢號，捨不得把頭別開。但單身漢號的水手卻只顧嬉鬧玩樂，未曾注意到他們投射過來的目光。至於亞哈則靠在船尾欄杆上，凝視著那返航的捕鯨船，從口袋裡拿出一小瓶沙子，先看看船，再看看沙罐，好像就此可以把毫不相干的兩者連繫在一起，因為那小罐裡所裝的，就是皮廓號在南塔克特島測深時取得的海底細沙。

116 垂死的鯨魚

人的一輩子還滿常有這樣的時刻：儘管先前是如此委靡不振，但突然有一些受幸運女神眷顧的人經過，我們只是沾染了一些好運，就會歡快地覺得自己可以重振旗鼓、揚帆出發。看來皮廓號就是這樣。因為啊，就在遇到那歡快的「單身漢」之後，隔天我們就遇見了鯨群，殺了四隻，其中一隻是亞哈下的手。

那時已經快要傍晚了，魚叉魚槍齊飛的血腥戰鬥場面已經結束，夕陽西下，我們漂浮在景色如此美麗的海面上，太陽與鯨魚都氣數已盡。在那玫瑰色的天空下，突然又傳來一陣陣如此甜美但也憂傷、像是在祈禱的聲音，幾乎讓人以為那聲音來自遙遠馬尼拉群島上修道院般的清幽蒼綠深谷裡，是那西班牙殖民地的陣陣清風叛逆地化身成水手，出海後把谷裡的晚禱聖歌歌聲一起帶了過來。

亞哈受到了撫慰，卻陷入更深層的憂鬱，他把捕鯨小艇往後划離他所殺的鯨魚，從如今已經恢復平靜的小艇上凝視那鯨魚斷氣前的最後時刻。所有抹香鯨垂死時都會出現一個奇觀：把頭轉向太陽的方向，直到吐出最後一口氣。眼看那傍晚如此平靜，但對亞哈來說，那奇觀卻不知為何讓他心中浮現一種前所未知的驚奇感。

「牠轉啊轉的，面對著太陽，雖緩慢但如此堅定，神情看來如此虔敬，像是在敬禱懇求，搭配著種種垂死的動作。牠也是拜火的，是太陽最為忠實、龐大，也最有威嚴的子民！噢，只有最順從的眼睛才能看到這最順從的景象。看！在這四周只有海水的地方，沒有人世的嘈雜與福禍，大海是最坦率且公正的，就算想以碑匾來歌頌傳統，也沒有石頭可用。這裡的年歲跟中國的歷史一樣悠久綿長，海濤巨浪不語也沒人對它們說話，只顧著不斷翻騰，就像星星也只知道要持續照耀著無人知曉的尼日河發源地。在這裡，所有的生命都是在面向太陽的狀況下，帶著滿滿的信仰離世。不過，看哪！一旦死去，死亡就把屍體給轉動，讓頭換了方向，不再向陽。

「噢，你這黑鯨彷彿自然界的黑色印度教神祇，用自己已經淹溺的鯨骨在寸草不生的深海裡搭建起神聖王座。你和你的王后都是異教徒，在那摧殘無數生靈的颱風中，還有颱風平靜下來後的無聲葬禮上，跟我說了太多真心話。你這黑鯨在垂死之際仍將頭轉向太陽，接著在死後又把頭翻過去，這對我來講也是一個教誨。

「噢，你的鯨尾像是加了三道箍環又焊接起來，巨力萬鈞！噢，你的水柱高高射出，一道彩虹劃過天際！無論如何掙扎，再怎樣噴水都徒勞無功！噢，巨鯨啊，儘管你想跟那能夠賦予萬物活力的太陽求情討饒，但仍是無用。太陽只能把生命喚醒，但沒有復生的力量。不過你這黑暗的巨鯨的確震撼了我，讓我感受到你那雖然比較黑暗，但也更為榮耀的信仰。你那一切無以名狀的混合物全都在我的小艇下漂浮著，曾經活著的種種生物藉其呼吸讓我浮起來，吐出來的是空氣，但此時已都變成水。

「接著要歡呼，持續歡呼，噢海啊！野鳥在你的永恆翻騰中找到唯一的棲息地。在大地誕生，但受海洋哺育。儘管山巒谷壑是我的母親，但浪濤卻是跟我受同樣母親養育長大的兄弟！」

117 看守鯨魚

那一晚四頭鯨魚遭屠殺，分別死在相隔很遠的海面上。一隻在遙遠的迎風處，另一隻比較沒那麼遠，在背風處，還有一隻在前面，船尾也有一隻。入夜前我們已把前述四隻中的後三者拖到皮廓號船側，但遙遠迎風處那隻一直要等到早上才能接近，所以殺了那鯨魚的小艇必須整晚在一旁看守著。那小艇是由亞哈所指揮的。

他們把帶著標示旗幟的旗杆直接插入那鯨屍的噴水孔，一盞燈掛在杆頂，令人眼花撩亂的閃爍亮光投射在牠那黑到發亮的鯨背上，也往更遠處的午夜海浪打過去，海水輕柔地摩擦著鯨魚的寬闊側邊，就像輕浪拍灘。

亞哈與手下似乎都在睡覺，只有那祆教徒例外。他蹲坐在艇首凝視群鯊，看著他們陰魂不散似地在鯨屍四周嬉戲，尾巴啪啪拍擊著捕鯨小艇的輕盈杉木板。突然間一陣聲音劃破夜空，聽來就像古城蛾摩拉的居民死後始終未獲解脫，群聚在死海上發出的陣陣呻吟。

睡夢中的亞哈驚醒，與那祆教徒面面相覷，只見一片漆黑夜色包圍著四周，而他們似乎是大洪水後遺留的最後兩個人類。亞哈說：「我又夢到了。」

「夢到靈車？老船長，我不是說過了嗎？無論是靈車或棺材，都不可能是你的。」

「還有，若是死在海上，哪來的靈車呢？」

「不過，老船長，我不是曾說過嗎？在你死於這趟航程之前，你肯定會先親眼看到兩輛靈車出現在海上，一輛並非人類手工打造，另一輛可以看出是木製，而且木材肯定來自美國。」

「對，對！祆教徒，這真是奇景啊！海上漂蕩著插有羽飾的靈車，海浪充當扶棺人。哈！這樣的景致我們應該不會這麼快看到。」

「信不信由您，老船長。你一定會在看到這景象後才死。」

「那你自己呢？」

「嘿，到了最後我還是會先你一步走，當你的領航員。」

「如果這是真的，你真的先我一步走，那麼在我自己跟隨你上路前，你肯定還是會回來找我，親自領我上路囉？不是嗎？好吧，那我就相信你的話。噢，我的領航員啊！不過在此我要把兩個願望說出來，一是我要先殺了莫比敵，二是牠死我才肯死。」

「老船長，許另一個願吧！」那祆教徒說，他的眼睛亮了起來，彷彿一片漆黑中的螢火蟲。「只有繩索才能殺得了你。」

「你是指絞刑索嗎？那麼，不管是在陸地或海上，我都不會死！」亞哈大聲說，並且發出嘲笑聲。「在陸地或海上都是不朽的！」

他們倆再度陷入沉寂，似乎合而為一了。黎明的灰撲撲天色降臨，在艇底睡覺的船員醒來後，他們在中午前就把鯨屍拖回皮廓號了。

118 四分儀

皮廓號終於要逼近四季如夏的赤道地區，亞哈每天從他的船艙出來後總會仰望天空，機靈的舵手趕緊誇張地抓住舵輪，充滿期待的水手也都趕快衝向帆索站著，一雙雙眼睛緊盯著那被釘在桅柱上的達布倫金幣：他們一直等著亞哈下令把船駛往赤道，等到快不耐煩。命令終於適時下達，當時已經快要正午了，亞哈就坐在他那艘高高吊起的小艇上，正像往常一樣在觀察太陽，藉此判定皮廓號位於什麼緯度上。

現在船在日本海上，夏日如此光燦。海面就像一片燃燒中的無垠玻璃，毫不眨眼的熾烈日本太陽似乎是玻璃的火熱焦點。天空像是抹上了一層亮漆，萬里無雲，海平線看來模糊飄忽，而這片赤裸裸、毫不保留的光亮跟上帝的寶冠一樣光芒萬丈，令人幾乎無法招架。好在亞哈的四分儀裝了有色鏡片，他才能觀察那像是發火的太陽。所以亞哈就坐在那裡，隨著皮廓號上下顛簸，眼睛貼在那看來像天文儀器的四分儀上看著太陽，姿勢維持了好一陣子，想要藉此搞清楚太陽確切來講在什麼時候才會剛好走到子午線上。在亞哈全神貫注的同時，那祆教徒費韃拉則是跪在他下方的甲板上，跟他一樣仰望著太陽。只不過費韃拉眼皮半闔，瞇著眼睛，這讓他原本粗野的臉色變得比較柔和，帶有一種缺少熱情的俗世感。等到亞哈終於完成了他想做的觀測工作後，他就用鉛筆很快地在鯨骨義肢上計算太陽走到子午線那一刻時皮廓號所在的緯度。接著他好像陷入一陣幻想似的，再次仰望太陽，喃喃自語道：「航標[1]

1 燈塔、浮標等在海上可見的標記物。這裡當然是指太陽。

啊！崇高而偉大的領航員哪！請告訴我，**現在**我到底在哪裡——否則，能不能至少暗示一下我**將會**去哪裡？或者你能否告訴我，在這一刻，那叫做莫比敵的傢伙，我的死敵，究竟在哪裡？此時您一定正看著他，而我這對眼睛則看著您正在看他的眼睛。沒錯，我看著您的眼睛，而且您的眼睛也正看著那未知境地裡的東西，它們都存在於您，也就是太陽的彼端！」

他凝視四分儀，一一扳弄著儀器上各種神祕的零件，接著又陷入沉思，喃喃說道：「愚蠢的玩具！崇高的海軍將領、准將與上校們的玩物！世人都把你的才智與能力給誇大了，但說到底你唯一能做的，不就是指出你自己和手裡握著你的人剛好位於這廣闊星球上的哪個可憐、可悲的地點？除此之外，沒有！什麼都沒有！你說不出某一滴水或某一顆沙粒明天中午會在哪裡，卻用自己的無能侮辱了太陽！科學啊，我詛咒你！也詛咒你這無用的玩具，詛咒一切會讓肉眼仰望天界的東西！炙烈的天界會將人類燒傷，就像現在我這對老人的眼睛也被太陽您的光線給燒傷了！人類的肉眼天生就只會平視瞥望著地平線與海平線，目光不會從頭頂投射出去，因為上帝並不希望人類仰望祂的蒼穹。我詛咒你，你這四分儀！」他把四分儀丟到甲板上後接著說：「我再也不會靠你指引我在這塵世間的方向。光靠一些平面的方式，不用仰望天際，像是利用羅盤，還有藉由計程儀繩來計算海上方位的航位推測法[2]，光靠**這兩者**就能幫我領航，讓我知道我在海上的位置。沒錯，」他從小艇下到甲板上，接著說，「所以我要把你踩爛，你這只能靠仰望天空來測量的破爛東西！我要把你踩個稀巴爛，澈底毀掉！」

瘋老頭亞哈說著說著就用自己的肉腿與義肢一起踩踏四分儀，這一切都看在那祆教徒的眼裡，一方面他似乎對亞哈的勝利姿態感到不屑，但另一方面也為自己注定的命運深感絕望，不過他始終不發一語，臉色漠然。亞哈還沒看見費韃拉，他就起身溜走了，而船長的舉動則是讓水手們聚集在艏樓上，看得目瞪口呆，直到亞哈在甲板上踩著混亂的腳步，大聲發號施令：「到操桁索去！——把舵輪往迎風處轉動！——順風前行！」

水手們立刻轉動一根根帆桁，等到船尾畫了個半圈之際，只見那三根插在長長船身上的桅杆是如此堅挺又優雅，彷彿荷拉斯三兄弟[3]共騎在一匹駿馬上，做了個急轉的馬術動作。

星巴克站在兩根艄副材之間，看著皮廓號陷入一陣嘈雜混亂，也看著亞哈東倒西歪地走在甲板上。

「我坐在熱烈炭火前看著火光，只見火焰像是燃燒自己生命似的，飽受折磨。我看著火光最後終於消逝，越來越小，直到化為一堆沉默的炭灰。討海的老人哪！你的一輩子總是如此用烈火燃燒自己，最後還不是只剩下一堆灰燼！」

「沒錯，」史塔布大聲搭腔，「但肯定是煤粉[4]，星巴克先生，請注意——那灰燼是煤粉化成的，而不是一般的木炭。嘿，嘿，我曾聽亞哈這樣自言自語：『有人把這些撲克牌塞進我這一雙老手，還發誓說我非玩牌不可，而且是我的單人牌局。』不過，該死的，亞哈玩牌玩得不差啊。你生在賭局中，也死在賭局中！」

2 log and line，用一條繩索把一塊木頭拖在船尾，藉此推測航程；航位推測法則是dead-reckoning。
3 Horatii，古羅馬知名戰士。
4 sea coal，由海水從沉積物中沖刷出來的煤，而非從礦坑中挖出來的。

119 蠟燭

就算是最溫暖的氣候也能養育出最殘酷的毒牙。孟加拉之虎就是生長在馨香馥郁的廣大無垠綠色樹林裡。燦爛晴空一變臉，往往窩藏於背後的致命天雷就打了下來。就像平淡無奇的北國島嶼未曾嘗過龍捲風橫掃的滋味，但在古巴卻如家常便飯。同樣地，在這光輝燦耀的日本海，水手往往會遭遇最慘烈的一種暴風，也就是颱風。有時候颱風會從萬里無雲的空中突然偷襲，就像恍惚想睡的城鎮慘遭炸彈攻擊。

那天傍晚，皮廓號的所有船帆都已慘遭扯下，獨留光禿禿的桅杆與前方直撲而來的颱風奮戰。入夜後，浪咆風哮，空中電聲大作，電光四射下只見第一次遭到暴風雨蹂躪後僅剩的一些破爛帆布在殘桅上四處飄蕩。

星巴克緊抓住一條桅牽索，站在後甲板上，每次電光閃現天際他就往空中瞥望，看看那些已經纏在一起的帆索桅杆是否又要遭到破壞，至於史塔布與福拉斯克則是負責指揮水手把捕鯨小艇吊得更高，綁得更緊。但他們似乎是白忙一場了。亞哈的小艇高掛在船尾迎風面的起重機頂端，但也難逃一劫。船在海面上顛簸搖晃，一陣大浪高高打在晃到高處的那一邊，小艇撞到船尾，底部砸爛後大浪離開，但小艇已經變成像是個篩子般不斷漏水。

「星巴克先生，糟了，糟了！」史塔布擔心皮廓號翻覆，對著大副說，「但大海總是為所欲為。像我史塔布，就抵抗不了它。你明白嗎，星巴克先生？大浪撲來之前就像跳遠，遠遠地在世界另一頭就開始助跑，然後就撲天蓋海似地跳了過來！至於我，則是只要從甲板這頭走到那頭，就會遇見大浪

了，力量哪能相比？不過，也別在意，這一切都挺好玩的，就像那首老歌的歌詞——」（**他開始唱歌**）

噢，強風咻咻咻，
鯨魚愛嬉戲，
揮動尾巴啪啪啪——
噢，大海這傢伙是多麼有趣、愛鬧、勇敢、詼諧、逗趣又愛嬉戲！
海上雨霧飄飄，
泡沫是它的啤酒，
在酒裡攪入香料——
噢，大海這傢伙是多麼有趣、愛鬧、勇敢、詼諧、逗趣又愛嬉戲！
雷電劈船，
但大海只是嘟個嘴，
嘗一口它的啤酒——
噢，大海這傢伙是多麼有趣、愛鬧、勇敢、詼諧、逗趣又愛嬉戲！

「別唱了，史塔布！」星巴克大聲喝斥，「要唱就讓颱風去唱，讓它把我們的帆索當豎琴彈奏，但如果你夠勇敢，就該保持冷靜。」

「但我不是勇士，我從沒說過自己有多勇敢。我是個膽小鬼，唱歌只為提振精神。星巴克先生，我來告訴你這是怎麼一回事：想要阻止我在這世上唱歌可以，唯一的方法就是割了我的喉嚨。就算我被割喉，十之八九我在最後還是會為你唱一首頌歌。」

「瘋子！如果你瞎了，就借用我的眼睛吧！」

「什麼！就算我是個笨蛋，在這黑夜裡你也不可能比別人看得更清楚啊！」

「你看！」星巴克抓著史塔布的肩膀大聲說，同時用手指著船頭的迎風處，「你沒看到強風是從東邊吹來的嗎？那不就是亞哈要追獵莫比敵的方向？他今天中午命令我們轉過去的方向？現在你看看他的小艇，哪裡撞破了？就是艇尾的木板啊，老弟。這下他要站在什麼地方？他站的地方破啦！如果你非唱不可，那現在就跳下船去唱吧！」

「你的話有一半以上我都聽不懂。你到底想說什麼？」

「沒錯，沒錯，如果想回南塔克特的話，繞過好望角的航程是最短的，」星巴克突然開始自言自語，不理會史塔布的問題。「現在這股強風雖然把皮廓號吹得到處破損，但我們也可以善用它，一帆風順地回老家。如果駛往迎風面，我們就死定了，但如果能往背風面返航——我已經看見前途一片光明，但不是被閃電給照亮的。」

雷電交加的時刻斷斷續續，某次閃電過後，四周復歸一片漆黑，此時星巴克聽見他身邊有人聲，幾乎同時天際又是一陣陣轟隆隆雷響。

「是誰？」

「老雷神！」亞哈說。他沿著舷牆摸黑前進，走到能夠把義肢插進那專用小洞的地方，但在一道彎曲魚槍狀火焰的照射下，他眼前的路突然變得一片光明。

話說，陸地上的尖塔都裝有避雷針，藉此把可怕的電流引導到地上，所以在航海時某些船隻也會在每一根桅杆上裝設類似設備，藉此把電流引入水裡。但若要避免避雷針接觸船殼，就必須插得非常深，不過如果讓一根長長的東西拖在那裡，也可能導致許多意外發生，像是與帆索纏在一起，還有或多或少會阻礙船隻在水裡的行進。因此，船用避雷針的尾端並不總是會在船上，而是一般會加上一條長長的細鍊，以便隨機應變，看是要很快拉起來跟船外的鍊子擺在一起，抑或直接拋入海裡。

「避雷針！避雷針！」一道火炬般的明晃晃閃電射下來，照亮了亞哈的去路，而星巴克則突然大聲勸水手們提高警覺。「避雷針是不是都插在水裡？趕快把船頭船尾的避雷針都拋出去。動作快！」

「等等！」亞哈大聲喝止，「就算我們的力量比雷電還弱，仍要光明正大。我還想把避雷針捐出去，插在喜瑪拉雅山與安地斯山山頂，以免世人遭到雷擊。我們不要享受這種特權！就這樣吧，星巴克先生！」

「你看看上面！」星巴克大聲說，「那是聖艾摩之火啊！*corpus sancti*，就是『聖體』呀！[1]」所有的帆桁尾端都燃起了慘白的火，避雷針尾端的三個分叉也出現三道逐漸變弱的白色火焰，三根高大桅杆也都默默地在磷火中燃燒著，就像聖壇前的三根巨大燭芯。

「去他的捕鯨小艇！別管它了！」此時史塔布大聲咒罵，只見滔滔海浪已經湧上他的捕鯨小艇下方，因為他正要把小艇綁牢，結果自己的手遭到艇側木板重擊。「去他的！」不過，就在他快速往後退回甲板上之際，眼睛往上一瞟就看見火焰，於是很快變換聲調大聲說：「聖體呀，饒了我們吧！」

對於水手來講，賭誓根本有如家常便飯。平靜恍神時他們賭誓，暴風雨來臨的千鈞一髮之際，他們一樣賭誓。就算待在搖搖晃晃的中桅桅杆上，他們也能對著翻騰的海洋賭誓。但在我多次的航行經驗中，可是難得看到這樣的場景：就在上帝對皮廓號降下天火之際，桅牽索與各種索具全都纏在一起時，有人念起了*Mene, Mene, Tekel Upharsin*的經文[2]。

---

1 St. Elmo's Lights，暴風雨時出現在海上的電光，迷信的水手以為是超自然力量的展現，因此又稱之為*corpus sancti*（聖體）。

2 Belshazzar，典出《舊約聖經．但以理書》，但以理接受新巴比倫王國最後一位統治者伯沙撒的邀請赴宴，發現王宮牆上有「彌尼，彌尼，提客勒，烏法珥新」（mene, mene, tekel, upharsin）字樣，經過他的解讀，是「上帝已經數算你國的年日到此完畢」。

皮廓號的桅杆上處處燃著白火，水手卻都像著了魔似的，幾乎沒人講話，他們群聚在艏樓上，眼中閃爍著白亮磷光，彷彿遙遠的星群。在那鬼火似白光映襯下，黑玉巨像般的黑人魚叉手大狗的身材彷彿變成三倍高大，宛如一團能夠降下轟雷的黑雲。塔許特哥目瞪口呆，露出兩排鯊魚般的白牙，閃耀著奇異白光，看來就像是也燃起了白火。給這奇異白光一照，魁魁身上的刺青好像也燃起了撒旦似的青藍火焰。

隨著高處白火漸小，甲板上的場景也變得沒那麼戲劇性。皮廓號又被黑幕般的夜色給籠罩了起來，大家只看得到一片漆黑。片刻過後，星巴克往前走，推了某人一把。原來是史塔布，星巴克對他說：「老兄，你現在覺得怎樣？我聽到你高聲大叫，那聲音可不像是唱歌啊。」

「不，不，我不是在唱歌。我是說：『聖體呀，饒了我們吧！』我還是這麼盼望著。不過，難道聖體只會饒過臉色悲戚的人？就不能包容滿臉笑容的人？你看，星巴克先生——不過，現在一片漆黑恐怕看不到。那就聽我說吧。我認為桅頂著火是好兆頭，因為那些桅杆就插在一個即將裝滿鯨油的貨艙裡。所以，那些鯨油都會滲入桅杆裡，就像樹的枝葉滲入樹幹。沒錯，我們的三根桅杆會變成三根抹香鯨油蠟燭——這是我們可以指望的。」

此刻星巴克看見史塔布的臉漸漸又因為閃爍的光芒而出現。他往上一瞥，大聲說道：「看吧！看吧！」又高又細的火焰再度出現，因為看來蒼白不已，顯得比先前加倍神祕奇詭。

「聖體呀，饒了我們吧！」史塔布再度高呼。

主桅底端，就在那枚金幣與火焰的正下方，只見那祆教徒跪於亞哈身前，但頭往旁邊別開，在此同時，附近幾個水手本來正忙著把一根圓杆緊縛在高處的拱狀帆索上，全都凝視著白色火光，聚集在一起，而且垂掛在帆索下方，簡直像一群垂吊在蘭花細枝下的呆愣黃蜂。他們那發呆的模樣各自不同，或站或走或跑，也有人穩穩立於甲板上，全都像出土的赫庫蘭尼姆古城[3]骷髏，但所有人的眼睛都往上瞥望。

「對啊，對啊，弟兄們！」亞哈大聲說，「往上看它，牢記在心。白色火焰將會幫我們照亮追捕白鯨的航道！把那幾條主桅避雷針尾端的鏈條拿給我，我倒想感應一下這種震動，讓我的脈搏跟那震動合而為一，血與火交融！就這樣吧。」

接著他一轉身，左手緊抓著最後一條鐵鍊，腳踩在那祆教徒背上，一雙眼睛緊盯著上方，高舉右臂，直挺挺地站在高處避雷針尾端的那三道火焰前面。

「噢！祢這化身為白火的真神哪！在這些海面上我曾像波斯人一樣膜拜祢，直到在聖禮中遭祢的火焚身，所以到此時我身上仍留有傷疤。真神啊，現在我認識你了，我體悟到：真正的膜拜就是蔑視。深愛祢，尊敬祢，都不會獲得祢的寬容對待。就算恨祢也只有死路一條，而且祢手下不留情。現在已經沒有無懼的蠢人敢質疑祢。我承認祢那不發一語但又無所不在的力量。但是在我這動盪不安的人生活到最後一刻之前，都會主張我能夠毫無條件地控制祢的部分力量。在眾多具有意志的大自然力量中，我這個人類巍然屹立於此。儘管我如此渺小，但無論我從哪裡來，要往哪裡去，我就是我，除了擁有高貴的人格，也感覺得到崇高的權力。但戰爭是痛苦，憎恨是苦難。如果祢用愛來對待我，就算只有一丁點，我都會跪下來親吻祢。而祢最高形式的愛，則只是來自天界的力量。反之，如果祢派出千軍萬馬來對付我，我也會不為所動。噢，真神哪！祢用火創造出我，而我是貨真價實的火神之子，吸吐之間我把火還給祢。」

3 Herculaneum，因為南義大利維蘇威火山爆發而被火山灰摧毀掩埋的古城。

（突然間，一道道閃電發出白光，九道火焰往上竄，高度變成先前的三倍。亞哈與其他人一樣都閉上雙眼，用右手緊遮著眼睛。）

「我不是說了嗎？我承認祢那不發一語但又無所不在的力量啊！那力量既不是來自我身上，而我也不會放開這些鍊子。祢可以讓人無法看見，但我仍可摸黑前行。祢能讓人飛灰湮滅，那我大不了化成灰燼。他們不敢直視祢，把眼睛遮起來，祢就把這些當作敬意來接受吧。我承受不起。閃電穿過我的顱骨，我的雙眼痛了又痛，我那受到打擊的腦袋像被砍了沒兩樣，而且在令人震驚的地面上滾動。噢！噢！儘管祢令人眼盲目眩，我還是要跟祢談一談。雖說祢是光火，從黑暗中躍出，而我卻是從光亮中，從祢身上躍出的黑暗！標槍似的閃電停了，張開眼睛看，看見或沒看見？火焰燃燒著！噢，祢這了不起的真神！現在我可以為自己的族譜感到自豪啦！但祢只是我的火神父親，我不知道自己親愛的母親是誰。噢，殘酷啊！祢對她做了什麼？這是我的疑惑，不過祢的疑惑更大。祢不知道自己從何而來，因此自稱無父無母，自生自存。祢當然不知道自己的初始狀態，因此自稱尚未開始。我了解我，但無所不能的祢卻不了解自己。真神哪！祢應該還有深藏不露之處，對祢來講，永恆只是時間，創作就像機器運行一樣，透過祢燃燒的自我，我被燒傷的雙眼依稀可以看穿這一切。噢，祢這彷彿棄兒的火神，祢這無人記得的隱士，祢也有無法向人傳達的謎語，無法與人共享的悲慼。在此我再度以高傲又痛苦的心情看清了我的父親。跳啊！跳起來！直達蒼穹！我跟祢一起跳，我跟祢一起燃燒，我願意與祢一起熔化，我帶著蔑視的態度膜拜祢！」

「小艇！小艇！」星巴克大聲叫喊，「看看你的小艇，亞哈老船長！」

亞哈那把由伯斯用熔爐親手打造的魚叉依然緊縛在突出的叉架上，所以叉頭往小艇艇頭的外側伸出去，但因為小艇底部遭海浪打破，導致魚叉的皮鞘鬆掉落下。結果那帶著倒鉤的銳利鋼叉也著了火，燃起了分岔的白色火焰。那燃燒的鋼叉不發一語，看來就像蟒蛇的舌頭，此時星巴克緊抓住亞哈的手臂說：「是天主，連天意都要反對你，老船長。要迷途知返哪！這趟航程一開始就錯了！繼續航行只會繼續錯下去！老船長，讓我趁還可以的時候把帆桁打直，順風返航，再怎樣都比這樣下去還要強啊。」

在一旁聽見星巴克的話，儘管風帆早已都被颱風吹走，驚慌失措的船員們還是立刻奔赴轉帆索旁邊。那一刻他們似乎跟星巴克大副一樣驚愕，紛紛吵嚷叫囂了起來，多少帶有叛艦造反的意味。但亞哈把那些噹噹作響的避雷針尾鍊子往甲板上一丟，一把抓住起火的魚叉，在水手之間把魚叉當火炬般揮舞。他在眾人面前信誓旦旦，誰敢帶頭把繩索解開，就要吃他一叉。大家都被他那模樣嚇傻，紛紛從他手裡的火叉旁避開，沮喪地退縮了，於是亞哈又說：「你我全都發誓要捕獵白鯨，所以誰都不能不履行誓言。我老亞哈全心全意，付出所有心血，拚了老命也要做到。你們也許知道我這顆心打的是什麼主意。請各位看看，在此我將把最後的恐懼給吹熄！」於是他用力吹了一口氣，把火給滅了。

當颶風橫掃平原，眼見四周只有一棵參天榆樹可以擋風，但大家卻避之唯恐不及。只因它高大堅固，卻更不安全，很容易成為雷電劈打的目標。同樣的道理，水手們聽完亞哈的最後一句話後，也在驚惶之餘紛紛走避。

120 第一班夜班即將結束的甲板上

（亞哈站在舵輪旁，星巴克朝他走過去。）

「船長大人，我們必須把主桅第二層帆的帆桁卸下。帶子鬆了，背風舷滑輪組[1]的吊索也幾乎被纏死了。我可以把它弄下來嗎，船長大人？」

「弄什麼弄？綁緊就好了。要是我有天帆[2]的帆桁，現在我也會把它吊上去。」

「船長，您這什麼話？天哪！船長大人？」

「白話。」

「船錨也搖搖晃晃，船長大人。我該把船錨弄上船嗎？」

「什麼都別弄，什麼都別動，綁起來就好。起風了，但風速還沒有達到我想要的標準。快，照我說的做。各就各位！他把我當成是岸邊破爛漁船的駝背船長呢。把主桅第二層帆的帆桁放下來！嘿，你們這些水鬼[3]！風最大時站上最高的桅頂平臺才過癮咧！我的頭，現在就像在雲霧中疾行的桅頂平臺，你們要我把頭卸下嗎？噢，只有膽小鬼才會在暴風中當縮頭烏龜。桅頂狂風大作！我還覺得這樣很過癮呢！難道我不知道腸絞痛發作起來要人命嗎？噢，藥拿來！藥拿來！」

1 lee lift，用來吊住帆桁，以免帆桁尾端下垂。

2 sky-sail，比最上桅帆（royal sail）更高的一層船帆。

3 gluepots，對水手的謔稱。

121 午夜時分的艏樓舷牆

（史塔布與福拉斯克爬上舷牆，把掛在那裡的船錨用更多繩索綁緊。）

「不，史塔布。那個繩結隨便你怎麼扯，但我可不會相信你剛剛的鬼扯。不久前你不是才剛說了相反的話？你不是曾說，無論亞哈當哪一艘船的船長，保險都該多保一點，總之就是要當作船尾裝了火藥桶，船頭載了一箱箱黃燐火柴？這不是你說過的話？別說了，你先回答我。」

「噢，就算我真的說過，那又怎樣呢？現在的我，就連身體都跟以前不一樣了，何況腦袋？更何況，就算皮廓號的船尾裝著炸藥，船頭載有黃磷火柴，四濺的浪花把那些火柴都給打溼了，怎會起火？噢，我的小矮個兒，你有一頭漂亮的紅髮，但現在也不能著火啊。你只要搖一搖身體，包管會發出水聲。你叫做*Flask*，不就是水瓶的意思嗎？喂，裝水的！搞不好往你的外套領子上倒水，就可以把你這水瓶裝滿哩。你不懂嗎？如果是這樣，就算我們這艘船的風險比較高，但對於水險公司來講，不是也有額外的保障？福拉斯克，你就是消防栓。但聽好了，我還要回答你另一個問題。不過，要請你先把腳從那錨頂上拿開，讓我把繩子繞過去。好了，聽我說啊。在暴風雨中手握桅杆的避雷針，跟站在沒裝避雷針的桅杆附近，這兩者有什麼巨大差異嗎？你這大笨蛋還不懂嗎？就算手握避雷針，那也要雷先打中桅杆才會受傷啊。所以你說的話荒不荒謬？一百艘船裡面攜帶避雷針的不到一艘。而且，依我的拙見看來，與現在海上千千萬萬艘船隻的船員相較，沒錯，無論是亞哈或我們所有人，並不會比較危險。嘿，你這根主柱，難道你希望這世上每個人在外到處行走時，帽緣上都得裝一根迷你避雷針，就像民兵軍官在帽上斜插一根羽毛，拖在後頭像是他的飾帶。福拉斯克，你能不能明理一點？既然明理很容易，你幹麼不明理？就算是只有半顆眼睛的人，也能講理呀！」

「史塔布，這我不清楚。有時候要明理是很難的。」

「沒錯，渾身溼透的人很難明理，這倒是事實。像我，很快就要被浪花噴得渾身溼透啦！別在意。抓住那轉角的地方，把繩子繞過去。在我看來，像我們這樣把這些船錨綁得如此緊實，彷彿不會再用了。福拉斯克，把那兩個船錨綁起來，就像把人的雙手往後反綁一樣。嘿，兩個船錨還真像是兩隻寬厚的大手啊！嘿，這是你的鐵拳吧？而且力氣也非常大！福拉斯克，我在想這世界是不是也在某處拋錨，如果是這樣，那肯定要用上一條很長很長的纜繩。好啦，把那個繩結槌下去，我們就大功告成了。既然沒辦法上陸地，那能夠站到甲板上也已經令我非常滿意了。我說啊，可以幫我把外套的下襬擰乾嗎？感謝。福拉斯克，他們笑我幹麼穿著長外套，但依我一己之見，在海上若是遇到暴風雨，就該穿上燕尾服。你明白嗎？水會順著那燕尾造型的下襬往下滴。三角帽也是一樣，那帽緣看起來就像山牆尾端的屋簷排水槽，福拉斯克。我不要再穿那短短的緊身水手外套，也不再戴防水帽！我一定都要穿燕尾服，戴狸皮帽。所以呀，咻——再見啦，我的防水帽。天哪！天哪！天上吹來的風怎會那麼粗暴！老弟啊，這是個凶險的夜晚。」

122 午夜時分雷電交加的天空

（主桅第二層帆的帆桁上——塔許特哥重新把繩子綁上去。）

「嗯——嗯——嗯。別再打雷啦！打在這上面的雷也太多了吧？打雷有什麼用？嗯——嗯——嗯。我們不要雷電，還不如來點蘭姆酒，給我們一杯蘭姆酒吧。嗯——嗯——嗯！」

123 滑膛槍

颳風最轟轟烈烈之際，手握皮廓號舵柄的人數度因為船身激烈顛簸搖晃而被摔在甲板上，就連綁在舵柄上的輔助索具也因為舵柄無可避免地動搖而鬆掉，毫無用武之地。遇到這樣的強風時，船隻好比是在疾風中被吹來吹去的羽毛球，而且還挺常見的一種狀況是，每隔一段時間羅盤的指針都會不停轉動。因此，皮廓號的舵手才會幾乎每次船身一震動就會去看看羅盤表面指針轉動得有多快，而且任誰只要看了那景象，應該都會出現某種特異的心情。

午夜過後幾小時，颳風風力已大幅減弱，因此星巴克與史塔布才能分頭帶人在船頭與船尾勉力幹活，把圓杆狀帆桁上那些殘破的艄帆、前桅中帆與主桅中帆都割下來，一片片碎布朝背風面被風捲走，看似乘風遠颺的信天翁被吹得羽毛漫天飛舞。此時他們已把前述三處新桅帆裝好捲起來，並且在更靠近船尾處裝上了暴風時專用的斜桁縱帆，所以皮廓號很快又能抓住精準的方向破浪航行了。如果行得通的話，上頭交代舵手開始朝東南東方的航道前進。先前因為強風暴虐，他只能隨著風力起伏做出反應。但現在他開始儘可能把皮廓號帶向航道，在此同時，看！羅盤上出現好兆頭！風似乎又開始從船尾吹過來了。沒錯！逆風變成順風囉！

很快水手們就把帆桁調整成跟船身垂直，快快樂樂地唱起了那首活潑歌曲：「嘿！順風了！喔——嘿——呦，大夥兒真快活！」而這也讓皮廓號很快就一掃陰霾，彷彿先前的惡兆並不存在似的。

由於船副有義務遵循船長下達的所有命令，若甲板上的情況發生重大變化，都必須全天候隨時通報，因此星巴克在順風後把帆桁調整好，無論他有多抗拒與鬱悶，還是得拖著不情願的腳步到甲板下的船艙去，向亞哈船長報告現在的情況。

在出手敲亞哈的住艙門之前，星巴克不由自主地頓了一下。船艙的燈吊在長長把手上，搖來晃去，火光一閃一爍之際，投射在老船長艙門口的影子也一明一暗，那拴起來的門板很薄，上半部並非裝著嵌板，而是一扇固定在門上的百葉窗。雖說這船艙被四周環境的各種嘈雜聲給包圍，但因為像地窖似的與外界隔絕，自有一種僅存嗡嗡鳴響的寧靜感。只見架上擺著已上膛的滑膛槍閃閃發亮，一桿桿直挺豎立，抵著前面的艙壁。星巴克是個正人君子，但奇怪的是在看到幾桿槍那一刻，心底卻有種惡向膽邊生的感覺，只是那惡念與諸多不好不壞或帶有善意的念頭交纏在一起，因此連他自己都沒有意識到。

「那一次他差點射殺我。」他喃喃說道，「沒錯，他就是用那桿滑膛槍指著我——那把槍托上有飾釘的槍——我來拿拿看——舉起來。怪了，過去我曾拿過許許多多要命的魚槍，可是現在怎會抖得那麼厲害？上膛了？我得看看。對，沒錯。而且火藥盆裡有火藥——不妙。最好把火藥倒掉？——等等，這會是我的救命槍。我要一邊思考，一邊大膽握槍——我來向他報告順風的消息。但到底哪裡順了？順勢走向死亡與毀滅？——這對莫比敵倒是滿順的。這風只有對那該死的鯨魚來講是順風。——他就是用這把指著我！——同一把，就是這把——現在我拿在手裡，我手裡握著本來可能殺了我的凶器——沒錯，而且他會欣然害死所有船員。他不是說過，無論吹什麼強風，他都不許任何人碰帆桁嗎？他不是把他的四分儀給踩爛了？在這凶險的海上，難道他不是用那錯誤百出的航海日誌來計算航程、誤打誤撞嗎？這次遇上颱風，他不是還誓言絕不使用避雷針嗎？難道我們真要乖乖忍受這瘋老頭，任由整船人跟他一起陪葬？——如果這艘船遭遇凶險，豈不是有三十幾人慘遭他蓄意謀殺？至於凶險，我敢用自己的命當賭注，如果亞哈真正得逞，那我們肯定是躲不了的。話說回來，如果這一刻我把他放倒了，那他也就沒辦法犯罪。哈！他在說夢話嗎？沒錯，在那裡——他在那裡面睡覺。睡覺？對，但還活著，而且很快就要醒了。我受不了你這老頭了！講道理、抗議、拜託，你都不聽，你都不屑。唯命是從是你唯一能接受的。對，你還說大家都跟你一起立誓了，還說什麼我們大家都是亞哈。這是天理不容的！——但難道沒有其他辦法？沒有合法的解決之道？——把他囚禁起來，現在就返航？什麼！想要活生生地把權力從這老傢伙手上奪走？只有傻子才會嘗試。甚或是把他綁起來呢？用各種繩索綁起來，打許多結？在這船艙地板上釘幾個有環螺釘，用鍊子穿過去，把他鍊起來呢？那他還是會比籠子裡的老虎更醜惡。我受不了那種景象。想要不聽他的鬼吼鬼叫也不可能。在漫長的返航航程中，我都會坐立難安，不能睡覺，不得安寧，我根本無法忍受。那是不是沒轍了？我們還有十萬八千里才能抵達陸地，最近的日本偏偏採取鎖國政策。我置身這汪洋大海上，想要回到法治社會必須航越兩片大洋，還有一片大陸。——對，對，就是這樣。——如果有個殺人未遂犯在床上遭閃雷劈死，被單與皮膚全都燒成一團，那老天就是凶手嗎？——那我也會是凶手嗎？如果我……」星巴克緩慢鬼祟地左顧右盼，拿起那一桿上膛滑膛槍，用槍口抵著門板。

「亞哈在艙內的吊床應該就是這高度嗎？他的頭擺在這個方向。只要扳機一扣，星巴克也許就能活著回去擁抱妻小。——噢，瑪莉！瑪莉！——兒子！兒子！兒子！——老傢伙，若我叫醒你而不是殺死你，搞不好這七天內我星巴克跟所有船員全都會葬身海裡的無底深淵！主啊，祢在何方？我該動手嗎？應該嗎？——船長大人，颱風已走，前桅中帆、主桅中帆也都捲好裝上去了。皮廓號已經在航程上。」

「把小艇往後划！哈哈，莫比敵，這下我終於要直取你的要害了！」

老船長連睡覺也不得安寧，突然說了這句夢話，彷彿是被星巴克的聲音驚擾，他才會開口。

星巴克手上仍高舉的滑膛槍還是抵著門板，顫抖得像是醉漢的手臂。星巴克似乎陷入天人交戰[1]，但他終究還是轉身離開那扇門，把那要人命的槍枝擺回架上後離去。

「他睡得太熟了，史塔布先生。請你下去叫醒他，跟他報告。我必須在甲板上監督。你知道該說些什麼。」

1 原文是用「wrestling with an angel」一詞，典出《舊約聖經．創世紀》，指雅各與某人搏鬥一整晚，結果那人是天使（或天主）。

124 指針

隔天早上，尚未平靜的海面上一波波長長的巨浪緩緩掀起，在皮廓號船尾的航跡上嘩啦啦地翻騰，彷彿張開的巨人手掌般推動著船身。毫不停歇的強風源源不絕，天際與蒼穹似乎都被吹成了鼓鼓的船帆。整個世界都被大風吹得轟隆隆作響。晨光如此璀璨刺眼，太陽不見蹤影，只能從陽光最強烈的地方推斷出它的位置，不斷發散出刺刀般的強光。陽光普照海面上的一切，彷彿巴比倫王冠后冠那樣璀璨奪目，海洋宛如鎔金的坩堝，充斥金光與熱氣的泡沫不斷冒出來。

亞哈入神沉思，靜默不語，長時間離群站立。船身不斷顛簸搖晃，每次船首斜桅往下沉，他都會轉頭凝望前方的明亮太陽光芒，等到太陽落到船尾後方，他則是轉身繼續緊盯後面的太陽，看著同樣的金黃光線與那不偏不倚的船隻尾跡交融在一起。

「哈！哈！我的皮廓號啊！現在你簡直就像是太陽的海上馬車。呵！呵！所有船頭前方的國家啊，讓我把太陽載來給你們！前有海濤如同千駒萬馬拉著，後有大船像馬車載著夕陽，我在汪洋大海上驅車馳騁！」

但突然間他腦海裡好像浮現相反的念頭，於是趕緊走向舵輪，厲聲詢問船隻航向。

「船長大人，航向東南東方。」驚駭的舵手說。

「你說謊！」他用緊握的拳頭捶打舵手，「在早上這時刻往東航行，難道太陽會落在船尾嗎？」

此話一出，把大家都給弄得困惑不已，因為居然只有亞哈觀察到這個現象，不知為何大家都看走了眼。不過，這肯定是因為陽光過於燦爛刺眼。

亞哈把頭半鑽進羅盤櫃裡，瞄了羅盤一眼，高舉的手臂慢慢放下，片刻間幾乎像是在猶豫。站在他身後的星巴克也看了過去，只見兩個羅盤都指著東邊，但皮廓號肯定是在往西邊航行，絕對錯不了。

不過，就在這不可思議的警訊還沒在船員之間傳遍以前，老船長就狂笑大聲說：「我搞懂啦！這之前也發生過啊！星巴克先生，是昨晚的雷電把我們的兩個羅盤都搞亂了，如此而已。我想你以前也聽過這種事吧。」

「聽過，但未曾遇過，船長大人。」那臉色蒼白的大副用陰鬱的語氣說。

在此必須申明，遇到強烈暴風雨時，類似事件在船上可說是屢見不鮮。如大家所知，羅盤針的磁力之所以會強化，主要就是因為受到天上電力的影響，所以這種事本該如此，沒什麼好大驚小怪的。有時候，船隻如果真遭閃電劈中，打在某些帆桁、帆索上，對於羅盤針的影響甚至會更嚴重。一旦失去了跟天然磁石相同的效果，原本具有磁力的鋼針會變得比老太太的織衣針還沒用。但無論如何，羅盤針的磁力若是減弱或完全消失，那就不可能再恢復了。如果羅盤櫃裡的羅盤針受到損壞，那麼船上其餘羅盤也會遭受同樣厄運，就連那插進內龍骨，位於船上最低處的羅盤也無法倖免。

那老船長從容不迫地站在羅盤櫃前，看著指針轉錯方向的羅盤，伸長了手用指尖比劃，一旦確認了太陽的精確方位，也肯定了指針是倒轉的，便大聲下令更改皮廓號的航向。水手們把船桁全都抬高，這艘大無畏捕鯨船的船頭再度逆風行進，因為剛剛雖說一直都是順風航行，卻是遭羅盤誤導的結果。

在此同時，儘管星巴克心中千頭萬緒，卻默不作聲，只是靜靜地依照船長的吩咐來發號施令，至於史塔布與福拉斯克則似乎多少心有戚戚焉，同樣也不發一語就默默領命了。至於水手們，儘管有人低聲嘀咕，但畢竟他們比較害怕的還是亞哈船長，而非命運女神。不過，幾位異教徒魚叉手仍一如往常不為所動——他們就算動了心，也只會變得更支持固執的亞哈，因為雙方本來就意氣相投。

陷入沉思的老船長在甲板上踱步，但他的鯨骨義肢碰巧踩到東西，滑了一下，結果是前一天遭他丟在甲板上踩爛的四分儀殘骸：一根破掉的銅質瞭望管。

「你這可憐又可悲的觀天者，以太陽為根據的領航員哪！昨天我毀了你，今天則是換成羅盤想要毀滅我了。好吧，好吧。但我亞哈仍是那羅盤平面上磁針的主宰。星巴克先生，拿一根魚槍槍頭給我！還要一把榔頭，幾根最小號的縫帆針。快點！」

之所以會這樣大聲下令，除了一時衝動，也許還是基於幾個深思熟慮的附帶動機，主要是考量到他若在此時大展一番身手，有可能就此提振水手的精神，以免他們受到羅盤磁針倒轉這件奇事的負面影響。此外，老船長也深知，儘管指針倒轉的羅盤仍然勉強可以導航，但迷信的水手們畢竟還是會惴惴不安，認為這是惡兆。

「弟兄們！」星巴克按照吩咐把東西都拿來後，亞哈便穩穩地轉身對所有船員說，「我的弟兄們！雷電把我老亞哈的羅盤指針給弄壞了，但靠這些鋼材我可以自製磁針，效果會跟任何羅盤指針一樣好。」

此話一出，水手們面面相覷，臉上都流露出卑屈又驚訝的尷尬神情，每個人都睜著入迷的眼睛，期待目睹亞哈的神奇手段。但星巴克則把頭別開。

亞哈拿起榔頭一捶，把魚槍的鋼質槍頭打下來，並將剩餘的長長鐵桿拿給大副，要他直直舉起桿子，不要讓尾端碰觸甲板。亞哈反覆用榔頭捶打鐵桿的頂端，接著把一根鈍掉的縫帆針擺在鐵桿頂端，針尾朝上，然後用稍輕的力氣捶打幾次，大副還是跟先前一樣始終拿著鐵桿。然後他又做了幾個奇怪的動作，沒人確定到底真是為了讓鋼針獲得磁性而有必要這樣，或只是要令水手們折服，再命人拿一根麻線給他。他走到羅盤櫃旁，把兩根倒轉的羅盤指針拿出來，接著將那縫帆針水平地懸吊在兩根指針之間，擺在其中一個羅盤平面上方。起初，那鋼針轉來轉去，兩端都持續顫動著，但最後還是停了下來，持續緊盯鋼針的亞哈見狀便大搖大擺地往後退開羅盤櫃，身手指著它大聲說：「你們自己看看！誰敢說亞哈不是羅盤上磁針的主宰！太陽就在東邊，你們看看羅盤針不是指著他嗎？」

大夥兒一個個都湊過來看，因為像他們那樣無知的人總是信奉「眼見為憑」的道理，非得要親眼看過才算數。看完後大家又一個個輕輕溜走。

亞哈的熱切雙眼滿是嘲諷與得意，任誰都看得出他流露出會害死自己的驕傲眼神。

125 計程儀繩[1]

到這一刻，命運已經注定的皮廓號在航程中飄洋過海那麼久了，卻很少用到計程儀繩。航行海上時，某些商船與許多捕鯨船因為對於他們仰仗的其他測量方位工具深具信心，所以全然忽略了計程儀繩。儘管如此，它們往往還是會把航程與推算出來的時速寫在這種儀器的木板上，最大的理由只是為了做做樣子。皮廓號就是這樣。纏在木製卷軸上的繩子與那塊有稜有角的木板就長時間掛在船尾舷牆的欄杆下，無人問津。雨水與浪花把計程儀繩打溼了，或遭風吹日晒而變形，總之它是閒置在那裡的東西，自然容易受到各種天候因素影響而損壞。但亞哈一點也不在乎，因為在他修復磁針後才沒幾個小時，恰巧又看到那卷軸，才想起自己在把四分儀踩爛時曾發狂似地立誓，要用計程儀繩來計算皮廓號的海上方位。在這船隻起起伏伏，船尾海濤洶湧翻騰之際，亞哈大聲說：「前面的人聽令！來把計程儀的木塊丟到海裡！」

兩個水手來了。分別是皮膚帶有金黃色澤的大溪地人與那位頭髮灰白的曼島人。亞哈吩咐他們：「你們其中一個把卷軸拿好，我要丟下去了。」

他們往船隻最尾端走，走在背風側的甲板上，由於斜風不斷吹過來，此時那裡幾乎已經浸泡在持續拍打船側的乳白色海水中。

曼島老水手握住紡錘狀卷軸的突出把手端，高高拿起它，上面繞著一圈圈繩子，那有稜有角的木板垂掛在下方，他就一直站在那裡等亞哈過來。

亞哈站在他面前，輕輕地轉動卷軸三、四十次，拉出一圈圈可以用手拿的繩子，準備往海裡丟，而那曼島老水手則是緊盯著他與繩子，最後壯著膽子提問。

「船長大人，我實在有點擔心哪。這繩子看起來非常不堪用，長時間的日晒水淋，我看都壞啦。」

「老先生，這繩子沒問題的。你還不是長年日晒水淋，難道也壞了？我看你也沒問題呀。或者我該換個說法？是你的生命力夠強，撐住了你，不是你撐住了生命。」

「船長大人，我撐住的是這卷軸。不過，船長說的應該不會錯吧。我已經滿頭花白了，沒資格與人爭論，尤其是跟自己的上司。上司是不會認錯的。」

「這是什麼話？我看你倒像是頭殼壞掉大學的破爛教授啊，只是腰桿子有點太軟囉！你哪裡人？」

「船長大人，我來自到處是岩石的小小曼島。」

「棒透了！你應該是出生時撞到那裡的岩石。」

「這我不知道，船長大人，但我是在那裡出生的。」

「在曼島嗎？嘿！話說回來，這倒是挺妙的。你這慢吞吞的傢伙剛好是『慢島人』。你的出生地『慢島』曾是獨立國家，現在沒有人以那裡為家，人都被什麼吸走了？把卷軸舉起來！喜歡打破砂鍋問到底的人哪，最後都會撞上一堵無窗硬牆啊[2]！舉起來！就這樣。」

亞哈把木片丟下海。鬆開的捲繩迅速拉直，被木塊拖著往船尾一圈圈飛出，卷軸也立即隨之轉動。結果，由於海濤翻騰，拖在後面的木塊也隨之起伏，一股阻力把那老水手扯得搖搖晃晃，姿勢古怪。

「用力撐住啊！」

---

1 log and line，用一條繩索把一塊木頭拖在船尾，藉此推測航程；航位推測法則是dead-reckoning。

2 原文是「dead, blind wall」，作者在本書七十六章也曾這樣形容抹香鯨的頭，「這鯨頭正面就像一堵無窗硬牆」。

啪！那繩索承受不住用力拉扯，應聲而斷，化成一條長長的花綵往海裡下沉，原本拖在後面的木塊消失無蹤。

「我把四分儀踩爛，雷電把磁針搞得轉向，現在這瘋狂的大海又弄斷了我的計程儀繩。不過，我亞哈有什麼不會修的？大溪地佬，把繩子拉上來，曼島水手，把繩子捲好。吩咐木匠另外製作一塊木板，你們倆把繩子修好。就交給你們啦！」

「他走啦！對他來講倒像是什麼都沒發生過，但對我而言，這肉串似的卷軸鬆了，好像世界的中心也鬆掉了。大溪地佬，拉上來，拉上來！這些繩索飛出去時發出咻咻咻的聲響，完好無缺，回到船上來時卻已經斷掉，而且拖拖拉拉。哈，皮普！過來幫忙，好嗎，皮普？」

「皮普？你叫誰皮普？皮普已經從捕鯨小艇跳海失蹤啦！捕鯨人，我倒是想看看現在你是不是止要把他拉上來。看起來很難拉，我猜是他在那裡死撐著。甩啊！大溪地佬！把他甩掉。我們才不拉膽小鬼上船呢！哈！我看到他的手臂露出水面。拿斧頭，拿斧頭來！砍斷手臂！我們才不拉膽小鬼上船呢！亞哈船長，船長大人，大人！皮普在這裡，他想要回到船上。」

「冷靜點，你這瘋狂小鬼，」曼島水手抓住皮普的手臂大聲喝斥，「離開後甲板區！」

「大白痴罵小白痴。」亞哈走過來喃喃說道，「放開那高貴的男孩！孩子，你說皮普在哪？」

「在船尾啊，船長大人，船尾！你看，你看！」

「那你是誰，孩子？從你那空洞的眼眸中，我看不到我的身影。噢，天哪！至少要像你這種人才有資格成為不朽靈魂！你是誰，孩子？」

「我是敲鐘僮，大人！負責在船上大呼小叫地宣布各種事項。叮噹叮！皮普！皮普！皮普！皮普一百磅，找到他就打賞一百磅泥土！皮普身高五呎，看上去像是個膽小鬼，一眼就能認出！叮噹叮！有誰看到膽小鬼皮普？」

「住在比雪線高的地方，都是一些沒心肝的傢伙。噢，天上的神明啊，祢們冷若冰霜！看看凡間！是祢們造就出這不幸的孩子，還拋棄他，祢們這些造物主都是隨隨便便。來吧，孩子，往後亞哈的船艙就是皮普的家了，只要亞哈還有一口氣在。孩子，你已進入我內心最深處，觸動了我的心弦。來吧，我們下去。」

「這是什麼？絲絨般的鯊魚皮。」他盯著亞哈的手，也用手觸摸，「啊，要是可憐的皮普摸過這麼棒的東西，也許就不會失蹤了！大人，我看你的手就像是一條扶手索，可以讓脆弱的人緊抓著。噢，大人，叫老木匠伯斯來把兩隻手釘在一起吧，我的黑手，你的白手。因為我永遠都不想放開啊！」

「噢，孩子！我也不會放開，但若我會把你拖往比這裡更可怕的地方，那就沒辦法了。那走吧，去我的船艙。看！你們這些信教的都覺得神明良善無比，人類十惡不赦。你們倒是看看哪！為什麼無所不知的諸神居然會遺忘這可憐的孩子？他的確是笨，也不知道自己在做什麼，卻有一顆愛心，是個懂得感激的甜美孩子。來吧！執子之手令我備感榮幸，你的黑手比皇帝的御手更了不起呀！」

「兩個瘋子一起走囉。」那曼島老人喃喃說道，「一個堅毅，另一個軟弱。話說，這腐爛繩索的尾端——滴水滴個不停。還能修嗎？我想我們最好換一條全新的繩索。我要去跟史塔布先生報告這件事。」

126 救生桶

亞哈用鋼質槍頭把羅盤指針校準後，如今皮廓號往東南行駛，朝赤道前進，而且能用來測程的只剩下亞哈的測程儀繩。他們在這船跡罕至的水域航行，長長的航程中看不到任何船隻，且波浪是如此單調溫和，不久後又開始受到千篇一律的貿易風斜吹推動，但這一切詭異的平靜氛圍似乎是暴亂與絕望戲碼的前奏。

最後，等到皮廓號接近了赤道漁場的外圍，航經一片多岩小島，當時正好是黎明前天色最為黑暗之際，傳來了一陣如此哀怨、狂放又可怕的喊叫聲，福拉斯克領班的守夜人員都嚇了一跳，那彷彿希律王殺害的所有無辜冤魂全都聚在一起鬼哭怒號[1]，雖聽來模模糊糊，但也把所有人都從夢鄉中驚醒，片刻間他們或坐或站或靠，全都出神聆聽，就像一尊尊羅馬奴隸雕像，而那狂放哭喊聲始終在可以聽見的範圍內。篤信基督宗教的文明水手們都說那是美人魚，說著渾身直打哆嗦，但幾位異教徒魚叉手卻都沒被嚇到。不過，船員中年紀最長的灰髮曼島水手宣稱，那令人戰慄的狂放哭喊聲是來自才剛溺死於海中的眾多冤魂。[2]

亞哈睡在甲板下船艙裡的吊床上，沒聽見叫聲，直到黎明時天色變成一片灰濛濛，走上甲板才由福拉斯克轉述，而且這三副還夾帶了一些可怕的暗示。亞哈聽了只是乾笑，接下來開始為大家解釋這怪事。

皮廓號航經的多岩島群是大批海豹的棲息地，有些失去母親的小豹，或失去小豹的母豹，會游到皮廓號附近以類似人類的聲音哭喊啜泣。但這說法只是讓某些人心情更糟而已，因為水手大多對海豹懷有某種非常迷信的心緒，這不只是因為牠們悲傷時會發出特殊音調，也因為海豹從船側海面探頭看船時，看起來圓頭人臉，面相還略帶聰明。就是因為這樣，海豹才會屢屢在海上被誤認是人。

不過，水手們的不祥預感注定就要在那天早上應驗了：而且倒楣的正是船上某位水手。日出時這位水手下了吊床後登上船頭桅頂，但不知道他到底是還沒睡醒（因為有時候會有水手在半夢半醒之間到桅頂去值班），抑或他還有其他問題，那就不得而知；總之，他才登頂瞭望不久，高處就有叫聲及墜落聲往下傳，大家抬頭一看，只見空中閃過一個往下掉的黑影，接著蔚藍海面上就掀起了一小片翻騰的白色泡沫。

隨即有人從船尾丟下救生桶，就是一個穩穩掛在船尾一條靈活彈簧上的細長桶子，但落海者並未伸出手去抓桶子，而且這桶子因久經日晒而縮水，滲進去的水慢慢把桶子填滿，就連乾扁木頭上的每個孔洞都進了水，所以這用鐵箍圈在一起的救生桶就這樣跟那水手一起往下沉，儘管事實上硬邦邦的，但就像是要到海裡去給他當枕頭似的。

就這樣，那天皮廓號上第一個上桅頂瞭望白鯨的水手，就這樣被他們獵殺白鯨的海域給吞噬，葬身深海。但也許當時很少人想到這一點。事實上，對這件事他們一點也沒感到悲戚，至少不覺得這是什麼惡兆：也就是說，他們沒想到這件事預示了自己在未來的悲慘遭遇，而是以為事件本身印證了更早以前就已出現的惡兆。他們宣稱自己已經了解前一晚為何會聽到那陣陣狂放的喊叫聲。但那曼島老水手仍然不認為是這麼一回事。

他們必須找一個新東西來取代那沉入海裡的救生桶。船長把這任務交辦給星巴克，但船上偏偏找

1 據《聖經》所載，希律王（King Herod）為了除去新生的「猶太人君王」，曾屠殺伯利恆及其周圍境內所有的兩歲以下嬰兒。

2 這曼島人的確是個迷信的角色。

不到那麼輕的水桶，更何況大家一股腦兒都只是對於這追獵旅程中依稀降臨的危機感到焦慮：無論這旅程的結局到底為何，除非是與獵殺白鯨直接相關的差事，沒有人肯耐著性子幹活——所以，大家就這樣任由船尾空著，沒有救生桶。此時，魁魁卻暗示可以把他的棺材改造成救生桶，這不啻傳達出某些奇怪的預兆與諷刺。

星巴克被這話嚇到，大聲說：「用棺材改裝成救生桶！」

「我說啊，這真是太怪了！」史塔布說。

「可以改裝成還不錯的救生桶啊，」福拉斯克說，「我們的老木匠可以輕易做到。」

憂鬱的星巴克頓了一會兒之後表示：「那就扛上來吧，反正也沒別的辦法。木匠，動手吧。別那樣看我——我是說把棺材扛上來，木匠。聽到沒？動手吧。」

「大副，那我該把棺蓋釘起來嗎？」說話時他的一隻手也做出好像拿榔頭釘棺蓋的動作。

「好。」

「大副，我該把縫隙補起來嗎？」說話時他的一隻手也做出好像在使用捻縫鑿的動作。

「好。」

「那大副，我該在上面塗抹瀝青嗎？」說話時他的一隻手也做著好像提著瀝青壺的動作。

「去幹活吧！你有完沒完哪！就是叫你把棺材改成救生桶而已啊。——史塔布、福拉斯克兩位先生，跟我一起到船頭去。」

「他就這樣氣沖沖地走了。他可以忍受把棺材改成救生桶，但說到改裝細節他就不耐煩。我可不喜歡這樣。幫亞哈船長製造義肢，他就二話不說穿戴上了，但我幫魁魁做了個帽盒，他卻不肯把頭放進去。我為那棺材付出的心血豈不白費了？現在他們命令我把棺材改成救生桶。這不就像是改造老舊外套？把皮肉的那一面改成襯裡？[3]我不喜歡這種修修補補的工作——一點都不喜歡。太丟臉了，這不是木匠該做的事。修補鍋子的事就交給鍋匠的那些小鬼吧。木匠比他們厲害多啦！我想做的，只有那種乾乾淨淨、光明正大、有條不紊的原創工作，總是要由我自己來開始做，而且工作做到一半剛好就完成一半，收尾時就剛好結束。可別像笨拙的修補匠那樣，工作做到一半就結束，到了最後卻好像才剛開始。老太太叫人來做修補工作，怕是都別有所圖。我知道曾有個六十五歲的老太太跟光頭的年輕鍋匠私奔了，所以往日在瑪莎葡萄園島開工作室時，我死也不會幫孤獨的老寡婦工作，以免她們妄想著跟我私奔。嘿哈！所以我就來到海上啦，看妳們怎麼找我私奔！我看看——把棺蓋釘死，縫隙補好，塗上瀝青，敲打一番直到緊實，然後掛在船尾的彈簧上。曾有人用棺材改裝成救生桶嗎？我看，有些迷信的老木匠非得要被五花大綁，才肯來做這差事呢！但我這人生來就跟長滿樹瘤的阿魯斯圖克郡[4]鐵杉一樣，命硬得很，我才不怕！就算跟棺材綁在一起！就算跟墓園箱子[5]一起四處航行，我都不在意！我們做木工的難道可以只製造新人的床架、打牌的桌子？棺材與靈車也不能拒絕啊！我們日日月月都得幹活，無論只是為了餬口，或者賺大錢，沒有人可以計較工作理由與地點——除非是那種該死的修補工作，那就儘量搪塞。哼！現在我就仔仔細細把這差事給幹好吧！讓我想一想，這船上一共有多少人？我忘了。好吧，總之我會在棺材四周裝上三十條上面有土耳其帽繩結[6]的救生索，每一條都長達三呎。如果船沉了，那就會有三十個傢伙激動爭搶一個棺材，這下就不能說太陽底下無鮮事了！來吧，榔頭、捻縫鑿、瀝青壺和穿索錐，我們該去幹活了！」

3 十九世紀製造皮毛外套時，是把動物的皮毛當作襯裡，皮肉的部分則是外面。所以改造老外套，就是把皮毛往外翻，讓皮肉那一片變成襯裡。
4 Aroostook County，在緬因州。
5 指棺材。
6 一種裝飾性繩結，看起來像土耳其帽。

127 甲板上

（甲板上，在檯鉗與打開的艙門之間擺了兩個繩索桶，那棺材就放置於桶子上。木匠正在修補縫隙，連身工作服的衣襟裡擺著一大捲填絮，一邊補一邊慢慢地把歪七扭八的填絮放出來——亞哈慢慢從他的船艙舷門走過來，聽見皮普跟在他身後。）

「走吧，小子！我很快就會回去了。他走了！說到親切貼心，木匠這傢伙還不及那小子呢！——啊，我是來到教堂正中央的走道了嗎？[1]這啥？」

「救生桶，船長大人。我是按照星巴克先生的吩咐做的。噢，小心哪，船長大人！注意那艙口！」

「謝啦，兄弟。這棺材離『墓穴』[2]倒是很近哪。」

「啊？喔，你是指艙口？沒錯啊，船長大人，的確沒錯。」

「難道你不是製造義肢的匠人？你瞧，難道我腿上這東西不是你的工坊出品的？」

「我想是的，船長大人。義肢上的鐵箍還堪用嗎，船長大人？」

「好得很。不過，你是不是也會操辦喪事呢？」

「是的，船長大人。我打造這東西本來是要給魁魁當棺材的，不過他們現在派我把它改裝成其他東西。」

「那我倒要問問。你這不信教的老傢伙今天製造義肢，明天打造裝人的棺材，隔天又把同一副棺材改造成救生桶，難道不會太愛管東管西、事事包辦，什麼都要一把抓？你簡直就跟諸神一樣沒有原則，而且也是個半吊子。」

「但我沒打算當那種人，船長大人。我就是做我做的事而已。」

「那你還是像個神哪！你倒是說說看，難道你在打造棺材時都不會唱歌嗎？有人說，泰坦巨人[3]在挖掘火山口的時候還會哼歌呢！掘墓人手裡拿著鏟子一樣也會唱歌嬉戲[4]。你不曾那樣嗎？」

「您是說唱歌嗎？我會唱嗎？喔，說到唱歌，我還真是完全沒興趣。但我想掘墓人會哼歌，肯定是因為鏟子唱不出歌，船長大人。但我這把捻縫錐對唱歌挺在行哩。您聽聽。」

「是啊，而且我想這是因為棺蓋就是一塊共鳴板，而它能當共鳴板，最重要的理由是裡面什麼都沒有。不過，棺材裡若有屍體，我看發出的聲響也會差不多，木匠。你可曾幫人抬過棺架，聽見棺材進入教堂旁的墓園前，撞到門口的聲音？」

「的確，船長大人，我曾……」

「的確？那是什麼？」

「您不相信嗎？那只不過有點像喊叫聲——就這樣，船長大人。」

「嗯嗯，繼續說。」

「我正要說，船長大人，那……」

「你是蠶嗎？難不成你還會吐絲，幫自己製作壽衣？你看看你的衣襟！走吧！趕快把這些雜物從我面前拿開！」

---

1 教堂中央走道是葬禮上用來擺棺材的地方。

2 原文是vault，亞哈是指棺材擺在甲板下的儲藏室（或地窖）入口，但這個字也有墓穴的意思，一語雙關。

3 神話中，泰坦巨人是大地蓋婭（Gaea）與烏拉諾斯（Uranus，天空）的後代。

4 莎翁名劇裡《哈姆雷特》的掘墓人一邊幫女主角Ophelia掘墓，一邊唱歌。

「他往船尾走去啦。嘿，怎會這樣突然發脾氣。不過熱帶地區本來就常會突然颳起暴風。聽說，加拉巴哥群島的艾爾伯馬爾島[5]剛好從正中央被赤道切成兩半。我看亞哈你這老傢伙也被赤道切成兩半啦！我看他一直都待在赤道上——才會脾氣火爆啊！他往這裡看過來了——來吧，填絮，趕快。我們再來吧。這把捻縫木鎚是木塞，而我則是會用玻璃瓶演奏音樂的專家——啪！啪！啪！」

（亞哈自言自語。）

「這是什麼情景！什麼聲音啊！一隻灰頭啄木鳥正在啄一棵空心樹！這下那些瞎子、聾子可真叫人羨慕啊。看！那東西擺在兩個裝滿拖繩的繩桶上。那傢伙真是個惡毒的小丑。啦！嗒！跟人的壽命一樣，滴滴答答就過去了！噢！所有的物質其實都是不實在的！有什麼東西比那些無法估量的思想更為真實呢？這棺材明明是死神的可怕象徵，但在偶然間，卻成為溺水之人的救星與希望。一個用棺材改造的救生桶！還有什麼其他涵義嗎？會不會就某種精神層次來講，棺材終究是某種永生不朽的保存器？我會好好想一想。不過，看來還是不行。因為我已經走入了這塵世的黑暗面，所以那理論上的光明面，對我來講已經變成朦朧的微光。你能不能別發出那種該死的聲響啊，木匠？我要下去了。等我回到甲板上再來看看那東西。好吧，那就讓我和皮普好好談談這事。從你身上我的確吸收了許多哲學思想啊！你身上一定裝了許多通往未知世界的未知通道啊！」

5 Isle of Albemarle，現已改名為Isla Isabela。

128 皮廓號遇上拉結號[1]

隔天他們看見一艘叫做拉結號的大船，直接朝皮廓號駛來，桅頂的每一根圓杆上都待了很多人。這時皮廓號在海面上的航速頗快，但等到這陌生船隻從迎風面挾帶著寬大翅膀般的船帆靠過來時，擋住了風，原本鼓脹的風帆全都變得垂頭喪氣，就像一個個爆掉的白色囊袋，船身也因這打擊而了無生氣。

「噩耗啊，這船帶來的肯定是噩耗。」那曼島老水手喃喃說道。那拉結號的船長站在小艇上，嘴邊拿著傳聲筒，滿懷希望地正要打招呼，卻先聽到亞哈搶先開口詢問：「可曾見過那大白鯨？」

「見過，就在昨天。可曾見過一艘漂流海上的捕鯨小艇？」

亞哈壓抑著喜悅之情，對這突如其來的問題給了否定的答案，正想登上那陌生船隻去把狀況搞清楚，對方船長卻在擋住亞哈的航道後，開始要從側邊登上皮廓號。一小陣急划後，他的艇鉤很快鉤住了主錬，三兩下就跳上了甲板。亞哈很快就認出他，是來自南塔克特島的老相識。不過他們倆省去了客套的寒暄。

「牠在哪？——沒被殺吧？沒被殺吧？」亞哈大聲問道，往前靠過去，「當時情況如何？」

看來是前一天午後傍晚時，拉結號放下三艘捕鯨小艇去對付一群鯨魚，一直追到大船的四、五哩之外。就在它們仍朝著迎風面迅速追獵鯨群時，莫比敵的白色背部與頭部突然露出蔚藍海面，就在不

1 Rachel，《聖經》中雅各之妻。

遠的背風處。因為船上有第四艘小艇，是裝了船帆的備用小艇，很快就下海去追獵白鯨。這小艇是航速最快的，順風疾追一陣後，似乎已經把魚叉固定在牠身上——至少那桅頂水手看到的情況是如此。他遠遠地看見小艇漸漸化為一個點後消失無蹤，然後水面上發光的白色泡沫一閃而逝，接著就什麼也沒看見了。因為這情況屢見不鮮，藉此他們可以推斷的是，肯定是那遭叉中的白鯨把追獵的小艇不知拖往何處了。這當然令人擔憂，但還沒到驚慌失措的地步。帆索上已經掛上了召回小艇的信號，夜幕低垂後，拉結號不得不先把那三艘位於迎風面遠處的小艇接上船，才能前往相反方向去追第四艘小艇。換句話說，直到午夜以前它別無選擇，只能任由那小艇自生自滅，而且也離它越來越遠了。但至少其他水手都已經安全登船，接著他們把所有輔助帆一層又一層全都裝上了，開始搜尋那失蹤小艇。他們用煉油灶生火充當信號浮標，而且每兩個水手就有一個登上桅頂去瞭望。拉結號航行了一大段距離，應該已經到了那失蹤小艇最後被看見的地方，接下來每隔一段距離就放下所有小艇在大船四周搜尋，一無所獲後又疾駛一陣，停下來再找，就這樣持續到天光降臨，卻始終不見那失蹤小艇的一丁點蹤影。

交代了來龍去脈後，拉結號船長立刻說明來意。他希望皮廓號也能加入搜尋的行列，希望兩者能夠在相隔四、五哩的海面上以平行的航線行駛，如此一來可以把兩邊的海域都找遍。

「現在我敢打賭，」史塔布低聲對福拉斯克說，「那失蹤小艇上肯定有人穿走了船長的上好外套，搞不好連手錶也弄走了。他才會這麼急如星火地要把東西弄回來。在這捕鯨的旺季，誰聽過有兩艘捕鯨船會那麼好心，費時搜尋一艘失蹤的捕鯨小艇？福拉斯克，你看。只要看看他那臉色有多蒼白——急到眼珠子都要發白了——我看不是因為大衣——肯定是因為……」

「我的兒子，我的親生兒子就在那小艇上。天哪，我求求您，行行好。」——到目前為止亞哈都只是冷冰冰地聽著，於是說到這裡那船長大聲懇求，「可否讓我租用您的船隻四十八小時——我願意付錢，要多少我都願意——如果沒有別的辦法——只要四十八小時就好——您一定，噢，您一定也**應該**要答應我啊！」

「他的兒子！」史塔布大聲說，「噢，失蹤的是他兒子！算我看走眼啦！——亞哈怎麼說？我們一定要救那孩子啊！」

「他跟其他人早在昨晚就都溺死了，」那曼島老水手站在眾人後面說，「我聽到了，你們也都聽到他們的冤魂哭喊聲。[2]」

而且，不久後大家才發現，拉結號這事故令人更為感傷之處在於，他不是只有一個兒子在船上。那失蹤小艇上的水手中固然有個是他的兒子，但另外那三艘在黑夜中冒險追獵鯨群的小艇上，也有他的另一個兒子。就是因為如此，這不知所措的悲慘父親一時間陷入天人交戰，無法面對如此殘酷無比的複雜選擇。為此解套的是拉結號的大副，他憑著直覺採取捕鯨船在遇到急難時的標準措施，也就是當小艇分散且同時遭逢危難時，無論如何都要先去救人數最多的那一方。但這位船長不知為何，可能是基於他的個性，始終沒有提這件事，而且要等到他眼見亞哈冷淡以對，才不得不提及他那失蹤的孩子仍然年幼，才十二歲大。他會這麼做，是出於南塔克特島的捕魚業父親都懷抱的誠摯父愛，早早就毫不猶豫地忍痛把孩子送上捕鯨船，讓他們面對島民從遠古以來就得面對的共同命運，見識這行業的種種凶險與奇觀。此外，屢見不鮮的是該島許多船長甚至會把自己的幼子送離身邊，到其他船上去加入歷時三、四年的遠洋捕鯨航程。如此一來，這些孩子的捕鯨人初體驗才不會受到父親妨礙，因為我們知道父親的天性總是偏愛小孩，但愛之適足以害之，而且過度憂慮與關切也沒有益處。

那船長仍然不斷苦苦哀求亞哈幫助，但他始終站得直挺挺，無論對方怎麼說，完全不動如山。

2 所以，曼島老水手認為亞哈說的「海豹叫聲」就是那些水手變成冤魂後在哭喊。請參閱一二六章。

「在您對我說一聲**好**之前，我是不會走的，」那船長說道，「如果是我，肯定會答應，所以您也該跟我一樣。因為您自己也有個兒子啊，亞哈船長！我知道您老來得子，他還是個幼童，現在舒舒服服地待在家中。沒錯！沒錯！我看得出您心軟了——弟兄們，快啊！快動起來！準備把帆桁打直！」

「且慢！」亞哈大聲說，「誰都別動一根帆索！」然後他拖長聲音，把一字一句都講得清清楚楚，「賈迪納船長，我不願意。就連聽你講話我都覺得浪費時間。再見吧，再見！兄弟，願上帝保佑你，也希望我能原諒自己，但我得離開了。星巴克先生，看準了羅盤櫃上的錶，三分鐘內請把所有閒雜人等都請下船。然後把帆桁往前轉，讓皮廓號跟剛剛一樣繼續行駛。」

不顧拉結號船長的懇求，亞哈匆匆把臉別過去，轉身往甲板下的船艙走，而面對這完全不留情面的峻拒，那船長只能呆站在那裡。但回過神後賈迪納就默默奔往船舷，慌忙之間簡直像是落回小艇，而不是走回去，接著就回到自己的船上了。

兩艘船很快就分道揚鑣，但過了很久拉結號仍在視線範圍內，只見它那化為黑點的船身左搖右晃，在海面上四處航行。拉結號頻頻轉動帆桁，時左時右，持續搶風改變航向。有時它朝著迎面而來的浪濤往前衝，接著就讓一陣大浪推到了前面。桅杆與帆桁上一直都是布滿了瞭望的水手，彷彿三株高大的櫻桃樹，許多頑童正在樹枝之間採果子。

但從它那走走停停、曲曲折折的航線看來，任誰都知道那是一艘悲泣的船，浪花彷彿淚水，始終無可慰藉。它就跟拉結一樣，為那些已經不在的孩子們痛哭啜泣。[3]

3 希律王（Herod）殺死許多猶太嬰兒後，據說有人聽見早已逝世的拉結痛哭，她是為自己的猶太子孫而哭。請參閱《聖經・馬太福音》。

129 亞哈的船艙

（亞哈動身前往甲板上，皮普抓著他的手要跟。）

「小子，小子，讓我跟你說清楚：你不可跟著我亞哈。事到如今，我亞哈絕對不會把你嚇跑，但也不願意讓你跟著。可憐的小子，我總覺得你身上有一種能幫我治病的特質。所謂『以毒攻毒』，所以在這趟猛毒般的追獵行動中，我身上的病反而是我最希望的健康狀態。你乖乖待在船艙裡，自然有人會像侍奉我那樣照顧你。是啊，小子，我這張固定在地板上的椅子就讓你坐。你也要像被固定住一樣，好好坐著。」

「不！不！不！船長大人，你的身體殘缺，那不如讓可憐的我充當你失去的那條腿？儘管踩在我身上吧，船長大人。只要能讓我成為你的一部分，我別無所求。」

「噢，儘管這世上有千千萬萬個惡棍，但他的話讓我堅信仍有忠誠的人！——而且還是個黑人！是個瘋子！——但我想，以毒攻毒的道理在他身上也適用。現在他又恢復清醒啦！[1]」

「船長大人，有人說史塔布曾經遺棄可憐的小皮普，而他溺死後到現在，儘管生前他的皮膚全身黝黑，但現在恐怕只剩下一副白骨了。不過我是絕對不會棄你而去的，船長大人，我不是史塔布那種人。大人，我必須跟你走。」

「如果你再這樣跟我說話，我亞哈的計畫恐怕就要泡湯了。我跟你說不就是不，絕對不行。」

1 意思是，亞哈認為瘋掉的皮普與瘋掉的他在一起，神智變得清醒多了。

「噢，我的好主人！主人！主人！」

「你再哭我就殺了你！千萬要注意，因為亞哈自己也是個瘋子。聽好了！往後你常會聽到我的鯨骨義肢踩踏甲板的聲音，藉此知道我的行蹤。現在我要暫時離開你。來，跟我握個手！小子，你非常忠誠，就像圓周總是會對圓心不離不棄。所以，上帝會永遠保佑你，而且如果真有那麼一天——上帝也會拯救你，不管發生什麼事。」

（亞哈走了，皮普往前走了一步。）

「他剛剛就在這裡站著，我站在他的位置上——但這時我孤身一人。要是可憐的皮普現在在這裡，我倒還可以忍受，但他失蹤了。皮普！皮普！叮！咚！叮！誰看見了皮普？他一定在甲板上，我來開門試試看。怎樣？沒有上鎖，也沒上閂，也沒有門檔條，但就是打不開。一定是他叫我待在這裡，門就被下咒了。沒錯，而且他還說這張固定在地板上的椅子要給我坐。那好吧，我就坐下來。後面就是船尾橫板，位置在船的正中央，龍骨與三根桅杆都在前面。話說，我曾聽船上的老水手講，裝有七十四門大砲的軍艦上有時候那些了不起的海軍將領會坐在桌邊，一個個上校、上尉都得乖乖聽話。哈！這啥？肩章！肩章！身上有肩章的軍官都齊聚一堂！把酒瓶遞過去喔！很高興認識你！把酒杯滿上，先生們！這感覺真奇怪，居然有個黑人小子可以宴請一群外套上鑲滿金邊的白人！——先生們，可曾看到皮普？他是個五呎高的黑人小子，看起來就是個賤骨頭，膽小鬼！曾經從捕鯨小艇跳下海——見過他嗎？沒有！好吧，上校們，那就再把酒杯給滿上，讓我們為所有丟臉的膽小鬼喝一杯！我沒指名道姓。他們真丟臉！把一條腿擺桌上。所有膽小鬼都丟臉。——噓！我聽見鯨骨義肢踩踏甲板的聲音——噢，主人，主人哪！你在我上面走路時真讓我感傷。不過，就算船尾觸礁，我還是會待在這裡。要是礁岩撞破船殼，那牡蠣就會來找我了。」

130

帽子

經過長時間、大範圍的初步追獵後，所有其他鯨魚獵場都已經掃蕩過一遍，在亞哈看來時間已經成熟，這地點也很恰當，他已經把敵人趕進一座海洋的大圍欄。一方面，他發現皮廓號所處的經緯度已經非常接近他當初受傷殘廢的地方，而另一方面，前一天拉結號確實表示有遇到莫比敵，再加上先前遇見的幾艘船都異口同聲表示，凡是捕鯨人，無論是否有招惹牠，都會慘遭那白色惡魔冷血折磨，所以這時亞哈老船長的眼神才會流露出一種弱者幾乎不忍卒睹的殺氣。他的凝視簡直就像永恆不動的北極星，整整六個月的夜裡都在北極上空，看來如此具有穿透力與定力，而且專注。亞哈心裡在想什麼，就像北極星的星光閃耀，持續照耀著那些彷彿午夜的鬱悶水手。亞哈的氣勢壓倒眾人，讓他們不得不把心裡的一切預感、擔憂、恐懼全都藏在靈魂深處，絲毫不敢流露出來。

在這個山雨欲來的空窗期，無論是發自內心或者硬裝出來的，沒有人展現出幽默感。史塔布不再像往常那樣強顏歡笑，星巴克也不用見到開玩笑的人就正色訓斥。同樣地，歡樂與悲傷、希望與恐懼，好像都暫時被研缽磨成細粉紛飛，而亞哈的剛毅靈魂正是那研缽。他們像機器一樣在甲板上沉默地來回走動，始終能感覺到亞哈老船長像個暴君一樣緊盯著每個人。

不過，如果能仔細觀察他私底下的表現，也就是當他認為只有一雙眼睛盯著他時，任誰都會發現，儘管亞哈的眼睛讓水手們畏懼，亞哈一樣也對祆教徒那深不可測的目光敬畏三分——或至少可以說，有時候會讓亞哈感到心頭一震。這瘦弱的費韃拉身上開始散發出一種更為奇詭而無法掌握的感覺。他顫抖個不停，以至於大家都用疑神疑鬼的眼光看他，不太確定他到底是個凡人，抑或是某個不可見實體投射在甲板上的顫抖幽影。那幽影總是陰魂不散，因為沒人確定到了夜裡費鞬拉是否會在哪裡打盹或到甲板下休息。他往往站著不動就是幾個小時，不坐也不靠，一雙帶著倦意但又奇妙的眼睛好像明明白白宣稱：我們兩個守望人不曾休息。

還有，這時無論白天黑夜，除非亞哈先到甲板上，否則沒有任何水手願意上去。他總是把義肢插在那個專用小洞裡站著，或者在某個明確而不會偏離的範圍內踱步，也就是主桅與後桅之間的甲板上。不然大家就是會看到他站在船艙艙門口，僅剩的那隻腳踏在甲板上，彷彿要跨上去，同時一頂斜戴的帽子總是沉甸甸地掩蓋著雙眼，所以日日夜夜過去了，他總是站著不動，沒上吊床睡覺，但因為被帽子蓋住，沒人能百分之百確認他是否有時會閉上眼睛，或者他總是緊盯著所有人。雖說他可以在艙門站上一整個小時，石雕般的外套與帽子上因為夜裡的溼氣聚集了一顆顆露珠，但他也不以為意。衣服在夜裡變溼，隔天又讓陽光晒乾，就這樣日復一日，一夜過一夜，他再也沒有到甲板下去。無論要什麼總是派人到船艙去幫他拿。

一日三餐他總是只在甲板上吃早、午兩餐，晚餐完全不碰，也不刮鬍子，以至於一臉黑鬚長得纏繞糾結，彷彿樹木被吹倒後露出地面的樹根，雖然樹的上半部已經全無綠意，但裸露的根部卻仍兀自緩緩生長。儘管亞哈現在已用自己全部的生命在甲板上瞭望，祆教徒那充滿神祕氛圍的看守行為也是一樣絲毫沒有停歇，但這兩人似乎從不交談，最多只是每隔一長段時間後，某件已經發生過的瑣事令他們不得不講兩句話。雖然私底下似乎有強大的魔法將兩人連繫起來，但從外表看來，對於那些已成驚弓之鳥的水手們來講，他們卻似乎像南北兩極永不相見。若白天時他們恰巧說了一句話，可能到晚上兩人就變成啞巴了，完全不會有一字一句的交談。有時在星光下，他們一站就是好幾個小時，但相隔很遠，完全不會彼此問候。亞哈站在艙口，祆教徒則是在主桅，但兩人仍是彼此緊盯著對方，彷彿亞哈把祆教徒當成自己投射出去的陰影，而祆教徒則認為亞哈是自己已經放棄的實體。

不過，總之亞哈本人每天在下屬面前時時刻刻都是一副盛氣凌人的架式——他就像個獨立的君主，而祆教徒只是他的奴隸。不過，兩人似乎還是被車軛套在一起，由一個看不見的暴君驅策著。堅固的肋材旁邊存在著清瘦的陰影。但無論這祆教徒是什麼，總之堅毅的亞哈才是肋材與龍骨。

黎明的朦朧天光初現，船頭就傳來他那蒼勁的聲音：「到桅頂上去！」於是就這樣，每天的每個小時，在舵手敲鐘之際[1]，就會聽見他問道：「你們看見什麼了？——注意，注意呀！」直到日落與薄暮後才停歇。

但在遇見那尋找失蹤兒子的拉結號船長後，三、四天匆匆過去，仍沒能看見大白鯨的水柱，偏執的老船長似乎不相信水手們能忠於職守。至少可以說，全船所有水手中他只相信那三個異教徒魚叉手，他甚至懷疑史塔布、福拉斯克可能故意忽略白鯨的蹤影。儘管亞哈內心存疑，行動上或許也暗示了他們，但聰明的他卻不用言語表達。

「我要當第一個發現白鯨的人，」他說，「沒錯！那枚金幣我亞哈拿定了！」他親手用穩帆索編了一個巢狀的籃子，然後派某個水手去把一具單輪滑車裝在主桅桅頂，接住了那根繞過滑車、從上面垂下來的繩索，把繩索的一端穩穩繫在那籃子上，另一端則是準備要用繫繩栓固定在欄杆上。一切都安排妥貼後，他站在繫繩栓旁邊，手裡還拿著那繩索尾端，用目光往所有水手一個個掃過去，在大狗、魁魁、塔許特哥等人身上停下，但刻意避開費韃拉，然後用堅定無比的信任眼神看著大副說：「大副，請接住這繩索——就交給你了，星巴克。」然後他坐進那籃中，下令將他高高吊起到他的瞭望處，最後由星巴克把繩索尾端固定好，接著就站在附近。亞哈就這樣用一隻手臂繞著頂桅，凝望著汪洋大海，一哩又一哩過去了，他不斷看著船頭、船尾與側邊，從那制高點眺望四周廣闊無比的海面。

1 舵手每半個小時敲一次鐘，用來提醒大家注意值班時間。

每每有水手到高空中帆索間某個幾乎與他人隔絕的地方去工作，而且他的腳剛好又沒有踩踏的地方時，總是會由他人用繩索高吊到那個地方。在這狀況下，必須要固定在甲板上的那一端繩索，總是會特別交給某人嚴加看管。因為高空帆索往往會劇烈晃動交錯，從甲板上並不總是能夠看得一清二楚，再加上甲板端的繩索每隔幾分鐘就會變鬆，如果沒有人持續監看，搞不好會鬧出人命，一不小心那高空上的水手就會掉下來，猛然衝入海裡。所以，亞哈針對這件事採取的種種措施並無特殊之處，唯一奇怪的地方似乎就在他居然把繩索交給星巴克看管——而偏偏這大副卻又幾乎是唯一敢挺身反對他的人，船上其他人對他的決策都不敢表達一丁點意見。而且亞哈已經懷疑很多人在瞭望時是否盡忠職守，星巴克就是其中之一。總之，選擇星巴克看守他的繩索，可說是一件怪事，因為亞哈居然把自己的生死存亡隨意付託給一個他如此不信任的人。

話說，亞哈第一次上高處去瞭望時，才不到十分鐘就有一隻凶猛的紅喙海鷹找上他，因為在這緯度的海面上常有這類猛禽在桅頂值班捕鯨人四周盤旋，而且飛得很近。這海鷹在亞哈的頭部四周轉圈叫囂，速度快到讓人看不清牠的飛行軌跡。然後牠又直直衝往高空一千呎處，一邊轉圈一邊往下飛，接著又在亞哈的頭部附近打轉。

但亞哈的目光只緊盯著遠處朦朧的海平線，似乎沒注意到那猛禽，事實上應該也沒有人會在意，因為這狀況實在太常見。只不過，現在就算再不注意的人也看得出這景象有點巧妙詭異。

「您的帽子！注意您的帽子，船長大人！」那西西里水手突然大叫。他值班的地方在後桅桅頂，雖然位置比較低，兩者也相隔甚遠，但他就站在亞哈正後方。

但那黑鷹已經飛到亞哈眼前，長長的倒鉤鳥喙一伸向亞哈的頭部，就鉤走了牠的戰利品，隨即尖嘯一聲疾速飛離。

曾有一隻老鷹三度在塔克文[2]的頭部四周繞飛，把他的帽子叼走又放回去，因此他的妻子塔娜姬宣稱夫君將會成為羅馬的君王。不過，那是因為老鷹把帽子放回去才算是吉兆。亞哈的帽子就這樣沒了，那猛鷹叼著帽子不斷飛翔，距船頭越來越遠，最後消失無蹤，但在消失的那個地方又依稀出現一個黑點，從高處掉入海中。

2 羅馬王政時代第七任君主，全名為Lucius Tarquinius Superbus。

131 皮廓號遇上喜樂號

皮廓號在緊張的氛圍下持續航行，海上浪濤不絕，日子一天天過去，那充當救生桶的棺材仍輕輕搖晃著，這時他們發現了「喜樂號」，是取錯名字的另一艘悲慘捕鯨船。駛近時皮廓號上所有目光都聚集在船上那一具由幾根寬大梁柱構成的所謂「剪型起重機」上。某些捕鯨船的後甲板上的確會有這種裝備，高度達八、九呎，用來吊著那些備用的空艇或待修小艇。

只見這喜樂號的剪型起重機正吊著一些散開的白色肋材，還有幾片已經破掉的艇板，都是同一艘捕鯨小艇的殘骸。但如今這殘骸看來，簡直像是一具被晒到發白的馬屍骨架，皮肉都已不見，許多骨頭也錯位分離了。

「可曾見到那大白鯨？」

「你看！」兩頰凹陷的喜樂號船長站在船尾欄杆邊，用傳聲筒回話，並用手指著小艇殘骸。

「殺死牠了嗎？」

「能夠殺死牠的魚叉還沒降臨這世上。」那船長答道，悲傷的眼神瞥向甲板上那張已經捲起來的吊床，幾位水手不發一語，正忙著把已經收攏起來的吊床側邊縫好。[1]

「誰說還沒降臨！」伯斯打造的那把魚叉擺在叉架上，亞哈一把拿起來往外伸出，大聲說道，「看清楚了，南塔克特人，我手裡握的這把就能殺牠！魚叉上的倒鉤是先用鮮血，再用閃電回火的，我發誓要把它插進白鯨魚鰭後面那個熱血沸騰的地方，進行第三次回火，這樣才能讓大白鯨深刻感覺到自己受到詛咒，根本就不該來到這世上！」

「那麼，願上帝保佑你呀，老船長——請你看看——」他指著那吊床說，「五個昨天還活跳跳的壯漢，入夜前全都死了，我只能海葬其中一位。只有**那一個**是我葬的，其他人我還來不及安葬就已經葬身海底，你正行經他們的墓園。」接著他轉身對船上水手說：「你們準備好了嗎？那就把木板架在欄杆上，抬起屍體。那就這樣吧。噢！天哪！」他舉起雙手向那吊床走去，嘴裡念著禱詞：「願你獲得永生……」

「把帆桁往前轉！將舵輪往迎風處轉動！」亞哈以雷霆般的語氣對水手們大聲下令。

但突然開走的皮廓號行駛得不夠快，未能避開那屍體落海時的嘩啦聲響。事實上，因為不夠快，或許還有一些噴濺起來的泡沫四處飛散，像冤魂似地沾染上皮廓號的船殼。

如今亞哈快速駛離沮喪氣餒的喜樂號，但這也讓喜樂號一下子看出皮廓號船尾掛了一個奇怪的救生桶。

「哈！那邊！大家看那邊！」一個充滿預言意味的聲音從皮廓號的尾跡往前傳來，「噢，你們這些陌生人哪！雖然飛快逃離了我們的悲傷葬禮，但也沒有用！船身一轉過來，我們就看到船尾掛著你們的棺材！」

---

1 裡面裝的是水手的屍體。水手死後會用他的吊床包裹起來，裡面加上鐵鍊或其他重物，拋入海中。

132 交響樂

朗朗晴空看來是一片鐵青色。天與海都如此蒼茫，構成一片水光接天的蔚藍景象。只不過，那哀愁的天空看來透明、純淨、柔和，充滿女人味，大海卻雄壯威武而陽剛，一波波劇烈長浪滔滔不盡，看似參孫[1]睡覺時起起伏伏的胸膛。

高空中四處都有渾身純白的小鳥拍打著雪白雙翼疾飛而過，牠們就像女性的細膩心思。相較之下，在無底藍海深處來回疾游的，卻都是勇猛巨鯨、劍魚與鯊魚，牠們彷彿陽剛大海，往往堅毅卻混亂，動不動就興起殺念。

儘管內在有這樣強烈的對比，但從外面看來，這對比卻只是朦朧模糊。兩者似已合而為一，唯一的差異在性別，天空陰柔而大海陽剛。

天空的太陽，就像是沙皇與國王，似乎正對猛烈翻騰的海洋傳達著柔情蜜意，就像新娘對待新郎是如此溫柔。從赤道海面可以看得最清楚的是，海平線上有一陣柔和的騷動，彷彿是天海之間的交合：滿懷著樂意，新娘把自己託付給新郎，又期待又怕受傷害，嬌弱的她獻出了自己的酥胸。

亞哈的扭曲雙眼緊靠在一起，四周布滿粗糙糾結的皺紋。他看似憔悴卻堅毅而頑固，一雙熱眼像火紅煤炭，儘管已化為一堆殘餘灰燼，但仍在發光發亮。堅定不移的亞哈在清澈的晨光中站了出來，把他那碎裂頭盔似的額頭抬起來，與彷彿美女前額的天空相對。

噢，蔚藍蒼穹永遠是如此蒙昧天真！我們四周有許多看不見的天使在嬉戲！天空彷彿甜美的童年！你們居然忘記了老亞哈的災禍近在眼前！但我看見了小米莉安與小瑪莎[2]，在老父親身邊渾然忘我地嬉戲。她們逗弄著一圈圈微焦頭髮，是從父親腦袋上那已經被燒毀的坑洞的邊緣長出來的。

亞哈離開艙門，慢慢越過甲板，靠在船側凝視著海，只見他越是拚命想要看透那深淵，他的陰暗倒影就會在水裡不斷往下沉。但海上的迷人空氣裡自有甜美的香氣，暫時驅散了他靈魂傷口的腐臭氣味。空氣如此愉悅歡快，天空楚楚動人，它們終於還是來撫觸安慰他了。這世界彷彿晚娘一般，長久以來都十分殘酷、令人生畏，如今卻伸出柔情雙臂摟住他固執的脖子，似乎還對他流著喜悅的淚水，彷彿他儘管是個任性的罪人，但這晚娘的心中終究還有個地方能夠拯救、保佑他。亞哈頭上那斜戴的帽子下流出一滴淚珠，落入海中。儘管太平洋浩瀚無邊，蘊藏著無數寶藏，但加起來也沒有這小小淚滴珍貴。

星巴克看見老船長靠在船側的沉痛模樣。此時萬籟俱寂，但他似乎真能聽見亞哈的內心深處在痛哭流涕，止不住淚水。他小心翼翼不碰亞哈，不被注意，不過還是走過去站在亞哈身旁。

亞哈轉身。

「星巴克！」

「船長大人。」

「噢，星巴克！海風習習，天空看來如此溫和。想當年，我也是在這樣甜蜜無比的日子裡頭一次刺中鯨魚——當時我年紀還小，是個十八歲的魚叉手！那已經是四十年——四十年前啦！四十年！我已經連續捕鯨四十年了！四十年的清苦討海生活，災禍無數，遇到過的暴風也不計其數！四十年來我都在這無情的海上！亞哈拋棄那片祥和大地已經四十年了，四十年來都在與恐怖的深海世界搏鬥！

1《舊約聖經》中的猶太力士。

2 Miriam and Martha，不知指誰的小孩。曾有人指出她們可能是伊什梅爾的小孩，他自己就是那位老父親。

對，沒錯！星巴克，這四十年來我在岸上只待過三次。每當我想到自己這樣的人生——想到我有多孤絕寂寥，想到船長的身分彷彿一座阻絕他人的石牆古城，外面雖是一片青蔥綠野，但我絕少讓人入城來了解我，喔，我總覺得厭世，心頭沉重！我就像是在幾內亞海岸獨自指揮一批奴隸的奴隸頭子！過去每次想到這些，我總是半信半疑，不像現在那麼清楚意識到——這四十年來我都只能吃一些鹽漬食物，跟我的精神糧食一樣乾癟無趣——在陸地上就算最窮的人每天也能吃到新鮮水果，連這世上最新鮮的麵包也吃不完，而他們吃剩不要的，就是我吃的這種發霉麵包皮——滾吧，五大洋都給我滾吧！遠離我在五十幾歲才娶的那位嫩妻。想當年我在新婚隔日就揚帆遠走合恩角，留她獨守新房——妻子？與其說妻子，不如說是個活寡婦！沒錯，娶了那可憐女孩後，我就讓她變成寡婦了，星巴克。我老亞哈是個瘋狂、暴怒、熱血沸騰、面目猙獰的捕鯨人，曾下水獵鯨上千次，飛沫駭浪是多麼激烈！我是惡魔，不是人！——對，對！當了四十年的痴人——痴傻——老笨蛋，這就是我亞哈！何必這樣苦苦追獵？為何要划槳，為何要擲叉射槍到手累手麻？我亞哈有變得更有錢、生活變得更好嗎？你看，星巴克！像我這樣身上背負了千斤重擔，我這條可憐的腿難道不會很快又斷掉？唉！讓我把遮住眼睛的灰髮撥開，我好像哭了。這麼灰白的頭髮不是自己長出來，而是灰燼變成的！但星巴克，我看來很老，很老很老嗎？我彷彿亞當，在被逐出天堂後活了數不清的世紀，變得昏聵駝背、走路蹣跚。上帝！上帝！上帝呀！讓我心碎，腦袋爆裂！諷刺啊！諷刺！長了這一頭灰髮還真是悽苦諷刺，因為我還沒享受足夠的歡愉就頭髮花白，外表與內心都老到令我無法忍受！星巴克過來，站過來！讓我看看人類的眼睛，這比凝望大海或天空還好，也強過凝望上帝。你的眼睛是一面魔鏡啊，兄弟！我看見綠地，看見火光明亮的石爐，我看見我的妻兒在你眼裡！不！不！待在船上吧！在船上就好！我才該下水，讓我這身上有痕跡的亞哈去追獵莫比敵！[3]該冒險犯難的人是我。不！不！可別危害到我在這眼睛裡看到的，千里之外的故鄉家園哪！」

「噢，船長，我的船長！您畢竟有高貴的靈魂，您大人有大量！任誰都不該追殺自己痛恨的魚啊！跟我走吧！讓我們趕快離開這些致命的海域！回家吧！我星巴克也有妻兒——年輕如我，想把妻兒當成自己的弟妹與玩伴。而船長大人您年紀大了，自然可以像個老爸爸一樣疼惜愛慕自己的嫩妻幼兒。走吧！我們走吧！——這一刻就允許我改變航向！噢，我的船長，如果我們能平平順順地駛回南塔克特島老家，那該有多快活歡樂！船長大人，我想老家的天氣有時應該也是如此溫和蔚藍，甚至像這裡一樣。」

「有，有啊！我自己就見識過——某些夏日的晨間就是如此。大約就在這時候——是啊，這時候他該在睡午覺吧——我那孩子應該已經生氣蓬勃地醒來，坐在床上，母親正在跟他說我的事，我這像野人一般的老人。她說，儘管我人在國外的深海海面上，但還是會回去與他再次共舞。」

「我的瑪莉，我的瑪莉也是這樣啊！她答應我那兒子，每天早上她都背他到山丘上去，搶先目睹父親的帆船回島！是啊，是啊！別再追啦！這航程算是結束了！我們這就回南塔克特！走吧，我的船長，我們去研究航線，走吧！你看！你看！我依稀可以透過窗戶看見我兒子的臉！還有他在山丘上等我的臉龐！」

但亞哈的眼神突然轉向，身體像乾枯的蘋果樹一樣抖動，最後一顆蘋果終究因為枯槁而掉落地面。

「這事怎會如此莫名其妙、不可思議又可怕無比！到底是什麼騙人的君主、主人，或殘酷無情的帝王躲在後面操弄我？所以我才會棄絕一切天生的愛好與渴求，不斷逼迫、催促、勉強我自己，讓我不顧一切泯滅本心，去做一些我本來不敢做的事？是亞哈，亞哈嗎？讓這手臂舉起來的，是我，是上帝，還是誰？但如果偉大的太陽並非自己移動，而只是天堂的一個跑腿小子，還有星辰也非自轉，而

3 關於亞哈身上的痕跡，請參閱二十八章。

是被某種看不見的力量推動，那人類這顆小小的心臟怎會自己跳動，小小的腦袋怎會自己思考？難道心跳、思考與過活的都是上帝，而不是我？天哪！兄弟，在這世上我們只是被轉來轉去而已，就像那邊的絞盤，而命運之神才是絞盤棒。喔！看這天空一直微微笑，大海深不可測！看那邊的長鰭鮪魚！是誰驅使牠去追咬飛魚？那凶手沒地方可站了，該去哪呢？如果法官自己被拖上了被告席，那該死的是誰呢？但這海風習習，晴空朗朗，空氣聞起來好像是從千里之外的安地斯山草原吹過來的。人們就是用那些牧草在山坡下製造乾草堆。星巴克，割草的人正睡在剛剛割製好的牧草堆裡嗎？睡覺嗎？沒錯，無論我們畢生如何劬勞工作，最後都會睡在草原上。睡覺？沒錯，那就在綠草堆中荒廢腐朽吧，像去年那些被鐮刀割倒的草，如今還棄置在割到一半的草原上──星巴克！」

不過，這大副此時已算是澈底絕望，帶著有如死屍的慘白面色，早已悄悄退開。

亞哈越過甲板，去另一邊船側凝望大海，卻被映射在海面上的堅定目光給嚇了一跳。原來是費拉跟他一樣站著不動靠在欄杆上。

133 追獵：第一天

老船長亞哈每隔一段時間就會離開他倚靠的船艙舷窗，走到他用來插義肢的小洞旁，而那天晚上到了大夜班時，他跟往常一樣走了過去，但突然用力把頭探出去，像船上味覺敏銳的狗靠近蠻荒小島時一樣，卯起來嗅聞著海上的空氣。他宣稱有一條鯨魚肯定在附近不遠處。很快地，所有值班人員都感覺到了：那是活抹香鯨的特有氣味，大老遠就能聞出來。在他查看羅盤與風向旗，儘可能確認氣味的準確來向時，水手都不感到意外，亞哈即刻下令稍稍改變航向，並將船帆收短，降低航速。

到了破曉之際，亞哈已充分證明他的命令是睿智之舉，因為正前方出現一片長長的縱向光亮海面，看來油亮光滑，四周還有看似皺褶的水紋，看起來就像湍急深流河口的急浪，有一種平滑亮白的金屬感。

「桅頂人員就位！召集所有人！」

大狗掄起三根絞盤棒，用比較粗的那一頭卯勁敲打艏樓甲板，艏樓裡睡覺的人好像都被上天砸下來的轟雷驚醒似的，一股腦兒衝出來，匆忙之間來不及著裝，衣服都拿在手上。

「你們看到了什麼？」亞哈仰天大聲問道。

「報告，什麼都沒有！」上面的人大聲往甲板上傳話。

「把上桅船帆跟翼帆都扯起來！下面的，上面的，還有兩邊的！」

所有船帆都準備就緒後，他把那條留給他專用的救生索鬆開，才拉幾下就把他甩到頂桅的頂端，但是才到三分之二的高度，就已經透過主桅的第二層船帆與上桅船帆之間的垂直縫隙看到眼前景象，像海鷗般在空中大叫，「牠在那裡噴水了！——在那噴水啦！牠的鯨背就像雪丘一樣！是莫比敵！」

一聽見三位瞭望員似乎同時發出的呼喊聲，甲板上的水手紛紛衝到帆索上去遠望他們追獵已久的知名白鯨。持續攀爬的亞哈已經停下來，待的地方比其他瞭望員還高，而印地安魚叉手塔許特哥站得稍低一點，在上桅的頂端，他的頭幾乎與船長的腳跟同高。此時從這高度他們可以看到前方約莫一哩處，莫比敵的鯨背隨著波濤起伏閃爍著光芒，且規律地默默將水柱噴往空中。在那些比較不精明的水手看來，這沉默水柱與他們很久之前在大西洋、印度洋月光下看到的一樣。

「剛剛都沒有人看到嗎？」亞哈對著身邊幾位瞭望員大叫詢問。

「報告亞哈船長，我幾乎跟您同時看到，接著我就趕快喊聲了。」塔許特哥說。

「不是同一時刻，不是——那達布倫金幣是我的了，是命運之神送給我的。就只給**我**一個人，你們都沒辦法先看到那白鯨。牠又噴水了！牠又噴水了！牠又噴水了！又噴了！又噴了！」他持續拖長著聲音大叫，聲調緩慢且自有一種節奏，配合著白鯨那噴發時間顯然漸漸變長的水柱。「牠要潛水了！把所有翼帆都張開，放下上桅帆！準備好三艘小艇。星巴克先生留守船上，負責指揮。注意船舵！調整一個方位點，往風靠過去！穩住，大夥兒穩住啊！尾鰭下去了！噢，糟了，糟了！只剩下一片黑水！小艇準備好了嗎？趕快，趕快準備好！星巴克先生，放我下去！下去，下去！——快點，快點！」接著他一溜煙就從桅杆滑到甲板上。

「報告船長，牠正直接往背風處衝啊！」史塔布大叫，「牠離開我們了，不可能已經看到我們。」

「你這傢伙住嘴！站在船帆支索旁邊待命！下風滿舵！——把帆桁往前推！讓船帆抖動！讓船帆抖動！」「好了！可以放下小艇啦！快點！」

很快地所有小艇都下水了，只有星巴克那艘除外。他們扯起了艇帆，卯勁划槳，海面上掀起無數漣漪，迅速衝往背風面。亞哈的小艇帶頭，艇上費韃拉的深陷眼窩裡發出慘白死光，他做出一個醜惡的咬唇動作。

小艇的輕盈艇頭像無聲無息的鸚鵡螺快速衝過海面，但還是慢慢地接近敵手。接近時，海面變得更為平滑，好像浪濤都被一條毯子蓋了起來，好像正午的草原，只見一片靜謐的廣袤無垠。最後，屏息的獵人終於逼近那看來還沒起疑心的獵物，光芒閃爍的鯨背在獵人面前明顯可見，從海面滑過的鯨背好似並非鯨魚的一部分，而是另一個東西，持續在海面掀起圈形泡沫與漣漪，看來如此美麗、翠綠，像羊毛一樣柔順。亞哈看見遠方那白鯨的巨大頭顱微微往下潛，激起雜亂的巨大漣漪。更前面是一片像鋪了土耳其地毯的平滑海域，只見鯨魚的乳白色寬大額頭閃耀著白光，一片彷彿發出樂音的漣漪正跟鯨影相隨嬉戲著，而隨著巨鯨持續移動，後方的藍色海水則是不斷交替地流過來，被捲進牠留下的海面尾跡裡。牠的兩側也有無數閃亮泡泡冒出來輕舞著，卻又被一陣陣輕輕掠飛過海面、數以百計的灰鳥以輕盈的腳趾刺破。接下來，有一艘鮮豔大船帶著旗杆浮現海面上，喔，原來是白鯨鯨背，上面插著不久前才被射中但已經裂開的長長槍桿。每隔一段時間都會有一群雲朵般的軟趾海鳥飛下來，像華蓋般在鯨魚上方前後飛掠盤旋著，靜默地在槍桿上棲息搖晃著，長長的尾巴像三角旗幟般飄揚著。

這優游海面的白鯨身上真有一種和順歡樂，巨大快速卻又不失溫和嫻靜的氣質。崇高白鯨的游姿看來神聖無比，更勝於那隻由天帝朱比特幻化而成，從海上游往克里特島的雪白公牛——牠讓浪女歐蘿芭[2]攀附在優雅牛角上，不斷對著她斜拋媚眼，以令人著迷的速度疾游渡海，掀起漣漪無數，直奔克里特島樹蔭下的洞房。就算天帝是如此雄偉莊嚴崇高，也比不上白鯨！

---

1 船帆因為風量減少而抖動。

2 Europa，被朱比特幻化而成的公牛誘惑的公主。

白鯨的左右兩側海面看來如此柔順，浪濤一被牠的身軀分開就往兩側遠遠流過去，而兩側光亮水波散發著鯨魚的迷人氣息。難怪有些捕鯨人會莫名其妙地因這靜謐氛圍而出神上當，對牠發動攻擊，卻在生死存亡之際發現這只是披在暴風身上的平靜外衣。但白鯨，你就這樣平靜滑動著。無論過去你用這種方式誆騙過、毀滅過多少人，任誰第一眼看到你仍會覺得那平靜氣質如此迷人！

這片熱帶海洋就像陷入痴迷、忘記鼓掌似地那樣平靜，於是莫比敵持續在沒有波濤的海面前進，半潛於水中，因此任誰也無法完整見識牠那龐大身軀有多可怕，牠那巨力萬鈞的可怕下顎也緊閉著並完全隱藏起來。但牠隨即從水中把前半段身軀緩緩掀起來，片刻間牠那彷彿大理石的身體彎曲成一道高聳的拱門，宛如維吉尼亞州的巨岩「天然橋」[3]，在半空中好像警告似地搧了搧旗幟狀鯨尾，如同天神似地現身後又潛入海裡，就又失去了蹤影，只留下一片被牠驚動過的水面，上方有一群白色海鳥從空中飛下來盤旋逗留，捨不得離去。

三艘小艇都把長槳高舉，短槳[4]放下，任由艇帆飄蕩著，暫時漂浮於水上，等待莫比敵再度現身。

「一個小時。」亞哈說。他穩穩地站在艇尾，從白鯨潛入海裡的地方往更遠處眺望，盯著背風處的一大片蔚藍，還有空無一物的誘人寬闊海面。但他只看了一下，他的視線在海面上掃了一圈後，眼神變得若有所思。此刻海風再度吹了起來，海面開始出現波濤。

「鳥群！——看那鳥群！」塔許特哥大叫。

此時那些白鳥排成一列縱隊，彷彿蒼鷺的飛行隊形，朝著亞哈的小艇飛過去，但在僅僅幾碼之遙的地方開始在水面上拍翅逗留，持續盤旋，發出有所期待的歡樂鳴叫聲。牠們的目光比人類更加銳利，此時亞哈還看不出海面上有何動靜。但就在他往越來越深的海底看去之際，突然發現一個差不多只有白色黃鼠狼大小的白色身影，從那深不見底的海底深淵裡以驚人的速度往上升，身影越來越大，等到牠轉身就明顯露出兩排亮晃晃的彎曲白牙。那是張嘴展顎的莫比敵，牠那龐大身軀仍然模糊不清，有一半倒像是與海水的蔚藍攪和在一起。閃亮的鯨嘴在亞哈的小艇下方張開，活像一扇已經打開、隨時能把小艇吞噬的大理石墳墓大門。亞哈用舵槳在艇側用力一划，小艇轉向避開那巨靈般的大白鯨。接著亞哈叫費韃拉跟他交換位置，他到艇頭後，一把拿起鐵匠伯斯幫他鑄造的魚叉，並吩咐所有小艇成員都拿好長槳，準備好隨時要往船尾的方向划過去。

由於及時在海面上畫了個半圓，此時這艘小艇按照亞哈打的主意，已經改以艇頭面對著海裡的巨鯨。但莫比敵就像天生奸惡似的，識破了亞哈的計策，立刻把身子往旁邊一偏，遍布皺褶的鯨頭由下往上筆直衝向亞哈的小艇。

小艇的每一片木板、每一根肋材全都在片刻間震顫了起來，莫比敵像是一隻正在撕咬獵物的鯊魚，斜斜地仰躺在水中，雖然動作緩慢但打定主意要把整個艇尾咬住，所以牠那又長、又窄、又彎的下顎衝出水面，把艇頭捲住，一顆鯨牙咬著槳架。藍色與珍珠白相間的下顎內側只差六吋就要咬住亞哈的頭了，但牠的下顎持續往高處移動。白鯨就這樣把輕薄杉木板打造而成的小艇叼起來甩動，就像一隻略帶狠勁的小貓甩著嘴裡的老鼠。費韃拉的眼神看來老神在在，交叉雙臂擺在胸前，但其他那些膚色虎黃的小艇成員卻手忙腳亂，彼此踩踏著要往艇尾末端爬過去。

此時小艇的左右舷早已不堪一咬，眼看著都要支離破碎了，但白鯨不急著摧毀這注定全毀的小艇，仍然邪惡地玩弄著它。而且因為牠的身體仍在海面下，再加上整個艇頭幾乎都已被牠含在嘴裡，任誰都沒辦法從艇頭投出魚叉、魚槍對付牠。至於另兩艘小艇則像是遭遇猝不及防的險境，不得不暫停動作，倒是偏執狂熱的亞哈暴怒不已，仇敵明明近在咫尺，自己也還活著，卻無助地困在他痛恨無

3 Natural Bridge，位於該州岩橋郡（Rockbridge County）。

4 paddle，槳柄短而槳葉寬的艇槳。相較之下 oar 則是柄長葉窄。

比的鯨嘴裡。盛怒之下，他卯足全力徒手抓住長長的鯨顎，像是要把顎骨拽下來。但這當然是徒勞無功，鯨顎脫手滑開，脆弱的艇側木板應聲塌陷碎裂，一張鯨嘴彷彿巨剪，繼續把整艘小艇咬斷成兩半，然後又在漂蕩海面上的兩團殘骸之間闔了起來。殘骸往旁邊漂散，破片沉入海裡，斷裂船尾的幾位小艇成員扳在艇舷木板上，死命抓著長槳卯起來划，希望能藉此在海面上移動兼保命。

在小艇還沒遭白鯨咬破的那一刻，亞哈已經率先知悉牠的意圖，因為牠靈動地把頭往上抬，暫時把嘴給鬆開了，而就趁著這短暫的空檔，亞哈最後一次試著把小艇推出鯨嘴。但小艇還是繼續往鯨嘴裡滑動，而且一邊滑動又一邊傾斜顛簸，導致亞哈的手無法繼續扳住鯨顎。在他想要用力推船之際，他就掉了出來，像倒栽蔥一樣頭臉朝海面掉落。

莫比敵離開獵物，掀起無數漣漪，此時逗留在不遠處，一顆白色的方頭矗立在浪濤中，載浮載沉。在此同時，牠那紡錘狀的軀體緩緩轉圈，所以牠那布滿皺褶的額頭冒出海面上方二十幾呎高空之際，掀起了一波波往牠匯集的浪濤，不斷往牠的額頭打過去，令人頭暈目眩。那些浪濤像報復似地往空中更高處潑灑水花。[5]牠的鯨頭彷彿愛迪斯敦礁岩[6]，遭狂風中嚴重阻塞著英吉利海峽的巨浪打在底部，浪花化成水霧，又得意洋洋地潑灑在頂端。

但莫比敵很快就恢復水平的姿態，在落水的小艇成員四周快速繞游，報仇似的用鯨尾左右攪動著海水，好像即將再度發動一波更為致命的攻擊。眼前小艇殘破碎裂的景象似乎讓牠發了狂，彷彿《聖經．馬卡比書》裡的戰象，因為看到安提約古五世拿出來血色葡萄、桑葚汁而激動好戰。在此同時，白鯨用鯨尾傲慢地掀起一陣陣藍浪白沫，幾乎讓亞哈無法呼吸，而且他因肢殘而無法游泳，所幸在那漩渦似的混亂海面上，他還是可以持續漂浮著。亞哈無計可施，一顆頭像是隨波浪顛簸的氣泡，只要稍有震動就可能會破掉。待在殘破艇尾的費韃拉用事不關己的平淡眼神看著亞哈，至於攀附在另一半小艇殘骸上的水手更是自身難保，也救不了他。因為在四周快速繞游的白鯨身形看來令人忌憚不已，而且範圍逐漸縮小，看來牠好像已把他們籠罩起來。儘管其餘兩艘小艇全未受損，仍在附近盤旋著，但還是不敢衝入那漩渦似的圈圈裡發動攻擊，深恐命在旦夕的落水船員，包括亞哈在內都會因此立刻喪命，就連兩艘小艇也無望脫逃。他們只能乾瞪著眼著急，待在那可怕圈圈的外圍，而此刻只有頭冒出水面的亞哈老船長正好就身處圓圈中心。

同時，這一幕也都讓皮廓號桅頂的人看在眼裡，水手們把船帆打直，急著趕往現場，此時已經非常接近，因此亞哈在海面上發號施令：「開船撞……」但話還沒說完，莫比敵又掀起一陣波浪，暫時淹沒了他。不過他又掙扎浮出海面，恰巧被帶往浪頭上，於是又高喊：「開船撞那鯨魚！把牠趕走！」

他們用皮廓號的船頭瞄準牠，打破那好像遭到詛咒的圈圈，這才把白鯨與亞哈給隔開。白鯨悻悻然游走，兩艘小艇才得以快速前往救人。

他們將亞哈拖上史塔布的小艇時，他已兩眼充血，暫時看不見，臉上皺紋布滿了白色浪沫。儘管他身強體健，但長時間堅持下來還是累壞了，無助地任由身體癱倒。一時之間他只能委頓地躺在史塔布的小艇艇底，簡直像是慘遭象群踐踏過。他發出難以名狀的哀號聲，好像從內地深谷裡傳出來的絕望之聲。

但或許是因為身體徹底虛脫，反而縮短了他變弱的時間。某些擁有強大精神力量的人偶爾能把劇痛的時間濃縮成一時半刻，但這痛感已經相當於弱者畢生所承受的小小疼痛。所以這些強者每次承受劇痛的時間雖短，但若是由於天意使然，他們一輩子還是會累積很長一段時間的苦難，儘管都是由短

5〔原注〕這種抹香鯨特有的動作叫做「擲鏢」，與我先前提及的捕鯨技法一樣，因為很像捕鯨人準備投出魚叉前，魚叉上下擺動的模樣。藉由這動作，抹香鯨可以把周遭的一切物件與動靜都看得一清二楚，不會有遺漏。

6 Eddystone Rocks，位於英國西南方的海面上。

暫劇痛加總起來的。理由在於，這些高貴的強者就算一時間方寸大亂，還是完全可以控制那些資質較差的弱者。

「魚叉還能用嗎？」亞哈問道，此時他用一隻彎曲的手臂緩緩地把身體撐起一半。

史塔布拿出魚叉說：「報告船長，在這裡。還沒用到。」

「把魚叉擺在我面前。有誰不見了嗎？」

「一、二、三、四、五，報告船長，總共有五支長槳，而我小艇上的五個人都在。」

「很好。——兄弟，扶我起來，我想站著。哈哈，我看見牠了！在那！在那！牠仍是往背風面游過去。那水柱可噴得真高哇！放開我！我亞哈骨血裡的永恆精氣又飽滿了！揚帆出擊！趕快划槳使舵！」

若遇到小艇被撞爛的情況，獲救的小艇成員往往必須幫救援小艇的成員幹活，如此一來，追獵就得以在「兩人共用一槳」的狀況下持續進行。史塔布的小艇現在就是如此。但就算小艇的力量倍增，還是比不上白鯨的無窮氣力，因為此時牠身上的所有魚鰭似乎都在用三倍力量划動著。從牠的泳速看來，任誰都明白若按這樣的情況繼續追獵下去，就算不能說絕對徒勞無功，時間也會無限拉長，而且沒有任何水手可以受得了像這樣長時間、不間斷地用力划槳。就算短時間卯起來用力，他們的體能也只是勉強能夠負荷而已。所以，如同現在的情況，有時候追獵行動若能由捕鯨船來接手，倒還比較有希望。所以小艇又都回到母船，很快地在搖搖晃晃之間就被各自的吊車吊上去了，至於那兩截斷艇則是先一步綁縛在船側。接著，把所有東西都吊上船側後，高高升起船帆，用一張張輔助帆把主帆往兩側扯開，彷彿信天翁把兩節翅膀完全伸展開來，皮廓號就此跟著莫比敵的尾跡往背風面繼續追下去。眾所皆知的是，因為鯨魚每隔一段固定時間就得浮上來噴水，所以桅頂人員看到規律的亮晶晶水柱出現後總會傳話到甲板上，亞哈就會把時間記錄下來，然後在甲板上來回踱步，手裡拿著羅盤錶，每當那固定時段到了最後一秒，大家就會聽到他說：「現在這金幣是誰的啊？有人看到牠了嗎？」如果桅頂人員的回答是：「報告船長，沒人看到！」他就會立刻下令將他吊往固定的瞭望位置。每一天都是如此不斷循環輪替，亞哈一會兒待在高處毫無動靜，一會兒又在甲板上來回不停踱步。

他就這樣踱步，不發一語，只是有時會對高處的人員喊話，或吩咐他們把某一面船帆升得更高一點，也可能是要他們把船帆扯開——就這樣戴著壓低的帽子走來走去，轉個彎就會經過那擺在後甲板區，破爛艇頭與粉碎艇尾相抵的兩截小艇殘骸。最後他索性停在殘骸前，就像早已烏雲密布的天空有時仍會有新的一群雲朵飛過，此刻老船長那本來已經悶悶不樂的臉龐又悄悄浮現出更多的陰鬱之色。

史塔布眼見亞哈停下腳步，並非刻意愛現，也許只是想向老船長展現自己有多剛毅不撓，在他心中留下英勇的印象，於是走上前看著殘骸，大聲說：「這東西已經破破爛爛，就像薊花似的，我看連驢子也不想吃啊！因為會戳到牠嘴痛！您說是吧，哈哈！」

「究竟有多麼沒心沒肝，才會嘲笑破船殘艇？你這傢伙！要不是我知道你跟無畏烈火一樣勇敢，而且也呆板無情，否則我真要咒罵你是個懦夫！在殘骸前可別悲嘆，也不該大笑。」

「沒錯，船長大人，」星巴克大副靠過來說，「這景象令人心驚。是個預兆，而且是惡兆。」

「預兆？預兆？我的辭典裡沒這兩個字！如果眾神有話對人類說，肯定會光明正大，有話直說，不會只是搖搖頭，像個婆娘似的給一些誰都不懂的暗示。滾吧！你們這兩個傢伙簡直是一體兩面，星巴克的反面是史塔布，史塔布的反面是星巴克。你們倆都是凡夫俗子，而我亞哈則是地球上芸芸眾生中獨一無二的，不與眾神也不與人類為伍。冷啊，冷啊，我抖了起來！現在怎樣啦，上面的！你們看見牠了嗎？看到水柱就要大叫，就算牠一秒鐘噴十次，你們也要叫十次！」

白晝將盡，只殘留著一點金黃餘暉。過不久天色就幾乎全黑了，但那幾個瞭望員仍留在崗位上。

「報告船長，現在看不到水柱啦！天色太暗！」高空中有人傳話下來。

「最後一次看到牠時，牠往哪個方向去了？」

「報告船長，跟往常一樣——一直往背風面游去。」

「很好！既然已經天黑，牠也會放慢游速。星巴克先生，請把上桅帆與上桅帆的輔助風帆都降下來。一定要到天亮後我們才能趕上牠。牠正在緩緩移動，也許會在海裡漂流一會兒。轉動舵輪！揚帆順風！上面的弟兄可以下來了！史塔布先生，派一個新手到前桅桅頂，值班到早上！」接著他朝主桅的達布倫金幣走過去，繼續說：「弟兄們，這枚金幣是我的，因為是我發現牠的！但我會讓金幣一直釘在這裡，直到白鯨死掉為止。然後，等到牠被殺的那一天，你們誰先看到牠，就是金幣的主人。如果那一天又是我發現牠，那麼我會再拿出十枚金幣讓大家平分！我走了，甲板現在歸你管啦，星巴克先生！」

語畢他走進船艙，在舷窗前站著，壓低著帽子，一直站到黎明來臨，只是每隔一段時間都會稍微振奮一下精神，看看還有多久才會天亮。

134 追獵：第二天

黎明時，三個桅頂都準時換了班。

岦哈等待片刻，等天光稍明就大聲朝桅頂問道：「你們看到牠了嗎？」

「船長大人，什麼都沒看到。」

「把所有人都叫上甲板來，把船帆打開！牠游得比我想像的還快——把上桅帆都打開！——是啊，那些船帆本來應該是整夜都要打開的。不過這也沒關係，休息是為了展開下一趟追獵。」

該在此稍做說明的是，像皮廓號這樣日以繼夜地死命追獵某隻鯨魚，在南海捕鯨業中絕非史無前例。因為某些來自南塔克特島的船長除了技術高超、靠經驗累積出先見之明，而且更憑藉著天生才智而培養出不會被擊倒的自信，所以在某些特定情況下，只要發現了某隻鯨魚，對牠稍稍觀察一下，就算魚不見了，船長還是能精確預測出鯨魚在某段時間裡的前進方向，也大概知道牠在同一時段的可能游速。就這些狀況而言，他們有點像是那些對於海岸線瞭然於胸的領航員，因為很快就要回到岸區的某個更遠定點，於是在即將看不見海岸之際總是會站在羅盤旁，趁目前還可看到某個海角，就把它的方位記錄下來，藉此推斷出待會要抵達的那個更遙遠而且現在看不到的陸岬。追捕鯨魚的漁人同樣也能用羅盤推算出鯨魚的游蹤：在一陣追獵過後，捕鯨人把方位原原本本記下，等到數小時過後天光逝去，夜色中鯨魚身影模糊，但心思敏捷的高明捕鯨人仍能在黑暗中推斷出鯨魚接下來的動向，這幾乎就像是領航員能夠推算出海岸在什麼方位一樣。所以，對於身懷絕技的捕鯨人來講，儘管鯨魚的游蹤在水裡只是曇花一現，但就追獵鯨魚這個目的而言，卻是幾乎跟穩固不動的陸地一樣可靠。就像威猛巨獸般的現代火車也是一樣，由於列車車速眾所皆知，所以只要一錶在手，任誰都可以像醫生幫嬰兒量脈搏那樣預測火車行蹤，輕鬆地說出北上或南下的某班列車會在某某時刻抵達某某地點。南塔克特捕鯨人幾乎也是這樣，有時只要看得出鯨魚的游速有多快，就能夠算準深海巨鯨的蹤跡，有辦法說出牠在幾小時內可以游抵兩百哩外某個經緯度的海域。但若要這種預測精準無誤，就必須仰賴海風與海象的配合。理由在於，若是遇上風平浪靜或者風勢不適合航行時，有哪個水手可以精確地算出他剛好離港九十三又四分之一里格[1]？從上述說法看來，我們不難推斷出一件事：追獵鯨魚這件事總是會受到很多微妙的因素間接影響。

皮廓號持續前行，在大海上留下犁溝般的痕跡，就像一顆誤射的砲彈在平坦原野的地面翻起，留下一道彈痕。

「我的媽呀！」史塔布大聲說，「在甲板上感覺到這艘船的速度好快，快到讓人兩腳打哆嗦，頭皮直發麻！皮廓號跟我真是一對勇士啊！——哈哈！哪個人來把我抬起來，讓我挺直脊柱，身體貼著海面遨遊大海——我跟橡樹一樣硬朗！我的脊骨就像龍骨。哈哈！這種前進的姿勢不會留下任何塵土！」

桅頂一陣喊叫聲傳下甲板：「噴水啦！——噴水啦！——牠又噴水啦！就在前面！」

「沒錯！沒錯！」史塔布大聲說，「我就知道你逃不掉——噢，大白鯨啊，儘管噴水吧，噴到噴水孔裂開都沒關係！瘋狂的惡魔正在親自追獵你！就當你在吹喇叭——吹爆你的肺吧！——等亞哈殺了你，他會把如注的鯨血堵起來，就像磨坊主人把小溪上的水門關閉！」

幾乎所有水手要說的話都被史塔布說了。這趟瘋狂的追獵到了此時已經把他們攪得熱血沸騰，彷彿陳年紅酒要重新發酵製成新酒，激起無數血紅泡泡[2]。就算某些水手先前還感到一點隱約的恐懼與不祥預兆，如今那些心緒也因為他們越來越敬畏亞哈而煙消雲散，彷彿大草原上的膽怯野兔群看見一隻橫衝直撞的野牛而四散逃命。命運之神的手已經把他們的靈魂都收走。歷經了前一天的混亂凶險，還有前一晚的懸疑與折磨，再加上他們的獵物，那隻白鯨在前方疾游狂泳，皮廓號則是發瘋似地在後面窮追不捨，無畏、盲目且不顧一切——總之這一切已經讓他們是吃了秤砣鐵了心，豁出去了。海風陣陣吹來，把船帆吹得全都鼓了起來，像是一雙無可抵抗的隱形雙臂，推著皮廓號往前疾駛。看來冥冥中似乎有一股看不見的力量驅使著他們不由自主地踏上追獵之旅。

船上的三十人彷彿與一人無異。理由在於，這就像皮廓號一樣，儘管整艘船的材料五花八門，有橡木、楓木、松木，有鐵、瀝青、麻絮，但這一切會結合成一個完整的船殼，行駛時由中間一根長長的龍骨來平衡與引導。同樣地，所有船員無論勇敢、恐懼，或感到罪疚，或真的有罪，所有一切也都會結合為一，在他們的共主——也就是龍骨般的亞哈——的引領下，試圖完成那宿命的目標。

帆索上爬滿了水手。桅頂看似高大棕櫚樹的樹梢也布滿了人手。有些人用一隻手緊抓著圓木，伸出另一隻手，急著要盪到別的地方，至於其他人則是用手遮眼，擋住閃耀陽光，坐在搖搖晃晃的帆桁上。所有圓木上的人全都準備好要迎接自己的命運了。啊！他們居然還在這片無垠的湛藍之中追尋那可能毀滅他們的巨鯨啊！

「不是已經看到牠了嗎？怎麼不繼續出聲喊叫呢？」一陣叫聲出現後，隔了幾分鐘沒聽到有人繼續喊叫，於是亞哈大聲問道，「把我吊上去。你們都上當了，莫比敵可不會這樣單單噴了一次水柱就消失無蹤！」

的確如他所言，因為大夥兒只顧著埋頭緊追，把別的東西誤當成莫比敵噴出的水柱，這是後來的

1 約五一八・〇九七〇〇公里。
2 重新發酵的過程要加入醋與酵素。

事態發展足以印證的。亞哈幾乎都還沒抵達他的瞭望位置，繩索也幾乎都還沒固定在甲板的栓子上，他就已經為管弦樂團似的水手們定下了主調，彷彿宣布勝券在握的呼喊聲此起彼落，就像連發槍響，好像空氣也隨之震動。船上三十個人的叫聲聽來肺活量十足，好像都有鹿皮做成的肺——只見莫比敵的巨大身軀已經突然衝出水面，地點比他們剛剛誤認的那一道水柱還近，在前方不到一哩處！牠在附近現身的方式並非平靜但傲慢地一次次噴出水柱，也不是讓人看到牠頭頂那神祕又靜謐的噴泉湧流而出，而是選擇遠比前兩者更壯觀的躍出海面。這白色抹香鯨從最海底最深處以最快速度衝出，巨大軀體轟一聲躍入天際，把一片高如山岳且令人目眩的泡沫往上帶，讓人在七哩多之外就能看見牠。片刻間牠所掀翻的怒濤看來就像牠的長鬃。有時候牠就是會用這種方式來挑釁。

當白鯨以魚躍龍門似的姿勢展現自己的無限英勇之際，皮廓號上傳出這樣的喊叫聲：「牠跳出來了！在那裡！」牠突然在一片平原似的蔚藍海上出現，背後那片蒼穹更是湛藍無比，激起的水花一時間展現出令人無法直視的閃耀光芒，彷彿冰河那樣刺眼。那強光迸現後漸漸消逝，最後化為像是山谷陣雨後的朦朧霧氣。

「沒錯，你就這樣最後一次跳向太陽吧，莫比敵！」亞哈大聲呼喊，「憑我手裡的魚叉，我要宣告你的氣數已盡！——下水！大家都下水，只要留一個人在前桅上就好。把小艇準備好！」

水手們嫌桅牽索做成的繩梯不夠快，於是不用爬的，而是改用一條條分開的側拉索與升降索，像流星雨般一溜煙全滑下甲板。至於亞哈的動作雖然沒那麼利索，仍是很快就從他的觀測位置降臨到甲板上。

「放下去！」一站進自己那艘在昨天下午才裝配好的備用小艇裡，他就大聲下令，「星巴克先生，皮廓號交給你指揮了——可別跟小艇靠太近，但還是得待在附近。全都下水！」

像是要先發制人，讓大夥兒很快就膽顫心驚似的，莫比敵這時已經轉身往三艘小艇疾游而來。亞哈的小艇在中間，他鼓舞手下，說是要正面迎擊那鯨魚，也就是要他們直接往牠的額頭划過去，不過這也不是什麼罕見的招數，因為這行進路線在一定距離內可以避免遭受鯨魚從側面襲擊。但亞哈的小艇終究沒能划得那麼近，而且莫比敵光憑一隻眼睛就能看見三艘小艇，跟大船的三根桅杆一樣清楚。翻騰之際，幾乎在片刻間大白鯨就開始以最快速度游過來，張開嘴巴在小艇之間猛衝，並以鯨尾亂甩，從四面八方發動可怕的攻勢。牠根本不理會小艇射過去的一根根鐵叉鐵槍，一門心思似乎就只是想要讓他們船破人亡。不過三艘小艇也不是省油的燈，它們不斷繞來繞去，就像戰場上訓練有素的戰馬，充分展現出與鯨魚周旋的技巧，短時間內都能避開牠，只不過有好幾次都差點中招，險象環生。至於亞哈則是持續發出可怕的戰嗥，一聲聲吼叫強壓其他所有人的叫聲。

但大白鯨仍憑藉著牠那來去無蹤的翻騰疾游，在小艇之間來回穿梭，而那三條已經固定在牠身上的捕鯨索也就此百轉千繞，不僅糾纏在一起，也把三艘緊追不捨的小艇往白鯨拉過去，拉到鐵叉都已扭曲。不過此時白鯨卻往旁邊稍稍退開，彷彿正在養精蓄銳，盤算著下一波更猛烈的衝撞。趁此機會，亞哈先是放出更多捕鯨索，然後再快速往牠身上投叉，希望能藉此稍稍擺脫繩索纏繞的狀況，但就在此時，卻出現了比鋸齒狀鯊齒更為可怕的景象啦！

一團捕鯨索和鬆脫的魚叉、魚槍全都糾纏在一起，難分難解，變得歪七扭八，繩索中冒出許多閃閃發亮的魚叉倒鉤與魚槍槍尖，滴水滴個不停，全都往亞哈小艇艇頭的導索器靠過去。亞哈計無可施，唯一的辦法就是一把抓起艇刀，在千鈞一髮之際拿刀往那一團繩索裡面戳進去，並且穿透，接著又收回來，完全不顧那些亮晃晃的利鐵。他把捕鯨索往小艇上拉，遞給首席划槳手，然後兩度割斷導索器附近的繩索，把那團已經斷掉的鋼鐵叉頭及槍尖全都丟進海裡。如此一來捕鯨索又都固定在大白鯨身上了，但這時牠突然在糾纏不清的剩餘幾條捕鯨索之間一陣亂衝，而因為史塔布與福拉斯克的小艇還用捕鯨索固定著牠，就被牠往鯨尾拖過去，毫無招架之力，兩艘小艇互撞後不斷翻滾，好似浪濤拍岸的沙灘上兩個滾動的轂殼。接著牠潛入海裡，只留下海面的一大片激昂漩渦，兩艘小艇的殘破木板在其中不斷繞圈圈，杉木的馨香飄散，彷彿快速攪動的一缽潘趣酒裡面漂浮著許多破碎肉豆蔻。

兩艘小艇的水手們也仍在水裡持續繞圈圈，他們在漩渦中的繩桶、長槳與其他裝備之間伸出手來求救，而矮個子福拉斯克則是斜著身子載浮載沉，像個空瓶似的，不斷把雙腳往上踢，藉此躲開可怕的鯊魚利齒。史塔布則是扯開嗓子大叫，要人把他撈上去，至於老船長的小艇則是捕鯨索已經斷了，所以他才能把小艇划進那一片有如乳白水潭的海面上儘可能多救一點人。在這無限凶險的混亂片刻間，亞哈那還沒被撞爛的小艇彷彿有許多隱形繩索把它往天界高高拉上去——原來是大白鯨又從海裡像箭頭似地筆直往上疾衝，用那寬大的額頭把亞哈的小艇往上頂，頂得它在空中不斷翻覆轉圈，然後又像個倒扣的碗似地掉到海上，亞哈與手下不斷掙扎著從小艇下方逃出來，像是從濱海洞穴冒出來的一隻隻海豹。

大白鯨往海面上衝時稍微修正了一下方向，這第一波上升的力量把牠不由自主地稍稍往旁邊帶，並未完全命中牠想毀滅的目標。牠背對著那些小艇殘骸與人，在海面上漂浮片刻，用鯨尾往左右比劃，只要皮膚稍稍感覺到觸及四處漂散的長槳、小艇的大大小小破片，就會迅速收回尾巴，在海面上用力左甩右拍。但很快地牠就又把那布滿皺褶的額頭往海裡栽，好像對自己的戰果很滿意似的，鯨尾拖著許多纏在一起的捕鯨索，以旅人般有條不紊的游速，繼續往背風處移動。

一如往常，這整個纏鬥過程都讓關心戰局的皮廓號看在眼裡，接著它再度執行援救任務，放下一艘小艇，把漂流海面上的所有水手救起來，也撈起繩桶、短槳與一切可以回收的物資，安全放回甲板上。水手們有的扭傷肩膀、手腕、腳踝，有的瘀血挫傷，魚叉魚槍都已歪七扭八，捕鯨索也都打結糾纏，還有長槳、小艇的破片，全都散布在甲板上，只不過似乎沒有人死掉或者重傷。跟前一天的費韃拉一樣，大家發現亞哈也是緊緊扳著他那只剩下一半的殘破小艇，而且因為那小艇的浮力相對較強，所以他並未像前一天落海後那樣筋疲力盡。

但是等到他被救上甲板，所有人都盯著他，因為他並非自己站著，而是半身癱靠在星巴克的肩膀上，一直以來這位大副都是最主動挺身幫助他的人。他的鯨骨義肢已經被扯掉，只剩一截短短的尖銳殘片。

「是啊，是啊，星巴克，有時候能靠在別人身上倒是挺舒服的，不管對方是誰。我老亞哈以前要是能更常這樣就好囉。」

「船長大人，那金屬箍居然撐不住啊，」此時木匠走過來說，「我明明花了很多心力在那條腿上咧。」

「但我希望您的骨頭沒有碎裂啊，船長大人。」史塔布用誠摯關心的語氣說道。

「有啊！小艇都碎裂啦，史塔布！——你看到了嗎？——但就算我老亞哈真的拚到骨頭碎裂，還是會撐住。義肢不見了又怎樣？就算我另一條腿也沒了，我也不會在意。我老亞哈天不怕地不怕，無論是大白鯨或任何人，還是魔鬼，都無法動我半根寒毛！有誰的測深錘能碰到海底最深處，誰的桅杆能夠戳破蒼穹？——上面的弟兄，牠往哪裡游啦？」

「船長大人，牠正朝著背風處游去。」

「那就把船舵轉向迎風面！留守船上的弟兄們，再把船帆裝上去！把裝備擺進剩下的備用小艇後，全部放下去！——星巴克先生，你去吧，把小艇的水手們都召集起來。」

「船長先生，先讓我把你扶到舷牆邊吧。」

「噢噢噢！現在這殘破的腿在刺痛啦！我這受詛咒的命運哪！像我這堅毅不屈的船長怎會遇上個膽小鬼大副呢？」

「船長大人？」

「兄弟，這是我的身體，不是你的。給我個什麼東西當拐杖就好——那裡，那根斷掉的魚槍就可以。把大家召集起來。我的確都還沒看見他。天哪！希望他可別失蹤了！快！把大家都叫過來！」

老船長的預感成真。把人手都召集過來後，獨獨少了那祆教徒。

「祆教徒！」史塔布大聲說，「他肯定是被纏住……」

「瘟神抓走你啦！——快，所有人在全船上上下下都找一遍，還有我的船艙，艏樓也是。應該還在……應該還在！」

但很快他們就帶著消息來向他回報：船上四處都找不到祆教徒。

「沒錯啊，船長大人，」史塔布說，「他是被你的捕鯨索纏住了——我想我看見他被拖了下去。」

「**我的**捕鯨索！**我的**捕鯨索！不見了？——不見了？這是什麼話？——難道你以為我老亞哈是一座鐘樓，還能幫人搖喪鐘？魚叉也是！你沒看到嗎？被丟在那堆破鐵裡面。弟兄們，那可是我專門為大白鯨打造的啊！不對，不對，不對——該死的傻瓜！我的確親手丟出去了！——射中了那白鯨！——喂，上面的！盯牢牠啊！——快！所有人趕快把裝備弄上小艇——蒐集長槳——魚叉手們！鐵叉，鐵叉！把頂桅帆拉高一點！——所有船帆都拉好——轉舵！穩住！小心穩住！就算要我繞行這無邊無際的地球十次，就算要我鑽入地心，我都要殺了你！」

「主啊！你只要現身片刻就好了！」星巴克大聲說，「我說，老船長你是絕對絕對不可能抓到牠的！——看在耶穌的分上，別再這樣胡鬧了。你這樣亂搞真是比惡魔還要瘋狂。你追了牠兩天，兩次都追得艇破人翻，現在連你那義肢又再次被扯掉。你那邪靈般的鯨魚已經走了——所有的善心天使都圍著警告你——你還想怎樣？——我們真要追獵這殺人不眨眼的鯨魚到牠讓我們所有人都淹死為止？要讓牠把我們都拖到海底去？還是到地獄去？噢！噢！——再追獵牠就是犯下了不信神明、褻瀆神明的罪！」

「星巴克啊，自從那次我們對看了一眼——我想你知道我說的是什麼事，近來實在非常奇怪，我一直都對你感到佩服。但是關於這大白鯨的事，你的臉實在跟我這手掌沒兩樣——沒有嘴唇也沒五官，一片空白。兄弟，亞哈永遠都會是亞哈。這趟追獵行動是無可改變的天意。在千千萬萬年前，海洋還沒有開始翻騰時，我們就已經注定要這樣。笨蛋！我也只是命運之神的左右手，照祂吩咐行事而已。所以，既然你也是我的左右手，就一樣必須聽命行事！——弟兄們，靠過來！你們看到我這老傢伙，連義肢都殘缺了，還得用一支爛魚槍當拐杖。用一條孤零零的腿撐住身體。但這只是亞哈的身體，我亞哈的靈魂可是像百足蟲一樣啊！有一百條腿可以走路。我感覺筋疲力盡，像困在淺灘，彷彿自己是幾條繩索，在強風中死命拖著一艘艘桅杆斷掉的驅逐艦。我看起來或許就是這樣。但在我崩潰斷裂之前，你們肯定會聽見斷掉的聲音。在還沒聽見之前，我要你們知道，我亞哈的意志就像粗纜，會始終拖著自己的目標。弟兄們，你們真的相信所謂的預兆？那麼就該大聲狂笑，吼叫歡呼啊！聽過沒？任誰在溺死前都會浮到海面上兩趟，接著再浮一次，然後再永遠沉入海裡。莫比敵不也是這樣？——牠已經連續兩天浮上海面了——明天就是第三趟。沒錯，弟兄們！牠會再浮出來一趟——但只是為了最後一次噴水柱！你們是不是覺得自己勇氣陡生？是不是？」

「跟烈火一樣勇敢哪！」史塔布大聲應和。

「而且跟烈火一樣呆。」亞哈喃喃說道。接著等大夥兒都靠過來後，他又繼續低聲說：「那些都是預兆啊！關於我那艘破掉的小艇，昨天在這裡我也曾跟星巴克說過一樣的話。噢！我自己可是有苦說不出，只盼可以幫別人驅除心裡的苦啊！——祆教徒！——祆教徒！——真的走了？走了？而且還先我而去。不過，在我死去以前，我還是得見他一面——怎麼說？——現在有個謎題，就算古往今來全部法官幫忙所有律師，也沒辦法解答。那謎題就像老鷹，不斷啄著我的腦袋。不過，**我即將會，我一定會**解開的！」

暮色降臨了，只見大白鯨仍待在背風處。

所以他們再度把船帆收起來，一切都跟前晚幾乎沒兩樣。只是，直到將近曙光初現前，整艘船上都能聽見鐵鎚的砰砰聲響，還有磨刀石的霍霍之音，水手都在燈籠旁忙著幹活，一方面仔細澈底地幫備用小艇準備工具裝備，同時也把明天要用的武器磨利。在此同時，木匠又用亞哈那艘破艇的殘餘龍骨幫他打造了新義肢，至於他則是跟前晚一樣，壓低著帽子，始終站在他的舷窗前。他彷彿一株向光植物，那被帽子蓋住的目光期待著日晷的影子往後走，面朝東方，坐等晨曦。

135 追獵：第三天

第三天的晨曦如此明亮光潔，值了一晚大夜班後，獨守前桅桅頂的守夜人終於可以休息，換成一群群瞭望員，每一根帆桅與幾乎每一根高處圓杆上都有人。

「你們看到牠了嗎？」亞哈大聲問道，但沒人看到大白鯨。

「看不到沒關係，牠的尾跡是不會錯的。只要跟著尾跡就行。舵手，把舵輪穩住，只要照這樣航行就可以了。今天又是風和日麗啊！簡直就像是個新世界，是為天使打造的避暑別墅，今天早上第一次開門迎接祂們，無論從前或往後，都不會有更晴朗的日子。我亞哈如果有時間好好思考，必然能有許多思想上的收穫，但亞哈未曾思考，只講求感覺，全都是感覺，**光是感覺**就足夠讓我這凡人感到激動了！如果還妄想去思考，那就太大膽了。只有天主才有那權力與特權。只有冷靜、平靜下來才有辦法思考，而思考也應該是這樣。因為我們可悲的心臟怦怦跳，可憐的大腦也跳個不停，所以才不能思考。不過，有時候我倒覺得自己的大腦很平靜——像結凍那樣冷靜。我這老腦袋瓜子喀喀作響，還抖動了一下，就像杯子裡的東西結冰。腦袋結冰，但頭髮還不是照長？這時候還在長著，難道是靠熱氣生長？不是，這就像最常見的雜草可以在任何地方生長，無論是格陵蘭島上結冰土地的細縫裡，或者維蘇威火山的熔岩堆中。狂風在我四周吹颳，絲毫不放過我，就像破爛的船帆碎片死死糾纏著已經翻覆的船。無疑地，在吹颳我之前這可憎的風一定也吹遍了監獄迴廊、牢房，還有醫院病房，現在颳到了這裡倒是變得樣羊毛似的柔順。退散吧！受這世界汙染的風！若我是風，肯定不會繼續吹颳著這邪惡悲慘的世界。我會偷偷爬進某個洞穴，在那兒躲著。不過，高貴而英勇的風兒啊！曾有誰征服過你嗎？每次戰鬥，風兒總能對敵人發出無比慘烈的最後一擊。任誰往風兒衝過去，最後不都是撲空？哈！有的風像膽小鬼，只敢攻擊赤身裸體的人，但自己不會受到任何打擊。就連我亞哈也比**那種風**更英勇，更高貴。要是風兒也有軀體就好啦！任何會讓凡人感到痛苦惱怒的東西，都沒有軀體，它們是沒有軀體的對象，卻還是能影響人類，讓他們吃苦。有無形體之間，居然有這麼特別、微妙又邪惡的差別！不過我還是要重申一遍，在此刻鄭重宣布，風兒的確帶有某種崇高又優雅的特質。至少這溫暖的貿易風是如此，它在朗朗晴空下持續穩健吹來，風勢強而有力，但又不失溫和。不管那最微小的海流會怎樣翻騰轉向，不管那陸地上最強而有力的密西西比河會如何奔流曲折，最後不知流往何處，風兒總是不會偏離目標。而且這貿易風還會直接吹拂我的船，吹往南北極！這些貿易風，或類似的東西，總是如此堅定不變，力量沛然地吹動著我那如同龍骨般的靈魂！喂！上面的弟兄，看見了嗎？」

「船長大人，什麼都沒看到！」

「什麼都沒看到！馬上就要中午了，看來這金幣是沒人要囉！你們瞧瞧太陽！沒錯，沒錯，肯定是那樣！看來船已經開過頭了。怎樣，嚇到了嗎？沒錯，現在是換牠在**追我**，**牠**倒是變成獵人啦，真糟糕！或許我也早就知道了。蠢材！牠身上拖著捕鯨索——還有魚叉，速度自然慢了。沒錯，沒錯，我們肯定在昨晚就超越牠了。掉頭！掉頭！你們全都下來，只留平常那些瞭望員就好！全都到轉帆索邊！」

轉向後，海風多少也開始吹在皮廓號的後半部，往反方向駛去，微風用力吹著轉向後的風帆，激起了一條布滿乳白泡沫的尾跡。

「現在他反倒是要逆風前行，自己投入張開的鯨口。」星巴克一邊把剛剛改變方向的主帆轉帆索纏在欄杆上，一邊喃喃自語，「上帝保佑我們！但我已經感到全身骨肉潮溼，渾身不對勁。雖說我還是聽命行事，但已經開始懷疑這是不是違背了天主的旨意！」

「準備把我盪上去！」亞哈一邊走向那麻繩籃子，一邊大聲說，「我們很快就要看見牠啦！」

「遵命，遵命，船長大人！」星巴克立刻領命照做，於是亞哈又被吊往了高處。

此時已經過了一整個小時，大片金色陽光逐漸變薄，好像時間也開始緊張起來，為他們屏息。不過，亞哈終於在船頭迎風面的三點鐘方向再次發現水柱，很快地三根桅柱上也紛紛傳來三聲尖叫，聲音如火舌般從天而降[1]。

「莫比敵，這是我第三次與你正面遭遇了！甲板上的人聽令，再把轉帆索的角度轉小一點，讓皮廓號直接往風來的方向前進！牠還太遠，我們不能放下小艇，星巴克先生。風帆晃了起來！拿一支大榔頭去站在舵手旁！嘿嘿！牠游得好快！我必須要下去追牠了。但先讓我在這高處再好好環顧一下海景，我們還有時間。這景色自亙古以來未曾改變，看來仍是如此清新。沒錯，而且從我初次看到以來也是毫無變化。那時候我只是個站在南塔克特島沙丘上的小男孩而已咧！一樣！都一樣！我看的景象跟諾亞船長都一樣！背風處下起了微弱的陣雨。背風方向的景色多可愛！往這方向下去肯定有些什麼——不只是一般的陸地，而是比棕櫚樹林更蔥綠茂盛的地方。就在背風處！大白鯨也往那方向前進！那就看看迎風處吧！船尾的風如果颳得越大就越好。不過，暫別了！暫別了！我的老桅杆！這綠色的東西是什麼？那些歪七扭八的裂縫裡居然長出了小小的苔蘚了。亞哈的頭上可不會因為風吹雨打而長出那種綠色的髒東西！人老了跟東西老了就會有這種區別。不過，沒錯啊，老桅柱你跟著我一起變老。還有，我們的身體不是都還很硬朗，我的皮廓號？沒錯，不過就是缺條腿啊。天哪！我這義肢雖是死木製成，但在各方面都比我的血肉之腿還強。我比不上它。甚至我還聽過有些木頭製造的船隻長命百歲，比那些接收父親強健血肉的人類還要長久。他說了什麼來著？『到了最後我還是會先你一

1 這是《聖經》中描寫耶穌復活，從天而降的情景。

步走，當你的領航員。』但我還是會再看到他？在哪？假使我沉入了萬丈深海，到了海底我還會有眼睛嗎？而且，無論他沉沒到哪裡去了，自昨晚以來，我已經離他越來越遠。噢，祆教徒啊！沒錯，沒錯，就像你曾許多次說出關於自己的可怕遭遇，後來也都成真了。不過，亞哈你的任務尚未完成。暫別了，桅頂，我不在時請好好幫我盯住那白鯨。我們明天——噢不是，明晚再聊，到時候那大白鯨的頭尾就會被綁起來，吊在船側囉。」

他下達命令，但眼睛仍然凝視著四周，讓人慢慢地從蔚藍空中將他放到甲板上。

一會兒過後小艇都放了下去，但還沒到海面上，在半空中，站在小艇艇尾的亞哈突然對甲板上正抓住一條滑車索的大副揮揮手，要他暫時停手。

「星巴克！」

「船長大人？」

「這是這趟航程中我的靈魂第三次搭小艇出征了，星巴克。」

「沒錯，船長大人，如你所願。」

「有些船隻出港後就失蹤了，星巴克！」

「船長大人，這令人難過無比，但的確是真的。」

「有些人死於退潮時，也有人在淺水處遇難，更有人在滿潮之際離世——我覺得現在倒像是一陣滔天巨浪，星巴克。我老了——兄弟，跟我握握手吧。」

兩人的手交握，凝視著對方，星巴克熱淚盈眶。

「噢，船長！我的船長！——你的心高尚無比——別走——別走！你看，只有勇者才會啜泣。想想看，勸別人留下的人會有多痛苦啊！」

「把小艇放下去！」亞哈把大副的手甩開，大聲下令，「所有的小艇水手待命！」

片刻間，亞哈的小艇被放到了船尾下方，從船身附近的海面上往外划去。

「有鯊群！有鯊群！」甲板下船艙的舷窗傳來一陣警告聲，「噢！船長大人，我的船長，趕快回來！」

但亞哈並未聽見，因為當時他正提高聲量下令，於是小艇就這樣繼續乘浪駛出。

不過剛剛那聲警告並沒錯。他的小艇才剛離船，就有無數鯊魚游過來，看來像是從船底下的黑暗水域裡冒出來的，一隻隻凶狠地咬著放入水裡的槳葉。小艇一邊划，牠們就一邊咬。在鯊魚出沒的季節，捕鯨小艇對於這種情景可說是屢見不鮮了。鯊魚有時候會明目張膽地緊跟著，就像禿鷹非常有先見之明，始終盤旋在往東行軍的部隊軍旗上方。不過，自從皮廓號初次發現大白鯨以來，這倒是他們遭遇的首批鯊群。難道這是因為亞哈的小艇水手都是虎黃膚色的野人，因此鯊魚覺得他們的身體散發著陣陣麝香？眾所皆知，牠們有時的確會受到這種影響。無論如何，牠們似乎都只緊跟著亞哈的小艇，完全不騷擾其他兩艘。

「真是吃了秤砣鐵了心！」星巴克喃喃自語，他的目光從船側往海面遠眺，看著那逐漸遠去的小艇，「看到這景象後你的口氣還能那麼大嗎？把自己的小艇放進那如狼似虎的鯊群裡，後有狂鯊緊跟，前有大白鯨張嘴等你們自己送死。而你說這是生死存亡的第三天？——如果把這三天串在一起當成一天之內的激烈追殺，那第一天肯定是早上，第二天是中午，第三天當然就是晚上與結局了——無論這結局是什麼。噢，天哪！為什麼我渾身有種感覺讓我冷靜無比，但又有所期待？一陣震顫後我鎮定了下來！接下來會怎樣，我隱約已能在眼前看出個大概，而過去的一切則是越來越模糊。噢，我的小寶貝瑪莉！妳已經在我身後的黯淡榮光中消逝了！兒子！我似乎只能看見你的雙眼越來越湛藍！人生的種種奇怪問題似乎都要釐清了，但其中仍有疑雲密布——我的旅程來到終點了嗎？我的兩腿無力，好像走了一整天。星巴克！感覺一下自己的心臟，還在怦怦跳嗎？打起精神！振作啊！——動起來！動起來！大聲說話！——桅頂的人聽著！看得見山丘上我那孩子的手嗎？——我瘋了！——上面的人！好好緊盯著幾艘小艇——千萬要注意那白鯨！——嘿！又來了！——把那老鷹趕走！看見沒！牠在啄風向標——都被牠扯爛了！」他指著在主桅頂端平臺上飄揚的旗幟——「哈！牠叼著風向標遠走高飛啦！——老船長現在在哪裡？噢，亞哈，你看見那景象了嗎！——令人顫抖！顫抖！」

幾艘小艇還沒划遠，這時桅頂的人員紛紛比出一個手臂往下指的信號，亞哈就知道大白鯨已經潛入海裡。但為了企圖在牠下次浮出時能儘量接近牠，亞哈讓小艇的位置始終維持在皮廓號側邊有點距離的海面上，入神的小艇水手們保持完全靜默，只有艇頭海浪像榔頭一波波重擊過來，發出啪啪聲響。「敲吧！噢，你們這些海浪像榔頭一樣把釘子都釘進去吧！你們敲的東西沒蓋子，所以不是我的棺材或靈車——只有繩索殺得了我！哈！哈！」

突然間，小艇四周的海水高漲，出現一大圈一大圈水波，然後海水快速往上衝，好像是被一大塊海裡的冰山斜推過來的，很快就冒到海面上。慢慢地他們聽見了一陣低沉的轟隆聲響，是從水裡發出來的，大家都屏息以待，只見一個巨大身影從海底斜衝出來，拖出溼漉漉的一團繩索，好幾支魚叉、魚槍。那身影在出現彩虹的空中停留了片刻，渾身籠罩在一層下沉的薄薄迷霧中，然後又嘩一聲沉入深海裡。激起的大量水花高達三十呎，片刻間像是泉水落下，然後又散落開來，彷彿一陣落入海裡的雪片般水滴，在鯨魚的白色大理石色軀幹四周海面上留下一個個乳白色大圓圈，宛如新鮮牛奶。

「趕快划！」亞哈對槳手們大聲下令，幾艘小艇全都往前衝，發動攻擊。但莫比敵昨天才剛受到鐵叉、鐵槍攻擊，餘怒未消，似乎被所有從天而降的天使附身。因為肌膚透明，一層層遍布在牠那寬大白色額頭上的相接筋肉清晰可見，看來像是交織在一起。牠一路往前直游，鯨尾卻在小艇之間翻掀著，再次把它們甩到分散開來。二副、三副所屬小艇上的鐵叉、魚槍全都噴了出去，牠還砸爛了兩艘小艇艇頭最前端的側邊，唯獨亞哈的小艇絲毫沒有受損。

大狗、魁魁都正用力苦撐著小艇木板，以免它們分崩離析，此時大白鯨從兩艘小艇游開，轉過身體，在疾游經過它們、露出整片側邊之際，有人立刻大叫一聲。原來昨天晚上大白鯨已經把牠拖走的捕鯨索繞了又繞，纏在自己的鯨背上，只見祆教徒那幾乎已經被扯爛的身體就被一圈圈綁在那上面。他的貂皮衣裳已經破破爛爛，一雙鼓脹突出的眼睛緊盯著老船長亞哈。

亞哈手上的魚叉掉了下來。

「我真傻。我真傻！」亞哈深深倒吸一口氣後說道，「是啊，祆教徒！我又看到你啦！——沒錯！而且你的確先我而去，而這，這隻大白鯨就是你跟我說的靈車。但我相信你最後那番話句句屬實。[2]第二輛靈車呢？先回去皮廓號吧，二副、三副！現在你們的小艇都不管用啦！如果來得及的話，就把小艇給修好，然後回來找我。如果來不及，那我亞哈一個人死就夠了。——誰敢下去試試看！我現在站在上面的小艇上，如果有哪個敢帶頭跳下去的，我先讓他嘗嘗魚叉的滋味。你們可不是其他人，是我的左膀右臂，是我的手足！所以必須聽命。——大白鯨在哪？又潛下去了？」

亞哈看的地方離小艇太近，才會沒看到大白鯨，因為牠只顧著要帶身上那具屍體逃走，彷彿剛剛雙方遭遇的地方只是牠朝背風處前進航程的過站。莫比敵此時再次持續往前疾游，而且已經幾乎超越了皮廓號，至於那大船到目前為止都是朝牠的相反方向行駛，只不過這時它的前進方向已經暫時遭到阻擋。莫比敵似乎是全速前進，目前好像一心一意只想著在牠那條筆直的海上航道持續疾游。

「噢，亞哈！」星巴克吶喊道，「現在為時未晚，就算已經是第三天了，你還是能喊停啊！懂嗎？不是莫比敵盯上了你。而是你像瘋了一樣四處追獵牠！是你呀！」

這孤零零的小艇乘風揚帆，藉由長槳、艇帆的力量迅速往背風處駛去。最後亞哈的小艇行經皮廓

2 意思是，亞哈深信自己只會死於繩索。

號，兩者之間非常近，因此從小艇上可以看出靠在欄杆上的人就是星巴克，於是亞哈大聲叫他把船掉頭，要他慢慢跟上來，審慎地與小艇保持距離。亞哈把頭一抬，只見塔許特哥、魁魁與大狗正急著登上三個桅頂，兩艘被撞破的小艇才剛剛被吊起來，幾位槳手站在上面搖搖晃晃，忙著修理工作。小艇經過船身時，透過一個個舷窗，亞哈陸續瞥見史塔布與福拉斯克在甲板上那堆新的鐵叉與魚槍之間忙碌工作。這一切讓他看在眼裡，耳裡傳來的是修理破艇的榔頭敲打聲，甚至他內心也正有一把把榔頭將一根釘子往自己的心門釘下去。不過他還是打起精神。這時候他發現主桅桅頂的風向標不見了，於是大聲呼喊剛剛站上瞭望位置的塔許特哥，要他下來拿另一面風向標，帶著榔頭、釘子到桅頂去釘起來。

或許是因為三天追獵，再加上疾泳時身上還綁了一堆打結的繩索，增加了不少阻力，以至於牠真的累了，又或許是牠生來狡詐奸惡，總之大白鯨的游速現在的確開始減弱了，這點對於亞哈那艘正要再度接近牠的疾划小艇來說，看得特別清楚。不過，話說回來，這一次大白鯨開始疾游的時候，本來就沒有像先前那樣，位於小艇前方那麼遠的海面上。而且亞哈的小艇隨著浪濤疾駛，那些無情的鯊魚始終跟著，緊盯著他的小艇不放，並持續用力狠咬長槳，槳葉已被咬得遍布缺口、破破爛爛，幾乎每次下水都只能激起一點點零碎的水花。

「別理牠們！那些牙齒只是會讓你們的槳有更多槳架而已。繼續划！與柔順的海水相較，鯊魚的下顎反而比較好使力啊！」

「船長先生，但鯊魚每咬一口，那薄薄的槳葉就變得越來越小啦！」

「牠們撐不久的！繼續划啊！——但誰知道呢？」——亞哈喃喃自語——「這些鯊魚游得那麼賣力，到底是要大啖白鯨，還是要用我亞哈果腹呢？——總之，繼續划！對，全都給我打起精神，現在我們已經快趕上牠了！艇舵！掌好艇舵！讓我過去。」——他一下令就有兩位槳手扶著他，在仍然疾飛的小艇上走到艇頭。

最後小艇往一邊偏過去，與大白鯨的側邊並排前行，奇怪的是，牠就跟鯨類有時候會出現的反應一樣，居然完全不理會小艇逼近，於是亞哈就這樣置身於白鯨噴水孔所排出的裊裊水氣中，牠那巨大的鯨背彷彿煙霧繚繞的莫內德納克孤峰。這時亞哈與白鯨已經相隔咫尺，所以他把身體往後仰，高高舉起雙臂，把那凶猛的魚叉射出，嘴裡對他深惡痛絕的白鯨開始一連串更凶猛的咒罵。亞哈的鋼叉與咒罵全都射進了莫比敵魚鰭後的凹洞[3]，彷彿陷入沼澤中，牠立刻左右扭動，抽搐似地翻騰，用側邊撞上了就在附近的小艇艇頭，雖然沒有撞出洞來，但也突然間把小艇撞得歪斜了一下，要不是亞哈剛好正緊抓著艇舷的高起處，肯定又要再次落海了。但他的三個槳手卻未能預見他就要射出魚叉，因此對白鯨的反應毫無準備，三人全都被甩了出去。但在落下後其中有兩人立刻就再次緊抓住艇舷，並隨即順著一波湧起的大浪被推往與舷邊同高處，身子一扭，順勢又回到小艇裡。但剩下那一人卻非常無助，落到艇尾後方，不過仍在海面上浮泳。

幾乎在此同時，大白鯨也打定主意，立刻以無比快捷的游速，箭鏃似地往翻騰的海面上游去。亞哈大聲對舵手發號施令，要他繼續將一圈圈捕鯨索丟出去，並穩穩拿住，同時也吩咐槳手趕快反過來坐，朝著白鯨把小艇往後划動，但此時那不牢靠的捕鯨索卻承受不住雙方面的拉扯與緊繃，啪一聲在空中斷掉了！

3 這魚叉到底射中大白鯨身上的何處？作者是用socket一字，語意模糊，傳統的譯本有譯為眼窩，或譯為噴水孔（後者顯然是誤譯）。但如果參閱第一三二章，或許該是鯨魚魚鰭後方的凹陷處。亞哈曾對喜樂號的船長表示：「看清楚了，南塔克特人，我手裡握的這把就能殺牠！魚叉上的倒鉤是先用鮮血，再用閃電回火的，我發誓要把它插進白鯨魚鰭後面那個熱血沸騰的地方，第三次回火，這樣才能讓大白鯨深刻感覺到自己受到詛咒，根本就不該來到這世上！」

「是我身上什麼東西斷了嗎？是什麼筋肉斷裂嗎？——沒斷，沒斷！快划！快划！往牠身上撞過去！」

大白鯨聽見那小艇來勢洶洶，在海上疾划而來，於是便把白白的額頭轉過來，準備正面迎敵，但這一轉卻看到皮廓號的黑色船殼正要靠過來。牠似乎看出那船就是對牠苦苦相逼的主謀，也許就此認定它是仇恨更深、更厲害的敵人，於是突然間往駛來的船頭進逼猛衝，一張大嘴在盛怒之際亂掀亂咬，激起一陣陣泡沫。

亞哈腳步蹣跚，用一隻手敲打額頭。「我變瞎了！伸出手來！把手伸到我前面，也許我還可以邊摸邊走。是晚上了嗎？」

「大白鯨！我們的船！」那些膽怯的槳手紛紛大叫。

「划啊！用力往海底深淵裡划啊！否則就太遲了！我亞哈還可以最後一次，最後一次往目標衝刺。我懂了！皮廓號！皮廓號！弟兄們趕快划動衝刺！難道你們不救我的船嗎？」

海浪滔滔如重槌擊打，槳手們必須卯足全力才能划得動，但剛剛遭白鯨重擊的兩片艇頭木板卻爆開了，亞哈那故障的小艇幾乎立刻就暫時只能浮在水面上，半身都已浸在水裡的槳手們使勁堵住缺口，並想盡辦法把灌入的洶湧海水弄出去，一舉一動都激起嘩啦啦的水花。

在此同時，只見桅頂的塔許特哥停下手裡的榔頭，那紅色風向標旗像彩格披肩似地把他的半身裹住，然後飄著飄著又離開了他的身子，好像一顆心臟連同大量鮮血迸流飛走，至於星巴克與史塔布則是站在下方的船艏斜桅上，在那海上巨獸猛衝過來時他們與牠都立刻看到了彼此。

「白鯨來了！白鯨來了！把舵輪往迎風處轉動！把舵輪往迎風處轉動！噢，我可愛的風兒啊，展現你的力量吧！趕快過來！可別讓星巴克死了，就算要死，也得讓他像個女人那樣昏死過去。我說，把舵輪往迎風處轉動！——你們都是笨蛋，注意牠那張嘴！牠的嘴！我不斷扯嗓禱告，難道結果就是這樣？我終身虔誠，卻落得這下場？噢，亞哈！亞哈！看，這是你造的孽嗎？穩住，舵手要穩住！別那樣！別那樣！再次把舵輪往迎風處轉動！牠要轉身撞船了！噢，牠那怒不可遏的額頭現在就只有一個目標，牠覺得自己有責任死命衝過來，不能離開。天哪，請上帝與我同在！」

「不是與我同在，是與我的手下史塔布同在！誰來幫幫他吧！因為史塔布也堅守在那裡。白鯨！你對我齜牙咧嘴，我也回以齜牙咧嘴！能夠幫助史塔布，讓他保持清醒的，不是只有他那自己不會眨動的眼睛？現在可憐的史塔布要去睡那張床墊太軟的床啦！裡面的填充物是柴枝雜草嗎？我對你齜牙咧嘴，你這齜牙咧嘴的白鯨！星星、月亮、太陽，看看你們！我命你們為殺手，去暗殺那個不斷把自己的靈魂噴出來的傢伙！為此我要與你們碰杯敬酒，舉杯乾啊！噢噢！噢噢！你這齜牙咧嘴的白鯨，很快就要到處吞噬啦！噢，亞哈，你為何不逃走！是我啊，鞋子、外套一脫就逃啊！讓史塔布死在他的櫥櫃裡！不過，這真是充滿霉味而且鹽分太高的死法啊！櫻桃！櫻桃！櫻桃！噢，福拉斯克，死前我們來吃一顆紅櫻桃吧！」

「櫻桃？真希望我們身邊有櫻桃樹。噢，史塔布，希望我那可憐的媽媽已經先去提領我薪水的預付款了。如果沒有，那只會有幾個銅板到她手上，因為這趟航程已經完蛋了。」

此時幾乎所有水手都掛在皮廓號的船頭，無法動彈也無計可施，手裡仍呆呆地拿著榔頭、一片片木板、魚槍與魚叉，一看便知是匆匆逃離了自己的工作崗位，每一雙眼睛都入迷地盯著大白鯨，眼見牠那能決定眾人命運的頭奇怪地左搖右晃，一路往前疾游之際，四周不斷送出一波波往外擴散的半圓形沫浪。牠的整個外觀看來就是想要趕快報仇雪恥，窮凶惡極，任誰都擋不住牠那硬如銅牆鐵壁的白色額頭用力撞擊皮廓號的右舷船頭，一直撞到人員與木料亂滾飛散。有些人臉朝下栽倒。三位魚叉手都待在高處，他們的脖子粗如牛頸，三顆頭都像錯位的桅頂平臺那樣搖來晃去。他們聽見船身破口有大量海水淹入的聲音，那聲勢彷彿山上激流注入溪谷。

「皮廓號！靈車！——它竟是第二輛靈車啊！」小艇上的亞哈大聲吶喊，「木材來自美國的靈車！」[4]

皮廓號下沉之際，大白鯨也潛入它的下方，一陣疾游，把船的整條龍骨撞得震顫不已，接著牠在海裡翻身，很快又疾衝回水面，這次來到了左舷船頭的遠處，與亞哈的小艇僅有幾碼之遙，暫時浮在那裡靜止不動。

「我背對著太陽啦！怎樣，塔許特哥！讓我聽聽榔頭的聲音。噢！你們三位不屈不撓，彷彿我的三座尖塔！我那不會斷裂的龍骨！這船殼只向神明屈服，甲板堅固無比，船舵桀傲不馴，船頭永遠指向極區——在榮光中死去的皮廓號啊！難道你就要這樣毀滅，不帶著我一起走？難道我不能像那些發生船難的悲慘船長一樣，享受與船同歸於盡的最後榮耀？噢，生來寂寥，死也寂寥！噢，現在我發現自己最高尚的品格同時也是最強烈的哀戚。呵呵！海水滔滔不絕灌進來吧，我的一生就此在洶湧波濤中了結，這最上方的層層疊疊捲浪是向我來索命啦！你這毀天滅地、無法被征服的大白鯨，我要朝你翻騰過去啦！到最後還是要跟你把命拚了！就算到了地獄，我還是要戳刺你！斷氣前我還是要鄙夷你，我的恨綿綿不絕！所有棺材、靈車都沉入同一水潭啦！既然我兩者都構不著、搭不上，那就拖著我，把我拖成千千萬萬碎片吧！但我還是要追獵你，就算要永生永世跟你綁在一起也在所不惜，你這該死的大白鯨！**所以**，我就不用魚叉啦！」

中叉後，大白鯨火速拖著捕鯨索往前疾游猛衝，身軀拖出一道溝槽似的尾跡，而繩索也就這樣纏住了。亞哈俯身解開纏結，也的確解開了，但脖子卻慘遭一圈飛來的繩索捲住，他好像被土耳其帝國的聾啞殺手[5]用弓弦鎖喉，無聲無息地被拖離小艇，速度之快連小艇的水手們都沒發現。片刻間，繩索尾端那沉甸甸的眼環結也飛了出去，就此留下一個空蕩蕩的繩桶，環結還把某個槳手撞倒，用力打在海面上後，沉入深海而失去蹤影。

這小艇的水手們呆站了片刻才回過神來，轉身一看，喃喃問道：「船呢？天哪，船在哪裡？」很快地在一片令人眼花撩亂的朦朧水沫霧氣中，他們看見皮廓號的船側，彷彿一道漸漸消逝的鬼影，看似一座氣體造成的海市蜃樓，只有桅杆的最高處仍在水面上。無論是因為呆掉了，或是出於一片忠心，抑或因為宿命，那三位異教徒魚叉手到最後仍堅守在桅頂高處的崗位，隨之一起沉入海裡。此時亞哈的孤艇被一個個同心圓狀的水波包圍，所有水手、每一支漂浮的長槳、魚槍槍桿，無論活人或物品全都被一個超大海面漩渦捲了進去，皮廓號就連一點點碎片都無影無蹤了。

不過，在主桅上的印地安人塔許特哥遭彼此交錯的洶湧渦流滅頂之際，桅頂只剩幾吋圓杆挺直著與那上面幾碼長的風向標旗仍然飄揚著，諷刺的是，這長旗的起伏節奏竟與那要毀滅它，且幾乎碰在一起的惡浪相符。此時一隻紅色手臂拿著榔頭往後高舉過海面，想要把那長旗緊實穩固地釘在即將消失的圓杆上。一隻來自星晨之間的天鷹以看好戲的心情緊緊跟隨著那往下沉的桅頂平臺，牠啄著長旗，不讓塔許特哥釘好，一隻寬闊翅膀不斷拍動，剛好擋在榔頭與圓杆之間。在此同時那海面下的野人已經耗盡體內所有空氣，在死去之前他感受到一陣震顫驚恐，手上榔頭就僵在那裡，於是那天鷹便發出大天使般的尖嘯聲，把牠那威風凜凜的鳥喙往天際猛然伸出去，但身體卻全然被亞哈的風向標旗捲起來，無法動彈，於是亞哈的皮廓號就這樣把牠抓到海底陪葬，就像撒旦若不抓幾個天使一起墮入地獄當祂的墊背，是不會罷休的。

此時那漩渦仍像是張著血盆大口，一隻隻小海鳥飛在上面悲鳴。一陣白色怒浪拍打著漩渦的陡峭四周，接著那漩渦就收了起來，無所不包的無垠大海就這樣繼續翻滾掀騰，與千千萬萬年前沒有兩樣。

4 請參閱一一七章，費韃拉對亞哈提出的預言。

5 鄂圖曼土耳其帝國宮廷僱用的聾人殺手，通常也都不會說話。

尾聲[1]

他們就都死了，唯有我一人逃脫，來報信給你。

——《舊約聖經·約伯記》

曲終人滅，但為何仍有一個人從戲裡走出來呢？——只因那船難有一位倖存者。

說來真巧，在祆教徒失蹤後，亞哈的小艇槳手職務開缺，在命運之神的指使下就由我接任了。同樣很巧的是，最後一天追獵時，那小艇遭受白鯨撞擊而猛烈搖晃，在被甩出去的三位槳手裡，我就是落在艇尾的那一個。所以在接下來發生的一連串事件中，我始終都是個邊緣的旁觀者，目睹了一切，而且等到那大船沉沒所引發的吸力傳到我身邊時，力道只剩一半，但我還是慢慢地被拖往那即將收攏的漩渦裡。我被拖到時那漩渦已經消散成一個乳白水池。我就像被困在火輪中不住轉動的神話人物伊克西翁，隨著渦流持續繞圈圈，而且越來越接近那緩慢轉動的漩渦中心：一個鈕扣狀的黑色泡泡。等我被捲到了那激烈轉動的中心點，黑色泡泡往上爆開，就在此時，那棺材改裝而成的大救生桶已經擺脫了船尾的靈動彈簧，憑著本身的超大浮力猛然彈射出水面，落海後漂到我身邊。我就這樣攀附在那棺材上，將近一天一夜都漂浮在那像是在唱輓歌的輕柔大海上。鯊群從我身邊游過，一隻隻彷彿都被人用掛鎖封嘴，沒有傷害我。凶猛的海鷹飛過時好像也都帶著嘴套，沒來啄我。到了第二天，只見一艘帆船越靠越近，最後終於把我救了上去。結果它是漫無目的亂繞的拉結號，在海上來來回回搜尋失蹤的小艇與水手，沒想到無法尋獲自己的孩子，卻救了如同孤兒的我。

全書完[2]

1 因為不明原因，英格蘭出版商理查·班特利（Richard Bentley）出版的《白鯨記》並沒有〈尾聲〉這一章，因此讀者無從得知伊什梅爾成為皮廓號船難的唯一生還者。（不過，在本書一〇一章伊什梅爾曾說他在亞哈登上薩謬爾·恩比德號很久很久以後才上船去參加聯歡會，這也暗示了他沒有死於故事最後的船難。）此外，據學者坦塞爾（G. Thomas Tanselle）進行的文本分析發現，英國版《白鯨記》與美國版有七百多處措辭差異，還有數以千處原作者的拼字方式與標點符號被改掉了。改變的原因之一，是出版商怕這小說遭到出版審查後成為禁書，因此進行了編輯修改。

2 一八五〇年五月一日，作者梅爾維爾寫信給友人理查·戴納（Richard Henry Dana, Jr.），表示《白鯨記》已經寫一半了。接著在六月二十七他寫給英格蘭出版商理查·班特利，表示《白鯨記》將在該年秋末完稿，希望班特利能在英格蘭出版這本「冒險小說」（romance of adventure），其內容以南海抹香鯨捕鯨業的種種傳說為基礎，許多創作靈感都來自於作者梅爾維爾自己過去那兩年多的水手經驗（一八三九到四四年間梅爾維爾的職業是水手，當時他年僅二十出頭，期間當過四、五個月的魚叉手）。一八五一年六月梅爾維爾寫信給小說家朋友霍桑，表示在《白鯨記》在開始製版付印的同時自己正努力進行最後的書寫工作。該月月底，為了完稿梅爾維爾返回麻州自宅，三週後（七月二十日）全書的排版工作幾乎已經完成。一八五一年十月十八日，理查·班特利在英國出版了《白鯨記》，但唯恐銷路太差，首刷只印了五百本。到了十一月十四日，美國版《白鯨記》才由紐約的哈潑兄弟出版社（Harper & Brothers）出版，首刷數量跟梅爾維爾先前的作品《瑪地》（*Mardi*，一八四九年出版）較為接近，總計二九一五本，但比起哈潑兄弟幫他出版的另外三本小說，首刷數量少了一千多本。

譯後記

Moby-Dick 的前世與今生

叫我伊什梅爾吧。

——引自第一章〈海市蜃樓〉

在狂想中，我任由一對對鯨魚漂進我的靈魂深處，彷彿無止盡的鯨魚隊伍，其中有個戴著頭巾的龐大幽靈，像是高聳空中的雪丘。

——引自第一章〈海市蜃樓〉

此時，皮廓號正從南方與西方海面逐漸接近福爾摩沙與巴士群島，而兩者之間就是能夠從南中國海通往太平洋的熱帶航道。

——引自第一〇九章〈亞哈與星巴克在船艙裡〉

那哀愁的天空看來透明、純淨、柔和，充滿女人味，大海卻雄壯威武而陽剛，一波波劇烈長浪滔滔不盡，看似參孫睡覺時起起伏伏的胸膛。

——引自第一三二章〈交響樂〉

《白鯨記》的前世

一八二〇年，一艘來自南塔克特島的捕鯨船艾賽克斯號（*Essex*）在南美西岸外海兩千哩處遭一頭八十呎長、八十噸重的超大抹香鯨猛撞後沉沒，二十名船員搭小艇逃生，在海上漂泊數個月後才獲救，最後僅八人倖存。劫後餘生的大副歐文・卻斯（Owen Chase）把船難寫成《捕鯨船艾賽克斯號遇難記》（*Narrative of the Most Extraordinary and Distressing Shipwreck of the Whale-Ship Essex*）一書，成為美國小說家赫曼．梅爾維爾（Herman Melville, 1819-1891）的靈感，寫出小說 *Moby-Dick*，也就是我們現在通稱為《白鯨記》的海洋文學奇書。他在《白鯨記》第四十五章曾引用一小段卻斯大副浩劫餘生的告白，他將遭遇的白鯨描繪成「身形令人感到驚駭無比，看得出來牠充滿怨念，怒火中燒。我們衝進鯨群之後，牠從鯨群裡直接游出來，因為我們傷了牠的三個同伴，牠好像與我們有不共戴天之仇」。梅爾維爾的另一個靈感來源，是一頭一八三〇年代晚期在智利摩卡島（Mocha）外海遭人捕獲屠戮的白鯨，據說牠身上插著二十根魚叉，不難想像牠在殉難前曾經屢屢和捕鯨船發生激烈衝突。

《白鯨記》的粉絲們

《白鯨記》作者赫曼．梅爾維爾是紐約富商之子，但父親破產後在他十二歲時即已去世，致使他年僅十五就被迫離校養家，十九歲開始當商船水手，後來在幾年的海上生涯中曾經當過四、五個月的捕鯨船魚叉手，因此他有很多小說都是根據航海以及在外國見聞而寫成的，最早的作品是一八四六年的《食人島》（*Typee*）。梅爾維爾在婚後三年（一八五〇年）從紐約市移居麻州，成為前輩小說家霍桑（Nathaniel Hawthorne）的鄰居，在這位前輩小說家的鼓勵與幫助下，他花了十八個月時間完成《白鯨記》，且在扉頁上指名要把小說獻給霍桑。不過，小說出版後銷路其實不好，甚至在他於一八九一年已七十二歲的年紀去世時，小說早已絕版多年，據說在這作品問世到作者去世的四十年間，只賣出三千兩百本。但《白鯨記》這本書的文學聲譽彷彿倒吃甘蔗，在他死後才受到越來越多重視，我們甚至可以說梅爾維爾為「海洋小說」奠立了典範。《海狼》（*The Sea-Wolf*）的作者美國小說家傑克．倫敦（Jack London）、創作海盜小說經典《金銀島》（*Treasure Island*）的英國小說家史蒂文生（Robert L. Stevenson）都對《白鯨記》推崇備至，甚至在諾貝爾文學獎得主之間也有許多粉絲，像是福克納（William Faulkner）曾說他真希望《白鯨記》是他寫的，而巴布・狄倫（Bob Dylan）則是在領獎演說中直言，除了荷馬史詩《奧德賽》與雷馬克（Erich Maria Remarque）反戰經典小說《西線無戰事》之外，《白鯨記》是他最大的靈感來源。在我看來，這本小說最迷人的地方當然是那斷腿船長亞哈（Ahab）與大白鯨莫比敵之間那種不共戴天之仇，還有亞哈那種能夠震懾所有船員的超強氣場，但更深一層來講，應該還有亞哈與大白鯨所暗喻的人類、大自然之間永不休止的強烈衝突。

《白鯨記》的百年滄桑史

但事實上，《白鯨記》能獲得如今的文學地位，也是經過許多波折。一開始在美國反應不佳，到了作者去世時，《紐約時報》為他撰寫的訃聞甚至還把書名給拼錯了。不過，梅爾維爾在英國倒是擄獲了一小群支持者，直到十九、二十世紀交替時，英國已經有不少記者、小說家、詩人讚賞《白鯨記》與其他作品，素有「阿拉伯的勞倫斯」之稱的英國軍官兼作家T・E・勞倫斯（T. E. Lawrence）自稱書架上擺了三本不朽巨作：尼采的《查拉圖斯特拉如是說》、杜斯妥也夫斯基的《卡拉馬助夫兄弟們》，另一本就是《白鯨記》。在美國方面，一九二一年是梅爾維爾鹹魚翻身的關鍵年：哥倫比亞大學英語系教授卡爾・范多倫（Carl van Doren）出版《美國小說》（*The American Novel*）一書，稱《白鯨記》是美國浪漫主義的巔峰，而且同系教授雷蒙・威佛（Raymond Weaver）也撰寫文學傳記《水手與神祕主義者梅爾維爾》（*Herman Melville, Mariner and Mystic*）。到二〇年代末期，世界各國又開始出現《白鯨記》譯本，包括芬蘭文（一九二八）、法文（節譯本，一九二八）、德文（一九二七）、俄文（一九二九）與義大利文（一九三二）。到了一九四一年，第一本《白鯨記》法文全譯本（一九三九年問世）的譯者讓・紀沃諾（Jean Giono）甚至還寫了一本小說叫做《向梅爾維爾致敬》（*Pour saluer Herman Melville*），透過他的想像虛構出梅爾維爾在倫敦的奇遇，還有為何他決定寫出

《白鯨記》。到了一九四〇年代晚期，也就是《白鯨記》問世近百年後，它才真正成為一部文學經典，進入世界各地學界的研究領域以及開給學生的指定書目中。

《白鯨記》第一個中譯本的出版背景

在介紹曹庸之前，必須說明一下他的譯本的出版背景。據大陸學者鄒振環在《二十世紀上海翻譯出版與文化變遷》一書中所言，一九四九年之前上海的翻譯出版活動蓬勃發展，中共掌政後於一九五〇年九月召開了「第一次全國出版工作會議」，隨後即將群益出版社、海燕書店、大孚出版公司合併成立公私合營的「新文藝出版社」，於一九五二年成立編輯部，五四年又有更多出版社併入。而且這樣的合併趨勢在上海持續推進，原本三百多家出版社減為十家，而且分工明確，新文藝出版社專門出版翻譯文學書籍，而且因為政治正確的問題，在中美持續交惡（當時仍在打韓戰）的情況之下，能獲得翻譯出版的美國文學作品相對較少，而且主要是馬克．吐溫（Mark Twain）、萊塞（Theodore Dreiser）等社會問題意識較為明確的作家，因此《白鯨記》第一個中譯本能在一九五七年由上海新文藝出版社出版，很大程度上得力於其內容不帶種族歧視色彩（甚至反種族歧視），並且主動揭露社會壓迫的問題，讀者可以明顯感受到梅爾維爾筆下的皮廓號彷彿美國社會的縮影，除了船長、船副等白人角色，幾位魚叉手魁魁、塔許特哥、大狗分別是島國野人、印地安人與黑人。據統計，整本小說中三十位水手的國籍總計有十八個。所幸曹庸在一九五五年就完成譯文初稿，經過三次修訂後於一九五七年就出版。不久後，大躍進、文化大革命等政治活動接連席捲中國（事實上百花運動已於一九五六年展開，大批藝文界人士遭打成右派），許多知識分子都慘遭下放、批鬥，或許再晚一點他就沒機會翻譯，而《白鯨記》第一個中譯本能否順利出版，也會充滿變數。

第一位中文譯者曹庸

曹庸原名胡漢亮（一九一七—一九八八），是廣東汕頭人，後來前往上海讀書與發展。中國大陸易幟後，於一九五三年獲調前往上海新文藝出版社擔任外國文學編輯，後來也擔任過上海譯文出版社的外國文學編輯，並且翻譯過許多英文文學作品像是喬治・愛略特（George Eliot）的《織工馬南傳》（*Silas Marner*），海明威的短篇小說〈雨中的貓〉（“Cat in the Rain”）、〈殺人者〉（“Killers”）、〈一個乾淨明亮的地方〉（“A Clean, Well-lighted Place”）等等，不過最有名的當然是梅爾維爾*Moby-Dick*的第一個譯本《白鯨》。曹庸之子孫予（本名胡南榆）也是個知名譯者，譯有哈代（Thomas Hardy）的《還鄉》（*The Return of the Native*）與綏夫特（Jonathan Swift）的《格列佛遊記》（*Gulliver's Travels*）等等。翻譯*Moby-Dick*的過程中我常常有個問題浮現腦海：在前網路時代，曹庸到底是怎樣翻譯這一本充滿航海術語、《聖經》典故、哲學思考、海洋科學知識的天書？他的參考資料都是哪來的？總計翻譯了多久？曹庸已經仙逝三十一年，這些問題恐怕將會永遠成為未解之謎。

翻譯哪裡難？

為了解決上述難題，我在翻譯時主要是使用美國作家Margaret Guroff所整理好的文本（以美國的初版*Moby-Dick*為基礎，參考後面的一些不同版本）以及注解，全都可以在Power Moby-Dick網站（http://www.powermobydick.com/）上取得；另外，美國作家Evelyn C. Leeper的網站（http://leepers.us/evelyn/mobydick.htm）所提供的注釋與詮釋也幫了我不少忙。但這些都只是知識性的難題，同樣令人為難的還包括這部小說的全部一百三十五章有長有短，短則幾十個英文字，最長則是近八千字，很難調整翻譯工作的節奏，而且小說使用了戲劇、詩歌、散文等各種文體，還有大量對話內容必須根據講話者的個性調整語氣。這本小說不只是一部文學巨著，裡面也有許多令人讚嘆的哲學思考，例如第七十三章提及：「本來皮廓號一直都是向右傾斜，因為掛著抹香鯨的頭，如今兩邊都掛上鯨頭後，船身又再次恢復了平衡。只不過，我想你應該也很清楚，船身背負的重量可不輕啊。皮廓號就像本來掛著哲學家洛克的頭，往右邊偏，現在掛上康德的頭之後，又往另一邊偏過來了。只是情況非常危急。有些人總是想要努力維持船身的平衡。噢，你們這些笨蛋！把那些鯨魚的頭、哲學家的頭都往海裡一丟不就得了嗎？如此一來，你的船身又可以輕飄飄地保持平衡啦！」洛克是英國經驗主義哲學（Empiricism）的代表性人物，而康德則是歐陸理性主義（Rationalism）大家，主張先驗知識的存在，或許梅爾維爾是暗指我們必須在經驗與理性之間保持平衡？但幽默的他甚至還叫大家「把哲學家的頭都往海裡丟」，這樣就不必煩惱啦！像這種集合了哲思、比喻、幽默等各種元素於一處的段落在書中俯拾皆是，這或許是過去一百六十八年來它能獲得許多文學名家欣賞的最大原因。

《白鯨記》的譯本

《白鯨記》的第一個日文譯本於一九四一年先有一部分問世（河出書房出版，譯為《白鯨》，且這譯名始終獲往後的譯本採用），到了一九五〇年代才完整出版，收錄在知名的岩波文庫中，譯者是翻譯家阿部知二。另一位知名翻譯家田中西二郎的第一部譯作就是《白鯨記》（一九五〇年），收錄在同樣也很知名的三笠書房新潮文庫。一九五〇年代是《白鯨記》日譯的黃金年代，有許多譯本出現。至於中譯本，除了前述一九五七年上海新文藝出版社的曹庸先生譯本《白鯨》，國內幾家出版社提供的《白鯨記》全譯本其實都是以曹庸版本為基礎去進行小幅改寫的「偽譯本」，而這也是「翻譯偵探」賴慈芸老師已經偵破的一個案子。除了曹庸之外，據我所知，中國出版界重譯Moby-Dick的風潮起始於一九九〇年代，大致上都是譯為《白鯨》，由一九九六年的羅山川譯本拔得頭籌（二〇〇四年楊善錄與高路合作的譯本是個例外，書名是《鯨圖騰》，只因那一年稍早中國有一本暢銷小說叫做

《狼圖騰》，作者是姜戎）。以下是我查到的諸多*Moby-Dick*中國譯本：

出版年	譯者	出版社
一九九六	羅山川	湖南文藝出版社
一九九七	姬旭升等	花山文藝出版社
一九九七	周叔蘋	安徽文藝出版社
一九九八	盧匡	陝西人民出版社
二〇〇〇	容新芳	北嶽文藝出版社
二〇〇一	成時	人民文學出版社
二〇〇四（譯名為《鯨圖騰》）	楊善錄、高路	大眾文藝出版社
二〇〇五	劉宇紅、萬茂林	北京燕山出版社
二〇一二	張子宏	北方文藝出版社
二〇一四	曉牧	百花洲文藝出版社
二〇一七	馬永波	湖南人民出版社

目前我手裡收藏的，只有成時、張子宏與曉牧的三個譯本，因此無法一一比對這些譯本是否有參考甚或大量抄襲曹庸譯本的痕跡。不過，當我在瀏覽這些譯本時，不免感覺到自己責任重大，自我期許必須創造出一個比曹庸譯本更為流暢好讀，而且在用語上也比上述十一個譯本更能貼近臺灣讀者日常習慣的全新譯本。

謝辭

最後，在此要感謝幾位讓這個譯本得以出現的人。程道民先生是當初找我翻譯 *Moby-Dick* 的編輯，只可惜我一再拖稿，沒能與他完成合作，甚為遺憾。此外，聯經出版事業公司發行人林載爵與總編輯胡金倫兩位先生大力支持這個譯本，責任編輯張彤華小姐在我翻譯過程中屢屢提供編輯、翻譯與精神上的襄助，對此我充滿感激。更要感謝妻子郭嘉敏小姐兩年多來的督促與陪伴，否則我沒辦法完成這四十一萬字譯稿。最後要感謝作者梅爾維爾：今年八月一日是他的兩百周年冥誕，希望大家能多讀他的作品。

延伸閱讀

■ 提姆・謝韋侖（Tim Severin）。《尋找白鯨記》（*In Search of Moby Dick*）。

■ 拿塔尼爾・菲畢里克（Nathaniel Philbrick）。《白鯨傳奇：怒海之心》（*In the Heart of the Sea: The Tragedy of the Whaleship Essex*）。

■ 埃里克・傑・多林（Eric Jay Dolin）。《利維坦：美國捕鯨史》（*Leviathan: The History of Whaling in America*）。

赫曼．梅爾維爾重要大事年表

一八一九年　八月一日出生於美國紐約市，在家中排行老三。父母分別出自蘇格蘭與荷蘭的名門世家，也都是虔誠的基督徒。

一八三二年　十二歲，父親因商店經營不佳，憂思成疾而去世，並留下大筆負債。為承擔家計，梅爾維爾與哥哥自奧爾巴尼學院輟學，哥哥繼承父親的商店，梅爾維爾至銀行工作。

一八三六年　十七歲，重回奧爾巴尼學院學習。

一八三七年　十八歲，哥哥經營的商店倒閉，家計陷入困境，梅爾維爾再度自阿爾巴尼學院輟學，之後從事過農夫、職員、小學教師等工作。

一八四一年　二十二歲，開始在捕鯨船與遠洋商船上擔任水手，在海上漫遊數年。

一八四五年　二十六歲，投入寫作，頭五部長篇小說讓他成為頗受歡迎的冒險小說家。

一八四六年　二十七歲，在倫敦發表小說《泰皮》（*Typee*）。與伊麗莎白．蕭（Elizabeth Shaw）結婚，兩人後來一共育有四名子女。

一八四七年　二十八歲，發表小說《歐穆》（*Omoo*）。

一八四九年　三十歲，發表小說《瑪地》（*Mardi*）。

一八五〇年　三十一歲，開始以其海上經歷為依據來創作《白鯨記》，前後花費了十七個月。

一八五一年　三十二歲，《白鯨記》完稿，同年出版，可惜並未引起注意。

一八五二年　三十三歲，小說《皮爾》（*Pierre*）出版。

一八五五年　三十六歲，小說《以色列・波特》（*Israel Potter*）出版。

一八五六年　三十七歲，短篇小說《皮亞查故事》（*Piazza Tales*）出版。

一八五七年　三十八歲，小說《欺詐者》（*The Confidence Man*）出版。

一八六六年　四十七歲，開始在紐約擔任海關檢查員。詩集《戰爭詩集》（*Battle-Pieces and Aspects of the War*）出版。

一八七六年　五十七歲，詩集《克拉柔》（*Clarel*）出版。

一八八八年　六十九歲，詩集《約翰・瑪與其他水手》（*John Marr and other Sailors*）出版。

一八九一年　七十二歲，詩集《帝摩里昂》（*Timoleon*）出版。九月二十八日逝世於美國紐約市。

不朽Classic
白鯨記

2019年7月初版　　定價：新臺幣500元
2023年8月初版第四刷

著　　者	Herman Melville
譯　　者	陳榮彬
叢書編輯	張彤華
封面設計	謝佳穎

出版者	聯經出版事業股份有限公司	副總編輯	陳逸華
地址	新北市汐止區大同路一段369號1樓	總編輯	涂豐恩
叢書編輯電話	(02)86925588轉5305	總經理	陳芝宇
台北聯經書房	台北市新生南路三段94號	社長	羅國俊
電話	(02)23620308	發行人	林載爵
郵政劃撥帳戶	第0100559-3號		
郵撥電話	(02)23620308		
印刷者	文聯彩色製版印刷有限公司		
總經銷	聯合發行股份有限公司		
發行所	新北市新店區寶橋路235巷6弄6號2樓		
電話	(02)29178022		

行政院新聞局出版事業登記證局版臺業字第0130號

本書如有缺頁，破損，倒裝請寄回台北聯經書房更換。　ISBN 978-957-08-5344-5 (平裝)
聯經網址：www.linkingbooks.com.tw
電子信箱：linking@udngroup.com

國家圖書館出版品預行編目資料

白鯨記/Herman Melville著．陳榮彬譯．初版．新北市．聯經．
2019年7月（民108年）．672面．14.8×21公分（不朽Classic）
譯自：Moby dick
ISBN 978-957-08-5344-5（平裝）
[2023年8月初版第四刷]

874.57　　108009747